1

Zia Chalmers robbte auf allen vieren rückwärts aus der Abstellecke und zerrte einen braunen Koffer mit rissiger Oberfläche hinter sich her. »Autsch!« Sie rieb sich die schmerzende Stelle am Kopf, wo sie mit ihrem Pferdeschwanz am Türrahmen der winzigen Einstiegsöffnung hängen geblieben war. »Einer der Vorteile einer Dachwohnung ist der Stauraum unter den Dachbalken. Man braucht bloß Kleidergröße 32, um hineinzukommen.«

Ursula, die auf dem Teppich in Zias Gästezimmer lag – das Ursula momentan bewohnte –, musterte den Koffer. »Wie lange war er schon da drin?«

»Sechs Jahre, seit Grans Tod. Ich hätte ihn damals durchsehen sollen, aber da war ich vierundzwanzig und habe mich zu jung gefühlt, um allein auf der Welt zu sein, ganz zu schweigen davon, Grans und Paps Bungalow auszumisten, um ihn verkaufen zu können.« Zia wischte flüchtig den Staub von dem Koffer ab und ließ dann mit einem dumpfen Knall die altmodischen Schnallen aufschnappen. Die Scharniere knarrten, als sie den Deckel aufklappte und innehielt, um die gelbbraunen Ordner zu mustern, die neben ausgebleichten roten Dokumentenmappen hineingestopft waren. Eine Ecke nahm eine blau-weiß gesteppte Strandtasche ein. Sie klopfte

mit der flachen Hand darauf. »Die habe ich oben auf ein Schrank gefunden. Sie ist voll mit Mums Briefen, aber i hatte das Gefühl, es wäre übergriffig, sie zu lesen, also hab ich sie auch in den Koffer getan.«

Stirnrunzelnd sah Ursula auf das Wirrwarr hinunter. »Wird es dich nicht aufwühlen, die Sachen zu sortieren?«

Zia zuckte mit den Schultern. »Kann schon sein, aber wenn ich Hinweise darauf finden will, wer mein Vater ist, dann ist das der einzige Ansatzpunkt.« Zerstreut nestelte sie am Reißverschluss der Badetasche. »Gran und Pap haben immer behauptet, seinen Namen nicht zu wissen. Sie haben nicht gern darüber geredet, weil sie nichts davon hielten, dass Mum alleinerziehend und ein ›Freigeist‹ war, wie Gran das nannte. Als ich klein war, haben wir die beiden in Spanien besucht, aber ich glaube, für Mum waren das Pflichtübungen. Ein Jammer, denn nach ihrem Tod waren Gran und Pap wundervoll.« Blinzelnd vertrieb sie die Erinnerung daran, wie sie sich mit zehn schockiert an Gran geklammert hatte.

Ursula lachte. »Sie mögen ja altmodische Wertvorstellungen gehabt haben, aber deine Gran hatte den Schalk im Nacken, und Pap hat immer gelächelt. Ich bin in den Semesterferien immer gern mit dir nach Hause gefahren. Das hat mein Heimweh ein wenig gelindert.« Ursulas eigene Familie lebte in Irland. Sie war zum Studium nach England gekommen und geblieben. Sie war Zias beste Freundin und so blond, wie Zia dunkel war; eine Bohnenstange, wo Zia mit großzügigen Kurven ausgestattet war. Sie war eine Tätowiererin mit künstlerischen Neigungen, während Zia bei einer Vermögensverwaltung im Kundenkontakt arbeitete. Trotzdem fanden sie die gleichen Dinge witzig, liebten die gleichen Bücher und Filme und verstanden einander vollkommen. Als Ursula und ihr Mann Stephan eine Ehekrise hatten, hatte Zia Ursula sofort angeboten, sie bei sich aufzunehmen.

Wehmütig dachte Zia an ihre hochgewachsene, schlanke

Gran mit ihrem grau-schwarzen, straff zurückfrisierten Haar und Paps blaue Augen und seinen silberweißen Schopf. »Als ich damals zu den beiden gezogen bin, hat Pap mir gezeigt, wie man aus den Stängeln von Wiesenkerbel eine Art Pfeife bastelt. Sie erzeugte ein unanständiges Geräusch, und er hat gesagt, es wäre eine Furzkanone, aber ich sollte das nicht vor Gran sagen. Dann hat sie sie gesehen. ›Hat Pap dir eine Furzkanone gemacht?‹, hat sie gefragt. Das war das einzige Mal, dass ich in diesem Sommer gelacht habe.« Sie berührte die Ordner, die sich trocken und glatt anfühlten und einen tröstlichen Geruch nach altem Papier im Zimmer verströmten. »Wahrscheinlich habe ich viel zu viel von ihrem Zeug behalten.«

Ursula legte Zia ihren tätowierten Arm – einer war von Tätowierungen übersät und einer war frei – um die Schultern. »Aber du hast sie geliebt.«

Zia nickte zittrig. »Als Mum von der Leiter fiel und sich am Kopf verletzt hat, haben Gran und Pap ihr Leben in Spanien aufgegeben.« Zia erinnerte sich noch an das Scheppern und den schrillen Schmerzensschrei. Daran, wie Mum taumelnd auf die Füße gekommen, unerklärlich wütend und desorientiert gewesen war und sich dann heftig erbrochen hatte. In schneller Folge waren zuerst die Nachbarn und dann der Krankenwagen aufgetaucht, und dann war Vicky Chalmers gestorben, und Zias Kindheit, wie sie sie gekannt hatte, war zu Ende gewesen.

Ursula drückte ihr einen tröstenden, nach Lippenstift duftenden Kuss auf die Wange. »Wenn du deinen Daddy findest, dann vielleicht auch noch eine komplette andere Familie, die nur auf dich wartet.«

»Lebende Verwandte wären nett, aber du weißt, dass ich nicht deswegen herausfinden will, wer er ist.« Zia starrte den Berg aus alten Papieren an, als könnte er sich auf magische Art in den Schlüssel zu ihrem Leben verwandeln.

Ursula seufzte. »Ich weiß. Du bist hinter einem italienischen Pass her, Zia-Lucia Costa Chalmers. Herrje, vielleicht finden wir sogar heraus, wie du zu deinem ellenlangen Namen gekommen bist.«

Zia rang sich ein Lächeln ab. »Du kennst ja die Geschichte, die Gran mir erzählt hat – dass mein Dad aus Italien stammte und eine Frau namens Lucia Costa einmal nett zu meiner Mutter war. Als ich anfing, Italienisch zu lernen, und ihr erklärt habe, dass Zia ›Tante‹ bedeutet, hat sie nur mit den Schultern gezuckt.« Sie stieß den Atem aus. »Und als ich ihr weitere Fragen gestellt habe, hat sie gesagt, sie wolle sich nur auf die guten Erinnerungen konzentrieren. Ich habe nicht nachgehakt, um sie nicht traurig zu machen. Als ich zur Welt kam, war Mum fünfunddreißig, und als Gran und Pap mich zu sich genommen haben, war sie fünfundsiebzig und er siebenundsiebzig.« Zia stand auf und rieb sich die steifen Knie. »Autsch. Legen wir das ganze Zeug auf den Esstisch.«

Sie hievte den rissigen braunen Koffer durch die Diele ihrer luftigen Brightoner Wohnung. Sie befand sich im obersten Stockwerk eines georgianischen Stadthauses und bot einen Ausblick über die New-Steine-Gärten und die fließenden silbrigen Linien des AIDS-Denkmals. Alle Gebäude in ihrer Straße waren in Einzelwohnungen aufgeteilt oder zu Boutique-Hotels umgebaut worden, und die meisten waren in eleganten Pastelltönen gehalten, obwohl eins in einem knalligen Türkis gestrichen war. Ihre hohen Schiebefenster gingen auf einen Balkon mit geschwungenen, schmiedeeisernen Gittern hinaus. Wenn sie genau hinsah, konnte sie erkennen, wo das Meer von Blau zu Grau umschlug, und zu ihrer Linken verlief die geschäftige, belebte St. James Street. Sie liebte ihr Zuhause über alles, das ein Juwel im trendigen, eigenwilligen, an Englands Südküste gelegenen Brighton darstellte, und glaubte, dass Gran und Pap es gutgeheißen hätten, dass sie ihren Bungalow verkauft hatte, um die Wohnung zu erwerben.

Ursula ließ sich mit ihrem langgliedrigen Körper an dem Tisch in der Nähe der marmornen Kamineinfassung nieder. »Okay. Wonach suchen wir?«

Zia zog die ersten paar Dokumentenmappen hervor. »Alles, was dazu beitragen könnte, die leere Stelle auf meiner Geburtsurkunde zu füllen, wo der Name meines Vaters stehen sollte. Wenn er wirklich Italiener war, wäre das der einfachste Weg zur italienischen Staatsbürgerschaft.«

»Aber du hast gesagt, jeder könnte eine Aufenthaltserlaubnis in Italien beantragen«, wandte Ursula ein und schob sich die blonde Locke zurück, die ihr ständig vor die Augen fiel.

»Stimmt. Zuerst beantragt man eine Aufenthaltsgenehmigung, und dann nach ein paar Jahren vielleicht die Staatsbürgerschaft. Die Sache ist nur die, dass ich mit dem Antrag meilenweit bessere Chancen hätte, wenn ich beweisen könnte, dass ein Eltern- oder Großelternteil von mir italienisch war.« Sie schnitt eine Grimasse. »Wären die guten McPherson & Partner so freundlich gewesen, mich vor dem Brexit zu entlassen, wäre es deutlich leichter gewesen, nach Italien zu ziehen – *und* mir wäre die Beziehung zu Brendon erspart geblieben.«

Leider endeten ihre drei Monate mit Brendon, obwohl sie vielversprechend mit funkensprühender gegenseitiger Anziehung bei einer Silvesterfeier begonnen hatten, damit, dass er sie betrogen hatte. Besonders kränkend, da er immer derjenige gewesen war, der sie zu einer festen Bindung hatte überreden wollen. Sie war so dumm gewesen, sich mit ihm einzulassen; er war damals nicht nur ein Kollege gewesen, sondern war auch der beste Freund von Stephan, Ursulas Mann. Letzteres hatte zu der Erwartung geführt, dass die beiden Paare als Viererpack daherkamen und ihre Beziehungen ähnlicher Natur waren. Was Ersteres anging … Zia war immer davon ausgegangen, dass Kollegen, die privat zusammen

waren, Beziehung und Arbeit trennten, aber Brendon war offen damit umgegangen, dass sie miteinander schliefen. Es hatte ihr nicht gefallen, dem Bürotratsch und den damit verbundenen augenzwinkernden Anspielungen ausgesetzt zu sein.

Dann hatten McPherson & Partner Personalkürzungen vorgenommen, denen Zia zum Opfer gefallen war, während Brendon seinen Job behalten hatte. Als Brendon ihr nur kurz nach dieser Enttäuschung fremdgegangen war, hatte Zia die Beziehung beendet – und trotz ihres Schocks und ihrer Demütigung eine Welle der Erleichterung empfunden. Als Nächstes hatte eine alkoholisierte Eskapade von Ursula Stephan dazu bewogen, eine »Ehepause« zu erklären.

So furchtbar Ursulas Probleme und Zias Entlassung auch waren – wenigstens stolperte Zia nicht mehr ständig über Brendon.

»Aber Brendon ruft dich immer noch an«, bemerkte Ursula. »Irgendeine Aussicht, dass ihr euch versöhnt?«

Zia krauste die Nase. »Nein, ich hatte schon meine Zweifel an unserer Beziehung, bevor ich ihn auf frischer Tat ertappt habe. Er behauptet, es tue ihm leid, aber ich vermute, dass er nur um Vergebung bittet, damit er sich selbst besser fühlt. Aber ich kann ihm nicht verzeihen, dass er mich betrogen hat. Ich bin nur noch einigermaßen höflich zu ihm, weil wir schließlich zum selben Freundeskreis gehören und uns immer wieder über den Weg laufen werden. Vor allem dann, wenn du wieder mit Stephan zusammenkommst.«

Ursula seufzte tief betrübt. »Keine Ahnung, ob das jemals passieren wird.« Ihr zweiter Seufzer fiel länger und niedergeschlagener aus. »Wenn ich in den letzten paar Monaten nicht deine Schulter zum Ausheulen gehabt hätte, wäre ich in den Devil's Dyke gesprungen. Ich werde dich so vermissen, wenn du nicht mehr da bist. Du bist mein Fels in der Brandung.«

Ursulas Abstürze ins Elend, die sie häufig erlitt, seit sie Eheprobleme hatte, bereiteten Zia Sorgen. Sie zögerte, und angesichts von Ursulas ängstlicher Miene schnürte sich ihr das Herz zusammen. Die emotionale Verfassung ihrer Freundin beunruhigte sie. Als Ursula eingezogen war, hatte sie anfangs ihr Zimmer kaum verlassen, bis ein verständnisvoller Arzt, ein paar Medikamente – und jede Menge liebevoller Zuwendung von Zia – sie davon überzeugt hatten, dass das Leben lebenswert war. Doch innerlich verfluchte Zia Stephan dafür, dass er sich weigerte, zur Eheberatung zu gehen. Stattdessen machte er es sich in ihrem gemeinsamen Haus auf seinem hohen Ross bequem und urteilte über seine verzweifelte Frau. »Es ist ja nicht einmal beschlossene Sache, dass ich fortgehe«, versicherte sie Ursula hastig. »Vielleicht habe ich meine ganze Geschichte ja zu etwas Romantischem überhöht, was sie gar nicht ist. Gut möglich, dass Lucia Costa Mums Hebamme war und sie mich deswegen nach ihr benannt hat. Oder mein Dad hat einfach in einem italienischen Restaurant gearbeitet, und Gran hat daraus auf seine Nationalität geschlossen.«

Ursula runzelte die Stirn. »Aber mit deiner goldbraunen Haut und dem glänzenden dunklen Haar sieht du italienisch aus. Ich wette, wir entdecken, dass dein Dad ein italienischer Millionär ist. Er wird dich in sein römisches Imperium holen, und dann wirst du nur noch Ferraris fahren und Armani tragen.«

Zia verdrehte die Augen. »Ha. Wahrscheinlicher ist, dass ich einen kleinen Teil meiner Abfindung für einen Urlaub in Sorrento ausgebe. Du kannst mitkommen.«

»Abgemacht«, gab Ursula zurück, doch ohne das Lächeln, das Zia sich erhofft hatte.

Ein paar Minuten lang durchblätterten sie schweigend ein paar Akten. Dann stieß Ursula so etwas wie ein Lachen aus. »Das scheint Korrespondenz zu sein, die sich auf den Verkauf

des Hauses deiner Großeltern in Spanien bezieht. In einem Brief bittet der Interessent um einen Preisnachlass, und jemand hat ›Pustekuchen!‹ daruntergeschrieben.«

»Gran, vermute ich.« Zia kicherte und nahm die Papiere, um sie sich selbst anzusehen.

Ursula sprang auf. »Ich wünschte, ich könnte so energisch sein, wie sie es war, wenn mich jemand veräppeln will. Kaffee?« Sie ging in die Küche, während Zia sich wappnete, um die Schriftstücke nicht auf den »Behalten«-Stapel zu legen, nur weil Gran einen flotten Spruch darauf geschrieben hatte. Vor den Fenstern schossen Möwen umher wie Drachen und krächzten, als wollten sie sie in den hellen Mainachmittag herauslocken.

Als Ursula mit zwei dampfenden Kaffeebechern zurückkam und sich wieder den Papieren widmete, entdeckte sie eine Mappe mit Schulzeugnissen, die ihr tatsächlich ein lautes Lachen entlockten. »Hör dir die Anmerkung dieser Lehrerin an: ›Sobald wir uns darüber einig waren, wer in der zehnten Klasse das Sagen hat, haben Victoria und ich uns gut verstanden.‹ Und: ›Victoria Chalmers interessiert sich mehr dafür, den Einband ihres Mathematikbuchs zu verzieren, als darin zu arbeiten.‹ Sie hat Steppen gelernt. Sieh dir all diese Urkunden an.«

Zia reckte den Hals, um die verblassten Farben auf dem dicken, steifen Papier zu mustern. »Waren die Lehrer damals zu verstaubt, um sie Vicky zu nennen? Niemand hat sie je mit Victoria angesprochen.« Sie griff nach einer weiteren Mappe und schlug sie auf. »Hier sind noch mehr Zeugnisse. ›Victoria Chalmers hat sich in der siebten Klasse gut eingelebt und lernt fleißig.‹ Vielleicht hat sie sich in der Mittelstufe ja wohler gefühlt als in der Grundschule. Und inzwischen war Wasser ihr Ding, denn dieser Ordner ist voll mit Schwimmurkunden.« Ein großer, gelbbrauner Umschlag fiel ihr ins Auge. *Vicky* stand in der gestochenen, schräg geneigten Handschrift ih-

rer Gran darauf. Schlagartig wurde sie ernst, und ihr Herz begann schneller zu schlagen, als sie danach griff. »Was darin ist, weiß ich – Mums Geburtsurkunde und ihr Totenschein.«

»Ach, Zia.« Mitgefühl trat in Ursulas Blick, während Zia ein längliches, steifes Stück Papier mit einem geprägten Briefkopf hervorzog und es auseinanderschlug. Vor roten Wasserzeichen war darauf in königsblauer Handschrift vermerkt, Victoria Chalmers sei im April 1956 im Royal Exeter and Devon Hospital als Tochter von Joyce Mary Chalmers und Alfred John Chalmers geboren. Die Schrift verschwamm vor Zias Augen. »Ich bin um eine liebevolle Mum betrogen worden. Sie hat ständig gelächelt und war immer mit dem Haus beschäftigt, das sie gerade renoviert hat. Bevor sie mir erklärt hat, dass wir umziehen würden – schon wieder.«

»Aber sie hat ihr Geld damit verdient, alte Häuser aufzuhübschen«, nahm Ursula Vicky in Schutz, obwohl ihre Stimme vor Mitgefühl überfloss.

»Ja. Aber ich habe fünf verschiedene Grundschulen besucht, bis ich mit zu Gran und Pap gezogen bin.« Zia putzte sich die Nase und las aus der auf Juli 2001 datierten Sterbeurkunde vor. »Victoria Chalmers starb an einer traumatischen Subarachnoidalblutung oder, in normaler Sprache ausgedrückt, einer Hirnblutung.« Vorsichtig schob sie die Urkunden zurück in den Umschlag und legte ihn auf den »Behalten«-Stapel.

Der Nachmittag nahm seinen Lauf. Die Sonne trat hinter das Gebäude, sodass die lebhaften Farben des Parks draußen matter wirkten, was die Leute aber nicht davon abhielt, sich auf die Bänke zu setzen, um einen Snack zu essen oder auf ihr Handy zu schauen. Schließlich reckte Ursula sich gähnend. »Jetzt haben wir alle Ordner durchgesehen und keine Spur von etwas gefunden, was auf deinen Dad hindeuten würde. Ich glaube, du musst diese Briefe deiner Mammy durchsehen. Vielleicht hat sie mit ihren Freundinnen über ihn geredet.«

Ursula benutzte Worte wie »Mammy« nur, um mit ihrer irischen Herkunft Eindruck zu schinden, oder wenn sie zu ihrer großen, fröhlichen Familie heimfuhr, die in der Nähe von Dublin lebte.

»Wahrscheinlich.« Langsam hob Zia die Strandtasche aus dem inzwischen leeren Koffer. Die weißen Stellen waren leicht angegraut, und das Blau war verblasst. Sie erinnerte sich noch daran, wie sie sie ganz hinten auf dem Kleiderschrank gefunden hatte, als wäre sie nach dem Tod von ihrer Mum dort oben vergessen worden.

Langsam zog sie den Reißverschluss auf, nahm einen Stapel Briefe heraus und verteilte sie auf dem Tisch aus Eichenholz. Sie ließ die Fingerspitzen über die Umschläge gleiten; blaue, rosa, weiße und bräunliche. In jedem steckte liniertes Schreibpapier oder ab und zu verziertes Briefpapier; Papiere, die seit über zwanzig Jahren niemand mehr angerührt hatte. Zia fühlte sich kribblig und getröstet zugleich. »Manche Leute würden behaupten, das geht mich nichts an. Aber plötzlich habe ich beinahe das Gefühl, als würde ich sie wiedersehen. Ich habe doch die Chance verdient, sie besser kennenzulernen, oder?«

»Natürlich«, meinte Ursula und nickte zustimmend.

»Ich sortiere die Briefe zuerst, um etwas Ordnung hineinzubringen.« In der nächsten Viertelstunde sah Zia die Umschläge durch, während Ursula ein paar Lampen anzündete, da es dämmrig wurde, und dann in der Küche verschwand, wo sie herumklapperte. »Ich habe Hühnchen und Kartoffeln in den Ofen geschoben.«

»Hmm«, gab Zia zerstreut zurück, doch ihre Aufmerksamkeit galt immer noch den alten Briefen, die vor ihr ausgebreitet lagen wie Tarotkarten. »Es sind jede Menge Briefe von Gran und Pap und ein paar von Freunden. Die ältesten sind auf Dezember 1991 datiert. Ich bin im Oktober davor geboren, und wir waren gerade von Devon nach Northamp-

tonshire gezogen. Die Briefe setzen sich nach unseren Umzügen nach Bedfordshire und Huntingdonshire fort.« Sie rückte einige Umschläge gerade.

Ursula setzte sich wieder, nahm die Tasche und spähte hinein. »Ist die leer?«

Abwesend nickte Zia und hielt kurz inne, bevor sie die Nase in das Leben ihrer Mutter steckte. »Toll, dass die Leute einander damals noch richtige Briefe geschrieben haben.«

Ursula zog einen braunen Umschlag aus einem Fach in der Strandtasche. »Hier ist noch ein Umschlag, aber er ist nicht beschriftet.«

Zia verfolgte ihren Gedankengang weiter. »Von uns wird niemand je eine Tasche voller Briefe hinterlassen, oder? Wir kommunizieren nur über E-Mails und WhatsApp. Und die werden sich einfach in Luft auflösen. Ein Jammer. Vielleicht führen manche Menschen ja deswegen Tagebuch.« Als Ursula nicht reagierte, blickte sie auf.

Mit halb offenem Mund hielt Ursula in jeder Hand ein Stück Papier und hatte die Augen aufgerissen. »Oh!« Vor Schreck klang ihre Stimme heiser, und sie starrte die Papiere an. »Oh, Zia!«

Zia reckte den Hals, konnte aber nicht erkennen, warum Ursula dreinschaute, als hätte sie gerade entdeckt, dass jemand ihr Bankkonto geplündert hatte. »Was in aller Welt ist los?«

Langsam und mit einem merkwürdig feuchten Schimmer in ihren haselnussbraunen Augen drehte Ursula die beiden Blätter um und legte sie vor Zia hin. »Das sind auch Geburts- und Sterbeurkunden von Victoria Chalmers. Aber die Daten unterscheiden sich.«

»Unterscheiden sich … von den anderen? Wie kann das sein?« Zia starrte die beiden Urkunden an. Mit Herzklopfen versuchte sie, die Worte aufzunehmen, die irgendwelche Beamte in eleganter Schrift mit Füller in die Urkunde

eingetragen hatten, und zwang ihr widerspenstiges Hirn, den Beweis vor ihren Augen zu akzeptieren.

Ursula hatte recht.

Vor ihr lagen eine Geburtsurkunde und ein Totenschein von Victoria Chalmers, die nicht mit den anderen Dokumenten übereinstimmten. Mit zitternden Fingern zog sie die Dokumente hervor, die sie vorhin in Händen gehalten hatte, und legte sie nebeneinander. Ursula rückte ihren Stuhl näher heran, um die Papiere ebenfalls vergleichen zu können. In der Küche schrillte die Zeitschaltuhr des Ofens, aber keine der Frauen reagierte darauf.

Zia befeuchtete sich die trockenen Lippen. »Ich kann nicht glauben, was ich sehe. Es hat zwei Victoria Chalmers gegeben, beide in Devon geboren. Mum ist 2001 in Cambridgeshire gestorben, mit fünfundvierzig. Die andere ist 1991 in Exmouth gestorben, als sie achtzehn war.« Sie kramte nach den Mappen mit den Schulzeugnissen und Urkunden und betrachtete sie mit frischem Blick. »Das ist mir vorher nicht aufgefallen, aber die stammen aus verschiedenen Zeiten! Was zum Teufel?«

Ursulas Stimme klang dünn und unsicher. »Dann war deine Mum siebzehn, als die andere Victoria geboren wurde.« Sie stützte das Kinn in die Hand.

Die Zeitschaltuhr des Backofens schien im Takt mit dem klagenden Kreischen der Möwen zu schrillen, doch Zias Herz schlug so laut, dass sie glaubte, es müsste beides übertönen. Wie als Kind, wenn sie sich bei einem Horrorfilm gegruselt hatte, musste sie sich zwingen, regelmäßig zu atmen. »Könnte die zweite Victoria meine Schwester oder Halbschwester gewesen sein? Vielleicht hat Mum sie ja zur Adoption freigegeben, weil sie zu jung war, um mit einem Baby fertigzuwerden? Das würde erklären, warum das Baby den gleichen Namen bekommen hat wie Mum – Adoptivfamilien suchen doch wahrscheinlich ohnehin einen neuen Namen für das Kind, und das adoptierte Baby bekommt eine neue Geburtsurkunde.«

»Keine Ahnung. Aber …« Ursula sah Zia mit hochgezogenen Augenbrauen an. »Die zweite Victoria ist vielleicht gar nicht deine Schwester. Könnte sie … deine Mum sein?«

»Nein«, flüsterte Zia. »Das ist unmöglich. Warum hätte Mum verschweigen sollen, dass meine richtige Mutter gestorben ist? Warum hätten Gran und Pap das tun sollen?« Die ignorierte Zeitschaltuhr verstummte von allein.

»Das Gleiche gilt aber auch, wenn sie deine Schwester gewesen sein sollte«, argumentierte Ursula. »Vielleicht geben die Briefe uns ja einen Hinweis.«

Schweigend betrachteten sie den Briefstapel. Vorsichtig griff Zia dann nach dem obersten, faltete ihn auseinander und erkannte die kräftige, weit ausgreifende Handschrift. »Von Gran.« Angesichts des dünnen Luftpostpapiers, das den weiten Weg aus der Gegend von Valencia in Spanien zurückgelegt hatte, schluckte sie heftig.

14. Dezember 1991
Liebe Vicky,
wie geht's dir? Wie macht sich Zia-Lucia? Kommst du mit ihr zurecht?

Zia hielt inne. »Ein bisschen komisch zu lesen, wie sie über mich als Baby reden.«

Sie wandte sich wieder dem Brief zu.

Dein Vater und ich finden, wir sollten nach England zurückkehren und dich und Zia-Lucia unterstützen. Wir können uns kaum vorstellen, wie du dich fühlst, nachdem die arme, liebe Tori nicht mehr lebt. Wie schrecklich das alles ist. Ach, liebster Liebling, wir fühlen und trauern mit dir! Du bist immer deinen eigenen Weg gegangen, aber willst du dieses Mal nicht unsere Hilfe annehmen? Können wir das nicht gemeinsam durchstehen? Wir haben Tori doch alle geliebt.

Zia schluckte. »Gran hat mich auch immer ›liebster Liebling‹ genannt.« Hatte sie die unbekannte Tori auch so geliebt, dass sie sie so angesprochen hatte? Bei dem Gedanken wurde ihr ein wenig schwummrig.

Ursula unterbrach sie mit einem Eifer, den sie normalerweise nur beim Lösen von Sudoku-Rätseln an den Tag legte. »Aber 1991 ist das Jahr, in dem die andere Victoria gestorben ist. Sie muss Tori sein – eine andere Kurzform für Victoria. Ich wette, deine Mum wurde Vicky genannt und diese jüngere Victoria Tori.«

Zia dachte darüber nach und streckte ihre verkrampften Beine unter dem Tisch aus. »Klingt logisch. Offensichtlich hatte sie um die Zeit ihres Todes Kontakt zu Mum, und auch zu Gran und Pap. Das passt nicht mit der Theorie zusammen, dass sie adoptiert worden ist – außer natürlich, sie hätte Mum aufgespürt und die Adoptiveltern hätten ihr keinen neuen Namen gegeben, oder sie hätte ihn nicht benutzt.«

Ursula wirkte fasziniert. »Ich frage mich, wer ihr leiblicher Vater war.«

Zia versuchte zu lachen, doch es blieb ihr im Hals stecken. »Meine Vergangenheit scheint voller geheimnisvoller Väter zu sein.« Sie nahm den nächsten Brief zur Hand. Die Schrift war eine andere. »Den hier hat Pap geschrieben.« Sie lasen ihn zusammen.

3. Januar 1992

Liebe Vicky,

nach deinem letzten Brief zu urteilen, scheinst du nicht zu wollen, dass Mum und ich zurückkommen, aber wir machen uns Sorgen um dich. Ich will ehrlich sein – wir finden es verrückt, was du tust, und früher oder später wirst du eine Menge zu erklären haben. Es ist noch nicht zu spät, um es dir anders zu überlegen.

Zia überflog den Rest des Briefs. »Dann kommt noch viel über Paps Garten und Gran, die Engländern, die neu in Spanien sind, die Sprache beibringt. Aber was glaubst du, was Mum hätte erklären sollen? Das ist wie eins dieser Escape-Spiele, bei denen man einen Fall lösen und dafür verschiedene Hinweise sammeln muss, um der Lösung auf die Spur zu kommen.«

Der nächste Brief war ein paar Wochen später geschrieben worden. Gran hatte wieder zum Stift gegriffen und mit eindringlichen Fragen begonnen.

Bist du dir sicher, dass du klarkommst? Brauchst du Geld? Schläfst du auch genug? Es ist ja schön und gut, deine Trauer in der Sorge für das Baby zu ertränken, aber kleine Menschen sind anstrengend.

Zia stieß ein ersticktes Lachen aus. »Und jetzt geht es mit Grans üblicher Direktheit weiter. ›*Was glaubst du eigentlich, wie lange du das durchhalten kannst? Wir dachten, dass du dich über sämtliche Konventionen hinweggesetzt hast, als du mit diesem Harry Anstey zusammengelebt hast, aber das war nichts im Vergleich zu diesem Unsinn jetzt.*‹«

»Was für ein Unsinn?«, wollte Ursula wissen.

Doch Zia durchwühlte schon den Stapel mit den Umschlägen. »Harry Anstey! Hier sind auch irgendwo Briefe von ihm, zusammen mit welchen von Mums Freundinnen. Ich wusste ja nicht, dass die beiden einmal zusammengelebt haben. Er hat uns ungefähr einmal im Jahr besucht, und das war immer wie ein kleiner Urlaub. Mum hat dann immer groß gekocht, und wir haben Ausflüge in Parks oder an Strände gemacht, aber ich kann mich nicht erinnern, dass sie sich verhalten hätten, als wären sie ein Paar gewesen.« Sie fand die Briefe, die sie suchte, und öffnete den ältesten. »Der ist von Januar ’92, ungefähr um dieselbe Zeit geschrieben wie Paps Brief.«

Vicky, Babe, ich ertrage es nicht. Ich würde mir nur zu gern freinehmen, um zu dir zu kommen und dir mit Zia zu helfen, aber ich bin mir sicher, dass du mich hasst. Stimmt das? Kannst du mir jemals, jemals verzeihen?

Zia hielt Ursulas fasziniertem Blick stand. »Warum hätte Mum Harry hassen sollen? Sie waren Freunde.«

»Alte Flamme?«, meinte Ursula. »Das Ganze von wegen ›Babe‹ und ›verzeih mir‹? Und sie haben zusammengelebt? Vielleicht hat er sich ja wie Brendon mit heruntergelassenen Hosen erwischen lassen.«

»Kann schon sein.« Rasch las Zia weiter. »Aber nein, das hier klingt nicht danach, als würde Harry um Verzeihung bitten, weil er sie betrogen hat. Hör dir das an:

›*Könnte ich nur die Zeit bis zu Torys Verschwinden zurückdrehen! Ich würde die ganze Nacht bei ihr wachen.*‹«

»Tori war verschwunden?«, hauchte Ursula und machte vor Verblüffung große Augen.

Dann las Zia die nächsten paar Zeilen, und ihr stockte der Atem.

Lucia Costa war wieder hier. Ich wünschte, Tori hätte ihr diese Adresse nie gegeben. Ich war im Vorgarten, und plötzlich stand sie da, fragte nach Tori und schimpfte, du hättest ihr Zia-Lucia in Montelibertà niemals wegnehmen dürfen. Ein Albtraum! Ich war so freundlich wie möglich und habe noch einmal wiederholt, was ich ihr beim letzten Mal schon erklärt hatte: dass wir Tori verloren haben und du nicht mehr in der Gegend lebst. Sie tut mir schon leid, weil sie Tori offensichtlich gern gemocht hat. Aber wenn sie nicht herumschnüffeln würde, könnte ich euch beide vielleicht nach Hause holen.

»Herrgott!«, schrie Ursula auf.

Zia keuchte auf. »Lucia Costa! Wer in aller Welt *war* sie? Wieso hat sie nach mir gesucht? Und was zum Teufel meint

er damit, man hätte mich ihr in einem Ort namens Montelibertà weggenommen?« Sie schnappte sich einen beiseitegelegten A-4-Umschlag, drehte ihn um und kramte nach einem Stift. »Lass uns die wichtigen Punkte notieren und versuchen, die verschiedenen Puzzleteile zusammenzusetzen.«

Damit verbrachten sie den Rest des Abends und stocherten dabei zerstreut in ihrem verschmorten Essen, während sie über den Briefen brüteten. Um Mitternacht hatten sie verschiedene Punkte zusammengetragen, die ihnen wichtig erschienen.

Mit müden, brennenden Augen überflog Zia die Liste. »Also, wir haben Folgendes.« Sie zählte die Punkte an den Fingern ab. »Gran und Pap fanden, dass Mum etwas falsch machte, aber sie haben mit ihr um Tori getrauert.« Noch ein Finger. »Harry hatte wegen ihres Tods ein schlechtes Gewissen. Vielleicht ist Tori ja die andere Victoria Chalmers. Mum ist an einen Ort namens Montelibertà in Umbrien gefahren und hat mich bei dieser Frau, Lucia Costa, abgeholt.« Mit dem letzten Finger an dieser Hand kam sie zum finalen Punkt. »Kurz, nachdem Mum und ich in die Midlands gezogen waren, kam Lucia nach Exmouth, um nach mir zu suchen, aber niemand hat ihr verraten, wo ich war.« Sie unterbrach sich, um sich die überanstrengten Augen zu reiben. »Das klingt wie eine Seifenoper.«

Ursula griff nach einem weiteren Brief und las laut daraus vor. »Und dann, 1999, schreibt Harry:

›*Oh Vicky, diese verfluchte Lucia Costa ist nach all den Jahren wieder aufgetaucht! Ich habe ihr erklärt, dass ich nicht mehr weiß als damals, als du weggezogen bist. Diese VERDAMMTE Frau!*‹«

»Und in seinen letzten paar Briefen fragt er, warum Mum ihm nicht mehr antwortet«, schloss Zia. »Er klingt so traurig. Im allerletzten schreibt er:

›Ich habe Lucia nicht gesagt, wo du wohnst, Vicky! Warum sollte ich dich ausgerechnet jetzt verraten? All die Jahre habe ich deine Geheimnisse gehütet.‹«

Als sie den Brief weglegte, rauschte ihr das Blut in den Ohren. »Heilige Scheiße. Was hat Mum bloß angestellt?«

2. Kapitel

Piero Domenicali lenkte seinen silbernen Alfa Romeo schwungvoll durch die Lücke in den Felsen, die den Zugang zu seinem Besitz, Il Rifugio, bildete, und passierte die Abzweigung, die nach Bella Vista führte, Lucias und Durantes Anwesen. Er parkte im Schatten der Zypressen. Jetzt, im Juni, schickten sich in Italien die Temperaturen an, das Thermometer zu sprengen. Er riss sich die Krawatte herunter und warf sie auf den Sitz. Als er sich heute Morgen den blauen Seidenschlips gebunden hatte, hatte er die leise Hoffnung gehegt, damit die Anerkennung seines Vaters gewinnen und sich auf wundersame Weise mit ihm einigen zu können. »Sieh mal, Papà, ich trage eine Krawatte, und du akzeptierst, dass ich mein Zuhause nicht verkaufen will … aber ich bin bereit, mich von dem Weingut zu trennen.«

Das Wunder war ausgeblieben. Salvatore hatte lamentiert, flehend die Hände gereckt, Piero umarmt und eingeräumt, dass er ein großes Opfer von seinem Jüngsten verlange. Sein älterer Bruder Emiliano hatte es ihm nachgetan. Natürlich wollten sein Vater und sein Bruder das Geschäft abschließen und alles verkaufen. Emilianos Haus befand sich sicher am Fuß des Hügels in der Stadt Montelibertà, und Salvatore hatte vor, sich zu verkleinern und viel zu reisen. Nur, dass

die Binotto-Gruppe darauf bestand, Pieros Haus und das von Lucia und Durante zu kaufen und sich erst dann verpflichten wollte, das Weingut der Familie zu erwerben.

Und Il Rifugio war nicht *nur* Pieros Heim. Auf der anderen Seite des Hauses stand seine Werkstatt, die seine größte Leidenschaft und sein zweites geschäftliches Standbein war. Er hätte sie zu seinem einzigen Beruf gemacht, wenn er nur eine Möglichkeit finden könnte, das Weingut und die Kellerei zu verkaufen, ohne dieses Haus zu verlieren. Damit wollte er am liebsten seine ganze Zeit verbringen – zusehen, wie in seinen Händen funktionale, aber schöne Holzgegenstände Gestalt annahmen.

Heute hätte ihn fast der Schlag getroffen. »Ach, deine heiß geliebte Werkstatt«, hatte Graziella, die Freundin seines Vaters, verächtlich gemeint und es mit einer Handbewegung abgetan. In einem Atemzug war sie zur emotionalen Erpressung übergegangen: »Familie ist Familie, Piero. Lucia und Durante sind bloß Nachbarn.«

»Sie sind meine Freunde, nicht nur Nachbarn«, hatte er gezischt und daran gedacht, wie sehr er nach einem langen Tag Lucias und Durantes herzerwärmende Gesellschaft genoss, die keine Ansprüche an ihn stellte. *Und du gehörst nicht zur Familie, Graziella*, hätte er am liebsten hinzugefügt. Doch stattdessen hatte er das Wort an Alberto Gubbiotti gerichtet, mit dem sie zu einem Verhandlungsgespräch zusammengekommen waren. Der stets in einen dunklen Anzug gekleidete Vertreter der Binotto-Gruppe war ein stiller, undurchsichtiger Mann, den Piero wegen seiner sauertöpfischen Art nicht leiden konnte. »Man hat uns zugesagt, dass wir Zeit hätten, das Angebot Ihrer Organisation zu überdenken. Niemand wollte Druck ausüben, wissen Sie noch?«

Alberto Gubbiotti hatte den Kopf geneigt, doch Piero wusste, dass leidenschaftliche Reden einfach von ihm abprallten. Gubbiotti hörte einfach zu, wie die Familie stritt, und

stellte wahrscheinlich Berechnungen darüber an, wie lange es dauern würde, bis die Binotto-Gruppe, die es kaum abwarten konnte, sich so viel Land wie möglich unter den Nagel zu reißen, bekam, was sie wollte.

Verdrossen knallte Piero die Autotür zu. Der aktuelle Aufruhr reichte, um ihn wünschen zu lassen, seine Familie wäre in Amerika geblieben. Sie waren dorthin ausgewandert, als Piero zwei gewesen war, und dann hatte Salvatore zehn Jahre später das Weingut und die Kellerei von Tenuta Domenicali von einem Cousin geerbt. Damals hatte Pieros und Emilianos Mutter Elvira noch gelebt und sich von Salvatore, den die Aussicht auf ein neues Abenteuer beflügelte, beschwatzen lassen. Der zwölfjährige Piero und der zwei Jahre ältere Emiliano hatten sich in ihrer Schule wohlgefühlt, und das Englische ging ihnen genauso leicht von der Zunge wie das Italienische, doch sie waren nicht gefragt worden. Salvatore hatte die Familie einfach zurück nach Umbrien verschifft, in das grüne und doch raue Herz Italiens.

An seinem Haus vorbei schlenderte er zum Rand des Felssturzes, wo er stehen blieb und in das weite, fruchtbare Tal hinunterschaute; die Aussicht auf Tenuta Domenicali, was normalerweise Balsam für seine Seele war. Schwindelerregend und scheinbar endlos erstreckten sich die Weinreben über die Hügelhänge unter ihm. Der atemberaubende, grün-braune Pflanzenteppich umgab das aus goldfarbenem Stein errichtete Haus, in dem er seine Teenager-Jahre verbracht hatte und das sein Vater immer noch bewohnte. Die Gebäude der Kellerei drängten sich darum, wie sich Welpen um ihre Mutter scharen. Am anderen Ende des Tals lagen die umbrischen Apenninen in ihrem dunkelvioletten und grünen Sommerkleid und wirkten wie eine Herde vorbeiziehender Tiere. Auf der anderen Seite von Il Rifugio fiel das Plateau weniger schroff ab, und einst hatte dort ein – inzwischen lange zugewachsener – Pfad vom Weinberg zu seinem Haus geführt.

Vor seinen Augen lagen die drei Dinge, die die Binottos wollten und um die sich die ganze abscheuliche Auseinandersetzung drehte. Tenuta Domenicali. Die Aussicht. Und der Zugang. Wie er sich wünschte, sie wären nicht hinter den letzten beiden her!

Er ließ den Kopf hängen und wandte sich ab.

Vor ein paar hundert Jahren hatte einer seiner Vorfahren dieses Plateau als perfekte Lage für ein wunderschönes Steinhaus auserkoren – Il Rifugio, Pieros Zuhause. In respektvoller Entfernung waren die Unterkunft für den Verwalter des Weinguts sowie kleine Häuser für die Arbeiter angelegt worden – der Teil, der heute als Bella Vista bekannt war und Lucia und Durante gehörte. Die Grenze zwischen Il Rifugio und Bella Vista wurde von einer Reihe Zypressen markiert, die wirkten, als hätte ein Künstler Malerpinsel kopfüber in die Landschaft gesteckt. Zwischen den Bäumen und durch das Unterholz war ein Trampelpfad entstanden, der in sonnengeflecktem Schatten lag, und diesen Weg schlug er jetzt ein und passierte den von ihm so liebevoll erbauten Pavillon.

Jenseits der Zypressen hatten Lucia und Durante mit viel Mühe Lavendel- und Rosmarinterrassen angelegt. Auf einer Seite des Hauses wucherte ein mächtiger Blauregen, und ein kleiner Olivenhain brütete in der Nachmittagssonne. Durante hatte die alten Arbeiterunterkünfte zu Ferienhäusern umgebaut. Villino Il Pino und Villino La Quercia hatten zwei Schlafzimmer und Villino Il Tasso eins. Da zu den Häuschen kein Pool gehörte und sie ein paar Meilen außerhalb der Stadt lagen, waren ihre Gäste meist ruhesuchende Erwachsene.

Da die besagten Gäste normalerweise angewiesen wurden, ihre Fahrzeuge auf der anderen Seite des Pavillons von Bella Vista – den Piero ebenfalls gebaut hatte – abzustellen, fiel ihm auf, dass direkt vor dem Haus ein staubiger roter Wagen parkte. Die Putzhilfe, Lucias Schwägerin Fiorella, fuhr ein

rotes Auto, doch Fiorella hätte es nie mit der Motorhaube voran in Lucias gepflegtes Lavendelbeet gesetzt.

Neben dem Auto stand eine Frau. Sie trug das dunkle Haar in einer eleganten Hochsteckfrisur und ein schickes rot-schwarz gemustertes Kleid, das ihr bis zu den Knien reichte. Sofort zog er die Möglichkeit in Betracht, dass sie vom Binotto-Imperium kommen könnte. War das ein Angriff an zwei Fronten? Hatte diese Frau, während Gubbiotti den Domenicalis Druck machte, hier Lucia und Durante belästigt? Sie drehte sich um und musterte ihn durch eine schwarze Sonnenbrille.

Dass er sich beim Anblick der Kurven ober- und unterhalb ihrer schmalen Taille sofort von ihr angezogen fühlte, verschlechterte seine ohnehin angeschlagene mittelmäßige Laune noch. »Falls Sie von der Binotto-Gruppe kommen, werde ich gleich wütend. Und können Sie nicht parken, ohne Signora Costas Garten zu beschädigen?« Er wies auf das Lavendelbeet, das auf die Misshandlung reagierte, indem es einen betörenden, würzigen Duft verströmte.

Aus der anderen Autotür sprang eine blonde Frau, die legerer gekleidet war. Ihre Shorts waren so hoch ausgeschnitten, dass sie jedem heterosexuellen Mann einen zweiten Blick entlockt hätten. Sie warf der dunkelhaarigen Frau einen Blick zu. »Was ist los?«, fragte sie.

Ihr Englisch und ihre touristentypische Kleidung ließen ihn stutzen. Zu spät wurde ihm klar, dass sich das Steuer des Wagens auf der rechten Seite befand und die dunkelhaarige Frau, die er angeblafft hatte, an der Beifahrertür stand. Wahrscheinlich steckte im Lavendel ein britisches Nummernschild.

Die dunkelhaarige Frau warf der Blondine einen Blick zu. »Es passt ihm nicht, wie wir geparkt haben.« Obwohl sie wie eine italienische Geschäftsfrau aussah, klang sie auch wie eine britische Touristin. Sie drehte sich wieder zu Piero um und zog eine Augenbraue so hoch, dass er sich fragte, ob sein

Hemdkragen schief saß oder der Wind ihm das Haar zerzaust hatte. *»Lei non parla italiano.«*

Er wechselte ins Englische. »Tut mir leid. Ich habe Sie mit jemandem verwechselt.«

Die Blondine mit den langen Beinen umrundete den Wagen und errötete, als sie das Lavendelbeet betrachtete. »Sorry. Das Auto gehört ihr, und ich vergesse immer wieder, wie groß es ist. Wir haben hier ein Ferienhaus gemietet und sollen nach Signora Costa oder Signor Roscini fragen. Wir haben eine Handynummer, erreichen aber niemanden.«

Er gab sich Mühe, den Eindruck, den die beiden von ihm haben mussten, zu verbessern. »Der Empfang ist hier nicht gut.« Das stimmte zwar nicht, aber es war besser, als zuzugeben, dass die beiden wahrscheinlich während ihrer Siesta das Telefon ausgeschaltet hatten. Er ging auf die Terrassentreppe zu. »Ich könnte Ihnen zeigen, wo Sie sich setzen können. Dann versuche ich, Ihre Gastgeber aufzutreiben.«

Er führte die beiden die Stufen zur Terrasse hinauf und hatte seine Freude daran, wie sie mit offenem Mund stehen blieben, als die steilen Weingärten und purpurn überhauchten Berge in Sicht kamen. An rustikalen Geländern leuchteten unter einem perfekten blauen Himmel kirschrote Bougainvilleen. Nirgendwo war die Aussicht überwältigender. Er überließ die beiden ihrer staunenden Bewunderung.

In der offenen Diele stand direkt hinter den Terrassentüren ein Kühlschrank mit Erfrischungsgetränken, an dem sich auch die Gäste bedienen durften. Er reichte den Frauen jeweils eine Flasche Wasser und ein Glas und ließ sie weiter die Landschaft bestaunen, während er in das Steinhaus hineinging und über den gekachelten Boden an den Fuß der Treppe trat. »Lucia? Durante?«, rief er hinauf. *»I vostri ospiti sono arrivati.«*

Ein Ausruf quittierte seine Worte, und kurz darauf spähte Lucia, deren dunkles, silbern durchwirktes Haar ihr Gesicht

umrahmte, übers Treppengeländer. »Die Gäste sind schon da? Die sind aber früh dran!«, zischte sie.

Er grinste. »Ich habe sie auf die Terrasse gesetzt.«

Sie blies ihm einen Luftkuss zu. *»Grazie mille. Due minuti.«*

»Prego.« Er schnappte sich noch eine Flasche Wasser für sich und ging zurück, um den beiden Frauen mitzuteilen, dass Lucia in zwei Minuten kommen werde.

Die Dunkelhaarige nickte nur, doch die Blondine lächelte. »Danke«, sagte sie.

»Benvenute in Italia«, sagte er verspätet. »Ich bin Piero Domenicali. Mein Haus steht direkt hinter den Zypressen dort drüben.« Er wies in die entsprechende Richtung. »Sie sind Engländerinnen?«

»Ich bin aus Irland«, antwortete die Blonde.

Das Jahr, das er im Vereinigten Königreich verbracht hatte, um sich über den dortigen Weinhandel zu informieren, hatte ihn den Unterschied gelehrt. »Aus der Republik?«

Ihr Lächeln wurde breiter. »Ja. Ich bin Ursula, und meine Freundin heißt Zia.«

Die dunkelhaarige Frau lächelte ebenfalls. »Ich bin Engländerin.« Sie hatte ihre Sonnenbrille nicht abgenommen.

Dann erklang hinter ihnen Lucias Stimme. *»Buongiorno!* Tut mir leid, dass ich nicht gehört habe, wie Sie angekommen sind. Herzlich willkommen. Ich bin Lucia Costa.«

Ursula und Zia drehten sich um, um Lucia zu begrüßen. Sogar in ihren legeren beigen Shorts und ihrem hübschen geblümten Oberteil wirkte die kleine, rundliche Lucia vollkommen makellos, als wäre sie noch Geschäftsfrau. Ursula übernahm die Vorstellung und beantwortete Lucias freundliche Fragen nach ihrer Fahrt – sie waren mit dem Auto aus Südengland gekommen und drei Tage unterwegs gewesen, was es noch eigenartiger erscheinen ließ, dass Zia trug, was für Piero Geschäftskleidung war. Ihm fiel auf, dass Ursula für

beide sprach und ein Teil von Zias Gelassenheit seit Lucias Eintreffen verrutscht zu sein schien. Während Lucia erklärte, dass Durante gleich kommen werde, um sie nach Villino Il Pino zu bringen, atmete sie mit leicht geöffneten Lippen schnell und flach. Ob sie immer, wenn sie jemand Neuen kennenlernte, so wirkte, als zitterte sie vor Anspannung? Dann musste das Leben furchtbar anstrengend für sie sein.

Lucia dagegen war nicht so schnell aus der Ruhe zu bringen. »Sie heißen Zia?«, fragte sie jetzt. »Ist das in England ein häufiger Name?«

Die Anspannung im Blick der Dunkelhaarigen schien sich zu verstärken. »Er ist nicht weit verbreitet, aber ein paar von uns gibt es schon.« An diesem Punkt lächelte sie. »Ich kann mir vorstellen, dass Ihnen das merkwürdig vorkommt, denn ich weiß, dass es auf Italienisch ›Tante‹ bedeutet.«

Lucias Antwort ging verloren, als Durante in gemächlichem Tempo aus dem Haus kam – seit er im Ruhestand war, hatte er es selten eilig. Seine Shorts waren zerknittert und spannten im Bund eng um seinen Kugelbauch. »*Buongiorno!* Ich bin Durante.« Sie wurden einander vorgestellt. »Ich begleite Sie zu Ihrer Unterkunft«, fügte er dann hinzu.

Die Gäste standen auf. »In Ihrem Ferienhaus finden Sie eine Karte der Umgebung, aber fragen Sie ruhig jederzeit«, sagte Lucia noch.

Piero blieb neben Lucia stehen, die ihm nur bis zur Schulter reichte. Sie sahen zu, wie Durante sich mit den beiden Frauen entfernte. In dem Moment, als sie über die Treppe verschwanden, wandte Lucia sich ihm zu. »Wie war das Meeting?«

Abgekämpft ließ er sich auf einen Stuhl sinken, der neben einem Topf mit rosa Hängegeranien stand. »Sie haben mir noch mehr Druck gemacht. Alberto Gubbiotti hat das Angebot erhöht, daher wird er euch zweifellos auch mit einem ähnlichen höheren Angebot kontaktieren. Man hat mich ge-

beten, dafür zu stimmen. Jedenfalls hat Papà mich gebeten. Emiliano hat darauf gehofft, und Graziella hat es gefordert.«

Lucia ließ sich auf einen anderen Stuhl fallen und stützte das Kinn in die Hand, sodass ihre Wangen noch faltiger waren als ohnehin schon. »Ach, Piero. Wie ich wünschte, sie würden uns in Ruhe lassen. Oder dass wir nicht mit Salvatore und Emiliano verwandt wären.«

Er nickte. »Oder dass ich das Weingut nicht auch verkaufen wollte«, ergänzte er fairerweise.

Lucias Lippen bebten, als würde sie gleich in Tränen ausbrechen; doch sie nahm seine Hand. »Du, mein Freund, befindest dich in einer absoluten Zwickmühle.«

3

Nach ihrer Begegnung mit Lucia Costa, der sie vielleicht einen Teil ihres sperrigen Namens zu verdanken hatte, fühlte sich Zia wie vom Donner gerührt. Schweigend saß sie da, während Ursula den leicht geneigten Hügel hinunterfuhr, vorbei am Olivenhain von Bella Vista, sich nach rechts wandte und dann auf Durantes Anweisung hin anhielt. Er strahlte, wodurch er mit seinem dicken Bauch, dem breiten Lächeln, seinen ausgetretenen Sandalen und seinem hellgrauen Haarkranz wie ein älterer Posaunenengel wirkte. Als sie wieder aus dem Auto gestiegen waren, öffnete er die aus Holzbohlen gefertigte Tür des nächstliegenden der drei Ferienhäuser. »Das ist für zwei Wochen Ihr kleines Haus.« Schnell zeigte er ihnen, wo sie kochen und duschen konnten. »Früher lebten hier Arbeiter vom Weingut und holten ihr Wasser aus dem Brunnen.« Es fiel ihm ein wenig schwer, sich auf Englisch zu verständigen, doch er beschränkte sich auf einfache Sätze, während Lucia die Fremdsprache fließend beherrschte und sich nur gelegentlich ungeschickt ausdrückte.

»Ich bin froh, dass wir das nicht zu tun brauchen«, scherzte Ursula. Sie hatte die Unterkunft unter ihrem Namen gebucht, und sie hatten sich im Vorfeld darauf verständigt, dass sie zu Anfang den größten Teil des Redens übernehmen würde. Zia

wusste, dass ihre Gastgeber früher oder später ihre Pässe kopieren mussten, doch je länger sie das hinauszögern konnten, umso länger würde sie im Hintergrund bleiben und sich einen Eindruck von Lucia Costa verschaffen können. War sie die Italienerin, von der Gran gesagt hatte, sie sei nett zu Zias Mutter gewesen? Ob sie wohl etwas über Zia und das Rätsel um die beiden Victoria Chalmers wusste?

Durante kicherte leise. »Der Brunnen ist zugeschüttet.« Er legte eine Hand auf die andere, um seine Worte zu unterstreichen, und nahm dann von einem niedrigen Tisch ein zusammengefaltetes Blatt Papier. »Hier ist eine Karte von der Umgebung, und Sie sehen, dass Lucia den Weg zum Supermarkt eingezeichnet hat. Auch zu anderen Orten. Kirche. Läden. Piazzen.« Er tippte auf einen weiteren Punkt auf der Karte. »Das ist Bella Vista. Sehen Sie die Zypressenreihe an der Grenze? Bitte, überqueren Sie sie nicht, denn dahinter beginnt Pieros Land.« Er legte die Karte wieder zusammen. »Die Terrassen vor und hinter dem Haus gehören Ihnen. Dort stehen Liegestühle. Lucia hat einen kleinen Willkommensgruß für Sie ...« Durante wies auf eine Flasche Rotwein, einen Laib Brot und Olivenöl in der Küche und öffnete dann den Kühlschrank, um ihnen Käse und ein Päckchen Parmaschinken zu zeigen. Er schenkte ihnen noch ein strahlendes Lächeln. »Soll ich Ihr Gepäck hineintragen? Nein? Nun denn! Wenn das Auto leer ist, parken Sie hinter der Laube.« Durch die offene Tür deutete er auf einen so eleganten, großen Holzbau, dass Zia ihn eher einen Pavillon genannt hätte. Villino Il Pino war so klein und lag so weit zurück, dass sie nicht allzu viel von der Berglandschaft erkennen konnten; doch von dem Pavillon aus, der sich unmittelbar am Rand des Plateaus befand, musste man eine überwältigende Aussicht über das Tal haben. Durante verabschiedete sich und zog im Gehen die Tür hinter sich zu.

Zia ließ sich auf ein kleines graues Sofa fallen und war dankbar dafür, sich nicht länger beherrschen zu müssen.

»Heiliger Strohsack. Ich fühle mich wie durch die Mangel gedreht.«

Ursula ließ sich neben ihr nieder. »Glaubst du, sie ist die Lucia Costa, die deine Mum gekannt hat? Hast du irgendeine Verbindung gespürt?«

»Das ist ein wenig viel verlangt nach einer einzigen Begegnung.« Zia atmete bewusst tief ein und wieder aus. »Was könnte ich schon für eine Verbindung zu jemandem fühlen, den ich vor dreißig Jahren als Baby kannte? Wir sind wahrscheinlich drei Tage umsonst gefahren, und ich war bei einem Vorstellungsgespräch für einen Posten am Empfang einer Hausverwaltung in Montelibertà – was übrigens grauenhaft zu sein scheint – und habe den Leuten vorgelogen, schon eine Aufenthaltserlaubnis beantragt zu haben.« Sie streifte die Schuhe ab, die sie zu dem Gespräch getragen hatte, und raffte ihr schickes Kleid, um sich ein wenig abzukühlen. »Vielleicht hätten wir uns stärker darum bemühen sollen, Harry aufzuspüren und ihn zu fragen.«

»Ja, wie unhöflich von ihm, nicht mehr in Exmouth zu wohnen, von wo aus er vor über zwanzig Jahren an deine Mum geschrieben hat. Jedenfalls …«, meinte Ursula, »haben seine alten Briefe uns Montelibertà als Ansatzpunkt gegeben. Google findet nur eine Lucia Costa, die gegenwärtig in der Gegend lebt – ist es nicht praktisch, dass Italienerinnen nicht den Familiennamen ihres Mannes annehmen? Sie spricht Eng lisch. Sie wirkt alt genug, um erwachsen gewesen zu sein, als du ein Baby warst. Sie und ihr Mann betreiben Ferienhäuser in einem italienischen Paradies, und wir hatten auf dem Weg hierher eine fabelhafte Fahrt durch Frankreich und die Schweiz. Und das Vorstellungsgespräch für den abscheulichen Job war nur eine Sondierung der Lage für den Fall, dass du dich hier wirklich niederlassen willst. Wieso regst du dich also auf?«

Ihre pragmatische Sichtweise munterte Zia auf, und sie nickte. »Stimmt. Wir haben alles von Städten über Bauernhöfe

bis zu Gebirgen gesehen und in Nancy und Luzern in hübschen Hotels übernachtet. Schlimmstenfalls fahren wir in zwei Wochen wieder nach Hause und sind nicht klüger als vorher.«

»Hey, jetzt aber!« Ursula wedelte mit einem manikürten Finger. »Erzähl mir nicht, dass du nicht versuchen wirst, mit Lucia zu reden.«

»Das habe ich nicht gesagt.« Aber Zia überschlug sich bei dem Gedanken der Magen, als stünde sie auf einem Zehnmeterbrett und wollte hinunterspringen. Wenn Lucia die falsche Lucia Costa war, hatte Zia sich einfach nur geirrt. Aber was, wenn sie die richtige war? Dann würde sie wissen, warum Vicky Chalmers Zia damals aus Montelibertà weggeholt hatte. Ein Teil von Zia wollte unbedingt wissen, was damals vorgefallen war, aber was wäre, wenn die Wahrheit schwer auszuhalten war? In ihren Erinnerungen verklärte sie Vicky, ihre viel zu früh verstorbene Mum. Wie würde sie sich wohl fühlen, wenn neue Erkenntnisse dieses Bild unwiederbringlich trübten?

Es klopfte an der Haustür. Knarrend schwang sie halb auf, und da stand Piero Domenicali, der verblüfft den Blick auf ihre nackten Beine richtete, die unter ihrem hochgezogenen Rocksaum hervorschauten. Peinlich berührt bedeckte sie sich hastig.

Er räusperte sich. »Als ich geklopft habe, ist die Tür aufgegangen. Ich wollte nicht … stören.«

Zia lief tiefrot an, daher erhob sich Ursula von ihrem Platz auf dem Sofa und antwortete. »Ist schon gut. Wahrscheinlich hat Signor Roscini die Tür beim Hinausgehen nicht richtig zugemacht. Kommen Sie doch herein.«

Er schien sich an die Weinflasche zu erinnern, die er in den Händen hielt, und reichte sie ihnen. »Als Entschuldigung, weil ich vorhin so mürrisch war. Er stammt vom Weingut meiner Familie, Tenuta Domenicali. Orvieto Classico ist einer der Weißweine unserer Region.«

Zia fasste sich und stand ebenfalls auf. »Das ist sehr freundlich, aber wir hatten gar nichts erwartet. Ist das Weingut Ihrer Familie das, das unterhalb des Plateaus zu sehen ist? Die Weinberge sehen wunderschön aus, wie sie sich über die Hügel erstrecken.«

Er nickte. »Sie gehören zur Hälfte meinem Vater, und die andere Hälfte haben mein Bruder und ich von unserer Mutter geerbt. Papà und Emiliano betreiben das Weingut und die Kellerei, und ich verkaufe den Wein.«

Ursula musterte ihn forschend. »Sie klingen ebenso amerikanisch wie italienisch.«

Sein unvermitteltes Grinsen glättete die Linien auf seiner Stirn und ließ seine dunklen Augen aufleuchten. Irgendwie wirkte dieser Ausdruck auf seinem Gesicht natürlicher als seine finstere Miene von eben. »In meiner Kindheit haben wir in Kalifornien gelebt. Dann, in meinen Zwanzigern, war ich ein Jahr in England und habe mit einem Weinimporteur zusammengearbeitet.« Sein Blick glitt zu Zia. *»Tu parli italiano.«*

»Sì, ne ho imparato un po'. Vorrei migliorare«, gab sie zurück. *Ja, ich habe ein wenig gelernt. Ich wäre gerne besser.* »Ich spreche es nicht fließend. Ich fürchte, auf unserer Seite des Ärmelkanals sind wir faul. Lucia und Durante sprechen auch gut Englisch«, fügte sie hinzu und überlegte, dass sie die Situation ebenso gut nutzen konnte, um ein wenig über die beiden in Erfahrung zu bringen. Piero schien sich gut mit ihnen zu verstehen.

Er nickte. »Besonders Lucia. Sie besitzt eine Keramikfabrik, die früher nach ganz Europa exportiert hat, und geschäftlich ist es ein Vorteil, Englisch zu sprechen. Durante hat früher eine Autovermietung geleitet, und Montelibertà ist ein Touristenort.«

»Befinden sich hier oben noch andere Wohnhäuser?« Von dem Satellitenbild ihrer Karten-App wusste Zia bereits, dass dem nicht so war.

Er schüttelte den Kopf. »Nur unsere. Die Häuser gehörten früher zum Weingut, und Lucia, Durante und ich haben sie gekauft, um sie zu modernisieren. Ich glaube, die anderen Ferienhäuser sind momentan auch bewohnt, aber ansonsten haben wir es hier oben ziemlich ruhig.« Er wandte sich in Richtung Tür. »Ich hoffe, Sie genießen Ihren Aufenthalt. *Arrivederci per ora.* – Auf Wiedersehen für den Moment«, wiederholte er, an Ursula gerichtet.

Er trat durch die offene Tür, und dann sahen sie ihm nach, wie er über den gepflasterten Vorplatz davonstrebte, den Hang hinaufging und seine Arme in dem weißen Hemd entspannt schwingen ließ. »Er ist heiß«, murmelte Ursula.

»Hey, du bist eine verheiratete Frau!«, neckte Zia sie, versetzte Ursula einen kleinen Schubs und zog es vor, nicht zuzugeben, dass auch ihr seine Kehrseite in seinen gut geschnittenen Hosen aufgefallen war.

Immerhin hatte das kleine Intermezzo Zias negative Einstellung zu ihrer Mission zerstreut, und sie stellte fest, dass sie Italien wieder entzückend fand und vor Neugier darauf brannte, welche gemeinsame Geschichte sie mit Montelibertà verbinden mochte. Sie luden das Auto aus, und Zia tauschte ihr »Vorstellungs-Kleid« gegen Shorts und ein Bandeau-Oberteil aus. Dass sie mit dem Wagen gekommen waren, hieß nicht nur, dass sie während ihres Aufenthalts hier motorisiert sein würden, es hatte ihr auch erlaubt, großzügig zu packen für den Fall, dass sie sich entschied, ihren Aufenthalt zu verlängern. Ursula hatte ihre gesamten drei Wochen Resturlaub genommen, und sie hatten so geplant, dass sie nach Hause fliegen würde, falls Zia nach dieser Zeit noch nicht bereit war, nach England zurückzukehren.

Die Zimmer in Villino Il Pino waren weiß getüncht und die kleinen Fenster mit Steinen abgesetzt. Die Böden waren mit Terrakotta-Fliesen ausgelegt, die sich unter nackten Füßen wunderbar kühl anfühlten, und die Betten mit frischen

weißen Laken bezogen. Ursula tauchte in Zias Zimmertür auf und schwenkte ihr Handy. »Durante hat mir gerade eine Textnachricht geschickt und uns daran erinnert, dass er unsere Pässe für die Behörden kopieren muss.«

Zia hatte das Gefühl, dass ihr die Knie weich wurden, und sie ließ sich aufs Bett fallen. »Ein möglicher Wendepunkt, falls Lucia meinen ganzen Namen lesen wird.«

Ursula setzte sich neben sie und streckte die langen, glatten Beine aus. »Ich könnte ja die Pässe nehmen und versuchen, sie abzuwimmeln, falls Fragen auftauchen … aber du *willst* doch Informationen, oder?« Ihr Blick wirkte mitfühlend, aber auch verwirrt.

»Schon, aber es macht mir auch Angst. Aber du bist mir eine großartige Stütze.« Zia umarmte ihre gertenschlanke Freundin und atmete den Duft der Sonnenlotion mit dem hohen Lichtschutzfaktor ein, die Ursula für ihre blasse Haut benutzte.

Diese erwiderte ihre Umarmung. »Klar, du weißt doch, dass ich etwas für geheimnisvolle Rätsel übrig habe.«

»Wie wär's, wenn ich die Pässe hinbringe und einfach auf mich zukommen lasse, was geschieht?«, schlug Zia vor.

Ursula wirkte zwar ein wenig enttäuscht darüber, diesen spannenden Moment nicht mitzuerleben, doch sie stimmte zu. »Sicher«, meinte sie und gab Zia ihren Pass.

Die Nachmittagssonne brannte herunter, als Zia dem staubigen Pfad folgte, der sich an den Olivenbäumen vorbeischlängelte, die Treppe zur Terrasse hinaufstieg und an die Tür des Haupthauses klopfte. Durante öffnete ihr. Seine Haare wehten wie graue Zuckerwatte. »Ah, Sie haben die Pässe. *Grazie*. Lucia kauft gerade Druckertinte, sodass ich sie jetzt scanne und später ausdrucke. Okay?« Er führte Zia in das kühle Hausinnere und dort in ein kleines Büro, in dem ein zerkratzter Schreibtisch stand, der groß genug aussah, um zwei Personen Platz zu bieten. Er war altmodisch, doch das

schwarze Drucker- und Kopiergerät und der Computer mit dem schnittigen Aluminiumgehäuse waren auf dem allerneuesten Stand.

Durante schlug den ersten Pass auf – den von Ursula – und schob ihn unter den Deckel des Scanners. Das Gerät erwachte summend zum Leben. »Gefällt Ihnen Villino Il Pino?« Er ließ sein Lächeln aufblitzen, das so herzerwärmend war. »Mögen Sie Italien?«

»Ich liebe es«, gab Zia sofort zurück. »Ich war schon oft in Italien, aber noch nie in Umbrien. Es ist wunderschön.«

Durante wirkte erfreut. Er nahm Ursulas Pass heraus und griff nach ihrem. Zia hielt so fest die Luft an, während ihr das Herz so laut in der Brust pochte, dass sie befürchtete, man könnte es hören, doch Durante warf kaum einen Blick auf den Pass, sondern schlug nur routiniert die richtige Seite auf und legte ihn dann umgekehrt auf die Glasplatte. »Umbrien nennt man das ›grüne Herz Italiens‹, ja? Wir sind in Montelibertà geboren, unten in der Stadt, und dort auch zur Schule gegangen. Früher habe ich in der Stadt gearbeitet und Lucia in der Nähe von Deruta. Aber das hier ist unser Zuhause, und die Ferienhäuser betreiben wir im Ruhestand. Nur ein wenig Beschäftigung, damit wir etwas zu tun haben.« Er zwinkerte ihr zu.

Es war unmöglich, sein Lächeln nicht zu erwidern. Sie nahm ihren Pass zurück und war sich nicht sicher, ob sie froh über Durantes fehlende Reaktion sein oder es bedauern sollte. »Waren Sie schon einmal in England? Ursula und ich leben an der Südküste.«

»Ja, ein paarmal, im Urlaub. Lucia schon oft, geschäftlich, als sie nach Großbritannien verkauft hat.«

Zusammen schlenderten sie zur Terrassentür und kamen dabei an einem Durchgang zum Salon vorbei. Die Einrichtung war alt und bunt zusammengewürfelt, die Möbel waren aus dunklem, lackiertem Holz oder grün und cremefarben

gestrichen und mit rosa Rosen geschmückt. Der Geruch von Möbelpolitur lag in der Luft. »Ein wunderschönes Haus haben Sie. Traditionell und elegant.«

»Wir lieben es. Für nur zwei Personen ist das Haus schon recht groß, aber wir haben gern viel Platz.« Durante seufzte.

Zia wunderte sich, doch als sie sich verabschiedete, lächelte er wieder. Sie ging auf demselben Weg zurück und nahm das Summen der Bienen und den Tanz der Schmetterlinge um den Lavendel in sich auf. Ursula wartete auf einem Liegestuhl in dem super schicken Pavillon und schaute über das Tal hinaus. Zia setzte sich neben sie. »Lucia ist unterwegs«, murmelte sie, als wären sie Geheimagentinnen, »daher war nur Durante da. Er hat meinen Pass gescannt, ohne ihn richtig anzuschauen.«

»Dann sind wir also nicht weiter«, flüsterte Ursula abwesend zurück, ohne den Blick vom Panorama zu wenden. Der Sonnenuntergang ergoss seine eigene Farbpalette über die Landschaft. Die Weinstöcke wirkten sepiafarben, der nächstgelegene Berg dunkelgrün, der dahinter violett und die weiter entfernten lavendelblau. Zikaden zirpten, und ein Raubvogel schwebte mit ausgestreckten Flügeln im Wind.

Zia atmete den Holzduft des von der Sonne erwärmten Pavillons ein, richtete den Blick nach rechts und versuchte herauszufinden, wo Piero Domenicali leben mochte. Das letzte Ferienhaus, Villino La Quercia, versperrte ihr noch vor den Bäumen und Büschen den Blick. Bei der Erinnerung daran, wie die Tür von Villino Il Pino aufgeschwungen war und er ihre Beine angestarrt hatte, bevor sie den Rocksaum heruntergerissen hatte, zuckte sie zusammen … doch sie wusste auch noch, dass seine Augen schokoladenbraun waren und hellere Flecken aufwiesen, die sie an Demerara-Zucker erinnerten.

»Jetzt hätte ich gern ein Glas Wein«, meinte Ursula seufzend.

Zia warf ihr einen Blick zu. »Wir können ihn holen.«

»Nein, du weißt doch, dass ich freiwillig auf Alkohol verzichte, seit ich bei diesem Junggesellinnenabschied den Cocktails erlegen bin und dieser edle Ritter mich komatös zu Hause abgeliefert hat.«

»Und deswegen bist du auch in mein Gästezimmer gezogen, wie mir nur allzu gut bewusst ist«, murmelte Zia. Stephan hatte vor Wut gekocht und Ursula verdächtigt, ihn mit dem Unbekannten oder »edlen Ritter«, wie Ursula ihn nannte, betrogen zu haben. Am nächsten Tag war sie verkatert gewesen und hatte den Fehler gemacht, die Sache ins Lächerliche ziehen zu wollen. »Zählt es als ›mit jemandem geschlafen‹, wenn ein Typ mich nach Hause trägt, weil ich vollkommen weggetreten bin?« Doch Stephan hatte nur neue zornige Anschuldigungen vorgebracht. »Sieh mal«, hatte sie erklärt, »Frauen wissen in der Regel, ob sie Sex gehabt haben – jedenfalls das komplette Andockmanöver –, und ich glaube nicht, dass ich welchen hatte.«

Doch Stephan hatte ihre Aussage alles andere als milde gestimmt – er war so wütend gewesen, dass Ursula, die sich in der unhaltbaren Position befand, nicht zu wissen, ob sie gesündigt hatte, seiner Forderung, sie solle ausziehen, nachgegeben hatte. Innerhalb einer nervenaufreibenden Woche im März waren beide Paare – Zia und Brendon und Ursula und Stephan – auseinandergegangen. Von den Vieren war Zia als Einzige bereit, ein neues Kapitel aufzuschlagen.

Ursula schien einen ähnlichen Gedankengang gehabt zu haben. »Ich weiß nicht«, murmelte sie, »ob Stephan so krass reagiert hat, weil es erst ein paar Tage her war, seit du Brendon bei einer Party dabei erwischt hast, wie er betrunken mit einer Fremden Sex hatte, wobei das doch gar nicht damit zu vergleichen ist.«

Zia tätschelte ihr den Arm. »Nein. Ich *weiß*, dass Brendon schuldig ist. Soweit wir wissen, warst du nur sturzbetrunken.« Trotzdem holte sie den Wein nicht. Wenn die Abstinenz

Ursula dabei half, mit der immer noch ungelösten Situation mit Stephan umzugehen, dann wollte Zia sie gern unterstützen. Ursula hatte zwar manchmal rote Augen und wirkte bedrückt, doch sie schien die Hoffnung noch nicht aufgegeben zu haben. Sogar drei Monate nach ihrem Auszug führte sie immer wieder lange, intensive Telefongespräche mit Stephan, nach denen ihre Augen oft verweinter wirkten denn je.

Ursula wechselte das Thema. »Lass uns morgen hier frühstücken und diese Aussicht genießen.«

Zia war zwar fasziniert vom Sonnenuntergang, aber hatte auch die Zeit nicht aus den Augen verloren. »Wenn wir nicht in den Supermarkt kommen, bevor er um acht schließt«, erklärte sie, »haben wir zum Frühstück keinen Kaffee.«

»Ja, wahrscheinlich«, pflichtete Ursula ihr zögernd bei. Trotzdem blieben sie noch eine halbe Stunde am Rand der Welt sitzen und sahen auf den aprikosenfarbenen Himmel hinaus.

4

Im Büro von Tenuta Domenicali war die Luft elektrisch aufgeladen wie vor einem Gewitter.

Salvatore runzelte die Stirn, und seine grauen Augenbrauen bebten im Takt mit seinem borstigen Schnurrbart. Das Alter hatte tiefe Falten in sein Gesicht gegraben, die wie die Furchen einer Walnussschale wirkten. »Hat Graziella etwas falsch gemacht?«, verlangte er zu wissen, als Piero das weiß gestrichene Büro mit den hohen Decken, das sie alle so gut kannten, betrat. Emiliano war auch da. Traditionell war dieser Raum Salvatores Reich, obwohl er inzwischen einen großen Teil des Alltagsgeschäfts des Weinguts an seine Söhne abgetreten hatte.

»Wir drei sind die Anteilseigner. Emiliano lässt Jemma außen vor«, betonte Piero. Ihm wäre lieber gewesen, Emilianos hübsche Frau bei Geschäftsbesprechungen dabeizuhaben als Graziella, die Freundin seines Vaters. Jemma war nicht herrschsüchtig.

»Aber Jemma hat ihren eigenen Job«, gab Salvatore zurück. »Graziella hilft mir am Computer.« Salvatore hielt nichts von Computern, während Graziella gut damit umgehen konnte.

Da es bei der heutigen Auseinandersetzung darum ging, sein Haus zu retten, fuhr Piero rasch fort: »Wir waren uns einig darüber, dass die Entscheidung, an Binotto zu verkaufen,

zu wichtig ist, um sie übers Knie zu brechen, aber jetzt geraten wir unter Druck.«

»Graziella …«, begann Salvatore.

Piero hob eine Hand. »Ich weiß, dass Graziella es eilig hat. Aber warum brennt es dir so unter den Nägeln?«

Salvatore wirkte empört. »Ich bin siebzig. Ich will in den Ruhestand gehen, reisen und das Leben genießen.«

Piero stand auf und trat an die Anrichte, auf der verschiedene Getränke und eine Kaffeemaschine standen. Espresso ölte bei jedem Meeting das Getriebe. Er warf seinem Vater einen gleichmütigen Blick zu. »Du könntest acht Kreuzfahrten rund um die Welt machen, ohne einen Quadratmeter Land zu verkaufen. Du könntest dich aus der Leitung von Tenuta Domenicali zurückziehen und hättest durch deinen Anteil immer noch ein hohes Einkommen.«

Emiliano schaltete sich ein. »Aber du willst dich hier nicht einbringen, Piero. Vor zwei Jahren bist du nur unter der Bedingung geblieben, vier statt fünf Tage die Woche arbeiten zu müssen.«

Das entsprach der Wahrheit. »Es ist kein Geheimnis, dass ich Tenuta Domenicali verkaufen will. Aber nicht zulasten meines Hauses und des Anwesens von Lucia und Durante.« Er reichte Salvatore den ersten Espresso, sah jedoch seinen Bruder an, als er weitersprach. »Ich verstehe, warum der Deal für dich attraktiv ist. Du willst hierbleiben. Sie haben dir die Stelle als Winzer angeboten. Du kriegst eine hohe Abfindung, ein Gehalt und trägst weniger Verantwortung.« Piero hielt inne. »Und behältst dein Haus.«

Emiliano kratzte sich den kurz gestutzten Bart. Als erwachsener Mann, der glücklich mit Jemma verheiratet und Vater von Cristian und Camilla war, hatte er die Schwäche, den Trends der Hochglanzmagazine zu folgen.

Salvatore zog die Augenbrauen zusammen. »Wir verstehen ja, dass wir dir das größte Opfer abverlangen, Piero, aber das

Weingut steht seit über einem Jahr zum Verkauf, und Binottos Angebot ist das einzige das wir haben.«

»Von mir wird das *einzige* Opfer verlangt«, verbesserte Piero leise. Er reichte seinem Bruder einen Espresso und betrachtete durch das Fenster die Steingebäude der Kellerei oder *casa vinicola*, deren riesige Edelstahltanks durch die offene Tür zu erkennen waren. Obwohl er nichts mit der Erzeugung des Weins zu tun hatte, kannte er jeden Korridor, jede Stufe und jeden Stein und wusste, wo jedes Fass und jeder Korken gelagert wurde. Die Stimmen der Arbeiter auf dem Weingut, die ins Büro drangen, begleiteten jeden seiner Arbeitstage.

»Die Berge des Weinguts sind steil, und es ist insgesamt recht klein«, erklärte Salvatore düster. »Die Trauben müssen von Hand gelesen werden, und wir können nicht mit den Preisen der großen Weingüter konkurrieren.«

Piero holte sich einen rabenschwarzen Espresso. »Wir erzeugen ein Nischenprodukt von hoher Qualität, zu dem die Ernte von Hand dazugehört. Wir konkurrieren nicht um die Supermarktregale. Wir haben hochkarätige Kunden wie Harvey Nichols und Harrods in London und Restaurants in ganz Europa.«

»Aber wir haben kein anderes Angebot.« Emiliano hielt stur an seinem Argument fest. »Was, wenn nie wieder eins kommt? Papà geht in den Ruhestand, und wir beide machen weiter und tragen das ganze Risiko, bis der Markt sich so verändert hat, dass wir es uns nicht mehr leisten können, Trauben anzubauen. Die Natur holt sich Tenuta Domenicali zurück, und wir stehen mit leeren Händen da.«

Piero nickte nachdenklich. Anderen kleinen Weingütern war es tatsächlich schon so ergangen.

Salvatore nutzte sein Zögern. »Binotto will das Weingut für den Weintourismus erhalten, also ist es zweitrangig, ob der Wein Gewinn abwirft.«

Piero setzte sich wieder auf seinen Platz. »Das weiß ich ja alles.« Er konnte es seinem Bruder oder seinem Vater nicht verübeln, dass sie sich das Leben leichter machen wollten oder dass Salvatore sich mehr Zeit für Graziella wünschte. Als Salvatore und sie sich kennengelernt hatten, war Piero froh gewesen, dass sein Vater eine neue Partnerin gefunden hatte. Seine Mutter Elvira war an einem Nierenleiden gestorben, als Piero zwanzig gewesen war, und er missgönnte seinem Vater sein Leben nicht. Es hatte ihn sogar auf ironische Art amüsiert. Dass der damals achtundsechzigjährige Salvatore eine Dreiundfünfzigjährige für sich gewonnen hatte, und dazu noch eine gertenschlanke, attraktive Frau, war beeindruckend. Graziella und ihr Ex-Mann hatten drei kleine Hotels besessen, die sie bei ihrer Scheidung an eine Kette verkauft hatten. Graziella hatte immer noch Spaß an der Geschäftemacherei. Doch es war eine verdammte Schande, dass sie sich das Recht herausnahm, sich an Tenuta Domenicali auszutoben, und noch ein größerer Jammer, dass sein Vater und sein Bruder sie gewähren ließen.

»Ich will mich nicht drängen lassen.« Piero sah seinen Vater an. *Pfeif Graziella zurück*, meinte er eigentlich. Salvatore kniff die Augen zusammen, nickte aber.

Eine Stunde später saß Piero in seinem eigenen Büro bei einem Videoanruf, als zu seinem Unmut Graziella hereinplatzte. Sie trug ein gelbes Kleid und goldene Sandalen, beides Designermarken, und ihre wie gedrechselten Korkenzieherlocken wirbelten ihr nur so um den Kopf. »Piero!«, rief sie und ignorierte das virtuelle Meeting, an dem er gerade teilnahm, »ich lasse nicht zu, dass du deinen Vater aufregst. Du machst ihn krank …«

Piero konnte kaum an sich halten und wäre beinahe aufgesprungen und hätte »RAUS!« gebrüllt. Glücklicherweise tauchte Salvatore jetzt hinter Graziella auf, hakte sie unter und zerrte sie über den Flur davon.

Schwer atmend kehrte Piero an seinen Computerbildschirm zurück, wo die Frau, die dabei gewesen war, ihm die ökologischen und wirtschaftlichen Vorteile des Schiffstransports in Deutschland schmackhaft zu machen, verblüfft, aber fasziniert wirkte. *»Scusi«*, murmelte er. Entschuldigung. Innerlich kochte er vor Wut.

Dann machte ihn etwas stutzig, das Graziella gerade gesagt hatte. Warum hatte sie von der Gesundheit seines Vaters gesprochen? Wusste sie etwas?

Jetzt konnte er sich unmöglich weiter konzentrieren. Er beendete das Gespräch und marschierte über den schmalen Flur in das große Büro. Wie so oft derzeit traf er Graziella und Salvatore zusammen an dem alten Schreibtisch seines Vaters an. Graziellas elegant manikürte Finger lagen auf der Tastatur, und Salvatore spähte durch seine Brille auf den Bildschirm.

»Bist du krank, Papà?«, fragte er angespannt.

Salvatore wirkte unbehaglich. »Ich bin müde, nichts weiter.«

»Bist du dir sicher?« Piero musterte seinen Vater eingehend und suchte nach Anzeichen dafür, dass es ihm nicht gut ging.

»Ich habe nicht gesagt, dass er krank *ist*. Ich habe gesagt, du *würdest* ihn noch krank machen.« Graziella reckte die Nase in die Luft.

Sie hatte gesagt, er »mache« seinen Vater krank, doch er verließ den Raum und kehrte an seinen Schreibtisch zurück, ohne sie darauf hinzuweisen. Ihm war klar, dass sie versucht hatte, ihm ein schlechtes Gewissen einzureden. Salvatore und Emiliano konnten damit leben, dass er das Haus auf dem Felsvorsprung oberhalb des Tals aufgab; eine Aussicht, die ihm ein bleischweres Gefühl im Magen bereitete.

Und wenn er das Angebot annahm, würde er damit Lucia und Durante in den Rücken fallen, denn die Anwälte erklärten, wenn er verkaufe, würden die beiden ebenfalls dazu

gezwungen sein. Um ihr Anwesen zu erreichen, musste man seines überqueren.

Den Rest des Tages verbrachte er damit, Lieferkettenprobleme zu lösen. Salvatore und Graziella waren zu Pieros Erleichterung irgendwo hingefahren. Je öfter er Kontakt zu Graziella hatte, umso weniger wünschte er ihn sich. Emiliano war auf dem Weingut unterwegs.

Piero konnte sich nicht konzentrieren. Er verließ sein Büro und trat in den Sonnenschein hinaus. Hoch oben auf dem Weinberg sah er Emiliano, der tat, womit er bis zur Lese im Oktober häufig beschäftigt sein würde: Er inspizierte zusammen mit Dino, einem Angestellten des Weinguts, die Trauben. Er begann, den Hang hinaufzusteigen. Als Emiliano ihn erblickte, sagte er etwas zu Dino und machte sich auf den Weg nach unten. Die Brüder trafen in der Mitte einer Reihe aufeinander, wo sie nur von schwebenden Insekten und der Brise umgeben waren, die die Reben rascheln ließ.

»*Ciao*«, begrüßte Emiliano ihn vorsichtig.

Piero kam sofort zur Sache. »Was hältst du davon, wie Graziella sich benimmt? Sie hat mir heute eine Standpauke gehalten.« Er schilderte den Vorfall, bei dem Graziella in sein Büro gestürmt war.

Ungläubig lachte Emiliano auf. »Das ist absolut unverschämt.«

»Finde ich auch.« Piero spürte einen Anflug von Erleichterung. Als Kinder und Jugendliche waren sie Verbündete gewesen, und dass sein großer Bruder sich gegen Piero stellte, war fast so beunruhigend wie der Umstand, dass Salvatore eher auf Graziella hörte als auf seinen eigenen Sohn.

»Papà ist verliebt«, meinte Emiliano behutsam. »Es wäre unklug von uns, das nicht zu akzeptieren.«

Piero zuckte mit den Schultern. »Ich akzeptiere, dass er das Recht hat, eine Frau zu lieben, die nicht Mamma ist. Es ist …

diese Frau. Oder jedenfalls die Art, wie sie versucht, bei einer Sache mitzureden, die sie nichts angeht. Sie verändert ihn. Er ist nicht mehr der stolze, eigenwillige Mensch, der genau das tut, was er will. Er lässt sich beeinflussen.«

»Sie ist sehr direkt«, räumte Emiliano ein und drehte ein Weinblatt, um dessen Unterseite zu inspizieren.

»Grob. Nahezu aggressiv«, verbesserte Piero ihn. »Egoistisch.«

Emiliano hob die Augenbrauen. »Direkt wäre wohl diplomatischer.« Dann zog er Piero in eine verständnisvolle Umarmung. »Wir haben dich in eine miese Position gebracht. Es ist unglücklich, dass das Angebot günstig für Papà und mich ist, aber nicht für dich.«

»Was du nicht sagst.« Piero fühlte sich aufgemuntert, weil Bruderliebe stärker war als unterschiedliche Meinungen. Er machte sich wieder auf den Rückweg, während Emiliano sich oben auf dem Hang wieder zu Dino gesellte.

Piero kehrte an seinen Schreibtisch zurück, um seinen Laptop zu holen, und fuhr dann nach Hause.

Dort streifte er seine Bürokleidung ab und schlüpfte in Shorts und Arbeitsstiefel. Er nahm sich eine Flasche kaltes Wasser mit, verließ das Haus und ging in seine Werkstatt, die nebenan lag. Während er die grünen Rolltore hochfuhr, als ließ er den unangenehmen Tag von sich gleiten, schaute er über die dunstigen Berge hinaus. Von dem Sägemehl, das sich trotz der Absaugvorrichtung ansammelte und obwohl er häufig – na gut, manchmal – kehrte, stieg ihm der Duft von Zedernholz in die Nase. Er öffnete die Tür am anderen Ende der Werkstatt, um die Brise hindurchziehen zu lassen. Durch die eine Tür blickte er auf ein Stück zerklüfteten Berg und durch die andere auf die Einfahrt. Drinnen stand massiv und nüchtern seine Maschinerie zur Holzbearbeitung, und an den Wänden hing sein Werkzeug.

Auf seiner Werkbank stand ein quadratischer Aufsatz, der die Krönung einer Orangerie werden sollte. Er war zur

Hälfte mit grünlichem antikem Glas verglast. Piero hatte diese kleinen, speziellen, kreativen Aufträge am liebsten. Sein Auftraggeber war ein Schreiner namens Antonio, der jemanden schicken würde, um den Aufsatz abzuholen, sobald er fertig war. Der Hügel, der in Montelibertà als Via Virgilio begann, stieg vorbei an Il Rifugio auf, und die Öffnung in den Felsen, die zu seiner Auffahrt führte, war groß genug für Lastwagen.

Zufrieden machte er sich an die Arbeit, fügte unter großzügiger Anwendung von Kitt das restliche Glas ein und setzte behutsam Holzleisten auf. Sobald er fertig war, schickte er Antonio ein Foto des elegant spitz zulaufenden Gebildes, und dieser bestätigte, den Aufsatz am Mittwoch abholen zu wollen.

Er hielt das Telefon noch in der Hand, als ihm auffiel, dass Lucia geschrieben hatte: Sie veranstalteten auf der Terrasse einen kleinen Umtrunk für ihre Gäste. Ob er dazukommen wolle? Nach seinem schlechten Tag hatte er eigentlich keine Lust, mit Touristen zu plaudern, doch er ließ die Finger über dem Display schweben, bevor er eine angemessen höfliche Absage tippen konnte. Vielleicht würde Zia ja kommen? Es war ihm schwergefallen, das Bild von ihr auf diesem Sofa aus dem Kopf zu vertreiben. Ihre lächerlich bestürzte Miene, als die Tür aufgeschwungen war und er sie mit ihrem hochgezogenen Business-Kleid gesehen hatte, war weit sexier gewesen als Ursulas knappe Shorts und ihr enges Top. Er hatte geglotzt wie ein Teenager, und Lust war in ihm hochgeschossen. Dazu noch Zias volle Lippen und ihr hochgestecktes Haar …

Er warf einen Blick auf die Uhr in seiner Werkstatt. Noch genug Zeit. *Großartig, danke*, schrieb er zurück. Nachdem er kurz geduscht und sich umgezogen hatte, brach er auf, durchschritt die Baumreihe, überquerte die Auffahrt nach Bella Vista, die zur Terrasse führte, und versuchte, die Zusammenkunft zu finden.

»Piero! *Vino o birra?*«, rief Durante, als er ihn erblickte, und stand vom Tisch auf.

»Birra, per favore«, gab Piero zurück. *»Buona sera«*, begrüßte er die Gäste. Er lächelte Zia und Ursula zu und setzte sich auf den freien Platz neben Zia, die keine Business-Kleidung mehr trug, sondern weiße Shorts und ein Top aus Spitze. Das Haar hatte sie zu einem schwingenden Pferdeschwanz gebunden. Lucia stellte ihn den Gästen vor, die er noch nicht kannte; zwei Frauen und zwei Männern über sechzig mit Sonnenhüten aus Stoff. Sie waren Niederländer, sprachen aber gut Englisch.

Die Gäste nippten an ihren Drinks, bedienten sich von einem Oliventeller und betrieben Small Talk. Piero fiel auf, dass Zia sich gut darauf verstand, das Gespräch in Gang zu bringen und dann zuzuhören. »Durante hat mir erzählt, Sie seien viel gereist«, meinte sie zu Lucia. Sie trug Saphire am Ringfinger der rechten Hand. Wäre sie Italienerin gewesen, hätte das bedeutet, dass sie verlobt war; doch er wusste, dass britische Frauen normalerweise Verlobungs- und Eheringe an der Linken trugen, so wie Ursula. Zias linker Ringfinger war ungeschmückt.

»Ja, ja, als ich damals die Keramikwerkstatt hatte. Wie Piero. Er reist durch Europa und verkauft Wein.« Lucia hob ihr Glas, um ihre Erklärung zu unterstreichen.

Piero grinste. »Heutzutage reise ich weniger. Videokonferenzen greifen um sich.« Es machte ihm nichts aus, dass Lucia es eher so klingen ließ, als wäre er Vertreter und nicht der Marketingchef und Vertriebsleiter in einer Person. Es stimmte schließlich: Er verkaufte Wein.

Nach einer weitschweifigen Unterhaltung über die Vor- und Nachteile persönlicher Begegnungen gegenüber Videoanrufen lenkte Zia das Gespräch erneut in eine andere Richtung. »Welche Teile von Großbritannien haben Sie schon besucht, Lucia?«

»London, oft«, entgegnete Lucia. »Auch Edinburgh in Schottland und andere Städte. Manchmal war ich auf Messen, öfter aber habe ich die Käufer direkt getroffen.«

»Ursula und ich leben in Brighton, in East Sussex«, warf Zia ein. »Aber geboren bin ich in Devon.«

Lucia nippte an ihrem Wein, bevor sie antwortete. »In Devon war ich auch ein paarmal.«

Bildete Piero sich das ein, oder wechselte Zia einen schnellen Blick mit Ursula? Sie ging so nahtlos dazu über, sich höflich zu erkundigen, ob Lucias Familie schon immer in Montelibertà gelebt hatte, dass Piero sich nicht sicher war. Dann verwickelte Durante ihn in ein Gespräch mit den niederländischen Touristen, die mit dem Fahrrad den Lago Trasimeno umrunden wollten. »Den ganzen?«, rief er und tat entsetzt. Doch er erzählte gern von den Schönheiten des Sees.

Nach einer Stunde klingelte Ursulas Handy. »Stephan«, raunte sie Zia atemlos zu. »Bis später«, entschuldigte sie sich laut in die Runde.

Zia nickte lächelnd und plauderte dann weiter mit Lucia, während die niederländischen Paare sich bei Piero und Durante nach Zügen nach Orvieto erkundigten. Sie waren an solche Gespräche mit ihren Gästen gewöhnt und erklärten gern das neue Tarifsystem des öffentlichen Nahverkehrs. Durante drückte Piero noch ein Bier in die Hand. Der Himmel verdunkelte sich von lavendelfarben zu marineblau, und die Lichter auf der Terrasse schalteten sich ein.

Die niederländischen Gäste verabschiedeten sich schließlich, da sie in Montelibertà zu Abend essen wollten. In dem Moment, als sie über die Treppe hinuntergingen, rüttelte Lucia Durante hektisch am Arm. »Hör zu!«, rief sie dramatisch. »Zia kennt sich mit Immobilienrecht aus. Sie glaubt, dass diese Leute lügen.«

Pieros Blick schoss zu Zia, die ruckartig die Augenbrauen hochzog. »Das habe ich so nicht gesagt«, beeilte sie sich klar-

zustellen. »Ich habe nur gemeint, dass ich mir nicht sicher bin, ob das, was Sie mir erzählt haben, richtig klingt. Ich bin keine Expertin.«

»Aber sagen Sie den anderen doch, was Sie denken«, bat Lucia. Vor Aufregung war ihr Schweiß auf die Stirn getreten, die sie in tiefe Falten gelegt hatte.

Mitgefühl zeigte sich in Zias braunen Augen. »Lucia sagte«, wandte sie sich an Piero, »man hätte Ihnen erklärt, dass der Besitzer von Il Rifugio Durante und ihr den Zugang verwehren könnte, und da ihr Grundstück nur über dessen Zufahrt erreichbar ist, stellt das ein Riesenproblem dar und könnte bedeuten, dass die beiden verkaufen müssen.«

Piero nickte. Er war sich nicht sicher, wie sehr Lucia der Engländerin gegenüber ins Detail gegangen war, doch er wusste, dass es ihm nicht gefiel. Es könnte ein schlechtes Licht auf Salvatore und Emiliano werfen. Von außen betrachtet war es vielleicht schwer zu verstehen, dass Familienmitglieder unterschiedliche Ziele verfolgen konnten und einander trotzdem liebten.

Zia runzelte die Stirn. Anders als bei Lucia ließ es sie nicht älter aussehen, sondern noch scharfsinniger wirken. »Ich glaube, das Gegenteil ist der Fall. Ich habe für eine Firma gearbeitet, die mit Rückverpachtungen zu tun hatte, und die betreffenden Immobilien befanden sich häufig in Italien oder Spanien.«

Jetzt runzelte auch Durante die Stirn. »Was bedeutet ›Rückverpachtung‹?« Er stolperte über das Wort.

Zia richtete den Blick auf ihn. »Meine Firma würde beispielsweise einen italienischen Supermarkt kaufen – aber nur den Grundbesitz, die Immobilie. Der Supermarkt könnte dann den Verkaufserlös in sein Geschäft stecken und dabei sein Gewerbe von dem Gelände aus weiterführen, wofür er Pacht an uns entrichtet.«

»Und damit den Gewinn aus der Investition deiner Firma erwirtschaften«, meinte Piero langsam.

Sie nickte. »Ich habe an einem Kauf mitgewirkt, der wegen eines Problems mit Zugangsrechten – *diritto di passaggio* – kompliziert war, und um es kurz zu machen: In Italien ist es gesetzlich verankert, dass man seinen Besitz betreten und verlassen kann.« Da Durante immer noch die Stirn runzelte, wiederholte sie ihre Erklärung auf Italienisch und machte das ziemlich gut. Ihre Behauptung, »nicht fließend« zu sprechen, grenzte an falsche Bescheidenheit.

Durante leerte sein Bier und knallte das Glas auf den Tisch. »Warum haben die Anwälte uns dann erzählt, dass ein neuer Besitzer von Pieros Land unseres wertlos machen kann?«

»Weil sie wollen, dass wir das glauben!«, rief Lucia mit bebender Stimme aus. Sie umklammerte die Tischkante, als wollte sie das Möbelstück nach jemandem werfen. »Wir verklagen sie und wehren uns.«

Piero bemerkte Zias zunehmend unbehagliche Miene und meldete sich als Stimme der Vernunft zu Wort. »Wir sollten nichts überstürzen. Was Zia sagt, klingt erst einmal recht vielversprechend, aber unsere Informationen besagen das komplette Gegenteil – allerdings haben wir nicht viel Erfahrung mit der betreffenden Kanzlei. – Man war der Meinung, dass unsere Anwälte vor Ort in einer so komplexen Situation nicht kompetent genug wären«, fügte er für Zia hinzu. »Daher hat jemand meinem Vater diese Leute empfohlen.« Jemand namens Graziella, die erklärt hatte, dieselben Anwälte hätten sie und ihren Ex-Mann vertreten, als sie ihre Hotels an eine größere Kette verkauft hatten. Ein nagendes Unbehagen machte sich in ihm breit.

Zia zog immer noch nachdenklich die Augenbrauen zusammen. »Wie lange ist es her, dass ihr euer Land erworben habt?«

Er überschlug es im Kopf. »Damals war ich zweiundzwanzig; sechzehn Jahre also. Lucia und Durante haben ihres ein wenig früher gekauft.«

»Und was steht in der Besitzurkunde über den Zugang?« Sie sah immer noch Piero an.

Sein ungutes Gefühl wurde stärker, und er kam sich wie ein Idiot vor. »Im Kaufvertrag? Den habe ich nie selbst gesehen. Ich war noch jung, und Papà und der Notar haben mich beraten. Die Papiere sind in den Safe der Firma gekommen. Inzwischen liegen sie bei den Anwälten.«

Erneut zuckten ihre fein gezeichneten Augenbrauen kaum merklich. »Die Originale? Ich hätte an Kopien gedacht …« Sie lächelte. »Aber wie schon gesagt, ich bin keine Expertin.«

»Und unsere Papiere«, warf Durante ein, »sind vor ein paar Jahren bei einem Erdbeben verloren gegangen. Ein Wasserrohr ist geplatzt, und der Keller unseres Anwalts wurde überflutet. Wir haben Kopien beim *Ufficio del Registro* angefordert, aber wir warten noch.« Er schaute genauso drein, wie Piero sich fühlte: verlegen.

Lucia stöhnte. »Wir haben uns auf die Aussagen von Anwälten verlassen, die nicht einmal für uns beide arbeiten, Durante. Wir müssen verrückt sein.«

Zunehmend beunruhigt sah Piero Zia an. »Du behauptest, keine Expertin zu sein, aber du scheinst mehr zu wissen als wir. Würdest du dir Il Rifugio einmal ansehen? Ich habe noch Fragen.« Er hätte Lucia und Durante dazugebeten, doch Zia hatte verunsichert gewirkt, als Lucia angefangen hatte, mit Wörtern wie »lügen« und »verklagen« um sich zu werfen. Er wollte sie nicht so verschrecken, dass sie ihre Informationen nicht mehr mit ihnen teilte.

Zia musterte ihn kurz und nickte dann. »Ich schreibe Ursula eine Nachricht, um ihr alles zu erklären, damit sie nicht nach mir sucht, wenn ihr Telefonat beendet ist.«

»Selbstverständlich.« Er wartete, während sie schnell ihre Textnachricht tippte, ging dann neben ihr her und führte sie die Einfahrt entlang. Sie reichte ihm bis zur Schulter, und ihr Pferdeschwanz schwang hin und her. Während sie zwischen

mit gelb blühendem Besenginster bewachsenen Böschungen hindurchgingen, die die Luft des frühen Abends mit ihrem Duft erfüllten, wurde der Verkehrslärm lauter. »Die Zufahrt, auf der wir uns befinden, gehört zu Bella Vista. Sie ist vielleicht achtzig Meter lang«, erklärte er. Sie betraten den Abschnitt, der mit der Straße verbunden war. »Das Problem ist dieser Teil. Er gehört mir, und sie fahren darüber.« Sie gingen noch zwanzig Schritte weiter, bis sie die öffentliche Straße erreichten und er lauter sprechen musste, um das Motorengedröhn und Hupen zu übertönen, als er nach rechts und links deutete. »Dies ist eine natürliche Passage, und wie du sehen kannst, ist der Fels mehrere Meter hoch.«

Scheinwerfer spiegelten sich in ihren Augen, als sie zu den hohen Steinen aufblickte und sich ein Bild davon machte, wie die Straße in den Berg hineingeschnitten worden war, sodass sie in beiden Richtungen von glatten Felswänden gesäumt wurde. »Ich vermute mal, Lucia und Durante dürften kein Stück des Bergs wegsprengen, um irgendwo die Straße runter einen direkten Zugang zu schaffen, selbst wenn das finanziell sinnvoll wäre.«

»Genau. Lass dir den Rest zeigen«, schlug er vor. Dieses Mal führte er sie über seine eigene Auffahrt, vorbei an seinem Alfa Romeo und dann ins Haus, in den offen angelegten Bereich, der die gleiche herrliche Aussicht bot wie Lucias und Durantes Terrasse. »Es wird schon dunkel, aber ich glaube, du kannst den Weinberg und die Kellerei erkennen. Sie gehören mir, Papà und meinem Bruder Emiliano.« Die Gebäude waren schwach erleuchtet, und die Berge waren in der Dämmerung bloße Schatten. Mit einer weit ausgreifenden Geste umfasste er mit beiden Armen das Tal, das er liebte. »Das Weingut, die Firma und der Wein heißen alle Tenuta Domenicali. Nun, da Papà älter ist, übernimmt Emiliano bei der Produktion die Führungsrolle. Er pflanzt die Reben, pflegt sie, erntet sie und überwacht die Gärung und die Abfüllung. Wir

konzentrieren uns vor allem auf Orvieto Classico, aber wir erzeugen auch etwas Sangiovese.« Er grinste. »Als Papà noch der Winzer war, hat er das alles rein nach Gefühl gemacht. So war er sein Leben lang – er hat immer Neues ausprobiert, und irgendwie hat es auch immer geklappt. Emiliano dagegen hat sich einen Ruf als Weinbauer aufgebaut und ist sehr maßvoll und überlegt. Meine Rolle ist, die Marke weiterzuentwickeln und den Wein an die Käufer zu bringen.«

Sie hörte aufmerksam zu und nickte hin und wieder.

Er ließ den Blick über das Weingut und die Gebäude schweifen, von denen eins einmal das Zuhause gewesen war, in dem seine Mutter Elvira ihren Söhnen bei den Hausaufgaben geholfen und dann im nächsten Moment schon eine große Party ausgerichtet hatte. Die großmütige, offene Elvira war ganz anders gewesen als die Frau, die jetzt dort lebte. »Lucia hat dir ja erzählt, dass eine große Organisation Tenuta Domenicali, Il Rifugio und Bella Vista kaufen will, um ein Zentrum für den Weintourismus aufzubauen. Die Gebäude und Ferienhäuser wären dann Unterkünfte für hochkarätige Gäste, die das bis dahin entstandene exklusive Ambiente und die Aussicht genießen würden.«

»Agrartourismus für gut Betuchte?« Sie lächelte matt.

»Genau. Und vor allem will Binotto meine Zufahrt. In diesem Licht erkennt man es nicht gut, aber am Weinberg vorbei« – er wies in die Richtung – »verläuft ein Verbindungsweg. Den könnten sie zu einer Straße für die Bustouristen ausbauen, die ›auf den Spuren des Weins‹ durch Umbrien, Assisi, Montefalco und Orvieto reisen. Besucher könnten eine Führung durch das Weingut machen und das abgefüllte Produkt erwerben. Urlaubern sitzt das Geld locker in der Tasche. Binotto würde an den richtigen Stellen Werbung für die richtige Klientel machen.«

Sie neigte den Kopf zur Seite. »Warum ist diese Zufahrt so wichtig? Das Weingut muss doch auch jetzt für Fahrzeuge erreichbar sein.«

Erneut wies er darauf, obwohl sie den Fahrweg, der ins Weingut führte, unmöglich erkennen konnte. »Weiter unten im Tal verläuft eine Landstraße. Als kleiner Erzeuger haben wir kein Problem mit kleinen und mittelgroßen Lastern, die uns beliefern. Aber …« Er zog das Wort in die Länge. »Die Straße, die am Ende meiner Ausfahrt vorbeiführt, ist eine größere und bildet die Verbindung nach Orvieto und Rom im Süden und Arezzo im Norden. Wenn sie Il Rifugio durchqueren, könnten Busse das Weingut direkt erreichen.«

Sie schaute auf die Gebäude und ihre hellen Lichter hinunter. »Wenn Tenuta Domenicali durch die Weinerzeugung nicht genug Gewinn abwirft, könnte deine Familie doch selbst diese touristischen Aktivitäten anbieten, die du erwähnt hast, und Besucher mit Minibussen über die vorhandene Straße transportieren.«

»Wenn es nur so einfach wäre.« Er sah sie an. Sie war wunderschön. In der Abendluft roch er ihr Parfüm, und um sie herum begannen Glühwürmchen zu tanzen wie schwebende Lichterketten, als wollten sie mit den Sternen wetteifern, die über ihnen leuchteten. Die Szenerie war wildromantisch, und seit er und seine Ex, Nicoletta, sich getrennt hatten und sie nach Mailand gezogen war, hatte er schon ein paar Frauen hier heraufgebracht mit der Absicht, sie zu verführen. Doch jetzt musste er sich auf den Aufruhr konzentrieren, der jeden seiner Tage begleitete und seine Zukunft bedrohte. »Wir wollen alle verkaufen. Papà will reisen, Emiliano möchte bleiben und weiter Traubensaft in Wein verwandeln, und meine Leidenschaft ist eine andere. Bis auf dieses eine Angebot hat niemand Interesse an dem Weingut gezeigt. Niemand!« Er hielt einen Moment inne, um sich zu sammeln. »Ich habe mich immer großartig mit meiner Familie verstanden, aber jetzt wird es schwierig. Alle bedauern, dass ich mein Zuhause verlieren werde, aber … Wenn ich verkaufe, glaubst du, die

Binotto-Gruppe hat so viel Geld, dass sie alles kriegen, was sie wollen, Gesetz oder nicht?«

»Bestechung kommt vor«, meinte Zia pragmatisch. »Und ungeachtet meiner Erfahrung solltet ihr bedenken, dass Anwälte als solche in der Regel nicht lügen.«

Es war nicht das, was er hatte hören wollen, doch er akzeptierte es seufzend. »Und ich habe Papà immer vollkommen in allem vertraut.«

Zia strich sich ein paar Strähnen aus der Stirn, die ihr in der abendlichen Brise ins Gesicht geweht waren. Sie hatte elegante Hände, ihre Nägel waren lila lackiert. Sie runzelte die Stirn und nickte nachdenklich. »Der Umgang mit der Familie ist heikel«, gab sie rätselhaft zurück. »Lange nimmt man einfach so hin, was einem über die Familiengeschichte erzählt wird – und was nicht –, und man stellt es nicht infrage. Man vertraut diesen Menschen. In meinem Leben gibt es vieles, von dem ich mir heute wünsche, ich hätte genauer hingeschaut und hinterfragt.« Sie lächelte und schaute auf die Uhr. »Ich sollte lieber nach Ursula sehen. Wir wollen in Bella Vistas wunderschönem Pavillon zu Abend essen.«

»Dir gefällt der Pavillon? Den habe ich gebaut.« Er konnte nicht widerstehen, ihr das zu verraten, und genoss es, wie sie verblüfft die Augen aufriss.

»Der bei den Ferienhäusern?«

»Ich habe hier auch einen, obwohl du ihn im Dunkeln nicht sehen kannst. Hast du noch eine Minute Zeit für mich?« Er führte sie an der Front des Hauses vorbei zu seiner Werkstatt. Er knipste das Licht an und sah zu, wie Zia blinzelte und dann den Blick auf das Laternendach richtete, das auf Antonio wartete.

»Das ist ja umwerfend!« Sie trat näher, um mit den Fingerspitzen über die Holzmaserung zu gleiten und die zwiebelähnliche Zierspitze zu berühren.

Er konnte einen Anflug von Stolz nicht unterdrücken. »Ich baue gern schöne Dinge. Das hier wird ein Dachaufsatz für ein Gewächshaus. Der Schreiner hat das Werkzeug und das Personal, um die Grundstruktur zu bauen, aber ich habe im Unterschied zu ihm die Geduld und die Zeit, mich solchen künstlerischen Details zu widmen.« Er zog sein Handy hervor und scrollte durch die Fotos, bis er fand, was er suchte. »Das hier habe ich für Emilianos Kinder Camilla und Cristian gebaut.«

Zia trat näher heran, um das Bild anzuschauen, das zwei strahlende Kinder neben einem kleinen Holzhaus mit grüner Tür und kleinen Fenstern zeigte. »Ein Spielhaus? Wie beeindruckend! So etwas Wunderbares haben nicht viele Kinder. Es ist wie ein Märchenhäuschen. Sieh dir diese geschwungenen Teile am Dach an.«

»Die Amerikaner nennen das ›Zuckerbäckerstil‹.«

Sie gab ihm das Handy zurück. »Du bist bestimmt der Lieblingsonkel deiner Nichte und deines Neffen.« Selbst in dem grellen Werkstattlicht wirkte ihre Haut glatt und seidig. Dann klingelte ihr Handy. »Macht es dir etwas aus, wenn ich rangehe?«, fragte sie.

Da sie offensichtlich mit Ursula telefonierte und es ums Abendessen ging, begann er, die Lichter auszuschalten. »Ich zeige dir den kürzeren Weg zurück«, sagte er, als sie fertig war, »durch die Zypressen. – Komm jederzeit wieder nach Il Rifugio«, fügte er, entgegen seiner üblichen Politik gegenüber Gästen von Bella Vista, hinzu.

5

Am Freitagmorgen war Ursula bereit, den Urlaub offiziell einzuläuten. »Wie wär's mit einem Spaziergang zum Markt im Zentrum von Montelibertà?«, schlug sie vor.

Zia lachte. »Drei Meilen hin und drei zurück? Auf dem Rückweg bergauf? Du? In Flipflops? Du würdest dir Blasen holen, bevor du die erste Meile hinter dir hast.«

Ursula zog mit einer Fingerspitze sehnsüchtig auf ihrem Handybildschirm die von Google Earth erzeugte Landschaft nach. »Du denkst zu praktisch. Ich hingegen schwelge in der romantischen Vorstellung, durch Weinberge und Olivenhaine zu schweben.«

Jetzt studierte auch Zia das Bild. »Ich bin mir nicht sicher, ob wir bei den Besitzern besagter Weinberge und Olivenhaine willkommen wären, denn ich sehe keine Wanderwege. Und wir haben um zehn Uhr morgens schon dreißig Grad.« Sie klimperte lockend mit ihren Autoschlüsseln.

Mit blitzenden Augen steckte Ursula ihr Handy weg. »Ein gemächlicher Spaziergang über die Piazzen wäre vielleicht auch nett … natürlich mit Pausen für *vino* und *gelato*.«

Zia reagierte mit einem Grinsen und schnappte sich ihre Handtasche. »Durante hat empfohlen, in der Via Virgilio zu parken, kurz, bevor es in die Stadt geht. Es ist kostenfrei und

verschafft uns einen kleinen Spaziergang.« Bald fuhren sie auf die öffentliche Straße hinaus, an der Zia gestern Abend mit Piero gestanden hatte. Dichter Verkehr floss in beide Richtungen und bestätigte seine Bemerkungen darüber, dass sie eine wichtige Verbindungsstraße war. Über fast zwei Meilen erstreckte sich Fels an der Straße entlang und wich dann einem Landschaftspark mit Pinien, deren abgeworfene Nadeln staubig beige Verwehungen bildeten. Im Schatten parkten Autos, und sie erhaschte einen Blick auf Picknicktische auf Lichtungen.

»Dort werden wir auf jeden Fall einmal zu Mittag essen«, erklärte Ursula und spähte im Vorbeifahren über die Schulter zurück.

Die Straße beschrieb eine Kurve, und Zia keuchte auf. »Oh!« Sie bremste, fuhr an den Straßenrand und ließ den Verkehr an ihnen vorbeisausen. Unter ihnen schmiegte sich das sonnenübergossene Montelibertà in die Landschaft. Um drei Viertel der Stadt stieg das Land an wie ein Amphitheater, um dann auf einer Seite abzufallen. Kirchtürme reckten sich zwischen mit Terrakotta-Schindeln gedeckten Dächern; die Gebäude waren creme-, ocker- oder apricotfarben gestrichen, wobei die größten sich im Stadtzentrum befanden, während die kleineren Häuser sich auf den Hängen herumdrückten wie Kinder, die einen Streich aushecken. Letztere zogen Zias Blick auf sich – normale Wohnhäuser für normale Familien. Sie fragte sich, ob eine dieser Familien ihre sein mochte.

»Wunderhübsch«, flüsterte sie. »Ich verstehe, warum die Touristen es lieben.«

»Als wir von unten gekommen und durchgefahren sind, hat es gewöhnlicher gewirkt«, meinte Ursula und betrachtete das sonnenbeschienene Häuserwirrwarr.

Dann hupte ein Motorrollerfahrer ärgerlich und sauste knapp an ihrem Auto vorbei, und Zia riss sich von dem zauberhaften Anblick los. »Ich sollte besser richtig parken.« Ein

paar Minuten später konnte sie in eine Parklücke in der Nähe eines Hotels namens Casa Felice setzen.

»Das glückliche Haus. Sogar ich kann das übersetzen«, sagte Ursula, während sie den Wagen abschlossen und Motorroller mit jaulenden Motoren an ihnen vorbeizogen und Lastwagenfahrer quietschend den Gang wechselten. Vorbei an belebten Bürgersteigen schlenderten sie bergab und passierten Restaurants, Bars und Läden, die sich mit Häusern abwechselten, die mit Balkonen und Fensterläden geschmückt waren. Ab und zu lag hinter einer Mauer ein kleiner Garten. Lavendelduft begleitete den melodischen Klang des Italienischen, den Touristen mit englischen und deutschen Klängen untermalten. Kisten mit dicken, glänzenden Birnen und Äpfeln standen vor einem Laden an der Ecke einer Seitenstraße, die so schmal war, dass Zia das Gefühl hatte, beide Seiten gleichzeitig berühren zu können, wenn sie die Arme ausstreckte, wie der Weinstock, der über ihnen einen lebenden Bogen bildete. Sie spähte hinauf zu zwei älteren Damen, die auf einem schattigen Balkon mit schmiedeeisernem Gitter, der kaum groß genug für sie beide und ihren Tisch war, ihr Mittagessen genossen und sich anscheinend von den Menschen, die unter ihnen herumwimmelten, oder einem Laster, der sich nur Zentimeter von den Mauern entfernt durch die Gasse quetschte, nicht stören ließen. »Sie wirken so kultiviert«, murmelte sie, »wie sie dort oben Rotwein trinken.«

Ursula interessierte sich mehr für einen Laden, der über seine gesamte Front hinweg Keramik anbot. »Ob Lucia wohl so etwas hergestellt hat?« Begeistert zog sie mit den Fingern die bunten geometrischen Muster auf einem Teller nach, und ihre Augen leuchteten.

»Kann schon sein. Frag sie später danach.« Zia bewunderte ein mit dunkelblauen Trauben geschmücktes Ölkännchen. »Das würde gut in meine Küche passen«, meinte sie, kaufte es jedoch nicht. Die Bauwerke von Brighton in ihrem

georgianischen und Regency-Stil schienen Welten von dieser lärmenden italienischen Straße entfernt zu sein, wo die Sonne ihr die Schultern küsste.

Sie ließen sich durch die Sträßchen treiben, vorbei an verschiedensten Geschäften. Schließlich erreichten sie die kopfsteingepflasterte Piazza Roma, wo Marktstände mit cremefarbenen Markisen von Gebäuden mit Bogengängen umgeben waren. Hinter dem größten Bogen befand sich laut der Karte ein weiterer Platz, die Piazza Santa Lucia. »Es ist nett, aus dem Verkehr heraus zu sein«, bemerkte Zia, als sie mit der ersten Reihe Stände begannen.

Ursula hielt schnurstracks auf einen Stand zu, der noch mehr Keramik anbot. Kannen, die erstaunte Hühner mit offenen Schnäbeln, die als Ausguss dienten, darstellten, standen neben Butterdosen in Form von Zitronen. Für sieben Euro kaufte sie einen Kerzenhalter in Form einer Sonnenblume, deren Blätter das Wachs auffingen. Dann schlenderten sie weiter, vorbei an Schmuck aus schimmerndem Olivenholz, billiger Kleidung, Kuchen und bunten Obstpyramiden.

Schließlich wandten sie sich den Cafés zu und suchten sich eins aus, vor dem ein Tisch halb im Schatten und halb in der Sonne stand. Zia ließ sich gern von goldenem Sonnenschein rösten, doch Ursula zog den Schutz eines großen Sonnenschirms vor.

Sobald sie Mineralwasser bestellt hatten und die erste Hälfte davon durch ihre staubigen Kehlen geronnen war, lehnten sie sich behaglich zurück, um die Speisekarte zu studieren. »Die Salate sehen gut aus«, meinte Zia.

Ursula verzog das Gesicht. »Die Pizzen sehen gut aus. Die Salate sehen gesund aus.«

Zia löste das Dilemma. »Wie wär's, wenn wir eine Pizza und einen Salat bestellen und uns beides teilen?« Sie lächelte einem Kellner zu, der in einer grünen Weste und einem weißen Sommerhemd schick aussah, und ließ ihr Italienisch spie-

len. Immer wenn sie nach Italien reiste, zahlte sich das Geld aus, das sie in den Unterricht bei einer italienischen Muttersprachlerin investiert hatte, um einmal die Woche Konversation mit ihr zu üben. Es war sehr hilfreich, an die echten Rhythmen einer Sprache gewöhnt zu sein statt an die englische Version davon.

Ursula war als typische Touristin zufrieden damit, den ganzen Dialog an sich vorbeirauschen zu lassen, während sie zuschaute, wie die Markthändler einzupacken begannen. Doch nachdem der Kellner davongeeilt war, bewies sie, dass sie den Grund, aus dem sie in Montelibertà waren, nicht aus den Augen verloren hatte. Sie sah Zia fragend an. »Und, wie geht es nun mit Lucia weiter? Sie scheint nett zu sein. Hast du vor, sie zu fragen, ob sie ein Teil deines Familienpuzzles ist?«

Ursula lächelte zwar, doch Zia sah die Verunsicherung in ihrem Blick. Ihr Gespräch mit Stephan gestern Abend war anscheinend nicht gut verlaufen, und Ursulas Hoffnung, er würde sich beruhigen und ihr endlich glauben, dass sie ihn nicht betrogen hatte, schwand. Ein Jammer, dass ihre Beziehung zur gleichen Zeit auf der Kippe stand, in der Zia nach ihren italienischen Wurzeln forschte. Vielleicht hatte Ursula das Gefühl, dass sie Gefahr lief, ihren Mann *und* ihre beste Freundin zu verlieren. Mit ihrer Körperkunst und ihrem Make-up präsentierte sie der Welt eine schrille Fassade, doch in Wahrheit war sie ein zartes Pflänzchen und leicht zu verunsichern.

»Ich werde auf jeden Fall mit ihr reden.« Sie hielt einen Moment inne. »Wahrscheinlich jedenfalls«, fügte sie schließlich hinzu, um ehrlich zu sein. Warmherzig lächelte sie ihre Freundin an, um sie ein wenig zu beruhigen. Von der Piazza Santa Lucia erklang das melodische Läuten von Kirchenglocken und erfüllte die Piazza Roma, und Zia nutzte die Gelegenheit, um das Thema zu wechseln. »Das muss die

Santa-Lucia-Kirche sein. Ich vermute mal, Lucia ist nach der Heiligen benannt.«

Ursula ließ sich nicht ablenken. »Auf jeden Fall, wahrscheinlich? Bist du dir sicher, dass du nicht ›vielleicht‹ meinst?«

Zia lachte und hielt inne, um dem Kellner dankend zuzulächeln, der ihnen einen Korb mit köstlich frisch duftendem Brot brachte. Sie nahm sich ein Stück, um es in Öl und Balsamico-Essig zu tunken. »Aber es fasst meine Gefühle zusammen. In dem einen Moment beschließe ich, dass ich zu Lucia sagen werde ›meine Mutter ist gestorben, als ich noch jung war, doch ich glaube, dass ich eine Verbindung zu jemandem namens Lucia Costa aus Montelibertà habe. Ich frage mich, ob Sie das sein könnten‹. Um mich dann im nächsten Moment zu fragen, ob ich etwas Schreckliches herausfinden werde, zum Beispiel, dass Mum mich entführt hat. Und dann wieder will ich unbedingt Bescheid wissen, ganz gleich, was passiert ist.«

»Schwierig.« Ursula rieb Zia tröstend über den Arm.

Pizza und Salat wurden gebracht, und Zia lud etwas von beidem auf ihren Teller und sah zu, wie der köstliche geschmolzene Käse über den Rand des dünnen, knusprigen Teigs floss, während sie Salatblätter, Tomatenscheiben und Zwiebel daneben arrangierte. »Ja«, sagte sie zustimmend. »Und meine Gedanken kreisen ständig um die Frage der zwei Victorias. Vielleicht engagiere ich ja einen Privatdetektiv, um herauszufinden, was aus Harry Anstey geworden ist und was er weiß. Nach seinen Briefen zu urteilen, hat meine Mum, Vicky Chalmers, mich hier in Montelibertá bei Lucia abgeholt. Warum? Wieso ist Lucia dann nach Devon gereist und hat nach Tori gesucht, von der Harry als ›verloren‹ spricht und die Gran als ›nicht mehr da‹ beschreibt und um die getrauert wird? Es klingt wirklich, als wäre Tori die jüngere Victoria Chalmers, von der wir wissen, dass sie ungefähr um diese

Zeit gestorben ist.« Sie hielt inne, um zu überlegen, und ließ ihre Gabel in der Luft hängen. »Ihre Geburtsurkunde und ihr Totenschein waren in Mums Tasche, also muss sie eine Verbindung zu Mum haben. Könnte sie eine Cousine gleichen Namens sein? Eine, von der ich nichts weiß?«

»Oder könnte ein Mann aus der Chalmers-Familie eine Siebzehnjährige geheiratet haben, die zufällig auch Victoria hieß?«, sagte Ursula sinnierend.

Zia spürte, wie sich eine nagende Unruhe in ihrem Bauch ausbreitete. »Oder Tori Chalmers war wirklich meine leibliche Mutter«, räumte sie ein. »Womit Vicky Chalmers meine Großmutter gewesen wäre und Gran und Pap meine Urgroßeltern.« Sie warf Ursula einen Blick zu und fühlte sich durch ihre liebevolle Miene getröstet. »Jetzt, da ich hier in einer herrlichen alten italienischen Stadt in der Sonne sitze, will ein Teil von mir nur den Urlaub genießen und dann nach Hause fahren, um mir einen neuen Job zu suchen. Vielleicht einen neuen Mann finden; einen, der mich nicht betrügt.«

»Und die Vorstellung aufgeben, hier zu leben?«, hakte Ursula nach und griff nach einem Stück Pizza.

»Das möchte ich wiederum auch nicht.« Seufzend stieß Zia den Atem aus. »Und damit dreht sich die Sache wie immer im Kreis – alles wäre einfacher, wenn ich beweisen könnte, dass mein Vater Italiener war. Und wenn Vicky Chalmers mich als Baby Lucia Costa weggenommen hat, die in Montelibertà lebte, ist gut möglich, dass sie ein Licht auf die Identität meines Vaters werfen kann. Was zum Teufel hatte ich in diesem Alter hier zu suchen, obwohl ich in England geboren bin?«

Zia verfiel in nachdenkliches Schweigen. Ursula begann, sich mit ihrem Handy zu beschäftigen. Nach ein paar Minuten beschloss sie, die Stimmung ein wenig zu heben und machte einen Vorschlag: »Hast du Lust, einen Blick in ein Theater aus dem 19. Jahrhundert mit neoklassizistischer Ausstattung zu werfen?«, fragte sie. »Mit all dem hübschen Gold-

zeugs? Laut dieser Touristen-Website gibt es dort auch eine *gelateria* und das Caffè Teatro.«

Bevor Zia etwas darauf erwidern konnte, klingelte ihr Handy. Sie kramte es aus der Handtasche und schnitt eine Grimasse, als sie den Namen des Anrufers sah. »Brendon.«

»Soll ich mich verdrücken?«, fragte Ursula.

Zia schüttelte den Kopf und nahm das Gespräch an. »Hi, Brendon.« Sie versuchte, eher kühl und höflich zu klingen als erfreut.

Durch die Leitung war die auf- und abschwellende Sprachmelodie Nordenglands, wo Brendon aufgewachsen war, deutlich wahrzunehmen. Als sie Anfang des Jahres zusammengekommen waren, hatte seine Stimme in ihr Funken sprühen lassen, aber damals hatte sie ihn auch noch nicht beim Sex mit einer anderen erwischt. »Ich wollte nur anrufen und mal Hallo sagen«, erklärte er. »Bist du im Ausland? Ich habe dieses merkwürdige Freizeichen bekommen.«

Da Stephan wusste, wo sich Ursula aufhielt und mit wem sie zusammen war, war Zia sich ziemlich sicher, dass Brendon auch im Bilde war. »Ja, in Italien.«

»Ich weiß, was dort so spannend ist.« Er klang freundlich und begierig, sich bei ihr einzuschmeicheln.

Sie entschied sich, nicht mit ihm über die Sache mit ihrem Vater zu sprechen. Er kannte ihre Geschichte … jedenfalls das, was sie bis für ein paar Wochen für ihre Geschichte gehalten hatte. »Das Land ist fantastisch. Rufst du aus einem besonderen Grund an?« Ein Schwarm Tauben half mit, den abgeräumten Marktplatz zu säubern, und sie sah zu, wie die Tiere zwischen den Pflastersteinen herumpickten, selbstgefällig die Brust reckten und einander zugurrten. Ein blonder Junge stürmte lachend auf sie zu, woraufhin sie sich flatternd in die Lüfte erhoben, um sich an einer anderen Stelle wieder niederzulassen. Ursula hatte sich wieder ihrem eigenen Handy zugewandt und tippte und scrollte, während Zia telefonierte.

»Ich hatte gehofft, wir könnten reden«, sagte Brendon. Er lachte nervös und wenig überzeugend. »Mir war nicht klar, dass ich dich in deinem Urlaub stören würde.«

Ja, ja, als hätte Stephan dir nicht alles erzählt, hätte sie am liebsten gesagt, doch sie wahrte ihren höflichen Ton. »Worüber?«

Noch ein Lachen. »Um dir zu versichern, wie leid es mir tut, was passiert ist. Noch einmal.«

Schon wieder, meinte er. Das Gespräch war ihr unangenehm, als glaubte er, es gäbe einen Weg zurück zu ihr, wenn er nur oft genug an die Tür hämmerte. »Ich weiß. Aber das ändert nichts an den Tatsachen.«

Brendon räusperte sich laut. »Ich hatte mich gefragt ... also, ich meine, warum ...« Er holte noch einmal Luft und sprudelte seinen Satz dann heraus. »Ich habe mich mit Stephan unterhalten und versuche, mir einen Reim darauf zu machen, wieso du Ursula unterstützt, obwohl sie einen Fehler gemacht hat, aber mir nicht verzeihen willst.« Seine Stimme klang jetzt heiser. »Ich liebe dich. Ich kann nicht glauben, dass du mir keine zweite Chance gibst.«

Zia verdrehte die Augen, versuchte aber, nicht die Geduld zu verlieren. »Das, was ihr getan habt, Ursula und du, ist nicht dasselbe.« Ursula blickte so ruckartig auf, dass ihre blonde Stirnlocke wippte. »Ja, ihr wart beide betrunken ...«, fuhr Zia fort, »... aber nur du bist untreu gewesen.«

Brendon beschloss, nur auf einen Teil ihrer Antwort einzugehen, wie ein Politiker. »Natürlich war sie untreu! Ein Mann bringt keine komatös betrunkene Frau nach Hause, wenn nichts dahintersteckt.«

Ursula tippte eine Nachricht in ihr Handy und drehte es so, dass Zia sie lesen konnte. *Versucht er etwa, für Stephan nach Informationen zu fischen?*

Für den Fall, dass das zutraf, gab Zia ihm eine gepfefferte Antwort. »Dann hat dieser Typ also mit Ursula geschlafen

und sie dann in aller Ruhe zu ihrem Mann nach Hause gebracht? Dazu hätte er aber enorm kaltschnäuzig sein müssen. Ich glaube ja, dass er eine Frau gesehen hat, die vollkommen hilflos war, und ihr geholfen hat. Nette Menschen tun so etwas manchmal. Ich begreife ja, dass Stephan bestürzt und wütend über ihren Zustand war …« – an diesem Punkt machte Ursula ein zerknirschtes Gesicht –, »aber wieso will er einfach nicht glauben, dass sie ihn nicht betrogen hat? Ich habe noch nie erlebt, dass sie mit zwei Männern gleichzeitig zusammen gewesen wäre, nicht einmal, als wir noch studiert haben, und ich bin felsenfest davon überzeugt, dass sie niemals dazu in der Lage wäre, ihren Mann hinters Licht zu führen. Stephan bedeutet ihr alles, und das sollte er eigentlich auch wissen.«

Ursula gab ihre reuevolle Miene auf und warf ihr stattdessen einen Luftkuss zu.

»Aber das ist es ja gerade«, erklärte Brendon angespannt. »Menschen benehmen sich eben nicht wie sie selbst, wenn sie betrunken sind. Sonst hätte ich … *das* nie getan.«

Dass er sie an *das* erinnerte, besänftigte sie nicht gerade. Sie war mit einer Gruppe von Freunden in diesen Raum getreten, weil sie sich Sorgen machte, er könnte ohnmächtig geworden sein, doch sie hatte ihn vollkommen aufrecht und dabei vorgefunden, wie er Sex an der Wand gehabt hatte – und das war nicht der Name eines Cocktails. Er hatte die Arme der Frau über deren Kopf festgehalten. Zia hatte noch nie auf dieses »Pack mich und gib mir das Gefühl, wehrlos zu sein« gestanden, und ihre erste Reaktion war nicht gewesen »Warum schläft er mit einer anderen Frau?«, sondern eher »Wieso schläft er *auf diese Art* mit ihr?« Das hatte sich wie ein zusätzlicher Betrug angefühlt. Brendon und die Frau waren erstarrt, als Zia und die anderen in den Raum gekommen waren; ein lebendes Bild aus heruntergerissenen Kleidungsstücken und zerrauftem zerzaustem Haar, als wäre der Sex stürmisch und hektisch gewesen.

»Auch Alkohol ist keine Entschuldigung dafür«, entgegnete sie verkniffen, »dass du so wenig Respekt vor mir hattest, um *das* zu tun, während ich auf derselben Party war. Du bist in ein Minenfeld getrampelt, und damit war unsere Beziehung Knall auf Fall zu Ende. Sie lief sowieso nicht mehr gut«, fügte sie hinzu.

»Ähm …«, unterbrach er sie, als wollte er protestieren.

Ehe er Gelegenheit dazu hatte, sprach sie schnell weiter. »Wir hatten unterschiedliche Vorstellungen. Wir waren erst seit ein paar Monaten ein Paar, und du hast praktisch vorgeschlagen, meine Arbeitslosigkeit als Karrierepause zu nutzen, um Kinder von dir zu kriegen.«

Ein langes Schweigen trat ein. »Das ist ein wenig übertrieben«, sagte er dann steif, »aber falls ich unsensibel war, entschuldige ich mich dafür. Ich gebe unsere Beziehung trotzdem noch nicht auf. Du fährst immer wieder nach Italien und suchst nach irgendeiner Verbindung, die du zu diesem verfluchten Land verspürst, während sich in England ein Mann nach dir sehnt. Du bist eine wunderbare, intelligente Frau. Warum kannst du mir nicht verzeihen? Ich verspreche auch, dass ich dich nicht drängen werde, zu mir zu ziehen.«

Sie fuhr angewidert zurück. »Gut, denn ich liebe meine Wohnung. Auf die kann ich mich nämlich verlassen.« Sie wurde sich bewusst, dass ihre Stimme scharf geklungen hatte, und bemühte sich jetzt um einen neutraleren Ton. »Brendon … ich kann dir nicht verzeihen. Jemandem zu verzeihen, ist keine bewusste Entscheidung. Es ist eine Reaktion, etwas, das von innen kommt.« Schroff verabschiedete sie sich und beendete den Anruf, indem sie aggressiv auf das Display einstach.

Ursula stieß einen Pfiff aus. »Klingt, als wäre das fast so gut gelaufen wie mein letztes Gespräch mit Stephan.«

Zias Handflächen waren schweißnass. »Fürchte schon. Er glaubt, wenn er nur beharrlich genug ist, kann er die Bezie-

hung wiederbeleben. Dass ich ihn zurücknehme und damit praktisch zugebe, dass ich übertrieben auf seinen winzigen, unbedeutenden Fehler reagiert habe.«

»Er könnte dich natürlich auch aufrichtig vermissen und wirklich gern mögen«, warf Ursula ein, um fair zu sein. Dann seufzte sie. »Aber da ich meine eigene Beziehung ruiniert habe, indem ich mich betrunken habe, ist klar, dass ich ihm gegenüber nachsichtig bin. Danke, dass du mich verteidigt hast. Vielleicht sagt er es ja Stephan weiter.«

»Hoffentlich«, meinte Zia. Sie setzte ein entschlossenes Lächeln auf. »Aber jetzt lass uns zahlen, und dann gehen wir in dieses neo-dingsda Theater und essen Eis. Schokolade, mit Nüssen.« Sie wollte die Erinnerung an Brendons unverdrossene Versuche, ein altes Feuer wieder anzufachen, loswerden.

Alle Wärme, die sie einst für ihn empfunden hatte, war durch seinen Betrug zerstört worden.

Freitags arbeitete Piero immer in seiner Werkstatt. Heute ließ er sich nicht vom Dröhnen der Maschinen einhüllen, sondern beschäftigte sich in aller Ruhe mit einer Skizze. Von draußen drangen durch die offenen Türen das Zwitschern von Vögeln und das Schnauben eines wilden Ebers unter einem Busch herein. Letztes Jahr hatte er auch einen Blick auf Frischlinge erhascht, die gestreift waren wie die Rinde der Bäume, zwischen denen sie nach Nahrung zu suchen lernten. Es war ihm lieber, sie hier oben zu wissen als unten im Weinberg, wo sie die Trauben fressen würden.

Er entwarf einen sechseckigen Pavillion für eine ältere Engländerin, die sich in Fabro niedergelassen hatte, zwanzig Minuten weiter bergabwärts. Am Ende ihres aus Zitronenbäumen und gepflasterten Wegen bestehenden, verwilderten Gartens sollte dieses elegante Gebilde entstehen, in dem sie sitzen konnte – schattig im Sommer, aber mit verglasten Paneelen, die in der kühleren Jahreszeit eingesetzt werden

konnten. Sie nannte es ein »Sommerhaus« und erklärte, im englischen Garten ihrer Kindheit hätten sie immer eins gehabt, was angesichts des wechselhaften britischen Wetters praktisch erschien.

Während er Linien zog und Maße berechnete, ging er in sich. Könnte er die Sommerhäuser auch an andere Kunden verkaufen? Montelibertà lag auf einer Höhe von fast sechshundert Metern, gerade so hoch, dass es hier im Winter sogar auch mal schneite. Er hielt selbst nicht viel von der Kälte und stellte sich vor, eine ähnliche Fensterverkleidung für seinen eigenen Pavillon im Winter zu bauen, damit er dort Musik hören und über das Tal hinausblicken konnte, während das Glas die Wintersonne verstärkte.

Falls er denn im nächsten Winter noch auf Il Rifugio leben würde.

Ein Schatten legte sich über seine Stimmung. Ein Teil seines Hirns beschäftigte sich zwar weiter mit Winkeln, Maßen und Stützpfosten, doch der Rest rang mit dem Konflikt zwischen seiner Liebe zu seiner Familie und den juristischen Problemen.

In seiner Mittagspause aß er draußen im sonnengefleckten Schatten und stöberte im Internet nach *diritto di passaggio*. Es war deprimierend, von Menschen zu lesen, die geglaubt hatten, das Recht auf ihrer Seite zu haben, aber feststellen mussten, dass sie im Vergleich zu den Haien, mit denen sie es zu tun hatten, nur kleine Fische waren. Lucia und Durante mochten ja das Recht auf fortgesetzten freien Zugang zu ihrem Besitz haben, aber war es möglich, dass die Binotto-Gruppe sie trotzdem davon überzeugte, dass sie besser verkaufen sollten?

Nach einiger Recherche entschied er sich für einen Anwalt in Orvieto und vereinbarte über das Online-Kontaktformular einen Termin. Dann schaute er zehn Minuten lang auf das Weingut seiner Familie, die Kellerei und sein Elternhaus

hinunter, die sich in das üppige grüne Tal schmiegten, und sagte den Termin wieder ab.

Zuerst sollte er noch einmal mit Papà und Emiliano reden.

Nachdem er eine Bestellung für das Material aufgegeben hatte, das er für das Sommerhaus brauchen würde, machte er sich gegen drei Uhr nachmittags auf die Suche nach Lucia und Durante. Das Summen der Bienen leistete ihm Gesellschaft, während er an Büschen und Bäumen vorbeiging. Als er sich anschickte, die Auffahrt nach Bella Vista zu überqueren, zog das Aufblitzen von etwas Weißem seinen Blick auf sich, und vorbei an dem Olivenhain konnte er gerade eben erkennen, dass sich jemand in dem Pavillon befand. Er sah zu, wie eine Hand ein Blatt Papier ablegte und nach einem weiteren griff. Langes Haar fiel über eine Schulter. Zia.

Rasch wechselte er die Richtung und schlug einen von Gras, das bereits zu sommerlichem Gold umschlug, gesäumten Fußweg ein. Er folgte einem Drang, den er nicht mehr gespürt hatte, seit er sich damals zu Nicoletta hingezogen gefühlt hatte. Die Art, wie ihre Beziehung zu Ende gegangen war – Nicoletta war enttäuscht und frustriert gewesen, und er verärgert und verwirrt –, hatte ihn davon abgehalten, sich Frauen aus der Umgebung zu nähern, die vielleicht – verständlicherweise – auf eine feste Bindung aus gewesen wären. Touristinnen waren da praktischer – heute hier, morgen wieder fort. Zia war Touristin. Was für einen Einfluss konnte eine Urlauberin, die nur ein paar Tage hier sein würde, auf sein Leben nehmen?

Sie bemerkte ihn, als er noch ein paar Schritte vom Pavillon entfernt war, blickte auf und begrüßte ihn mit ihrem atemberaubenden Lächeln. An einem ihrer glatten, gebräunten Beine lehnte eine blau-weiße Tasche, und sie hielt etwas in der Hand, das wie ein handgeschriebener Brief aussah. In der offenen Tasche lag ein Haufen Umschläge.

»Beschäftigt?«, fragte er.

»Ich lese nur. Ursula ist im Schatten hinter Villino Il Pino eingeschlafen.« Dann schien ihr klar zu werden, dass das, was sie in den Händen hielt, keine normale Urlaubslektüre war. »Das sind Briefe an meine Mutter, Vicky«, fügte sie hinzu. »Darin wird Montelibertà erwähnt. Sie war offensichtlich einmal hier. Ich versuche, mehr über sie herauszufinden, denn sie ist gestorben, als ich zehn war.«

»Das tut mir leid.«

»Wenigstens hatte ich liebevolle Großeltern, die mich großgezogen haben.« Fragend neigte sie den Kopf. »Sehe ich aus, als könnte ich italienische Vorfahren haben?«

Er deutete ihre Frage als Einladung, sich länger aufzuhalten, trat in den Pavillon und setzte sich auf einen Liegestuhl. »Als ich dich zuerst gesehen habe, habe ich dich für eine Italienerin gehalten. Ich dachte sogar, dass du zu der Binotto-Gruppe gehören würdest und gekommen bist, um Lucia und Durante weiter zu bedrängen. Du hast wie eine Geschäftsfrau gewirkt.«

Sie lächelte, und ihre Augen funkelten. »Ich hatte vorher ein Vorstellungsgespräch in Montelibertà.«

Er war verblüfft. »Dann willst du bleiben und hier arbeiten?« Sie war also gar keine Touristin?

Ihr Lächeln verblasste. »So einfach ist das nicht mehr. Ich habe ja nicht mal eine Aufenthaltserlaubnis beantragt. Ich wollte einfach sehen, was das vielleicht nach sich ziehen würde; was ein Arbeitgeber erwarten würde. – Man hat mir immer erzählt, mein Vater sei Italiener gewesen«, erklärte sie, »aber nicht, wer er war. Wenn ich beweisen könnte, dass mein Vater aus Italien stammt, würde man mir vielleicht wegen meiner Herkunft die italienische Staatsbürgerschaft zugestehen – nach dem *ius sanguinis* oder ›Recht des Blutes‹. Ich dachte, wenn ich ihn finde … also, eigentlich bin ich deswegen hier.«

»Ausgerechnet hier suchst du nach deinem Vater?« Etwas in ihm zog sich zusammen und ließ ihn schroffer klingen als

beabsichtigt. »Bitte sag, dass es nicht Durante ist! Das Letzte, was Lucia jetzt braucht, ist, dass ihr Mann sie betrogen und dabei ein Kind gezeugt hat. Sie ist schon aufgeregt und besorgt genug.«

Zia riss sich die Sonnenbrille herunter. »Natürlich ist es nicht Durante …!« Dann nahm sie sich zusammen und setzte sich langsam die schützenden dunklen Gläser wieder auf. »Zumindest habe ich keinen Grund zu der Annahme, dass es Durante ist«, murmelte sie steif, »und ich bin nicht hier, um jemanden in Verlegenheit zu bringen.«

Er war sich durchaus bewusst, dass er aus dem Bedürfnis heraus, seine Freunde zu schützen, die Existenz eines unehelichen Kindes minderwertig hatte klingen lassen, obwohl das fragliche uneheliche Kind direkt vor ihm saß, und suchte nach einem Weg, seinen eklatanten Mangel an Manieren wiedergutzumachen. »Tut mir leid. Ich meinte nur, dass die beiden bei deiner Geburt schon verheiratet gewesen sein mussten. Und das hätte ja bedeutet, dass Durante …«

»Ihr untreu war«, beendete sie den Satz für ihn. »Ich finde das genauso abscheulich wie du.« Ohne ein weiteres Wort steckte sie den Brief in die Tasche, suchte ihre Sachen zusammen, stand auf und ging zu ihrem Ferienhaus. Er rief ihr einen höflichen Abschiedsgruß nach, verstand aber die Antwort nicht, die sie ihm über die Schulter zurief.

Wie ein geprügelter Hund schlich er zur Terrasse, die im Sommer öfter benutzt wurde als das Haus. Die von einer blühenden Passionsblume flankierte Tür stand offen. Piero schob den Fliegengitter-Vorhang beiseite. *»Ciao!«*, rief er.

»Siamo in ufficio!«, schrie Lucia fröhlich. *Wir sind im Büro.*

Er ging durch die kühle Diele und traf Durante und sie zusammen am Schreibtisch an.

»Papierkram«, brummte Durante. »Die Regierung will zu viel wissen.« Er klickte mit seiner Computermaus, und hinter ihm erwachte der Drucker summend zum Leben.

Lucia hatte Formulare und Umschläge über den Schreibtisch verteilt und tätschelte ihrem Mann den Arm, als hätte sie seine Klagen schon häufiger gehört. »Etwas Neues?«, fragte sie Piero.

»Ich habe ein wenig nachgelesen. Leider scheint es oft vorzukommen, dass Leute Prozesse gegen große Firmen verloren haben, von denen sie dachten, sie eigentlich gewinnen zu müssen.«

»Geld regiert die Welt.« Lucia stützte das Doppelkinn auf die zur Faust geballte Hand und warf einen Blick zur Tür, wo jemand vorbeischlenderte. »Fiorella, *caffè per tre, per favore!*«, rief sie.

Piero drehte sich auf seinem Stuhl, um der älteren Frau zuzulächeln, die in der Tür stand. »*Ciao*, Fiorella.« Da er schon so lange Lucias Nachbar war, kannte er die meisten Mitglieder ihrer großen Familie, und Lucias Schwägerin in ihrem Kittel und mit ihrem streng frisierten grauen Haar war ihm wohl vertraut. Die meisten Menschen würden mit Ende siebzig – das Alter, auf das er sie schätzte – sogar ihre Teilzeitjobs aufgeben, doch Fiorella besserte ihre Rente auf, indem sie im Haus oder den Ferienhäusern aushalf. Wahrscheinlich waren die Euros, die Lucia Fiorella in die Tasche steckte, mehr als angemessen für die leichte Tätigkeit, und für gewöhnlich war auch ein Mittagessen Teil der Entlohnung. Lucia war sehr familienorientiert, und Fiorella und Lucias ältester Bruder Roberto waren noch nie wohlhabend gewesen. Auch Roberto nahm Gelegenheitsarbeiten an, so oft er konnte.

Fiorella erwiderte Pieros Gruß. »*Caffè per tre*«, wiederholte sie dann und schlurfte in ihren staubigen Flipflops davon.

Durante rieb sich übers Gesicht und nahm ihr unterbrochenes Gespräch wieder auf. »Dann kann man uns also immer noch alles wegnehmen, wofür wir gearbeitet haben.«

Piero nickte. Die Erkenntnis lag ihm wie ein Stein im Magen. »Eine Möglichkeit wäre«, meinte er vorsichtig, »den

höchstmöglichen Preis herauszuschlagen und einzulenken, statt Jahre mit Prozessen zu verbringen.«

»Außer, du weigerst dich, unser Land zu verkaufen.« Durante reckte das Kinn.

Lucia warf ihrem Mann einen Blick zu. »Er steckt in einer fürchterlichen Zwickmühle«, tadelte sie ihn.

Piero stöhnte auf. »Keine der Alternativen ist gut. Als ich gestern Abend mit Zia geredet habe, habe ich zu hoffen begonnen, wir hätten vielleicht etwas in der Hand, um den Verkauf zu verhindern. Aber heute habe ich mir vorgestellt, Papà das zu erklären. Er würde sich weigern, es zu verstehen.« Er hob die Hände und ließ sie dann wieder sinken.

Durante wirkte, als würde er gleich in Tränen ausbrechen. »Wir sollten das nächste Jahr für die Ferienhäuser planen, aber wie können wir? Lucia will versuchen, Kurse anzubieten – vielleicht eine Woche im Juni und eine im September. Manche Touristen stehen im Urlaub auf Schreib- oder Malkurse – warum also nicht Keramik? Aber wir müssten im September anfangen, Werbung dafür zu machen. Es auf unsere Website stellen.«

Der Drucker verstummte, und Durante schnappte sich den Papierstapel, den das Gerät ausgespuckt hatte, und reichte ihn an Lucia weiter.

»Wenn es bloß einen anderen Käufer gäbe, der nur das Weingut erwerben wollte«, meinte sie betrübt und nahm das oberste Blatt Papier.

Dann erstarrte sie, und ihr klappte die Kinnlade herunter. Das Blatt begann in ihrer Hand zu zittern. *»Zia«*, stieß sie hervor.

»Was? Was ist, Lucia?«, fragte Durante.

Piero musterte Lucia besorgt. Ihre plötzliche Blässe und ihr zutiefst schockierter Blick gefielen ihm gar nicht. »Ich habe Zia auf dem Weg hierher in eurem Pavillon gesehen. Was ist los?«

Doch Lucia war bereits aufgesprungen. In der Tür rannte sie beinahe Fiorella mit ihrem Kaffeetablett um und lief aus dem Zimmer.

Piero und Durante wechselten einen Blick und folgten ihr dann.

6

Zia hatte ihre Wasserflasche ausgetrunken und brauchte eine neue Schicht Mückenspray, um sich gegen die blutdurstigen Insekten am späten Nachmittag zu verteidigen. Jedenfalls redete sie sich ein, dass sie deswegen ins Ferienhaus zurückkehrte, und nicht, weil Piero ihr das Gefühl vermittelt hatte, hier zutiefst unwillkommen zu sein.

Doch als sie das Haus betrat, traf sie Ursula mit rot unterlaufenen Augen an. Sie saß auf dem Sofa, umklammerte ihr Handy und schniefte heftig. »Steph hat gerade angerufen und hatte fürchterliche Laune. Dieser Typ – du weißt schon, der edle Ritter, der mich von dem Junggesellinnenabschied nach Hause gebracht hat – ist bei uns zu Hause aufgekreuzt.«

Zias Ärger war vergessen. Sie ließ die Tasche mit den Briefen von ihrer Schulter und mit einem dumpfen Aufprall zu Boden gleiten. »Warum in aller Welt denn das?«

Ursula wischte sich die Augen. »Um sich nach mir zu erkundigen. Er hatte gehört, dass jemand einer anderen Frau, die an diesem Abend im Club war, etwas in den Drink geschüttet hat, und die ist nackt unter den Bäumen im Preston Park aufgewacht.«

»Nein«, stieß Zia hervor, und ihr wurde übel. Sie ließ sich neben Ursula sinken. »Ist sie …?«

»Weiß ich nicht. Steph hat nicht gefragt. Er hat den edlen Ritter so zusammengebrüllt, dass er sofort wieder abgehauen ist. Stephan hat mich angerufen, um weiter zu toben, und ich habe ihm erklärt, dass er den edlen Ritter nicht hätte verjagen sollen. Wenn an diesem Abend jemand K.-o.-Tropfen verpasst bekommen hat, will die Polizei vielleicht mit mir reden für den Fall, dass mir auch was in den Drink getan wurde. Das würde auch erklären, warum ich so derartig weggetreten war, obwohl ich so viel gar nicht getrunken hatte. Möglich, dass ich sogar etwas weiß, das helfen könnte, diesen Abschaum zu bestrafen, der dieser armen Frau so etwas angetan hat. Das muss man sich mal vorstellen – der Mistkerl hat sie nackt im Park liegen lassen!« Ein Schauer überlief sie. »Kannst du das glauben?«

»Kaum.« Zia erschauerte ebenfalls. Ein grauenhafter Gedanke.

Ursula hickste. »Steph hat höhnisch gemeint, dass ich mich an Strohhalme klammere, um mein Benehmen zu entschuldigen. Ich habe ihm gesagt, er soll sich verpissen, er hat mir gesagt, ich soll mich verpissen, und das ist der aktuelle Stand unserer Ehe. Da es exakt nichts gebracht hat, auf Alkohol zu verzichten, seit Stephan mich hinausgeworfen hat, habe ich vor, ein schönes großes Glas Wein zu trinken. Bist du dabei?«

»Auf jeden Fall.« Zia umarmte Ursula und ging den Weißwein aus dem Kühlschrank holen. »Ich verstehe schon, warum du eine Weile den Alkohol gemieden hast, aber seien wir ehrlich, man kann jemandem genauso gut etwas in ein Glas Limonade kippen wie in einen Cocktail.« Sie nahm zwei Gläser und stellte sie auf den Sofatisch.

Sie hatte gerade eingeschenkt und sich gesetzt, als es heftig an die Haustür hämmerte. »Was in aller Welt …?«, rief sie. Sie sprang auf, rannte hin und rechnete halb damit, dass es brannte. Doch als sie die Tür aufriss, sah sie Lucia Costa auf dem staubigen Vorplatz stehen. Ihre Stirn war schweiß-

überströmt, ihr dichtes, silbrig gesträhntes Haar war ein wenig zerzaust, und mit einer Hand umklammerte sie ein Blatt Papier.

»Zia-Lucia«, flüsterte sie.

Zias Herz überschlug sich, als ihr klar wurde, dass Lucia die Fotokopie ihres Passes in der Hand hielt. Sie sah Lucia in die dunklen, aufgewühlten Augen, und sie schauten einander wortlos an. Piero kam mit misstrauischem Blick herbeigelaufen, und hinter ihm folgte keuchend der stämmige Durante.

»*Cosa c'è?* Was ist los?«, stieß Durante hervor und zog Lucia das Blatt aus der Hand. Er überflog es. Dann drehte er sich mit großen Augen zu Zia um. »Das habe ich nicht gelesen! Ich habe die Seite bloß für die Behörden eingescannt.«

Lucia schwankte.

Piero stützte sie rasch. »Zia, könnte Lucia sich vielleicht hinsetzen …«

Obwohl Zia das Blut in den Ohren rauschte, riss sie sich aus ihrer Erstarrung. »Selbstverständlich. Ja. Kommen Sie herein.« *Das ist die richtige Lucia!*, rief eine innere Stimme ihr zu. Vor lauter widerstreitenden Gefühlen drehte sich ihr der Kopf. Ihre verzweifelte Sehnsucht, zu erfahren, was Lucia wissen mochte, rang mit der ebenso panischen Furcht, die Wahrheit könnte alles noch schlimmer machen.

Ursula schob ihre eigenen Sorgen beiseite und räumte den Sitzbereich frei, und Zia und Lucia ließen sich wie artige Kinder auf gegenüberstehende Sofas sinken. Durante setzte sich neben seine Frau, verschränkte die Finger mit ihren und starrte Zia aus verblüfften braunen Augen an. Zia war sich verschwommen bewusst, dass Ursula ihr etwas zuflüsterte. »Soll ich gehen? Ich könnte mich auf die Terrasse setzen, und du rufst mich, wenn du mich brauchst.«

Pieros Blick huschte zwischen Zia, Lucia und Durante hin und her. Offensichtlich hatte er nicht vor, Zia mit seinen Freunden alleinzulassen. Das, zusammen mit seiner un-

sensiblen Reaktion vorhin im Pavillon, gab den Ausschlag. »Bitte bleib«, murmelte sie. Daraufhin sank Ursula neben ihr aufs Sofa.

Piero hockte sich auf die Armlehne des anderen Sofas. Sie wirkten wie zwei Mannschaften, die sich über den niedrigen Tisch hinweg taxierten.

Lucia ergriff als Erste das Wort. »Bist du Toris Tochter?«

Die Worte durchfuhren Zia, und die Möglichkeit, der sie sich zuvor nicht hatte stellen wollen, fühlte sich wie die Wahrheit an. »Ich weiß es nicht«, flüsterte sie. »Bin ich das?«

Lucias Lippen bebten. »Dein Name …« Sie sah auf das inzwischen zerknüllte Stück Papier in ihrer Hand hinunter.

»Über meinen Namen hat man mir nur erzählt, eine Frau namens Lucia Costa sei einmal freundlich zu meiner Mutter gewesen. Ich glaube, dass sie in Montelibertà gelebt hat – zumindest gibt es in einigen Briefen Hinweise darauf. Man hat mir gesagt, mein Vater sei Italiener, aber ich habe keine Ahnung, wer er ist.«

Lucia verzog ihr rundes Gesicht und brach schließlich in Tränen aus. Durante schlang die Arme um sie und barg sie an seiner Brust, während sie schluchzte, doch er wandte den Blick nicht von Zia ab. Seine Stimme klang belegt. »Lucia hat Tori geliebt. Tori hat ein paar Monate in Montelibertà gewohnt. Als Toris Tochter Zia-Lucia erst ein paar Wochen alt war, hat Tori sie hierher zu uns gebracht.« Betrübt schüttelte er den Kopf. »Tori hatte sich verändert. Sehr merkwürdig. Sie wirkte verwirrt, verängstigt.« Er runzelte die Stirn und murmelte etwas auf Italienisch, das Zia nicht verstand.

Piero übersetzte. »Hysterisch.« Langsam wich das Misstrauen aus seinem Blick, und ihm schien klar zu werden, worum es hier eigentlich ging.

Durante nickte. »Ja. Sie war … sie war verrückt. Hat Lucia gebeten, sich kurz um das Baby – dich – zu kümmern, dann war sie verschwunden und kam auch nicht zurück. Wir

wussten nicht, was wir tun sollten, also haben wir dich versorgt und gewartet; zwei Tage, drei, vier, fünf. Dann ist Toris Mutter Vicky gekommen.«

Zia nickte und nippte zittrig an ihrem Getränk. Der Alkohol beruhigte sie.

Wie eine Gastgeberin, die sich an ihre Pflichten erinnert fühlt, holte Ursula weitere Gläser und den Rest des Weins. Bald saßen sie zu fünft um den Sofatisch und hielten Drinks in den Händen wie die ersten Gäste auf einer Party.

Lucia fischte ein Papiertaschentuch aus der Tasche ihrer Shorts und putzte sich die Nase. »Tori hatte sich vollkommen verändert.« Traurig schüttelte sie den Kopf. »Was wohl aus ihr geworden ist? Wir haben es nie erfahren. Als sie von hier fortging, war sie ein liebes Mädchen, wenn auch traurig, aber als sie zurückkam, hat sie kaum noch ein vernünftiges Wort von sich gegeben.« Kurz schloss sie die Augen. »Ein Engel muss über sie gewacht haben, als sie in diesem Zustand die ganze Strecke von England hierhergefahren ist.«

Alkohol oder nicht, Zia stellte fest, dass sie zitterte. »Ihr sagt, ich wäre Toris Tochter. Aber für mich war Vicky immer meine Mutter.«

Lucia und Durante wechselten schockierte Blicke. Konsterniert hob Lucia die Hände. »Tori hatte eine Tochter namens Zia-Lucia, die inzwischen in deinem Alter sein müsste. Toris Mutter hieß Vicky.«

Langsam stellte Zia ihr Glas ab, stand auf und redete ihren zitternden Beinen gut zu, sie zu der blau-weißen Tasche zu tragen, die sie vorhin an der Tür abgestellt hatte. Dann ließ sie sich wieder auf das Sofa sinken, öffnete den Reißverschluss der Tasche und tastete nach dem Innenfach. Sie zog den Umschlag mit den Urkunden hervor, nahm sie heraus und legte sie so auf den Tisch, dass Lucia, Durante und Piero sie lesen konnten. Sie berührte die ersten beiden. »Das sind die Geburtsurkunde und der Totenschein von Victoria Chalmers,

die ich als meine Mutter Vicky kannte. Sie ist gestorben, als ich zehn war.« Sie ging zu den beiden anderen über, deren pergamentähnliches Papier sich unter ihren Fingern kühl anfühlte. »Diese Person hieß ebenfalls Victoria Chalmers. Sie ist ein paar Wochen nach meiner Geburt gestorben, und ich habe gerade erst von ihrer Existenz erfahren. Vicky und Tori sind beides Kurzformen von Victoria.«

Lucias Kinn zitterte. »Ich bin zu Toris Adresse in England gefahren. Ein Mann namens Harry hat behauptet, Tori sei tot, aber ich wollte ihm nicht glauben. Das war eine sehr, sehr schwierige Zeit. Es gab Geheimnisse ...« Sie zögerte.

»Ich scheine im Mittelpunkt all dieser Geheimnisse zu stehen«, meinte Zia bitter, »aber ich kenne keins von ihnen.«

Noch einmal schloss Lucia die Augen. Tränen quollen zwischen ihren Lidern hervor und liefen ihr über die Wangen wie silbrige Rinnsale.

Durante ergriff ihre Hand. *»Penso che dovresti spiegare.« Ich finde, du solltest das erklären.*

Schließlich öffnete Lucia die Augen und begann zu sprechen. »›Zia Lucia‹, so nennen mich meine Nichten und Neffen. Tante Lucia. Als Tori Gerardo kennenlernte, sprach sie so wenig Italienisch, dass sie nicht wusste, dass ›Zia‹ ›Tante‹ bedeutet, daher dachte sie, ich würde Zia-Lucia mit Bindestrich heißen. Sie hat sehr gelacht, als ich sie aufgeklärt habe.« Lucia lächelte bei der Erinnerung, sodass sich ihre runden Wangen hochzogen. »Sie hat mich immer Zia Lucia genannt, so wie Gerardo und die anderen. Und sie hat das Baby Zia-Lucia getauft, nach mir, aber auch, weil ihr der Klang gefiel.«

Zia hielt die Luft an. Endlich die Wahrheit zu hören, fühlte sich an, wie auf dem Zehnmeterbrett zu stehen und sich zu fragen, ob man sich wirklich ins Leere stürzen will. Der Aufprall auf dem Wasser könnte wirklich schmerzhaft werden. Sie befeuchtete sich die Lippen. »Wer war Gerardo?«

Lucia lächelte unter Tränen. »Gerardo ist mein Neffe. Wir hatten immer eine besondere Verbindung. Tori kam mit achtzehn nach Montelibertà. Sie hatte die Schule abgeschlossen und wollte reisen. Sie hat in einer Bar gearbeitet, die von vielen Touristen besucht wurde, und Gerardo kennengelernt. Er war auch achtzehn.«

Am Rande registrierte Zia Pieros stille Anwesenheit. Wie Ursula nahm er eine Zuschauerrolle ein.

»Tori hat sich verliebt. Bei Gerardo … war das anders.« Lucia lächelte schmerzlich. »Es ist mir unangenehm, dir das zu sagen, aber sie wusste, dass er sie nicht liebt. Sie hat es mir gesagt. Außerdem hätten seine Eltern für ihn nie eine Zukunft mit einem Mädchen aus England akzeptiert, das auch noch einen anderen Glauben hatte. Gerardo hatte in der Schule Englisch gelernt, aber mein Bruder Roberto und seine Frau Fiorella sprachen es kaum. Seine Eltern hatten das Gefühl, Tori würde ihn von seiner Arbeit als Druckerlehrling ablenken. Er musste früh aufstehen und sollte abends nicht lange unterwegs sein, um sich mit Tori zu treffen, wenn die Bar schloss. Die Familie brauchte sein Einkommen, weil sie nicht reich war. Außerdem hat er ein Fernstudium an der Universität Perugia gemacht, zu Hause gelernt und nur an den Prüfungen teilgenommen.«

»Das ist viel Arbeit«, merkte Ursula an.

Lucia pflichtete ihr bei. »Er hat das Studium dann auch nicht abgeschlossen. Gerardo war das zweitälteste von acht Kindern. Seine Eltern wollten, dass er seinen jüngeren Geschwistern half, statt eine Romanze mit einem Mädchen anzufangen, das nach Hause fahren würde, wenn der Sommer zu Ende war.«

»Dann ist dein Neffe Gerardo mein Vater?«, flüsterte Zia und schloss die Augen, um das Schwindelgefühl abzuwehren, das sie zu überwältigen drohte. »Ich kann es kaum fassen, jetzt seinen Namen zu kennen, nachdem ich dreißig Jahre ge-

rätselt habe, wer er wohl sein mag. Du bist also meine Großtante. Dann habe ich auch Großeltern, Onkel und Tanten und vielleicht Cousins und Cousinen?«

Durante rührte sich. »Wenn du Zia-Lucia bist, Toris Tochter, ja, dann ist Gerardo Costa dein Vater.«

Bildete sie sich das ein, oder war da ein Hauch eines Zweifels in Durantes Stimme? »Entweder ist Gerardo Costa mein Vater oder nicht. Tori war entweder meine Mutter und die zweite Victoria Chalmers oder nicht. Ich muss mir sicher sein.«

»Durante.« Endlich ergriff Piero das Wort. »Weißt du Zia-Lucias Geburtsdatum? Aus der Erinnerung, nicht aus Zias Pass.«

Nachdenklich verzog Durante das Gesicht. »Sie ist im Herbst geboren, im Jahr der ersten regionalen Fußballmeisterschaft, der *Campionati di Eccellenza.* Das weiß ich noch. Ich mag Fußball sehr und bin Fan der Mannschaft von Deruta.« Er blickte nach Bestätigung suchend zu Lucia. Obwohl vollkommen überwältigt von der Situation, fiel Zia die Nähe zwischen den beiden auf, die Art, wie sie sich automatisch aneinander wandten.

Durante holte sein Handy hervor und beschäftigte sich ein paar Sekunden damit. »Da. Im Internet steht, dass die erste Meisterschaft 1991 war.« Er steckte das Handy wieder in die Tasche. »Als Tori mit Zia-Lucia zurückkam, haben wir die Mietwagen gewartet, und das beginnt immer Mitte November, wenn die meisten Touristen fort sind. Da war Zia-Lucia vielleicht einen Monat alt, also glaube ich, dass sie Mitte Oktober geboren wurde.«

»Mein Geburtstag ist der 17. Oktober 1991«, stieß Zia erstickt hervor.

Lucia drehte die Kopie von Zias Pass so, dass Durante sich selbst überzeugen konnte. Dann sah sie Zia wieder an. »Tori hat in Exmouth gewohnt, in Devon, England.«

»Dort bin ich zur Welt gekommen.« Zia war die Kehle so zugeschnürt, dass sie die Worte kaum herausbringen konnte.

Ursula legte ihr einen Arm um die Schultern. »Klingt, als hättest du deine Familie gefunden, Liebes.«

Zia nickte. Dann brach ein Schluchzen aus ihr heraus, ein explosiver Kummer über all die Lügen, die man ihr erzählt hatte, weil »Mum« ihre Großmutter gewesen war und Gran und Pap ihre Urgroßeltern. Weil ihre Mutter ein Teenager gewesen war, der sich »verrückt« verhalten hatte und viel zu jung gestorben war – eine Mutter, die Zia nie kennengelernt hatte. Nach einem ganzen Leben, in dem sie fast niemanden gehabt hatte, hatte sie jetzt eine Familie ... doch der größte Teil davon hatte keine Ahnung von ihrer Existenz und wollte vielleicht auch gar nichts davon wissen.

Und Gran und Pap mussten die Wahrheit gekannt haben. Sie hatten ihr nie etwas gesagt.

Sie weinte so heftig, dass sie befürchtete, nie wieder aufhören zu können. Lucia flüsterte Durante zu, sie sollten jetzt vielleicht gehen. Ihre freundlichen Worte versetzten Zia schließlich in die Lage, sich zusammenzunehmen.

»Per favore, resta«, sagte sie. »Es tut mir leid. Es ist nur ...«

»Ich kann dir ein andermal mehr erzählen.« Lucia klang besorgt, aber auch ... wie? Erfreut? Aufgeregt? Ihre Mundwinkel verzogen sich sogar zu einem leisen Lächeln.

Zia sah die Ältere mit verweinten Augen an. »Ich will alles wissen. Ganz gleich, was. Ich habe mich mein ganzes Leben lang danach gesehnt, es zu erfahren. Es war nur der Schock.« Sie leerte ihr Weinglas, als wollte sie demonstrieren, dass sie sich vollkommen beruhigt hatte.

Ein paar Sekunden lang wirkte Lucia hin- und hergerissen. Doch dann nickte sie und fuhr fort: »Gerardo fand es einfacher, seine Eltern in dem Glauben zu lassen, dass er sich nicht mehr mit Tori traf. Das stimmte aber nicht.« Sie seufzte. »Durante und ich hatten beschlossen, keine Kinder

zu bekommen. Wir hatten viele Nichten und Neffen, die wir lieben konnten, und ich war Geschäftsfrau und wollte nicht unbedingt Mutter werden. Aber wir fühlten mit Gerardo und Tori. Es war falsch, meinen Bruder zu hintergehen, aber …« Sie zuckte mit den Schultern. »Wir haben ihnen erlaubt, sich in unserem Garten zu treffen, sogar, wenn wir nicht zu Hause waren, nachdem er Feierabend hatte und bevor ihre Arbeit begann. Damals haben wir in der Stadt gewohnt.« Sie wies vage in die entsprechende Richtung und wischte sich eine Träne ab, die ihr im Augenwinkel hing. »Ein paar Monate später kamen sie zu mir. Tori war schwanger. Gerardo hatte Angst. Tori wollte, dass sie zusammen nach England gingen. In England wäre für sie alles in Ordnung gewesen, aber in Italien hätte es großen Ärger mit Roberto und Fiorella gegeben. Gerardo hatte seine Eltern wegen Tori angelogen und gegen die Lehren der Kirche verstoßen. Damals war man sehr gläubig.«

Zia nickte. »Meine Großeltern – oder Urgroßeltern – waren nicht religiös, aber sie hatten traditionelle Ansichten. Zu ihrem Pech«, sagte sie leise lächelnd, »denn zuerst ihre Tochter Vicky und dann ihre Enkelin Tori sind unverheiratet Mutter geworden.«

Durante schaltete sich ein. »Gerardo wollte nicht in England leben. Tori war verliebt, ja. Gerardo …« Er hielt inne.

»Nicht«, beendete Zia seinen Satz.

Lucia nickte und schob ihre losen Locken zurück. Sie rutschte unbehaglich herum – offensichtlich fiel es ihr schwer, Zia in die Augen zu sehen. »Er wusste, dass Abtreibungen in England erlaubt waren, und sah darin die Lösung des Problems. Er wollte weder sein Leben in Italien aufgeben noch mit seinen Eltern brechen. Tori war untröstlich.«

Zias Herz tat einen schweren Schlag, als ihr klar wurde, was Lucias Worte bedeuteten. Ihr wurde ein wenig übel. »Dann wollte mein Vater überhaupt nicht, dass ich lebe, nicht einmal in einem anderen Land?«

Lucia versuchte sich an ungelenken Erklärungen. Offenbar mochte sie nicht zu hart mit dem Neffen, den sie liebte, ins Gericht gehen. »Er war jung. Nicht nur an Jahren, sondern entsprechend auch unreif in seinem Verhalten.«

Zia war nicht bereit, ihn so leicht davonkommen zu lassen. »Unreif und voller Angst vor seinen Eltern.«

Durante wiegte unentschlossen den Kopf. »Er hat sich vielleicht vor der Aufregung, dem Streit, der Veränderung in seinem Leben gefürchtet. Er war kein schlechter Kerl. Nur jung.«

Aha, Lucia und Durante waren also beide bereit, Verständnis für Gerardo aufzubringen. Zia konnte ihnen nicht verübeln, dass sie ihren Lieblingsneffen liebten, so schwer es ihr auch fiel, die harte Wahrheit zu hören, dass er mehr »Angst vor der Aufregung« hatte, als sein Kind zu lieben. Sie selbst hatte Gran und Pap nach Vickys Tod nicht mit Fragen bestürmen wollen … aber Rücksichtnahme und die Abtreibung eines Babys waren zwei ganz unterschiedliche Dinge.

Inzwischen war die Sonne bis auf Fensterhöhe gesunken und warf einen apricotfarbenen Schein über sie. Piero stand auf und holte Wasser für alle. Er war so schweigsam gewesen, dass Zia seine Anwesenheit fast vergessen hatte.

Lucia erzählte ihre Geschichte weiter. »Sie hat Montelibertà verlassen. Tori. Wir haben uns Briefe geschrieben. Sie hat mir einmal ein Foto geschickt von sich.«

»Hast du es noch?«, unterbrach Zia sie. Die junge Frau, die ihr das Leben geschenkt hatte und bisher nur ein Name auf dem Papier gewesen war, schien mit einem Mal Gestalt anzunehmen.

»In unserem Album«, erklärte Durante sanft. »Wir können es dir kopieren.«

Zia stellte fest, dass ihr erneut die Augen überflossen. »Danke! Bitte erzählt weiter«, bettelte sie.

Lucia schien selbst kurz davor zu stehen, wieder in Tränen auszubrechen, daher setzte Durante die Geschichte fort. »Sie

hat oft nach Gerardo gefragt, aber er wollte noch nicht einmal das Foto ansehen, das sie geschickt hatte. Es ist besser zu vergessen, sagte er. Toris Mutter hatte das Baby akzeptiert, und Tori ging es in England gut. Er hoffte, sie würde ihn auch bald vergessen haben.«

»Er hat sich nicht nach mir erkundigt? War er etwa enttäuscht, weil sie mich nicht abgetrieben hat?« Es war ein schockierender Gedanke, dass ihr Vater sie so wenig hatte haben wollen.

Durante zuckte mit den Schultern. »Schwer zu sagen. Er hat uns immer seltener besucht. Verlegenheit vielleicht, oder schlechtes Gewissen.«

»Nachdem du auf die Welt gekommen warst, hat Tori uns eine Karte mit einem Bild von dir geschickt«, fügte Lucia hinzu. »Da haben wir deinen Namen erfahren – Zia-Lucia Costa Chalmers. Wir fanden es so lustig und süß, ein Baby ›Tante‹ zu nennen, doch sie hat gesagt, Zia sei auch ein hübscher Name.«

Mit einem Mal grinste Durante. »Stell dir vor. Wenn du ein Junge geworden wärest, hätte sie dich vielleicht Zio-Durante Costa Chalmers genannt. Zio … Onkel.« Er lachte.

Lucia wirkte allerdings nicht besonders amüsiert. »Ein paar Tage später kam noch ein Brief von Tori, aber darin klang sie nicht wie sie selbst. Sie schien verwirrt gewesen zu sein, als sie ihn geschrieben hat. Hat sich ständig wiederholt, Sätze immer wieder gekritzelt. ›Bitte, Gerardo soll kommen. Bitte, Gerardo soll kommen. Zia-Lucia ist mein Baby. Zia-Lucia ist mein Baby.‹«

Durante war mit einem Schlag wieder ernst geworden. »Dann tauchte sie bei uns auf. Sie war die ganze Strecke mit dir im Auto gefahren und vollkommen erschöpft. Wir waren entsetzt.«

»Aber sie war auch ständig in Bewegung, ist herumgelaufen und wirkte immer wie gehetzt«, sprach Lucia weiter

und wedelte wild mit den Armen, um ihre Worte zu unterstreichen. »Sie wollte, dass Gerardo sein Baby sieht und sich verliebt. Dann würde er Tori auch lieben, und alles nähme ein gutes Ende.« Sie seufzte. »Doch stattdessen war Gerardo alles andere als begeistert. Er traf sich mit einem italienischen Mädchen, und Tori wurde immer unberechenbarer. Sie hatte solche Augen!« Lucia setzte sich kerzengerade hin und riss die Augen auf.

»Sie hat geredet, geredet, geredet und geweint, geweint, geweint.« Durante schüttelte bedrückt den Kopf. »Wir wollten, dass sie zum Arzt geht, aber sie hat sich geweigert.«

»Ich habe Gerardo gebeten, mit Tori zu reden und sich der Lage zu stellen«, fuhr Lucia fort. »Er war einverstanden, daher hat sie dich bei mir gelassen, während Gerardo und sie sich allein unterhalten haben. Durante war bei der Arbeit. Die beiden sind aufs Land gefahren, aber nach ungefähr einer Stunde kam sie allein zurück und ist ohne das Baby weggefahren.« Sie breitete die Arme aus, und ihre zitternden Lippen sprachen von dem Schock, den sie damals erlitten hatte. »Was sollten wir tun? Ich habe gewartet. Keine Spur von Tori. Durante kam nach Hause. Wir haben mehrere Tage gewartet. Wir haben versucht, ihre Telefonnummer in England herauszufinden, aber hatten keinen Erfolg. Wenn es eine gab, dann nicht unter Toris Namen.«

»Glücklicherweise hatten wir immer geholfen, die Babys unserer Familie zu hüten«, erklärte Durante düster, »also wussten wir, wie wir uns um dich kümmern mussten.« Er sah Zia an, als fühlte er sich in die Vergangenheit zurückversetzt. »Gerardo hat uns gebeten, seinen Eltern nichts zu sagen. Wir wollten nicht zur Polizei gehen, um Gerardo nicht bloßzustellen und unserer Familie keine Probleme zu machen. Vor dreißig Jahren hatten wir so etwas nicht.« Er wedelte mit seinem Handy. »Wir haben ein Telegramm an Toris Adresse geschickt.«

Lucia griff den Faden der Erzählung wieder auf. »Dann, am fünften Tag, kam Toris Mutter Vicky, um uns mitzuteilen, dass Tori wieder zu Hause angekommen war. ›Ich bin Zia-Lucias Großmutter‹, hat sie gesagt. ›Tori ist psychisch krank, und ich muss das Baby nach Hause holen.‹ Tori hatte ihr deinen Pass gegeben, aber ich wusste nicht, was ich tun sollte.« Lucias Miene wirkte bestürzt. »Was, wenn das, was Vicky mir erzählte, nicht stimmte? Tori hatte dich mir anvertraut. Ich habe gebeten, Tori anzurufen, um mir ihre Erlaubnis zu holen. Vicky sagte, Tori könne das nicht begreifen, und dann hat sie dich genommen – dich mir direkt aus den Armen gerissen! Einfach so geschnappt!« Sie streckte die Arme aus und zog sie wieder an sich. »Sie ist mit dem Kinderwagen raus, der in der Diele stand, und ist in ihrem Mietwagen davongefahren.«

»Wow«, hauchte Zia und versuchte sich vorzustellen, wie ihre immer lächelnde, sanfte Mutter – nein, *Großmutter* – sie einfach so verschleppt hatte. »Habt ihr die Polizei gerufen?«

Lucia ließ sich zurück in die Polster sinken. »Gerardo wollte nicht. Er meinte, es wäre gut so. Das Baby sollte bei seiner Familie sein.« Lucia schüttelte den Kopf. »Vielleicht hätte ich Roberto und Fiorella davon erzählen sollen, aber wir hatten Gerardos Geheimnisse schon so lange gehütet.« Ihr Blick fiel auf die Geburtsurkunden und Totenscheine, die noch auf dem Tisch lagen.

»Was hätte das auch genutzt?« Durante zog die Schultern fast übertrieben hoch und breitete die Arme aus. »Roberto und Fiorella hätten kein Verständnis gehabt. Vielleicht hätten sie gesagt, das Baby sei nicht von Gerardo.«

Zia zuckte zusammen. Jedes Mal, wenn Lucia oder Durante davon sprachen, wie unerwünscht sie gewesen war, spürte sie, wie frischer Schmerz sie durchfuhr. Eine merkwürdige Erkenntnis, dass sie zwar als geliebtes Kind aufgewachsen, aber zu Beginn ihres Lebens verlassen worden war.

»Ich bin nach England geflogen«, fuhr Lucia betrübt fort. »Ich bin zu Toris Adresse in Devon gegangen. Niemand hat aufgemacht. Eine Nachbarin hat gesagt, in der Familie hätte es einen Todesfall gegeben.« Vor Schmerz verdunkelte sich ihr Blick. »Ich konnte dich nicht aus meinem Herzen verbannen, Zia-Lucia. Ging es dir gut? War Tori immer noch psychisch krank? Hatte Vicky wirklich die Erlaubnis, dich mitzunehmen? Ein paar Tage später bin ich noch einmal hingefahren, und dieses Mal kam ein Mann an die Tür.« Sie schlug sich zitternd eine Hand vor den Mund, denn sie stand kurz davor, wieder in Tränen auszubrechen. »Er sagte, sein Name sei Harry. Er sei ein Freund von Vicky, und Tori sei tot. Vicky sorge sehr gut für dich, lebe aber inzwischen woanders.«

»Das passt zu Harrys erstem Brief«, murmelte Ursula Zia zu.

Zia nickte. »War er denn freundlich zu dir? Harry?«, fragte sie Lucia mit heiserer Stimme.

Lucia zuckte mit den Schultern. »Ja, doch, schon«, räumte sie widerstrebend ein. »Aber er wollte mir nicht sagen, wo du warst, und als er die Tür geschlossen hat, habe ich geweint. Eine Nachbarin hat mich in ihr Haus eingeladen und mir eine Tasse Tee angeboten.«

Über diese englische Art der Problemlösung musste Zia unter Tränen lächeln.

Lucia seufzte tief. »Die Nachbarin hat bestätigt, dass Tori tot war. Sie hatte eine Krankheit. An den Namen kann ich mich nicht erinnern, aber manche Frauen bekommen sie nach einer Geburt.«

»Wochenbettdepression?«, warf Ursula ein.

Lucia runzelte die Stirn. »Kann sein. Das ist lange her«, meinte sie entschuldigend. »Aber es hat sie psychisch krank gemacht. Sie kam nicht mehr mit der Realität zurecht. Sie ist nachts umhergelaufen und schwer gestürzt. So ist sie gestorben.«

Nachts umhergelaufen und schwer gestürzt … Kurz hatte Zia das Gefühl, sich erbrechen zu müssen. Ihr wurde abwechselnd warm und kalt. Sie musste sich zwingen, weiter zuzuhören.

Lucia setzte ihren Bericht fort. »Die Nachbarin hat mir erzählt, dass Vicky gut für dich sorgte. Die beiden kannten einander viele Jahre. Ich bin nach Hause gefahren, aber ich war immer noch beunruhigt. Tori mochte ja psychisch krank gewesen sein, aber sie hatte dich *mir* anvertraut, und ich hatte zugelassen, dass Vicky dich mitgenommen hat.« Sie musste sich unterbrechen, um sich noch einmal die Nase zu putzen. »Mehrere Jahre später war ich bei einer Fachmesse in Devon. Nicht in Exmouth, sondern … Ex …« Sie runzelte die Stirn.

»Exeter?«, schlug Zia vor.

Lucia nickte. »Ich glaube schon. Ich bin noch einmal hingegangen. Dieses Mal war Harry nicht besonders freundlich. Er hat gesagt, Zia gehe es gut, aber sie lebe in einem anderen Teil des Landes. Ich solle mich nicht aufregen und nicht wiederkommen.« Langsam stand sie auf und breitete die Arme aus. »Ich habe dich nie wiedergefunden, Zia-Lucia, aber jetzt bist du zu mir gekommen.«

Und dann war Zia irgendwie aufgesprungen und fand sich in einer warmen, weichen, liebevollen Umarmung wieder.

Obwohl sie heute so viel Schlimmes gehört hatte, machte es sie froh, nach Montelibertà zurückgekehrt zu sein.

7

Früher war er am Samstagvormittag Hand in Hand mit Nicoletta durch Montelibertà gebummelt und hatte sich vielleicht mit Freunden zum Kaffee getroffen. Heutzutage verbrachte Piero den Samstagmorgen stets in seiner Werkstatt.

Dort war es friedlich. Zu Beginn hatte er Nicoletta vermisst, aber was ihm nie gefehlt hatte, war der Druck, den sie ihm immer gemacht hatte. Während er darüber nachdachte, schwang er achtlos ein Eichenbrett herum. Das Ende stieß gegen den Dachaufsatz, der darauf wartete, von Antonios Männern abgeholt zu werden … und wie von unsichtbarer Hand hingeworfen, tauchte ein Riss im Glas auf. *»Shit!«*, fluchte er laut.

»Uuups!«, sagte eine Frauenstimme. Er fuhr herum und sah Zia in der Tür stehen. Sie trug rote Shorts und ein schwarzes Oberteil, aus dem rote BH-Träger hervorschauten, und das Haar hatte sie hochgesteckt. Ihre Mundwinkel zuckten. »Du fluchst auf Englisch?«

Er lehnte das Eichenbrett an eine Bank und lächelte ihr zu. »Ich habe Amerika in einem Alter verlassen, als es gewagt war, ›*Was zur Hölle*‹ zu sagen, aber in England hatte ich einen Kollegen, der fluchte wie ein Kesselflicker. Das Englische hat tolle Schimpfwörter. – Tut mir leid«, fügte er höflich hinzu, »ich wusste nicht, dass ich einen Gast habe.«

»Da du mich nicht eingeladen hast, kann ich mich wohl kaum beklagen.« Sie lächelte und trat ein paar Schritte weiter herein. *»Il tuo inglese è migliore del mio italiano.« Dein Englisch ist besser als mein Italienisch.*

Er antwortete auf Italienisch. »In Amerika haben wir zu Hause Italienisch gesprochen, aber überall anders Englisch. Als wir hergezogen sind, wollten unsere Eltern, dass wir unser Englisch nicht verlernen, also haben wir es umgekehrt gehalten – Englisch zu Hause und Italienisch außerhalb. Wir haben jedes Jahr entweder Großbritannien oder die USA besucht, und in Montelibertà gab es auch schon damals Touristen, mit denen wir reden konnten. Aber dein Italienisch ist sehr gut.«

Sie zuckte bescheiden mit den Schultern. »Konversation ist sehr hilfreich. In Brighton habe ich mich immer mit einer Italienerin unterhalten.« Sie wechselte zurück ins Englische. »Pech, das mit dem Glas.«

Betreten musterte er die gesprungene Scheibe. »Der Aufsatz wird am Mittwoch abgeholt, daher habe ich keine Zeit, neues Glas liefern zu lassen. Da muss ich wohl am Montag meine Mittagspause verlängern, um schnell nach Perugia ins Gewerbegebiet zu fahren und mir welches zu holen.«

Sie lehnte sich an eine Werkbank und überkreuzte die nackten Beine an den Knöcheln. Bei ihrer ersten Begegnung hatte sie auch Schwarz und Rot getragen, und die Kombination stand ihr gut. Die Sonnenbrille hatte sie in den Ausschnitt ihres Tops gehakt, sodass sein Blick auf ihr Dekolleté gezogen wurde. »Perugia steht auf der Liste der Orte, die wir besuchen wollen«, erklärte sie. »Die Altstadt auf dem Hügel ist malerisch, und Ursula war noch nie dort. Wir haben vor, unten zu parken und die Minimetrò zu nehmen. Wo liegt denn das Gewerbegebiet?«

Ihm fiel auf, dass sie Perugia offenbar gut genug kannte, um von der Minimetrò zu wissen; diese fahrerlosen Wagen, die auf ihren steilen Schienen zur Innenstadt von Peru-

gia hinaufkletterten. »Nicht weit. Es liegt gleich neben der RA6.«

»Dann könnten wir ja das Glas für dich abholen.« Heute Morgen wirkte sie bedrückt. Ihre verquollenen Augen waren entweder die Folge einer schlaflosen Nacht oder sie hatte viel geweint. Vielleicht traf beides zu. Nach der emotionalen Wiedervereinigung im Ferienhaus war sie mit Lucia und Durante gegangen, um deren Fotoalben anzusehen. Weder Ursula noch er hatten sich angeschlossen. Zia hatte wie in Trance gewirkt. Emotionale Überforderung konnte so etwas auslösen.

»Wirklich? Das wäre großartig«, sagte er ehrlich. »Der Montag wird wahrscheinlich schon stressig genug, ohne dass ich zwei oder drei Stunden verliere.« Der Gedanke daran, sich einmal mehr mit seinem Vater und Bruder auseinandersetzen zu müssen, lag ihm schwer im Magen. »Natürlich komme ich für den Sprit auf.«

Sie winkte ab. »Das Angebot ist nicht ganz uneigennützig.« Sie hielt inne und musterte ihre Fingernägel, die heute marineblau waren. Er stellte sich vor, wie sie vor Villino Il Pino saß und sie sich lackierte. »Die Sache ist die …« Sie sah bedrückt zu ihm auf. »Ich habe ein Anliegen, das vielleicht eine kleine Zumutung ist.«

Sie schien nicht wirklich zu wissen, wie sie sagen sollte, was ihr auf dem Herzen lag. »Wie wär's, wenn du auf einen Kaffee hereinkommst?«, schlug er daher behutsam vor. Normalerweise war ihm die Zeit allein in seiner Werkstatt heilig, doch er brachte es einfach nicht fertig, sie zu fragen, ob es nicht bis heute Abend warten konnte. Abgesehen davon, dass ihr Angebot bedeutete, dass er sich am Montag mindestens eine Stunde hin und eine zurück auf der Strada Pievaiola ersparen würde, wirkte sie zu verletzlich und ihr Blick zu aufgewühlt.

Sie machte nicht einmal den Versuch, höfliche Bedenken zu äußern, sondern folgte ihm aus der Werkstatt in den grel-

len Sonnenschein, wo die allgegenwärtigen Zikaden zirpten. Während sie zu seinem Haus gingen, plauderte er ungezwungen. »Das Haus hat eine Vorder- und eine Hintertür und darüber eine Dachterrasse. Auf der einen Seite hat man eine gute Aussicht, und zu der anderen führt die Auffahrt. Eine richtige Terrasse im Garten habe ich nicht, abgesehen von dieser gepflasterten Stelle.« Er wies auf die moosbewachsenen Steine, über die sie gingen, und zeigte dann auf den Wein, der an der Hauswand wuchs und drohte, die Fenster zu überwuchern und die Dachrinne zu verstopfen. »Hier draußen zu leben ist vollkommen anders als in der Stadt, wo man in einem Stadthaus wohnt, zu dem ein akkurat angelegter Garten und ein gerader Weg gehört, der zu einer rechteckigen Auffahrt führt. Hier hat der Mensch ein Haus gebaut, aber den Rest behält die Natur.« Er hielt ihr die Tür auf und ließ ihr den Vortritt in die kühle Küche.

»Du lebst hier allein?« Beifällig musterte sie die Bodenfliesen aus Terrakotta und die auf traditionelle Art unverputzten Wände.

»Ich hatte eine Freundin, aber wir haben uns getrennt.«

Sie war so höflich, sich nicht nach Einzelheiten zu erkundigen, sondern schaute durch die offene Tür in die Eingangshalle. »Was für eine wunderschöne Treppe.«

Er folgte ihrem Blick zum unteren Teil des Hauses. Dort befand sich auch die andere Haustür. Wie so viele am Hang errichtete Häuser besaß es mehrere gegeneinander versetzte Ebenen. Die Treppenstufen waren mit schlichten Terrakottaplatten belegt, doch die Vorderfronten der Stufen bestanden aus hübschen, handbemalten Fliesen in Dunkelblau und Weiß. Das Holz des Geländers war vom Alter fast schwarz, und oben auf der Treppenspindel fing eine blaue Glaskugel das Licht ein. »Das Haus ist ungefähr dreihundert Jahre alt. Man hat mir erzählt, Papàs Cousin, der das Weingut vor uns betrieben hat, hätte eine besondere Freundin gehabt, die einmal

hier gelebt haben soll. Vielleicht hat das Anwesen ja daher seinen Namen: Il Rifugio – die Zuflucht.«

»›Eine besondere Freundin‹«, wiederholte sie nachdenklich und zog eine Augenbraue hoch.

Er lächelte, doch er hatte nicht vor, sich für das mutmaßliche Fehlverhalten eines Vorfahren zu entschuldigen. »Als ich es gekauft habe, hatte hier schon eine Weile niemand mehr gelebt. Ich habe die Wasser- und Stromversorgung nachgerüstet und die Küche modernisiert, indem ich zwei Zimmer zusammengelegt habe. Sie ist einer meiner Lieblingsräume.« Mit einer Handbewegung umfasste er die drei Fenster mit ihrer Aussicht auf das Tal und die einfachen Holzschränke, die er unter den schlichten Arbeitsflächen eingebaut hatte. Nicoletta hatte sich extravagante Erweiterungen gewünscht, doch er hatte sich geweigert. So hätte man ihre Beziehung zusammenfassen können: Nicoletta wollte etwas, und Piero leistete Widerstand.

Während er anfing, den Kaffee zu kochen, ließ Zia sich auf einem der Barhocker nieder und hakte einen Fuß um eine der Sprossen. »Durante hat erzählt, in den Ferienhäusern hätte man ihnen die Erlaubnis nicht gegeben, Wände einzureißen.«

»Das passiert nur, wenn man fragt«, gab er ernst zurück.

Ihre Augen funkelten belustigt. »Sie scheinen sehr nett zu sein, Lucia und Durante.«

»Sie sind die Besten«, pflichtete er ihr bei. Seine Kaffeemaschine war ein Kapselautomat, daher brauchte er nicht lange, um zwei Tassen zuzubereiten. Er stellte eine Dose mit Zucker und eine Milchtüte vor Zia hin und setzte sich dann ihr gegenüber rittlings auf einen Schemel. »Dann ist Lucia also deine Großtante.«

»Anscheinend.« Sie öffnete die Zuckerdose und gab zuerst einen halben Löffel in ihren Kaffee und dann einen Schuss Milch. »Es fühlt sich irreal an. Lucia hat sechs Geschwister, und einer davon, ihr Bruder Roberto, hat allein acht Kinder.

Die Costa-Familie ist riesig.« Sie sah auf die Tischplatte hinunter und rieb mit einer Fingerspitze über die Holzmaserung.

Er verkniff sich die Bemerkung, dass sie Roberto als ihren Großvater hätte bezeichnen können. »Also, was ist nun mit dem Anliegen, das du erwähnt hast …?«, fragte er, als sie weiterhin schwieg.

Sofort schien sie sich zu verkrampfen. »Wahrscheinlich findest du es eigenartig, dass ich damit zu dir komme. Wir kennen uns schließlich erst seit Kurzem.« Sie warf ihm einen unsicheren Blick zu. »Aber die ganze Sache gestern mit Lucia und Durante hat mich erschüttert. Ich habe mit Ursula geredet, aber sie konnte nur zuhören, wenn du verstehst, was ich meine. Sie konnte nichts dazu beitragen.«

Er versuchte, ihr zu folgen. »Beitragen … was denn?«

Sie antwortete nicht sofort, sondern rührte so lange in ihrem Kaffee, dass sie den ganzen Topf Zucker darin hätte auflösen können. »Kontext«, erklärte sie schließlich. »Und vielleicht Objektivität. Lucia und Durante sind so nahe dran … Von ihnen kann ich nicht erwarten, dass sie …« Sie hatte offenbar Schwierigkeiten, sich auszudrücken, und er sagte nichts, während sie nach den richtigen Worten suchte. »Mein ganzes Leben lang hatte ich das Gefühl, anders zu sein«, platzte sie dann heraus. »Nicht so wie andere Leute. Ich dachte, das liegt daran, dass ich Mum – ich meine Vicky – nicht besonders ähnlich sah und wir oft umgezogen sind, was wirklich verhindert, dass man dauerhafte Freundschaften schließt, und ich hatte keinen Dad. Als Vicky starb, haben Gran und Pap mich aufgenommen. Ich werde ihnen immer dankbar dafür sein, dass sie dieses Opfer gebracht haben, aber ich habe trotzdem immer gespürt: *Ich führe nicht das Leben, das mir bestimmt gewesen wäre*. Und jetzt erfahre ich, dass ich *zweimal* nicht das Leben bekommen habe, das mir zustand. Nicht nur, dass ich nicht wusste, wer mein Dad war – ich kannte auch meine

Mutter nicht. Die halbe Nacht habe ich wach gelegen und versucht, das alles zu begreifen. Ich habe tatsächlich das Licht angeknipst, in den Spiegel gesehen und mich gefragt: Wer zum Teufel bist du? Ich habe Artikel im Internet gelesen, und in einem hieß es, dass das menschliche Gehirn sich in den ersten paar Lebenswochen am stärksten entwickelt, was heißt, dass ich absolutes Scheißpech hatte. Ungeplant, ungewollt, quer durch Europa geschleppt, im Stich gelassen, unerwünscht, entführt und dann mutterlos zurückgeblieben. Und das alles, bevor ich sechs Wochen alt war.«

Es gefiel ihm, dass sie plötzlich das »Sch-Wort« gebrauchte. Es fühlte sich wie ein Zeichen dafür an, dass sie sich mit ihm wohlfühlte, denn er hatte genug Zeit mit ihr verbracht, um zu wissen, dass sie ihre Gespräche normalerweise nicht mit Obszönitäten garnierte. Er konnte ihrer Verletzlichkeit nicht widerstehen. »Wie kann ich behilflich sein?«

Sie hielt seinem Blick mehrere Sekunden stand. »Kennst du ihn?«

»Gerardo? Deinen Vater?«, fragte er ausweichend und wünschte, sie hätte ihn etwas Einfacheres gefragt.

Ironisch verzog sie den Mund. »Den ›Vater‹, der wollte, dass meine Mutter mich abtreibt.«

»Er hatte Angst und war unreif«, wandte er der Fairness halber ein. »Seine Eltern sind inzwischen viel nachsichtiger, aber Teenager, die uneheliche Kinder bekommen … Es überrascht mich nicht, dass das vor dreißig Jahren ein Skandal gewesen wäre. Ich kann mir vorstellen, dass sich meine Großeltern nicht anders verhalten hätten, und du hast zugegeben, dass deine genauso reagiert haben.«

Sie erhob keine Einwände, sondern nestelte an ihrer Tasse herum, die sie schließlich abstellte. »Du bist aber nicht mit ihm verwandt oder befreundet?«

Er schüttelte den Kopf. Gerardo war niemand, mit dem er sich freiwillig umgab.

Wieder dieser feste Blick. Sie hatte hübsche Augen, die ihn an einen Ring aus Tigerauge erinnerten, den Nicoletta gern getragen hatte. Nicht so dunkel wie seine; Zias Iris wies nicht nur Braun-, sondern auch Goldtöne auf. Ihre ungeschminkten Wimpern wirkten wie dichte Seidenfransen. Nicoletta wäre sogar im Urlaub nicht ohne eine dicke Schicht Mascara unter Leute gegangen, doch der natürliche Look stand Zia gut. Auch ungeschminkt wirkten ihre Augen dramatisch, und sie hatte glatte Haut. Sie senkte die Stimme zu einem Flüstern, als wollte sie ihn auffordern, ihr ein Geheimnis zu verraten. »Wie ist er?«

»Tja«, begann er und stieß den Atem aus. »Er ist ungefähr fünfzig.«

»Achtundvierzig«, verbesserte sie. »Lucia hat mir schon erzählt, dass er mit seiner Frau Ilaria in einer Wohnung am Stadtrand von Montelibertà lebt. Sie haben drei Kinder – Riccardo, Laura und Caterina. Aber wie *ist* er?« Sie richtete den Blick fest auf Piero, als wollte sie jedes Fünkchen an Bedeutung aus dem, was er zu sagen hatte, aufsaugen.

Piero trank einen Schluck von dem aromatischen schwarzen Kaffee und dachte dabei nach. »Ich glaube nicht«, meinte er vorsichtig, »dass er ein besonders starker Mensch ist.«

»Er ist krank?« Fragend zog sie die feingezeichneten Augenbrauen zusammen.

»Nein. Er ist nur …« Er berührte ihre Hand, um abzumildern, was er jetzt sagen würde. Sie hatte schlanke Finger und weiche Haut. »Er ist nicht gut darin, einen Job zu behalten oder mit Geld umzugehen, und er achtet nicht besonders auf seine Kleidung oder überhaupt auf sein äußeres Erscheinungsbild. Er hat eine Lieblingsbar.«

Ihr Blick verdüsterte sich. »Er ist also ein Versager?«, hakte sie unverblümt nach.

»Das würde ich so nicht sagen.« Aber es entsprach ziemlich genau dem, was er dachte. Er beschloss, noch etwas

hinzuzufügen. »Überall gibt es Menschen, die sich mit Gelegenheitsarbeiten durchschlagen. Für bares Geld.« Deswegen ging er Gerardo auch aus dem Weg, der jeden potenziellen Arbeitgeber mit Forderungen belästigte, ihn bar auf die Hand zu bezahlen, und sich anschließend als unzuverlässig erwies. Piero kannte Zia erst ein paar Tage, doch schon jetzt hatte er genug über sie erfahren, um sicher zu sein, dass sie davon enttäuscht wäre.

Die Art, wie sie die Nase rümpfte, bestätigte das nur. »Ist Ilaria genauso?«

Piero schüttelte den Kopf. »Sie hat einen normalen Job. Ich glaube, sie hält die Familie über Wasser.«

Während sie ihm zuhörte, hatte sie die Lippen auf eine Art geöffnet, die ihn ablenkte. »Und was ist mit … seinen Kindern?« Sie bezeichnete sie nicht als ihre Geschwister. Es war, als hätte sie irgendwie kein Recht, die Beziehung für sich in Anspruch zu nehmen.

»Ich weiß, dass er Kinder hat, aber ich kann mich nicht erinnern, ihnen je begegnet zu sein.«

»Oh.« Sie griff nach ihrer Tasse, nippte daran und sah nachdenklich aus einem der Fenster. Um diese Tageszeit wirkten die Berge eher grün als violett, wie riesige schlummernde Eidechsen. Das Grün der Weinstöcke war noch intensiver, obwohl von hier aus nur ein Teil des Weinbergs zu sehen war. Wenn die Lese begann, würden die Menschen, die sieben Tage die Woche an den Reben arbeiteten, wie Ameisen herumwimmeln, und Emiliano würde sich verbissen auf den Zuckergehalt der Trauben und den perfekten Zeitpunkt für die Ernte konzentrieren.

»Ich verstehe nun, warum Lucia sich so zurückhaltend geäußert hat«, meinte sie leise. »Sie liebt ihn und will sich seine Schwächen nicht eingestehen.« Sie lachte freudlos. »Wahrscheinlich hatte ich insgeheim gehofft, wenn ich je meinen Vater finden würde, würde er ein wunderbarer Mensch sein, der

mich willkommen heißen, stolz der Familie vorstellen und mir Großeltern, Tanten und Onkel und Cousins und Cousinen schenken würde. Er würde mir helfen, herauszufinden, wer ich wirklich bin und mir von meiner Mutter erzählen. Aus irgendeinem Grund bin ich nie auf die Idee gekommen, er hätte mich womöglich gar nicht haben wollen.« Tränen traten ihr in die Augen, doch sie ließ sie nicht fließen. »Unwahrscheinlich, dass ich über meinen Vater Anspruch auf die italienische Staatsbürgerschaft erheben kann, wenn ich sein schmutziges kleines Geheimnis bin.«

»Tut mir leid«, murmelte er und wünschte, er würde sie gut genug kennen, um sie in eine tröstende Umarmung ziehen zu dürfen.

Sie holte lange und ruhig Luft. »Was machen meine Großeltern heutzutage?«, fragte sie dann mit gezwungener Munterkeit. »Kennst du sie?«

Er rieb sich die Bartstoppeln. Vor einem Tag in der Werkstatt verschwendete er keine Zeit mit Rasieren. »Ach ja. Hat Lucia es dir nicht erzählt? Fiorella hilft ihr bei der täglichen Hausarbeit.«

Entsetzt starrte sie ihn an. »Meine Großmutter ist regelmäßig bei ihr? Heiliger Scheiß. Ich glaube, ich falle in Ohnmacht.« Doch sie wirkte keineswegs schwach, sondern bestürzt und so aufgeregt, als würde sie gleich aufspringen und herumrennen, um den inneren Stress abzubauen.

Wenigstens in diesem Punkt konnte er ihr etwas Positives berichten. »Roberto und sie sind mit der Zeit gegangen. Ich mag die beiden.«

Das schien ihr kein Trost zu sein. »Danke für deine Offenheit«, sagte sie düster. »Ich hoffe, es war dir nicht allzu unangenehm.« Sie runzelte die Stirn, als wäre ihr etwas eingefallen. »Tori bist du wohl nie begegnet?«

Er lächelte. »Wenn du dreißig bist, dann war ich in dem Sommer, den sie hier verbracht hat, acht und habe in

Kalifornien gelebt.« »Stimmt. Natürlich.« Sie hielt inne. Langsam zog sie ein Foto aus der Tasche. »Durante hat mich das hier kopieren lassen.« Sie legte es auf den Tisch und drehte es zu ihm.

Neugierig betrachtete Piero das Bild. Es war typisch für den neuen Ausdruck eines alten Bilds: verblasste Farben mit einer frischen, glänzenden Oberfläche. Das Mädchen – die junge Frau –, die seinen Blick erwiderte, wirkte mit ihrer blassen Haut und den Sommersprossen sehr englisch. Ihr blondes Haar war aus dem Gesicht frisiert wie Blütenblätter, und ihr offener, blaugestreifter Blazer enthüllte einen dicken Babybauch in hellrosa Latzhosen. Wow. Sie sah aus, als wäre sie gerade sechzehn, ganz zu schweigen von achtzehn. Das Mädchen hätte das ideale Titelbild für einen der rührseligen Romane abgegeben, wie seine Mutter sie in seiner Erinnerung gelesen hatte: ein beklagenswertes Mädchen, das verzweifelt auf ein besseres Leben hoffte; verlassen von jemandem, der an ihrer Seite hätte sein sollen.

»Es muss emotional sein, das zu sehen«, meinte er und spürte tatsächlich einen Kloß im Hals.

Jedes Wort ihrer Antwort klang tief bedrückt. »Aufwühlender als alles, was ich je erlebt habe. Mir ist ganz schwindlig davon. Es hat etwas mit meinem Selbstgefühl angestellt und mir etwas gegeben, von dem ich nie wusste, dass es mir gefehlt hat ... aber dieses Etwas hat sich mir bereits entzogen. Das ist schwer zu akzeptieren.« Ihr Kopf kam seinem näher, und ihm stieg der Duft nach Honig in die Nase. »Ich habe so viele Fragen, dass ich Kopfschmerzen davon habe. Sehe ich ihr ähnlich? Ursula findet, ja.« Sie sah ihn an, damit er sie mustern konnte.

Er schaute ihr ins Gesicht und versuchte, sich auf eine Antwort zu konzentrieren, statt in ihren Augen zu versinken. »Dein Mund ähnelt ihrem. Und auch deine Augen«, meinte er schließlich.

»Aber sie ist irgendwie rosig und sommersprossig.« Sie zog einen weiteren Ausdruck hervor. Das war eindeutig neueren Datums und zeigte einen Mann von Ende vierzig in einem Anzug, vielleicht bei einer Hochzeit von Verwandten, der das dunkle Haar zu einem Man-Bun zurückgebürstet trug. Das war der Gerardo von heute, wenn auch eine außerordentlich gepflegte Version von ihm. »Haut- und Haarfarbe habe ich von ihm.«

Piero pflichtete ihr bei. »Der mediterrane Einschlag hat sich durchgesetzt.« Er lächelte. »Englische Pfirsichhaut trifft auf südländische Farben. Eine gelungene Mischung.«

Sie schob beide Ausdrucke wieder in die Tasche und schien das Kompliment nicht registriert zu haben. »Diese plötzliche Gewissheit ist überwältigend«, gestand sie mit belegter Stimme. »Tatsächlich hatte ich schon mal in Betracht gezogen, dass Tori Vickys Kind und meine Mutter sein könnte, das aber dann praktisch ausgeschlossen. Warum in aller Welt hätte Vicky so tun sollen, als wäre ich ihre Tochter, statt mir einfach zu erklären, dass meine richtige Mum tot war? Warum hätten Gran und Pap die Lüge weiterführen sollen? Ich hatte doch wohl ein Recht darauf, meine Geschichte zu erfahren. Ich fühle mich *wirklich* überfordert.« Sie schüttelte den Kopf. »Und gleichzeitig will ich unbedingt Antworten.« Sie stand auf.

»Hast du denn niemanden, mit dem du reden könntest?« Er erhob sich ebenfalls, begleitete sie zur Tür und spürte die vertraute Ofenhitze, die ihm entgegenschlug, als er sie öffnete. Es war beinahe Mittag, und die Sonne hatte schon fast ihren Zenit erreicht.

Auf der Schwelle blieb sie stehen. Die Sonne ließ die kupfrigen Strähnen in ihrem dunklen Haar aufleuchten. »Weißt du noch, wie du mich dabei gesehen hast, dass ich einen Haufen Briefe gelesen habe? Die meisten stammten von Gran und Pap, aber einige waren auch von Mums Freunden. Vor

allem Harry, von dem Lucia erwähnt hat, dass sie ihm begegnet ist, kannte offensichtlich einen großen Teil der Geschichte. Ich war schon bei der Adresse auf dem Brief, aber der ist zweiundzwanzig Jahre alt, und Harry wohnt nicht mehr dort. Keiner der Nachbarn, die ich nach ihm gefragt habe, konnte sich auch nur an ihn erinnern, und auch nicht an Vicky, obwohl ich glaube, dass sie irgendwann auch dort gelebt hat. Heute Nacht habe ich unter anderem nach Privatdetektiven recherchiert, die Harry vielleicht für mich ausfindig machen könnten. Allein ist das kaum zu schaffen, und es kostet enorme Gebühren, gewisse Verzeichnisse einsehen zu dürfen.« Sie hielt inne und lächelte nachdenklich. »Tut mir leid. Ich habe in einer Tour nur von mir geredet. Wie sieht es bei dir aus?«

Er folgte ihr aus der Tür. »Ich bereite mich darauf vor, am Montag mit Papà und Emiliano zu reden. Hoffe auf ein Wunder.«

»Viel Glück dabei.« Sie zog ihr Handy hervor und hielt es ihm entgegen. »Tipp deine Nummer ein. Dann schicke ich dir meine, und du kannst mir alles mitteilen, was ich wissen muss, um das Glas abzuholen. Ich bringe es dir irgendwann am Abend.«

Er nahm das Telefon, das warm aus ihrer Tasche kam, fügte rasch seine Nummer zu ihren Kontakten hinzu und gab es ihr dann zurück. »Du tust mir einen großen Gefallen.«

»Du hast mir einen viel größeren getan. Danke. Ich hoffe, das Gespräch war nicht zu unangenehm für dich, aber ich bin im Moment ein Bündel überdrehter Gefühle.« Rasch ließ sie ihre Finger über das Display huschen. Dann summte sein Handy, und er sah, dass ihre Kontaktdaten eingetroffen waren. Während er die Nummer speicherte, hörte er sie *»Ciao«* sagen, und als er wieder aufblickte, hatte sie sich bereits abgewandt und ging auf die Zypressen zu.

»Ciao!«, rief er ihr nach, während sie sich den Bäumen

näherte. Ihre Shorts bildeten einen roten Farbtupfer in der Landschaft. Er schaute ihr nach, bis sie nicht mehr zu sehen war.

Ein paar Stunden später wurde Piero klar, dass ein Navi Zia nicht anzeigen würde, an welche Tür sie in der Glaserei im Gewerbegebiet von Perugia klopfen musste. Er fertigte eine Skizze an und ging damit zu den Ferienhäusern hinüber. Falls Zia und Ursula unterwegs waren, würde er das Blatt unter der Tür durchschieben.

Doch als er um die Ecke von Villino Il Pino bog, entdeckte er Zia, die regungslos auf einem Liegestuhl vor der Haustür lag. Der Wind bewegte ihr langes dunkles Haar und drückte ihr Top an ihren Körper wie von einer zärtlichen Hand.

Auf einem Liegestuhl daneben saß Ursula und sah auf ihr Handy. Sie war blond und hübsch, aber ihr gutes Aussehen war eher gewöhnlich, wenn man mal von ihren Tattoos absah. Zias Schönheit, von ihrem gemächlichen, sinnlichen Lächeln bis zu der Art, wie das Licht in ihren Augen spielte, musste man länger auf sich wirken lassen. Ursula hatte ihn offenbar bemerkt, denn sie blickte auf, legte sich einen Finger an die Lippen, schlüpfte in ihre Flipflops, erhob sich und kam leise auf ihn zu.

Außer Hörweite der schlafenden Zia blieb er stehen und wartete auf sie. »Ich glaube, sie ist erschöpft von diesem ganzen Mist«, sagte sie mit gedämpfter Stimme.

Er nickte. »Überrascht mich nicht.« Er hielt ihr den Zettel hin und erklärte, was es mit seiner Skizze auf sich hatte. »Glaubst du, Zia kommt mit der Situation klar?«, fragte er.

Ursula verzog das Gesicht. »Sie ist stark und eigenständig, aber die Wahrheit war ein ziemlicher Schlag für sie. Sie ist ohne viel Familie aufgewachsen. Es ist eine bittere Erkenntnis, dass sie ihre leibliche Mutter nie kennengelernt hat und für ihren leiblichen Vater eine Katastrophe war.« Sie beschat-

tete ihre Augen und machte ein bedauerndes Gesicht. »Ich fürchte, sie hatte nur wenige Konstanten in ihrem Leben. Als ich einmal eine Lungenentzündung hatte, hat sie vollkommen überreagiert. ›Wage es bloß nicht, mir wegzusterben!‹, hat sie mich im Krankenhaus angeschnauzt. Danach ging es mir schlecht, weil ich Ewigkeiten gebraucht habe, um wieder auf die Beine zu kommen, und mein Mann schien das nicht zu begreifen. Aber Zia war für mich da.« Sie lächelte wehmütig.

»Du scheinst ihr auch beizustehen.« Doch er dachte daran, dass Zia ihm erzählt hatte, wie sie mitten in der Nacht in den Spiegel gesehen und sich gefragt hatte, wer sie war. Allein. »Ich fürchte, ich konnte ihr kein besonders verlockendes Bild von ihrem Vater zeichnen.«

»Sie hat mir davon erzählt, bevor sie eingeschlafen ist.« Ursula seufzte. »Ich habe eine große Familie und tolle Eltern, die ich meist nicht zu schätzen weiß. Als ich noch in Irland lebte, haben sie mir bei allem, was mein Leben anging, ständig im Nacken gesessen, sogar in meinen Beruf wollten sie mir reinreden. Ich habe mich nach Privatsphäre gesehnt. Aber wenn ich Zia ansehe, wird mir klar, welches Glück ich hatte.«

»Geht mir ganz ähnlich. Gibt es denn keinen Mann in Zias Leben?« Seine beiläufige Frage täuschte darüber hinweg, wie sehr ihn die Antwort interessierte. Er war nicht so dumm, zu stark darauf zu vertrauen, dass Zia keinen Ehering trug. Es war schließlich trotzdem gut möglich, dass sie einen Partner hatte. Nicht alle Frauen waren wie Nicoletta, die sich nach einem Goldring verzehrte.

Ursula zog eine Augenbraue hoch. »Im Moment nicht«, antwortete sie. »Bis März schon, aber er – also, es ist etwas passiert. Er möchte die Beziehung gern wieder kitten, aber …« Sie zuckte mit den Schultern, und das blonde Haar fiel ihr in die Stirn. So, wie es geschnitten war – vorn sehr lang – kam das oft vor.

»Dann raufen die beiden sich ja vielleicht wieder zusam-

men«, meinte er vorsichtig. Noch während er sprach, wurde ihm klar, dass er sich nicht einmal ärgern würde über eine solche Versöhnung. Wenn je eine Frau zu wenige Menschen gehabt hatte, die sich etwas aus ihr machten, dann Zia.

Sie verzog das Gesicht. »Ich glaube nicht, dass Zia in der Stimmung ist, ihm eine zweite Chance zu gewähren. In Liebesangelegenheiten ist sie nie unentschlossen oder macht sich zu abhängig.«

Anscheinend steckte noch mehr hinter der Geschichte, doch er hakte nicht nach. Er verabschiedete sich und ging mit dem beruhigenden Gefühl davon, dass er Zia zum Abendessen einladen konnte, ohne jemandem auf die Zehen zu treten.

8

Als Piero am Montag zum Weingut aufbrach, wünschte er sich, er hätte die ganze Woche in seiner Werkstatt verbringen können. Er fuhr hügelabwärts in Richtung Montelibertà, durchquerte die Vorstädte und schlug die Straße zum Weingut ein. Eine Meile Luftlinie dehnte sich auf der Straße zu vier Meilen, doch in all der Zeit, die Il Refugio ihm jetzt schon gehörte, hatte er sich nie versucht gefühlt, den alten, unbefestigten Weg nach Tenuta Domenicali instand setzen zu lassen, obwohl der untere Teil von den Landmaschinen des Weinguts benutzt wurde. Er liebte seine Abgeschiedenheit, und Binottos Plan, den Weg zu einer Straße auszubauen, fühlte sich wie ein Affront an.

Er parkte seinen Wagen zwischen dem Büro und der Kellerei und sog die vertrauten erdigen und würzigen Düfte des Weinguts ein, die stärker wurden, wenn wie heute Sturmwolken auf den Berggipfeln hingen wie riesige grau-lila Kissen. Ein warmer Wind zupfte an seinem Hemd, als er auf das Bürogebäude zuging und drei Treppenstufen auf einmal nahm.

Der Schreibtisch seines Vaters im großen Büro war leer, als er daran vorbeikam. Aus Emilianos Zimmer drang ihm dessen Stimme entgegen. Er steckte bereits mitten in einem Telefonat über die *vendemmia*, die Weinlese, die Anfang

Oktober stattfinden würde, wenn der Zuckergehalt der Trauben am höchsten war. Als Piero seinen Schreibtisch erreichte, war seine erste Aufgabe, seinen Auftrag an den Glaser telefonisch durchzugeben und Zia per Textnachricht die Information zukommen zu lassen, die sie brauchte, um ihn abzuholen.

Bringe es später vorbei, schrieb sie zurück.

Wenn er länger auf seine Bestellung warten konnte, wurde seine Glasbestellung normalerweise von zwei schwitzenden Typen in einem Fiat-Laster angeliefert. Da war eine schöne Frau mit ausdrucksvollen Augen verdammt viel besser.

In der folgenden Stunde arbeitete er seine E-Mails ab. Der Posteingang am Montag war immer grauenhaft voll, weil noch niemand die Nachrichten vom Freitag beantwortet hatte. Während er arbeitete, horchte er auf Salvatores tiefe, grollende Stimme, erhielt jedoch stattdessen eine Nachricht von Graziella.

Komm heute Vormittag bei deinem Vater und mir vorbei

Zornig wischte er sie vom Display, als schlüge er nach einer Wespe, vor allem, da er selbst seinen Vater sehen wollte. Er ignorierte die Nachricht und schickte seinerseits eine an Salvatore und Emiliano.

Können wir uns heute Morgen gegen zehn treffen, bitte?

Emiliano: Sì.

Salvatore: Graziella und ich können.

Okay, tippte Piero, obwohl er es nicht »okay« fand und sich fragte, ob Salvatore die Nachricht wirklich geschrieben oder ob Graziella ihm »geholfen« hatte.

Um zehn trafen sie sich zu viert in Salvatores Büro, boten einander Kaffee an und gingen sicher, dass jeder einen Sitzplatz hatte, während die Spannung zum Greifen in der Luft hing. Abgesehen von Piero verfolgte noch jemand seine eigenen Pläne, und er vermutete, dass es Graziella war.

Er legte los, bevor sie es konnte. »Der Rat der Anwälte bezüglich der Zugangssituation könnte zweifelhaft sein.« Er beobachtete, dass Graziellas Miene sich verdüsterte, während er die Lage zusammenfasste. Da er den größten Teil des Samstags mit Recherchen im Internet verbracht hatte, war er zuversichtlich, die anderen überzeugen zu können. »Ich weiß, dass die Anwälte dir empfohlen worden sind, Papà«, schloss er, »aber ich finde, wir sollten uns besser noch einmal informieren und nachhaken.«

Salvatore und Emiliano schauten Piero sichtlich verwirrt an. Draußen verdunkelte sich der Himmel immer weiter, bis das Licht im Büro grau wirkte. Donner grollte und klang wie das Knurren eines großen Hundes. Niemand rührte sich, um Licht zu machen.

Emiliano warf Salvatore einen fragenden Blick zu. »Haben die Anwälte sich vielleicht missverständlich ausgedrückt?« Er klang unsicher, als hätte er wie Piero einfach akzeptiert, was man ihm erzählt hatte.

Salvatore sah Graziella an, und Piero sank der Mut, als ihm klar wurde, dass sein Vater von ihr erwartete, die Information zu liefern.

Graziella verzog den Mund. »Meine Interpretation des Rats des Anwalts ist«, erklärte sie steif, »dass der Besitzer von Il Rifugio den Zugang nach Bella Vista kontrolliert.«

Emiliano setzte sich auf. *»Interpretation?«*, wiederholte er sichtlich entsetzt. »Ich dachte, das wäre eine Tatsache.«

Salvatore hob die Augenbrauen angesichts der Reaktion seines Sohnes, was Piero nicht entging. »Papà?«, fragte er. »Wie siehst du das?« Gleichzeitig verarbeitete er den Um-

stand, dass Graziellas Hilfe für Salvatore, weil sie mit Lichtgeschwindigkeit tippen und sich von App zu App schwingen konnte wie eine Kunstturnerin, inzwischen aus »Interpretationen« bestand.

Salvatore räusperte sich. »Ich müsste die E-Mail noch einmal lesen, um mein Gedächtnis aufzufrischen.«

»Emiliano und ich sollten auch Einblick bekommen.« Piero bemühte sich mit aller Macht darum, gleichmütig zu klingen. Es blitzte, und das Donnergrollen kam näher. Ein Windstoß trieb Regen gegen das Fenster, und die tiefhängenden Wolken hinter der Scheibe verhießen die Art von Sturzregen, der bedeutete, dass Umbrien noch nicht bereit war, sein grünes Kleid zugunsten des sommerlichen Golds abzulegen. In den Apenninen konnten der Juli und August staubtrocken ausfallen, daher waren ein paar ordentliche Gewitter im Juni willkommen, und dieses entsprach vollkommen seiner Stimmung.

Salvatore rutschte herum, und wieder warf er Graziella einen Seitenblick zu. In einem Anflug von Wut erkannte Piero, dass sein Vater keine Ahnung hatte, wo er die Korrespondenz mit den Anwälten finden sollte. Sein Vater war nachlässig geworden.

Salvatore war bekannt dafür, Chancen beim Schopfe zu packen und das Beste daraus zu machen; er war der Vater, dem Piero sein ganzes Leben lang vertraut hatte. Doch anscheinend hatte er eine Achillesferse … und die hieß Graziella. Er vertraute ihr blind, ob er nun von seinen Gefühlen bestimmt wurde oder nur froh darüber war, dass sich jemand um die lästigen Angelegenheiten kümmerte.

Auch Piero musste sich vorwerfen, nicht genug Fragen gestellt zu haben, doch das würde er ändern. Er wies auf den Computer. »Könntest du die E-Mail aufrufen?«

Widerstrebend gab Salvatore sein Passwort ein. Wieder sah er Graziella an.

Graziella ließ den Kopf in den Nacken sinken und verdrehte frustriert die Augen.

»Gibt es ein Problem?«, erkundigte sich Emiliano. Sein Blick huschte zu Piero, und seine Miene drückte ein aufgebrachtes »Was weißt du, was ich nicht weiß?« aus.

Salvatore schaute auf den Bildschirm und klickte mit der Maus. Draußen waren die Arbeiter des Weinguts zu hören, wie sie einander laut etwas zuriefen, um den Wolkenbruch zu übertönen.

Graziella stieß plötzlich einen verzweifelt klingenden Schrei aus. »Ich habe nur versucht, dich zu schützen, Salvatore!«

»Indem du *was* getan hast?«, verlangte Emiliano zu wissen, der mit jeder Minute frustrierter klang.

Salvatore fuhr herum, um seine Freundin anzuschauen. Seine Züge wirkten starr.

Tränen begannen Graziella über die eingefallenen Wangen zu rinnen, doch Piero fragte sich, ob sie eher vor Enttäuschung und Wut weinte als aus Kummer oder schlechtem Gewissen. Sie richtete ihre Erklärungen weiterhin nur an Salvatore, der ihr wahrscheinlich am nachsichtigsten Gehör schenken würde. »Ich wollte doch nur, dass du frei von dem endlosen, ewigen Druck durch diesen Ort bist. Du hast nicht mehr viele Jahre vor dir, Salvatore, und ich will, dass du sie genießt. Du sollst reisen, dich entspannen. *La dolce vita*. Es tut mir leid. Sehr leid. Aber ich habe mir Sorgen um dich gemacht.«

Und zwar so viele, dass es den Eindruck machte, als stünde der Siebzigjährige schon mit einem Bein im Grab. Piero verkniff sich die verächtliche Bemerkung, dass Reisen und *la dolce vita* genau das war, was sich Graziella selbst wünschte. Offensichtlich hatte sie versucht, Salvatore zu »befreien«, damit er sie begleiten – und zweifellos für die Kosten aufkommen – konnte. Es wäre allerdings weit besser, wenn Salvatore

und Emiliano das selbst erkennen würden, daher saß er eisig schweigend da, während Graziella offenbar nicht aufhören wollte zu weinen.

»Ich habe die Umstände doch nur auf eine bestimmte Art dargestellt«, jammerte sie. Sie streifte Piero mit einem bösen Blick. »Deine Familie ist egoistisch.«

Emiliano schnappte nach Luft und ersparte Piero die Mühe, auf diese Bemerkung zu reagieren. »Egoistisch? *Das Weingut gehört uns dreien.*«

Während Emiliano und Graziella sich ein Wortgefecht lieferten, das laut genug war, um es mit dem Donner aufzunehmen, galt Pieros Aufmerksamkeit weiter Salvatore. Die Miene seines Vaters drückte tiefe Enttäuschung aus. Aber worüber war er enttäuscht? Oder von wem? Piero seufzte. Es war noch nicht vorbei.

»Papà.« Er übertönte den immer lauter werdenden erbitterten Streit zwischen Emiliano und Graziella. »Ich möchte, dass Emiliano und ich die gesamte Korrespondenz zwischen Tenuta Domenicali, den Anwälten und der Binotto-Gruppe einsehen können.«

Graziella unterbrach sich mitten in einem schrillen Vorwurf, Emiliano nehme keine Rücksicht auf einen alten Mann.

Salvatore nickte. »Wir schicken die Dateien …«

Doch Emilianos Aufmerksamkeit galt nicht mehr Graziella. »Piero und ich übernehmen das. Es ist wichtig, dass alle Mitglieder der Familie« – er hielt bei dem Wort einen Moment inne, als wollte er betonen, dass Graziella nicht unter diese Kategorie fiel – »gleichermaßen freien Zugang zu allen Informationen den Besitz und den Verkauf betreffend haben.«

Piero sagte nichts, doch innerlich triumphierte er. Es fühlte sich wie ein Wendepunkt an; er stand nicht mehr allein gegen die anderen und musste auch nicht länger befürchten, dass er, wenn er Graziella kritisierte, damit zugleich die Autorität

seines Vaters untergrub. Jetzt war allen klar, dass es ein Problem gab. Er konnte ein Lächeln nicht ganz unterdrücken.

Theatralisch stand Graziella auf und warf ihre Ringellocken zurück. »Entschuldigt mich.« Sie klemmte sich ihre Designertasche unter den Arm und marschierte zur Tür hinaus. Danach zu urteilen, wie schnell sie den Motor starten hörten, gefolgt vom Quietschen von Reifen, musste sie einen Sprint über den Hof hingelegt haben, um dem prasselnden Regen zu entrinnen.

Langsam wandte Salvatore sich wieder zu seinen Söhnen um. Als er sie mit einer Handbewegung aufforderte, seinen Platz am Computer einzunehmen, wirkte er älter, als Piero ihn je gesehen hatte. Er hoffte, dass die starre, verlegene Miene seines Vaters wenigstens eine Veränderung verhieß, was Graziellas Rolle anging.

Der Tag wurde anstrengend.

Als Erstes sperrte Piero den Fernzugriff auf den Computer seines Vaters. Er wollte nicht behaupten, jemand würde sich von außen einloggen und Dateien verändern oder entfernen … doch es konnte seiner Ansicht nach nicht schaden, dem vorsorglich einen Riegel vorzuschieben.

Rasch kam zutage, dass die Ausgangslage ganz anders war, als es sich bislang dargestellt hatte. In Übereinstimmung mit Zias Ansicht zu der Sache hatten die Anwälte *nicht* geschrieben, der Besitzer von Il Rifugio könne über den Zugang nach Bella Vista bestimmen. Vielmehr hatten sie sogar dazu geraten, eine gründlich durchdachte Vereinbarung über den Zugang zu treffen, die schwer zu kippen war.

»Aber die Binotto-Gruppe hat Geld. Die Leute könnten das möglicherweise erzwingen«, meinte Emiliano in einem Ton, der andeutete, dass er sich das wünschte.

Sein hoffnungsvoller Unterton verletzte Piero. »Sie könnten sich auch an Lucia und Durante anschleichen und ihnen die Kehle durchschneiden, weil ihre Erben vielleicht gern

verkaufen würden«, entgegnete er. »Unmoralisch und gesetzwidrig, aber billiger.«

Emiliano wirkte beschämt.

Salvatore war fast vollkommen verstummt. Vielleicht war er schockiert davon, dass seine Freundin ihn hintergangen hatte, und fühlte sich gedemütigt, weil er das nicht hatte kommen sehen. Er trug nur etwas zum Gespräch bei, wenn es nötig war, und sprach dann langsam und bedrückt. Am Ende des Tages schienen die Linien auf seinem Gesicht tiefer als zuvor zu sein. Piero war besorgt und tätschelte ihm den Arm. »Müde, Papà? Tut mir leid, ich habe vergessen, dass du schon siebzig bist.«

Salvatore rang sich ein freudloses Lächeln ab. »*Erst* siebzig.« Sein Lächeln verblasste. »Ich muss über das alles eine Nacht schlafen.« Dazu, was danach passieren würde, äußerte er sich nicht.

»Gute Idee. Mir qualmt auch der Kopf«, meinte Piero auf Englisch. Ein beliebter Ausdruck, als sie damals in Kalifornien gelebt hatten, der nie aus dem Wortschatz der Familie verschwunden war. Ohnehin wechselten die drei ständig zwischen Italienisch und Englisch hin und her. Das gehörte zu ihrer Familie, genau wie das Foto über Salvatores Schreibtisch, das ihren alten roten Ford Mustang vor der modernen Kellerei zeigte, die Salvatore in Kalifornien geleitet hatte, und das gerahmte Foto neben dem Computer, auf dem Piero und Emiliano stolz ihre Hände reckten, die in Baseballhandschuhen steckten.

»Ich denke, wir sind sowieso fast alles durchgegangen«, schaltete sich Emiliano ein. Dann schnitt er das Thema an, das Piero unablässig beschäftigte. »Papà … würdest du in Betracht ziehen, dein Passwort zu ändern? Ich fühle mich nicht wohl bei dem Gedanken, dass Graziella unbeschränkten Zugang zu den Dateien der Firma hat.«

Schweigen. Irgendwann am Nachmittag hatte der Regen aufgehört, und eine blasse Sonne schien jetzt durch die Wol-

ken. Salvatores Blick huschte zwischen seinen Söhnen hin und her.

Piero hielt die Luft an.

Dann nickte Salvatore, einmal nur.

Zia und Ursula holten das kleine Glaselement für Piero ab, parkten anschließend in der Nähe der Minimetrò und genossen dann die erschütterungsfreie Fahrt durch die Tunnel bis ins historische Zentrum von Perugia. Es war eine entspannte Art, einen Montag zu verbringen.

Sie aßen *gelato*, während sie am mittelalterlichen Palazzo dei Priori und der gotischen Kathedrale vorbeischlenderten. Sie lehnten sich an die Stadtmauern und fotografierten die Tiefebene, die vor ihnen lag wie ein mit Spielzeug übersäter Teppich. Dann erkundeten sie schmale, kurvenreiche Straßen zwischen hohen Gebäuden und aßen in einem Restaurant in Sichtweite eines Brunnens aus behauenem Marmor, der Fontana Maggiore, zu Mittag.

Als am Nachmittag ein heranziehendes Gewitter die Sonne verdunkelte, schlug Zia vor, sie sollten zur Minimetrò rennen, doch das Unwetter holte sie ein. Stattdessen suchten sie in einer Weinbar an der Stadtmauer Zuflucht.

»Wow, tolle Aussicht«, meinte Ursula, die nach ihrem Sprint durch den Regen wieder zu Atem gekommen war, und bewunderte durch die vom Boden bis zur Decke reichenden Fenster das Panorama. Sie ließen sich *caffè lattes* schmecken, während Blitze über den Himmel zuckten und Regenböen durch die Landschaft zogen. Das war alles so beeindruckend, dass sie zu einem frühen Abendessen blieben.

Als sie schließlich von dem Hügel oberhalb von Montelibertà abbogen, sagte Zia: »Ich nehme die Einfahrt zu Pieros Haus und gebe das Glas gleich ab.«

Ursula reckte sich und unterdrückte ein Gähnen. »Großartig. Ich habe sein Haus noch gar nicht gesehen.«

Es war fast dunkel, bei Piero brannte kein Licht, und sein silberner Sportwagen war nicht da. Zia hielt an und empfand einen Anflug von Enttäuschung. Ihr wurde klar, dass sie sich darauf gefreut hatte, den gelassenen, selbstbewussten Mann wiederzusehen, der sich nicht nur die Zeit genommen hatte, seinen Eindruck von Gerardo und seiner Familie mit ihr zu teilen, sondern das auch so freundlich getan hatte, dass seine wohlbedachten Sätze sich wie Umarmungen angefühlt hatten. Es kam nicht oft vor, dass sie so schnell Vertrauen zu jemandem fasste. »Sieht aus, als wäre er nicht da. Ich suche einen sicheren Platz, um das Glas zu deponieren.«

Ursula sprang aus dem Auto und musterte das dunkle, kantige Steinhaus. »Einen ganz schönen Kasten hat er hier. Es ist größer als Bella Vista.«

Zia öffnete den Kofferraum und hob vorsichtig das Glas heraus, das zum Schutz in ein weißes Tuch eingeschlagen war. »Versuchen wir es in seiner Werkstatt.«

Sie gingen vorbei an struppigen Büschen und einem knorrigen, verkümmerten Olivenbaum. Ursula, die sich beklagte, die Moskitos griffen an wie Kampfflugzeuge, leuchtete mit ihrem Handy und öffnete vorsichtig die Tür. Sie schwang auf, und Ursula streckte eine Hand nach dem Lichtschalter aus. »Wow«, stieß sie hervor, als das Licht den Raum erhellte und von massiven grünen Maschinen mit bösartig wirkenden Klingen reflektiert wurde. Ein Duft nach frischen Sägespänen lag in der Luft.

»Der attraktive Piero hat offenbar ein sehr männliches Hobby, was?«, meinte Ursula und musterte die zahlreichen Elektrowerkzeuge. »Bei unserer ersten Begegnung wirkte er wie ein Business-Typ, aber ich kann ihn mir hier gut vorstellen. Er ist bestimmt gut mit den Händen.« Sie kicherte. »Was glaubst du? Hast du vor, es herauszufinden?«

Der Dachaufsatz stand noch auf der Werkbank. Zia setzte das Glas vorsichtig daneben ab und schickte Piero dann eine Textnachricht, um ihm mitzuteilen, wo es war. Sie setzte eine

unbekümmerte Miene auf und steckte das Handy weg. »Ich habe mich nur ein paarmal mit ihm unterhalten.«

»Ach ja?« Ursula versetzte ihr einen Rippenstoß. »Er checkt dich aber ab, wenn er denkt, dass ihn niemand sieht ... *ständig*. Und ich habe dir ja schon erzählt, dass er gefragt hat, ob es einen Mann in deinem Leben gibt.«

Da Zia sich ihrer Gefühle für Piero nicht sicher war, gab sie keine Antwort, sondern knipste das Licht aus und wartete dann, bis Ursula hinausging, um die Tür hinter ihr zu schließen.

Ursula seufzte schwer und wandte sich wieder in Richtung Auto. »Umso besser, wenn du nicht auf ihn stehst. Ich habe ihm von Brendon erzählt, und er hat das Interesse verloren.«

»Was?« Zia wirbelte herum.

Ihre Freundin vollführte auf dem Kies einen kleinen Tanz. »Ha, ha. Erwischt!«, rief sie. »In Wirklichkeit hat er nur gelächelt ... aber interessiert.«

Obwohl Zia schlecht geschlafen hatte, wachte sie am Dienstagmorgen früh auf, sodass sie sich aus Villino Il Pino hinausstahl und draußen einen in allen Farben leuchtenden Sonnenaufgang genoss.

Einmal mehr wünschte sie sich geliebte Menschen zurück, mit denen sie sich nicht mehr beraten konnte, obwohl sie sich vorstellen konnte, wie ihre Großeltern auf ihre Suche nach ihrem Vater reagiert hätten. *Wozu das alles aufrühren? Dein Erzeuger hat sich schon vor deiner Geburt davongemacht, und dann noch einmal, als du ganz klein warst. Sagt dir das nicht genug?* Sie stellte sich vor, wie Gran die Lippen schürzte und Pap grimmig die weißen Augenbrauen runzelte.

Und was war mit Vicky? Wie hätte sie wohl den unbedeutenden Umstand erklärt, dass sie behauptet hatte, Zias Mutter zu sein? Es musste einen Grund dafür geben, warum die immer zum Lächeln aufgelegte, ehrliche Vicky sich auf so eine für sie so untypische Art verhalten hatte. Sie war der

Mensch gewesen, von dem Zia geglaubt hatte, sich immer auf ihn verlassen zu können; und jetzt stellte sich heraus, dass es nicht so gewesen war.

Und dann war da noch Tori …

Im Rückblick empfand Zia einen schmerzlichen Verlust. Welche Macht hatte diese junge Mutter dazu getrieben, ein Neugeborenes in ein Auto zu stecken und Hals über Kopf durch halb Europa zu rasen, nur um sie dann im Stich zu lassen? Dieses rosige, sommersprossige Gesicht, das verhalten in die Kamera lächelte, gab ihr keinen Hinweis, egal, wie lange Zia daraufstarrte.

Gott sei Dank hatte es Lucia und Durante gegeben. Was wäre vor dreißig Jahren aus der kleinen Zia-Lucia geworden, wenn sie nicht gewesen wären? Unwahrscheinlich, dass Gerardo sich um sie gekümmert hätte. Ihr wurde eiskalt bei der Vorstellung, sie wäre den Behörden übergeben worden und ihre Mum – na ja, »Mum Vicky«, wie Ursula sie inzwischen nannte – hätte nach ihr gesucht und beweisen müssen, dass sie das Recht hatte, sie zurück ins Land ihrer Geburt zu bringen. Und wenn sie sie nicht gefunden hätte …? Sie war Lucia und Durante zutiefst dankbar, weil sie dafür gesorgt hatten, dass es nie so weit gekommen war. Es tat ihr auch leid, dass ihnen ihre Freundlichkeit nicht vergolten und ihnen jeder weitere Kontakt zu Zia verwehrt worden war. So langsam spürte sie eine echte Verbindung zu dem freundlichen Paar – obwohl sie es noch nicht ganz fertigbrachte, die beiden als Verwandte zu betrachten. Vielleicht wagte sie es auch nicht, um nicht enttäuscht zu werden.

Als sie es leid war, einen Sinn in dem ganzen Chaos zu finden, ging sie zurück ins Haus, um sich darauf vorzubereiten, sich dem Tag zu stellen. Nach dem Frühstück kam Durante vorbei, um Ursula und sie zum Mittagessen einzuladen. Sein weiches graues Haar bauschte sich um seine Ohren, und seine nackten Füße und Sandalen waren staubbedeckt.

Sie nahmen die Einladung an, und als sie gegen Mittag am Haupthaus ankamen, trafen sie Lucia in einem mit kleinen blauen Vögeln bedruckten Sommerkleid und Durante in sauberen Shorts und Sandalen an. »Wir haben den Rest unserer Fotoalben gefunden«, begrüßte Lucia sie. Lächelnd zeigte sie auf einen Stapel Alben in verschiedenen Größen und Farben, der auf ihrem schweren Esstisch aus dunklem Holz lag. »Sollen wir sie vor dem Essen ansehen?«

Als sich alle einen Platz gesucht hatten, zog Lucia einen großen Zeichenblock hervor, blätterte die Seiten auf und zeigte Zia einen verzweigten Stammbaum. »Ich habe mir große Mühe gegeben, den zusammenzustellen. Vielleicht ist er hilfreich?«

Langsam nahm Zia den Block entgegen. Diese Namen in eleganter Handschrift gehörten Menschen, mit denen sie blutsverwandt war. Ein paar Namen kannte sie bereits – Gerardo und seine Eltern Roberto und Fiorella, seine Frau Ilaria und ihre Kinder Riccardo, Caterina und Laura. Dann noch eine Menge anderer Namen. Giancarlo. Maria. Alessandra. Bianca. Carmen. Isabella. Noch eine Laura. Gianni. Antonio.

Die anderen wurden so still, dass nur noch das Vogelgezwitscher aus dem bunten Blumengarten zu hören war, der sich vor dem Haus befand; ein Kontrast zu der Wildnis, von der Il Rifugio umgeben war. Überwältigt von der Masse der Namen in dem Stammbaum ergriff sie Lucias Stift, blätterte die Seite um und stellte eine Liste auf.

1 Vater
2 Großeltern
3 Halbgeschwister
7 Onkel und Tanten plus Ehepartner
18 Cousins und Cousinen ersten Grades plus Ehepartner/Kinder
5 Großtanten und -onkel plus Ehepartner/Kinder

Sie hielt inne; es verunsicherte sie, Fremde mit Verwandtschaftsbeziehungen zu bezeichnen. »Mein ganzes Leben lang hatte ich eine Mum, einen Großvater, eine Großmutter und einen unbekannten Vater. Und jetzt … das! Und keiner davon, bis auf euch und Gerardo, falls er mich nicht aus seinem Gedächtnis gestrichen hat, weiß überhaupt von meiner Existenz. Ich bezweifle, dass Gerardo es jemandem von ihnen erzählt hat.«

Lucia schüttelte den Kopf; sie wirkte unbehaglich. Sie legte eine Hand auf das oberste Fotoalbum, dem sein Alter deutlich anzusehen war. »Ich habe noch zwei Bilder von Tori.« Sie zögerte und sah Zia mit ihren dunklen Augen nach einer Reaktion forschend an. »Mit Gerardo.«

Zias Handflächen wurden feucht. »Darf ich sie anschauen?« Lucia schlug das Album auf der richtigen Seite auf. Auch Ursula reckte den Hals, um besser zu sehen, während Zia das sommersprossige, typisch englisch wirkende Mädchen betrachtete, das strahlend zu ihr herauflächelte. Neben ihr stand ein schlaksiger, jugendlicher Gerardo mit dunklen Augen, goldfarbener Haut und dunklem Haar. Sein Grinsen wirkte übermäßig breit, als müsste er erst noch hineinwachsen, und sein kurzes Haar war in der Mitte gescheitelt und zu den Seiten frisiert. Auf einem Bild schmiegte das Paar sich auf einer Gartenbank aneinander; auf dem anderen standen sie eng umschlungen und mit lachenden Gesichtern da.

Ihre Eltern.

Wer?

Zia musterte die Menschen auf dem Bild, die ihr das Leben geschenkt hatten, aber nie ein Teil davon gewesen waren. Aus feuchten Augen warf sie Ursula einen Blick zu. »Ich muss mir dringend einen Privatdetektiv suchen.«

»Was ist das?«, erkundigte sich Durante.

»Eine Person, die man dafür bezahlt, jemanden zu finden.«

Er neigte den Kopf zur Seite wie ein freundlicher Zwerg. »Wir wissen, wo die meisten dieser Menschen sind.«

Doch Lucia hatte verstanden, was Zia meinte. »Du willst wissen, was passiert ist, nachdem Tori nach England zurückgekehrt ist?«

Zia versuchte es zu erklären und verhaspelte sich dabei. »Was ihr mir erzählt habt, diese Fotos, die ihr mir gezeigt habt, das hat einen Schalter in meinem Kopf umgelegt. Ich muss *alles* wissen. Vickys Freund Harry weiß offensichtlich, was damals passiert ist und warum. Sie war sonst so lieb und entgegenkommend, also muss sie ihre Gründe gehabt haben.«

»Hmmpf«, meinte Lucia.

Zia blätterte weitere Alben durch, doch bis auf Roberto und Fiorella kannte sie niemanden auf den Bildern. Fremde. Noch mehr Unbekannte, die sie Tante oder Onkel, Cousin oder Cousine hätte nennen können, lächelten bei Hochzeiten oder Partys, Mittagessen oder Picknicks in die Kamera. Gerardo und seine Geschwister hatten Lucia und Durante anscheinend offizielle Schulporträts geschenkt. Mit einem Mal fragte sie sich, wo Toris Schulfotos geblieben waren. Hatte Vicky sie etwa vernichtet? Oder hatte Zia sie, ohne es zu bemerken, weggeworfen, als sie Grans und Paps Sachen aussortierte? Letzteres konnte sie sich nicht vorstellen, hatte sie doch ein Album aus Vickys Kindheit und eins aus ihrer eigenen als solche identifiziert und behalten. Gewiss hatte sie nicht achtlos ein Fotoalbum vernichtet.

»Ich habe meine Nichten und Neffen immer geliebt«, erklärte Lucia und unterbrach Zias Gedanken. »Jeden Sommer kamen sie alle in unseren Garten zum Essen und Spielen.«

Durantes Lächeln wirkte nostalgisch. »Meine Brüder sind weggezogen, also sahen wir uns leider nicht so oft, aber wenn die Kinder von Lucias Geschwistern kamen, war Party. Und ihre Eltern waren dankbar.« Er lachte. »Ein freier Tag für die Eltern und müde Kinder.«

Zia verspürte ein Ziehen im Herzen. Die beiden waren so großzügig und lieb. »Aber ihr wolltet nie eigene Kinder?«

Durante schnitt eine Grimasse, blies die Wangen auf und hob die Hände zu einer sehr italienischen Geste. »Wir mögen es, wenn Kinder zurück zu ihren Mammas und Papàs gehen. Wir mögen unsere Arbeit und unsere Freizeit.« Seine Augen funkelten.

Lucia legte eine Hand auf Zias. »Dich hätten wir aber behalten, wenn wir gekonnt hätten.«

Tränen schossen Zia in die Augen, als sie daran dachte, dass die beiden für sie die Lebensweise, die sie liebten, aufgegeben hätten. »Danke«, krächzte sie gerührt. »Ihr habt mich gewollt. Vicky hat mich gewollt. Aber Gerardo wollte mich nicht, und Tori hat mich weggegeben. Ein ziemlicher Gegensatz.«

Durante schüttelte betrübt den Kopf. »Tori, sie hatte große, große Probleme mit dem Kopf. Sie hat dich sehr geliebt, aber sie war nicht …« Mit der Hand beschrieb er einen Kreis und warf Lucia einen Hilfe suchenden Blick zu.

Lucia dachte einen Moment nach, bevor sie sagte: »Sie sah die Welt nicht so, wie sie wirklich war. Ihr Geist hatte sich verändert. Vielleicht …«, fügte sie nachdenklich hinzu, »erkannte sie irgendwie, dass sie nicht gut für dich sorgen konnte.«

»Aber euch konnte sie vertrauen?« Bedauern schnürte Zia die Kehle zu, als sie das junge englische Mädchen mit dem frischen Gesicht ansah, das in Montelibertà gelebt und geliebt hatte. Und zum Sterben nach Hause gefahren war. »Ich habe noch nicht entschieden, ob ich Kontakt zu Gerardo aufnehme. Ich will sein Leben nicht durcheinanderbringen und seiner Familie wehtun, nur um meinetwillen.«

Lucia seufzte. »Das ist schwierig.«

Auch Durantes Miene nahm einen zweifelnden Ausdruck an, und er biss sich auf die Lippen.

Na schön. Wenigstens versuchten sie nicht, ihr etwas vorzumachen.

Ursula runzelte allerdings die Stirn. »Ich verstehe nicht, warum Gerardo dir nicht diesen einen Gefallen tun sollte. Er hat schließlich sonst nichts für dich getan.«

Die rebellische Miene ihrer Freundin entlockte Zia ein Lächeln. »Kann schon sein, aber seine Frau macht wahrscheinlich keinen Champagner auf. Seine Kinder könnten ihrem Vater verübeln, dass er als Teenager Vater geworden ist, und seine Eltern werden bestimmt verletzt sein, weil er sie dreißig Jahre hinters Licht geführt hat. Es würde sie unglücklich machen, obwohl sie nichts Falsches getan haben.«

»Du hast dir aber auch nichts zuschulden kommen lassen«, argumentierte Ursula.

Zia zuckte mit den Schultern. »Ich existiere.« Erneut starrte sie das Foto an und versuchte, den Gesichtsausdruck des jungen Gerardo zu deuten. Dass er die Liebe des lachenden Mädchens in seinen Armen nicht erwidert hatte, war ein Jammer, aber für so etwas gab es keine Regeln. »Wie war Gerardo damals so?«

Lucias Lächeln brachte ihr Gesicht zum Strahlen und verriet, dass sie eine Schwäche für ihren Neffen hatte. »Viele Mädchen mochten ihn. Er war charmant.«

»Er hatte gern Spaß«, ergänzte Durante.

»Hat er Tori den Eindruck vermittelt, für ihn wäre es etwas Ernstes?« Draußen fuhr ein Auto knirschend über den Kies und hielt an, aber niemand schaute aus dem Fenster, um herauszufinden, wer gekommen war.

»Möglich«, räumte Lucia ein und nestelte an ihren Goldringen, die Furchen in das weiche Fleisch ihrer Finger gegraben hatten. »Das würde erklären, warum Tori aus allen Wolken gefallen ist, als er sich seiner Verantwortung nicht gestellt hat.«

Seiner Verantwortung – in anderen Worten, Zia. Sie konnte Lucias Loyalität gegenüber Gerardo zwar würdigen, aber Zia

ärgerte sich auch ein bisschen darüber, dass sie sich weigerte, den Jungen zu verurteilen, der zwar alt genug für Sex gewesen war, aber nicht, um die Folgen zu tragen. Er hatte ein Mädchen im Teenageralter allein in ihre Heimat zurückkehren lassen – nein, sie dazu *aufgefordert* –, um zu entscheiden, ob sie ihr Baby abtreiben, behalten oder weggeben sollte. Sie knallte das Album zu.

Dann hörte sie, wie die Haustür geöffnet wurde, und gleichzeitig fuhr draußen das Auto davon.

»*Ciao!*«, ließ sich eine schrille, helle Stimme hören. Eine ältere Frau in einem geblümten Wickeloverall trat in den Raum und blieb stehen, als sie bemerkte, dass Lucia und Durante nicht allein waren. Ihr entschuldigendes Lächeln verriet, dass ihr ein Zahn fehlte. »*Buongiorno. Scusate.*«

Auf Italienisch erklärte sie Lucia und Durante, ihr Auto sei defekt, und sie habe sich von ihrem Mann herfahren lassen müssen, um die Böden zu wischen. Aber morgen, am Mittwoch, dem verabredeten Tag, könne er nicht, daher sei sie stattdessen heute gekommen. Zia verstand sie, obwohl sie mit breitem Akzent und schnell sprach, dennoch fühlte sie sich wie gelähmt – denn sie wusste genau, wer da vor ihr stand. Von der Frau befanden sich Fotos in dem Album, das sie in den Händen hielt.

Fiorella.

Sie registrierte ihre markanten, lebhaften Züge, das dunkelgraue, im Nacken zu einem Pferdeschwanz gebundene Haar, die abgetragenen Flipflops. »*Buongiorno*«, gab sie matt zurück und hörte, wie Ursula und sie als Gäste aus Villino Il Pino vorgestellt wurden. Sie hörte zu, wie Lucia erklärte, sie wollten auf der Terrasse essen, und Fiorella schlug vor, oben anzufangen, um sie in Ruhe zu lassen, gefolgt von einer Entschuldigung dafür, im Weg zu sein.

»*Non ci dai fastidio*«, hörte Zia sich versichern. *Sie sind uns nicht im Weg.*

Fiorella strahlte und eilte dann davon. Lucia warf Zia einen besorgten Blick zu. »Das war nicht geplant. Wenn sie das Geld annehmen würde, ohne dafür zu arbeiten, würden wir es ihr einfach geben«, fügte sie dann schnell hinzu.

Zia nickte zerstreut. »Vielleicht möchte sie es sich lieber verdienen, als es geschenkt zu bekommen. Mir würde es so gehen. Sie scheint nett zu sein.« Ihr Kopf pochte. Wie bizarr, mit ihrer Großmutter zu sprechen, ohne sich zu erkennen zu geben. Aber wie hätte sie das tun können?

Mit einem Mal wurde ihr bewusst, wie hin- und hergerissen Lucia sein musste. Gerardo verraten oder Geheimnisse vor ihrem Bruder und ihrer Schwägerin haben? Zia ermuntern, die Chance zu ergreifen und Gerardo kennenzulernen, oder hoffen, dass Gerardo seinen Fehler für immer der Vergangenheit überlassen durfte?

»Mittagessen, glaube ich.« Als wollte sie ihren inneren Konflikten entkommen, befasste sich Lucia mit praktischen Angelegenheiten und wuselte davon, um in der Küche herumzuklappern. Zia und Ursula, deren Hilfsangebote sie abgelehnt hatte, zogen an den schattigen Terrassentisch um, während Durante mit Öl und Balsamico-Essig, Papierservietten in einer Blechdose, Gläsern, Wein, Wasser und Besteck hin- und hereilte.

»Wie geht's dir?«, fragte Ursula, als er auf einem seiner Wege nach drinnen verschwand.

»Mir dreht sich der Kopf«, murmelte Zia zurück.

Ursula rückte näher an sie heran. Sie roch nach Sonnencreme mit Kokosduft. »Das war deine *Großmutter*«, hauchte sie.

»Sieht so aus.« Zia stellte fest, dass sie die Hände zu Fäusten ballte, und zwang sich, sie zu entspannen.

Dann tauchte Durante mit einer Antipasti-Platte auf, und Lucia brachte eine Salatschüssel und warmes Brot mit knuspriger Kruste, bei dessen Duft einem das Wasser im Mund zu-

sammenlief. Das Gespräch wandte sich leichteren Themen als Familientragödien zu.

Lucia stürzte sich in eine Erklärung über die Kurse in Keramikmalerei, die sie für nächstes Jahr plante. »Hier, wo es schattig ist.« Mit einer Handbewegung wies sie auf den gekachelten Vorsprung, unter dem sie saßen. »Und wir haben auch einen Lagerraum, aus dem man ein Atelier machen kann. Die Teilnehmer werden in den Ferienhäusern wohnen, und auf der anderen Seite des Hauses befindet sich auch ein kleines Apartment. Es ist noch nicht für Gäste eingerichtet, aber im nächsten Jahr schon. Früher war es wahrscheinlich für Verwandte bestimmt.«

»Eine Einliegerwohnung«, warf Ursula ein und bediente sich von den großen, sattroten Tomatenscheiben, die vor Olivenöl schimmerten und mit Kräutern bestreut waren.

»Eine was?«, fragte Durante und lachte, als Ursula das Wort wiederholte.

»Wir werden jemanden einstellen, der hier kocht, und ich unterrichte.« Die Vorstellung schien Lucia zu erfreuen. »Als ich jung war, habe ich Keramikmalerei gelernt, bevor ich die Fabrik hatte und Geschäftsfrau wurde.«

Durante nahm sich von der Salami, die er auf eine dicke Scheibe warmes Brot legte. »Ihre Designs sind wunderschön«, bekräftigte er. »Sie hat Preise gewonnen.«

»Klingt faszinierend.« Ursulas Künstlerseele fühlte sich offensichtlich angesprochen, und sie stellte Lucia Fragen, während sie sich den gehaltvollen Aufschnitt und die verschiedenen Käsesorten schmecken ließen.

Lucia seufzte. »Hoffen wir, dass wir nächstes Jahr noch hier sind.« Dann schlug sie auf den Tisch. »Nein, wir lassen uns nicht vertreiben!« Ihre finstere Miene verwandelte sich in ein Lächeln. »Vor allem jetzt nicht, nachdem Zia uns erzählt hat, dass es vielleicht gar nicht so schlimm kommt, wie wir befürchtet hatten.«

»Wie ich schon zu Piero sagte, bin ich keine Expertin«, gab Zia leicht alarmiert zurück. »Ihr müsst mit einem Anwalt reden.«

Lucia nickte. »Am Montag.« Dann zeigte sie mit der Gabel auf Zia, als hätte der Name ihres Nachbarn sie an etwas erinnert. »Piero hat am Freitag Geburtstag, und wir geben ein Mittagessen für ihn. Möchtet ihr auch kommen?«

Ein Bild von Piero flammte vor Zias innerem Auge auf; sein Lächeln, das ihr verriet, dass er sich ihrer Gegenwart immer bewusst war, wenn sie zusammen waren, sein ungezwungener Gang, sein offensichtliches Unbehagen über seine familiäre Lage.

»Es kommen auch andere.« Durante tunkte mit einer Ecke Brot mit Kräutern versetztes Öl auf und steckte sie in den Mund. »Zwei Damen, die Piero schätzt.«

Ach. Zia sagte nichts.

Ursula warf einen kurzen Blick in ihre Richtung. »Oh? Ist eine davon Pieros Freundin?«, fragte sie dann beiläufig.

Die Haut um Durantes Augen legte sich in Fältchen. »Ich glaube nicht.«

Lucia spülte ihren Bissen mit einem Schluck kräftigen Rotweins hinunter. »Ich glaube, er hatte seit einem Jahr keine Freundin mehr. Er wollte heiraten …«

»Ha«, unterbrach Durante sie.

Lucia strafte ihn mit einem finsteren Blick. »Er wollte *vielleicht* heiraten. Aber dann …« Sie ließ ihre Finger in der Luft spielen, um pantomimisch jemanden darzustellen, der davonging. Zia hätte gern mehr erfahren, doch Lucia begann Ursula Fragen über ihr Kunstinteresse zu stellen, sodass Zia einfach das köstliche Essen und die herrliche Aussicht genoss, während sie Ursula zuhörte, die von ihrer Arbeit als Tätowiererin erzählte. Kleine Wolken hingen wie Rauchfetzen vor den großen, die ihren eigenen Schatten über die Berge hinter sich herzogen. Das Ganze wirkte wie ein bewegtes Pastell-

gemälde. Wie die Berge wohl im Winter mit schneebedeckten Gipfeln aussehen würden? Zia konnte sie sich nicht schöner vorstellen.

Als der Nachmittag voranschritt, deuteten Geräusche aus der Küche an, dass Fiorella jetzt dort arbeitete, und lenkten Zia von der Unterhaltung ab. Sie fragte sich, ob sie ihren Mut zusammennehmen, hineingehen und ein Gespräch anfangen sollte, als sie erneut Reifen auf dem Kies knirschen hörte. Fiorella stieß einen fröhlichen Ausruf aus, und Zia fing das Wort »Roberto!« auf.

Sie setzte sich auf. Ihr war nicht klar gewesen, dass Roberto seine Frau, nachdem er sie abgesetzt hatte, wahrscheinlich auch wieder abholen würde.

Der Motor verstummte. Eine Autotür knallte zu. Schlurfende Schritte näherten sich, und dann tauchte ein hochgewachsener, langgliedriger Mann auf. Sein Oberkopf war kahl, der Rest seines Haars und sein Schnurrbart waren schneeweiß. Kurz angebunden, aber höflich lächelnd grüßte er Zia und Ursula. Dann kam Fiorella aus dem Haus geeilt und beklagte sich, weil er zu früh dran war. Roberto lächelte noch einmal und zuckte mit den Schultern.

Zia fing den nervösen Blick auf, den Lucia ihr zuwarf. Fiorella und jetzt Roberto waren, ohne es zu ahnen, ihrer Enkeltochter begegnet. Aber Lucia wusste Bescheid. Hatte es immer gewusst, es ihnen aber nie verraten. Obwohl Roberto ebenso groß und schlank wie Lucia klein und mollig war, war er ihr Bruder, und als sie plauderten, war die ungezwungene Verbindung zwischen ihnen offensichtlich.

Zia überkam das schmerzhafte Gefühl, ausgeschlossen zu sein. Es erweckte in ihr den Wunsch, die beiden ihrem Gespräch und ihren Scherzen zu überlassen, aber sie wollte nicht unhöflich erscheinen, indem sie überstürzt aufbrach. Dann wurde ihr klar, dass Lucia ihren Bruder und dessen Frau zu ihrem Wagen zurückdirigierte. Das wiederum bereitete ihr

ein ungutes Gefühl, besonders, als Roberto einen Blick zum Tisch warf, als hätte er vielleicht eine Aufforderung erwartet, sich zu setzen und eine Tasse Kaffee zu trinken.

»Lass uns gehen, sobald es gut passt«, murmelte Zia Ursula zu, denn ihr wurde plötzlich bewusst, wie sehr sie Lucias und Durantes Leben in Unordnung brachte. Sie war ein Fehler. Ein schlechtes Omen. Eine schwarze Katze, die ihnen Unglück bringen könnte, wenn sie ihren Weg kreuzte.

Sie sollte ihre letzte Urlaubswoche genießen und dann nach Hause fahren. Das wäre nur fair. Sie würde den beiden ihre Entscheidung jetzt mitteilen und ihre tiefe Dankbarkeit dafür zum Ausdruck bringen, dass sie die kleine Zia-Lucia aufgenommen hatten, als sie ein hilfloses Baby gewesen war. Als Lucia und Durante wieder die Terrassentreppe heraufkamen, umfasste sie die Stuhllehnen, um aufzustehen, und bereitete sich mental darauf vor, die Worte, die sie sich zurechtgelegt hatte, auszusprechen.

Dann ließ Lucia sich auf ihren Platz fallen. »So«, erklärte sie mit der Miene eines Menschen, der lange und eingehend nachgedacht hat, jetzt aber froh über seine Entscheidung ist. »Wenn du willst, sage ich Gerardo unter vier Augen, dass du hier bist. Wenn er herkommen und dich treffen will, kann er das gern tun.«

»Natürlich ist er nicht dazu gezwungen, auch zu kommen«, fügte Durante hinzu.

»Das ist das Risiko«, pflichtete Lucia ihm bei und tätschelte Zia die Hand. »Wenn du Ja sagst, rede ich mit ihm. Wenn du Nein sagst, dann nicht. Lass dir Zeit und denk darüber nach.«

»Oh.« Zia ließ sich langsam zurück auf ihren Stuhl sinken, und ihre Entschlossenheit, Danke und auf Wiedersehen zu sagen, war wie weggewischt. Jetzt hatte sie mit einer ganz neuen Entscheidung zu ringen.

9

Zwei Tage später war Zia immer noch unentschlossen. Sie hatte sich von der Nachmittagssonne rösten lassen und saß jetzt immer noch draußen, um nicht zu lauschen, denn drinnen telefonierte Ursula mit Stephan. Trotzdem drang die verärgerte Stimme ihrer Freundin noch gelegentlich zu ihr. Eine Versöhnung lag offensichtlich in weiter Ferne.

Obwohl Zias Laptop aufgeklappt war, schweifte ihr Blick hinunter zu einem kleinen Traktor, der zwischen Tenuta Domenicalis grünen Weinstöcken dahinkroch, während ihr die möglichen Konsequenzen einer Begegnung mit Gerardo durch den Kopf schossen wie die Schwalben über ihr durch die Luft. Wie würde sie sich fühlen, falls Gerardo sie nicht treffen wollte? War die Chance darauf, eines Tages einen italienischen Pass zu bekommen, es wert, eine Zurückweisung zu riskieren? Vielleicht sollte sie einfach nach Hause fahren und sich eine Aufenthaltsgenehmigung oder *Permesso di Soggiorno* besorgen und, wenn sie Erfolg hatte, die ihr gestattete Zeit in Italien verbringen. Anschließend könnte sie die Staatsbürgerschaft beantragen. Es war nicht unmöglich, dies ohne den goldenen Schlüssel der »Abstammung« zu erreichen … nur weniger wahrscheinlich.

Vielleicht war es ohnehin ein Hirngespinst, in Italien leben zu wollen. Sie könnte auch nach Hause ins gute alte Brigh-

ton zurückkehren und sich einen Job suchen, in dem sie ihre Italienischkenntnisse anwenden konnte, bevor ihr das Geld ausging. Eine solche Stelle würde Geschäftsreisen nach Italien mit sich bringen, und das wäre auch schon etwas.

Die Brise trug das Knattern des Traktors zu ihr. Neben dem Gefährt bewegte sich jemand zu Fuß stetig von einem Weinstock zum anderen. Plötzlich neugierig geworden, wandte sie sich wieder ihrem Computer zu, rückte den Ordner zurecht, den sie als Lichtschutz benutzte, und tippte *Tenuta Domenicali* in ein Suchfenster. Eine Website erschien, und sie entschied sich für die englische Version.

Der Weinberg und die Kellerei Tenuta Domenicali gehören schon seit Generationen der Familie Domenicali. Auf den Süd- und Westhängen und Terrassen der Weinregion Orvieto oberhalb der umbrischen Stadt Montelibertà werden die Trauben angebaut, aus denen der halbtrockene Tenuta Domenicali Orvieto Classico und der mittel- bis vollmundige Weißwein Tenuta Domenicali Sangiovese erzeugt werden.

Im letzten Jahrzehnt hat Emiliano Domenicali die Weinproduktion von seinem Vater übernommen. »Auf unserem kleinen Weingut setzen wir das Beste aus alten und neuen Verfahrensweisen ein, um ein Produkt mit Charakter zu erzeugen«, erklärt er. »Unsere Trauben werden von Hand gelesen und sortiert, aber in Edelstahltanks kontrolliert vergoren, um ihren typischen frischen Geschmack zu bewahren.«

Neben dem Zitat war ein etwas älteres Bild von Emiliano zu sehen.

Salvatore, der sich immer noch stark auf Tenuta Domenicali engagiert, ist stolz darauf, dass seine Söhne weiter auf traditionelle Art Wein produzieren.

Darunter sah man ein Foto eines älteren Mannes mit buschigen Brauen und einem leisen Lächeln im Blick.

Die gewerbliche Seite von Tenuta Domenicali liegt in den Händen des jüngeren Sohns Piero, der die Story rund um den

Wein entwickelt hat. Er findet die Restaurants und andere Kunden, die ihn zu schätzen wissen.

Auf dem Foto, das Piero zeigte, wirkte der entspannter als sein Bruder und sein Vater. Das Haar fiel ihm in die Stirn, und er lachte übers ganze Gesicht.

Die Informationen über die *Denominazione di origine controllata* oder DOC-Einstufung – ungefähr gleichbedeutend mit dem französischen *Appellation d'Origine contrôlée*, einem Qualitätsstandard – erwiesen sich als weniger interessant.

Zia machte sich erneut daran, einen Privatdetektiv zu suchen, um Harry zu finden; den Mann, der wissen könnte, warum Tori Montelibertà als munteres, lebhaftes, verliebtes Mädchen verlassen hatte und als zutiefst unausgeglichene junge Mutter wieder aufgetaucht war. Manche Firmen nannten sich »Nachforschungsagenturen« statt Privatdetektive, aber alle boten *Informationen über nationale und regionale Verzeichnisse, Kreditanträge, Anstellungen, Nebenkosten- und Stromrechnungen, Marketing-Umfragen und postalische Nachsendeanträge* an. Das zerstörte ihr Bild von einem Detektiv, der in Filzhut und Trenchcoat hinter Zeitungen verborgen das Objekt seiner Bemühungen beschattete.

Schließlich entschied sie sich für ein Unternehmen und gab ihre Daten ein. Sie markierte *Familienmitglied / Freund aufspüren* und gab dann Harrys Namen in das mit *Zielperson* gekennzeichnete Feld ein. Der Begriff vermittelte ihr ein ungutes Gefühl, als wollte sie Harry Schaden zufügen, anstatt einfach nur mit ihm über Vicky und Tori zu reden. Sie nahm einen seiner alten Briefe zur Hand und tippte seine letzte bekannte Adresse ein.

Ihr war gerade klar geworden, dass ihre Kreditkarte in ihrer Tasche war, die im Ferienhaus lag, sodass sie nicht zahlen und das Formular absenden konnte, ohne Ursulas Privatsphäre zu stören, als sie einen Blick auf eine vertraute Gestalt erhaschte,

die die Auffahrt überquerte. Die Person winkte, bog ab und kam auf sie zu. Sie widerstand dem Drang, ihre Kleidung glattzustreichen und lächelte Piero zu, der näherkam.

»*Ciao*«, sagte er und setzte sich auf den anderen Stuhl am Tisch. Er strich sich das Haar zurück, das der Wind ihm in die Augen wehte. »Danke, dass du das Glas in die Werkstatt gebracht hast. Du hast mir an einem schwierigen Tag eine lange Fahrt erspart.«

Da er das Thema anschnitt, hatte sie das Gefühl, fragen zu können. »Wie ist die Familienkonferenz gelaufen?«

Er schnaubte wegwerfend. »Anscheinend hat Graziella die E-Mails der Anwälte so interpretiert, wie es ihr am günstigsten erschien, um das Geschäft mit Binotto abzuschließen. Die Kanzlei war in der Frage des Zugangs die ganze Zeit deiner Meinung.«

Sie musterte ihn. Er wirkte unzufrieden, und eine steile Falte zwischen seinen Augenbrauen zeugte von Anspannung. »Und ... das ist gut?«, fragte sie vorsichtig.

Er rutschte unruhig hin und her. »Das hatte ich gehofft, denn Papà und Emiliano waren wirklich erschüttert, als sie die Wahrheit erfuhren. Aber sie wollen trotzdem verkaufen, und Binotto ist immer noch der einzige Interessent, also redet Papà wieder mit den Leuten, wenn auch jetzt aus einer anderen Position heraus, nachdem er die Fakten kennt. – Und was habt ihr so getrieben, Ursula und du?«, erkundigte er sich dann, als wäre er das Thema leid.

»Heute sind wir um den Lago Trasimeno gewandert. Gestern haben wir die typische Touristentour nach Orvieto unternommen und waren später in einem Nachtclub in Montelibertà. Dabei habe ich mich gefragt, wo Tori wohl gearbeitet hat, daher habe ich heute Morgen Lucia gefragt. Es ist eine Bar mit Restaurant, die jetzt Altarocca heißt, und wir fahren später in die Stadt und wollen dort zu Abend essen. Sie ist ganz in der Nähe der Piazza Santa Lucia.«

»Ich kenne das Restaurant.« Er sah auf ihre Lippen und sie dachte schon, er würde vorschlagen, sie zu begleiten. »Wie ich höre, sehe ich euch morgen beim Mittagessen. Dann lernt ihr auch Paola und Priscilla kennen.«

Sie hatte ständig über Gerardo nachgedacht, um Ursulas willen gelächelt, während sie die Touristinnen spielten, und ganz vergessen, dass zu dem Essen noch andere Gäste kommen würden. »Habe ich auch gehört. Besondere Freundinnen?«, fragte sie und erinnerte sich an den Ausdruck, den er schon einmal gebraucht hatte.

Er lachte. Eine Pause, dann lachte er noch einmal. »Keine *besonderen* Freundinnen, aber sie sind wunderbare Frauen. Du wirst sie sicher mögen.« Dann sprang er auf, warf ein *»Ciao!«* über die Schulter und eilte, immer noch grinsend, in Richtung Haupthaus davon. Zia verstand nicht, was so komisch sein sollte.

»Ist dir eigentlich klar, dass ich am 1. Juli, heute in einer Woche, wieder bei der Arbeit sein muss?« Ursula setzte eine tragische Miene auf, als sie an diesem Abend Villino Il Pino abschlossen und über die gepflasterte Fläche, die den Pavillon umgab, zum Auto gingen.

Zia versuchte zu klingen, als wäre das nicht die Eine-Million-Dollar-Frage. »Wir müssen uns entscheiden, ob wir zusammen zurückfahren. Wenn, dann können wir noch drei Tage hierbleiben, und drei brauchen wir für die Rückfahrt.«

Da Ursula mit Fahren an der Reihe war, setzte sie sich eine übergroße Ted-Baker-Sonnenbrille auf die Nase und startete das Auto. Die Reifen knirschten auf der kiesbestreuten Auffahrt. »Bleib du nur«, schlug sie leise vor. »Lass dir Zeit mit deinem Entschluss, was du wegen deines Vaters unternehmen willst. Die Entscheidung ist zu wichtig, um sie zu überstürzen.«

Zia wartete, während Ursula die Kreuzung überquerte und dann beschleunigte und sich auf der Hauptstraße in den Verkehr einordnete, der den Hügel hinabschwärmte wie Insekten mit Scheinwerfern. »Wenn ich das tun würde«, meinte sie langsam, »müssten wir dir einen Flug buchen und eine Unterkunft für mich besorgen. Wir haben Villino Il Pino nur bis zum 30. Juni gebucht. Danach ist bereits wieder vermietet.« Unter dem Abendhimmel, der sich langsam purpurrot färbte, passierten sie den Landschaftspark, den sie immer noch nicht besucht hatten, und parkten am oberen Ende der Via Virgilio, um von dort aus in die Stadt zu schlendern.

Ursula schlug nach Insekten, die sie, kaum dass sie den sicheren Wagen verlassen hatten, zum Abendessen verspeisen wollten, und wies auf das hübsche Hotel Casa Felice. »Vielleicht könntest du dir dort ein Zimmer nehmen?«

»Ich könnte mich erkundigen, ob etwas frei ist«, meinte Zia. Sie stellte sich vor, wie sie im Il Giardino, dem Café vor der Tür, frühstückte. Der Gedanke war reizvoll.

Es war ein schöner Abend für einen Spaziergang durch die Stadt. Die Brise war samtig, und die Tageshitze war vom Straßenpflaster aufgesogen worden. Sie schlängelten sich zwischen anderen Fußgängern durch und sahen zu, wie die Keramikläden ihre Waren hereinholten, um Feierabend zu machen. Nachdem sie zehn Minuten in Schlangenlinien gelaufen waren, fanden sie sich auf der Piazza Santa Lucia wieder und kamen an der Kirche vorbei, die Lucia als Kind besucht hatte. Sie war wunderschön in einem cremigen Gelb gestrichen und hatte riesige Holztüren.

»Die Kirche der Heiligen Lucia.« Ursula schmunzelte. »Wenn sie nach der Heiligen der Jungfrauen benannt ist, dann ist es kein Wunder, dass sie keine Kinder hat.«

»Ein schlechter Witz für ein braves katholisches Mädchen«, ermahnte Zia sie grinsend. Dann bog sie um die Ecke und blieb stehen, als ihr Blick auf das Altarocca fiel, die Bar mit

Restaurant, in der Tori gearbeitet hatte. Das Gebäude, in dem sie sich befand, war aus Stein erbaut, bernsteinfarben verputzt und hatte ein großes Fenster neben der Tür. Nach der Zahl der Gäste im Inneren zu urteilen, war das Lokal beliebt.

»Laut Steph bin ich ja auch ein böses Mädchen«, murrte Ursula, während sie durch die offene Tür in das Innere mit dem rot gefliesten Boden und den weiß getünchten Wänden traten. »Wow. Drinnen ist es größer, als es von außen ausgesehen hat.«

Zia pflichtete ihr bei und betrachtete die vielen Reihen von Holztischen, die sich vor ihnen erstreckten. »Lucia hat erzählt, vor dreißig Jahren sei die Bar der Treffpunkt für alle jungen Leute gewesen. Jetzt sieht das Lokal eher nach einer *tavola calda*, einer Art Selbstbedienungsrestaurant aus.«

Die Frau hinter der Theke nickte. *»Buona sera«*, murmelte sie.

»Buona sera«, gaben sie wie aus einem Munde zurück, dann suchten sie sich Pasta aus der Warmhaltetheke und dazu Salat und Brot aus. Sie trugen ihr Abendessen auf Tabletts zu einem Tisch in der Nähe der Tür zu einem Garten, wo Sonnenschirme aus Weidengeflecht von Lichterketten durchzogen waren. Der Garten war hübsch, aber Zia wollte drinnen sitzen, dort, wo Tori früher gearbeitet hatte.

»Sieht aus, als wäre es hier beliebt bei Studenten und Touristen«, bemerkte Ursula und sah sich in dem dicht besetzten Raum um, während sie ihr Tablett abstellte.

»Es ist preiswert. Die ganze Rechnung belief sich auf unter fünfundzwanzig Euro.« Zia kostete ihre Pasta und ließ sich das knusprige, mit Kräutern gesprenkelte gebackene Topping schmecken. »Ich frage mich, wie es hier wohl vor dreißig Jahren ausgesehen hat.« Beim Essen musterte sie die lange, aus Stein gebaute Bar mit den Gläserregalen darüber und versuchte, innerlich die beiden jungen Menschen zum Leben zu

erwecken, die in Lucias Fotoalbum in der Zeit erstarrt waren – die englische Rose, der ein hiesiger Romeo den Hof machte. Wie die beiden sich verabredeten. Wie die englische Rose sich beeilte, mit der Arbeit fertig zu werden. Der hiesige Romeo, der draußen auf sie wartete, wenn die Bar spätabends schloss. Nachmittage in Lucias und Durantes Garten. Zwei junge Körper, die sich, durch Zypressen und Rosen von den unliebsamen Blicken abgeschirmt, trafen.

Eine Verhütungspanne.

Panik.

Ein verlassenes Baby.

Ein Kloß bildete sich in ihrer Kehle, und sie legte die Gabel weg.

Ursulas Stimme klang warm und mitfühlend. »Du musst einen Sinn in das Ganze bringen«, sagte sie, ohne dass Zia zu erklären brauchte, warum sie zu essen aufgehört hatte. »Setz mich Mittwochmorgen am Flughafen in Perugia ab, und ich nehme den Flug nach Stansted. Ich fahre mit dem Zug nach Brighton und übernehme am Donnerstag um neun im Tattoostudio meinen ersten Kunden. Alles ganz einfach.« Sie strich Zia über den Unterarm. »Wir waren doch darauf eingestellt. Du hast so gepackt, dass du einen oder zwei Monate bleiben kannst, wenn du willst. Mach das. Du hast hier noch etwas zu erledigen.«

Zia lachte erstickt auf. »Du hast recht, Frau Gedankenleserin. Ich suche mir ein Hotel …« Dann kam ihr eine Idee. »Ich frage mich, ob Lucia und Durante mir das Apartment in ihrem Haus vermieten würden. Ich weiß, sie haben gesagt, es sei noch nicht bereit für Gäste, aber vielleicht ist es ja als provisorische Unterkunft okay.« Zia fühlte sich sowohl erleichtert als auch schwindlig bei der Aussicht, noch in Italien zu bleiben, möglicherweise noch Wochen. Ohne Zeitdruck würde sie besser darüber nachdenken können, was sie tun konnte oder sollte.

Ihr Appetit meldete sich zurück, und nach einem weiteren Glas Wein und einem Semifreddo mit Pistaziengeschmack hakte sie Ursula unter, und sie schlenderten zum Wagen zurück. Nun, da die Entscheidung gefallen war, fühlte sie sich um hundert Prozent besser.

10

Ursula hatte noch nie irischer geklungen als am Freitag gegen Mittag, als sie oben auf der Terrassentreppe stehen blieb. »Nonnen!«, rief sie aus.

Zia ärgerte sich gerade höllisch über sich selbst, weil eben eine E-Mail von der Detektei eingegangen war, mit der Frage, ob sie denn noch Interesse habe, ihre Anfrage sei noch nicht bearbeitet – sie hatte am Tag zuvor vergessen, die Transaktion abzuschließen, da sie ja hatte darauf warten müssen, wieder ins Haus zu kommen. Ursulas dramatischer Schrei lenkte sie ab, und sie blickte von ihrem Handy auf, um die Gäste zu betrachten, die schon am Tisch saßen. Welche Geburtstagsgäste sie auch erwartet hatte, bestimmt hatte sie nicht mit den beiden übers ganze Gesicht strahlenden Frauen im schwarzen Habit gerechnet. Kein Wunder, dass Piero gelacht hatte, als sie sich erkundigt hatte, ob seine anderen Gäste »besondere Freundinnen« seien. Sie errötete.

»Zia! Ursula!«, rief Piero jetzt. »Kommt, lasst euch Schwester Paola und Schwester Priscilla vorstellen.«

»Wie begrüßt man eine Nonne?«, zischte Zia. Sie war konfessionslos aufgewachsen und fühlte sich schlagartig ein wenig überfordert.

Ursula setzte sich in Bewegung. »Ganz einfach, man gibt ihr die Hand. Hast du denn gar keine Ahnung?«

»Nicht von Nonnen«, murmelte Zia und folgte ihr. *»Buongiorno«*, sagte sie und fragte sich, ob der schwarze Habit und die eng anliegende Haube wohl in der Sommerhitze angenehm waren. Obwohl der Tisch im Schatten stand, hatten sie gut über dreißig Grad Celsius.

Piero stand auf und küsste sowohl Zia als auch Ursula auf die Wangen – eine neue Entwicklung. *»Buon compleanno*, Piero«, sagte Zia und dachte über die Empfindung nach, die die Berührung seiner Lippen auf ihrer Haut in ihr ausgelöst hatte.

»Ja, alles Gute zum Geburtstag!« Ursula strahlte.

»Danke«, sagte er. »Schwester Paola und Schwester Priscilla hatten mir gerade erzählt, wie es im Kloster der Benediktinerinnen so läuft.«

Schwester Paola, die sehr helle Augenbrauen und graue Augen hatte, schüttelte den Neuankömmlingen die Hand und sagte in gebrochenem Englisch: »Alles ist gut. Wir haben diesen Sommer viele Gäste, die unser einfaches Leben genießen.«

Zia gefiel ihr fröhlicher Blick. »Sie haben Gäste im Kloster?«, fragte sie Schwester Paola, während sie sich neben sie setzte.

»Ja, sie kommen als ehrenamtliche Helfer. Für vier oder fünf Stunden Arbeit am Tag stellen wir ein Zimmer und Mahlzeiten zur Verfügung. Wenn sie wollen, beten sie mit uns. Die Leute kommen, wenn sie das moderne Leben leid sind, glaube ich.«

Schwester Priscilla schaltete sich ein. »Aber wir haben Internet. Ich denke, ohne Internet hätten wir keine Freiwilligen.« Sie lachte. Über ihren dunklen Augen waren ihre Brauen schmal und grau, und sie wirkte mindestens doppelt so alt wie Priscilla.

Zia lachte ebenfalls. »Erzählen Sie mir mehr. Ich weiß, dass Menschen Arbeitsurlaub machen, aber ich habe noch nie gehört, dass jemand diese Zeit in einem Kloster verbringt.«

Lucia und Durante kamen mit Krügen voller Eiswasser und Schalen mit Oliven herbei. Schwester Paola wartete, bis sich alle begrüßt hatten, und fuhr dann fort: »Jeder ist willkommen. Aus jedem Land, mit jeder Religion.« Sie beugte sich vor, als verriete sie ein Geheimnis. »Und beide Geschlechter! Wir sind nicht so weltfremd, dass wir nicht mit Männern reden können.« Sie schien Zias Unsicherheit bemerkt zu haben und sie beruhigen zu wollen.

Ihr sanfter Spott brachte Zia zum Kichern. »Kennen Sie Piero, Lucia und Durante schon lange?«

Sie bewegte den fest verhüllten Kopf. »Seit über zehn Jahren. Wir haben zusammen …« Sie zögerte und wandte sich an Piero. »Wie nennt man es noch, wenn der Boden sich bewegt?«

Piero schenkte gerade Wasser ein, und die Gläser glitzerten im Licht. »Ein Erdbeben. Das hat etwas weiter nördlich stattgefunden.«

Schwester Paola nickte. »*Sì*. Das Kloster hatte leichte Schäden, und Mitarbeiter aus Lucias Fabrik haben uns bei den Reparaturen geholfen. Sie hat auch Piero gebeten, ein Holzgebäude auf unserem Gelände wieder instand zu setzen.« Ihre Augen funkelten in ihrem runden Gesicht.

Zia ertappte sich bei dem Gedanken, wie unglaublich normal die Nonnen wirkten. Falls sie überhaupt früher über Mitglieder religiöser Orden nachgedacht hatte, hatte sie die unbestimmte Vorstellung gehabt, dass sie in stiller Abgeschiedenheit einherschwebten, den Blick zum Himmel gewandt. Dagegen plauderten diese blitzgescheiten, reizenden Frauen begeistert über freiwillige Helfer, kulturelle Erfahrungen, Aufgeschlossenheit und gesellige Mahlzeiten. »Wir sind dankbar für die Freiwilligen«, erklärte Schwester Priscilla

und griff nach einem Stück Brot. »Sie renovieren Stück für Stück das Haus. Sie streichen Fensterrahmen oder arbeiten im Garten und in der Küche.«

»Ich glaube, eine Cousine von mir hat so etwas in Spanien gemacht«, meinte Ursula.

Lucia sah sie interessiert an. »Sind Sie katholisch, Ursula? Ich fahre heute mit Schwester Paola und Schwester Priscilla zurück, um mir ein paar bemalte Kacheln aus dem 19. Jahrhundert in ihrem Gästehaus anzusehen. Ein paar sind gesprungen, und ich habe angeboten, Repliken anzufertigen. Meine alte Fabrik brennt sie für mich. Möchten Sie mitkommen?«

Strahlend stürzte Ursula sich auf die Gelegenheit. »Sehr gern! Zia?«

Zia war froh darüber, dass Ursula von ihrem Kummer wegen Stephan abgelenkt wurde, doch ihr ging die Nachricht der Detektei nicht aus dem Kopf. »Das Kloster ist sicher sehr schön, aber ich will euch nicht im Weg sein. Ich habe eine E-Mail, die ich beantworten muss.«

Sie half Durante, die Mahlzeit aus Salat, Hähnchen, Pasta und knusprigem Brot nach draußen zu tragen. Zum Dessert gab es *torta gelato*, Schokoladenbiskuit mit Stracciatella- und Schokoladeneis. »Mhh«, machte sie und seufzte zufrieden, während sie ihre Portion verputzte.

Als die Teller abgeräumt waren, plauderten sie vor dem ständigen Hintergrundgeräusch von der Brise bewegten Laubs und dem Summen von Insekten über italienische Keramik, britische Küstenstädte und umbrische Weingüter. Sie hörte zu, genoss dabei die herrliche Aussicht über das Tal und freute sich insgeheim daran, noch eine Weile an diesem wunderschönen Ort bleiben zu können.

Heute Morgen hatte sie Lucia darauf angesprochen, ob sie ihre Einliegerwohnung mieten könne, wobei sie ihre Frage so formuliert hatte, dass sie sich auch leicht höflich hätte ablehnen lassen. »Ich würde gern noch ein wenig in Montelibertà

bleiben, und ich dachte, bevor ich mich anderswo umsehe, frage ich dich nach eurem Apartment …« Ehe sie sich versah, war sie in eine herzliche Umarmung gezogen worden. »*Sì, sì*, natürlich!«, rief Lucia. »Hör doch, Durante! Zia-Lucia bleibt noch bei uns!«

Durante stürmte aus der Küche ins Büro, noch schneller als sonst, weil er es so eilig hatte, ihr schmatzende Küsse auf beide Wangen zu drücken. Dann gingen sie alle ins Apartment, um das eingestaubte Innere zu inspizieren. »Die Wände müssen gestrichen werden, und das Bett braucht eine neue Matratze und Bezüge«, erklärte Lucia.

»Das ist doch alles nicht nötig«, protestierte Zia. »Ich kaufe Bettzeug und einen Duschvorhang …«

»Wirst du nicht.« Lucia hatte sie noch einmal umarmt. »Das Apartment wird nur bewohnt, wenn Durantes Bruder zu Besuch kommt, und wir möchten es für dich nett machen. Durante wollte das sowieso bald in Angriff nehmen.«

Seit diesem Gespräch hatte Zia immer wieder übersprudelnde Freude empfunden, wenn sie daran zurückdachte, wie herzlich sie aufgenommen worden war. So sehr sie Ursula auch liebte, lebte sie inzwischen seit drei Monaten mit ihr zusammen, und ihr gefiel der Gedanke, eine Weile ihr eigenes Reich zu haben.

Ob sie ihren leiblichen Vater je treffen oder Harry aufspüren würde, waren Fragen, die die Zukunft beantworten würde. Jetzt reichte ihr die Gewissheit, dass sie, statt das Auto zu packen und am Montag die lange Heimfahrt quer durch Europa anzutreten, Ursula am Mittwoch am Flughafen von Perugia absetzen und an diesen entzückenden Ort zurückkehren würde. Sie würde mit ihrer Abfindung und ihren Ersparnissen gut haushalten und diesen wunderbaren Sommer in Montelibertà voll und ganz auskosten.

Ursula erzählte inzwischen von ihren Tattoos und ihrem Job als Tätowiererin, der, wie Zia als Erste zugegeben hätte,

großes künstlerisches Talent erforderte, aber etwas ganz anderes als das Kopieren von Wandkacheln aus dem 19. Jahrhundert war. Dann wurde Zia klar, dass Piero sie ansah. Sie errötete und fragte sich, ob sie besonders abwesend und gedankenverloren gewirkt hatte.

Sein Blick war schwer zu deuten, so dunkel und tief wie seine Augen waren.

»Piero«, sagte Lucia, als hätte sie Zias Gedanken erraten, »wusstest du, dass Zia …« Doch dann läutete im Haus das Telefon, und sie entschuldigte sich, um ranzugehen.

Zia vermutete, dass Lucia ihm die Neuigkeit von ihrem verlängerten Aufenthalt hatte mitteilen wollen, und öffnete den Mund, um es ihm selbst zu erzählen, doch da fragte Schwester Paola ihn, wie die Trauben sich dieses Jahr entwickelten, und er wandte sich ihr zu, um ihr zu antworten.

Als Lucia zurückkehrte, brachte sie ein hübsch verpacktes Geburtstagsgeschenk für Piero mit – ein Sommelier-Set aus Olivenholz, bei dessen Anblick sie sich besser wegen des Tropfrings aus Zinn fühlte, den Ursula und sie ihm in Orvieto gekauft hatten. Da sie ihn noch nicht lange kannten, hatte sie sich für ein Geschenk entschieden, das etwas mit Wein zu tun hatte. Er war zwar mit einem ansprechenden, kräftigen und männlichen Muster graviert, aber trotzdem hatten sie sich gefragt, ob sie fantasielos gewesen waren. Beruhigend zu wissen, dass Lucia ebenfalls in diese Richtung gedacht hatte. Ursula hatte es seltsam gefunden, dass sie Piero keine Geburtstagskarte gekauft hatten, aber Zia wusste, dass Karten in Italien nicht so verbreitet waren. Er bedankte sich bei allen und küsste die Frauen auf die Wangen, doch Zia fiel auf, dass er am meisten strahlte, als er Schwester Paolas und Schwester Priscillas Geschenk auspackte: *pinoccate*, rautenförmige Plätzchen aus Zucker, Pinienkernen und dunkler Schokolade, die köstlich aussahen.

Bald war der Tisch abgeräumt, und die Party löste sich auf, als Lucia, Ursula, Schwester Paola und Schwester Priscilla

zum Kloster aufbrechen wollten. Durante ging ins Haus, um ein Nickerchen zu halten, und Piero und Zia verließen die Terrasse. Auf der Treppe blieben sie stehen, um den niederländischen Gästen aus Villino Il Tasso und Villino La Quercia zuzuwinken, die die Auffahrt heraufgefahren kamen. Sie waren so viel unterwegs, dass Zia sie kaum bemerkte. Nun, da sie auf Bella Vista bleiben würde, würde sie viele Gäste kommen und gehen sehen. Sie wandte sich Piero zu, um ihm die Neuigkeit zu berichten, doch er sprach bereits.

»Du kennst natürlich die italienische Tradition, dass ein Mann an seinem Geburtstag eine schöne Frau zum Essen einladen darf und sie ›Ja‹ sagen muss?« Seine Miene wirkte ernst bis auf seine Augen, die amüsiert funkelten.

»Das hast du bloß erfunden«, gab sie zurück, doch ihr Pulsschlag begann sich zu beschleunigen.

Er setzte eine verletzte Miene auf. »Italienische Männer lügen nie. Isst du heute mit mir zu Abend?« Er lächelte verführerisch, und kleine Fältchen erschienen um seine Augen. Etwas Merkwürdiges passierte mit Zias Beinen. Wow, stimmte es wirklich, dass ein attraktiver Mann einer Frau weiche Knie bereiten konnte?

»Du verbringst den Abend nicht mit deiner Familie?«, fragte sie, um Zeit zu gewinnen, sich an die Sache mit ihren Knien zu gewöhnen.

Er hob die Arme. »Wie könnte ich dann die Tradition mit der schönen Frau befolgen?«

Sie musste lachen. Ursula würde es gewiss nichts ausmachen, einen Abend allein zu sein. »Abendessen wäre wunderbar«, sagte sie daher.

»Ich hole dich ab. Halb acht?« Als sie zustimmte, küsste er sie noch einmal auf die Wangen. Seine Lippen streiften ihre Haut wie ein Atemhauch, und ganz kurz strich er mit einer Hand über die empfindsame Haut an ihrer Halsbeuge. »Ich freue mich auf heute Abend«, murmelte er, machte sich mit

langen Schritten auf den Weg zu seinem Grundstück und überließ es Zia, mit Schmetterlingen im Bauch zurück nach Villino Il Pino zu gehen.

Es ist nur eine Verabredung, sagte sie sich. *Ist schließlich nicht meine erste. Nur die erste seit Brendon.* Auf Distanz zu Männern zu gehen, war eine natürliche Reaktion darauf gewesen, ihren Freund beim Fremdgehen erwischt zu haben, aber ein Abend mit Piero Domenicalis strahlendem Lächeln und seinen dunklen Augen war mit Sicherheit eine gute Art, diese Zeit zu beenden.

Sie trat in das schattige Innere von Villino Il Pino. Auf dem Tisch wartete ihr Laptop, und sie hatte gerade ihre Kreditkarte hervorgezogen, als ihr Telefon klingelte. Als sie einen Blick auf das Display des Handys warf, zögerte sie. Stephan? Zia und er waren es nicht gewöhnt, miteinander zu plaudern, seit sie sich von seinem besten Freund getrennt und er die Ehe mit ihrer Freundin auf Eis gelegt hatte. Er wusste, wo ihre Sympathien lagen. Sie konnte vollkommen verstehen, dass er verunsichert gewesen war, als ein Fremder seine sturzbetrunkene Frau nach Hause gebracht hatte, aber sie nur auf den *Verdacht* hin, sie könnte ihn betrogen haben, fallen zu lassen? Das konnte sie beim besten Willen nicht nachvollziehen. Zia hatte auch ein Problem damit, dass er Ursula hinausgeworfen hatte, als gehörte ihr das Haus nicht genauso wie ihm. Und dass Stephan Ursula am ausgestreckten Arm verhungern ließ, indem er auch nicht richtig Schluss machte, ärgerte Zia ebenfalls.

»Hi, Stephan.« Dann wartete sie darauf, dass er etwas sagte, und klappte mit der freien Hand ihren Laptop auf.

»Ich habe gerade versucht, Ursula zu erreichen«, erklärte er, ohne ihr »Hi« zu erwidern.

»Ach?« Zia öffnete die E-Mail des Privatdetektivs, um den Link zur Bezahlfunktion zu finden.

»Sie scheint ihr Handy ausgeschaltet zu haben«, meinte er vorsichtig. »Ich dachte, du weißt vielleicht, wo sie ist.«

Zia klickte auf den Link und dachte dabei über seine Beweggründe nach. Die Versuchung, ihm eine Abfuhr zu erteilen, war enorm, denn ihrer bescheidenen Meinung nach hatte Stephan es verdient, ein wenig kühl behandelt zu werden. Oder sogar mies. Das würde es Ursula allerdings nicht einfacher machen. »Sie ist zu Besuch in einem Nonnenkloster«, erklärte sie.

»Nonnen?« Stephan klang erstaunt.

»Ich glaube nicht, dass sie vorhat, in einen Orden einzutreten. Sie hat ein Interesse an Keramikmalerei entwickelt.« Sie erläuterte, was es mit dem Ausflug ins Kloster auf sich hatte.

»Oh … verstehe.« Stephan klang erleichtert.

Zia legte ihre Kreditkarte beiseite, ohne die Ziffern in die entsprechenden Felder eingegeben zu haben. »Ist es denn das erste Mal, dass du sie nicht erreichst? Kann mir vorstellen, dass dir das unangenehm ist.« Sie bremste die Antipathie, die sich in ihre Stimme geschlichen hatte. Bis er Ursula vor die Tür gesetzt und ihr diesen grauenvollen Kummer bereitet hatte, hatte Zia ihn als Freund betrachtet. Sie dachte an die vielen gemeinsamen Abende in Pubs oder Restaurantbesuche, die sie zu viert gemacht hatten, und sprach sanfter weiter. »Dir ist aber schon klar, dass sie nicht ewig Trübsal blasen und darauf warten wird, dass du dich abregst, oder, Stephan? Sie ist in eine üble Lage geraten, und zwar so gut wie ohne eigene Schuld, und du hast sie hart gestraft – und das auch schon viel zu lange. Sie ist eine wunderbare Frau, und Männer finden sie attraktiv. Und das wird sie alles erkennen, wenn du so weitermachst.«

Immer noch Schweigen.

Das Kreditkartenformular auf ihrem Display schloss sich wegen Zeitüberschreitung, und sie seufzte. »Ich sag's ja nur.« Sie aktualisierte die Seite. »Sie schaltet ihr Handy bestimmt bald wieder ein. Keine Ahnung, ob ich sie heute Abend noch

selbst sehe, weil ich ausgehe, aber ich schreibe ihr und sage, dass du angerufen hast. Tschüß dann ...«

»Mit einem Mann?«, warf Stephan schnell ein. »Gehst du mit einem Mann aus?«

Der Argwohn in seiner Stimme berührte sie unangenehm. »Ich bin dir keine Rechenschaft schuldig«, entgegnete sie schroff und ärgerte sich, weil sie gezögert hatte, als fühlte sie sich schuldig. Sie war seit vier Monaten Single.

»Nein. Tut mir leid«, gab er zurück. Doch er klang ein wenig aufgeregt. Vielleicht dachte er, wenn sie auf Dates ging, würde Ursula es ihr womöglich gleichtun. Oder vielleicht war er stellvertretend für seinen tollen Freund Brendon eifersüchtig?

Sie bekam ihre Antwort, als keine Minute, nachdem sie sich kurz angebunden verabschiedet hatten, ihr Handy wieder klingelte und dieses Mal *Brendon* auf dem Display stand.

Sie war gerade dabei, die Kreditkartenzahlung abzuschließen, und wartete, bis alles erledigt war. Dann nahm sie ab. »Falls du in Stephans Auftrag anrufst, um mich nach Ursula auszuhorchen«, sagte sie statt einer Begrüßung, »sie benimmt sich tadellos.«

»Es geht nicht um Ursula«, erwiderte er nüchtern. »Stephan sagt, du hast heute Abend ein Date.«

»Jepp.« Die beiden hatten sie zu sehr gereizt, um freundlich zu bleiben.

»Was für eine Art Date?«, fragte er. Er klang verletzt.

Zia legte ihre Kreditkarte auf den Tisch. Ihr Rücken prickelte. »Das geht dich nichts mehr an.« Sie versuchte, neutral zu klingen, wusste aber, dass es ihr nicht gelungen war.

Er seufzte. »Nach unserem letzten Gespräch bin ich ernsthaft in mich gegangen. Ich hatte beschlossen, dich erst wieder anzurufen, wenn du zu Hause bist, aber ich muss es dir einfach sagen, Zia. Ich habe wirklich, wirklich das Gefühl, dass wir über alles hinwegkommen können, wenn wir uns nur

gegenseitig die Chance geben, miteinander zu reden, nachdem unser Ärger jetzt verflogen ist.«

Zia legte den Kopf in den Nacken und sah an die glatte weiße Decke. »Wie kommst du auf die Idee, dass ich nicht mehr wütend bin?«

Er brauchte mehrere Sekunden, um darauf zu antworten. »Ich verstehe dich ja«, sagte er schließlich kleinlaut. »Du bist diejenige, die sauer ist, also kann ich nicht darüber bestimmen, ob es vorbei ist, stimmt's?«

»Richtig«, pflichtete sie ihm bei. Sie warf einen Blick auf ihren Posteingang. Noch keine Bestätigung. »Mir ist nicht ganz klar, warum du anrufst.«

»Bitte schlaf nicht mit ihm«, brach es aus ihm heraus. Als er weitersprach, schwang zunehmendes Grauen in seiner Stimme mit. »Hast du mit jemandem geschlafen, seit wir uns getrennt haben?«

»Hör auf«, sagte sie schroff und versuchte nicht einmal mehr, geduldig zu sein. »Bitte lass das. Du spielst abwechselnd das Opfer oder versuchst zu beherrschen, was du nicht kontrollieren kannst. Beides ist unangemessen.«

Sie hörte, wie er lange und tief Luft holte. Als er fortfuhr, lag ein »Beruhige-dich-Frau«-Ton in seiner Stimme, bei dem Zia mit den Zähnen knirschen musste. »Bringen wir doch nichts durcheinander. Ich habe wegen des Dates angerufen. Da du noch nicht lange in Italien bist, musst du dich wohl mit einem Mann treffen, den du nicht gut genug kennst, um mit ihm ins Bett zu gehen, und das ist garantiert das Einzige, was der Kerl will.« Er stieß ein selbstironisches Lachen aus. »Nenn es männlichen Beschützerinstinkt, aber ich passe nur auf dich auf.«

»Okay, lass uns *wirklich* nichts durcheinanderbringen«, äffte sie ihn nach. »Wenn ich mit meinem Date schlafe, würde ich ihn genauso benutzen wie er mich. Und was du beschützen nennst, nenne ich Einmischung. Sogar als wir noch zu-

sammen waren, sind wir darüber aneinandergeraten, ob du das Recht hast, mir zu sagen, was ich zu tun oder zu lassen habe – und die Antwort lautet Nein. Und außerdem … wie kannst du es wagen?«

»Wie ich es wagen kann?«, wiederholte er. Verblüffung vibrierte durch den Äther.

»Allerdings! Wie kannst du es wagen, dir eine Meinung über mein Leben zu erlauben? Ein Urteil über das Verhalten eines anderen Mannes zu fällen? Hast du eine Ahnung, was es für ein Gefühl war, dir beim Sex mit einer anderen zuzusehen und dich keuchen zu hören, das wäre der ›beste Fick deines Lebens‹? Vor unseren Freunden?« Sie hatte diese spezielle Kränkung im Chaos des Augenblicks verdrängt, aber jetzt schien es der richtige Moment zu sein, um sie auszugraben und ihm ins Gesicht zu schleudern.

Er gab einen Laut von sich, als hätte er gerade seine Zunge verschluckt. »Das habe ich doch nicht wörtlich gemeint, Zia! Männer sagen und tun alles Mögliche, wenn sie betrunken sind.«

Zia verstummte und spulte innerlich seine Worte noch einmal ab. Draußen kündigte das Knirschen von Reifen auf der Auffahrt das Eintreffen eines Autos an. Türen knallten, und sie hörte, wie die niederländischen Gäste einander in ihrer melodischen Sprache etwas zuriefen. Sie schlug ihren eisigsten Tonfall an. »Du sagst also, dass ich dir nie trauen könnte, wenn Alkohol im Spiel ist, selbst wenn ich dir die zweite Chance geben würde, um die du bettelst?«

Wieder gab er dieses Geräusch von sich, als verschluckte er seine Zunge. »So genau habe ich das nicht gemeint …«

»Wahrscheinlich nicht. Nicht genauso. Interessant, dass du glaubst, ich müsste dir verzeihen, aber Stephan denkt, er bräuchte Ursula nicht zu vergeben, oder? Oder willst du behaupten, dir hätte auch jemand K.-o.-Tropfen verpasst?« Sie zitterte vor Wut und Empörung. »Ich verabschiede mich,

Brendon«, erklärte sie betont höflich. »Ich erwarte nicht, wieder von dir zu hören.«

»Schlaf nicht mit anderen Männern!«, schrie Brendon beinahe, als würde sie das davon abhalten, den Anruf zu beenden.

Das tat es nicht. Aber es trug auch nicht gerade dazu bei, ihre Wut abzukühlen.

11

Piero hatte den Rest seines Nachmittags in der Werkstatt geopfert, um das Abendessen zu kochen. Dabei behielt er mit einem Auge Ferraris Fortschritt beim Formel-1-Training im Auge. Jetzt war es Zeit, Zia abzuholen, doch er bekam Bedenken. Würde es zu stark nach Verführungsabsichten aussehen, wenn er sie mit zu sich nach Hause nahm, statt sie in ein Restaurant auszuführen? Der Tisch war elegant auf der oberen Terrasse gedeckt … in praktischer Nähe zu seinem Schlafzimmer. Er wäre kein heterosexueller Mann gewesen, wenn er bei einer so schönen Frau nicht zu mehr als einem Essen bereit wäre, aber sah das hier so aus, als glaubte er, ein Recht darauf zu haben? Er wollte nicht wie diese Art von Mann rüberkommen. Er seufzte. Als Touristin konnte sie nicht erwarten, dass ein oder zwei Dates zu einer echten Beziehung führten, aber er hätte die ursprüngliche Abmachung nicht ändern sollen, ohne sich bei ihr rückzuversichern. Er zog sein Handy hervor und rief sie an.

»*Pronto.*« Ihre italienische Begrüßung wirkte leicht amüsiert.

Er lächelte über ihren lustigen, hübschen englischen Akzent. »Macht es dir etwas aus, den Plan zu ändern?«

Ihre Stimme wurde um eine Nuance ernster und klang neutral. »Du schaffst es nicht zum Abendessen?«

Rasch stellte er ihre Fehlannahme richtig. »Ich kann, absolut. Aber macht es dir etwas aus, wenn es in Il Rifugio stattfindet? Ich dachte, vielleicht möchtest du die Weine unseres Guts probieren, und wenn wir hier essen, brauche ich nicht zu fahren. Aber wir können auch in die Stadt, wenn dir das lieber ist.«

»Oh.« Er konnte beinahe hören, wie sie die Idee unter die Lupe nahm und auf Schwachpunkte überprüfte.

»Wenn ich dir unheimlich werde, kannst du mir Lucia auf den Hals schicken«, bot er feierlich an.

Ihr Lachen ging ihm direkt unter die Haut. »Wenn das so ist, bin ich wohl sicher. Ich wette, sie kann Furcht einflößend sein.«

Er drehte sich um und setzte sich in Richtung Zypressen in Bewegung. »Ich bin unterwegs, um dich abzuholen.«

»Ich finde den Weg auch allein.«

»Ich will dir keine Gelegenheit geben, deine Meinung zu ändern.«

Sie blieben am Handy und scherzten miteinander, bis sie sich in der Nähe der Zypressen trafen. In einem schwarzen Maxikleid mit schmalen Trägern kam sie aus der lavendelfarbenen Dämmerung geschlendert und suchte sich einen Weg zwischen Felsbrocken und wildem Rosmarin. Das Kleid war schlicht, doch es ließ ihre Kurven erahnen und war dadurch viel verführerischer als ein hautenges, das nichts verbarg. Rote Zehennägel und rote Sandalen vervollständigten ihr Outfit, und ihr glänzendes Haar hatte sie hochgesteckt. Ihre Schönheit warf ihn so um, dass er sich wie magisch zu ihr hingezogen fühlte. Sie brachte ihn ins Wanken. Irgendwie brachte er es fertig, seine Reaktion zu überspielen, nahm ihre Hand und machte kürzere Schritte, um sich ihrem Gang anzupassen. »Ist es dir recht, wenn wir auf der Terrasse essen?«

Sie zog eine Augenbraue hoch und sah ihn an. »Auf diesem kleinen gepflasterten Fleck an der Weinranke?«

»Nein, auf der im ersten Stock. Also, es ist so eine Art erster Etage, weil das Haus in den Hang hineingebaut ist. Eine Treppe hoch vom Eingang, und zwei von der Rückseite aus.«

Sie nickte. »Ich vermute, dass man dort eine fantastische Aussicht über das Tal hat.«

»Die beste.« Er ließ die Tür, die von der Auffahrt ins Haus führte, offen, und ging als Erster die Treppe zu den Terrassentüren hinauf, die er ebenfalls angelehnt gelassen hatte. Sie traten auf die breite Terrasse hinaus, die fast das ganze Haus umgab.

»Wie schön«, hauchte Zia und ließ seine Hand los, um an die Terrassenumrandung zu treten und hinauszusehen. Das Tal lag bereits in der Dämmerung, die Kellerei und Salvatores Haus waren als Schatten zwischen Anhäufungen kleiner gelber Lichter zu erkennen, und die Weinreihen wirkten wie dicke, schwarze Taue, die sich den Hang hinunterschwangen. Nur die höchsten Berggipfel wurden noch von der untergehenden Sonne in pfirsichfarbenes und rosa Licht getaucht.

Auch ihm stockte bei dem Anblick der Atem – ihrer Rückenansicht in dem Lampenlicht auf der Terrasse. Ihr Kleid war nicht so schlicht, wie es auf den ersten Blick den Eindruck gemacht hatte, denn es war bis auf schmale Bänder, die sich auf ihrer nackten gebräunten Haut kreuzten, rückenfrei. Er musste seinen Blick losreißen und vorwärts zu ihr treten, wobei ihm wieder dieser Honigduft in die Nase stieg, und er sich fragte, ob das ihre Körperlotion war. Was für ein erregender Gedanke …

Als sie sich von der Aussicht abwandte, geleitete er sie zum Ende der Terrasse, wo ein Sofa aus Weidengeflecht neben einem Tischchen stand. »Ich dachte, ich gebe dir eine Privatverkostung der Weine von Tenuta Domenicali.«

»Klingt fantastisch«, murmelte sie und nahm auf der einen Hälfte des Sofas Platz.

Er beugte sich vor, um einen Schrank mit Aluminiumfront zu öffnen. »Der Nachteil der Terrasse ist, dass sie weit von der Küche entfernt liegt, daher habe ich Isolierschränke einbauen lassen. Sobald die Hitze des Tages vorbei ist, halten sie den Inhalt ungefähr bei der gleichen Temperatur, bei der man ihn hineingestellt hat, wenn man Heißes und Kaltes nicht mischt.« Er nahm Brot, Käse und zwei Flaschen Wein aus einem Schrank und zwei weitere Flaschen aus dem anderen.

»Vier Flaschen?«, rief sie aus und riss die Augen auf.

Grinsend trug er sie zum Tisch. »Wir sollten ihn bei Raumtemperatur trinken, aber ich habe einen Teil gekühlt, falls dir das lieber ist.«

»Weißwein? Bei Raumtemperatur?« Zweifelnd ließ sie eine Augenbraue in die Höhe schnellen.

Er stellte die kälteren Flaschen in einen Weinkühler und senkte die Stimme. »Ehrlich gesagt trinke ich ihn lieber gekühlt, aber wenn du Emiliano das erzählst, streite ich alles ab.« Er griff nach dem Sangiovese und öffnete ihn. Dann holte er vier Gläser aus dem Schrank und schenkte eine kleine Menge in zwei davon ein. »Eigentlich müssten wir den Orvieto zuerst probieren, da er der leichtere Wein ist, aber er passt besser zum Essen, also lass uns mit dem Sangiovese anfangen.«

»Aber Sangiovese ist ein Rotwein«, bemerkte sie und nahm eins der Gläser entgegen.

»Häufig ja, aber es ist möglich, Weißwein aus roten Trauben zu keltern. Die Schale verleiht dem Wein die Farbe, daher entfernen wir sie zu Beginn der Produktion.« Behutsam stützte er ihr die Hand, als sie sich anschickte, das Glas zu heben. Er veranstaltete oft Weinproben, um Produktwissen zu vermitteln, wenn er Großhändler besuchte, die Weine von Tenuta Domenicali vermarkteten. »Zuerst essen wir ein Stückchen Brot, um den Gaumen zu reinigen. Dann einen Schluck Wasser. Jetzt nehmen wir uns einen Moment Zeit, um die Farbe

des Weins zu würdigen ... obwohl das Licht auf der Terrasse nicht das richtige dafür ist«, räumte er betreten ein.

»Aber natürlich wäre die Farbe genau die richtige, wenn wir sie denn erkennen könnten«, gab sie mit übertriebener Begeisterung zurück.

»Natürlich.« Ihm gefiel, dass sie sich auf die Witzelei einließ. »Lass den Wein kreisen, um den Duft aufsteigen zu lassen ... jetzt halten wir die Nasen über den Rand und atmen ein. Genieß das Bukett.« Er ließ seinen Worten die Tat folgen. »Ist es angenehm?«

»Hmm«, machte sie und schloss die Augen. Der sinnliche Laut jagte ihm einen Schauer der Erregung über den Rücken, und für einen Moment vergaß er, was er als Nächstes hatte sagen wollen.

Ihm wurde klar, dass sie die Augen wieder geöffnet hatte, und er nahm sich zusammen. »Und jetzt trinken wir einen halben Schluck. Wir lassen ihn von der Zungenspitze nach hinten gleiten. Dann von einer Seite zur anderen.«

»Soll man nicht angeblich gleichzeitig Luft einsaugen?« Fragend neigte sie den Kopf.

Er pflichtete ihr bei. »Du wirst das bei den Fachleuten sehen. Aber ich will nicht, dass du dich verschluckst.«

Sie krauste die Nase. »Das wäre wahrscheinlich das Ergebnis.«

Nachdem sie noch mehr Brot, dieses Mal mit Käse, geknabbert und an ihrem Wasser genippt hatten, wiederholten sie das Ritual mit dem Orvieto Classico. »Mhh ... *mhh*«, lautete dieses Mal Zias Urteil. »Also, das ist wirklich ein wunderbarer Wein.« Die Lichter auf der Terrasse schienen heller zu leuchten, als der Himmel schwarz wurde, und Falter hatten zu tanzen begonnen, als wollten sie Zias Anwesenheit festlich begehen.

Ihre Freude bereitete ihm Vergnügen. »Finde ich auch. Auch das sollte ich nicht laut sagen, aber ich trinke Orvieto

Classico zu allem. Er besteht aus mindestens vierzig Prozent Grechetto-Trauben und zwanzig bis vierzig Prozent Procanico – so nennen wir in Umbrien die Trebbiano-Traube. Der Sangiovese ist ein sortenreiner Wein, der nur Sangiovese-Trauben enthält.« Er lachte. »Jetzt klinge ich nach dem, was ich bin – ein Weinvertreter.«

»Gekauft«, erklärte sie. »Ich frage mich jetzt schon, wie viel ich in mein Auto packen kann, um so viel davon wie möglich mit nach Hause zu nehmen.«

»Ich bringe dir ein paar Flaschen vorbei.« Er warf einen Blick auf seine Uhr. »Zeit zum Essen. Du bleibst hier sitzen und …«

Doch sie war bereits aufgesprungen. »Ich komme mit. Ich bin nicht besonders gut im Nichtstun.«

So landeten sie Seite an Seite in der Küche, wo sie mit Kräutern eingeriebene Hähnchenschenkel, Cannelloni mit Rindfleisch, Käsetörtchen und gefüllte Pilze aus dem Backofen und Salat aus dem Kühlschrank holten.

Nachdem sie das Essen nach oben getragen hatten, schaltete er die Lampen am anderen Ende der Terrasse ein und sah zufrieden, wie Zia den mit auf Hochglanz polierten Gläsern und glänzendem Besteck gedeckten Tisch aus Olivenholz bewunderte. »Wunderschön.« Sie fuhr mit einer Hand über das Holz. »Olivenholz hat eine so herrliche, seidenglatte Oberfläche.«

»Ja.« Er musste schlucken. Ihre Nägel waren frisch lackiert, in dem gleichen Rot wie ihre Zehennägel; keine Krallen, sondern hübsche Ovale, die jeden ihrer schlanken Finger krönten. Er stellte sich vor, wie sie über seine Haut glitten.

Sie inspizierte die kunstvoll gedrechselten Tischbeine. »Hast du die gemacht?«

Mit einem Mal fühlte er sich verlegen. »Ich bin kein Möbelbauer, aber ja.« Er überließ es ihr, den Rest des Weins zum Tisch zu bringen, während er das übrige Essen die Treppe hinauftrug. Als er ihr gegenüber Platz nahm, saßen sie zwar

nicht mehr wie auf dem Sofa nebeneinander, und er konnte ihre Schulter nicht mehr mit seiner streifen, aber er hatte einen besseren Blick auf sie. »Mit den Lampen auf der Terrasse bleiben die Nachtfalter wenigstens über uns«, meinte er. »Sonst hätte ich mich für romantischen Kerzenschein entschieden, um die Sterne besser sehen zu können.«

»Romantisch?« Sie hatte sich von allem bedient, was auf dem Tisch stand, und sah jetzt hoch. Offensichtlich war sie keine Frau, die an einem einzigen Salatblatt knabberte.

Er hielt ihrem Blick stand. »Natürlich romantisch. Ich habe dich eingeladen, weil ich mich zu dir hingezogen fühle.« Er war Frauen gegenüber immer offen gewesen. Es war noch nie seine Art gewesen, ein großes Geheimnis daraus zu machen, wenn eine Frau ihm gefiel.

Sie steckte sich ein Stück Käsetörtchen in den Mund, kaute und schluckte und sah ihn dann mit gespielt finsterer Miene an. »Du hast gesagt, du hättest mich eingeladen, weil du Geburtstag hast.«

Er grinste, als er das vergnügte Blitzen in ihren Augen sah. »Ich fühle mich zu dir hingezogen, *und* ich habe Geburtstag. Wenn man jemanden mag, ist es gut, zusammen zu essen. Kennst du den italienischen Spruch ›Ich habe keine Bohnen mit dir gegessen‹? Das bedeutet, dass man jemanden erst kennt, wenn man zusammen gegessen hat. Ich möchte dich kennenlernen.« Er schenkte ihnen Wein nach.

Statt einer Antwort griff sie seine Bemerkung von eben auf und sah in die Nacht hinaus. »Ein paar Sterne können wir aber erkennen.«

»Aber ohne die Lampen würden wir eine Million sehen. Manchmal sitze ich abends hier oben und schaue zu, wie sie herauskommen. Wir haben wenig Lichtverschmutzung, und die italienischen Sterne sind ein toller Anblick.«

Sie nahm sich noch von den Cannelloni, bot ihm auch etwas an und stellte dann den Teller ab. »Die Sterne sind

nicht italienisch. Man sieht überall auf der Welt dieselben Sterne.«

»Du verdirbst meine poetischen Bemerkungen«, klagte er. Ihre schnelle Auffassungsgabe und ihr verschmitztes Lächeln gefielen ihm. »Und genau dieselben Sterne sieht man nur auf demselben Breitengrad. Ansonsten verändert sich der astronomische Horizont.«

Nach und nach leerten sie ihre Teller und witzelten und stichelten dabei weiter. Piero wusste gar nicht, wie lange es her war, dass er die Gesellschaft einer Frau so genossen hatte.

Das Essen war vorüber, und Piero war nach unten gegangen, um Kaffee zu machen. Das war eindeutig eine Aufgabe für nur eine Person, daher hatte Zia sich wieder aufs Sofa gesetzt, um dem auf- und abschwellenden Zirpen der Zikaden in der Nacht zu lauschen. Piero ging ihr nicht aus dem Kopf, und auch die Art nicht, wie seine dunklen Augen geleuchtet hatten, als er ihr zugehört hatte. Sie hatte ihn dabei erwischt, wie er ihr auf den Mund geschaut hatte, als hätte er sich gefragt, wie es wäre, sie zu küssen, und sie hatte seinen angesehen. Er strahlte mit seinem geschmeidigen Körper und seinen schnellen, sicheren Bewegungen eine so starke Präsenz aus. Sie fühlte sich wie einer der Nachtfalter auf der Terrasse – unentrinnbar von seiner Flamme angezogen.

Sie wurde aus ihren Gedanken gerissen, als auf ihrem Handy mit einem Ping eine Nachricht einging. Sie zog das Handy aus der Tasche für den Fall, dass es Ursula war, die sich davon überzeugen wollte, dass es ihr gut ging. Doch es war Brendon.

Wenn es sein muss, wirf mir ruhig Doppelmoral vor, aber wenn du mit anderen Männern schläfst, machst du es uns unmöglich, wieder zusammenzukommen. xx

Sie starrte die Nachricht aufgebracht an. Was an »Es ist vorbei« begriff Brendon eigentlich nicht? Sie seufzte inbrünstig.

»Probleme?«, fragte Piero, der mit einer schimmernden weißen Porzellankanne und Kaffeetassen mit Goldrand wieder auftauchte. Er stellte das Tablett auf den Sofatisch und kam ihr dabei so nahe, dass sie seinen würzigen Duft nach frischem Holz auffing. Sie fragte sich, ob er aus der Dusche oder seiner Werkstatt stammte.

»Nicht wirklich.« Sie steckte das Handy weg, sah zu, wie er ihr Kaffee einschenkte, und fügte dann selbst Zucker und Milch hinzu.

Er goss sich auch Kaffee ein und hielt dann inne, eine Hand an einem Schalter unter einer Plastikabdeckung. »Soll ich das Licht ausmachen, um dir die Sterne Italiens zu zeigen?«

Sie lächelte. »Klingt wunderbar. Wenn man in einer Stadt lebt, sogar einer so kleinen wie Brighton, vergisst man, dass die Sterne existieren.«

Ein Schalterklick, und dann saßen sie im Dunkeln. Piero musste das Licht im Haus schon ausgeknipst haben, und sie waren zu weit von der Straße entfernt, als dass deren Beleuchtung bis zu ihnen gedrungen wäre. Sie hörte, wie er sich am Tisch entlangtastete, und dann spürte sie sein Gewicht, als er sich neben ihr auf dem Sofa niederließ. Seine Stimme war nur ein paar Zentimeter entfernt. »Es dauert einen Moment, bis wir uns an die Dunkelheit gewöhnt haben. So lange können wir reden.« Er zögerte. »Durante hat erwähnt, dass Lucia und er angeboten haben, Gerardo zu sagen, dass du hier bist, und ihn auch fragen würden, ob er dich treffen will«, sagte er dann.

»Richtig.« Die silbrige Mondsichel wirkte schon heller, als hätte sie festgestellt, dass sie sich ohne die Konkurrenz durch menschengemachte Beleuchtung ungehindert zeigen konnte. »Ich habe mich noch nicht entschieden.« Kurz schilderte sie alle unerwünschten Folgen, an die sie gedacht hatte – Gerardos Beziehung zu einer Frau und seinen Kindern und Lucias

Verhältnis zu Roberto und Fiorella. »Es war verrückt, Fiorella und Roberto zu treffen. Meine anderen Großeltern haben mich mein halbes Leben großgezogen, aber diese wissen nicht einmal, dass es mich gibt.« Sie unterbrach sich, um zu registrieren, dass immer mehr Sterne funkelnd in ihrem Blickfeld auftauchten. »Gran und Pap sind aus ihrem Ruhestand in Spanien zurückgekehrt, weil sie dachten, in England würde ich besser mit Mums Tod fertig. Sie sind zu Schulkonzerten gekommen, wenn sie lieber ferngesehen hätten, oder sind mitten in der Nacht aufgestanden, um mit mir zu puzzeln, wenn ich vor lauter Kummer nicht schlafen konnte.«

Sanft umfasste er ihre Hand mit seiner. »Du steckst in einer schwierigen Lage.« Er schwieg ein paar Sekunden und sprach dann weiter. »Natürlich wären auch Fiorella und Roberto für dich da gewesen und zu deinen Konzerten gekommen, wenn sie die Gelegenheit gehabt hätten. Sie sind um eine Enkelin betrogen worden.«

Sie lachte freudlos auf. »Hast du den Stammbaum der Costas gesehen? Sie haben genug Enkelkinder.«

»Und sie lieben sie alle, soweit ich weiß.« Er hob ihre Hand und barg sie jetzt in seinen, die warm und ein wenig rau waren. »Hast du mal überlegt, warum Tori das ›Costa‹ in deinen Namen aufgenommen hat? Vielleicht, um Lucia zu ehren, aber vielleicht wollte sie dir auch das Gefühl vermitteln, ein Recht darauf zu haben.«

Bei der Vorstellung durchlief sie etwas wie ein leichter elektrischer Schlag. »Nein, daran hatte ich nicht gedacht.« Doch dann seufzte sie, und die kurze Freude verflog, als sie an die Realität dachte. »Wahrscheinlich werde ich es nie erfahren. Ich wünschte, ich wüsste es. Ich wünschte, ich könnte mich als Teil von Tori fühlen, eine Verbindung zu dem, was ich verloren habe, spüren. In letzter Zeit habe ich Träume, in denen ich sie nicht finden kann, was dumm ist, weil sie tot

ist, also ist das sowieso unmöglich.« Sie legte den Kopf in den Nacken, um zu dem samtschwarzen, mit einer Million Diamanten übersäten Himmel aufzuschauen. »Ich glaube, ich habe noch nie so viele Sterne gesehen. Und je länger ich hinschaue, umso näher scheinen sie zu kommen. Manche sind groß und hell und andere so winzig, dass ich mich konzentrieren muss, um sie überhaupt zu erkennen.«

»Ihr Schein ist Lichtjahre gereist, um an diesem Abend auf diese Berglandschaft, auf uns herabzuleuchten.« Er streichelte ihre Finger.

Sie war sich der Berührung absolut bewusst, sah aber weiter auf und ließ sich von den Geräuschen der Nacht wiegen. Ein Surren. Ein Schwirren. Ein Flattern. Der Atem eines Mannes neben ihr. Ihre Gedanken wandten sich ihm zu. Er war wie der schwarze Kaffee, den er trank: stark, unverfälscht und ehrlich. Er hatte Milch und Zucker auf das Kaffeetablett gestellt, wahrscheinlich, weil er sich daran erinnert hatte, dass sie vorzugsweise mit beidem ihren Kaffee trank. Eine Kleinigkeit, doch sie wusste, wenn Brendon seinen Kaffee schwarz getrunken hätte, hätte er gewiss nicht an Milch und Zucker für sie gedacht. Sie hätte darum bitten müssen, und er wäre erstaunt darüber gewesen, dass sie einen anderen Geschmack hatte als er. Und er hatte ständig versucht, sie zu kontrollieren. Diese verfluchte Textnachricht, dass er Schluss machen würde, wenn sie nicht kuschte, war ein Versuch gewesen, die Macht an sich zu reißen, indem er darüber entschied, wie sie ihren Abend verbrachte. Seine herrische Art war immer ein Zankapfel gewesen – wie zum Teufel kam er also auf die Idee, er könnte sie zurückgewinnen, indem er seine Herrschsucht auf die Spitze trieb?

Ihr Idealmann schätzte eine Frau als Individuum … ohne den Fehler zu machen, sie zu behandeln, als wäre sie einfach ein Mann. Ihr idealer Mann wusste eindeutig, wie er es schaffte, dass sie sich als Frau fühlte. Konnte Piero das?

Sie spürte, wie ihr Puls schneller schlug, als ihr klar wurde, was sie wirklich dachte.

Sie fühlte sich von Piero angezogen. Ihre Sinne schärften sich, wenn er in ihrer Nähe war. Ihre Haut reagierte auf seine Berührung. Wie aufregend wäre es, seine Hände auf anderen Teilen ihres Körpers zu spüren? Und seinen Mund. Seine Lippen sahen weich und verführerisch aus. Sie riskierte einen Seitenblick. Ihre Augen hatten sich jetzt an die Dunkelheit gewöhnt, und sie konnte ihn erkennen. Er hatte den Kopf zurückgelegt und sah zum funkelnden Himmel auf.

Er wandte sich ihr zu, als hätte er ihre Bewegung wahrgenommen, sodass ihr der Atem stockte. »Ich denke«, murmelte er, »wenn du Gerardo treffen willst, läuft dir die Zeit davon … jedenfalls auf dieser Reise.«

Ihr wurde klar, dass sie ihm nicht erzählt hatte, dass sie noch bleiben würde, nachdem Ursula zurückgeflogen war. »Oh, aber …«, begann sie. Dann spürte sie, wie in ihrer Tasche, die auf ihrem Schoß lag, ihr Handy vibrierte. Sie nahm es heraus. »Unhöflich von mir, dass ich nachsehe, aber das ist wahrscheinlich Ursula, weil ich immer wieder vergesse, ihr zu schreiben.« Als sie ihr Telefon zum letzten Mal in der Hand gehalten hatte, war sie zu verärgert über Brendons Nachricht gewesen.

Dieses Mal war es Ursula. Okay? x

Hastig tippte sie zurück: Prima, danke. Oops, habe ganz vergessen zu schreiben. x »Tut mir leid«, sagte sie zu Piero.

Er tat ihre Entschuldigung mit einer Handbewegung ab. »Verstehe.« Er machte keine Bemerkung, wie Brendon sie garantiert hinzugefügt hätte. *Frauen müssen in Verbindung miteinander bleiben, um sicher zu sein.* Was Frauen wussten, auch ohne dass er sie darauf hinwies. Piero zog stattdessen eine Augenbraue noch. »Ich bin nur froh, dass es kein Freund ist.«

Sein Satz, der halb eine Frage und halb eine Feststellung war, traf bei ihr den richtigen Ton. Er machte ihr keinen Vor-

wurf, sondern wies behutsam darauf hin, dass es sein persönlicher Ehrenkodex war, sich von einer Frau fernzuhalten, die anderweitig gebunden war. »Mein *Ex*-Freund hat mich vorhin angeschrieben«, gestand sie ehrlich. »Wir haben uns im März getrennt. Er hat sich auf einer Party betrunken, und ich habe ihn mit einer anderen erwischt.«

»Das muss schrecklich gewesen sein.« Seine tiefe Stimme klang mitfühlend.

»Es hat wehgetan«, gestand sie. »Er kannte nicht einmal ihren Namen. Er hat sich tausendmal entschuldigt und betrachtet sich als einen eigentlich unschuldigen Mann, der einmal einen großen Fehler begangen hat, aber ich kann ihm nicht verzeihen, und das passt ihm nicht.« Sie verriet ihm nicht, dass Brendon so dreist gewesen war, ihr zu verbieten, mit dem Unbekannten, mit dem sie sich heute Abend traf, zu schlafen. Piero sah jetzt nicht mehr zu den Sternen auf, sondern schaute sie an, und es kribbelte tief in ihrem Bauch.

Er wandte sich ihr noch weiter zu, und sie spürte seinen Blick noch intensiver. Er löste eine seiner Hände von ihrer und ließ sie zu ihrem Unterarm gleiten, um die weiche Unterseite zu streicheln. »Es tut mir leid, dass du verletzt worden bist«, sagte er mit heiserer Stimme, »aber ich bedaure nicht, dass du mit niemandem zusammen bist. Ich habe mir noch nie so sehr gewünscht, eine Frau zu küssen wie dich in diesem Moment.« Er wartete und bedrängte sie nicht, sondern gab ihr die Möglichkeit, ihn zurückzuweisen.

Stattdessen traf sie die spontane Entscheidung, ihren eigenen Wünschen nachzugeben. »Dann … tun wir es doch.« Sie lehnte sich zu ihm, damit ihre Lippen sich berühren konnten, legte ihm die Hände auf die Schultern und schloss die Augen, um das Prickeln und die Hitze, die an ihrem Rückgrat hinunterschoss, zu genießen, als ihr Kuss tiefer wurde. Sein Atem ging schneller, und er öffnete unter ihrem Mund einladend

die Lippen. Sie brauchte nicht zu spüren, wie er die Arme enger um sie schloss, um zu wissen, dass er genauso tief in diesen Moment versunken war wie sie. Sie schmiegte sich an ihn und rang plötzlich nach Luft; und nicht, weil er einer dieser Männer war, die wie ein Staubsauger küssten, sondern weil ihr Herz in ihrer Brust die außerordentlichsten Dinge anstellte. Es schien Purzelbäume zu schlagen.

»Wow«, raunte er. Dann zog er sie auf seinen Schoß und küsste sie wieder. Sanft presste er seine Lippen auf ihre, liebkoste sie mit seiner Zunge, und seine streichelnden Hände gaben ihr das Gefühl, als ränne ihr warmer Sand über die Haut. Die Empfindungen überwältigten sie, und sie brach den Kuss mit einem Keuchen ab. Mit seinem Mund glitt er zu ihrer Kehle, zu ihrem Schultergrübchen, küsste die empfindsame Stelle unter ihrem Ohr, leckte, küsste und knabberte. Sie rieb die Nase an seinem Schlüsselbein, küsste es, und er stöhnte laut auf. »Oh ja.« Durch die Bänder, die sich über ihrem Rückgrat kreuzten, streichelte er die zarte Haut ihres Rückens. »Mir war nicht klar, wie sexy ein Rücken sein kann, bis ich dich in diesem Kleid gesehen habe.«

Ein wenig atemlos musste sie lachen. »Es gefällt dir?«

Mit den Fingerspitzen erkundete er ihre Wirbelsäule. »Ich liebe es.«

Sie küssten sich weiter und weiter. Sie strich ihm mit den Fingern durch die Haare, und es gefiel ihr; sie mochte es, seinen Puls an ihren Lippen schlagen zu spüren, und die Art, wie er mit der Zunge in ihrem Mund gemächlich auf Entdeckungsreise ging, als gäbe es nichts Schöneres.

Sie drehte sich auf seinem Schoß, sodass sie rittlings auf ihm saß, und erfreute sich an dem tiefen, beifälligen Knurren, das aus seiner Kehle aufstieg, als er die Gelegenheit nutzte, um an der Rundung ihrer Brüste oberhalb ihres Ausschnitts zu knabbern und zu lecken, womit er ihr einen kurzen, lustvollen Aufschrei entlockte.

»Sollen wir …?« Er unterbrach sich, um zu stöhnen, als sie sich auf ihm bewegte. »Ich meine, willst du …?« Er schien völlig durcheinander zu sein, und sie lachte zufrieden, weil sie diejenige war, die ihm die Sprache verschlagen hatte. Er umfasste ihr Gesicht mit beiden Händen und hielt sie davon ab, erneut die Nase dorthin zu stecken, wo sein Hals in seinem offenen Hemdkragen verschwand. Hörbar sog er die Luft ein. »Ich will ja nichts für gegeben nehmen, aber du hast mich so weit, dass ich nicht mehr weiß, wo oben und unten ist.«

»Tja«, entgegnete sie gedehnt und genoss das befreiende Gefühl von Ungezügeltheit. Nicht, *weil* Brendon es ihr verboten hatte, aber es war definitiv befriedigend, sich nicht an die Grenzen zu halten, die er aus irgendeinem Grund glaubte, ziehen zu dürfen. »Gern, wenn du willst.«

Er stöhnte. »Ich will. Ich will es wirklich, wirklich.« Dann griff er hinter sie, zog an der Schleife, die die Bänder an ihrem Kleid hielt, und brummte zufrieden, als sie sich öffnete. »Ich habe mir genau angesehen, wie du sie zugeknotet hast«, gestand er und ließ die Hände sanft an ihrem Körper hinaufgleiten, um ihr langsam die Träger über die Schultern zu schieben. »Man weiß, dass eine Frau einen wirklich anmacht, wenn man sie beim Kaffeekochen schon fünfzig Mal im Kopf ausgezogen hat.«

Sie rollte die Schultern, und die Träger rutschten langsam an ihren Armen hinunter und mit ihnen das Oberteil des Kleides. Die warme nächtliche Brise streichelte über ihre nackten Brüste, bereitete ihr Gänsehaut und ließ ihre Brustspitzen hart werden. Piero neigte den Kopf und nahm eine langsam in seinen warmen Mund. Zia stöhnte vor Lust. Er widmete sich ihrer anderen Brust, streichelte, saugte und leckte, bis Zia fast keine Luft mehr bekam. Ungehalten darüber, wie viele Kleidungsstücke sie noch voneinander trennten, gelang es ihr, die obersten Knöpfe seines Hemds zu öffnen, um die glatte Haut darunter zu streicheln.

Er zeigte kein Anzeichen dafür, dass er unter der gleichen Ungeduld litt. Anscheinend war er damit zufrieden, in aller Ruhe den Rock ihres Kleids an ihren Schenkeln hochzuschieben, um herauszufinden, was für Unterwäsche sie trug. Er stöhnte, als er einen knappen Brazilian Slip entdeckte. Er folgte seinem Saum, bis er die Hände um ihre fast nackten Pobacken legen konnte.

»Normalerweise bin ich ein großer Fan von visuellen Reizen, aber einander so zu betasten, ist sexy«, murmelte er. Dann hob er sie hoch und stellte sie auf die Beine, damit er ihr Kleid weiter hinunterziehen und es raschelnd zu Boden fallen lassen konnte. »Aber ein paar Meter weiter befindet sich ein Schlafzimmer mit einem großen Bett, wenn dir das lieber ist?«

Sie schüttelte den Kopf, holte tief Luft und legte ihm eine Hand in den Schritt, wo sie fühlen konnte, wie erregt er war. »Wie wäre es hier draußen, unter deinen italienischen Sternen?« Mit einer schnellen Bewegung öffnete sie den Knopf am Bund seiner Hose und zog dann langsam, ganz laaangsam, den Reißverschluss hinunter und ließ die Finger hineingleiten. Sie spürte, wie er sich heiß und hart gegen seine Unterwäsche spannte.

Begierig schob er seine Hose hinunter, trat sie weg und streifte sich das halb aufgeknöpfte Hemd über den Kopf. »Rühr dich nicht vom Fleck.« So hastig, dass er dabei fast stolperte, zog er sich zurück und suchte sich tastend einen Weg durch eine Tür in der Nähe.

Erregt und erhitzt blieb Zia wartend zurück und hörte zu, wie er fluchend irgendwo in der Nähe herumpolterte.

Dann war er wieder da. »Wollte meine Nachtsicht nicht zerstören, indem ich das Licht anschalte, und habe ewig gebraucht, um eine Steppdecke zu finden.« Er warf sie zusammen mit zwei Kissen auf den Boden der Terrasse.

Sie lachte atemlos auf. »Ich brauche nicht zu fragen, ob du das gleiche Problem damit hattest, ein Kondom zu fin-

den, denn ich höre die Verpackung in deiner Hand knistern.« Sie ließ sich von ihm auf die Decke hinunterziehen. Mit den Händen glitt er an ihren Beinen hinauf und zog ihr den Slip aus. Sie tat das Gleiche mit seiner Boxershorts und umfasste ihn mit beiden Händen, um seine samtige Härte zu erkunden. Als er aufkeuchte, streifte sein warmer Atem ihre Brüste, und bald folgte ihm auch sein Mund.

Ihre Bewegungen wurden hektisch. Hände, Herzen, halb ausgesprochene Worte, suchende Münder, Haut, Freude, Lust, Hitze. Er tastete nach ihren Haarklammern und löste sie mit sanften, sinnlichen Bewegungen, die ihr die Kopfhaut prickeln ließen. Ihre langen Locken fielen ihr auf die Schultern und Brüste, und er vergrub das Gesicht in dieser seidigen Masse und sog die Luft ein. »Herrgott, du bist schön«, sagte er stöhnend und machte sich dann daran, sie mit dem Mund zu erforschen. Sie hatte noch nie einen Mann gekannt, der seine Zunge und seine Lippen so geschickt oder mit so verheerender Wirkung einsetzte. Mit Lippen, Zunge und Zähnen zog er glühende Pfade über ihren Körper.

Bald sah sie noch ein paar mehr Sterne als die Million am Sommerhimmel über ihr.

12

Sonnenschein fiel durch die Fensterläden ins Zimmer. Zia erwachte langsam und registrierte ihre Umgebung: Steinwände und ein gefliester Boden. Ihr wurde klar, dass sie sich in Pieros Schlafzimmer befand und nichts am Körper hatte als seinen Arm, der über ihrer Hüfte lag. Der Tag versprach schon jetzt, heiß zu werden.

Auch alles, was gestern Nacht passiert war, war heiß gewesen.

Piero hatte sich geweigert, sich hetzen zu lassen. Ob langsam oder schnell; ob hart und tief oder zärtlich und sanft, er hatte sich so viel Zeit gelassen, dass sie erschöpft gewesen war, aber gleichzeitig so erregt, dass sie niemals aufgehört hätte. Überall streichelte er sie, ließ keinen Zentimeter ihrer Haut aus, bis ihr ganzer Körper vor Wonne vibrierte. Er erforschte und liebkoste begierig jede ihrer erogenen Zonen; darunter einige, von denen sie bisher nichts geahnt, und manche, zu denen sie sich noch nie bekannt hatte. Ermuntert durch sein ungehemmtes Bestreben danach, herauszufinden, was sie gern mochte, hatte sie ihn seinerseits erkundet, ihn mit den Händen umfasst, gehalten, liebkost, an ihm gesaugt, ihn gekostet und genommen.

Nachdem er zum ersten Mal in ihr explodiert war, hatten sie sich unter dem glitzernden Himmel in den Armen gelegen.

»Weißt du die Namen der Sterne?«, hatte sie gefragt, mit dem Kopf auf seiner Schulter und die Beine mit seinen verflochten. »Ich kenne bloß den Gürtel des Orion.« Sie wies auf drei Sterne, die aufgereiht waren wie die Knöpfe an einem Hemd.

Er zog sie fester an sich und hob einen Arm, um gen Himmel zu zeigen. Seine Haut war feucht und warm. »Der dritte Stern vom Mond aus heißt Zias perfekter Körper. Daneben liegt Zias aufregender Mund. Und da drüben liegt Zias fantastische …«

Sie krümmte sich vor Lachen und schlug ihm scherzhaft auf die Brust. »Du kannst doch Sternen keine unanständigen Namen geben! Dazu sind sie zu schön.«

Er hatte über ihre Haut gestrichen. »Dein Körper ist wunderschön.«

Als ihnen trotz der Decke und der Kissen die Knochen auf dem harten Boden der Terrasse wehzutun begannen, zogen sie nach drinnen in sein Schlafzimmer um. Sie hatte angeboten, durch die Zypressen zurück nach Villino Il Pino zu gehen. »Nur, wenn du willst«, hatte er jedoch so wenig begeistert zurückgegeben, dass sie Ursula geschrieben hatte, sie komme nicht nach Hause, und stattdessen auf seine kühlen Laken gesunken war.

Sie waren aufgewacht, als die Morgendämmerung die aus Stein gemauerten Zimmerwände mit Gold übergossen hatte. »Jetzt kann ich dich wenigstens anschauen, so viel ich will«, hatte er schlaftrunken gegrummelt. Sie hatten sich wieder geliebt, bis er endlich gesättigt die Läden geschlossen hatte, und waren wieder tief eingeschlummert.

Als Zia jetzt seinen sehnigen Körper an ihrem spürte, verspürte sie tiefe Zufriedenheit darüber, dass sie sich als ersten Mann nach ihrer Beziehung ihn ausgesucht hatte. Sie hatte ihn ein wenig kennengelernt, bevor sie ihren Körper mit ihm geteilt hatte, und wer wusste, was noch passieren würde, nachdem sie jetzt noch eine Weile bleiben würde?

Piero regte sich, schlug die Augen auf und blinzelte lächelnd. »Mhh, so fängt der Tag gut an.« Er rieb die Nase an ihrem Hals und gab ihr einen Guten-Morgen-Kuss. Sein dunkles Haar war verwuschelt, und seine Augen noch verschlafen, aber wenn er lächelte, war er einer der attraktivsten Männer, die sie je gesehen hatte. Er unterdrückte ein Gähnen. »Wie spät ist es? Ich treffe mich mit Emiliano, um den Wein zu verkosten, der ausgeliefert werden soll. Normalerweise arbeite ich samstags hier, aber es ist ein nettes kleines Ritual für einen ruhigen Augenblick.« Er fand sein Handy und warf einen Blick darauf. »Schon nach zehn. Willst du mitkommen? Dir Tenuta Domenicali anschauen?«

Sie küsste ihn auf die Brust. Seine Haut schmeckte angenehm salzig. Der Gedanke, noch mit Piero zusammenzubleiben, löste ein freudiges Kribbeln in ihrem Bauch aus. »Gern, aber ich kann Ursula nicht immer wieder versetzen«, sagte sie trotzdem.

Er küsste sie auf die Schläfe. »Lade sie ein mitzukommen.«

»Okay.« Sie entdeckte ihre Tasche neben dem Bett und machte den Anruf, während Piero auf dem Weg ins Bad die Läden öffnete, und sie sah seiner nackten Kehrseite nach.

Ursula ging beim ersten Klingeln ran. »Ich habe schon nach dir Ausschau gehalten, ob du in deinen Sachen von gestern am Olivenhain vorbeischleichst«, flüsterte sie, als könnte Piero mithören.

Zia unterdrückte ein Lachen. »Ich komme gleich. Ich wollte dich nach Tenuta Domenicali einladen, um dir die Kellerei anzuschauen.«

»Ohh.« Ursula klang hin- und hergerissen. »Lucia hat angeboten, mir zu zeigen, wie sie die Kacheln für die Kurse im nächsten Jahr bemalen will. Es ist nur Lackfarbe, weil sie nicht gebrannt werden müssen, aber für einen Hobby-Urlaub ist das genau das Richtige. Sie hat uns beide eingeladen, es zu versuchen.«

»Da ich nicht die Spur einer künstlerischen Begabung besitze, bleibe ich beim Wein.« Zia schaute in den Spiegel und nahm leicht schockiert wahr, dass nicht nur ihr langes Haar vollkommen zerzaust war, sondern ihr Hals und ihre Brüste auch von Bartstoppeln rot gescheuert waren. Eindeutig Zeit, sich einstweilen schnell von Piero zu verabschieden und sich zum Duschen und Umziehen nach Villino Il Pino zu verdrücken.

Weniger als eine Stunde später trug sie ein frisches Sommerkleid in gedämpften Grüntönen, die den Bronzeschimmer ihres inzwischen gezähmten Haars betonten, und stand bereit, als Piero in seinem Alfa Romeo mit schnurrendem Motor über den Kies gerollt kam, um sie abzuholen. Nach einer Pause, um mehrere atemlose, berauschende Küsse auszutauschen, fuhren sie langsam an der Terrasse vorbei, wo Lucia und Ursula im Schatten an einem Tisch saßen und die Köpfe zusammensteckten. Sie winkten einander zu, und Zia fragte sich verlegen, ob Lucia ihnen ansehen konnte, dass Piero und sie miteinander geschlafen hatten.

Sie entschied, dass sie, falls ja, ohnehin nichts dagegen tun konnte, lehnte sich zurück und genoss es, die Via Virgilio entlangchauffiert zu werden. Vor dem Zentrum von Montelibertà bogen sie ab. Nach ein paar Meilen ging die Straße in eine unbefestigte Schotterpiste über, und sie passierten ein Schild mit Buchstaben aus schwarzem Schmiedeeisen auf weiß lackiertem Holz. *Tenuta Domenicali.* Der Feldweg stieg steil an, und rechts und links erstreckten sich Weinreben. »Warum steht am Ende jeder Reihe ein Rosenbusch?«, fragte sie. Ihr fiel auf, wie hübsch sie wirkten, wie ein Ansteckstäußchen, das ein strenges Kostüm auflockert.

»Die Rosen sind anfällig für Krankheiten und Schädlinge; sie sind eine Art Frühwarnsystem, dass möglicherweise etwas die Weinstöcke angreift.« Als der Weg auf einen Hof

mündete, der von mehreren Gebäuden aus goldgelbem Stein umgeben war, bremste Piero ab. »*Ciao!*«, rief ein Mann Piero zu. An Zia richtete er ein »*Buongiorno*« und zog interessiert eine Augenbraue hoch.

»*Buongiorno*«, gab sie zurück.

Piero stellte die beiden auf Italienisch vor. »*Lui è Gioele, che gestisce la vigna. Gioele, lei è Zia.*« *Das ist Gioele, der das Weingut verwaltet. Gioele, das ist Zia.* Dann fragte Piero nach seinem Bruder. »*Dov'è mio fratello?*«

Gioele grinste. »*E' dal vino.*« *Beim Wein.*

Sie verließen den sonnigen Hof und traten in ein kühles, scheunenähnliches Gebäude, wo zylindrische Stahltanks standen, die doppelt so groß wie Zia waren. Sie stießen beinahe mit einem Mann zusammen, in dem Zia von der Website Pieros Bruder Emiliano erkannte, obwohl er jetzt einen gestutzten Bart trug und stämmiger wirkte. »Ich dachte, du hättest vergessen …«, begann Emiliano. Als er Zia sah, unterbrach er sich.

Die sichtliche Verblüffung seines Bruders schien Piero zu amüsieren. »Zia, das ist mein Bruder Emiliano, der Winzer mit den magischen Händen.«

Emiliano schüttelte Zia die Hand. »Willkommen auf Tenuta Domenicali.« Wie Piero klang er wie ein Amerikaner, wenn er Englisch sprach. »Piero bringt nicht jeden Tag Leute mit aufs Weingut.« Er warf seinem Bruder einen fragenden Blick zu.

»Zia gehört zu Lucias Gästen. Ihre Freundin malt mit Lucia, daher habe ich sie mitgenommen, um Tenuta Domenicali zu besichtigen«, erklärte Piero gelassen, als hätten sie nicht gerade eine heiße Nacht miteinander verbracht.

»Natürlich.« Emiliano lächelte Zia zu. »Wussten Sie, dass Zia auf Italienisch ›Tante‹ heißt?«

Sie grinste. »Ja. Wenigstens ist es nichts Peinlicheres. Stellen Sie sich vor, es würde ›Elefant‹ oder ›Glibber‹ bedeuten.«

Während der nächsten Stunde folgte sie den Brüdern durch die Kellerei; von den riesigen Gärtanks, die zur Temperaturkontrolle doppelwandig waren, bis zu den traditionell aus französischer Eiche hergestellten Fässern, in denen der Sangiovese reifte. Emilianos offensichtliche Leidenschaft offenbarte sich, als sie im Keller quadratische Metallkäfige passierten, die voll mit Flaschen ohne Etiketten waren. »In Umbrien ist auch der Montefalco beliebt, aber Tenuta Domenicali bleibt bei Orvieto Classico und Sangiovese. Der Orvieto ist *abboccato* oder halbtrocken, weiß mit einer frischen Säure und Pfirsichnoten. Vielleicht nehmen Sie auch weiße Blumen und grüne Äpfel wahr. Früher war der Orvieto Classico bei den Päpsten beliebt. Wir befinden uns etwas über eine Stunde nördlich von Rom. Inzwischen wird unser weißer Sangiovese immer beliebter. Wissen Sie, wie wir weißen Wein aus roten Trauben gewinnen?«

»Man trennt zu Beginn den Saft von den Schalen«, gab Zia zurück.

»Aha, Piero hat Sie unterrichtet.« Emiliano warf seinem Bruder einen weiteren fragenden Blick zu, doch Piero lauschte nur, die Hände in den Taschen, wie ein höflicher Tourist, der ein Weingut besichtigt. Emiliano ging vor, und sie verließen die Kellerei, überquerten den Hof und betraten den Weinberg, wo er zwischen den Weinstöcken hindurchschritt, als wären sie Freunde, auf die er aufpassen musste. »Unsere Erde ist kalk- und tonhaltig, ein sandiger, mineralreicher Boden. Der Geschmack eines Weins wird vom Boden, der geografischen Herkunft, dem Klima und der Rebsorte bestimmt. Dank unserer hohen Lage haben wir jede Menge Sonne.«

Zia betrachtete die Weinstöcke, die ihre Arme an Drähten entlang ausstreckten und den Insekten unreife Traubenbüschel entgegenreckten, damit sie zwischen ihnen geschäftig herumwimmeln konnten. Wenn sie mit dem Blick den Reihen hügelaufwärts folgte, konnte sie den Felsvorsprung erkennen,

auf dem ihr Ferienhaus thronte, und durch die Bäume schimmerte Terrakotta und der Stein, aus dem die Ferienhäuser gebaut waren.

Emiliano sprach weiter. »Unsere ›Story‹, wie Piero sagen würde, ist Wein, der von den Erzeugern selbst auf ihrem Gut abgefüllt wird.« Er warf Zia ein Lächeln zu, das dem seines Bruders sehr ähnelte. »Sollen wir eine Flasche von dem Orvieto Classico öffnen, der kurz davorsteht, in den Verkauf zu gehen? Er stammt aus der Lese von vor zwei Jahren.«

»Endlich kommst du zum Wesentlichen«, scherzte Piero.

Während Emiliano in den Weinkeller verschwand, um eine Flasche zu holen, schnappte sich Piero seinen Laptop aus dem Auto, und dann führten die Brüder Zia zu einem Gebäude, zu dem es ein paar Stufen hinaufging, und hielten ihr die Tür auf. Sie kamen durch ein großes Büro mit einem leeren Schreibtisch und mehreren Stühlen und erreichten dann über einen kurzen Korridor einen kleineren Raum. »Emilianos Büro«, erklärte Piero und zog ihr einen abgesessenen grünen Stuhl heran. Er klappte seinen Laptop auf dem Schreibtisch auf. »Ich muss mir für die Kataloge der Großhändler und den Text auf der Website neue Notizen über den Jahrgang machen.«

Emiliano brachte drei Gläser und öffnete den Wein mit einem geschickten Handgriff. Zia war gestern Abend bei Piero die gleiche Technik aufgefallen. Schweigend schenkte Emiliano ein, und die Brüder hoben ihre Gläser ans Licht. Verlegen folgte Zia ihrem Beispiel. Es war eindeutig ein Weißwein. Guter Anfang.

Nachdem sie den Wein geschwenkt und die Düfte eingesogen hatten, trank sie den ersten kleinen Schluck. »Hmm«, machte sie beifällig. Sie kam sich ein bisschen albern vor, als Emiliano ihr zerstreut zulächelte. Sie inhalierten immer noch das Bukett und diskutierten über die Kopfnoten, während Piero auf seinem Laptop tippte.

Sie verkosteten den Orvieto dreimal vollständig, jedes Mal mit frischen Gläsern, bis Piero zu seiner Zufriedenheit davon überzeugt war, die richtigen Worte gefunden zu haben, um den Wein angemessen zu beschreiben, und der Duft des Weins in der Luft lag. Emiliano und er hatten nicht viel geschluckt, Zia allerdings schon, und sie fühlte sich entspannt. Während sie plauderten, betrachtete sie ein Bild an der Wand mit dem Titel *La Vendemmia. Die Weinlese.* Sie erlaubte sich die Fantasie, bei der Ernte mitzuhelfen und sich unter die Arbeiter zu mischen, die sich in der gelblichen Herbstsonne in den Reihen verteilten, um die Reben behutsam von ihren Früchten zu befreien.

Aber nein, Emiliano hatte erwähnt, dass die Weinlese Ende September oder Anfang Oktober stattfand. Bis dahin wäre ihr neunzigtägiges Visum abgelaufen, denn jetzt war es gerade mal Ende Juni.

Am Fenster brummte träge eine Fliege, und Zia wollte schon fragen, ob sie sie hinauslassen dürfe, als ihr klar wurde, dass die Domenicali-Brüder sich nicht mehr leise und im Plauderton unterhielten, sondern laut und schnell sprachen und einander über den Schreibtisch hinweg anstarrten.

»Wann ist die E-Mail von Alberto Gubbiotti gekommen?«, verlangte Piero zu wissen. Er sprach jetzt Italienisch, und Zia brauchte einen Moment, um den Wechsel zu verarbeiten und zu verstehen, was er gesagt hatte.

Emilianos Antwort klang angespannt. »Gestern. Wir dachten nicht, dass du an deinem Geburtstag darüber reden wolltest, aber ich leite sie dir am Montag weiter.«

»Schick sie mir jetzt«, fauchte Piero, und Emiliano öffnete seufzend seinen Laptop.

Zia stand auf. »Ich kann auch draußen warten.«

Emiliano zögerte und wartete offensichtlich darauf, dass sein Bruder etwas dazu sagte, da Zia Pieros Gast war, doch dieser rieb sich über den frisch rasierten Kiefer und kehrte

zum Englischen zurück. »Ich habe sogar mit Zia darüber geredet, Emiliano, weil sie Erfahrungen mit kommerziellen Immobilien in Italien hat.«

Emilianos verblüffte Miene bereitete Zia Unbehagen, und sie beeilte sich, den Hintergrund zu erklären. »Die Firma, für die ich gearbeitet habe, hatte mit Rückverpachtungen zu tun. Ich habe die Abwicklung auf der Kundenseite begleitet. Die Verträge wurden von Juristen gemacht. Ich weiß gerade genug, um den Rat zu hinterfragen, den man Ihnen gegeben hat, nichts weiter.« Ihr schoss das Blut in die Wangen, weil Emiliano nicht gerade begeistert wirkte.

Doch als sein Blick auf seinen jüngeren Bruder fiel, trat ein Ausdruck von Mitgefühl in seine Augen. »Piero und ich haben unterschiedliche Vorstellungen«, gestand er, »denn mit dem Geschäft, so wie es auf dem Tisch liegt, könnte ich als Winzer hierbleiben.«

Piero nickte. »Emiliano ist jemand, der nicht wartet, bis der Wein zu Essig wird.«

»Aha.« Zia lächelte, weil die Brüder einander unterstützten, obwohl sie auf entgegengesetzten Seiten standen. »Dann haben Sie Ihren Vertrag für die Zeit nach der Übernahme schon unterschrieben?«

Emiliano runzelte die Stirn. »Noch nicht«, gab er scharf zurück. »Sie meinen, ich sollte darum bitten, ihn zu sehen?«

Sie errötete. »Das steht mir nicht zu.« Auf der anderen Seite wusste sie ein wenig Bescheid, und es wäre vielleicht falsch, ihr Wissen nicht zu teilen. »Wenn große Organisationen kleine Firmen erwerben, ist es üblich, Schlüsselpersonal zu behalten, um den Übergang zu erleichtern. Es ist nur …« – sie zögerte, beschloss dann aber, offen weiterzureden –, »dass vielleicht eine Minimalfrist existiert. Das sollte in Ihrem Vertrag stehen.«

Emiliano wirkte bestürzt. »Wie lange sie einen behalten müssen, meinen Sie?« Er unterbrach sich; wahrscheinlich

musste er erst einmal verarbeiten, dass die Übernahme nicht bedeutete, dass man ihn auf unbestimmte Zeit beschäftigen würde. »Ich vermute, die Einzelheiten erfahre ich später.« Dann schien er seine Haltung verteidigen zu wollen. »Es ist das einzige Angebot, verstehen Sie«, fügte er hinzu.

Zia runzelte die Stirn. »Das hat Piero erwähnt. Merkwürdig, nicht wahr? War es die Strategie Ihres Maklers, direkt an andere große Anbauer und Produzenten zu verkaufen?« Es war ein gutes Gefühl, ihre geschäftlichen Kenntnisse einzusetzen, die sie nach ihrer Entlassung eingemottet hatte.

Piero rieb sich das Kinn – eine Angewohnheit, von der Zia bereits wusste, sie bedeutete, dass er nachdachte. »Ich war zu beschäftigt, um diese Fragen zu stellen. Du lässt uns geschäftlich naiv aussehen.«

»Das ist nicht meine Absicht«, sagte sie schnell. »Aber große Konzerne sind nicht wie Familienunternehmen.«

Emiliano begann, die leeren Gläser zusammenzuräumen.

»Danke für den wunderbaren Wein«, sagte Zia zu ihm, um die Stimmung aufzulockern. »Und für die Privatführung. Es war sehr interessant.«

Emiliano wollte schon darauf reagieren, doch da stieß Piero einen Schrei aus. »Mist!« Wütend starrte er den Bildschirm seines Laptops an, dann richtete er den zornigen Blick auf seinen Bruder, dessen Augen sich besorgt weiteten. »Jetzt verstehe ich, warum du wolltest, dass ich diese E-Mail von Alberto Gubbiotti erst am Montag sehe.« Mit angespannter Miene wandte er sich an Zia. »Nachdem wir das Wegerecht infrage gestellt haben, hat Binotto jetzt diese Option aufgegeben und will nur das Weingut und mein Land kaufen, ohne Bella Vista.«

»Oh …«, sagte sie und begriff sofort, dass das keine gute Nachricht für Piero war.

Emiliano bestätigte, was sie dachte. »Graziella ist hocherfreut. Sie sagt, du hättest dich hinter dem Vorwand verschanzt,

deine Freunde zu schützen, und jetzt ginge das nicht mehr.« Er hob resigniert die Hände, in denen er immer noch Gläser hielt.

»Das kann ich mir verdammt noch mal vorstellen«, entgegnete Piero heftig und knallte seinen Laptop zu. »Und was sagt Papà dazu?«

Emiliano lief dunkelrot an. »Er meint, vielleicht sollten wir die Chance wahrnehmen«, murmelte er.

Wieder fluchte Piero. »Ja, darauf wette ich. Dieser Schachzug muss ihm, dem knallharten Geschäftsmann, ja gefallen.«

Nur wenige Minuten später verabschiedeten sich Piero und Zia von Emiliano und saßen bald wieder in Pieros Wagen. Die Klimaanlage lief auf Hochtouren, als hätte er das Bedürfnis, seine schlechte Laune abzukühlen. Sobald die Kellerei außer Sichtweite war, schlug er mit beiden Händen auf das schwarze Lenkrad. »Verdammt!« Er fuhr zu schnell, als hätte seine Stimmung seine Fahrtauglichkeit beeinträchtigt, und bretterte mit dem Auto über den kurvenreichen Feldweg zwischen den kräftig grünen Weinstücken und sonnengelben Rosen. »Nun, da Binotto erklärt, ohne Bella Vista weitermachen zu wollen, ist meine Position geschwächt. Wenn ich mich jetzt weigere, Il Rifugio zu verkaufen, dann ist es aus mit dem Geschäft, und das ist nicht fair gegenüber Emiliano und Papà.«

Zia war die ganze Freude an diesem Tag verdorben. Sie klammerte sich an den Türgriff und hatte ein schlechtes Gewissen. »Tut mir leid. Ich hätte den Mund halten sollen. Das Wegerecht zu hinterfragen, hat Binotto nur dazu gebracht, seine Attacke zu überdenken.« Sie vermutete, dass sie versuchten, die Familie nach dem Motto »Teile und herrsche« zu spalten, und es verletzte Piero, dass sie genau am wunden Punkt angesetzt hatten – Salvatore Domenicalis impulsiver Art.

»Es ist … unglücklich«, räumte Piero angespannt ein. »Aber entschuldige dich bitte nicht. Das ist eine unbeabsichtigte Folge, nichts weiter.« Dann trat er aufs Gas, und der

Motor klang genauso wütend, wie Piero sein musste, obwohl er sich große Mühe gab, gleichmütig zu sprechen.

»Aber es tut mir wirklich leid«, murmelte sie. Eigentlich hatte sie ihm noch einen anderen Vorschlag machen wollen, sobald sie allein waren. Ihrer Meinung nach gab es einen himmelschreiend offensichtlichen Ausweg, den anscheinend niemand aus seiner Familie sah. Aber jetzt rang sie mit der Erkenntnis, dass sie die goldene Regel gebrochen hatte, keine unqualifizierten Ratschläge zu geben, und biss sich auf die Zunge. *Ein bisschen Wissen ist gefährlich*, hatte Gran sie früher immer getadelt, wenn Zia sich zu weit aus dem Fenster gelehnt hatte, wie das jetzt anscheinend auch der Fall gewesen war.

Die Enttäuschung lag ihr wie ein Stein im Magen. Die letzte Nacht, als Piero die Sterne mit ihr geteilt und sie sich die halbe Nacht geliebt hatten, war magisch gewesen. Daraus hätte eine Sommerromanze werden können ... hätte er nicht ihren gut gemeinten Rat befolgt, der nach hinten losgegangen war.

Schweigend fuhren sie auf die Via Virgilio, den Hügel hinauf und durch die Lücke in den Felsen. »Ursula wird glauben, ich hätte sie verlassen«, meinte sie, da sie das Gefühl hatte, er wollte vielleicht lieber allein sein. »Park an deinem Haus, und ich gehe zu Fuß zurück.«

Er seufzte. »Ich muss ohnehin nach Bella Vista, um Lucia und Durante von der Mail zu erzählen.«

»Stimmt. Ja.« Wahrscheinlich würde das entzückende Paar auf Bella Vista froh darüber sein, dass ihr Zuhause und ihr Geschäft nicht mehr unmittelbar bedroht waren.

Er parkte so, dass sie durch die Terrasse vor Blicken aus dem Haus geschützt waren; und bevor sie Luft holen konnte, um zu erklären, dass sie verstand, warum er wütend war, tauchte schon Durante aus dem Olivenhain auf. Fröhlich klopfte er ans Fenster. »Rette mich, Piero. Die Frauen bemalen alles mit Blumen.« Er schüttelte sich vor Lachen, und Zia und Piero blieb wenig anderes übrig, als aus dem Wagen

zu steigen und ihm über die Terrassentreppe nach oben zu folgen, wo Lucia und Ursula saßen und von Keramikfliesen umgeben waren, die mit Unmengen von Rosenblüten, Trauben, Sonnenblumen und Erdbeeren bemalt waren.

Ursula hielt sich die blonde Stirnlocke wie beim Tätowieren mit Klämmerchen aus dem Gesicht, und ihre Augen leuchteten. »Ist das nicht wundervoll, Zia? Lucia hat mir traditionelle Muster gezeigt. Die Techniken sind einfach, aber das Ergebnis sieht großartig aus. Schau, wenn du einen geraden Pinsel nimmst und eine Ecke in Siena und die andere in Gelb tauchst, und dann aufsetzen ... drehen ... und einen kleinen Schlenker, und schon hast du diese herrlichen gestreiften Sonnenblumenblätter. So viel Struktur. Weißt du, solche Kacheln könnten wir in den Lanes in Brighton verkaufen.« Und sie plapperte weiter über angeschnittene Pinsel, gerade Pinsel, runde Pinsel, Konturenpinsel und billige Kacheln, die ungefähr vier Pence kosteten.

Aus dem Augenwinkel sah Zia, wie Piero leise mit Lucia und Durante sprach und die drei sich dann ins Haus zurückzogen.

Sie seufzte leise und gab bewundernde Bemerkungen von sich, als Ursula demonstrierte, wie man mit einem in lila Farbe getauchten Weinkorken eine Weintraube erzeugte, aber der größte Teil ihrer Aufmerksamkeit galt dem leisen Stimmengemurmel, das aus dem Haus drang. Nach zehn Minuten berührte sie Ursulas Arm. »Piero hatte Neuigkeiten für Lucia und Durante über die Leute, die versuchen, dieses Grundstück zu kaufen. Vielleicht sollten wir aufräumen und uns verdrücken?«

Ursula blickte sich um und war anscheinend erstaunt festzustellen, dass sie allein waren. »Oh, richtig. Ich wasche die Pinsel aus, aber die Kacheln lasse ich liegen, weil sie tagelang trocknen müssen. Bringst du mir meine mit nach England, wenn du nach Hause fährst?« Sie begann, Pinsel auszuspü-

len und an Lappen abzuwischen. »Du hast wohl keine Lust, mit mir zum Mittagessen nach Montelibertà zu gehen, oder? Ich will mir die Keramikläden noch einmal ansehen und mir Ideen holen.«

»Klar«, sagte Zia und nickte. »Viele der Läden schließen um eins, also können wir in Ruhe essen, bis sie um halb vier wieder öffnen.« Piero schien nicht wieder herauszukommen. Ein drückendes, unglückliches Gefühl legte sich bei dem Gedanken über sie, dass er die Küche aufgeben müsste, die er gebaut hatte, die geflieste Treppe, seine friedliche Werkstatt unter den Bäumen … und das Schlafzimmer mit der breiten Terrasse unter dem Sternenhimmel. Das gehörte alles so sehr zu Piero.

»Sollen wir dann aufbrechen? Ich habe eine Dankeschön-Nachricht für Lucia hinterlassen.« Stolz wies Ursula auf eine Fliese, auf der in verschnörkelter Schrift *Grazie mille, Lucia* stand, mit einer Rosenblüte in der Ecke.

Mit einem Ruck kehrte Zia wieder auf die Erde zurück und rang sich ein Lächeln ab. »Okay, große Künstlerin. Gehen wir.«

Eigentlich mochte sie das mit Piero nicht einfach auf sich beruhen lassen, doch es sah aus, als hätte er den Rest des Samstags ohnehin genug zu tun. Aber sie schrieb ihm, damit er nicht dachte, sie hätte sich einfach aus dem Staub gemacht.

Gehe mit Ursula zum Mittagessen. Danke für die Privatführung und die Sternennacht. X

Eine Stunde später aßen sie an der Piazza Lucia Salat, als die Antwort kam.

Wenn es dir ein Vergnügen war, war es mir auch eins. x

Ihr Herz machte einen Salto, aber sie konnte nicht umhin, das Wort »war« zu registrieren.

13

Am Sonntagmorgen wachte Zia vor sieben Uhr auf, und es wollte ihr nicht gelingen, wieder einzuschlafen, zu viele Gedanken gingen ihr im Kopf herum. Um sich von der quälenden Frage abzulenken, ob sie und ihre genialen Ideen Piero unwissentlich bei seiner Mission, Il Rifugio zu behalten, behindert hatten, stand sie auf. Sie stellte fest, dass Ursulas Zimmertür angelehnt und ihr Bettzeug zurückgeschlagen war. Sie selbst war nirgendwo zu entdecken, weder im Haus noch außerhalb. Zia war erstaunt darüber, dass ihre Freundin sie im Frühaufstehen geschlagen hatte. Sie duschte, zog sich an und nahm ihren Toast mit nach draußen.

Sie sah gerade auf ihrem Handy nach Nachrichten, während sie frühstückte, als sie Ursula hörte. »Zia!«, rief sie, und als sie sich umschaute, sah sie ihre Freundin in einem gelben Camisole-Pyjama über das Pflaster hüpfen. Ihr Haar stand zu Berge, und ihre Augen funkelten aufgeregt.

»Ich war im Pavillon und habe mit Stephan telefoniert«, erzählte Ursula aufgeregt. »Er hat geschrieben, um mir zu sagen, dass er mich vermisst, und ich habe es gesehen, als ich aufgestanden bin, um zur Toilette zu gehen, also habe ich ihn angerufen, um ihm zu sagen, dass er mir auch fehlt. Wir haben geredet und geredet.« Sie vollführte ein kleines Tänzchen und

strahlte übers ganze Gesicht. »Es sieht besser aus. Er gibt zu, dass er überreagiert hat, aber er war außer sich vor Eifersucht, als dieser Typ mich sturzbesoffen zu Hause abgeliefert hat. Doch er sagt, ohne mich sei sein Leben leer. Ach, Zia!« Sie zog Zia hoch, umarmte sie stürmisch und scherte sich dabei nicht um die Toastkrümel. »Ist das nicht toll?«

Lachend und froh darüber, dass die beiden in ihren Verhandlungen einen Durchbruch erzielt hatten, erwiderte Zia ihre Umarmung. »Supertoll! Ich hoffe, er war tiefunglücklich.« Diese strahlende, funkelnde Ursula war eine große Verbesserung gegenüber der apathischen, unglücklichen, an die Zia sich in den letzten Monaten gewöhnt hatte.

»Ich verhungere gleich.« Ursula verschwand auf der Suche nach Kaffee und einem Happen zu essen nach drinnen, und beinahe gleichzeitig ging auf Zias Handy eine Nachricht von Piero ein. Als sie sie öffnete, überschlug sich ihr Magen vor Besorgnis.

Hast du schon etwas vor? Lust auf Morgenkaffee an der Piazza Lucia? Ursula ist auch eingeladen. x

Es war, als hätte sich eine kleine graue Wolke verzogen. Nach dem kurzen Austausch gestern Mittag und nachdem sie anschließend nichts mehr von ihm gehört hatte, hatte sie sich schon damit abgefunden, dass es bei dem einen Date bleiben würde. Ihr schneller Herzschlag zeugte zwar von etwas anderem, doch als Ursula mit ihrem Frühstück zurückkam, setzte Zia eine beiläufige Miene auf und zeigte ihr die Nachricht.

Ursula schob ihr das Handy kichernd wieder zu. »Bitte geh allein! Als würde ich wie das fünfte Rad am Wagen danebensitzen, während ihr einander schöne Augen macht, du und Signor Gut-im-Bett.« Zia hatte ihrer Freundin natürlich inzwischen ausführlich von ihrer heißen Liebesnacht mit

Piero erzählt. »Hab dir doch gesagt, dass er nicht sauer auf dich ist. Er hätte deinen Rat ja nicht annehmen müssen, oder? Egal«, fuhr Ursula fort. »Stephan hat vorhin nur aufgelegt, weil er versprochen hatte, mit seinem Neffen schwimmen zu gehen. Sobald er wieder Zeit hat, wollen wir auf FaceTime reden, also will ich in Ruhe duschen und meine Haare in Ordnung bringen.«

Sie aß ihr Gebäckstück auf und eilte in Richtung Bad davon, während Zia Piero antwortete.

Ursula hat etwas anderes vor, aber ich komme gern. x

Sie verabredeten, dass er sie in vierzig Minuten abholen würde, und sie ging rasch in ihr Zimmer, um ihre Shorts gegen ein Baumwollkleid auszutauschen, das auf rotem Grund – ihrer Lieblingsfarbe – mit türkisfarbenen Blüten übersät war. Dann flocht sie sich das Haar zu einem dicken Fischgrätenzopf, der ihr glänzend über den Rücken hing.

Als sie auf den Beifahrersitz seines Wagens glitt, stellte sie fest, dass sie sich plötzlich schüchtern fühlte. In den letzten achtundvierzig Stunden war zwischen ihnen viel passiert.

Er beugte sich zu ihr hinüber und gab ihr einen leichten Kuss auf den Mund. »In Rot siehst du hinreißend aus. Als ich dich zum ersten Mal gesehen habe, hattest du ein rotschwarzes Kleid an, und es hat mir den Atem verschlagen. Warst du schon einmal in einem Café namens Don Peppi an der Piazza Lucia, neben der Kirche? Sie backen jeden Morgen frisch.«

Er verhielt sich so normal, dass Zia es ihm erleichtert nachtat, während sie nicht vergaß, dass sie sich geschworen hatte, in Zukunft ihre Nase nicht mehr in die Angelegenheiten des Weinguts zu stecken. »Ich glaube nicht, obwohl das Altarocca, wo Tori gearbeitet und wo sie Gerardo kennengelernt hat, gleich um die Ecke der Piazza liegt.« Sie war sich der

Nähe seines goldbraunen Unterarms sehr bewusst, als er jetzt den Wagen wendete und rückwärts aus der Auffahrt hinunterfuhr.

Als das Auto die letzten gelben Ginsterbüsche passierte, warf er ihr einen Blick zu. »Ich habe nie danach gefragt, wie es dort gewesen ist. Wie hat es sich angefühlt?«

»Eigenartig«, gestand sie. »Das Essen war in Ordnung, aber ich habe ständig versucht, die beiden vor meinem inneren Auge zum Leben zu erwecken, doch es wollte mir einfach nicht gelingen. Ich wünschte, Lucia hätte auch ein Video von Tori und nicht nur die paar Fotos.«

Kurz legte er eine Hand auf ihre, und dann fuhr er nach Montelibertà hinunter, wobei er geschickt in eine kleine Lücke zwischen zwei Autos auf dem Corso Sant' Angelo einparkte. Hand in Hand schlenderten sie den Corso Musica entlang, vorbei am Theater und auf die Piazza Lucia, um sich einen freien Tisch mit Blick auf das Treiben auf dem Platz zu suchen.

Piero warf einen Blick auf seine Uhr, die bis auf das Logo von Dolce & Gabbana überaus dezent war. »Am Ende der Messe wird die Kirchenglocke geläutet. Ich liebe diesen Klang. Einfach, aber volltönend.« Während sie auf Kaffee und Gebäck warteten, plauderten sie. Piero erzählte ihr, dass er gerade grünes Licht für ein neues Projekt bekommen hatte: ein hölzernes Spielhaus. Zia berichtete ihm, dass die Aussichten für Ursula und ihren Mann Stephan sich verbessert hatten, und lehnte sich zurück, um den Kellner sein Tablett mit Cornetti, Biscotti und Espresso für Piero und Cappuccino für Zia abladen zu lassen. Piero bot ihr den Kuchenteller an. »Ich freue mich für Ursula, weil zu Hause so etwas Gutes auf sie wartet.«

Zia griff nach einem köstlich saftigen und zitronigen Cornetto, während Piero einen Biscotto nahm und in seinen Kaffee tunkte. »Ursula wird vor mir nach Hause …«, begann sie.

Sie wollte ihm erzählen, dass sie vorhatte, noch in Lucias und Durantes Apartment zu bleiben, doch bevor sie die Worte herausbringen konnte, kam eine Frau wutschnaubend an ihren Tisch gestürmt.

»Piero, *ti voglio sposare!*«

Piero klappte die Kinnlade herunter. »Nicoletta!«

Zia starrte die Frau an, ihr kurzes Kleid und ihr langes, gepflegtes Haar. Außerdem standen der anderen Tränen in den Augen. Hatte sie gerade gesagt *Piero, ich will dich heiraten*?

Dann blickte die Frau von Piero zu Zia, und Tränen flossen ihr über die Wangen. *»Bastardo, non hai aspettato che tornassi da Milano.« Du Bastard. Du hast nicht gewartet, bis ich aus Mailand zurück war.*

Die Kirchenglocken begannen in einem einzigen, düsteren Ton zu schlagen wie bei einem Begräbnis. Der Lärm auf dem Platz schwoll an, als das Kirchenportal sich öffnete und eine schnatternde Menge herausströmte. Zia meinte, einen Blick auf Fiorella und Roberto zu erhaschen, die mit einem anderen gleichaltrigen Paar die Kirche verließen, doch sie war zu verdutzt über das, was sich vor ihr abspielte, um genau hinzusehen.

Nicoletta richtete die großen, schimmernden Augen auf Piero. »Musst du dich ausgerechnet mit einer *Touristin* amüsieren?« Sie legte tiefe Verachtung in das Wort.

Piero sprach leise. »Was glaubst du, was du hier machst, Nicoletta? Denkst du …«

»Un'altra donna«, unterbrach Nicoletta ihn dramatisch.

Eine andere Frau. Ihre Worte rüttelten Zia wach. Meinte diese Nicoletta etwa sie? Sie schob ihren Stuhl zurück und sprang auf. »Ich bin niemandes andere Frau. Entschuldigt mich.« Sie drehte sich auf dem Absatz um.

»Zia!«, rief Piero entsetzt.

Sie warf einen Blick zurück, blieb aber nicht stehen. »Das

hört sich an, als solltest du bleiben und das in Ordnung bringen. Ich rufe Ursula an, damit sie mich abholt.«

Piero zögerte. Ein Kellner kam herbeigestürzt; vielleicht machte er sich Sorgen, auch die übrigen Gäste könnten bei dem Tumult davonrennen und niemand würde die Rechnung bezahlen. Nicoletta begann, Zia Beleidigungen nachzuschreien; zum großen Interesse der Zuhörerschaft aus Cafégästen und Kirchgängern. Im Davoneilen hörte sie noch, wie Piero die andere Frau anherrschte. »Hör auf damit! Lass sie in Ruhe. Sie fährt sowieso bald wieder zurück.«

Das klang so, als wäre seine Verlobte unerwartet nach Hause gekommen und hätte Piero dabei erwischt, wie er sie betrog.

Mit ihr.

Hastig lief sie über das Kopfsteinpflaster und wählte dabei Ursulas Nummer. Ihre Freundin war erstaunt, dass Zia sie anrief. »Das Gespräch mit Steph ist gerade zu Ende«, sagte sie alarmiert, »ich komme also sofort hinunter. Kannst du bis zur Via Virgilio laufen, damit ich dich finde?« Sie war schon so lange Zias beste Freundin, dass sie nicht viel fragte. Sie tat einfach, worum sie gebeten wurde.

Fragen würde sie bestimmt später stellen.

Piero hätte einfach ein paar Euro auf den Tisch werfen und Zia nachrennen können, doch er hielt es für besser, Nicolettas Spielchen ein Ende zu bereiten; vor allem, da sie auf den Stuhl gesunken war, den Zia geräumt hatte, und sich jetzt umblickte, als suchte sie einen Kellner.

Piero, dem die offen neugierigen Blicke der anderen Gäste des Cafés nicht gefielen, setzte sich ebenfalls. »Was zur Hölle treibst du für ein Spiel?«, zischte er.

Nicoletta richtete einen flehenden Blick auf ihn. »Wir wollten heiraten, Piero.«

»Nein, wollten wir nicht«, erinnerte er sie scharf.

Sie schlug die Augen nieder. »Aber du weißt, dass ich gehofft hatte …« Sie sah auf ihren Schoß hinunter. Eine Träne tropfte auf ihr hellblaues Kleid und hinterließ einen dunklen Fleck. Eine weitere folgte.

Sie hätte sich die Tränen auch abwischen können. Piero wusste, dass sie eine Drama-Queen sein konnte, aber sein Herz wurde weich. Nicoletta und er waren zwei Jahre zusammen gewesen. Irgendwann hatte er geglaubt, sie zu »lieben«, denn sie hatte in ihm die stärksten Gefühle geweckt, die er bis dahin für eine Frau empfunden hatte. Trotzdem war die Leidenschaft verblasst, und er hatte an alles andere als eine Heirat gedacht, doch Nicoletta war verletzt gewesen.

»Bist du zu Besuch in Montelibertà?«, fragte er vorsichtig.

Sie zuckte mit den Schultern. »Ich lebe wieder hier. Meinen Job in Mailand habe ich nicht mehr. Die Wirtschaftslage im Norden ist schlecht, und ich konnte mir mein Apartment nicht mehr leisten, während ich nach einem neuen Job gesucht habe. Ich hoffe, Arbeit in Montelibertà zu finden. Meine Schwester sagt, die Touristen kommen immer noch.« Bei dem Wort »Touristen« warf sie ihm unter ihren Wimpern her einen Blick zu, als erwartete sie, ihn damit in Verlegenheit gebracht zu haben. Sie musste gehört haben, wie Zia Englisch gesprochen hatte, denn durch ihr Äußeres allein fiel sie nicht als Nicht-Italienerin auf.

»Du lebst hier?«, wiederholte er und war sich nicht sicher, wie er das finden sollte.

Eine frische Träne rollte ihr über die Wange und fiel auf ihr Kleid. »Bei meiner Schwester.«

Das erklärte vieles. Zwischen den beiden herrschte eine starke Geschwisterrivalität, und es war für Nicoletta bestimmt nicht angenehm, ihr zu Dank verpflichtet zu sein.

Ein Kellner nahm ihre Espresso-Bestellung auf und musterte neugierig ihr verweintes Gesicht. Piero bestellte selbst nichts mehr, aber es fiel ihm schwer, so hart und gefühllos

zu sein, Nicoletta allein in ihren Kaffee weinen zu lassen. Er hatte ein schlechtes Gewissen Zia gegenüber, doch er war sich sicher, dass sie Verständnis haben würde, wenn er ihr alles erklärte.

Es dauerte eine halbe Stunde, bis er den richtigen Moment fand, um sein Mitgefühl mit Nicolettas schwieriger Lage zum Ausdruck zu bringen, sie aber sanft daran zu erinnern, dass ihre Beziehung vorbei war. Nachdem er sich von ihr verabschiedet hatte, fuhr er zurück nach Il Rifugio und rannte durch die Zypressenreihe, aber nur, um festzustellen, dass Zias Auto nicht da und Villino Il Pino abgeschlossen war. Er war frustriert, aber nicht weiter verwundert. Es konnte nicht angenehm gewesen sein, wie Nicoletta über sie hergefallen war und wilde Behauptungen aufgestellt hatte. Zias und Ursulas Urlaub war fast vorbei, und wahrscheinlich unternahmen sie einen Tagesausflug.

Er versuchte, Zia anzurufen, doch er erwischte nur die Mailbox. Vor ihrer verschlossenen Haustür stehend hinterließ er eine Sprachnachricht. »Zia. Tut mir leid, dass das passiert ist. Zwischen Nicoletta und mir ist es schon lange vorbei …« Er zögerte. »Aber ich würde dir das gern persönlich erklären, wenn du mir sagst, wann du zurück bist«, fügte er noch hinzu. Dieselbe Information schickte er auch als Textnachricht und ging dann in seine Werkstatt, um sich mit Arbeit abzulenken, während er wartete.

Euphorie war nicht annähernd das richtige Wort für den Gemütszustand, in dem Ursula sich am Montagmorgen befand.

»Es macht dir also wirklich nichts aus?«, fragte sie immer wieder, während sie herumtänzelte und Sachen in ihren Koffer warf.

»Tja, angesichts des Umstands, dass du deinen Flug vorgezogen hast und schon in ein paar Stunden abreist, ist es ein wenig spät, um zu fragen, findest du nicht?«, zog Zia sie auf.

»Ehrlich, ich freue mich wirklich für dich, Urs.« Zum Beweis zog Zia ihre Freundin in eine kräftige Umarmung. »Du wärst doch sowieso am Mittwoch nach Hause geflogen.«

»Aber nachdem Stephan mir jetzt den Olivenzweig hinhält, kann ich es einfach nicht abwarten.« Sie schenkte Zia ein anzügliches Grinsen. »Denk doch nur an den Versöhnungssex.«

»Macht es dir etwas aus, wenn ich es nicht tue?«, witzelte Zia. Insgeheim bedauerte sie es, dass Ursula sie zwei Tage früher als geplant verließ, aber sie hätte das um nichts auf der Welt ausgesprochen, um ihrer Freundin die Freude nicht zu verderben.

Ursula überprüfte ungefähr zum achtzehnten Mal, ob sie ihren Pass hatte. »Was ist mir dir und Signor Gut-im-Bett?«

Zia achtete darauf, eine gleichmütige Miene zu wahren, und zuckte mit den Schultern. »Vorbei, schätze ich.« Piero hatte ihr zwar Nachrichten geschickt, aber Zia hatte sie nicht beantwortet. Nach ihrer Flucht gestern aus dem Café hatte sie Ursula vorgeschlagen, nach Città della Pieve zu fahren, und sie waren erst lange nach Anbruch der Dunkelheit zurückgekehrt. Es war verlockend gewesen, Pieros Bitte zu erfüllen und sich seine Erklärung anzuhören, doch während sie noch geschwankt hatte, hatte sie eine Textnachricht von Brendon erhalten.

Nach einer unangenehmen Gewissensprüfung ist mir klar geworden, dass nichts, was ich in den letzten paar Tagen gesagt habe, unsere Lage verbessert hat. ICH SOLLTE NICHT so hart urteilen, da ich keinen Grund habe, mich moralisch aufs hohe Ross zu setzen (aber falls du mit ihm geschlafen hast, erspar mir bitte die Einzelheiten). Ich SOLLTE dir aber weiter versichern, dass ich dich liebe und mir ein Leben ohne dich nicht vorstellen kann. Wenn du dich je entscheiden solltest, zu mir zurückzukehren, wäre ich der glücklichste Mann der Welt. Xxxxx

Obwohl ihr die beinahe unheimliche Ähnlichkeit mit den Worten auffiel, die Steph laut Ursula an sie gerichtet hatte, fand Zia diese dramatische Nachricht schwieriger beiseitezuschieben als alle anderen Versuche Brendons, ihre Beziehung wieder aufleben zu lassen. Dass er jetzt offenbar eingesehen hatte, dass es allein ihre Angelegenheit war, ob sie mit Piero schlief oder nicht, hatte die eigenartige Wirkung, dass sie beinahe wünschte, es nicht getan zu haben. Sie hatte gedacht, dass sie mit beiläufigem Sex fertigwerden könnte – okay, einer unglaublichen Nacht voller unfassbar gutem Sex –, aber die Übelkeit, die in ihr aufgestiegen war, als sie der schluchzenden Nicoletta gegenüberstand, hatte sie vollkommen ernüchtert. Sie schwebte doch nicht in Gefahr, zu viel für Piero zu empfinden, oder? Damit würde sie in Brendons Rolle schlüpfen. Unangenehm.

Die unschönen Dinge, die Nicoletta gesagt hatte, die offenkundige Verachtung, mit der sie Zia betrachtet hatte, und der Umstand, dass Piero mit seiner Ex zurückgeblieben war – all das hatte sie letzte Nacht wachgehalten. Aber jetzt schüttelte sie sich. Nein. Sie weigerte sich, so enttäuscht von einem Mann zu sein, den sie gerade erst kennengelernt hatte.

Mühsam setzte sie ein Lächeln auf und sah demonstrativ auf die Uhr. »Ursula, wenn wir rechtzeitig am Flughafen sein wollen, damit du deinen Flug erwischst, solltest du lieber in die Hufe kommen.«

»Okay, Schääätzeleiiin«, zwitscherte Ursula und machte ihren Koffer zu.

Sie hievten gerade Ursulas Koffer ins Auto, als Piero, die Stirn in tiefe Falten gelegt, zwischen den Bäumen herbeigehetzt kam.

»Ihr fahrt?«, rief er, sobald er nahe genug war.

Ursula schob ihre Sonnenbrille hoch, um Zia einen fragenden Blick zuzuwerfen. »Soll ich noch mal hineingehen?«

Zia sah zu, wie Piero mit langen Schritten auf sie zukam. »Ist vielleicht das Beste.« Dann hob sie die Stimme und schaute demonstrativ auf die Uhr. »Wir haben nur noch fünf Minuten Zeit, also beeil dich, Piero.«

Piero hielt inne, um Ursula dankend zuzunicken, doch dann richtete er den Blick auf Zia und trat so dicht vor sie hin, dass sie sein Rasierwasser roch.

Er machte keine Anstalten, sie zu berühren, stürzte sich aber in der Sekunde, in der die Tür des Ferienhauses hinter Ursula zufiel, in eine Erklärung. »Das mit Nicoletta tut mir leid. Du hast nicht auf meine Nachrichten geantwortet, daher nehme ich an, du bist ziemlich sauer auf mich, aber ich muss dir alles erklären, bevor du fliegst. Du musst mich ja für ein absolutes Schwein halten.« Er sprach leise und schnell, und sein Blick war eindringlich. »Wir waren zwei Jahre zusammen, aber Nicoletta wollte … Dinge. Ihre Schwester hatte einen reichen Mann gefunden, der sie liebt, sie geheiratet und ihr Kinder geschenkt hat.« Er rieb sich das Kinn. »Ich glaube, sie hat mich als Mittel zum Zweck betrachtet, um das Gleiche zu bekommen. Ich dagegen hatte schon Bedenken, als sie zu mir ziehen wollte. Als sie mir das Ultimatum gestellt hat, sie entweder zu heiraten oder es wäre aus, habe ich mich entschieden, die Sache zu beenden.« Er trat unbehaglich von einem Fuß auf den anderen. »Die Beziehung zwischen uns war einseitig. Ich wollte ihr nicht wehtun, aber …«

Da Zia sich vor Brendons unbeabsichtigter Sexshow in einer ähnlichen Lage befunden hatte, nickte sie verständnisvoll, als er verstummte.

Er machte einen Schritt auf sie zu und nahm ihre Hände. »Sie hat einen Job in Mailand angenommen. Ist weggezogen. Aber die Firma ist pleitegegangen, und jetzt ist sie zurück und muss zusehen, wie ihre Schwester alles genießt, was sie sich für sich selbst wünscht. Als sie uns gesehen hat, hat sie die Beherrschung verloren und irrationalen Quatsch erzählt wie

dieses dramatische ›Ich will dich heiraten‹, obwohl ich ihr nie einen Antrag gemacht habe. Wir haben uns vor einem Jahr getrennt. Es tut mir leid, dass ich dir nicht nachgegangen bin, aber ich wollte ihr unmissverständlich und ein für alle Mal klarmachen, dass wir keine Zukunft haben.«

Wieder nickte sie, denn sie hätte als Erste zugegeben, dass Ex-Partner sich manchmal irrational aufführten. »Warum war sie so hämisch, weil ich Touristin bin?«

Er verzog das Gesicht. »Manche Einheimische betrachten Touristinnen als unfaire Konkurrenz. Touristinnen in Urlaubslaune benehmen sich, wie sie wollen, und dann reisen sie ab und fahren nach Hause. Wenn eine Frau von hier sich genauso verhalten würde, würde man sie wahrscheinlich verurteilen.«

»Ich kann mir aber auch vorstellen, dass Touristinnen wie gerufen kommen, wenn Einheimische hinter einer schnellen Nummer her sind«, bemerkte sie kühl und erinnerte sich daran, wie Piero betont hatte, dass Zia nur vorübergehend in seinem Leben war, und daran, wie es ihr vor Verlegenheit kalt über den Rücken gelaufen war, als Nicoletta ihr Beleidigungen wie *puttana* nachgerufen hatte. »Das hast du also gemeint, als du zu ihr gesagt hast, ich würde bald nach Hause fahren«

Er zeigte auf das Gepäck, das sich in dem offenen Kofferraum stapelte. »Du fährst nach Hause. Aber ich finde es schrecklich, dass es zwischen uns so unschön zu Ende geht.«

Er wirkte ehrlich, dachte sie. Sorgenlinien hatten die Lachfältchen verdrängt, die sich normalerweise um seine Augen zeigten, und er hatte die Stirn gefurcht. Doch sie entzog ihm sanft ihre Hände. »Wenn ich mich auf Dauer hier niederlassen würde, hättest du dann trotzdem mit mir geschlafen?«

Seine Miene wurde noch finsterer. »Aber wir wussten beide, dass du nicht lange hier sein würdest. Jeder von uns

hat die gleiche Entscheidung getroffen. Oder?« Er klang aufrichtig verunsichert.

Sie dachte darüber nach, dass er die Wörter »beide« und »jeder« betont ausgesprochen hatte und wurde sich bewusst, dass sie ihm nie wirklich gesagt hatte, dass sie noch eine Weile bleiben würde. Sie war sich nicht sicher, ob sie sich der nackten Tatsache stellen wollte, dass er vielleicht nicht mit ihr ins Bett gegangen wäre, wenn er das gewusst hätte.

Doch dann steckte Ursula den Kopf aus dem Ferienhaus und sah demonstrativ auf eine nicht vorhandene Uhr an ihrem Handgelenk. Zia winkte ihr zu. »Ich habe dir versehentlich einen falschen Eindruck vermittelt«, sagte sie ausdruckslos zu Piero. »Lucia und Durante haben gemeint, ich könnte noch bleiben und überlegen, was ich wegen Gerardo unternehmen möchte. Ich habe ein paarmal versucht, dir davon zu erzählen, aber wir sind immer unterbrochen worden. Ursula zieht wieder bei ihrem Mann ein, und ich fahre sie zum Flughafen und komme dann wieder.« Sie ließ, an Ursula gerichtet, ihre Autoschlüssel baumeln, die es offensichtlich unangemessen fand, sich mit einer Umarmung von Piero zu verabschieden, ihm stattdessen ein kurzes Lächeln zuwarf und auf den Beifahrersitz sprang.

Piero stand schweigend da und sah aus, als wäre er wie vom Donner gerührt.

Zia ging zum Auto. »Wir haben nicht beide die gleiche Entscheidung getroffen, aber das ist nicht deine Schuld, und wahrscheinlich kommt es auch nicht darauf an.« Sie öffnete die Autotür und stieg ein. »Entschuldige noch mal, dass du auf meinen Rat gehört hast und es schiefgelaufen ist«, sagte sie noch über die Schulter hinweg.

Als sie den Wagen wendete und über den Kies rollte, war sie sich bewusst, dass Piero immer noch reglos dastand und ihr nachsah.

»Und, wie ist es gelaufen?«, fragte Ursula vorsichtig.

Zia schluckte heftig. »Er ist nur gekommen, um sich zu verabschieden.«

»Ach, wirklich?«, meinte Ursula, sagte aber nichts weiter. Beste Freundinnen wussten eben, wann es besser war, die Klappe zu halten.

14

Du hast dich von Piero davon ablenken lassen, warum du nach Italien gekommen bist, aber jetzt hast du genug getrödelt, ermahnte Zia sich streng, als sie sich zwei Tage später in dem hübschen Apartment umsah, das sich in einem Anbau an Lucias und Durantes Haus befand.

Ihr Gepäck stand auf einem Boden, der dringend gefegt werden musste. Lucia hatte vorgehabt, Fiorella zu bitten, das Apartment sauber zu machen, aber Zia hatte protestiert, weil sie das unpassend gefunden hätte. Da weder Lucia noch Durante etwas davon hören wollten, ihr Miete zu berechnen, hatte sie darauf bestanden, das Apartment zu putzen und zu verschönern, und auch ihre Absicht erklärt, sich auf Bella Vista nützlich zu machen. Damit im Sinn ließ sie das Apartment so, wie es war, und ging zurück nach Villino Il Pino, um Lucia und Fiorella beim Wäschewechsel und Saubermachen zu helfen.

Lucia wirkte schockiert darüber, Zia zu sehen, und ihr Blick huschte zu Fiorella, die nur »*Buongiorno*« gesagt hatte und jetzt weiter die Küchenfronten abwischte.

»Ich möchte gern helfen«, sagte Zia auf Englisch, »aber ist es … ein Problem, wenn ich hier bin?« Ihre eigentliche Frage war, ob es Lucia nervös machen würde, wenn Zia sich in Fiorellas Nähe aufhielt.

Lucia überlegte ein paar Sekunden. Dann schüttelte sie den Kopf. »Ist schon okay.« Dieses Mal war ihr Blick, der zu Fiorella huschte, abwägender, als dämmerte es Lucia, dass Zia sich die Gelegenheit nicht entgehen lassen konnte, eine Art Bindung zu ihrer Großmutter aufzubauen.

Sobald Fiorella klar wurde, dass Zia passabel Italienisch sprach, plauderte sie munter mit ihr, während sie gemeinsam die Hausarbeit erledigten.

Zia wagte ein Lächeln. »Sie sprechen schnell. Manchmal fällt es mir schwer mitzukommen«, erklärte sie, und Fiorella verlangsamte zuvorkommend ihr Tempo. Dadurch konnte Zia die Ältere besser verstehen und ein Gespräch mit ihr führen, bei dem es darum ging, dass Zia Montelibertà mochte und dass sie momentan keinen Job hatte. Dafür ließ sie sich von dem Festival in Montelibertà erzählen, das in weniger als zwei Wochen, am 10. Juli, beginnen würde.

»Zuerst gibt es Musik auf der Piazza Roma«, erklärte Fiorella, während sie die Kissen bezog. Sie legte eine dramatische Pause ein. »Alles umsonst! Wir bringen unsere eigenen Stühle und unser Essen mit.«

Lucia konzentrierte sich auf den Tisch, den sie abstaubte, doch Zia spürte, dass sie sich des Gesprächs vollkommen bewusst war und jegliches Unbehagen darüber, Zia und Fiorella zusammen zu sehen, stoisch ertrug. Als das Ferienhaus bereit für seine nächsten Gäste war, war Zia zu dem Schluss gelangt, dass Fiorella eine liebenswerte alte Dame war, die freimütig ihre Meinung sagte und offen und neugierig auf andere zuging.

Den größten Teil der darauffolgenden Woche arbeitete Zia an dem Apartment. Sie strich die Wände und besuchte einen Haushaltswarenladen am Rand von Montelibertà, wo sie gelbe Vorhänge, weiße Bettwäsche, einen Duschvorhang sowie Geschirr und Besteck kaufte. Sie ölte die Scharniere an der Terrassentür, sodass sie nicht mehr quietschend protestierte, wenn

man sie öffnete. Durante schleppte aus einem Schuppen einen alten Tisch mit zwei Stühlen herbei. Zia strich sie grün und stellte sie an »ihrem« Ende der Terrasse auf. Der Gedanke machte sie froh, dass die Einrichtung ihres provisorischen Heims eine Hilfe für Lucia und Durante sein würde, wenn sie das Apartment im nächsten Sommer vermieten wollten.

Die Hausverwaltungsfirma, bei der sie sich an ihrem ersten Tag in Italien vorgestellt hatte, mailte, um zu fragen, ob sie schon ihre Arbeitserlaubnis bekommen habe. Mit schlechtem Gewissen, weil sie den Leuten vorgemacht hatte, sie hätte schon mit dem Antragsprozess begonnen, um in Italien zu leben und damit auch zu arbeiten, antwortete sie, sie habe keine Fortschritte gemacht und könne den Job, falls er ihr angeboten würde, nicht annehmen. Dann beschäftigte sie sich damit, ein Rollo aus blattgrünem Stoff am Küchenfenster zu befestigen.

Durch einen glückseligen Anruf und eine Reihe von Textnachrichten wusste Zia, dass Ursula ihre Sachen aus Zias Wohnung in New Steine geholt hatte und jetzt wieder in trauter Zweisamkeit mit Stephan in ihrem Reihenhaus in der Nähe der Brightoner Rennbahn lebte. Am Mittwochabend meldete sie sich erneut, und Zia nahm den Anruf auf der Terrasse an, wo sie die Füße aufs Geländer gelegt hatte und zusah, wie die Sonne unterging und die Berggipfel in Flammen setzte. »Überrascht mich, dass du Zeit hast, mich anzurufen«, zog Zia sie auf.

Ursula kicherte. »Ich habe dich nicht vergessen, aber ich bin irgendwie die ganze Zeit beschäftigt. Mein Mann hier kauft mir sogar Geschenke.«

Zia hörte eine tiefe Männerstimme, und Ursulas Kichern wurde lauter. »Na ja«, stellte sie klar, »es ist alles sexy Unterwäsche, also sind die Geschenke eigentlich für uns beide. Und, vermisst du mich?«

»Ja«, antwortete Zia und fühlte sich trotz der Freude, die in Ursulas Stimme schwang, wehmütig. »Nachdem wir seit

März zusammengelebt haben, habe ich mich an dein hässliches Gesicht gewöhnt.«

Ursula sprach leiser, sodass ihre Stimme hohl und geheimnisvoll klang. »Und, hast du etwas von dem Privatdetektiv gehört? Oder Gerardo getroffen?«

»Die Ermittlung ist im Gang. Ich rechne damit, bald etwas zu hören.« Zia befreite ihre Füße von den Flipflops und wackelte in der warmen Abendluft mit den Zehen. »Und das mit Gerardo habe ich immer noch nicht entschieden, obwohl ich viel darüber nachdenke. Fiorella habe ich mehrmals gesehen. Ich versuche, ein Gefühl dafür zu bekommen, warum Gerardo solche Angst vor ihr hatte. Sie hat schon feste Meinungen, so ist zumindest mein Eindruck, und hält auch nicht damit hinterm Berg.«

»Außerdem verändert sich jeder Mensch in dreißig Jahren. Sie könnte früher viel Furcht einflößender gewesen sein.« Wieder senkte Ursula die Stimme. »Und Piero?«

Zia war sich bewusst, dass Stephan wahrscheinlich noch in Hörweite war, und da sie nicht wollte, dass er Informationen an Brendon weitergab, antwortete sie beiläufig. »Lucia und Durante sind seine Freunde, daher kommt er oft abends auf ein Bier oder ein Glas Wein vorbei. Wir sind höflich zueinander, aber ich suche mir dann einen Grund, mich in mein Apartment zurückzuziehen.« Ihn zu sehen, verunsicherte sie. Sie stellte fest, dass sie seine Hände betrachtete und sich daran erinnerte, wie zärtlich sie sein konnten, oder blieb mit dem Blick an seinen rabenschwarzen Wimpern hängen. »Ich liebe es, in dem Apartment zu leben, Ursula! Es ist so hübsch, und mein Schlafzimmer geht auf die Terrasse hinaus. In den Ferienhäusern wohnen neue Touristen; alles Briten. Ein Paar reist im Ruhestand durch Europa und hat eine kleine braune Hündin. Lucia erlaubt eigentlich keine Haustiere, aber sie sind einfach mit ihr aufgekreuzt.«

Ursula schenkte dem Geplauder, mit dem Zia sie ablenken

wollte, nicht die geringste Beachtung. »Und Piero macht es nichts aus, so zu tun, als wäre nichts passiert?«

Zia löste ihre Spange und ließ das Haar über ihren Rücken fallen, damit die Brise damit spielen konnte. »Er hat einmal angerufen und wollte reden, aber ich habe ihm erklärt, dass ich mich jetzt, da ich länger bleibe, auf anderes konzentrieren muss.«

Stephan musste in der Nähe sein, denn er schaltete sich mit rauer Stimme gut hörbar ein. »Klingt nach einer guten Idee.«

»Das ist ein Privatgespräch, Stephan«, fauchte Ursula. Als sie zu Zia zurückkehrte, klang sie beschämt. »Tut mir leid, Schätzchen. Ehrlich.«

»Kein Problem, ich weiß ja, dass Stephan Brens Kumpel ist.« Um der Harmonie in Ursulas frisch gekitteter Ehe willen versuchte sie, gelassen zu klingen. Natürlich ärgerte sie sich darüber, dass Stephan ungebeten seine Meinung äußerte, aber sie konnte nachvollziehen, warum er sich für seinen Freund in die Bresche warf.

Als sie sich alle verabschiedet hatten, blieb Zia draußen sitzen, um den Sonnenuntergang noch ein wenig zu genießen. Ursulas Lachen, ihre verständnisvollen Gespräche, ihre gertenschlanke Gestalt, ihre bunte Kleidung und ihre hübschen Tattoos fehlten ihr.

Sie vermisste auch Piero, obwohl sie sich große Mühe gab, es nicht zu tun. Sie kannte ihn ja kaum – falls man jemanden »kaum kennen« konnte, mit dem man in allen möglichen Stellungen Sex gehabt hatte. Sie kannten sich erst seit drei Wochen, und das war sehr kurz, um Gefühle zu entwickeln … oder?

Da sie entschlossen war, lieber nach vorn zu sehen statt zurück, verbrachte sie den Rest der Woche damit, die Terrassentüren zu lackieren, den Landschaftspark zu besuchen, den zu erkunden Ursula und sie nie geschafft hatten, und die kleine Küche des Apartments auszustatten. Am Freitag wollte sie für Lucia und Durante kochen.

Doch leider tauchte am Freitagabend, nachdem sie gerade ihre Pasta gegessen und ihr Besteck weggelegt hatten, Piero auf.

Durante winkte ihn zu einem Stuhl. »Heute Abend ist Zia unsere Gastgeberin! Ein köstliches Mahl. Ich habe mir eine zweite Portion gegönnt und dir leider nichts übrig gelassen, mein Freund. Ich wusste ja nicht, dass du kommst. Setz dich und trink ein Glas Wein.«

Nach kurzem Zögern ließ Piero sich nieder und schenkte sich ein halbes Glas von dem Cerasuolo d'Abruzzo ein, den Zia wegen seiner herrlich klaren rosa Farbe ausgesucht hatte. Erschrocken stellte sie fest, dass sein Blick trotz seines höflichen Lächelns … verletzt wirkte? Wenn seine Besuche mit einer Mahlzeit zusammenfielen, aßen Lucia und Durante normalerweise einfach weiter. Reagierte er dieses Mal anders, weil Zia heute Abend gekocht hatte? Sie versuchte, sich etwas einfallen zu lassen, um ihr Bedauern auszudrücken, doch ihr kam nichts Passendes in den Sinn. *Ich hätte dich einladen sollen, aber ich bin nicht auf die Idee gekommen. Ich habe dich nicht absichtlich ausgeschlossen, um zu betonen, dass sich unser Verhältnis abgekühlt hat*, hätte sie am liebsten gesagt, aber ihr wollten die Worte einfach nicht über die Lippen kommen. So blieb ihr nichts anderes übrig, als der Unterhaltung der anderen zu lauschen und sich mit ihrem schlechten Gewissen herumzuschlagen.

Bald kamen zwei der Ferienhaus-Gäste und drückten sich am oberen Ende der Terrassentreppe herum – Zia glaubte, dass es sich um das Paar aus Villino Il Tasso mit dem kleinen Hund handelte –, und Lucia trat an den Rand der Terrasse, um mit den beiden zu reden. Dann rief sie nach Durante, der sich halblaut vor sich hinbrummelnd zu ihr gesellte.

Zias Herz tat einen Satz. Sie wollte nicht mit Piero allein sein und begann, die Teller zusammenzuräumen, bis er sanft ihr Handgelenk umfasste.

»Tut mir leid, dass das mit Nicoletta passiert ist und ich es dir vielleicht auch nicht richtig erklärt habe«, sagte er, »und dass ich mich benommen habe, als fände ich es gut, dass du abreist. Ich glaube, du hast das Gefühl, dass es das, was wir zusammen hatten, abgewertet hat.« Lucia sagte etwas zu den Gästen, und Durante lachte. Hastig sprach Piero weiter. »So, wie es mit Nicoletta gelaufen ist, der Druck, die Art, wie sie schlecht über mich geredet hat, weil ich ihr nicht geben konnte, was sie wollte, die Probleme auf Tenuta Domenicali, das alles hat sich angefühlt, als hätte ich gute Gründe …«

»Verwicklungen zu vermeiden, ja, ganz meiner Meinung«, sagte sie. »Ich mache ja gerade selbst Pause von Beziehungen. Und ich bin aus einem ganz bestimmten Grund nach Italien gekommen und hätte mich nicht davon ablenken lassen sollen.« Sie wusste, dass sie sich zurückzog, um sich zu schützen, aber sie durfte sich nicht in jemanden verlieben, der das nicht wollte. Es passte ihr nicht, dass Brendon ihr Gefühle einzureden versuchte, die sie nicht hatte, und sie hatte nicht vor, jemand anderen in dieselbe unangenehme Lage zu bringen. Sie versuchte, vollkommen unbekümmert zu wirken, als wäre es für sie absolut normal, flüchtige Bekanntschaften zu haben. »Wir hatten eine schöne Nacht zusammen. Lass uns das als Erinnerung bewahren.«

Seine dunklen Augen weiteten sich, und er ließ ihr Handgelenk los.

Eilig fuhr sie fort: »Außerdem war es verkehrt von mir, dir ungebeten Ratschläge zu geben. Das ist schlecht ausgegangen.«

Er runzelte die Stirn. »Dafür entschuldigst du dich ständig. Hör bitte auf damit. Ich war wütend wegen der Situation und weil alles gegen mich zu sein scheint, nicht auf dich.« Dann verabschiedeten sich Lucia und Durante von den Gästen und kamen wieder an den Tisch, aber sie diskutierten immer noch über etwas, das mit dem Hund der Urlauber zu tun hatte; einem immer zum Kläffen aufgelegten Jack Russell, der es als

seine Aufgabe betrachtete, seine Menschen zu warnen, weil in anderen Ferienhäusern auch Leute wohnten. Piero stand auf, wandte sich zum Gehen und rief leutselig »*Ciao*«, als verabschiedete er sich nur, weil er seinen Feierabend-Wein ausgetrunken hatte.

»*Ciao*, Piero!«, riefen die beiden und setzten sich wieder an den Tisch.

Zia sah ihm nach, wie er davonschlenderte, bis er zwischen den hohen Zypressen verschwunden war, die vor dem sich purpurn färbenden Himmel wie tintenschwarze Pinsel wirkten.

Ein paar Stunden später hörte Zia auf ihrem Laptop Tiwa Savage, um die Stille zu durchbrechen. Sie ging zu Bett und versuchte, jede kleine Brise so gut wie möglich auszunutzen, indem sie die Fenster offen und die Fliegengitter geschlossen ließ. Als sie nach ihren E-Mails schaute, entdeckte sie eine Nachricht der Detektei. Mit einer Hand, die sich anfühlte, als gehörte sie jemand anderem, öffnete Zia sie.

Sie war kurz und von Juristenenglisch und Disclaimern eingerahmt, doch da stand es.

> Zielperson: Harry Robert Anstey, geboren 24.05.1949
> Aktuelle Adresse: Herbert Road 4 a, Chichester, PO19 5PZ, Vereinigtes Königreich
> Wohnhaft an dieser Adresse seit über fünf Jahren.
> Keine weiteren Personen unter dieser Adresse gemeldet.

Sie starrte darauf, und ihr Herz schien zu galoppieren … um sich dann ganz schnell wieder zu beruhigen.

Oh. Keine Telefonnummer. Keine E-Mail-Adresse.

Sie überprüfte die Website des Privatdetektivs und sah, dass solche Kontaktdetails nie Teil des Angebots gewesen waren. Eine Google-Suche nach Harrys Namen zusammen

mit der Adresse ergab nichts Weiteres, nicht einmal ein Profil in den sozialen Medien. Aber Chichester? Das lag nur eine Stunde von Brighton entfernt.

Sie las die Angaben immer wieder und wog ihre Optionen ab. Sie könnte ihm schreiben – aber einen Brief könnte Harry ignorieren. Oder Ursula könnte an einem freien Tag hinfahren, wenn sie sie darum bat. Aber nein, Zia wurde rasch klar, dass sie das selbst in die Hand nehmen musste. Dies war ihre eigene Geschichte, die sie zu enträtseln versuchte. Wie sollte sie wissen, wie Harry auf sie reagieren würde, wenn sie nicht wusste, was 1999 passiert war, bevor seine Freundschaft mit Vicky endete? Sie hatte blasse Kindheitserinnerungen an einen freundlichen Mann, aber über zwei Jahrzehnte später war das nicht viel, um sich daran festzuhalten.

Am nächsten Morgen war sie müde, nachdem sie lange wach gelegen und über die weißen Flecken in ihrem Leben nachgedacht hatte. Es war der Samstag der Eröffnung des Festivals von Montelibertà, und als Lucia sie dazu einlud, stürzte sie sich auf die Chance.

»Durante hilft bei einigen der Musiker aus«, erklärte Lucia. »Zwei seiner Freunde sind in einer Jazzband und treten jedes Jahr beim Jazzfestival in Orvieto auf. Durante macht gern dabei mit.« Sie schnitt eine Grimasse. »Solange ich nicht diejenige bin, die in dieser Hitze die großen Lautsprecher herumschleppt, ist mir das egal.«

Durante war schon einige Zeit fort, als Zia und Lucia in die Stadt fuhren. Lucia kannte die Besitzer des Caffè Roma und hatte sich einen Tisch mit Aussicht auf die Piazza reservieren lassen. Zia setzte sich grinsend und musterte die Menschenmenge, die sich auf dem Kopfsteinpflaster des Platzes versammelte. »Die besten Plätze des Hauses.« Es war so heiß, dass sogar sie erfreut darüber war, dass der ganze Tisch im Schatten eines elfenbeinfarbenen Sonnenschirms stand.

Lucia zog einen Fächer aus Spitzenstoff hervor und wedelte damit vor ihrem Gesicht herum. Sie verzog entzückt ihre ausdrucksvollen Züge, als sie zu der Bühne sah, die dort aufgebaut war, wo normalerweise der Markt stattfand. »Von hier aus können wir alles sehen.«

Die Bühne lag im Schatten eines riesigen grünen Sonnensegels, und massige schwarze Lautsprecher waren an den Seiten aufgereiht wie Bodyguards. Gartenstühle in allen Größen und Formen waren kreuz und quer vor der Bühne aufgestellt worden, und Ordner lieferten sich einen aussichtlosen Kampf mit deren Besitzern in dem Bemühen, für Ordnung zu sorgen. Lautes Italienisch brandete auf Zia ein, während die Menschen um sie herum sich Bier und Limonade aus Kühlboxen teilten und Freunden zuwinkten und ihnen etwas zuriefen. Die Tauben, die sich normalerweise auf dem Kopfsteinpflaster drängten, saßen auf den Dächern der Umgebung und rieben sich wahrscheinlich die Flügel beim Gedanken an all die Krumen, die zu Boden fallen würden und die sie später aufpicken konnten. Sie erhaschte einen Blick auf Durante, der eine Sackkarre voll sperriger Kartons vor sich herschob und sich vor Lachen schüttelte, als die oberste Kiste herunterfiel und Kabel herausquollen, die aussahen, als lieferten sich Schlangen einen Kampf auf dem Kopfsteinpflaster.

Jeder Tisch im Caffè Roma war besetzt, sodass sie auf ihr Essen warten mussten, während auf der Bühne die Instrumente lautstark gestimmt wurden. Die Jazzband sollte laut dem Flyer, den sie auf ihrem Tisch gefunden hatten, als Erste spielen.

»Der Bürgermeister wird wohl das Festival eröffnen«, sagte Lucia beeindruckt mit Blick auf das Programm. »Und nach der letzten Band gibt es ein Feuerwerk.«

»Wie spät?«, fragte Zia.

»Zehn Uhr«, antwortete Lucia, den Blick immer noch auf den bunten Flyer gerichtet.

»*Ciao, ciao!*«, rief eine helle Stimme, und als Zia sich umdrehte, sah sie Fiorella und Roberto, die sie beide über Geranientöpfe hinweg anstrahlten. Roberto hatte grüne Klappstühle über den Schultern hängen.

»*Ciao, ciao*«, gab sie lächelnd zurück.

Dann wurde Zia bewusst, dass Lucia ein wenig zusammenzuckte, und bemerkte einen breit lächelnden Mann, der hinter dem älteren Paar hervortrat. Zia erkannte ihn sofort. Der Mann aus dem Fotoalbum. Ihr Vater. Na ja, jedenfalls der Mann, der Tori geschwängert hatte.

»*Ciao, Zia Lucia!*« Er zwinkerte wie ein Kind, das genau wusste, dass sein Lächeln ihm Tür und Tor öffnen würde. Sein graugesträhntes Haar hatte er sich zu einem Pferdeschwanz zurückgebunden, und seine glänzenden Augen und der Geruch von Bier, der von ihm ausging, wiesen darauf hin, dass er sich bei dem Festival gut amüsierte.

Zia erstarrte einen Moment, und es dauerte ein wenig, bis ihr aufging, dass er nicht sie ansprach – »Zia-Lucia« mit Bindestrich –, sondern Zia Lucia sagte, also »Tante Lucia«.

Lucia zögerte kaum wahrnehmbar. »Gerardo!«, rief sie dann und stand auf, um ihn über die Geranien hinweg zu umarmen.

Zia sah zu, wie Gerardo mit seinen Eltern und seiner Tante plauderte. Er lachte nur ein wenig zu laut, und seine Bewegungen wirkten nur ein klein wenig fahrig. Mit seinem nachlässig gebundenen Pferdeschwanz und seiner zerknitterten Kleidung wirkte er wie der Schauspieler Steve Buscemi in einer seiner Rollen. Lucia stellte sie ihm als Zia vor, einer ihrer Gäste aus England.

Wieder lachte er laut. »Zia heißt auf Italienisch ›Tante‹!« Er sprach Englisch mit unüberhörbar italienischem Akzent, aber passabel. Mit keinem Wimpernzucken verriet er, ob er sich an ein Baby namens Zia erinnerte, dessen Mutter ein junges englisches Mädchen gewesen war.

Sein Kind.

Stattdessen wandte er sich erneut seiner Tante zu und wechselte wieder ins Italienische. »Wo hast du gesteckt? Wir alle haben dich seit einer Ewigkeit nicht mehr gesehen. Du hast mich kein einziges Mal zu einem köstlichen Mittagessen eingeladen.«

Lucia stieg das Blut in die Wangen. »Diesen Sommer haben wir viel mit unseren Gästen zu tun.«

Fiorella wirkte verblüfft. Da sie bei der Übergabe der Ferienhäuser half, hätte sie es wissen müssen, falls in diesem Sommer mehr los gewesen wäre als sonst. Zia spürte einen Anflug von schlechtem Gewissen. Lucia musste darauf verzichtet haben, ihre Familie einzuladen, um Zia nicht – wie es gerade passiert war – mit Blutsverwandten zu überfordern, die in seliger Unwissenheit darüber, wer sie war, auf dem Grundstück herumwanderten. Ihr Atem beschleunigte sich, als sie Gerardo beobachtete, ihre Empfindungen prüfte und in ihrem Inneren nach dem Funken eines Gefühls suchte. Was ihr sofort in den Kopf kam, war nicht *Das ist mein Vater*, sondern *Das ist der Mann, der versucht hat, mich schon vor meiner Geburt zu beseitigen.*

Ihr Blick huschte zu Fiorella und Roberto, die ihren Sohn anstrahlten und zu seinen Worten nickten wie die stolzen Eltern, die sie waren. Waren die beiden wirklich früher so streng und frömmelnd gewesen, dass der achtzehnjährige Gerardo Angst gehabt hatte, sich seiner Verantwortung zu stellen? Oder war er einfach schwächer gewesen als Tori, die ihr Kind zur Welt gebracht hatte und dann quer durch Europa zurückgefahren war, um ihm sein Baby zu zeigen?

Sein Baby, das ihm lästig gewesen war. Weder war er bereit gewesen zu heiraten noch die nächsten achtzehn Jahre Unterhalt zu zahlen. Er hatte Zia nicht als seine Tochter betrachtet, sondern als Störfaktor, den es loszuwerden galt. Als alle anderen lachten, lächelte sie mechanisch, doch das

Blut rauschte ihr so laut in den Ohren, dass sie kaum etwas mitbekam.

Was immer Gerardo für ein Mensch sein mochte; für Lucia hegte er offensichtlich große Zuneigung und küsste sie auf die Wangen, als er sich von ihr und seinen Eltern verabschiedete. Zia sah ihm nach, wie er davonging und sich zu einer anderen Gruppe gesellte – nicht zu seiner Frau und seinen Kindern, sondern zu einer Truppe Männer mit einer Kühlbox voller Bier.

Zia wandte sich ab, um Fiorella zuzuhören, die in ihr übliches schnelles Sprechtempo verfallen war. Während sie versuchte, ihr zu folgen, stellte sie fest, dass sie sich fragte, ob Fiorella und Roberto sie akzeptiert hätten, wenn sie sich ihnen anvertraut hätte. Vicky hatte sie anscheinend nicht nur akzeptiert, sondern für sie gekämpft.

Als das ältere Paar schließlich davonschlenderte, um seine Stühle aufzustellen, bevor jeder Quadratzentimeter Platz auf dem Kopfsteinpflaster belegt sein würde, drückte Lucia über den Tisch hinweg Zias Hand so fest, dass es fast wehtat. »Da. Jetzt ist es passiert. Du hast es dir nicht ausgesucht, aber vielleicht war es so das Beste. Wie bei einem Zahn, der gezogen werden muss – uff, mit einem einzigen Ruck.«

Zia befeuchtete sich die Lippen und nickte.

»Und?«, hakte Lucia behutsam nach.

Zia zuckte mit den Schultern. Vage wurde sie sich bewusst, dass Lucias freie Hand, die auf dem Tisch lag, zitterte. Vielleicht fiel es Lucia auch auf, denn sie winkte dem Kellner und bestellte Wein. »Du hast deine Familie nicht mehr zu dir eingeladen«, krächzte Zia, als der Mann davongeeilt war. »Das tut mir leid. Vielleicht sollte ich Schwester Paola und Schwester Priscilla fragen, ob sie im Kloster etwas freihaben.«

»Zia-Lucia«, sagt Lucia in einem Singsang, als wäre Zia noch ein Baby, und tätschelte ihr den Handrücken. »Es ist nicht deine Schuld. Nichts von alldem ist deine Schuld.«

Zia nickte, aber sie konnte sich nicht des Gefühls erwehren, dass sie anderen Unglück brachte wie eine schwarze Katze. Auf der Bühne sprach jetzt ein Mann in ein Mikrofon. Er stellte den Bürgermeister vor, der jung für sein Amt wirkte; einen kleinen Mann mit mittellangem lockigem Haar. Nach einer kurzen Begrüßung kündigte er die erste Band an, und das Publikum klatschte und pfiff. Es war die Band von Durantes Freunden. Den Namen, der marktschreierisch gebrüllt wurde, verstand Zia nicht richtig. Sechs Musiker betraten die Bühne. Einer setzte sich an ein elektrisches Klavier und einer ans Schlagzeug, und die übrigen hielten ihre Instrumente in der Hand – Saxophon, Klarinette, Kontrabass und irgendeine Art Horn. Der Sänger kam als Letzter. Er trug eine Trillerpfeife in der Hemdtasche.

Während die Jazzcombo – *taramtata, ta-da, da, di DAA* – ihre erste Nummer schmetterte, trank Zia Wein und beobachtete den langgliedrigen, leicht ungepflegten Gerardo Costa, der mit seinen Kumpanen laut lachte und eine Bierflasche in der Hand hielt, als wäre sie angewachsen.

Die Flasche wurde rasch geleert und gegen eine volle ausgetauscht. Ob Gerardo immer so war? Oder amüsierte er sich nur auf dem Festival? Sie hörte wieder Pieros Worte. *Er ist nicht gut darin, einen Job zu behalten oder mit Geld umzugehen, und er achtet nicht besonders auf seine Kleidung oder überhaupt auf sein äußeres Erscheinungsbild. Er hat eine Lieblingsbar.* Sie wandte sich an Lucia. »Was arbeitet er eigentlich? Gerardo, meine ich?«

Lucia seufzte. »Ich glaube nicht, dass er momentan einen Job hat«, erklärte sie zögernd wie jemand, der etwas zugeben muss, was ihm unangenehm war.

»Liebt er denn seine Frau und seine Kinder?«, fragte Zia.

Die Miene der Älteren hellte sich auf. »Ja«, antwortete sie bestimmt. Wieder unterbrach sie sich und sammelte offenbar ihre Gedanken. »Gerardo ist eben Gerardo. Er ist kein

schlechter Mensch, aber er führt ein verantwortungsloses Leben. Er hat es gern leicht.«

Langsam nickte Zia. Das passte. »Und seine Frau, Ilaria?«

Lucia lachte. »Oh, Ilaria. Sie hat eine leitende Stellung in einem Büro, und sie ist auch eine gute Mutter.« Dann mochte er also starke Frauen, aber was sahen diese starken Frauen in ihm? Ilaria ernährte offensichtlich die Familie, und Tori hatte damals Himmel und Hölle in Bewegung gesetzt, um ihn zurückzugewinnen.

All die beunruhigenden Gefühle von Sehnsucht und Unvollständigkeit, die sie nicht erst umtrieben, seit sie die Geburts- und Sterbeurkunde ihrer leiblichen Mutter entdeckt hatte, sondern in einem gewissen Maß schon ihr ganzes Leben lang, flossen jetzt zu einem tiefen, brennenden Bedürfnis zusammen, zu einem überwältigenden Drang, die Geschichte ihrer Zeugung zu erfahren. Über den Tisch beugte sie sich zu Lucia hinüber. »Der Privatdetektiv hat mir gestern Abend Harrys Adresse geschickt. Ich muss ihn besuchen.«

Langsam entglitten Lucia die Züge. »Du reist ab?«

Die traurige Stimme der Frau, zu der sie inzwischen eine tiefe Zuneigung empfand, ließ heftiges Bedauern in ihr aufsteigen. Bei der Vorstellung, sie und dieses wunderbare Stückchen Erde zu verlassen, schnürten ihr Tränen die Kehle zu. »Ich weiß es nicht!« Sie hatte den Eindruck, als hätte man ihr das Herz herausgerissen und es zu Boden geworfen, da mit jeder darauf herumtrampeln konnte. Zu ihrem Entsetzen verzog sich ihr Gesicht von ganz allein, und ein Schluchzen brach aus ihrer Kehle hervor. So ein hässliches, fremdartiges Geräusch war das, dass sich an den umliegenden Tischen alle umdrehten. Sie schnappte sich ihre Serviette, vergrub das Gesicht darin und versuchte den Schmerz niederzuringen.

Wie aus weiter Ferne hörte sie, dass Lucia nach der Rechnung rief und dem Kellner erklärte, ihre Freundin fühle sich krank. Vor Kummer wie benommen ließ sich Zia von Lucia

wie ein Kind an die Hand nehmen und von der spielenden Band und den applaudierenden Menschen zu ihrem Auto führen. Zehn Minuten später waren sie zurück auf Bella Vista, und Zia schmiegte sich in dem kühlen Salon in die Ecke eines weich gepolsterten Sofas. Ihre Augen waren geschwollen, ihr Blickfeld verschwommen, ihr tat der Hals weh, und sie trank kleine Schlucke Eiswasser, um sich zu beruhigen.

»Tut mir leid«, sagte sie schniefend. »Ich kenne solche Zusammenbrüche gar nicht von mir.« Sie putzte sich die Nase und stellte bestürzt fest, dass ihr immer noch heiße Tränen in den Augen standen, die wieder zu fließen drohten, wenn sie sie nicht gewaltsam unterdrückte. Sie wusste, dass sie Lucia erschreckt hatte und stieß ein Lachen hervor, das wie ein Schluckauf klang. »Was bin ich nur für eine Drama-Queen. Wenn du zurück aufs Festival willst …«

»Nein.« Lucia streichelte ihr die Hand, und ihr von Silber durchzogenes Haar lag in Wellen um ihr besorgtes Gesicht. »Ich könnte keinen Spaß haben, wenn ich dich so …« Sie wies auf Zias Gesicht, das nach ihrem Tränenausbruch vermutlich fleckig und verquollen war.

Zia begann regelmäßiger zu atmen, während sie an dem Wasser nippte und mühsam versuchte, ihre Gedanken zu ordnen. »Ich fühle mich hin- und hergerissen. Ich bin so gern hier, aber ich brauche auch Antworten von dem alten Freund meiner Mutter – von Vicky.«

»Schreib ihm doch«, sagte Lucia mit der Miene eines Menschen, der ein Problem gelöst hat. Dann seufzte sie. »Aber ich kann mich an diesen Harry erinnern. Ich glaube, er versteht sich gut darauf, Geheimnisse zu bewahren.«

»Ja. Mein Instinkt sagt mir, dass ich ihn persönlich besuchen muss.« Mit dem Handrücken wischte sich Zia eine Träne ab.

Lucia strich ihr das Haar zurück. »Du könntest hinfahren und dann wiederkommen.«

Zia schnürte es schon wieder die Kehle zu, und sie nickte. »Wenn das in Ordnung ist«, sagte sie beinahe schüchtern. »Momentan habe ich zu Hause keinen Job. Es wäre wundervoll, länger in Italien zu bleiben.«

»Du möchtest immer noch einen italienischen Pass haben?«

Zia winkte ab. »Der Wunsch nach der Staatsbürgerschaft hat mich ursprünglich hergeführt, aber jetzt scheint mir das nicht mehr so wichtig zu sein. Ich möchte nicht aller Leute Leben durcheinanderbringen, nur um mir einen Wunsch zu erfüllen.« Ihre Stimme klang dünn, und sie fühlte sich zittrig. »Ich glaube, ich habe gedacht, ich hätte ein Recht darauf, weil mein Vater Italiener ist. Aber mir ist klar geworden, dass er ein realer Mensch ist. Seine Beziehungen, deine Beziehungen könnten sich alle verändern oder würden vielleicht ruiniert, wenn ich durch meine Anwesenheit ein gut gehütetes Familiengeheimnis verrate. Vor allem, da ich nicht weiß, was genau alles geheim ist.«

»Aber Zia.« Lucia streichelte ihr weiterhin beruhigend den Kopf und strich ihr das Haar zurück. »Was ist mit dir selbst? Was willst und brauchst du? Du wirst doch nicht nach England zurückkehren und nie jemandem außer Durante und mir verraten, wer du bist, oder?«

Zia seufzte. »Noch habe ich nichts entschieden, aber ich denke ununterbrochen darüber nach, was ich tun soll. Aber ich brauche nicht alles gleichzeitig zu entscheiden, oder? Ich könnte mein Auto hier stehen lassen und für ein paar Tage nach England fliegen. Mit dem Zug nach Chichester fahren. Weniger anstrengend, als hin und zurück allein mit dem Auto zu fahren.«

Ein erfreutes Lächeln breitete sich auf Lucias Gesicht aus. »Und wenn du dann wieder zu Hause bist, kannst du dir hier Zeit nehmen, deine Entscheidung in Ruhe zu treffen«, meinte sie und lächelte aufmunternd.

Zia brachte es fertig, das Lächeln zu erwidern, vor allem weil Lucia Montelibertà als »zu Hause« bezeichnet hatte. Sie kochten Kaffee, und als Durante nach seinem Tag als Roadie erschöpft vom Festival zurückkehrte, buchte Zia für kommenden Freitag, den 16. Juli, einen Flug von Perugia nach Stansted. Rom–Gatwick war auch eine Option gewesen, aber Lucia bestand darauf, sie zum Flughafen zu fahren, und nach Perugia war es nur halb so weit wie nach Rom.

Voll stürmischer Zuneigung fiel Zia Lucia um den Hals. »Danke. Über die Rückreise mache ich mir Gedanken, sobald ich weiß, wie lange ich bleiben muss.«

Lucia drückte sie auch. »Wenn du dein Auto hier stehen lässt, kommst du bestimmt wieder.«

»Ach, ich komme garantiert zurück.« Und als Zia an diesem Abend draußen auf der Terrasse saß, Wein mit Lucia trank und zusah, wie die Sterne herauskamen, stellte sie fest, dass sie sich schon darauf freute, nach Bella Vista zurückzukehren, bevor sie es überhaupt verlassen hatte.

15

Seit der Szene mit Nicoletta auf der Piazza Lucia ging in Pieros Leben alles den Bach hinunter.

Zia behandelte ihn, als wäre das mit ihnen ein Fehler gewesen. Er kam sich wieder vor wie als Zwölfjähriger in Kalifornien, der vor Schmerz aufgeschrien hatte, weil er einen Baseball mit bloßer Hand aufgefangen und es vermasselt hatte. »Das brennt, was, Kleiner?«, hatte Trainer Brady in einem solchen Fall gerufen. »Ich wette, nächstes Mal bist du schlauer.« Er hatte sich zwar über die höhnische Bemerkung geärgert, sich aber geschworen, nächstes Mal klüger zu sein, bestimmt. Aber Zia hatte ihm keine Chance gegeben.

Zuerst hatte er versucht, nichts an seinen Gewohnheiten zu ändern, und war hin und wieder auf einen Feierabend Drink zu Durante und Lucia gegangen, aber nur, um festzustellen, dass Zia innerhalb von Minuten nach seinem Eintreffen grundsätzlich etwas einfiel, das sie in ihrer kleinen Wohnung zu tun hatte. Und sie hatte zu einem Essen eingeladen und die offensichtliche Gelegenheit ignoriert, sich für seine Gastfreundschaft zu revanchieren … auch ohne Sex.

Sex. Wenn er an den Sex mit Zia dachte, trat ihm immer der Schweiß auf die Stirn. Ihre langen, nackten Gliedmaßen; ihr Haar, das sie umfloss, die Art, wie sie zusammengepasst

hatten. Sex, der in der Vergangenheit lag, hatte sie ihm erklärt, in einem Ton, der besagte, sie wünschte, es wäre nie passiert.

Er war nicht glücklich über sein eigenes Verhalten, angefangen damit, dass er Nicoletta nicht daran hatte hindern können, Zia mit einer Flut von Beleidigungen zu vertreiben, bis dahin, dass er Zia allein hatte gehen lassen und wie erstarrt zugehört hatte, als Zia ihm erklärte, sie werde noch mehrere Wochen in Italien bleiben. Kein Wunder, dass sie jetzt mauerte.

Er stellte fest, dass er Lucia und Durante immer seltener besuchte. Wenigstens schienen die beiden einstweilen die Binotto-Gruppe los zu sein.

Er wünschte, er könnte das von sich auch behaupten.

Jeder Tag auf Tenuta Domenicali bereitete ihm Kopfschmerzen und ließ Emilianos und Salvatores Stirnfalten tiefer werden. Die Familie steckte in einer Sackgasse.

Emiliano hatte den ernsten, aalglatten Alberto Gubbiotti nicht wegen seines Vertrags gelöchert, und an seiner Bereitschaft zu verkaufen hatte sich nichts geändert. Graziella kam nicht mehr so oft ins Büro und ging nie mehr allein an Salvatores Computer, doch abgesehen davon schien alles beim Alten geblieben zu sein. Sie wohnte weiter mit Salvatore in dessen Haus, und Piero durfte ihren Einfluss auf seinen Vater nicht unterschätzen.

Der gab sich zwar kleinlaut, aber Piero konnte nicht recht einschätzen, was das zu bedeuten hatte. Salvatore war nie verlegen. Eher neigte er dazu, die Dinge zu seinem Vorteil einzufädeln und dann in Ruhe zu beobachten, wie sich alles in seinem Sinne entwickelte. Doch jetzt wirkte er einfach nur bedrückt und abgestumpft. Erschöpften ihn der Stress und die Unruhe und Graziellas Klagen darüber, Piero spiele auf Zeit? Wenn Piero einwilligte, Il Rifugio an Binotto zu verkaufen, würde Salvatore dann wieder der Alte sein, sobald dieser Druck von ihm genommen war?

An diesem glühend heißen Donnerstagmorgen Mitte Juli, als die Sonne von einem wolkenlos blauen Himmel herunterbrannte, war für zehn Uhr eine Familienkonferenz angesetzt. Salvatore hatte sie einberufen. Piero kam ein paar Minuten früher, um sich davon zu überzeugen, dass die Espressomaschine lief. Er schenkte sich seine Kaffeetasse voll, setzte sich und stellte seinen Laptop auf die nächstgelegene Ecke des Schreibtischs. Kurz darauf traf Emiliano ein. Beim Hinsetzen klopfte er Piero auf den Rücken. »Worum geht es? Hast du eine Ahnung?«

Piero zuckte mit den Schultern. »Was immer es ist, es macht mich kribblig.«

Seufzend knallte Emiliano seinen Laptop ebenfalls auf den Schreibtisch. Er roch nach frischer Luft, den Weinreben und Schweiß. Es erinnerte Piero daran, wie schwer sein Bruder arbeitete und dass er hierhergehörte – während für Piero das Beste am Donnerstag war, dass morgen Freitag war und er nicht im Büro sein musste. Er würde das Sommerhaus für die ältere Engländerin fertigbauen. Die Grundfläche war in ihrem Garten schon errichtet, und bald würde sie ihr schattiges Fleckchen für den Sommer einweihen können. Die verglasten Paneele für den Winter hatten für ihn keine Priorität gehabt, denn das konnte auch noch im Herbst erledigt werden.

Die Tür des Gebäudes klapperte, und Graziella kam hereinmarschiert. Hinter ihr folgte Salvatore mit sauber gestutztem Schnurrbart und frischem Haarschnitt. »*Ciao*, Papà«, murmelte Piero und schob dann noch einen Gruß an Graziella nach.

Salvatore grüßte freundlich zurück, trat hinter den Schreibtisch und setzte sich auf seinen Stuhl. Graziella schenkte Kaffee für sich selbst und Salvatore ein und schickte sich dann an, einen der Bürostühle hinter den Tisch zu rollen, um sich zu ihm zu gesellen. Salvatore winkte sie zurück und bedeutete ihr, sich zu seinen Söhnen zu setzen. Nach einem Moment

betretenen Schweigens und einem verletzten, vorwurfsvollen Blick zu ihrem Lebensgefährten ließ Graziella sich elegant auf einen Stuhl sinken.

Salvatore verschränkte die Hände auf dem Schreibtisch und vergeudete keine Zeit mit Small Talk. »Ich habe herausgefunden, dass Tenuta Domenicali entgegen meinen Anweisungen niemandem außer der Binotto-Gruppe angeboten worden ist.«

Piero ließ fast seine Kaffeetasse fallen.

Emiliano wandte den Kopf vorwurfsvoll in Graziellas Richtung, und Graziella fuhr zusammen. »Salvatore …!«

»Nicht«, sagte er ausdruckslos, ohne sie anzusehen. »Es war ein Leichtes, ein paar Anrufe zu tätigen und zu überprüfen, ob du die E-Mails, die wir gemeinsam aufgesetzt hatten, überhaupt abgeschickt hast.« Er zog die Augenbrauen zusammen, was ihn grimmig aussehen ließ, und sein Blick huschte zwischen seinen Söhnen hin und her. Er blieb bei Emiliano hängen, dem der Mund offen stand. »Ich glaube, wir sind es Piero schuldig, das Gut anständig auf den Markt zu bringen und festzustellen, ob sich noch andere Interessenten finden.«

Emiliano zögerte kurz, pflichtete ihm dann aber bei. »Das ist fair.«

Piero beschäftigte sich bereits mit der anderen Seite der Geschichte. »Wenn wir an jemand anderen als Binotto verkaufen, kann Emiliano vielleicht seinen Job als Tenuta Domenicalis Winzer nicht behalten.«

Salvatore nickte, einmal.

Emiliano verzog das Gesicht. »Das ist ein großmütiger Gedanke, Piero, wenn man bedenkt, dass ich bereit war, dich dein Zuhause opfern zu lassen.«

Mehrere Sekunden lang war nur das Brummen des Ventilators hinter Salvatore und das Rumpeln des Traktors auf den Hängen des Weinguts zu hören. »Sind wir uns einig darüber,

es vernünftig auf dem Immobilienmarkt anzubieten?«, hakte Salvatore dann nach. »Wir drei?«, fügte er demonstrativ hinzu.

Emiliano nickte ebenfalls, wenn auch langsamer. »Einverstanden«, erklärte er seufzend und offensichtlich in dem Bewusstsein, dass er sich damit womöglich um seinen Job brachte.

Salvatore lehnte sich zurück. »Ich stimme ebenfalls dafür. Würdest du uns bitte allein lassen, Graziella?«

Von dem Moment an, in dem Salvatore ihre Einmischung öffentlich gemacht hatte, hatte Graziella wie erstarrt und bleich dagesessen. Jetzt nickte sie Salvatore ruckartig zu, stand auf und stolperte aus dem Raum.

Nachdem sie die Tür hinter sich geschlossen hatte, seufzte Salvatore und sackte auf seinem Stuhl zusammen, als hätten die letzten paar Minuten ihm alle Kraft geraubt. »Es ist schwierig. Sie hat sich schlecht verhalten und versucht, mich zu ihrer Marionette zu machen, aber ich hätte aufpassen sollen. Ich entschuldige mich, und es kommt nicht wieder vor. Aber …« Er hob die Hände, und sein Blick wurde weicher. »Wenn es euch nicht allzu viel ausmacht, möchte ich die Beziehung nicht beenden. Sie hatte eine zu starre Vorstellung von unserer gemeinsamen Zukunft, und ich glaube, sie hat nicht viel Falsches daran gesehen, eine Abkürzung zu nehmen, um ihr Ziel zu erreichen. Sie war egoistisch, aber sie hat auch nicht versucht, unser Geld in die eigene Tasche zu stecken.«

Wieder Schweigen. Der Traktor des Weinguts fuhr ratternd auf den Hof vor dem Haus und ließ den Motor im Leerlauf. Piero lächelte, um seinen nächsten Worten die Schärfe zu nehmen. »Ich glaube, sie wird immer den Wunsch haben, dein Geld für dich auszugeben.«

Sein Vater verzog zur Antwort den Mund. »Und wenn ich ein dummer alter Mann bin, der beschließt, seine jüngere

Freundin mit Ausflügen auf die Azoren zu verwöhnen, dann ist das meine Sache. Meine Söhne werden bis dahin schon ihr Vermögen aus Tenuta Domenicali abgezogen haben.«

Emiliano nickte. »Deine Entscheidung.«

Piero war seiner Meinung. »Aber du bist kein dummer alter Mann«, sagte er. »Du hast sie gern.«

Salvatore lachte kurz auf, und die Enden seines Schnurrbarts wippten. »Ich rede jetzt mit dem Makler, solange ihr beide hier seid, und ich bin ebenfalls der Ansicht, dass jeder von uns dreien in Verbindung zu ihm treten darf.« *Aber niemand sonst* hing unausgesprochen in der Luft. Obwohl keiner von ihnen die Worte aussprach.

Sie schlossen die Transaktion mit dem Makler ab, und dann verließ Salvatore das Büro, vermutlich, um ein schwieriges Gespräch mit Graziella zu führen. Den Rest des Tages bekamen weder Piero noch Emiliano einen der beiden zu Gesicht, aber beider Autos standen weiter vor dem Haus.

Emiliano verzog sich in den Weinkeller, und Piero ging nur einmal zu ihm, um sich für heute zu verabschieden. Er fand ihn genauso niedergeschlagen vor, wie Salvatore vorhin gewesen war; vielleicht erlebte er gerade einen Vorgeschmack des hohlen Gefühls, das einem die Aussicht bereitete, womöglich etwas, das man liebte, zu verlieren. Piero fühlte sich von der Anspannung und dem Aufruhr erschöpft. Als er nach Hause fuhr, drehte er die Klimaanlage bis zum Anschlag auf, als könnte das sein schweres Herz beruhigen.

Er parkte das Auto und machte sich auf den Weg zu der Lücke zwischen den Zypressen, nach Bella Vista. Hoffte er, Zia anzutreffen? Ein Teil von ihm fühlte sich ganz aufgeregt bei der Aussicht, aber ein anderer Teil sehnte sich einfach nach einem Bier und danach, seinen Freunden sein Herz auszuschütten. Als er zur Terrasse hinaufstieg, fand er Durante vor, der allein im Schatten saß, ein Buch mit Kreuzworträtseln in der Hand hielt und eine Brille mit goldenem Gestell

auf der Nase hatte. Einen Fuß hatte er hochgelegt und in ein feuchtes Geschirrtuch geschlagen.

Piero musterte den Fuß. »Was ist passiert?«

Durante legte Buch und Brille beiseite. »Ich bin die Treppe hinuntergefallen.« Vorsichtig schlug er das Geschirrtuch auseinander, schob mehrere Eiswürfel beiseite und zeigte ihm einen angeschwollenen Bluterguss, der vom Knöchel bis zu den Zehen reichte. Dann wickelte er den Fuß wieder ein und sah hoffnungsvoll zu Piero auf. »Lucia hat sich hingelegt, weil sie sich nicht gut fühlt. Hast du Lust, uns beiden ein kaltes Bier zu holen?« Er leckte sich die Lippen.

Wenn es um kühles Bier an einem heißen Tag ging, war Piero gern bereit, den Botenjungen zu spielen. Er holte ein paar Flaschen Moretti-Bier und frische Eiswürfel für den verstauchten Knöchel. Dann zog er sich auch einen Liegestuhl heran. »Was ist mit Lucia los?«

Durante runzelte die Stirn. »Magenschmerzen. Sie hofft, dass sie weggehen, wenn sie etwas schläft.«

Piero erkundigte sich bewusst nicht nach Zia. Die letzten Wochen, in denen er gewusst hatte, dass sie gleich hinter den Zypressen lebte, ihm aber aus dem Weg ging, hatten ihm stärker zugesetzt, als er für möglich gehalten hätte. Er respektierte zwar ihr Recht, sich zurückzuziehen, doch er sehnte sich schmerzlich danach, allein mit ihr zu reden. Allerdings schien sie stur drauf zu bestehen, sich die Schuld daran zu geben, dass Binotto ihn ausmanövriert hatte, und er wünschte, er könnte mit ihr über die Entwicklung von heute sprechen. Sie kannte die Tricks der großen Firmen, und nachdem er hinsichtlich des Wegerechts so blind gewesen war, machte ihn der Gedanke nervös, ihm könnte noch etwas entgangen sein. »Wo steckt eigentlich Zia?«, fragte er jetzt deswegen doch.

Durante, der gerade einen großen Schluck Bier trank, musste sich unterbrechen und sich den Mund abwischen. »Sie packt«, antwortete er dann. Er trank weiter, während Pie-

ros Herz sich wie in Zeitlupe überschlug. *Sie packte?* Dann sprach Durante weiter. »Sie fliegt für ein paar Tage zurück nach England, um diesen Harry zu treffen, der Vicky und Tori kannte, und dann kommt sie wieder.«

Piero war gar nicht klar gewesen, dass er die Luft angehalten hatte, bis wieder Atem in seine Lungen strömte. *Dann kommt sie wieder*. Wieso bedeuteten diese vier Worte so viel? Innerlich seufzte er. Aus demselben Grund, aus dem die letzten drei Wochen so mies gewesen waren. Er wollte sie sehen, mit ihr reden, mit ihr zusammen sein, dafür sorgen, dass alles wieder gut wurde. Ironisch, dass er Touristinnen als absolut unbedrohlich betrachtet hatte, weil sie wieder nach Hause fuhren. *Diese* Touristin jedoch … er wollte, dass sie nie wieder wegfuhr.

Durante wies auf seinen verletzten Fuß. »Ich wollte sie morgen nach Perugia zum Flughafen fahren, aber hiermit kann ich nicht. Wir müssen hoffen, dass es der armen Lucia bis dahin besser geht.«

In diesem Moment erhaschte Piero einen Blick auf Zia, die aus ihrem kleinen Apartment auf die Terrasse trat. Dann zog sie sich hastig nach drinnen zurück. Angesichts der unangenehmen Tatsache, dass sie ihn mied, wo sie nur konnte, war es zu verführerisch, die Gelegenheit beim Schopfe zu packen. »Ich fahre sie«, erbot er sich beiläufig. »Ich muss sowieso zum Baustoffhandel nach Perugia.« Er war sich ziemlich sicher, dass Zia Lucia oder Durante nichts über ihre Liebesnacht unter dem Sternenhimmel erzählt hatte, daher würden sie sein Angebot unverfänglich finden. Bei der Vorstellung, wie Zia es aufnehmen würde, verkniff er sich ein Grinsen.

»Das wäre wunderbar, wenn du sowieso fährst.« Strahlend stieß Durante mit ihm an.

Piero nickte ihm zu. »Ist mir ein Vergnügen.« Er wechselte das Thema und brachte Durante auf den aktuellen Stand

bezüglich der neuen Strategie beim Verkauf des Weinguts. Graziellas Rolle dabei ließ er allerdings außen vor. Durante und Lucia kannten Salvatore schon lange, und er wollte sie nicht auf die Idee bringen, dass sein Vater, um es mit seinen eigenen Worten zu sagen, eine Marionette gewesen war.

Sofort war Durante abgelenkt. »*Amico mio!* Wenn Il Rifugio dann auch sicher wäre, würde ich nachts gut schlafen.«

»Ja.« Piero konnte sich kaum vorstellen, diese Sorge los zu sein. Sie klebte an ihm. Warf einen Schatten über sein Stück Land. Sie tranken noch ein Bier, und dann erhob sich Piero, um zu gehen, nachdem er sich davon überzeugt hatte, dass seine Freunde heute Abend nicht verhungern würden – anscheinend hatte Zia bereits angeboten zu kochen. »Wann fliegt Zia morgen?«

»Um 11.20 Uhr. Wir wollten um acht fahren«, erklärte Durante.

»Sag ihr, dass ich sie um diese Zeit abhole.« Piero ging nach Hause, um am Ende eines emotional anstrengenden Tags zur Ruhe zu kommen.

Und auf Zia zu warten.

Es dauerte ein paar Stunden, bis sie auftauchte. In der leuchtenden Dämmerung der umbrischen Apenninen kam sie durch die Baumreihe marschiert. Das Haar hatte sie teilweise hochgesteckt, doch der Rest fiel ihr offen über die Schultern. Inzwischen hatte Piero geduscht, sich umgezogen und gegessen und entspannte sich mit dem vierten Bier des Tages auf der gepflasterten Stelle vor der Küche. Unter seinem Gartenstuhl standen ein paar ungeöffnete Flaschen Ichnusa, das sardische Bier, das er gern mochte. Die nackten Füße hatte er auf dem anderen Stuhl hochgelegt, und auf seinem Handy, das in seinem Schoß lag, lief ein Film. Als er Zia entdeckte, pausierte er den Film und rief nach ihr für den Fall, dass sie ihn im Halbdunkel übersah.

Sie wirbelte herum. Als sie auf ihn zuschoss, nahm er die

Füße von dem anderen Stuhl herunter und lud sie höflich ein, sich zu setzen. *»Buona sera.«*

»Buona sera«, gab sie kurz angebunden zurück, warf sich praktisch auf den Stuhl und drehte ihn so, dass sie ins Land schaute und nicht zu ihm.

Ernst schnitt er das Thema an, von dem er mit ein wenig Schadenfreude wusste, dass es sie umtrieb. »Wie ich höre, habe ich morgen im Auto das Vergnügen deiner Gesellschaft.« Er griff unter seinen Stuhl, zog ein Bier hervor, öffnete es und bot ihr die Flasche an.

Zia ergriff sie. »Durante hätte dein Angebot nicht annehmen sollen. Wahrscheinlich hast du das nur gemacht, um mich in Verlegenheit zu bringen.«

Er warf den Kopf zurück und lachte. »Nicht ausschließlich.« Er wurde wieder ernst. »Ich muss zum Baustoffhandel, warum also nicht? Du willst doch nicht, dass Lucia fahren muss, sollte sie noch Magenschmerzen haben?«

»Sie hat sie leider immer noch«, sagte sie. »Deswegen fahre ich allein und lasse mein Auto stehen.«

Er machte eine weit ausholende Bewegung mit der Hand. »Aber wenn du mehrere Tage fortbleibst, kostet das vierzig oder fünfzig Euro. Willst du das wirklich ausgeben, um nicht eine Stunde mit mir im Wagen zu sitzen?«

Seufzend lehnte sie sich zurück, setzte die Bierflasche an die Lippen und trank mehrere ordentliche Schlucke. »Das ist es nicht«, erklärte sie schließlich. »Sonst müsstest du mich womöglich sogar wieder abholen, falls Lucia dann noch krank sein sollte und Durantes Fuß noch nicht verheilt ist.«

»Das würde mir überhaupt nichts ausmachen – ganz im Gegenteil sogar«, sagte er leise. Das Lachen war ihm vergangen. »Es tut mir leid, wie es zwischen uns steht, und ich möchte Wiedergutmachung leisten.«

Sie seufzte. »Mir tut's auch leid. Ich hätte dich am Freitag zum Abendessen einladen können. Als du aufgetaucht

bist, hatte ich ein schlechtes Gewissen. Ich kam mir kleinlich vor.«

»Du bist wütend auf mich«, meinte er verständnisvoll, aber bei diesem kleinen Schritt in die richtige Richtung wurde ihm das Herz leichter.

Sie zog die fein gezeichneten Brauen zusammen. »Ich war es«, verbesserte sie. »Und habe mich unwohl gefühlt, weil mein gut gemeinter Rat nach hinten losgegangen ist und du sauer warst …«

Behutsam unterbrach er sie. »Wie oft soll ich es noch sagen? Ich war nicht sauer auf dich. Ich habe mich über Graziella und Binotto geärgert, und weil ich auf dem falschen Dampfer war.« Dann nutzte er das Tauwetter zwischen ihnen und berichtete ihr das Neueste vom Tage. Er schilderte sogar offen Graziellas Manipulationen.

»Das war … missverständlich ausgedrückt«, meinte sie diplomatisch.

»Sie hat gelogen«, korrigierte er sie unverblümt. »Aber Papà ist anscheinend in der Lage, ihr intrigantes Verhalten mit ihrem Wunsch zu entschuldigen, mit ihm auf eine Kreuzfahrt rund um die Welt zu gehen, daher vermute ich, dass er vorhat, ein paar Grenzen zu setzen und ihr dann zu verzeihen.«

Sie tranken in einvernehmlichem Schweigen weiter und sahen zu, wie die Berge sich verdunkelten und am Himmel rosa Streifen auftauchten, was einen weiteren glühend heißen Tag verhieß. Piero wischte sich die Stirn mit seinem T-Shirt ab. »Es wird ein Vergnügen sein, einen Teil des morgigen Tages in einem Auto mit Klimaanlage zu verbringen.«

»Das heißt, ich würde dir tatsächlich einen Gefallen tun?« Sie lachte. Inzwischen hatte sie ihr Bier halb geleert, die Flipflops abgestreift und die nackten Füße auf die Pflastersteine gestellt, zwischen denen Unkraut wuchs.

»Ja«, gab er feierlich zurück. »Du hast dich einverstanden erklärt, mir die Chance zu geben, Zeit mit dir zu verbringen.«

Sie sah ihn an; ihr Blick wirkte sowohl misstrauisch als auch nachdenklich. Das volle Haar fiel ihr glänzend über den Rücken, und er dachte daran zurück, wie es sich angefühlt hatte, als es seidig ihren nackten Körper umflossen hatte. Er erinnerte sich an alles: ihren schläfrigen Blick, wenn sie kurz davor war, einzuschlummern; die Laute, die sie ausstieß; die Art, wie es sich anfühlte, wenn sie seinen Körper umschlang. Sie raubte ihm den Atem.

»Ich würde dich sogar«, wagte er sich vorsichtig vor, »gern nach England begleiten. Ich kann mir vorstellen, dass der Sommer dort kühler ist.«

»Es nieselt dort ständig«, erwiderte sie trocken. »Das würde dir nicht gefallen.«

Piero hätte wiederholen können, er wolle gern bei ihr sein, doch offensichtlich misstraute sie ihm, und er selbst war sich nicht sicher, was es bedeutete, dass er so gern mit ihr zusammen war. Er entschied sich, offen zu sein, ohne zu dick aufzutragen. »Ich mag England. War ewig nicht mehr dort. Es wäre interessant, dich bei deiner Suche zu begleiten.«

Sie schnaubte wegwerfend. »Wenn du vorschlägst, mit mir nach England zu fliegen, hast du offensichtlich zu viel getrunken.« Sie leerte ihr Bier und schickte sich zum Aufstehen an.

Verblüfft protestierte er. »Ich bin nicht betrunken. Das ist erst meine vierte Flasche – in einem englischen Pub wären das ungefähr zwei Pints.« Er beugte sich vor, achtete aber darauf, genug Abstand zu halten, damit sie sich nicht bedrängt fühlte. »Ich habe nicht zu viel getrunken«, erklärte er nachdrücklich. Sein Vorschlag, mit ihr nach England zu kommen, war spontan gewesen, aber der Gedanke gefiel ihm immer besser. »Ich könnte morgen mit dir zusammen fliegen und mindestens bis Montag bleiben. Aber nur, wenn du willst.«

Sie starrte ihn an. Sie wirkte angespannt, als wäre sie bereit, jede Sekunde aufzuspringen und davonzurennen. »Tut mir leid«, sagte sie schließlich und ließ sich wieder gegen die

Rückenlehne ihres Stuhls sinken. »Ich hatte nur kurz daran gedacht, wie Brendon mir erklärt hat, dass Männer alles Mögliche sagen, wenn sie betrunken sind.« Sie lächelte entschuldigend.

Er dachte an den Mann, den sie in England zurückgelassen hatte; jemanden, der so dumm gewesen war, sie zu betrügen. Piero hatte den Unbekannten, mit dem Zia zusammen gewesen war, fast vergessen, doch jetzt stellte er fest, dass er es nicht besonders leiden konnte, wenn sie ihn zitierte. »Hast du noch Kontakt zu ihm? Wirst du ihn in England sehen?«

Sie krauste die Nase. »Er ist der beste Freund von Ursulas Mann, also vermute ich mal, wir werden uns nie ganz aus dem Weg gehen können.«

Es gab verschiedene Arten, jemanden zu »sehen«. Umso mehr wünschte Piero sich jetzt, sie würde sein Angebot, sie nach England zu begleiten, annehmen. Doch sie stand auf, um zu gehen, und er erhob sich ebenfalls, streckte die Hände aus und ließ die Finger über ihre Arme gleiten. Er wollte ihren Abschied hinauszögern, erreichen, dass sie sich wieder ähnlich nahe waren wie vorher. »Ich bin nicht betrunken. Ich sehne mich nur nach dir.«

Nachdenklich sah sie ihn an, entzog sich aber nicht seiner Berührung.

Langsam, um ihr jede Menge Gelegenheit zum Rückzug zu geben, legte er die Arme um sie. Sie betrachtete ihn weiter. Ihre Augen fingen das letzte Tageslicht ein. Er neigte den Kopf und streifte ihren Mund mit seinem. Ein langer Moment verging. Er hielt die Luft an, als hinge etwas Starkes und Kostbares in der Schwebe. Dann erwiderte sie seinen Kuss und drückte kurz die Lippen auf seine. Er öffnete sich ihr und küsste sie tief und lange, sie schmiegte sich an ihn, und ihre weichen, tastenden Küsse sandten ihm ein Prickeln über die Haut. Und sie hörten nicht auf, sich zu küssen.

Schließlich wich sie zurück, nur einen oder zwei Zentimeter. Ihr Atem ging schnell. »Vielleicht …«, begann sie. Doch dann musste etwas ihre Aufmerksamkeit erweckt haben. Sie wandte den Kopf, und ihr Blick wurde starr. Plötzlich fühlte sie sich in seinen Armen wie ein Brett an.

Ohne ihn noch einmal anzusehen, machte sie sich von ihm los und schlüpfte in ihre Flipflops. Erstarrt und verblüfft stand er da, als sie sich auf dem Absatz umdrehte und nach Bella Vista davonlief. Im letzten Tageslicht wirkte es beinahe, als schwebte sie auf ihrer Flucht über den Grasspitzen.

Verletzt und verwirrt blickte Piero sich in der Dämmerung um und versuchte herauszufinden, wovor sie davongerannt war wie ein nervöses Pferd.

Und dann nahm er an der Hausecke eine Gestalt wahr. Nicoletta. Zufrieden lächelnd sah sie Zia nach. Dann wandte sie sich Piero zu, als hätte sie seinen Blick gespürt. Sofort verzerrte sich ihr Gesicht, und sie wischte sich die Augen mit dem Handrücken ab; das Bild einer tränenüberströmten Frau, der Unrecht geschehen ist. »Piero?«, rief sie mit leidgeprüfter Stimme.

»Nicoletta!«, sagte er und stöhnte entnervt. Er betrachtete ihr offenes Haar, das aussah, als wäre sie gerade aus dem Bett gestiegen, ihre Bluse, die so aufgeknöpft war, dass die Rundung ihrer Brüste enthüllt wurde, den kurzen Rock. Angezogen, um zu verführen.

Er dachte daran, wie er aus Rücksicht auf ihre gemeinsame Vergangenheit falsch auf ihre Tränen reagiert hatte, wie er geblieben war, um ihr einmal mehr freundlich zu erklären, dass sie keine gemeinsame Zukunft hatten. Aber er hatte vor einem Jahr die richtige Entscheidung getroffen, als er sich geweigert hatte, ihrem Ultimatum nachzugeben, und er würde jetzt die richtige treffen. Er rannte los. Hinter Zia her.

Das Adrenalin verlieh Zia Flügel, während sie durch das trockene Gras lief. Sie hörte, wie Piero »Nicoletta!« sagte, und die Zypressen schienen auf sie zuzurasen.

Sie war zornig. *Außer sich vor Wut …* auf sich selbst, weil sie in diesen Kuss gefallen war wie in einen Strudel. Ihre Enttäuschung über Nicolettas Auftauchen trug nur noch zu ihrem Ärger auf ihre eigene Naivität bei.

Es war Zeit, dass sie aufhörte, der Anziehungskraft nachzugeben, die Piero auf sie ausübte.

Sie hatte auf ihrer Flucht durch das Unterholz so viel Lärm veranstaltet, dass sie Pieros Schritte hinter sich nicht gehört hatte. Daher keuchte sie auf, als sich eine warme Hand auf ihren Unterarm legte. Dabei hatte sie beinahe die Lücke zwischen den Bäumen erreicht, die ihr wie das Tor zur Sicherheit vorkam. Er hielt sie nicht auf oder zog sie herum, sondern ließ einfach die Hand hinabgleiten, bis er seine Finger mit ihren verflechten konnte, und lief neben ihr her. In der aufgeräumteren Umgebung von Bella Vista wurde die einbrechende Dunkelheit von Lampen erhellt. Er wandte sich nach rechts, zog sie mit und hielt auf den Pavillon zu, von dem man auf die glitzernden Lichter im Tal hinuntersah.

Sie hätte ihm die Hand wegreißen und sich in ihr Apartment retten können. Stattdessen saß sie ihm gegenüber und schaute ihn über den Tisch hinweg an, an dem sie oft mit Ursula gegessen hatte. Mit ernster, düsterer Miene ergriff er ihre Hände. »Nicht«, sagte er beschwörend. »Gib nicht gleich bei der ersten Hürde auf. Nicoletta ist bestimmt schon wieder verschwunden. Ich habe sie nicht nach Il Rifugio eingeladen.«

»Ich bin kein Mensch, der kneift«, stieß sie empört hervor. »Das Leben hat mich nicht gerade verwöhnt. Ich habe gelernt, damit klarzukommen.«

Herausfordernd zog er die Augenbrauen hoch. »Wieso braucht es dann nur einen Blick auf meine Ex, und du läufst davon?«

Glühende Hitze stieg ihr in die Wangen, und ihr Puls raste. Sie atmete tief durch, um sich zu beruhigen. Hatte er da irgendwie recht? Als sie gesehen hatte, wie Nicoletta sie beobachtete, war sie ihrem Fluchtinstinkt gefolgt; genau wie sie damals herumgewirbelt war und den Raum verlassen hatte, als sie Brendon in flagranti erwischt hatte. Hatten dieser Schock und die Demütigung ein Trauma bei ihr ausgelöst? Sie runzelte die Stirn, denn dagegen würde sie dringend etwas unternehmen müssen.

Er strich mit den Daumen an ihren Fingern entlang. »Ich glaube, Ex-Partner haben eine besondere Fähigkeit, uns aus dem Gleichgewicht zu bringen. Als du deinem Ex nicht mehr trauen konntest, hast du aufgehört, Männern überhaupt Vertrauen zu schenken. Dein Instinkt rät dir, Situationen zu vermeiden, in denen ein Mann dich verletzen könnte, und das hat dafür gesorgt, dass du automatisch das Schlimmste von mir denkst. Genauso hat die Erfahrung mit Nicoletta mich, als sie versuchte, mich zu einer festen Bindung zu zwingen, dazu gebracht, vor Bindungen zurückzuschrecken.«

»Oh«, flüsterte Zia. Diese unverblümte Ehrlichkeit überraschte sie. Langsam beruhigte sie sich und war wieder dazu in der Lage, einen klaren Gedanken zu fassen. »Dann hat Nicoletta dir feste Beziehungen ein für alle Mal verdorben? Und du möchtest nur noch Affären haben?«

Verblüfft legte er die Stirn in Falten. Der Bereich zwischen den Ferienhäusern und dem Pavillon wurde aus Rücksicht auf die Gäste nur dezent beleuchtet, sodass eine Seite seines Gesichts scharf ausgeleuchtet war, die andere aber im Dunkeln lag. »Das würde mir aber gar nicht gefallen, denn …« Er unterbrach sich. »Aber ich habe mich in letzter Zeit wirklich nicht bereit für etwas Ernstes gefühlt«, fügte er dann aufrichtig hinzu. Seine Stimme klang heiser. »Das heißt, bis ich dir begegnet bin. Ich empfinde etwas für dich, Zia. Ich weiß nicht,

was es ist oder wo es hinführen wird, aber ich will dich. Ich denke ständig an dich.«

Ein warmes Gefühl breitete sich in Zias Magengrube aus. »Ich denke auch an dich«, gestand sie fairerweise. Sofort huschte ein strahlendes Lächeln über sein Gesicht. »Aber ich finde, wir sollten es langsam angehen«, fügte sie daher rasch hinzu.

Er drückte ihr die Finger und ließ sie dann los. Es wirkte wie ein Rückzug. »Wenn du es so willst.«

Sie war sich nicht sicher, ob es ihr gefiel, dass er so bereitwillig nachgab. »Ich fahre morgen allein zum Flughafen«, sagte sie. »Schließlich geht es Lucia und Durante nicht gut, und du hast zwei Jobs. Ich will mir keine Sorgen machen müssen, ob mich jemand abholen kann, wenn ich zurückkomme.«

»Du willst die Kontrolle behalten«, gab er gelassen in einem Ton zurück, der besagte *Komm schon, gib es doch zu.*

Sie spürte einen Anflug von Verblüffung, weil er sie so vollkommen durchschaute. »Okay. Kann schon sein. Und ich glaube, wir sollten nicht vergessen, dass ich mir bis September eine Arbeit suchen muss.«

Er neigte sich ihr zu. »Aber in welchem Land?«

Sie seufzte. »Nicht hier, nicht in absehbarer Zeit. Es ist nicht so einfach wie früher, in Italien zu arbeiten. Genau deswegen bin ich ja hergekommen, weißt du noch? Um vielleicht meinen leiblichen Vater dazu zu bewegen, mich anzuerkennen und mir den Weg zu ebnen.« Wieder seufzte sie, heftiger jetzt, sodass sich ihre Schultern hoben und senkten. »Mir war nicht klar, dass das zu einer ganzen Reihe von Konflikten führen würde.«

»Mit deiner italienischen Familie?« Er hob eine Hand und legte sie ihr sanft an die Wange.

Die Insekten um sie herum zirpten jetzt nach Leibeskräften, um die einbrechende Nacht zu begrüßen, und Zia hatte

das Gefühl, als wäre ihr Gesang der Puls dieses Ortes, der sie durchlief und sie daran erinnerte, wie sehr sie sich wünschte, irgendwo hinzugehören. Doch sie zwang sich, praktisch zu denken. »Biologisch sind sie meine Familie. Aber in Wahrheit habe ich keine Verbindung zu ihnen. Kein schönes Gefühl. Aber vielleicht kann ich wenigstens ein paar Lücken in meiner Geschichte, besonders dem englischen Teil davon, schließen, wenn es mir gelingt, mit Harry Anstey zu reden.«

»Aber wird dir das dabei helfen, dir darüber klar zu werden, was du für die Costas empfindest?«

Wieder wurde ihr bewusst, wie gut er sie durchschaute und dass er einen Grad von Verständnis zeigte, den sie bei anderen Männern noch nie erlebt hatte. »Keine Ahnung, aber das Gespräch mit Harry ist etwas, das ich tun und mir dabei ziemlich sicher sein kann, dass niemand verletzt wird.« Sie seufzte. »Hier in Montelibertà habe ich das Gefühl, mich wie auf rohen Eiern bewegen zu müssen … und nicht nur, weil hier Erdbebengebiet ist.«

16

Weniger als vierundzwanzig Stunden später schloss Zia die Tür zu ihrer Wohnung in Brighton auf und hielt inne. Sie hörte ein Geräusch, das sich exakt so anhörte wie leidenschaftlicher Sex.

Das musste Einbildung sein. Die Reise musste sie verwirrt haben. Ihr Flug hatte Verspätung gehabt, und die Passkontrolle hatte sich als nervenzerrende Geduldsprobe erwiesen. Der Expresszug von Stansted aus war pünktlich gewesen, aber dann hatte sie sowohl in der U-Bahn, mit der sie quer durch London gefahren war, als auch im Zug nach Brighton stehen müssen.

Das Geräusch wurde lauter. Seufzen, Keuchen, Stöhnen. Ihr Herz überschlug sich. Hatten sich hier Hausbesetzer eingenistet? Sexbesessene Hausbesetzer noch dazu, wie es sich anhörte? Sie warf einen Blick zu der offenen Tür hinter sich und überzeugte sich davon, im Falle des Falles schnell flüchten zu können. Auch die Tür zu ihrem Schlafzimmer, das nur zu offensichtlich die Quelle des Tumults war, stand halb offen. Kalter Schweiß lief ihr über den Rücken, während sie sich einen oder zwei Meter näher heranschlich. Das rhythmische Poltern wurde schneller und hielt auf seinen Höhepunkt zu. Als Zia sich wappnete und um den Türrahmen spähte, bot

sich ihr ein Panorama aus pumpenden, haarigen männlichen Pobacken und weiblichen Armen und Beinen, die den dazugehörigen Körper umschlangen.

Einer dieser Frauenarme war mit einem Zia vertrauten Sleeve-Tattoo geschmückt.

»URSULA!«, rief sie entrüstet.

Die Hinterbacken erstarrten mitten in der Bewegung.

»Zia?« Unter dem Körper des Mannes drang Ursulas panische Stimme hervor.

Der Mann stieg hastig und ungeschickt von ihr herunter, und Zia drehte ihm mit rot angelaufenem Gesicht verspätet den Rücken zu, nachdem sie einen Blick auf viel mehr von ihm erhascht hatte, als sie sich jemals zu sehen gewünscht hatte.

Sekunden später trat Ursula, die sich hastig ein Laken umgeschlungen hatte, aufgeregt und schwer atmend in der Diele zu Zia und zog die Tür hinter sich zu. »Was machst du denn hier?«, fragte sie keuchend.

Zia starrte sie aufgebracht an. »Ich *wohne* hier! Was hast du hier zu suchen? Oh, Mist, du brauchst es mir gar nicht zu erklären«, stieß sie angewidert hervor. »Was zum Teufel soll das, Ursula? Wieso triffst du dich hier mit jemandem, um Sex zu haben? Du hast mir geschworen, dass du Stephan nicht betrogen hast. Und ich habe den Kopf für dich hingehalten!«

Ursula, der ein paar Strähnen in die Augen fielen, lief vor Verlegenheit tiefrot an. »Die Sache ist die …«

»Und das auch noch in *meinem* Bett!«, fauchte Zia.

»Ist mir vollkommen egal, wessen Hintern da vor mir auf- und abgehüpft ist, schaff den Kerl einfach *sofort* aus meiner Wohnung, und du kannst auch verschwinden, sobald du das Bett frisch bezogen hast. Ich habe Leute, die betrügen, so satt. Heiliger Scheiß, wenn ich dir je wieder vertrauen soll …« Sie unterbrach sich, als die Tür hinter Ursula aufschwang.

Der Mann, der inzwischen vollständig angezogen, aber atemlos und genauso rot im Gesicht wie Ursula war, trat heraus – stämmig, strohblond und wohlbekannt.

Zia riss die Augen auf. »Stephan?«

»Tut mir leid«, murmelte er.

Ursula räusperte sich. »Es war, na ja, so eine Fantasie. Du weißt schon, so etwas wie Sex mit einem Fremden … aber mit dem eigenen Mann.«

Stephan prustete unvermittelt vor Lachen und vergrub das Gesicht in Ursulas Haar.

»Aha«, meinte Zia und kam abrupt von ihrem hohen Ross herunter. *»Ohh …«* Dann bedachte sie ihre Freundin mit einem strengen Blick. »Musste das unbedingt in meinem Bett sein?«

Ursula ließ den Kopf hängen, aber inzwischen bebte sie vor unterdrücktem Gelächter. »Das war ein grauenhafter Missbrauch deiner Gastfreundschaft, und ich wechsle die Bettwäsche sofort. Aber, du weißt schon, die Fantasie. In unserem eigenen Bett hätte das nicht funktioniert, oder? Er hat mich, du weißt schon, im Black Dove aufgelesen …« Hinter ihr stieß Stephan ein ersticktes Keuchen aus.

Fast widerwillig zuckten Zias Mundwinkel. Sie ließ ihren Rucksack an ihren Armen hinabrutschen und zu Boden knallen. »Na ja, ich habe dich auch nicht vorgewarnt, dass ich unterwegs war und dich überraschen könnte, und die Überraschung ist jedenfalls gelungen. Aber ich werde mir wohl die Augen mit Seife auswaschen müssen.«

Stephan schüttelte sich vor Lachen.

Sie einigten sich schweigend darauf, dass sie die peinliche Episode am besten hinter sich ließen, indem sie so taten, als wäre sie nie passiert. Nachdem sie rasch die Bettwäsche gewechselt hatten, boten Stephan und Ursula an, Zia zu Pommes am Palace Pier einzuladen. Zwischen Regenschauern wagte sich immer wieder die Sonne hervor. Sie besetzten drei

blau-weiß gestreifte Liegestühle in der Mitte des Stegs, wo durch die Spalten zwischen den alten Brettern das tosende Meer zu sehen war. In der Nähe krachten und quietschten die Autoscooter, johlende Touristen klammerten sich am Twister-Karussell und am Horror-Hotel-Geisterzug fest, während kleine Kinder auf dem Fahrgeschäft mit den sich drehenden Tassen kreischten. Der zuckrige Geruch nach Doughnuts kämpfte mit dem fettigen nach Fish and Chips, und alles war mit einer Prise Seetang garniert. Möwen breiteten im Wind ihre Schwingen aus und kreischten »Ahh« wie die Piraten, die sie waren, wenn sie mit hakenförmigen Schnäbeln unachtsamen Touristen Snacks aus den Händen rissen. Das war alles beruhigend typisch für einen britischen Strand, genau wie die Mädchen im Teenageralter, die man ein Stück weiter an der Küste auf dem Kiesstrand sehen konnte und die stur Bikinis trugen, als wären sie in der Meeresbrise nicht vor Kälte erstarrt. Kinder, die im seichten Wasser paddelten, waren weit vernünftiger mit Neoprenanzügen ausgestattet.

Die heulende Brise trug Gesprächsfetzen heran.

»Ich will zu den Spielautomaten, Mummy!«

»Nein, nicht die blöden Maschinen. Fahren wir mit der Achterbahn!«

»Glaubt ihr, ich schwimme im Geld? Das kostet alles ein Vermögen …«

Zia, Ursula und Stephan ließen sich freundschaftlich nebeneinander nieder, aßen mit Holzgäbelchen gesalzene Pommes und stellten ihre Bierbecher aus Plastik zwischen ihre Füße, damit sie nicht umgeweht wurden. Zia schilderte ihre unerwartete Begegnung mit Gerardo.

Ursula lauschte, eine Pommes auf halbem Weg zu ihrem Mund. Ihre blonde Stirnlocke wurde hochgeweht, sodass sie über ihrem Kopf hing wie ein Fragezeichen. »Hast du ihm denn nicht gesagt, wer du bist?«

»Ich war wie erstarrt«, gestand Zia. »Es ist einfach ein furchtbarer Gedanke, seine Frau und seine Kinder unglücklich zu machen.«

»Du bist auch sein Kind«, rief Ursula ihr ins Gedächtnis, obwohl sie nicht richtig überzeugt klang.

Zia biss in eine Pommes, die besonders knusprig war, so wie sie es am liebsten hatte. »Ich bin hier, um Harry zu sehen. Nach den Briefen und dem, was Lucia mir erzählt hat, habe ich angefangen, so eine Art Zeitschiene meiner Vorgeschichte aufzustellen. Ich will schauen, ob ich ihn dazu bringen kann, die Lücken zu füllen. Er lebt in Chichester, also kann ich direkt mit dem Zug hinfahren.«

Ursulas blaue Augen leuchteten begeistert auf. »Ich habe morgen frei. Ich könnte dich fahren. Stephan muss arbeiten.«

Bei dem Gedanken, Ursula und sie könnten einen Tag zusammen verbringen, stieg Freude in Zia auf. »Das wäre großartig, wenn es dir nichts ausmacht, deinen freien Tag zu opfern.«

»Und wie bist du mit Piero auseinandergegangen?«, erkundigte sich Ursula und wischte den letzten Rest Ketchup mit einer Fritte auf. »Habt ihr es noch einmal getan?«

Als Zia sah, wie Stephan plötzlich eine finstere Miene zog, lief ihr Gesicht brennend heiß an. »Nein.« Sie beschloss, nicht zu erwähnen, dass sie sich bis fast ein Uhr morgens im Pavillon unterhalten hatten, was vielleicht auch der Grund für ihre heutige Müdigkeit war. Aber keiner von ihnen hatte versucht, den anderen ins Bett zu bekommen. Vielleicht hatte er recht damit, dass das Erlebnis mit Brendon sie misstrauisch gemacht hatte, oder sie hatten erkundet, was zwischen ihnen außer Sex noch war.

Dann hatte sie sich heute Morgen von Durante verabschiedet, der von seiner Sorge um Lucias Magenkrämpfe, die keinerlei Anzeichen von Besserung zeigten, abgelenkt war, und festgestellt, dass Piero an ihrem Auto auf sie wartete. »Wollte

dir nur eine gute Reise wünschen«, hatte er gemurmelt. Frisch geduscht hatte er zum Anbeißen ausgesehen und gerochen. Zum Abschied hatte er sie sehr gründlich geküsst, und als sie davongefahren war, hatte sie sich wie eine einzige bebende erogene Zone gefühlt und bereut, dass sie letzte Nacht die Gelegenheit, mit ihm ins Bett zu gehen, nicht genutzt hatte. Obwohl sie dann vielleicht ihren Flug verpasst hätte …

Stephan runzelte immer noch die Stirn. »Triffst du dich mit Bren, solange du hier bist?«

Die Frage bescherte ihr ein unangenehmes Erwachen aus ihrem Tagtraum. »Habe ich nicht vor«, gab sie knapp zurück.

Seine Miene wirkte jetzt leicht anklagend. »Du weißt, dass es ihm leidtut.«

»Ja, aber das ändert nichts.« Sie versuchte nicht zu verbergen, dass ihr Stephans kritischer Unterton nicht passte und jede freundschaftliche Wärme, die er gezeigt hatte, merklich abgekühlt war. Nachdem sie sich für den nächsten Tag mit Ursula verabredet hatte, ließ Zia die beiden allein ihre neu entdeckte Nähe genießen und ging zurück zum New-Steine-Park und der Wohnung, die sie immer geliebt hatte. Es war eigenartig, elegante, pastellfarbene Stadthäuser zu passieren statt Gebäude aus Stein und Terrakotta; die Marine Parade und Gärten, die hinter Gittern lagen, statt Bergen und einem Tal voller Weinstöcke.

Sie hatte kaum den Schlüssel im Schloss gedreht, als ihr Handy klingelte und sie *Brendon* auf dem Display las. »Hat ja nicht lange gedauert, bis du gehört hast, dass ich hier bin«, begrüßte sie ihn mürrisch, während sie die Tür schloss.

Er zögerte. »Ähm, ich wollte mich sowieso bei dir melden.« Dann fuhr er begeisterter fort: »Die Sache ist die, Elise Stokes hat mich angerufen.«

Zia erinnerte sich voller Zuneigung an Elise, daher fuhr sie gemäßigter fort. »Wirklich? Wie geht's ihr? Sie war so ungefähr die beste Chefin, die wir je hatten.« Elise hatte ihr Team

mit einer Mischung aus Herzlichkeit und Zielstrebigkeit geleitet. Ihre Zeiten als Kollegen lagen außerdem so weit in der Vergangenheit, dass sie nicht auf der Party gewesen war, bei der Zia Brendon als Betrüger ertappt hatte.

»Sie stellen ein«, verkündete Brendon gewichtig.

Sie zögerte in der Küchentür. »Sie stellen ein?«

»Und es hat sie interessiert, ob du vielleicht zur Verfügung stehst«, fügte Brendon in einem Ton hinzu, als zöge er ein Kaninchen aus einem Hut.

»Ist sie immer noch bei dieser Beteiligungsgesellschaft in London?« Zia schlenderte an das kleine Küchenfenster, durch das sie die Tauben auf den umliegenden Dächern sehen konnte. Sie hatten sich aufgereiht, um die in der Luft kreisenden Möwen zu betrachten wie Zuschauer bei einer Flugshow. Die Parkbänke verschwanden fast hinter weißen und blauen Schmucklilien, die beinahe aus ihren Blumenbeeten platzten. Ein kleines Kind warf einen billigen Drachen in die Luft, nur damit der Wind ihn wieder auf den Rasen schleuderte.

»Headley Whiterow, ja. Stehen sehr gut da«, entgegnete er. »Sie hat mich nach deiner Nummer gefragt. Ich schicke dir jetzt ihre Kontaktdaten.«

Sekunden später pingte ihr Handy, und die Nachricht ging ein. »Schön«, sagte sie. Ein Teil von ihr wusste, dass das eine gute Gelegenheit war. Im Oktober waren die jährlichen Verwaltungsgebühren und die Grundsteuer für ihre Wohnung fällig. Ihre Abfindung schrumpfte zusammen, und bald würde sie ihre Ersparnisse angreifen müssen. Sie ordnete ihre Gedanken. »Tut mir leid, du hattest mich überrumpelt. Danke.«

Er klang kindlich eifrig. »Dann setzt du dich mit ihr in Verbindung?«

»Natürlich.« Es gefiel ihr nicht, ihm Rechenschaft über ihre Zeit abzulegen, obwohl er ihr mit einem Job helfen wollte. »Bevor ich zurückfliege«, fügte sie daher unverblümt hinzu.

Die Leichtigkeit schwand aus seiner Stimme. »Zurück nach Italien?«

»Ja.«

Er verabschiedete sich säuerlich und legte auf.

Sie seufzte. Ob er nun in der Hoffnung, sie in Großbritannien zu halten, versucht hatte, sich bei ihr einzuschmeicheln, oder ob er nur hatte nett sein wollen, offensichtlich war er enttäuscht darüber, dass sie nicht auf Dauer nach England zurückgekehrt war. Vielleicht hatte Stephan vergessen, ihm mitzuteilen, dass sie nur kurz zu bleiben geplant hatte.

Sie lächelte ironisch. Brendon wäre noch weniger erfreut gewesen, hätte sie Pieros Angebot, sie zu begleiten, angenommen. Während des Flugs war es ihr schwergefallen, sich auf ihren E-Book-Reader zu konzentrieren, denn in ihren Gedanken war sie immer wieder zu Piero und der Vorstellung zurückgekehrt, wie sie zu zweit nach Chichester fuhren. Es war verlockend, sich seine tröstliche Wärme an ihrer Seite auszumalen, während sie versuchte, die Geheimnisse ihres Lebens zu enträtseln. Der Moment, in dem sie vor Harry Ansteys Tür stehen würde, kam näher, und ihr Magen schlug jedes Mal, wenn sie daran dachte, Flickflacks wie ein Akrobat.

Um sich abzulenken, schrieb sie Elise Stokes eine Textnachricht. Elise rief zurück, und bald erklärte sich Zia einverstanden, sich am Montagmorgen um zehn in den Räumen ihrer Fima in London mit ihr zu treffen. »Die Verbindung von Brighton ist gut«, betonte Elise begeistert. »Ich pendle selbst jeden Tag. Das Büro liegt in der Nähe der Victoria Station.«

»Das klingt nach einer großartigen Chance«, entgegnete Zia automatisch ebenso enthusiastisch und unterdrückte ihren Unmut darüber, dass sie jetzt erst am Dienstag nach Italien zurückfliegen konnte. Sie plauderten noch eine Weile, und dann konnte Zia sich endlich ein Fertiggericht aus dem Tiefkühlschrank holen und es in den Backofen schieben. Während sie darauf wartete, dass es warm wurde, beschloss

sie, Lucia anzurufen und sich zu erkundigen, ob es ihr besser ging.

Doch es war Durante, der an Lucias Handy ging. »Sie schläft«, flüsterte er in besorgtem Ton. »Wegen der Schmerzen hat sie schlecht geschlafen.«

»War sie denn beim Arzt?«, fragte Zia.

»Sie sagt, sie hat etwas Schlechtes gegessen, und deswegen hat sie Schüttelfrost und fühlt sich krank«, berichtete er geknickt. »Sie mag keine Ärzte.«

Abgesehen davon, dass er Lucia dickköpfig nannte, hatte er nicht viel mehr zu berichten, also legte Zia auf, verließ die Küche und griff nach einem Stapel Post, der auf dem Boden in der Diele beiseitegeschoben lag. Anscheinend hatten Ursula und Stephan die Post ignoriert, als sie ihre Sexfantasie ausgelebt hatten. Um Ursulas willen freute es sie, dass ihre Beziehung wieder intakt war. Es war ein wenig eklig, dass sie ihr Bett benutzt hatten, aber das Gästebett, das ein paar Monate lang Ursula gehört hatte, war nur ein Einzelbett. Trotzdem war das ein eklatanter Missbrauch ihrer Gastfreundschaft gewesen, dachte sie, während sie die Briefe sortierte, was es noch ärgerlicher machte, dass Stephan Brendon buchstäblich in dem Moment, in dem sie ihm den Rücken zugedreht hatte, berichtet haben musste, dass sie in der Stadt war.

Das einzig Gute an diesem Abend war schließlich, dass Piero sie von seiner oberen Terrasse aus anrief, wo er, wie er sagte, lag und die »italienischen Sterne« betrachtete.

Sie war sich nicht sicher, ob man das, was als Nächstes passierte, Telefonsex hätte nennen können, doch sie dachte auf jeden Fall an nichts anderes mehr. Nicht einmal an die Geheimnisse, die am folgenden Tag vielleicht enthüllt werden würden.

Am nächsten Morgen sah alles schon wieder ganz anders aus. Zia wachte früh um fünf Uhr auf, lag wach und ließ wie

besessen Szenarien vor ihrem inneren Auge ablaufen, wie Vickys alter Freund Harry wohl auf ihren unangekündigten Besuch reagieren würde. Sie grub Erinnerungen daran aus, wie Vicky und er bei seinen lange zurückliegenden Besuchen miteinander umgegangen waren, und fragte sich, wie Tori da hineinpasste. Diese sommersprossige englische Rose, die auf Lucias Fotos eingefroren war, musste für ihn ein Mensch aus Fleisch und Blut gewesen sein; er musste ihre Stimme gekannt haben und ihre Art, sich zu bewegen, zu lachen und zu weinen. Soweit sie wusste, war Harry der einzige lebende Mensch, der beide Victoria Chalmers gekannt hatte – Vicky und Tori. Sie betete darum, dass er sein Gedächtnis nicht verloren hatte.

Ursula holte sie um zehn ab. Eine Meeresbrise trieb fluffige weiße Wolken über einen kobaltblauen Himmel. Langsam fuhren sie an dem von Menschen wimmelnden Küstenstreifen vorbei, bogen in Hove nach rechts ab und schlugen in die Old Shoreham Road ein, vorbei am Friedhof und über dicht bebaute Straßen.

»Und, hast du mir etwas zu sagen?«, fragte Ursula spitz, die am Steuer saß. Ihre lange Haarsträhne hatte sie sich hinter einen der Bügel ihrer Sonnenbrille geklemmt.

Zia versuchte, ihre Nervosität zu überspielen, indem sie sie aufzog. »Dein gelbes Spitzentop passt nicht zu deinen Tattoos. Sieht aus wie unterschiedliche Muster auf einem Quilt.«

»Halt die Klappe«, gab Ursula gutmütig zurück. »Ich meinte aus deinem Leben. Etwas, das … mit einem Job zu tun hat, vielleicht?« Sie wackelte mit den blonden Augenbrauen und schaltete einen Gang rauf, um einen Kleinbus zu überholen.

Zia hatte nach links gespäht, um kurze Ausblicke aufs Meer zu erhaschen, doch jetzt sah sie ihre Freundin stirnrunzelnd an. »Aha, die Hotline zwischen Brendon und Stephan war also aktiv.«

Ursula reagierte nicht auf ihren sarkastischen Ton. »Aber aufregend, was? Hast du mit deiner alten Chefin geredet?«

»Elise? Ja, wir treffen uns am Montag in London.« Zia versuchte, nicht gereizt zu klingen. »Was meinst du, Ursula, wäre es möglich, Stephen davon abzubringen, mich für Brendon auszuspionieren? Es war nett, dass Bren mir Elises Nummer gegeben hat, aber wir sind nicht mehr zusammen.«

Ursula warf ihr einen verblüfften Blick zu, richtete ihre Aufmerksamkeit dann wieder auf die Straße und bremste ab, als es sich vor ihnen staute. »Ich würde nicht sagen, dass Steph dich ›ausspioniert‹.«

»Nicht?« Zia kroch tiefer in den Sitz hinein. Ursulas Wagen war ein alter Audi, in dem man sich fühlte, als würde man auf einem Sofa herumfahren. »Aber ich habe mich gestern von Stephan und dir verabschiedet, und zehn Minuten später hat Bren angerufen. Und offensichtlich hat er Stephan von dem Job erzählt, sonst wüsstest du nichts davon.« Zia berührte den Arm ihrer Freundin. »Ich weiß ja, dass er Brens Freund ist, und ich habe gestern vor ihm selbst von Gerardo gesprochen, ohne mir viel dabei zu denken, aber ab jetzt werde ich besser aufpassen. Brendon interessiert sich mehr für mich, als sich das für einen Ex gehört.«

»Okay. Ich verstehe schon, dass das nicht cool ist.« Ursula seufzte. »Aber mir fehlen die Zeiten, als wir immer zu viert waren.«

»Das waren doch nur ein paar Monate«, sagte Zia leise. »Vorher war Brendon nur einer von Stephans Kumpeln, und jetzt wünschte ich, ich hätte es dabei belassen.«

Langsam suchten sie sich durch das bebaute Gelände einen Weg nach Brockenhurst Hill, und danach fuhren sie neben einem Flickenteppich aus grünen Feldern her. Sie spekulierten darüber, ob sie Harry Anstey finden und mit was für einer Reaktion sie zu rechnen hatten, bis sie die nächste städtische Ansammlung zwischen Fontwell und Chichester erreichten.

Zia kannte Chichester als hübsche Stadt mit einer steinernen Kathedrale und besonderen Gebäuden, darunter das wunderschöne achteckige Kreuz von Chichester, aber das Navi leitete sie nicht entlang der Sehenswürdigkeiten. Ihr Herz schlug schneller, als sie von der Ortsumgehungsstraße abfuhren, das Gewerbegebiet und einen Supermarkt passierten und nördlich von Oklands Park herauskamen. Nach zehn Minuten stießen sie zwischen einem wahren Wald aus Zwanzig-Meilen-die-Stunde-Schildern und den aus der Zwischenkriegszeit stammenden Häusern der Avenue auf ein moderneres Stadtviertel.

Ursula hielt direkt neben dem Schild an, auf dem Herbert Road stand.

Zia fühlte sich so atemlos, als würde sie zu fest umarmt. »Wow.« Sie wischte sich Schweiß von der Stirn. »Plötzlich habe ich schreckliche Angst.«

Ursula drückte ihr tröstend den Arm und blickte sich um. »Ja, das sind edle Bleiben. Auf eines dieser Grundstücke könnte man einen ganzen Wohnblock bauen.« Die Häuser in der Herbert Road waren große Neubauten aus rotem Backstein. Auf steilen Dächern schimmerten über Erkerfenstern Solarpaneele. Jedes Haus besaß eine Doppel- oder Dreiergarage.

»Wovor ich Angst habe, sind nicht die Häuser, die eine Million Pfund kosten«, meinte Zia.

Ursula zog sie in ihre warmen Arme und eine Wolke von Parfüm. »Hast du mehr Angst davor, Harry zu finden oder ihn nicht zu finden?«

»Bin mir nicht sicher.« Zia wischte sich die feuchten Handflächen an ihrer Jeans ab, rieb sich dann über die Brust und versuchte, das Panikgefühl zu vertreiben, das drohte, ihr die Luft abzuschnüren. »Vielleicht hätte ich ihm doch schreiben sollen.«

»Aber jetzt sind wir nun einmal hier und können uns ebenso gut nach Nummer 4 a umsehen«, meinte Ursula prag-

matisch. »Wenn du dann nicht bei Harry klingeln willst, fahren wir eben nach Hause.«

Sie stiegen aus dem Auto. Zia hatte den Eindruck, als hätten sich Schmetterlinge in ihrem ganzen Oberkörper eingenistet. Ursula und sie gingen über glatte Bürgersteige, denn die Siedlung war so neuen Datums, dass noch keine Baumwurzeln Bodenplatten in die Höhe drückten. Das nächstgelegene Haus trug die Nummer 39. Während sie an gepflegten Rasenflächen und sauberen Mauern vorbeikamen, wobei sie Ausschau nach den geraden Hausnummern hielten, wurden die Hausnummern kleiner.

»Hattest du gedacht, dass er reich sein würde?«, fragte Ursula und musterte die Mercedes-Benz und Aston Martins, die in mit aufwendigen Mustern gepflasterten Einfahrten standen.

»Keine Ahnung. Als Kind bin ich ihm ein paarmal begegnet, und da kam er mir ganz normal vor«, murmelte Zia. Sie standen jetzt gegenüber von Nummer 12, und sie hatte das Gefühl, ihr Herz wollte ihr aus der Brust springen. 10. 8. 6. 4. Das letzte Haus war Nummer 2. An der Ecke blieben sie stehen. An keinem Haus war *4 a* angeschlagen. »Oh«, sagte sie ausdruckslos.

»Gehen wir zurück«, schlug Ursula vor und zog Zia am Arm mit sich.

Wie betäubt stolperte Zia hinter ihr her und betrachtete die imposanten Häuser und gepflegten Gärten.

»Da!«, flüsterten sie wie aus einem Mund. Aus dieser Richtung konnten sie ein weißes Holzschild erkennen, auf dem in schwarzen Buchstaben »4 a« stand und ein Pfeil zwischen Nummer 4 und 6 zeigte.

Sie hielten inne, um einen gepflasterten Weg entlangzusehen, auf dessen einer Seite sich Rasen und auf der anderen ein Zaun befanden. Zia wurde der Mund ganz trocken. Sie konnte wieder umdrehen. Sie brauchte sich nichts und niemandem zu stellen. Bis jetzt hatte sie ja auch gelebt, ohne die

Geheimnisse ihrer Vergangenheit zu kennen ... Unwillkürlich machte sie einen Schritt zurück.

Dann hielt sie inne. Piero hatte ihr vorgehalten, dass sie eher die Flucht antrat, statt sich einer Herausforderung zu stellen. Falls das eine neue schlechte Angewohnheit war, musste sie sie im Keim ersticken. Ohne sich noch eine weitere Sekunde Gelegenheit zum Ausflippen zu lassen, straffte sie die Schultern und schlug den Pfad ein. Sie hörte Ursula, die eilig versuchte, sie einzuholen. Sie umrundeten ein Spalier, und ein prächtiger Blumengarten erstreckte sich vor ihnen, in dem es sämtliche Farben zu geben schien. Die Beete waren so üppig bepflanzt, als hätte jemand einem Trupp kleiner Pfadfinder eine unbegrenzte Anzahl von Pflanzen zur Verfügung gestellt und einen Gartenwettbewerb ausgerufen. In einem schrägen Winkel zum Weg stand ein langes, niedriges Holzgebäude.

»Ein Gartenhaus«, murmelte Zia und blieb einen Moment stehen, um zu bewundern, wie Glastüren in die aus horizontal verlaufenden Brettern gebauten Wände eingesetzt waren. Unter einem Giebel befand sich eine grüne Haustür mit einem Klopfer aus Chrom. Sie trat heran und pochte kräftig. Dann stieg von Neuem Besorgnis in ihr auf, und sie riss die Augen auf und wechselte einen Blick mit Ursula. »Ach, herrje.«

Hinter der Tür klapperte es, und sie hielt die Luft an. Fünf Sekunden vergingen, dann zehn. Die Tür wurde geöffnet. Ein Mann sah sie durch eine Brille mit silberfarbenem Gestell an.

Sein schütteres Haar war grau und sein von Falten durchzogenes Gesicht blass. Er stützte sich auf zwei Stöcke, und seine offene, schlaff herabhängende Fleecejacke enthüllte ein T-Shirt und einen Spitzbauch. Dann lächelte er, und Lachfältchen tauchten um seine Augen auf. »Hallo, die Damen.«

Etwas regte sich in Zias Erinnerung, als sie in seine freundlichen Augen sah, und sie stieß den Atem aus. »Harry Anstey?« Sie hatte nicht damit gerechnet, dass sie sich an seine Augen erinnern würde oder daran, wie sie gefunkelt hatten,

wenn er Brausebonbons und Lutscher für sie aus den Taschen gezogen hatte.

Sein Lächeln wurde breiter. »Der bin ich! Aber ich fürchte, Sie müssen meinem Gedächtnis auf die Sprünge helfen und mir verraten, wer Sie sind.«

Sie musste sich räuspern. »Ich bin Zia-Lucia Costa Chalmers. Sie waren früher ein Bekannter meiner …«

»Zia!« Sein verblüffter Aufschrei war so laut, dass Harry auf seinen Stöcken zu schwanken schien.

Erleichterung durchströmte Zia, und ein Teil ihrer Anspannung löste sich. Sie lachte verlegen. »Ich erinnere mich aus meiner Kindheit an Sie. Das ist meine Freundin Ursula.«

Er schenkte Ursula ein warmherziges Lächeln, starrte dann aber wieder mit ungläubigem Blick Zia an. Dann schüttelte er sich sichtlich. »Kommt herein, kommt doch *herein*. Das ist wundervoll!« Er strahlte wie ein Kind auf einer Party, während er sich langsam und steif mithilfe der Stöcke vorwärtsbewegte. Die beiden Frauen folgten ihm durch eine quadratische Diele, die in einen offen angelegten Wohnbereich führte, der mit großen Sesseln, einem Sofa, einem Esstisch und auf einer Seite mit einer modernen Küche ausgestattet war.

»Ich dachte nicht, dass ich dich je wiedersehen würde«, sagte Harry noch immer fassungslos und vollführte mit seinen Krücken und einem Bein eine Pirouette. »Zia!« Langsam breitete sich ein seliges Lächeln über sein Gesicht. »Wie hast du mich gefunden? Du musst mich ja für übergeschnappt halten, weil ich mich so freue. Was für ein Wunder!« Er nahm beide Stöcke in eine Hand und streckte die andere aus, um Zia den Arm zu tätscheln, als wollte er sich versichern, dass sie real war.

Für einen Moment brabbelte er in dem weichen Akzent aus Devon, der auch in Vickys Sprache durchgeklungen war, nervös vor sich hin. Er kochte ihnen Kaffee und erklärte, dass sein Haus auf dem Grundstück seiner Tochter Mandy stehe,

denn Mandy habe »ein paar Kröten in Immobilien gemacht«. Schließlich saßen sie alle in dem großzügigen Wohnbereich, wo man durch die Glastüren auf die wild wuchernden Blumenbeete hinaussah.

Dann verstummte Harry und blickte Zia erwartungsvoll an. Offensichtlich war der Moment gekommen, sich in ihre verwirrende Vergangenheit zu stürzen.

Der Kaffeebecher in ihrer Hand begann zu zittern. Vorsichtig stellte sie ihn auf dem niedrigen Tisch ab. »Ich bin gekommen, weil ich hoffe, dass du ein paar Lücken für mich schließen kannst.« Sie sah Harry an, und ein heiseres, bebendes Lachen stieg in ihr auf. Sein freundliches Gesicht leuchtete, und er rutschte auf seinem Sessel nach vorn und konnte es offenbar kaum abwarten, mehr zu hören. »Ich dachte immer, Vicky Chalmers wäre meine Mutter gewesen«, erklärte sie, »aber inzwischen glaube ich, dass es eine andere Victoria Chalmers gab, die Tori genannt wurde. Tori, nicht Vicky, war meine Mutter. Vicky war meine Großmutter.«

Harry nickte, und seine Brillengläser funkelten.

Zia spürte, wie Ursula neben ihr zusammenzuckte, doch sie gab sich Mühe, keine große Reaktion zu zeigen. Aber oh, welche *Erleichterung* es war, Harrys nüchterne Bestätigung zu sehen. Sie konnte kaum glauben, dass sie diesen alten Freund der Familie aufgestöbert hatte, dessen Erinnerungen ihr Leben erhellen könnten wie Licht, das in eine lange vergessene Höhle einfällt. »Und mein Vater war Gerardo Costa aus Montelibertà in Italien«, wagte sie sich weiter vor.

Wieder nickte er.

Vor Aufregung schlug ihr Herz schneller. Er *wusste Bescheid*, er wusste alles! »Du weißt, dass Mum – Vicky – gestorben ist, als ich zehn war?«, fragte sie mit belegter Stimme. »Du warst bei der Beerdigung.«

Harrys Gesichtszüge erschlafften. »Ja, meine Hübsche«, sagte er betrübt, trotz des zärtlichen, in Devon gebräuch-

lichen Koseworts. »Du armes Ding, du warst so verstört und blass. Das hat mir das Herz gebrochen. Du hast dich noch an mich erinnert, obwohl ich dich ein paar Jahre nicht gesehen hatte. Vicky hatte irgendwie … den Kontakt abgebrochen.« Mit unsicherer Hand schob er seine Brille hoch. »Dabei waren wir so lange befreundet. Wir haben sogar zusammengelebt, um Himmels willen! Aber ich habe einmal etwas Verkehrtes gesagt, und …« Er machte eine hilflose Geste.

Jetzt war Zia an der Reihe, ihrerseits zu nicken. »War dieses ›Falsche‹, dass Lucia Costa gekommen war und nach mir gesucht hat?«

Überrascht sah er sie an. »Du weißt davon?«

»Ja.« Sie wollte jetzt nicht erklären, dass sie Lucia inzwischen gut kannte, denn sie fürchtete, das Gespräch zu verkomplizieren. Daher holte sie tief Luft und versuchte, ihre Fragen zu ordnen. »Woher kanntest du meine Mum überhaupt? Vicky, meine ich«, sagte sie erläuternd, da er bereits bestätigt hatte zu wissen, dass Tori ihre leibliche Mutter gewesen war. »Über ihr Leben zwischen siebzehn und fünfunddreißig weiß ich nicht viel.«

»Das waren Vickys und meine gemeinsamen Jahre«, sagte Harry einfach und rieb sich das eine Knie, als bereitete es ihm Schmerzen. Seine Stöcke hatte er an einen tannengrünen Stuhl gelehnt. Er konnte erst Anfang siebzig sein, sodass er offensichtlich seine Mobilität ziemlich früh verloren hatte.

Zia blinzelte irritiert. »Du meinst … ihr wart ein Paar?« Ursula hatte zwar darauf hingewiesen, dass Harry Vicky in einem seiner alten Briefe als »Babe« angesprochen hatte, doch ihre Kindheitserinnerungen ließen auf eine bloße Freundschaft schließen.

»Nein«, gab er zurück, wenn auch vielleicht mit einem wehmütigen Unterton. »Ich kannte sie immer schon, weil sie mit meiner kleinen Schwester Karen befreundet war. Wir wohnten alle in Exmouth, in Devon.«

Zia leckte sich die trockenen Lippen und tastete sich weiter vor. »Ich weiß, dass Vicky mit siebzehn schwanger geworden ist.«

»Nicht von mir«, warf er ein und wackelte mit den Augenbrauen. »Tori war wie eine Tochter für mich, aber sie war es nicht, nicht biologisch.«

Zia hielt inne, und ihr schnürte sich die Kehle zu, als ihr klar wurde, dass er vielleicht glaubte, sie wäre hergekommen, um ihn zu fragen, ob er ihr Großvater sei.

Bevor sie entscheiden konnte, ob sie das mögliche Missverständnis aufklären musste, beugte er sich vor. »Wenn du nur wüsstest, wie oft ich an dich gedacht habe«, sagte er leiser. »Ich habe mich danach gesehnt, dich wiederzusehen und dir meine Seite der Geschichte zu erzählen«, fuhr er fort. »Ich hatte keine Ahnung, was deine Großeltern dir erzählen würden.«

»Nicht viel«, brachte Zia heraus. Die Sehnsucht in seiner Stimme und der Widerschein lange vergangenen Kummers in seinem Blick gingen ihr unter die Haut. »Bitte sag mir alles, was du weißt, *egal was.*«

Er schaute nachdenklich drein. »Also. Als Vicky mit siebzehn mit Tori schwanger wurde, waren deine Großeltern Alf und Joyce alles andere als begeistert. In den Siebzigerjahren hätten die meisten Eltern so reagiert.« Ein Grinsen blitzte auf. »Ich war sieben Jahre älter als Vicky und geschieden, daher wäre ich als Vater auch nicht ihre erste Wahl gewesen. Es war so, dass Vicky es bald leid war, Tori unter den kritischen Blicken ihrer Eltern großzuziehen. Für Alleinerziehende war es damals schwierig, genug Punkte für eine Sozialwohnung zu sammeln, aber wir taten, als wären wir zusammen, und bekamen ein Haus zugeteilt. Ich brauchte jemanden, der auf meine Kinder aufpasste. Meine Ex wollte sie selten sehen und sich schon gar nicht um sie kümmern.« Er schüttelte den Kopf, als könnte er das immer noch nicht begreifen. »Das hat wunder-

bar funktioniert. Ich habe das Geld verdient, und Vicky hat die Kinder versorgt – Mandy und Leon, meine eigenen, und Tori. Sie waren alle blond, also sahen wir wie eine Familie aus, und das waren wir auch – außer, verstehst du ... im Schlafzimmer. Vicky war eine wunderbare, wunderbare Freundin.« Er unterbrach sich und nahm die Brille ab, um sie mit einem Zipfel seiner Fleecejacke zu polieren. Zia vermutete, dass er Zeit gewinnen wollte, um die Tränen in den Griff zu bekommen, die kurz in seinen Augen geschimmert hatten.

Als er seine Brille wieder aufgesetzt hatte, brachte er ein zittriges Lachen zustande. »Joyce und Alf haben Vicky erklärt, sie benehme sich wie ein Hippie.«

Zia nickte. »Ich kann sie richtig hören.«

»Vicky war sehr praktisch«, sprach Harry weiter und entlastete vorsichtig seine Beine. »Ich sehe sie in Jeans und T-Shirt vor mir. Immer mit irgendeinem Projekt beschäftigt, lächelnd, lachend. Sie hatte immer einen geflochtenen Zopf, der hin- und herschwang, wenn sie herumwuselte.«

Plötzlich hatte Zia einen Kloß im Hals. Er beschrieb die Mum, die sie so geliebt hatte.

Harry sprach weiter. »Als alle drei Kinder zur Schule gingen, nahm sie Teilzeitstellen an, wenn es ihr passte, aber sie lebte sparsam. Hat Gemüse angebaut. Kleidung selbst genäht. Anfallende Renovierungsarbeiten selbst erledigt. Männer fühlten sich von ihren Lebensumständen abgeschreckt, aber das war für sie in Ordnung, weil sie glücklich war mit der Situation.« Er lächelte zittrig. »Ich auch, aber man konnte praktisch hören, wie Joyce mit den Zähnen knirschte. Sie hat unser Haus ›die Kommune‹ genannt. Das hat uns eher gefreut. Kommunen waren cool, und wir praktizierten das gemeinschaftliche Leben wie die echten Hippies in Totnes.« Er lächelte sentimental. »Sie war eine tolle Frau, unsere Vicky. Wundervoll. Achtzehn glückliche Jahre lang haben wir zusammengelebt.« Mehrere Minuten lang schweifte er ab und

erzählte nostalgisch von Vickys Essenseinladungen, und wie sehr alle drei Kinder sie geliebt hatten.

Doch dann brachte Zia ihn wieder aufs Thema zurück. »War Toris Vater denn nicht präsent?«

Harry zuckte mit den Schultern. »Sie hatte ihn auf einem Festival getroffen – ein One-Night-Stand. Vickys Eltern waren empört, weil er sich ›seiner Verantwortung entzogen hatte‹, aber Vicky gab sich nie die geringste Mühe, ihn zu finden« – er stieß noch einmal sein kurzes, verschmitztes Auflachen aus –, »weil sie seinen vollen Namen nicht wusste. Wahrscheinlich waren die beiden betrunken oder high, als es passiert ist.«

Ursula kicherte.

Zia fühlte sich ein wenig überwältigt von diesem Bild einer jungen, wilden Vicky. »Gran hat mir gegenüber ähnliche Bemerkungen von wegen ›sich seiner Verantwortung nicht stellen‹ gemacht«, sagte sie nur. »Das war wahrscheinlich ein Sammelbegriff für den Erzeuger von Vickys Baby *und* den von Toris Kind, aber das habe ich damals nicht geahnt. Ich wusste nichts von Toris Existenz.«

Betrübt schüttelte er den Kopf. »Das hatte ich vermutet. Joyce war vor Zorn außer sich, als Tori als älterer Teenager schwanger wurde, genau wie Vicky«, fügte er ironisch lächelnd hinzu. »Joyce und Alf waren großartige Menschen, aber sie hatten konservative Ansichten. ›Übersensibel‹ pflegte Vicky über sie zu sagen.«

Ursula, die schweigend zugehört hatte, warf Zia einen Seitenblick zu. »Du kannst auch so sein.«

»Gran und Pap haben mich großgezogen, seit ich zehn war, also ist das nicht verwunderlich«, protestierte Zia und dachte einen Moment nach. »Ich habe mich immer gefragt, was für ein Mensch ich geworden wäre, hätte Vicky länger gelebt. Oder Tori«, ergänzte sie mit heiserer Stimme. Sie wandte sich wieder an Harry. »Es wäre weniger verwirrend gewesen,

wenn Mutter und Tochter nicht beide Victoria Chalmers geheißen hätten.«

Harry lachte und schlug entzückt auf die Sessellehne. »Das war Vickys typischer Dickkopf. Die Wehen setzten so früh ein, dass sie sich noch keinen endgültigen Namen überlegt hatte. Nach der Geburt war sie erschöpft und hat nichts gesagt, als die Hebamme ihr erklärte, wenn die Eltern noch keinen Namen hätten, würden sie einfach den Namen der Mutter auf das Armbändchen schreiben. Als Joyce auftauchte, hat sie ›Victoria Chalmers‹ gelesen und gesagt, ›Ich will ja stark hoffen, dass du dir *das* noch anders überlegst‹.«

»Lass mich raten.« Zia lächelte. »Mum hat sich geweigert. Sie hat gesagt, wenn *sie* wolle, dass das Baby so heißt wie sie, dann sei das *ihre* Entscheidung. Gran hatte die unglückliche Angewohnheit, Ratschläge zu erteilen, die wie Befehle klangen. Dann schaltete Mum auf stur.«

»Genau. Stur und stolz, so war unsere Vicky.« Harrys Hängebacken hoben sich, als er Zia und Ursula mit einem strahlenden Lächeln bedachte. »Sie hat mir erklärt, es gebe ihr ein Gefühl von Bedeutsamkeit, ›Victoria Chalmers‹ auf dem Armband zu lesen; ein Zeichen dafür, dass ihre Tochter ihr ganz allein gehörte. Sie beschloss, das Baby solle Tori genannt werden, und sie würde Vicky bleiben.« Er grinste. »Vicky und Joyce haben einander geliebt, aber auch viel gestritten, und als Joyce und Alf ungefähr um die Zeit, als Tori in die Oberstufe kam, im Rentenalter nach Spanien zogen, wurde alles friedlicher.«

Dann wirkte er ernüchtert und sprach langsamer, als brenne er weniger darauf, den nächsten Teil zu erzählen. »Tori war genauso hübsch wie ihre Mutter. Sie ähnelte ihr eigentlich nicht sehr; sie war schmaler gebaut und sogar ein noch hellerer Typ, aber sie war ein genauso herzlicher, wundervoller Mensch. Vicky und sie haben sich wunderbar verstanden.

Als Tori das Abitur gemacht hatte und mit Freunden durch Europa reiste, fühlte Vicky sich verloren. Dann hat Tori sich in Gerardo verliebt und ist in Italien geblieben, nachdem die anderen weitergezogen waren.«

Zia spürte die Anspannung als Schmerz im Rücken. »Ich glaube, ab jetzt überlappt sich das, was du weißt, mit dem, was ich weiß«, sagte sie leise.

Er sah ihr durchdringend in die Augen. »Ich würde sehr gern deine Seite hören, denn ich konnte mir vieles nur zusammenreimen. Was haben wir für schwierige Zeiten erlebt.« Er griff nach seiner Kaffeetasse und leerte sie, obwohl der Inhalt inzwischen lauwarm sein musste. »Vicky hat Toris Wunsch zu reisen unterstützt, aber sie wusste nichts mehr mit sich anzufangen. Sie sah sich nach etwas um, was sie als Nächstes in Angriff nehmen könnte, und beschloss, ein altes Haus wieder herzurichten. Inzwischen hatten ihre Eltern ihr Haus in England verkauft und ihr einen Teil des Erlöses geschenkt. Damit hat sie ein heruntergekommenes Haus gekauft.« Er wischte sich mit einem Ärmel über die Stirn. »Es hat mir das Herz gebrochen, dass es in den Midlands war. Sie hat erklärt, sich die Preise in Devon nicht leisten zu können.« Als er weitersprach, klang er schmerzerfüllt. »Wahrscheinlich war es am Ende, als sie untertauchen wollte, praktisch, dass es so entlegen war.« Seine Züge erschlafften, seine Augen wirkten blicklos, und er schien in Erinnerungen zu versinken.

»Untertauchen?«, hakte Zia schließlich nach. Sie ertrug es nicht, an einem so entscheidenden Punkt der Geschichte in der Luft zu hängen.

Er blinzelte und sah aus wie eine betrübte alte Eule. »Tja, zuerst kam Tori schwanger nach Hause. Vicky hat sie natürlich unterstützt, aber Tori war liebeskrank nach diesem jungen Italiener.« Er schüttelte den Kopf. »Ich weiß schon, dass er dein Vater ist, aber dieser Mistkerl wollte einfach nichts von Tori und ihrem Baby wissen. Wir haben Tori so geliebt.

Für mich war sie wie eine Tochter und für meine Mandy und meinen Leon wie eine Schwester. Wir haben uns alle auf das Baby – dich – gefreut, aber wenn Tori nicht in Hörweite war, haben wir Gerardo ›*Il bastardo*‹ genannt.« Er schüttelte den Kopf und blickte in seine Tasse, als wäre er verblüfft darüber, dass sie leer war. »Ich hatte gehofft«, sprach er grimmig weiter, »Vicky würde beschließen, mit Tori in Exmouth zu bleiben, aber sie musste ja unbedingt dieses verdammte Haus kaufen, als hätte sie gewusst, was kommen würde.«

Er zog ein Papiertaschentuch hervor und putzte sich die Nase. Zia rutschte unruhig herum, ließ ihm aber einen Moment Zeit, um sich wieder zu beruhigen. Es war, als sähe man einen düsteren Thriller und wüsste schon, dass etwas Schlimmes passieren würde, könnte aber nicht wegsehen.

»Eine schreckliche Zeit war das.« Harrys Stimme klang gepresst. »Wir waren alle miteinander so glücklich gewesen. Dann haben wir Tori verloren. Vicky hätte praktisch auch tot sein können. Mandy hat studiert, und Leon war mit Freunden zusammengezogen. Nachdem ich ein Teil dieses lebhaften Hausstands gewesen war, blieb ich allein zurück. Nur ich allein.«

Er ging noch ein Stück zurück in der Vergangenheit, als wäre er noch nicht ganz bereit, alles zu erzählen. »Tori kam mit der Schwangerschaft gut zurecht, hatte aber eine furchtbar schwere Geburt. Nachher war sie vollkommen durcheinander. Sie musste noch mehrere Tage im Krankenhaus bleiben. Als sie nach Hause kam, ging es ihr noch schlechter. Sie hat herumgeschrien, war verstört. Sie hat dir einen wahnsinnig langen Namen gegeben. Vicky hat nichts gesagt, aber Tori hat sich furchtbar aufgeregt. ›Wenigstens hat mein Kind seinen eigenen Namen!‹, hat sie geschrien. ›Wolltest du, dass ich sie Victoria Chalmers die Dritte nenne?‹ Vicky war verzweifelt. Fassungslos. Toris Persönlichkeit hatte sich über Nacht verändert.«

Vorsichtig trug Zia ihren Teil der Geschichte bei. »Lucia Costas Mann Durante hat gesagt, als Tori in Italien aufgetauchte, sei sie ›verrückt‹ gewesen.«

Er richtete den Blick forschend auf sie. »Stehst du etwa in Kontakt zu diesen Italienern?« Er klang ungläubig und empört.

»Noch nicht lange.« Kurz schilderte Zia, wie sie von Toris Existenz erfahren und was sie bewogen hatte, nach Italien zu reisen. Harry lauschte aufmerksam, und seine Brillengläser reflektierten das Licht. Ursula stand auf, orientierte sich leise in Harrys Küche und kochte frischen Kaffee. Zia sah, dass es schon fast zwei Uhr war, aber es schien ihr der falsche Zeitpunkt zu sein, um eine Mittagspause vorzuschlagen. Alles, was sie schon so lange erfahren wollte, war zum Greifen nahe.

Als sie zu Ende erzählt hatte, schüttelte Harry den Kopf. »›Verrückt‹ trifft es nicht. Tori hatte eine postpartale Psychose entwickelt, was gar nicht so selten vorkommt. Das arme Liebchen hatte den Bezug zur Realität verloren. Sie hat uns allen merkwürdige Vorwürfe gemacht und hektisch Un sinn in Notizbücher gekritzelt. Sie hat sich geradezu besessen um dich gekümmert … jedenfalls lange.«

»Postpartale Psychose?«, wiederholte Zia. »Ich weiß nicht, ob ich je davon gehört habe. Das ist eine psychische Krankheit, die nach einer Geburt auftritt, nicht wahr?«

Harry musste sich wieder die Nase putzen. Aus dem Papiertaschentusch rieselten Krümel über seine marineblauen Hosen. »Eine schwere psychische Störung, ja. Wir hatten auch noch nie davon gehört. Sie hat die ganze Nacht kein Auge zugetan und geschimpft und geweint. Vicky musste aufpassen, dass du versorgt wurdest, aber das war kein Problem, jedenfalls zu Anfang nicht. Sie hat davon geredet, dass sie flüchten wollte und dass sie das Gefühl hatte, auf Speed zu sein. Es klang wie ein schlechter Trip«, meinte Harry, sodass Zia überlegte, wie erlebnisreich seine Zeit als »Hippie« wohl

gewesen war. »Vicky hat versucht, ihr zu helfen, aber Tori hat alles zurückgewiesen, bis sie beschloss, ihre Großeltern in Spanien zu besuchen. Vicky hat den Papierkram übernommen und vorgeschlagen, dir einen eigenen Pass ausstellen zu lassen. So hätte jede von ihnen in Zukunft mit dir zu Joyce und Alf fahren können. Ich glaube, sie hat nur daran gedacht, dass Tori manchmal eine Auszeit brauchen könnte, und nicht, dass Tori dich irgendwo zurücklassen würde und Vicky dich zurückholen müsste.«

Schweigen trat ein, als Harry mit kummervoller Miene wieder in seinen Erinnerungen versank. Abgesehen von dem Vogelgezwitscher aus dem Garten war es vollkommen still. Dann rieb er sich mit beiden Händen übers Gesicht. »Aber sie wollte nie nach Spanien, sondern nach Italien. Tori ist mit dir verschwunden und hat eine verworrene Nachricht hinterlassen, Gerardo suche nach seinem Baby, und sie müsse dich zu ihm bringen. In ihrem verwirrten Zustand hatte sie wahrscheinlich einen Traum und hat ihn für real gehalten. Jedenfalls wart ihr beide fort. Vicky stand vor Angst völlig neben sich.«

In dem Raum wurde es wieder ruhig. Es war ein hübsches Zimmer; Wände, Decken und Boden bestanden aus honigfarbenem Holz, das in der Nachmittagssonne schimmerte. Zia brach das Schweigen. »Sie hat sich irgendwie nach Montelibertà durchgeschlagen und Lucia um Hilfe gebeten.«

»Dann weißt du, was dort passiert ist?« Harry beugte sich mit feuchten Augen auf seinem Platz nach vorn.

Sie erzählte ihm, was sie sich aus den Schilderungen von Lucia und Durante zusammengereimt hatte, und holte den Stammbaum, den Lucia angefertigt hatte, und die Fotos der jungen Tori und von Gerardo hervor.

Harry stockte der Atem, als er die Bilder anschaute und eines mit der Fingerspitze berührte. »Ach, Tori. Du warst so entzückend.«

Ursula, die kaum ein Wort gesagt hatte, stand noch einmal auf, holte eine Küchenrolle und drückte sie Harry statt seines zerknüllten Papiertaschentuchs in die Hand. Sie tätschelte Zia die Schulter und setzte sich dann wieder, als stille Unterstützung.

Harry wischte sich die Augen mit einem Blatt Küchenpapier. »Tori kam niedergeschlagen und erschöpft nach Hause. Wirklich, sie konnte buchstäblich vor Müdigkeit kaum stehen. Sie hatte keine Ahnung, wie lange sie gefahren war und wann sie sich zuletzt ausgeruht hatte. Man konnte Tori in die Augen sehen, und sie war einfach nicht mehr da.« Seine Stimme klang belegt vor Tränen. »Und sie ist ohne dich zurückgekommen. Hat gesagt, sie hätte dich bei dieser Lucia gelassen. Anscheinend gab es mit diesem Gerardo kein Happy End, trotz des Babys. In diesem Punkt hat sie sich bemerkenswert klar ausgedrückt.«

»Lucia und Durante haben sich fünf Tage um mich gekümmert«, klärte Zia ihn düster auf. Bei dem Gedanken, was hätte passieren können, wenn es Tori nicht gelungen wäre, soweit bei Verstand zu bleiben, um sie in sichere Hände zu geben, lief es ihr eiskalt über den Rücken.

»Es war grauenhaft.« Harry schniefte geräuschvoll. »Vicky hat die Adresse dieser Lucia in Toris Adressbuch gefunden, hatte aber keine Ahnung, ob du bei ihr in Sicherheit warst. Ich habe vorgeschlagen, die Polizei zu verständigen, aber sie sagte, sie würde einen Flug buchen und genauso schnell dort sein, wie es dauern würde, sich auf dem Polizeirevier in die Schlange zu stellen.« Er warf Zia einen Seitenblick zu. »Wir waren nicht gerade konservativ. Ein wenig antiautoritär, haben die Leute gesagt.« Mit zitternden Lippen setzte er seine Erzählung fort. »Also habe ich mich bereiterklärt, mit Tori in Exmouth zu bleiben. Vicky hat den nächsten Flug nach Rom genommen und sich ein Auto gemietet, um in diese Stadt zu fahren – was sagtest du noch, wie sie heißt?«

»Montelibertà«, murmelte Zia und hörte ihre eigene Stimme wie aus weiter Ferne.

»Tja, Vicky war panisch, weil du bei der Familie deines italienischen Vaters in Italien warst, und hatte Angst, sie könnten dich behalten wollen. Und anscheinend war diese Lucia auch nicht so einfach bereit, dich herzugeben«, sagte Harry, griff nach einem seiner Stöcke und tippte damit nervös auf den Boden. »Sie hat gut Englisch gesprochen, und Vicky hat erzählt, sie sei dir gegenüber ziemlich besitzergreifend gewesen und hätte eine Menge Fragen gestellt. Wo Tori sei? Warum sie nicht zurückgekommen sei? Ob Vicky beweisen könne, dass Tori dich ihr anvertrauen wolle? Vicky war verzweifelt. Sie hat dich geschnappt, ist ins Auto gesprungen und zum Flughafen gefahren. Es gab ein großes Geschrei, weil du nicht für den Flug gebucht warst, aber sie hat den Leuten irgendwie weisgemacht, das sei ein Irrtum. In deinem Pass wurde als nächste Verwandte und Mutter Victoria Chalmers angegeben, daher erschien ihre Geschichte stimmig. Und dann, als sie nach Hause kam …« Er verstummte für einen Moment, und Tränen traten ihm in die Augen.

»Das war der schlimmste Tag meines Lebens!« Alter Kummer brach aus ihm heraus. »Tori war in der Nacht verschwunden. Ich musste die Polizei rufen, und als Vicky mit dir nach Hause kam, hatten sie … ihre Leiche schon gefunden. Unsere liebe Tori. Man hat sie am Fuß einer Klippe entdeckt. Und ich war schuld. Es war meine Schuld. Ich bin schlafen gegangen. Ich musste es Vicky gestehen.«

Zia wurde erst klar, dass sie weinte, als Ursula noch mehr von der Küchenrolle abriss, ihr ein Blatt in die Hände drückte, einen Arm um die Schultern legte und sie in wortloser Unterstützung drückte.

Harry putzte sich kräftig die Nase und fuhr dann atemlos fort. »Niemand hat je erfahren, ob sie gesprungen oder ge-

stürzt ist. Es gibt dokumentierte Fälle von Frauen mit postpartaler Psychose, die glaubten, sie könnten fliegen.«

»Fliegen?«, wiederholte Zia gepresst. »Ernsthaft? Das muss eine furchtbare Krankheit sein.«

Er nickte. »Schrecklich. Sie war nicht in den Griff zu bekommen.« Ein neues Schluchzen erstickte seine Stimme. »Ich glaube, Vicky hat mir vorgeworfen, nicht richtig auf Tori aufgepasst zu haben, und vielleicht hatte sie ja recht. Aber ich dachte, sie läge sicher im Bett, und ich könnte endlich etwas schlafen. So müde war ich.« Er seufzte lange und tief. Ursula holte ihm ein Glas Wasser, und nachdem er ein paarmal genippt hatte, konnte er weitersprechen. »Später hat Vickys und Toris Arzt erklärt, wenn eine Mutter mit postpartaler Psychose das Baby zurücklasse, sei das ein akutes Warnzeichen, als wäre das Muttergefühl die letzte Verbindung zur Realität. Wenn ich das gewusst hätte … hätte ich es vielleicht geschafft, wach zu bleiben.«

Zias Hals schmerzte regelrecht vor Mitleid mit dem alten Mann, der untröstlich klang, und mit der todunglücklichen Tori und der völlig überforderten Vicky, die das Gesetz selbst in die Hand genommen hatte. »Es war nicht deine Schuld«, flüsterte sie. Trotzdem trat ihr ein albtraumhaftes Bild von dem zerschmetterten Körper der jungen Englischen Rose am Fuß der Klippen vor ihr inneres Auge, und ihr stieg die Galle in den Hals. Hätte Harry von dem »akuten Warnzeichen« gewusst und dafür gesorgt, dass Tori zu Hause geblieben wäre, wäre sie dann wieder gesund geworden? Ob Zia dann ihre Mutter kennengelernt hätte?

Ursula drückte Zia sanft. »Vielleicht sollten wir eine Pause machen«, schlug sie besorgt vor. »An einem anderen Tag wiederkommen? Du machst dich ja völlig fertig, Schätzchen.«

»Viel mehr gibt es eigentlich nicht zu erzählen.« Harry putzte sich noch einmal die Nase. »Bei Toris Tod warst du ungefähr fünf Wochen alt.«

Zia nickte wie betäubt. »Auf dem Totenschein steht der 22. November 1991.«

»Es war ein Albtraum, als eine Woche später diese Lucia auftauchte. Ein verdammter Drachen war sie. Vicky war mit dir irgendwo hingefahren und kümmerte sich um die Beerdigung und so. Ich hatte mir von der Arbeit freigenommen, um bei Mandy und Leon zu bleiben. Die beiden haben den ganzen Tag um Tori geweint. Dann kommt diese Lucia anmarschiert und besteht darauf, Tori zu sehen. Ich musste ihr sagen, dass sie tot war. Weiß wie die Wand ist sie geworden und hat sich umgedreht, und ich habe mich gefragt, ob sie dachte, ich lüge, um sie loszuwerden. Sobald Vicky von Lucias Besuch hörte, war es das. Nach der Beerdigung hat sie ohne Umstände gepackt und ist gegangen.« Er nahm seine Brille ab, um sich die Augen abzutupfen. »Sie ist nur einmal, ein paar Monate später, noch nach Exmouth gekommen, um Toris Asche am Strand von Sandy Bay zu verstreuen, wo wir mit den Kindern immer hingefahren sind, als sie klein waren. Sie war vollkommen starr vor Angst und sagte, diese Lucia sei in der Lage, Schwierigkeiten zu machen. Du warst natürlich britische Staatsbürgerin, das war wasserdicht, aber diese Lucia war unberechenbar.«

Zia lächelte unter Tränen. »Lucia lässt sich von niemandem zum Narren halten, aber eigentlich ist sie schrecklich nett.«

Der Blick, den Harry ihr zuwarf, wirkte skeptisch. »Das kann ja schon sein, aber Vicky hat ihre Trauer und ihre anderen Besitztümer genommen und sich in diese Bauruine in Northamptonshire geflüchtet, die sie renovierte.« Er schniefte heftig und senkte die Stimme. »Danach habe ich sie nur noch ein paarmal wiedergesehen.« Der alte Schmerz ließ die Linien in seinem Gesicht tiefer erscheinen.

Ursula schaltete sich ein. »Aber warum hat sie sich als Zias Mum ausgegeben? Das ist mir immer noch nicht klar. Die

meisten Menschen hätten doch erwartet, dass sie sich um ihre Enkelin kümmert.«

Das Lächeln, mit dem Harry reagierte, glich einer Grimasse. »Weil es so am einfachsten war, meine Liebe«, antwortete er schlicht. »Vicky hatte etwas gegen jegliche Formalitäten. Sie mochte sich gar nicht damit beschäftigen, ob sie irgendwie gegen das Gesetz verstoßen hatte, als sie Zia aus Italien nach Hause geholt hat. Sie hatte den gleichen Namen wie die leibliche Mutter, daher war es einfach, das Jugendamt und die Schule hinters Licht zu führen.«

Zia lachte betreten. »Sie war nicht gut darin, sich an Regeln zu halten.« Sie dachte an ihre wunderbare, starke, geradlinige Mum. »Arme Mum, ihre Tochter so zu verlieren. Jetzt begreife ich, warum sie manchmal traurig war und geweint hat. Sie hat getrauert.«

»Mehr als nur manchmal, meine Liebe«, erklärte Harry bedrückt. »Sie hat immer gewartet, bis du eingeschlafen warst, und hat erst dann geweint. Das hat sie mir erzählt. Sie hat das ihre ›tägliche Dosis‹ genannt oder ihre ›Mitternachtsmedizin‹. Wenn sie da loslassen konnte, schaffte sie es, die Tage zu überstehen.«

Eine heiße Träne rann Zia über die Wange. »Ich hatte ja nicht die geringste Ahnung«, sagte sie mit rauer Stimme.

Er räusperte sich. »Sie wollte dich immer beschützen. Ultrastark. Wie besessen würden manche vielleicht behaupten. Sie hat eine Welt für dich erschaffen und diese Geschichte gelebt.« Unter Tränen lächelte er. »›Du kannst nicht ewig so tun, als ob‹, hat Joyce zu Vicky gesagt, und Vicky hat geantwortet ›warum nicht?‹ Der Nachteil war, dass sie ständig in der Angst gelebt hat, Lucia könnte sie aufspüren und vielleicht den Behörden die Wahrheit sagen. Ich glaube, deswegen seid ihr beide so oft umgezogen.« Matt ließ er sich auf seinem Sessel zurücksinken. »Dann habe ich einen dummen Fehler gemacht. Lucia Costa ist wieder in Exmouth aufgetaucht, und

ich habe es Vicky erzählt. Sie hat mir nicht mehr geschrieben, und als ich schließlich zu dem Haus gefahren bin, in dem ihr gewohnt habt, wart ihr weggezogen.« Er klang unbeschreiblich traurig. »Sie hätte doch wissen müssen, dass ich Lucia nie und nimmer verraten hätte, wo ihr steckt. Für Vicky hätte ich alles getan.«

Nach kurzem Schweigen, in dem Harry mit rot unterlaufenen Augen erinnerungsverloren in die Ferne sah, ergriff Zia erneut das Wort. »Wann war das?«

Niedergeschlagen zuckte er mit den Schultern. »Ich weiß es nicht mehr genau. Joyce und Alf nahmen jedenfalls erst 2001 wieder zu mir Kontakt auf, um mir mitzuteilen, dass sie gestorben war.« Er schluckte schwer. »Wenigstens *haben* sie es mir gesagt, sodass ich zur Beerdigung gehen konnte. Später sind sie mit ihrer Asche gekommen, und wir haben sie von der Brandung davontragen lassen, zu Tori. Danach habe ich bis heute niemanden von euch wiedergesehen.«

Zia kämpfte sich durch ihre Erinnerungen an diese furchtbare Zeit. »Eines Tages haben sie mich bei einer Nachbarin gelassen, und ich wusste nicht, warum. Gran und Pap sind sehr spät nach Hause gekommen. Ich frage mich, ob das der Tag war, von dem du gerade gesprochen hast.«

Harrys Gesicht wirkte betrübt und müde. »Deine Großeltern waren altmodisch und dachten wahrscheinlich, dass es dich überfordern würde, dabei zu sein. Sie sind extra aus Spanien wieder hierhergezogen, um für dich zu sorgen, nicht wahr?«

Sie nickte. »Ich frage mich, warum sie mir nach Vickys Tod nicht gesagt haben, dass ich nicht ihr Kind war.«

»Ja, ganz richtig.« Kurz wurde sein Akzent aus Devon stärker, sodass es wie »riiischtig« klang. Er sah Zia aus zusammengekniffenen Augen an, als wollte er einschätzen, ob sie verkraften könnte, was er als Nächstes zu sagen hatte. »Aber psychische Krankheiten … manche Leute sehen das als

Schandfleck, nicht wahr? Alf hatte das Wort ›Psychose‹ besonders mitgenommen.« Harrys Augenbrauen zuckten wie im Takt zu seinen Gedanken. »Ich habe Joyce an ihre Worte von früher erinnert, man könne nicht ewig so tun, als ob. Da hat sie sich aufs hohe Ross gesetzt und gefaucht, du hättest schon *reichlich genug* Aufregung gehabt, besten Dank. Du warst zehn Jahre alt, verstört und verängstigt, und deswegen würden sie so weitermachen, wie Vicky es gewollt hatte. Konnte ich ihr eigentlich auch nicht verübeln.« Nachdenklich sprach er weiter. »Ich glaube, die beiden haben plötzlich Vickys Sorge verstanden, man könnte behaupten, du wärest entführt worden, weil das alles gesetzeswidrig war. Keine Ahnung, ob die Täuschung schlimmer war, als die Wahrheit gewesen wäre, aber alles geschah nur, um dich zu schützen, Liebes.«

Er schob sich die Brille auf der Nase hoch, und wieder schwammen seine Augen in Tränen. »Joyce hat gesagt, sie würden mir ihre neue Adresse schreiben, aber das haben sie nie getan. Eines hatten Joyce und Vicky gemeinsam – sie hatten das Gefühl, ich wüsste zu viel. Sie haben mich ausgeschlossen.«

Als Ursula das Auto wieder in Richtung Brighton lenkte, herrschte Berufsverkehr, und Zia fühlte sich so schlapp wie Salat vom letzten Monat.

Sie hatten schließlich mit Harry in einer Teestube zu Mittag gegessen und den Rest des Nachmittags in seinem sonnendurchfluteten Holzhaus verbracht und Zias Zeitschiene ergänzt. Harry hatte ihr vier alte, zerfledderte Fotoalben geschenkt. »Die haben einmal Vicky gehört«, hatte er erklärt und die alten, dicken Pappseiten, auf denen unter den dünnen Zwischenblättern der Klebstoff bräunlich geworden war, umgeschlagen. »Bei einem meiner letzten Besuche bei euch beiden hat sie mich gebeten, sie für sie aufzubewahren. Sagte, es sei zu schmerzhaft, sie anzusehen, und so langsam wärest

du so alt, dass du sie möglicherweise finden und schwierige Fragen stellen würdest. Sie hat erklärt, sie hätte noch ein paar andere Erinnerungen an Tori behalten.«

Zia nickte. »Zum Beispiel Zeugnisse? Zuerst haben wir nicht verstanden, warum es so viele waren. Dann wurde uns klar, dass sie zwei unterschiedlichen Victoria Chalmers gehörten.«

Harry brachte ein Lächeln zustande, dann schlug er das letzte Album zu und versetzte ihm noch einmal einen Klaps, bevor er es ihr gab. »Waren die von Tori gut und die von Vicky voll kritischer Bemerkungen?«

Zia lachte, obwohl ihr Tränen in den Augen brannten. »Ja, genau.« Mit zugeschnürter Kehle blätterte sie die Alben durch und brütete über Fotos von Tori in ihrer Baby-Tragetasche, in ihrem Hochstühlchen, in der Schule, lachend bei einem Familienausflug an den Strand oder strahlend inmitten einer Schar von Freundinnen.

Das i-Tüpfelchen auf dieser emotionalen Begegnung war es gewesen, als Harrys Tochter Mandy von der Arbeit gekommen war; eine sorgfältig frisierte Frau in den Fünfzigern, die einen Lexus fuhr. In dem Moment, als Harry erklärte, wer Zia war, hatte Mandy sie stürmisch umarmt. »Ich habe Tori und Vicky so geliebt. Tori war wie eine Schwester für mich, und Vicky war einfach das wunderbarste, herzlichste menschliche Wesen. Mein Bruder wird traurig sein, weil er nicht hier war, um das mitzuerleben. Bist du wirklich Toris süßes kleines Baby?«

Bei ihren Worten hatte Zia geschluchzt, weil die ganze Situation so herzergreifend war.

Jetzt war sie erschöpft von all den Gefühlen und gähnte kräftig, und Ursula warf ihr einen kurzen Blick zu. Sie standen in einem kleinen Stau an der Auffahrt zur A27, sodass sie sich nicht auf die Straße zu konzentrieren brauchte. »Mach ein Nickerchen. Du siehst beschissen aus.«

»Danke«, gab Zia trocken zurück.

Ursula legte den Gang ein, als der Wagen vor ihr sich langsam in Bewegung setzte, doch dann leuchteten seine Bremslichter wieder auf. »Bis ich gehört habe, wie du Harry davon erzählt hast, habe ich nie richtig begriffen, wie schwer es für dich als Kind war, ständig umzuziehen.«

»Ich weiß nicht, ob es ›schwer‹ war.« Zia hatte das Gefühl, Vicky gegenüber illoyal zu sein, wenn es so geklungen hatte. »Ich konnte bloß keine dauerhaften Freundschaften schließen.«

»Aber denk doch nur an dieses schreckliche Mädchen, das dich zu ihrer Party eingeladen hat, und als du dort aufgetaucht bist, war die Familie im Urlaub!« Ursulas Auto war jetzt das erste in der Schlange, und sie reckte den Hals und wartete auf eine Lücke im dichten Verkehr.

»Ihre Mum hatte sie gezwungen, mich einzuladen, obwohl sie nicht wollte«, wandte Zia sachlich ein und versuchte sich nicht daran zu erinnern, wie gedemütigt und ausgeschlossen sie sich gefühlt hatte. »Wahrscheinlich erschien es wie die beste Lösung, ein falsches Datum auf die Einladung zu schreiben. Sie hätte sich keine Gedanken zu machen brauchen. Ich bin sowieso bald weggezogen.«

»Dann war das noch gemeiner von ihr.« Ursula zog das Steuer herum und schoss in eine Lücke zwischen den Autos.

Zia spürte es im Magen. »So schlimm war das auch nicht.« Sie hatte wirklich keine Lust, wieder das ganze Thema von wegen »Der armen Zia fällt es so schwer, Freunde zu finden« durchzuhecheln. »Es müsste doch eigentlich Krankenakten und einen Obduktionsbericht von Tori geben«, murmelte sie daher.

»Ich vermute schon.« Ursula klang, als verblüffte sie die Idee. »Willst du versuchen, sie aufzuspüren?«

Zia überlegte und schwankte mit den Bewegungen des Wagens. »Keine Ahnung. Würden Papiere mir einen besse-

ren Eindruck von Tori vermitteln als die Erinnerungen von Harry, Lucia und Durante? Mir mehr erzählen als die Fotos, die Menschen, die sie geliebt haben und in Ehren halten?« Sie musste schwer schlucken, um die nächsten Worte herauszubringen. »Es ist genug, mir darüber klarzuwerden, dass meine Geburt zu Toris Tod geführt hat, ohne auch noch die Beweise dafür zu sehen.«

»Ach, Zia«, sagte Ursula liebevoll. Sie griff nach Zias Hand und drückte sie, bevor sie ihre wieder aufs Steuer legte.

»Wenn ich im September zurück nach England komme, fahre ich nach Devon und verstreue in Sandy Bay Rosenblütenblätter für meine beiden Mums.« Zia schloss die Augen, löste ihre verkrampften Finger und lehnte sich so entspannt wie möglich zurück. Tränen quollen zwischen ihren geschlossenen Lidern hervor, und ihr schmerzte der Kopf, der so voll von umherschwirrenden Gedanken war.

Der heutige Tag hatte einer Achterbahnfahrt der Gefühle geglichen. Überwältigendes Mitgefühl für Tori, ebenso wie Kummer und Trauer. Dankbarkeit gegenüber Lucia und Durante, die für sie gesorgt hatten, als ihre psychotische junge Mutter sie im Stich gelassen hatte. Kummer darüber, dass Vicky Lucias Suche nach Zia als Bedrohung betrachtet hatte. Unendliche Dankbarkeit gegenüber Vicky, Joyce und Alf, die alle ihre eigenen Pläne zurückgestellt hatten, um für die kleine Zia zu sorgen.

Irgendwann an diesem Nachmittag hatte sie beschlossen, sich Gerardo nie zu erkennen zu geben. Die Entscheidung entstammte eher einem instinktiven Bedürfnis, sich vor Enttäuschung zu schützen, als einer wohldurchdachten Schlussfolgerung, doch die Entscheidung war eine Erleichterung. Sie konnte ihm nicht trauen. Konnte ohne ihn auskommen.

Ihr tat der Kopf weh, das Motorengeräusch dröhnte ihr in den Ohren, und sie nickte ein. Den Rest des Heimwegs verschlief sie und wachte erst auf, als Ursulas Handy klingelte,

während sie vor Zias Haus in der zweiten Reihe parkte. Sie kramte ihre Tasche und ihre Jacke zusammen und unterbrach Ursulas Gespräch mit Stephan nur, um ihr einen Kuss auf die Wange zu drücken und ihr flüsternd zu danken. Nachdem sie sich gähnend in ihre Wohnung hinaufgeschleppt hatte, rief sie als Erstes Lucia an, denn sie vermutete, dass die neugierig war und wissen wollte, wie alles gelaufen war.

Wieder war es Durante, der abnahm. »Lucia schläft. Ich glaube, sie ist ziemlich krank. Vielleicht hole ich morgen den Arzt, egal, was sie sagt.«

Er klang so besorgt, dass Zia einen Anflug von Unbehagen verspürte. Sie war fest davon ausgegangen, dass Lucia inzwischen die Krankheit überwunden hätte. »Es hat am Donnerstag angefangen, also sind das schon drei Tage. Ich finde, du hast wahrscheinlich recht, und es ist Zeit, sich Hilfe zu holen.« Nachdem sie sich davon überzeugt hatte, dass sonst alles in Ordnung war, beendete Zia das Gespräch. Durante schien nicht gern auf Englisch zu telefonieren, und sie fühlte sich zu erschöpft, um sich die Mühe zu machen, italienisch zu sprechen. Sie berichtete weder von ihrer Begegnung mit Harry und erzählte ihnen auch nicht von ihrer Entscheidung in Bezug auf Gerardo. Wenn sie nach Hause kam, würde es Lucia hoffentlich besser gehen.

Nein, nicht nach Hause. Nach Italien. Komisch, wie sehr es sich wie ihr Zuhause anfühlte, obwohl sie sich in ihrer eigenen Wohnung in Brighton befand.

Sie warf sich aufs Bett und rief Piero an, um ihm mitzuteilen, was sie erfahren hatte, und seine herzliche, freundliche Stimme und sein sexy amerikanisch-italienischer Akzent gaben ihr sofort das Gefühl, Italien nähergerückt zu sein.

17

Noch vor ein paar Monaten hätte Zia einen Sonntag in Brighton mit Brendon, Ursula und Stephan verbracht. Sie wären durch die engen Gassen von The Lanes gewandert, zur North Lane geschlendert, um im Komedia zu frühstücken, hätten den Straßenmusikern am Churchill Square gelauscht oder wären über die knirschenden Kiesel am Strand gelaufen.

Dagegen war dieser spezielle Sonntag für Zia nur ein Tag, den sie überstehen musste, bis sie am Montag das Vorstellungsgespräch hinter sich bringen konnte.

Sie rief Durante an und hörte zu ihrem Schrecken, dass es Lucia schlechter zu gehen schien. »Ich mache mir große Sorgen«, erklärte er knapp. Glücklicherweise ging es Durantes verstauchtem Knöchel besser, sonst hätte Zia das Vorstellungsgespräch vielleicht abgesagt und wäre sofort zurückgeflogen. Stattdessen gab sie sich damit zufrieden, online zu gehen und einen Flug für Dienstag zu buchen … um dann festzustellen, dass es vor Mittwoch keinen nach Perugia gab. Sie hätte wunderbar nach Rom fliegen können, hätte sie nicht ihren Wagen am Flughafen von Perugia stehen lassen.

Sie entstaubte und saugte ihre Wohnung, putzte dann die Fenster und lehnte sich hoch über den New-Steine-Park hinaus, um die salzige Luft einzuatmen, in der das verdrossene

Kreischen der Möwen widerhallte. Die Wellen waren tiefblau, und Zia sah zu, wie die weißen Kronen aufs Ufer zugeweht wurden, als ihr Handy klingelte. In heller Aufregung zog sie den Kopf wieder ein und hoffte auf einen Anruf von Piero. Doch es war bloß Brendon. »Pfui Spinne«, sagte sie laut. Sie musste sich ins Gedächtnis rufen, dass es, nachdem Ursula jetzt wieder mit Stephan zusammen war, peinlich werden würde, wenn Brendon und sie nicht wenigstens höflich miteinander umgehen konnten. Dann nahm sie den Anruf an.

»Und, wie ist es gelaufen?«, fragte er erwartungsvoll.

Verwirrt runzelte sie die Stirn. »Das Gespräch ist erst morgen.«

Er lachte. »Ich meinte das Treffen mit dem alten Kumpel deiner Mum. Konnte er dir erzählen, was du wissen wollest?«

»Ich kann mich nicht erinnern, gestern mit dir darüber gesprochen zu haben«, sagte sie langsam.

Er zögerte. »Am Freitag hast du gesagt, dass du deswegen hier bist«, erklärte er dann schnell.

»Nein, habe ich nicht. Aber ich habe Stephan davon erzählt«, fügte sie betont hinzu.

Jetzt klang er verletzt. »Hör mal, nicht nötig, schnippisch zu werden. Ich bin nur nett. Ich weiß, dass es dir wichtig war, und hoffe, es ist gut gelaufen.«

Zia knallte das Fenster zu und sperrte den pfeifenden Wind aus. »Ich war nicht schnippisch.« Aber nett war sie auch nicht, und sie war nicht bereit, ihm von dem Besuch zu erzählen.

Brendon änderte seine Taktik. »Bist du aufgeregt wegen morgen? Klingt für mich nach einem großartigen Job. Ich habe Elise gesagt …«

Zia hörte nicht mehr zu, und ein kaltes Gefühl breitete sich in ihrer Magengrube aus. Brendons kumpelhafte Redseligkeit fühlte sich nach Manipulation an, als würde sich die Nähe zwischen ihnen automatisch einstellen, wenn er so tat, als ob. Sie unterbrach ihn. »Brendon, unsere Leben haben nichts

mehr miteinander zu tun. Es überrascht mich, dass du von mir erwartest, dich in alles Mögliche miteinzubeziehen.«

Er wirkte verblüfft. »Aber ich habe dir diesen Job besorgt!«, protestierte er.

»Das kann nicht sein, weil ich den Job noch gar nicht habe«, widersprach sie. »Ich habe ein Gespräch. Elise hat dich nur gebeten, mir ihre Nummer weiterzugeben.«

»Ich hätte das nicht zu tun brauchen.« Er klang beleidigt, als hätte er Himmel und Hölle ihretwegen bewegt und sie wüsste es nicht zu schätzen. »Du könntest weiter in Brighton wohnen. Du liebst es hier.«

Nur das offensichtliche Unglück hinter seinem aufgeblasenen Gerede machte es Zia möglich, wenigstens oberflächlich höflich zu bleiben. »Danke dafür. Ja, Brighton ist eine tolle Stadt. Ich sollte Schluss machen, Brendon.« Sie verabschiedete sich.

Eine Stunde später rief Ursula an. Inzwischen ging Zia den Madeira Drive entlang, der den touristischen Teil von Brighton mit dem Jachthafen verband, vorbei an der verblassten Pracht des Madeira Lift, eines Aufzugs aus dem 19. Jahrhundert, mit dem man einst für einen halben Penny zur Marina Parade hinauffahren konnte. Sie erfreute sich an dem verfallenen Bogengang auf der Madeira-Terrasse und ignorierte das bierselige Geschrei einer Gruppe von Männern.

»Hey, Ursula.« Sie steckte sich einen Finger in das Ohr, das sie nicht ans Handy presste, und ging an den Gleisen der Volk's Electric Railway entlang, wo die Strandbahn bereitstand, um sich schnaufend in Richtung Black Rock Station in Bewegung zu setzen.

»Wollte nur hören, wie es dir nach deinem aufregenden Tag geht.« Ursula klang entspannt und glücklich.

»Gelangweilt!«, wäre Zia beinahe herausgerutscht, doch das hätte vielleicht so geklungen, als wollte sie Ursula zu sich einladen, und Zia wollte ihr nicht das Gefühl vermitteln, Zeit mit

ihr verbringen zu müssen. Während Ursulas Ehepause hatte sie ihre Freundin für sich gehabt, aber jetzt musste Ursula erst einmal genießen können, dass zwischen Stephan und ihr wieder alles in Ordnung war. »Prima«, gab sie fröhlich zurück. »Ich habe Hausarbeit nachgeholt, und jetzt gehe ich zum Jachthafen. Der arme Durante ist ziemlich in Sorge, weil Lucias Magenschmerzen nicht nachlassen. Ich wollte ihnen erzählen, dass ich beschlossen habe, Gerardo nicht zu verraten, wer ich bin, aber es war nicht der richtige Moment dazu.«

»Dann hast du dich also entschieden?« Ursula klang erstaunt.

Zia wich einer Familie auf Fahrrädern aus, die es weidlich ausnutzte, dass der Madeira Drive für Motorfahrzeuge gesperrt war, und stieß stattdessen fast mit einem vorbeisausenden Skateboarder zusammen. »Ich bin im Auto eingeschlafen, während ich darüber nachgedacht habe, und dann konnte ich dir nicht davon erzählen, bevor ich ausgestiegen bin, weil Stephan anrief. Ich finde, die Nachteile, es Gerardo zu sagen, überwiegen jeden möglichen Vorteil.«

»Wahrscheinlich hat nichts von dem, was Harry erzählt hat, ein gutes Licht auf Gerardo geworfen«, meinte Ursula zweifelnd.

»Nein. Sämtliche romantischen Vorstellungen, die ich davon hatte, meinen Vater zu finden, haben sich in Luft aufgelöst. Als wir uns begegnet sind, habe ich nichts empfunden, und er war offensichtlich nichts weiter als ein zufälliger Samenspender, der sich den Folgen nicht stellen wollte. Ich habe Fiorella und Roberto kennengelernt, und selbst wenn man ihnen zugesteht, dass sie dreißig Jahre Zeit hatten, um milder zu werden, kann ich sie nicht als solche Ungeheuer sehen, dass es gerechtfertigt wäre, ihretwegen Tori und mich im Stich gelassen zu haben. Lucia und Durante sind eingesprungen, und ihnen schulde ich meine Loyalität. Ich mache ihnen das Leben leichter.« Zia trat von den Gleisen weg, als

die typische Kakophonie aus Summen, Schleifen, Klappern und Hupen lauter wurde und die Strandbahn vorbeizockelte.

»Ich verstehe, was du meinst. Ihr Neffe hat die Schwäche, die Lucia für ihn hat, nicht wirklich verdient.« Ursula wechselte das Thema. »Bist du aufgeregt wegen des Vorstellungsgesprächs morgen?«

Zia lachte. »Fang bloß nicht davon an. Brendon hat vorhin angerufen, versucht, mir Begeisterung einzureden, und wollte gleichzeitig die Lorbeeren dafür ernten, dass er das Ganze eingefädelt hat.«

Ursula klang entsetzt. »Nein, wirklich? Denk jetzt nicht, dass ich mit ihm unter einer Decke stecke.« Dann kicherte sie. »Darf ich mir aber wünschen, dass du den Job kriegst und hier in England bleibst?«

»Denke schon.« Zia grinste. »Der verdammte Brendon wollte auch alles über unsere Fahrt nach Chichester wissen. Ich wünschte, ich hätte nicht vor Stephan darüber geredet.«

»Mist«, meinte Ursula schuldbewusst.

Zia beeilte sich, sie zu beruhigen. »Ärger dich bitte nicht über ihn, Brendon ist schließlich sein Freund. Wenn wir beide einfach aufpassen, was wir vor ihm sagen, haben wir kein Problem mehr.«

Ursula seufzte. »Das ist knifflig, Schatz. Du weißt schon, Paare unterhalten sich. Wenn er mich etwas fragt und ich ihm nicht antworte, sieht es aus, als hätte ich etwas zu verbergen.«

»Er erkundigt sich nach meinem Leben?«, hakte Zia, jetzt ihrerseits betroffen, nach.

»Irgendwie schon«, murmelte Ursula und klang, als fühlte sie sich in die Ecke getrieben. »Du bist auch mit ihm befreundet, oder? Er macht sich Sorgen um dich.«

»Ach ja. Schön. Hmm, verstehe.« So richtig begriff Zia das nicht. Und sie glaubte auch nicht, dass Stephan ihr Freund war. Er war Brendons Freund und schien keine Bedenken zu haben, Brendons besitzergreifende Illusionen zu nähren.

Was sie allerdings begriff, war, dass es gefährlich war, von Ursula zu verlangen, Partei zu ergreifen: Ursula konnte sich nicht auf ihre Seite schlagen. Diese unangenehme Wahrheit erschütterte sie, und sie beschleunigte ihre Schritte, wich unangeleinten Hunden und Erwachsenen, die Kinderwagen schoben, aus und wünschte sich beinahe, sie hätte ihr ihre Entscheidung wegen Gerardo nicht anvertraut.

»Erzählst du mir denn morgen, wie es dir ergangen ist?«, fragte Ursula im Ton von jemandem, der das Gespräch auf ein anderes Thema lenken will.

Zia war bewusst, dass sie einen Moment zu lange für ihre Antwort brauchte. »Natürlich.«

Noch ein kurzes Schweigen. »Nicht, damit ich die Information weitergeben kann«, sagte Ursula dann steif.

»Das hatte ich auch nicht gedacht«, protestierte Zia schuldbewusst, denn genau das war ihr kurz durch den Kopf gegangen. Ein unbehaglicher, fremdartiger Gedanke und einer, von dem sie wünschte, sie hätte ihn nicht eingelassen. Ursula war ihr Fels in der Brandung, ihre Konstante, ihre beste Freundin.

Aber Ursula war am Boden zerstört darüber gewesen, Stephan zu verlieren, und strahlte vor Freude, weil sie ihn wiederhatte. Um nichts in der Welt wollte Zia, dass Ursula wieder Kummer hatte. Doch Stephan neigte dazu, direkte Fragen zu stellen … und Ursula hatte erklärt, es sei schwierig, sie nicht zu beantworten.

Montagmorgen. Der Zug von Brighton zur Victoria Station in London war voll. Igitt.

Zia versuchte, trotz des Schepperns des Zugs und der zu lauten Unterhaltungen um sie herum zu lesen. Sie fühlte sich in ihrem blaugrauen Hosenanzug eingezwängt und konnte nur an Sommerkleider und sonnendurchflutete Tage denken, vor allem, als sie eine Textnachricht von Piero bekam.

Denke an dich. x

Es war die Art von Nachricht, die keine Antwort erforderte, doch nachdem sie eine Weile aus dem Fenster geblickt hatte, vor dem englische Felder und Hecken vorbeizogen, schrieb sie zurück.

Lucia scheint es immer noch ziemlich schlecht zu gehen. x

Vorsicht hielt sie davon ab, etwas zu antworten wie *Ich denke auch an dich und möchte in Montelibertà sein, statt eingesperrt in einem verdammten Zug mit einem Haufen Pendler mit Kaffeeatem.*

Ja. Sollen wir später reden? x

Schrieb er. Sie hielt inne, um zu überlegen, ließ sich von dem Zug wiegen, der über Weichen rumpelte, und sah zu, wie die Landschaft Wohn- und Bürogebäuden und Plakatwänden wich, die für private Krankenversicherungen und Wodka warben. Sie hatte ihm in den Telefongesprächen, die sie miteinander geführt hatten, seit sie hier war, nicht absichtlich vorenthalten, dass sie zu einem Vorstellungsgespräch eingeladen worden war. Der Grund war eher, dass sie über Italien, Sternennächte und schöne Dinge reden wollte.

Ich bin auf dem Weg zu einem Vorstellungsgespräch in London

War ihre Antwort.

Heute Abend sollte ich zu Hause sein. X

In ihrem Chat trat eine Pause ein. Sie fragte sich, ob er Zeit brauchte, um die Information zu verdauen, oder ob er einfach

nur beschäftigt war. Schließlich, als der Zug vor der Victoria Station abbremste und Gebäude und Glas sich wie ein Tunnel um ihn schlossen, bekam sie eine Antwort.

Hast du beschlossen, endgültig nach England zurückzukehren? x

Sie antwortete ehrlich.

Ab Mitte September bleibt mir nichts anderes übrig. Laut Gesetz darf ich nicht länger in Italien bleiben, und ich muss Geld verdienen. Um in Italien zu leben, bräuchte ich eine längerfristige Strategie. x

Als der Bahnsteig erschien, und der Zug mit einem Ruck anhielt, sodass Fahrgäste, die schon aufgestanden waren, ins Stolpern gerieten, schnappte sie sich ihre Tasche. Die Türen öffneten sich, und sie reihte sich in den Strom der Aussteigendenden ein. Das aus geschwungenem Metall mit transparenten Einsätzen bestehende Dach der Victoria Station kam ihr niedriger als sonst vor, und die Ansagen über Züge und Sicherheit dröhnten ihr laut in den Ohren. Sie blieb stehen und holte trotz der missbilligenden Blicke eiliger Pendler, die ihr ausweichen mussten, erneut ihr Handy hervor. Sie öffnete das Gespräch mit Piero noch einmal.

Ich denke auch an dich. x

Schrieb sie und reihte sich dann erneut in die lärmende Menschenmenge ein, die dicht an dicht durch die verchromten Absperrungen strebte. Sie ging schneller, als sie vom Bahnhof in ein noch lauteres London trat, und hastete die belebten Straßen zur Lower Belgrave Street entlang.

Sie fand Headley Whiterow in einem eleganten edwarianischen Gebäude aus bräunlichem Backstein mit Bogen-

fenstern, das sich hinter einem schwarzen Zaun aus Schmiedeeisen befand. Oben auf der Treppe ließ ein Summer Zia in eine in Weiß und Grau gehaltene Rezeption ein. Ein junger Mann mit braunem lockigen Haar brachte sie zu Elises Büro.

»Ich bin so aufgeregt!«, rief Elise, die mit ihrem langen blonden Haar und dem kurzen Rock aussah wie ein kleines Mädchen, das sich mit den Kleidern und dem Make-up ihrer Mum ausstaffiert hat. Von dieser überschwänglichen Begrüßung bis zu ihrer Vorstellungsrunde in den hellen, behaglichen Büroräumen wirkte alles an Headley Whiterow perfekt. Sogar die Direktoren Tim und Aneka, die Zia in einem Konferenzraum voller weicher Ledersessel und mit einem Nussbaumtisch willkommen hießen, wirkten, als könnte man gut mit ihnen zusammenarbeiten.

»Elise hält große Stücke auf Sie«, erklärte Tim und zog sein Jackett aus; vielleicht, um zu demonstrieren, dass sie sich in ihrer Gesellschaft bereits wohlfühlten.

»Wir vertrauen darauf, dass sie genau die richtige Person für die Stelle in unserem kompetenten Team auswählt«, fügte Aneka hinzu, die eine riesige Brille mit schwarzem Gestell trug, als wäre sie ein Emoji, das jemanden darstellt, der versucht, schlau auszusehen.

Sie begannen mit dem langen, intensiven Gespräch. Um halb eins wechselten sie in ein auf der anderen Straßenseite gelegenes Restaurant, wo sie Salat aßen und Weinschorle tranken. Elises Frisur blieb trotz der sommerlichen Brise, die Strähnchen aus Zias Zopf löste, perfekt. »Die Zugverbindung zwischen Brighton und Victoria Station ist für Pendler ziemlich günstig«, erklärte Elise ernst, »und von Brighton nach Blackfriars ebenfalls, aber Sie könnten meistens zwei Tage von zu Hause aus arbeiten. Die Stelle ist vielseitig und erfordert Reisen, wenn auch« – sie verzog entschuldigend das Gesicht – »nur innerhalb Europas. Nicht nach Nordamerika. Aber das

ist genau der Bereich, in dem Sie vorher so erfolgreich waren, und schließlich ist Italienisch Ihre Zweitsprache.«

Zia versuchte, sich von ihrem Enthusiasmus und der vertrauten Terminologie mitreißen zu lassen. Nach dem Mittagessen gingen sie zurück ins Büro, um eine Systempräsentation und einen Vortrag über das Klientenprofil, die Erfahrungen und die Zukunftsvisionen der Firma zu hören. Der Job beinhaltete praktisch das Gleiche wie ihre alte Stelle in Brighton, aber in London, in einer kleineren Firma, mit mehr Verantwortung und einem Gehalt, das nicht nur die Fahrtkosten aufwiegen, sondern es ihr auch erlauben würde, die Raten für ein neues Auto zu zahlen. Der Job war wie für Zia geschaffen.

»Also«, sagte Elise. »Wir können noch mehr besprechen, aber ich kenne ja Ihr Engagement und Ihre Fähigkeiten schon. Ich würde gern ein offizielles Angebot formulieren und es Ihnen mailen.« Sie musste bereits Tims und Anekas Zustimmung eingeholt haben, denn alle setzten das gleiche freudige Lächeln auf. »Was meinen Sie?«

Noch vor ein paar Monaten hätte Zia gefragt, wann sie anfangen könnte. »Wann müssten Sie Bescheid wissen?«, hörte sie sich jetzt jedoch fragen.

Elises Lächeln gefror und verriet, dass sie verwundert war. »Um ehrlich zu sein, bald. Ich brauche dringend jemanden, der Klienten durch den Kaufprozess begleitet.« Sie zögerte. »Haben Sie einen Urlaub gebucht oder so etwas?«

»Nein, das nicht. Aber mein Auto steht in Italien, und ich habe dort noch Verschiedenes zu erledigen.« Sie wählte ihre Worte sorgfältig und mit Bedacht, während sie sich darüber im Klaren war, dass sie sich auf diese Gelegenheit stürzen sollte. »Ich wohne bei einer Großtante, die momentan krank ist, und sollte eigentlich den größten Teil des Sommers dort bleiben.«

Elises Lächeln erstarb. »Aha.« Sie schloss ihren Laptop und richtete eine Fernbedienung auf die Präsentationsfläche,

um sie auszuschalten. »Wann könnten Sie denn frühestens bei uns anfangen?«

Zia ging im Kopf ihre finanzielle Situation durch und wie lange sie würde in Italien bleiben dürfen. »In der dritten oder vierten Septemberwoche.«

Elises Miene hellte sich auf, und sie wechselte einen Blick mit Tim, der nickte. Ihr Lächeln war zurück. »Ideal ist es nicht, aber damit können wir arbeiten.«

Sie vervollständigten die Runde mit verlockenden Aufstiegsaussichten und machten um fünf Uhr Schluss. Zia war erschöpft. Sie hatte von Menschen gehört, denen es nach einer Pause schwerfiel, ins Arbeitsleben zurückzukehren, hatte aber bis zu diesem einen ganzen Tag dauernden Vorstellungsgespräch nichts darauf gegeben. Jetzt schleppte sie sich zur Victoria Station zurück.

Die Heimfahrt war anstrengend. Nachdem sie erst in Haywards Heath einen Sitzplatz bekam, hatte sie, als sie den Bahnhof von Brighton verließ, kaum noch die Kraft, sich über die dicht bevölkerten, engen Bürgersteige der Queens Road zu kämpfen. Sie war froh, abbiegen zu können, und passierte die Royal Pavilion Gardens, wo sich Touristen auf dem Rasen drängten, und ließ sich dann mit einer Herde anderer Fußgänger durch den Old-Steine-Park treiben. Als sie die St. James Street entlangging, klingelte ihr Handy. Das Display zeigte 19.20 Uhr, und der Anrufer war Brendon. »Ja?«, sagte sie wenig begeistert. Wenn sie nicht gewusst hätte, dass Ursula die Folgen zu tragen hätte, hätte sie ihn einfach blockiert.

»Und? Wie ist es gelaufen?«, fragte er fröhlich.

»Okay.«

»Nur okay? Elise wirkte begeistert.« Brendon klang, als glaubte er, dass Zia ihn zappeln ließ.

Sie blieb so abrupt stehen, dass ein Goth-Mädchen in sie hineinlief und säuerlich die gepiercte Nase rümpfte. »Du hast mit Elise über mein Vorstellungsgespräch geredet?«

»Ich habe dir offensichtlich ein großartiges Zeugnis ausgestellt …«

»*Was?*«, schrie sie beinahe. »Was zur Hölle meinst du mit ›großartigem Zeugnis‹? Sie war meine Chefin, und wir beide waren gleichrangig. Sei nicht so verdammt überheblich.«

»Ach, du weißt doch, was ich meine«, sagte er in scherzhaftem Ton, als wäre Zia mit Absicht reizbar und er der Mann, der sie mit einem Witz besänftigen musste.

»Nein, weiß ich nicht.« Zia wurde klar, dass die anderen Fußgänger missbilligend mit dem Kopf schüttelten und ihr rechts und links ausweichen mussten, um an ihr vorbeizukommen, aber die Wut schoss ihr prickelnd am Rückgrat hoch und schaltete den Teil ihres Hirns mit dem Etikett »Manieren« aus.

Brendon konnte es nicht lassen. »Du nimmst den Job an. Stimmt's?«

»Das geht dich nichts an!«, brach es aus ihr heraus. Vor ihr sahen sich drei Frauen um.

Sein lässiger Ton schlug in resigniertes Flehen um. »Ach, Zia, stell dich doch nicht so an. Du scheinst ja darauf zu bestehen, dass ich es ausspreche, also: Ich will dich zurückhaben. Ich habe ein wenig schön Wetter bei Elise gemacht, denn wenn du einen guten Job in England hast, dann …«

»Es hat nichts mit dir zu tun, ob ich in London, Italien oder Timbuktu lebe«, unterbrach Zia ihn, setzte sich wieder in Bewegung und wurde immer schneller, als würde ihr Ärger sie vorantreiben. »*Nichts.* Deine betrunkene Sex-Eskapade hat meine Gefühle für dich zerstört, die sowieso bereits abgekühlt waren. Es ist aus mit uns.« Jetzt rauschte sie zwischen den anderen Fußgängern hindurch, die rasch zur Seite sprangen, als sie in ihrem Zorn zwischen ihnen hindurchschoss wie eine Abrissbirne.

»Hör mal«, gab Brendon in einer Art erzwungener Ruhe zurück. »Stephan ist wieder mit Ursula zusammen …«

Unvermittelt blieb sie stehen und ignorierte den heißen Schmerz in ihrer Wade, als jemand sie mit einem Rollenkoffer rammte. »DAS IST VERDAMMT NOCH MAL NICHT DAS GLEICHE!«, brüllte sie.

»Aber ich wollte, dass du *zu mir ziehst*, und stattdessen orientierst du dich *völlig anders!*«, schrie er und wechselte wie immer die Taktik, wenn er nicht wusste, wie er reagieren sollte. »Ist es dir denn egal, wie mich das mitnimmt?«

»Wenn ich ehrlich bin, wird es mir jedes Mal, wenn wir reden, gleichgültiger, also ist es sinnlos, mir ein schlechtes Gewissen einzureden«, fauchte sie unverblümt. »Keine Ahnung, ob ich eine feste Beziehung mit dir eingegangen wäre, wenn du mich nicht betrogen hättest, aber du *hast* mich betrogen. Ganz großes Pech für dich, wenn du jetzt unglücklich bist. Und jetzt lass mich in Ruhe.«

Schweigen. Dann wurde Brendon wütend und zischte: »Ein Fehler von mir, und das heißt, dass du mir wehtun darfst? Ich glaube *kaum*, Zia. Dass ich diese Frau gefickt habe, hat nichts mit meinen Gefühlen für dich zu tun, und das weißt du.«

Zia zuckte zusammen. »Aber es hatte auf jeden Fall Auswirkungen auf meine Gefühle für dich. Wie grob du es auch ausdrückst, du hattest Sex mit einer anderen Frau, während wir zusammen waren. Ende.«

Schweigen. Nach und nach wurde sie sich erneut des geschäftigen Treibens auf der St. James Street bewusst. Ihr wurde klar, dass sie beinahe die Abzweigung nach New Steine erreicht hatte, wo sie vorgehabt hatte, kurz in den Supermarkt zu gehen. Dann sprach Brendon wieder, dieses Mal leise, gefährlich und langgezogen. »Das wird dir noch leidtun.«

Dann legte er auf. Zia schämte sich, weil sie die Fassung verloren hatte, war aber erleichtert, weil der Streit das endgültige Ende zwischen ihnen besiegelt hatte.

Sie hatte halb damit gerechnet, dass seine dramatischen Worte eine Drohung gewesen waren, sie bei Elise anzuschwärzen, doch später am Abend ging das Stellenangebot ein, begleitet von einer herzlichen E-Mail.

Ich wäre ÜBERGLÜCKLICH, Sie bei uns zu haben, daher schicke ich das Angebot so schnell. Aber lange kann ich Ihnen den Job nicht offenhalten ... und ich spüre, dass Ihr Herz noch nicht wirklich wieder in diesem Land angekommen ist.

Zia musste zugeben, dass Elise das richtig wahrgenommen hatte, denn sie hatte bereits mit Ursula verabredet, sich morgen in deren Mittagspause voneinander zu verabschieden und anschließend einen Zug nach Stansted gebucht, um dort zu übernachten und einen frühen Flug zu nehmen.

18

Piero hasste die Atmosphäre auf Tenuta Domenicali, wenn Graziella anwesend war, doch er ließ sich von ihr nicht von seinem Espresso am Nachmittag abhalten.

Graziella stieß einen tiefen Seufzer aus, als er das große Büro betrat, und Salvatore strich sich über den Schnurrbart und sah Piero flehend an. *Bitte lass sie in Ruhe*, schien er sagen zu wollen. *Du weißt doch, wie sie ist.*

Piero hatte eine ganze Reihe von Problemen mit Graziella, aber wichtiger war ihm, seinen Vater nicht aufzuregen. Daher blieb er ein wenig, um zu plaudern, und zeigte das elegante schwarze Gerät, das er am Handgelenk trug. »Ich habe mir eine Apple-Watch gekauft.«

Salvatore lächelte listig. »Hast du plötzlich ein Interesse daran entwickelt, deine Schritte zu zählen? Oder magst du deine Uhr von Dolce & Gabbana nicht mehr, weil sie ein Geschenk von Nicoletta war?«

Piero grinste. »Ich habe ihr die Dolce & Gabbana-Uhr zurückgeschickt.« Nicoletta hatte die Rückgabe in einer Textnachricht bestätigt, und er hoffte, dass sie auch die symbolische Bedeutung seiner Handlung anerkannte. Er war nicht mehr zu haben.

»Und, hat sie dir auch allen Schmuck zurückgegeben, den

du ihr gekauft hast?« Salvatores Augen blitzten. Offensichtlich hatte er bereits eine Vorstellung davon, wie die Antwort lauten würde.

Piero verdrehte die Augen und genoss den freundlich-neckenden Wortwechsel statt der ewigen Debatte über den Verkauf des Weinguts. »Damit habe ich gar nicht gerechnet.«

Salvatore kicherte. »Dann bist du auch nicht enttäuscht worden.«

Graziella schniefte und tippte auf dem Computer herum. Sie beteiligte sich nicht an dem Gespräch, doch Piero konnte sich nicht vorstellen, dass sie auch nur einen einzigen Ohrring zurückschicken würde, den ein Mann ihr gekauft hatte. Dazu war sie verdammt noch mal zu habgierig.

Auf dem Rückweg in sein eigenes Büro dachte er darüber nach, dass es eigentlich nicht zu Graziellas Designeroutfits und ihrem glamourösen Image passte, mit einem Mann zusammen zu sein, der fünfzehn Jahre älter war als sie.

Er verharrte.

Hoffte sie darauf, dass sein Vater bald sterben würde? Vielleicht hatte Salvatore ihr ja in seinem Testament Geld vermacht. Oder sie würde, falls sie heirateten und Salvatore starb, bevor Tenuta Domenicali verkauft wäre, ein Viertel des Weinguts erben. Bei dem albtraumhaften Gedanken, dass sie dann, falls sie Emiliano auf ihre Seite zog, Piero überstimmen könnten, überlief ihn ein Schauer.

Zurück an seinem Schreibtisch warf er einen Blick auf seine neue Uhr und wandte sich glücklicheren Gedanken zu. Zias Flieger müsste inzwischen gelandet sein. Er stellte sich vor, wie sie ihr rotes Auto über die staubige Fernstraße steuerte, und fragte sich, wann sie auf Bella Vista ankommen würde. Er würde sich freinehmen, um sie zu begrüßen.

In seinem Bauch zog sich etwas vor freudiger Erwartung zusammen, während er eilig ein paar Listen vervollständigte und dann den Systemadministrator bei einem ihrer Zwischen-

händler anrief, um sich zu erkundigen, ob die wohl noch heute eingepflegt würden. Nachdem er ein unmissverständliches »*No, non posso*« zur Antwort erhalten hatte, arbeitete er hastig seinen Posteingang ab. Um sechzehn Uhr ging er durch das inzwischen verlassene vordere Büro und trat durch die Tür nach draußen.

Seine Gedanken überschlugen sich, als er vom Weingut wegfuhr. Wie würde sich sein Verhältnis zu Zia entwickeln? Die sechs Tage, die sie fortgewesen war, waren ihm wie eine Ewigkeit vorgekommen. Immer wenn er die Augen schloss, sah er Zias straffen, nackten Körper und ihren vollen, sexy Mund auf seiner Haut vor sich.

Ihre eine wunderbare Liebesnacht schien etwas in ihm ausgelöst zu haben, von dem er geglaubt hatte, Nicoletta hätte es abgeschaltet – eine Offenheit für eine Beziehung, die mehr als »flüchtig« war. Der Gedanke an ihre Anrufe, während sie in England gewesen war … die Klimaanlage des Autos vermochte kaum, seine heißen Gedanken abzukühlen.

Dann, als er abbog, um das Stadtzentrum zu umfahren, runzelte er die Stirn. Wie war es dazu gekommen, dass sie zu einem Vorstellungsgespräch gegangen war? Diese Textnachricht hatte ihn zutiefst irritiert. Aber was hatte er anderes erwartet? Dass das italienische Gesetz irgendwie eine Ausnahme für sie machen und sie ewig bleiben würde? Wenn sie nach Hause fuhr, würde sie einen Job brauchen.

Bei dem Gedanken krampfte sich etwas in seiner Brust zusammen, während er die Via Virgilio hinauffuhr und die Stadt verließ, bis er die Durchfahrt erreichte, an der die Felsen rechts und links in die Höhe ragten. Er wünschte sich mehr Zeit, damit sich auf natürliche Art etwas zwischen ihnen entwickeln konnte. Sie waren beide … wie war noch der amerikanische Ausdruck, an den er sich aus seiner Kindheit erinnerte? Gebrannte Kinder. Angesichts der Erfahrungen, die beide jeweils in jüngster Vergangenheit mit ihren

Ex-Partnern gemacht hatten, war keiner von ihnen unbedingt bereit, sich direkt wieder in eine feste Beziehung zu stürzen.

In wenigen Wochen würden sie in verschiedenen Ländern leben. Er konnte sich nicht vorstellen, alles zu verkaufen – selbst wenn das gerade besonders einfach wäre – und nach England zu ziehen. Es war toll gewesen, ein Jahr lang dort zu leben, aber es war im Winter kalt, und die Winter schienen ungefähr neun Monate zu dauern.

Als er in seine Einfahrt einbog, schüttelte er sich innerlich. Eine heiße Nacht, und er dachte schon ans Umziehen? Er war ein erwachsener Mann und kein liebeskranker Teenager. Er parkte im Schatten und stieg aus dem Wagen. Wie ein Erwachsener würde er duschen, sich umziehen und dann durch die Bäume nach Bella Vista schlendern. Vielleicht bekam er dort ja einen Kaffee oder ein Bier. Oder eine Gelegenheit, mit Zia zu reden.

Dann erregte das gemächliche Knirschen von Kies seine Aufmerksamkeit, und er blickte sich um und sah ein großes weißes Fahrzeug, das langsam Bella Vista verließ. Er brauchte ein paar Sekunden, um zu begreifen, was das rote Kreuz darauf bedeutete, doch dann flammten die Lichter auf, und er hörte das typische *Lalülala* der Sirene eines Krankenwagens. Vorsichtig ordnete er sich in den Verkehr ein, und Durantes kleines graues Auto folgte ihm so dichtauf, dass es aussah, als würde es abgeschleppt.

Angst erfasste ihn mit eiskalter Hand. Wer lag in diesem Krankenwagen?

Dann sah er Zia, die wie erstarrt in der jetzt leeren Einfahrt stand. Sein Erwachsenen-Status war vergessen, und er drehte sich um und rannte zu ihr.

Als er heranstürmte, wandte sie sich ihm zu, und ihre Augen waren vor Entsetzen weit aufgerissen. »Es ist Lucia! Ihre Magenschmerzen waren nicht mehr auszuhalten. Als ich

zurückkam, stand der Rettungswagen schon hier. Sie fahren direkt ins Krankenhaus nach Perugia.«

»Ospedale Santa Maria della Misericordia«, ergänzte er automatisch und versuchte, wieder zu Atem zu kommen.

Sie nickte. »Durante fährt dem Krankenwagen nach. Er hat mich gebeten, zu bleiben und mich um alles zu kümmern, denn sie erwarten heute Nachmittag Gäste für Villino Il Pino.« Sie hielt ein Handy in der zitternden Hand, die so verkrampft war, dass die Knöchel weiß hervortraten. »Er hat mir Lucias Telefon dagelassen, damit ich mich um die Leute kümmern kann. Sie hat … furchtbar ausgesehen.« Zittrig holte sie Luft. »Sie war schrecklich verschwitzt und hat sich vor Schmerzen gewunden. Wenn ihr Alter nicht wäre, hätte man denken können, sie hätte Wehen.«

Piero schob das unwahrscheinliche Bild beiseite und legte einen Arm um sie. »Sie wird ja notärztlich versorgt. Haben die Sanitäter etwas darüber gesagt, was es sein könnte?«

Sie umarmte ihn, schmiegte sich an ihn und zuckte mit den Schultern. »Nein, aber sie haben nicht lange gefackelt, daher vermute ich, dass ihnen nicht gefallen hat, was sie gesehen haben.«

»Mist«, murmelte er, und eine grauenhafte, hohle Angst erfasste ihn bei dem Gedanken, dass Lucia schwer krank war. Sie hatte noch nie etwas Ernsthafteres als eine Erkältung gehabt. Er legte auch den anderen Arm um Zia und hielt sie fest. Ihr Haar fiel ihm seidig über die Hände, ihre Brüste drückten sich an sein pochendes Herz, und sie suchte Trost und spendete ihn zugleich.

Trotz der großen Sorgen, die er sich um Lucia machte, wurde er sich eines Gefühls von Hitze bewusst. Sie stammte nicht nur von der Sonne, die auf sie herunterbrannte, sondern ging von Zia aus. Ihre Hosen waren wahrscheinlich im Flugzeug das Richtige gewesen, aber in Umbrien in der dritten Juliwoche bettelte sie damit geradezu um einen Hitzschlag.

Die Temperaturen stiegen jeden Tag über dreißig Grad. Er drückte Zia einen Kuss aufs Haar. »Sorgen wir dafür, dass du in den Schatten kommst.« Irgendwie fanden ihre Hände wie von selbst zusammen, als sie sich umdrehten und zurück zum Haus gingen. Er schnappte sich mehrere Flaschen kaltes Wasser, und als er Zias Blässe und ihre benommene Miene bemerkte, führte er sie zu einem Stuhl auf der Terrasse, damit sie sich setzen und in Ruhe etwas trinken konnte.

»Es war schrecklich«, murmelte sie und nahm einen Schluck.

Er setzte sich und legte ihr beruhigend eine Hand auf den Oberschenkel. »Bestimmt war es das.«

»Ich wusste, dass es ihr immer noch nicht wieder gut ging, aber ich hätte nicht damit gerechnet, sie in einem derart schlechten Zustand vorzufinden. Mein Flug hatte Verspätung, und auf der Straße herrschte stockender Verkehr. Zwei Minuten später, und ich hätte die beiden verpasst.«

Er ließ sie reden und verstand ihr Bedürfnis, über das zu reden, was gerade passiert war.

Schließlich tauchte sie blinzelnd aus ihrem Schockzustand auf. Sie wies auf das Tal, das am späten Nachmittag unter Dunstschleiern lag. »Das hat mir gefehlt.«

»Gut.« Ihre schlichte Aussage erleichterte ihn unermesslich. Doch in diesem Moment trafen in einem verstaubten blauen SUV die Gäste ein, die sie erwarteten; ein Paar mit einer erwachsenen Tochter, die tapfer versuchte, sich in stockendem Italienisch zu verständigen. »Wir sprechen Englisch, falls das einfacher ist«, erklärte Zia schließlich.

Erleichtert fächerte die junge Frau sich Luft ins Gesicht. »Großartig! Wir haben Villino Il Pino gemietet.«

Während Zia sie im Ferienhaus unterbrachte, rannte Piero nach Hause, duschte, zog sich um und kehrte dann mit einem Pastagericht mit Hühnerfleisch zurück, das er heute Morgen in der Hoffnung, dass er vielleicht Gelegenheit haben würde,

es mit Zia zu teilen, vor der Arbeit vorbereitet hatte. Er schob es in den Ofen und wickelte gerade Knoblauchbrot in Alufolie, als Zia zurückkehrte.

Sie ließ einen Rucksack an der Küchentür fallen und trat zu ihm. »So, die Gäste sind versorgt.« Sie wirkte jetzt weniger erschüttert, als hätte die kleine Aufgabe sie beruhigt. Sie wusch sich die Hände und sah dann in den Ofen. »Gut, dass hier jemand organisiert ist.« Nachdem sie ihn umarmt hatte, holte sie Teller und Besteck, wobei sie offensichtlich davon ausging, dass sie zusammen essen würden. Dann räumte sie die Spülmaschine aus und neu ein, während Piero die Arbeitsflächen abwischte. Vermutlich war Fiorella ein paar Tage nicht mehr hier gewesen, und Durante, der sich um Lucia sorgte, hatte die Hausarbeit schleifen lassen.

Zia hielt inne, um zu seufzen. »Ich frage mich, wann Durante sich wohl meldet, um uns zu sagen, was los ist.«

Er sah auf die Uhr. »Sie brauchen mindestens eine Stunde bis zum Krankenhaus, sogar mit Höchstgeschwindigkeit. Dann muss sie aufgenommen werden, und die Ärzte müssen sie natürlich erst einmal untersuchen, um herauszufinden, was das Problem ist.« Er nahm eine Flasche aus dem Weinregal, legte sie in den Kühlschrank und stellte noch Weingläser auf den gedeckten Tisch.

Zia schnitt frische Tomaten in Scheiben, um sie zu Brot und Pasta mit Öl und Basilikum anzumachen, und bald aßen sie am Terrassentisch und ließen eine Citronella-Kerze brennen, um die abendlichen Insektenattacken abzuwehren.

»Je nachdem, wie man es betrachtet«, meinte sie nachdenklich, »kenne ich Lucia entweder noch nicht lange oder schon mein Leben lang. Jedenfalls habe ich Angst um sie.« Sie legte sich eine Hand auf den Bauch, wie um zu zeigen, wo sie ihre Sorgen spürte.

Er nahm ihre andere Hand, deren schlanke Finger sich in seiner warm anfühlten. »Du hast sie sehr glücklich gemacht,

indem du zu ihr gekommen bist. Sie hat mir vor Jahren von dir erzählt, aber sie glaubte nicht, dich je wiederzusehen. Darüber war sie sehr traurig.«

Ihr wurden die Augen feucht, doch sie lächelte, als fühlte sie sich getröstet. »Vickys Freund Harry hat gesagt, sie hätten alle Angst vor ihr gehabt. Sie dachten, sie würde Ärger machen und die italienischen Behörden informieren.«

»Du bist doch Britin«, wandte er ein. Ihre Haut fühlte sich jetzt nicht mehr so überhitzt an wie heute Nachmittag, und er zog mit dem Daumen Kreise auf ihrem seidig glatten Handrücken.

»Aber Mum hatte mich Lucia einfach entrissen«, gab sie zurück. »Anscheinend war sie sehr tatkräftig.« Dann erzählte sie ihm im Detail, was Harry ihr berichtet hatte. Es wurde dunkel. Glühwürmchen flackerten golden, und die Sterne standen silbern über ihnen am Nachthimmel. Abgesehen vom rhythmischen Zirpen der Zikaden war nur Zias Stimme zu hören. Piero stellte fest, dass er wie verzaubert von ihrer Stimme war, während sie die Kapitel ihrer Geschichte miteinander verband. Sie hauchte der jungen Vicky, einer resoluten alleinstehenden Mutter in einer wenig toleranten Gesellschaft, Leben ein. Erzählte lebhaft von Vicky und Harry, die in einem gemeinsamen Haushalt ihre Kinder großgezogen und später gemeinsam unglücklich gewesen waren, als Gerardo Toris Liebe nicht so erwiderte, wie diese sich das ersehnte. Leise sprach sie von der Psychose, die Tori nach Italien getrieben hatte, nur um dort ihr Baby bei Lucia zurückzulassen. Wie Vicky Zia zurückgeholt hatte und dann nach Hause gekommen war, um zu hören, dass Tori tot war. Lucia, die energisch Informationen gefordert hatte. Von Vickys Flucht, und wie sie die Lüge gelebt hatte, Zias Mutter zu sein. Schließlich von Gran und Pap, die Vickys Lüge weitergeführt hatten, weil die Wahrheit zu schwierig gewesen wäre.

»Jetzt kennst du Lucia ja. Vicky hätte bestimmt nicht solche Angst vor ihr zu haben brauchen«, murmelte er, als sie schließlich zum Ende zu kommen schien.

Zia nickte. »Vielleicht haben die Trauer um Tori und das schlechte Gewissen, weil sie mich Lucia weggenommen hatte, die Situation für sie schlimmer erscheinen lassen, als sie eigentlich war und sie in die Verzweiflung getrieben. – Ich wünschte, sie hätte nicht mit diesen Gefühlen leben müssen«, fügte sie leise hinzu. »Sie war eine besondere Frau. Liebevoll und tüchtig. Irgendwie eigenwillig.«

Er lachte gedämpft und genoss es, diese Zeit unter den Sternen mit ihr zu verbringen. »Sie klingt, als wäre sie ein besonderer Mensch gewesen.« Er hob ihre Hand und gab einen Kuss auf jeden ihrer Finger. »Du bist auch etwas Besonderes, Zia. Seit dem Tag deiner Geburt haben Menschen buchstäblich um dich gekämpft.«

Er sah zu, wie ihr Blick zu seinem Mund glitt. Lange Sekunden stand die Welt still.

Und dann läutete im Dunkeln ihr Telefon, und sie löste ihre Hand aus seiner, um danach zu greifen. »Durante?« Vor Nervosität klang ihre Stimme schrill. »Wie geht's ihr? Piero ist bei mir. Ich stelle dich auf Lautsprecher, und du kannst Italienisch sprechen, das ist einfacher für dich. Was ich nicht verstehe, kann er mir nachher übersetzen.«

Sie tippte auf das Display, legte das Handy hin und sah finster konzentriert darauf hinunter.

»Durante?«, fragte Piero.

Durantes Stimme schwankte zwischen Anspannung und Panik. »Sie ist schwer krank!«, schrie er. »Meine Lucia, Piero! Sie wälzt sich und keucht und hält sich den Bauch.«

Das alles sprudelte geradewegs aus ihm heraus, während er die professionelle Hast des Krankenhauspersonals schilderte, ihre Äußerungen, Durantes Gefühl von Ohnmacht, als er ihre überaus ernsten Mienen sah, während sie ihr

Schmerzmittel verabreichten und einen Ultraschall vorbereiteten.

Piero versuchte, seinen Freund zu beruhigen, obwohl es ihm angesichts der ernsten Nachrichten kalt über den Rücken lief. »Lucia ist eine Kämpferin. Wir hatten gerade davon geredet, dass sie nicht so leicht aufgibt. Und die Wunder der modernen Medizin …« Aber sie wussten alle, dass er Banalitäten von sich gab.

Knapp informierte Durante sie darüber, dass er sich in der Nähe von Perugia bei einem Cousin einquartiert hatte, damit er wenn nötig zum Krankenhaus fahren konnte, und verabschiedete sich dann atemlos.

Piero nahm erneut Zias Hand und las ihr an der Miene ab, dass sie alles verstanden hatte. »Keine guten Nachrichten.«

Wieder waren ihr Tränen in die Augen gestiegen. »Nein. Könnte es der Blinddarm sein?«

Er streichelte ihre Finger und wollte ihre Ängste zerstreuen. »Weiß nicht. Vielleicht. Morgen wissen wir bestimmt mehr.«

»Durante hat etwas von Operieren gesagt?«, flüsterte sie, und nun liefen ihr die Tränen über die Wangen.

Bei dem Grauen in ihrem Blick hatte er das Gefühl, eine kalte Hand lege sich um sein Herz, aber sie hatte Durantes schnelles Italienisch so gut verstanden, dass es sinnlos gewesen wäre, sie vor der Wahrheit schützen zu wollen. »Gut möglich.«

Sie umklammerte seine Finger. »Ich schreibe Durante und erkläre ihm, dass ich helfen werde, wo ich kann. Ich kümmere mich um die Ferienhäuser, oder ich kann ihm eine Tasche mit Sachen zu seinem Cousin bringen, oder … ich mache absolut alles.«

»Ich schreibe ihm.« Er schickte Durante eine Textnachricht auf Italienisch. Dann stand er auf, zog sie hoch und in seine Arme und wünschte, er könnte mehr tun, damit sie sich besser fühlte. »Was ist mit dir? Kommst du zurecht? Es ist spät

geworden.« Er zögerte und war sich nicht sicher, ob er fragen sollte, ob sie allein klarkomme oder ob das klingen würde, als wollte er die Gelegenheit ausnutzen.

Doch Zia war schneller. Sie umarmte ihn fest. »Schläfst du bei mir?«, flüsterte sie. »Ich will heute Nacht nicht allein sein.«

19

Zia hörte ihre eigenen Worte fast, als hätte jemand anderer sie ausgesprochen, und ihr stockte vor Schreck über sich selbst der Atem. »Ich meine nicht …« Sie schluckte. »Ich klinge irgendwie kaltherzig, als würde ich dich anmachen, während es Lucia und Durante so schlecht geht.«

Seine Umarmung fühlte sich herrlich an, und die Leichtigkeit seiner Berührung beruhigte sie. »Ich verstehe. Lass uns einfach zusammen sein.«

Sie räumten den Tisch ab und schlossen das Haupthaus ab. Dann führte sie ihn zu dem kleinen Apartment, dessen Renovierung ihr solchen Spaß gemacht hatte, und trat in den Raum mit den weißen Wänden wie in ein Heiligtum. Ihre Körper fühlte sich bleischwer an; sie war erschöpft von ihrem Flug, der um 7.30 Uhr gestartet war, und ihrer Rückkehr nach Italien, bei der sich die Ereignisse überschlagen hatten.

»Es sieht hier fantastisch aus.« Piero sah sich beifällig in Zias provisorischem Quartier um. Sie duschte schnell, und als sie aus der Dusche trat, wartete er schon auf sie, um ein Handtuch um sie zu legen. In ihrem Schlafzimmer schlug er das Bettlaken zurück, sie stieg ins Bett, und er deckte sie zu. Dann zog er sich ebenfalls aus, gesellte sich zu ihr und umschlang sie mit beiden Armen.

»Durante hat unser Gespräch unterbrochen. Bist du nicht glücklich, Harry gefunden zu haben?«

Sie wandte den Kopf, ohne sich auch nur einen Millimeter von ihm zu lösen, und fühlte sich von seiner Anwesenheit getröstet. »Doch, irgendwie schon.« Doch sie musste schwer schlucken, und sie wusste, dass es ihr nicht gelungen war, ihre Zweifel zu verbergen.

Er lehnte sich ein Stück zurück, um ihr ins Gesicht sehen zu können. »Sicher?« Er klang irritiert. »Ich dachte, du wärst erleichtert, mehr über deine Geschichte zu erfahren. Froh, mit Menschen zu reden, die Vicky und Tori kannten und dir mehr über die beiden erzählen können.«

»Ja.« Sie streichelte seine Brust; die Stelle, an der sein Körperhaar am seidigsten war. »Das stimmt, und es war fantastisch. Ich weiß, dass Tori, meine leibliche Mutter, für immer ein Teenager bleiben wird und ich für immer bedauern werde, sie nie kennengelernt zu haben, aber es war ein Segen, mit jemandem zu reden, der sie beide gekannt und geliebt hat.« Sie seufzte. »Ich empfinde alles, was man erwarten würde – ich bin froh, getröstet und erleichtert darüber, dass das Geheimnis endlich, *endlich* gelöst ist. Ich fühle mich wehmütig und traurig, weil Tori gelitten hat, weil meine Geburt ihre Krankheit ausgelöst hat, und bin natürlich zutiefst traurig darüber, was ich verloren habe. Noch mehr Bedauern, weil Mum – ich meine Vicky – und Gran und Pap nicht in der Lage waren, mir von Tori zu erzählen und mich in ihre Erinnerungen einzubeziehen. Es tut mir leid, dass es kein Video gibt, auf dem ich ihre Stimme hören oder sehen könnte, wie sie sich bewegt hat. Aber ...« Sie schaute auf den Puls hinunter, der an seinem Hals schlug.

Er zog eine Augenbraue hoch. »Aber?«

»Etwas macht mir Angst.« Ihr war die Kehle plötzlich wie zugeschnürt, da es ihr schwerfiel, die folgenden Worte auszusprechen. »Ich habe mich inzwischen im Internet über postpartale Psychose informiert.« Sie unterbrach sich, denn

ihr Herz hämmerte so heftig, dass sie sich zittrig fühlte. »Nur eine oder zwei von tausend Frauen bekommen sie, aber es liegt in der Familie. Werde ich eine dieser Frauen sein, falls ich je Kinder bekomme?«

»Ach, Zia.« Er zog sie näher, fester an sich und strich ihr übers Haar, das ihr über den Rücken fiel. »Offensichtlich ist das eine seltene Krankheit«, meinte er nach ein paar Sekunden. »Ich hatte noch nie davon gehört. Du?«

Sie schüttelte den Kopf.

Sanft und beschwörend fuhr er fort. Tröstlich. »Und die Welt hat in den letzten dreißig Jahren Fortschritte gemacht.«

Sie schniefte. »Nicht so sehr, dass psychische Erkrankungen immer Mitgefühl ernten.« Doch sein Einfühlungsvermögen und seine sachliche Betrachtungsweise ließen sie ein wenig ruhiger werden. Es wäre ihr zuwider gewesen, wenn er ihre Sorge als Unsinn abgetan oder im Gegenteil entsetzt aus dem Bett gesprungen und davongelaufen wäre. Stattdessen hielt er sie einfach nur fest und streichelte sie.

Sie fühlte sich so sicher in seiner festen Umarmung, dass die Müdigkeit sie nach und nach überwältigte. Schläfrig dachte sie, dass sie nie geahnt hatte, wie gut sich Nacktheit ohne einen sexuellen Kontext anfühlen konnte oder wie zärtlich ein Gute-Nacht-Kuss auf die Schulter war.

Der Schlummer übermannte sie.

Um sechs Uhr morgens war die Nacht zu Ende, als Pieros Handy, das plötzlich klingelte, sie beide weckte. Mit klopfendem Herzen lauschte Zia seinem Teil des Gesprächs, und ihr wurde klar, dass der Anrufer Durante war. Sie blinzelte in das frühe Sonnenlicht, das durch den Stoff der Vorhänge drang, und suchte in Pieros attraktivem Gesicht nach Hinweisen darauf, ob Lucias Zustand schlimmer geworden war. Sein ruhiges *Sì, sì* trug jedoch viel dazu bei, ihre Ängste zu lindern. Piero nickte, und sein Blick huschte zu ihr. »*Poi dico a Zia di chiamarti*«, sagte er.

Sie schwieg, bis er den Anruf beendet hatte. »Ist alles in Ordnung?«, platzte sie dann heraus. »Warum hast du ihm gesagt, dass du mich bitten willst, ihn anzurufen?«

Er ließ das Handy auf den Nachttisch fallen und küsste sie auf den Hals. »Lucia war die Nacht über stabil, aber ihr Zustand hat sich nicht verbessert. Durante möchte, dass ich ihm Kleidung und Waschzeug zusammensuche und die Sachen zu seinem Cousin in Torgiano bringe. Das liegt knapp außerhalb von Perugia.« Sein Handy piepte. »Das ist er wahrscheinlich mit der Adresse seines Cousins. Ich kann das mit dem Besuch bei einem Zwischenhändler in der Gegend verbinden. Er will über FaceTime mit dir reden, wenn du im Büro bist, damit er dich über die Gästebetreuung informieren kann. Sowohl in Villino La Quercia als auch in Villino Il Tasso treffen heute neue Gäste ein, daher wird Fiorella kommen, um beim Putzen und Wäschewechsel zu helfen.« Mit einem Mal grinste er. »Er wollte dich so früh nicht stören, aber er wusste, dass ich aufstehen würde, um zur Arbeit zu gehen. Ich dachte, es wäre dir lieber, wenn ich nicht erwähne, dass wir zusammen im Bett liegen.«

Sie errötete. »Aha. Danke. Das wäre mir eindeutig zu viel Information gewesen. Ich ziehe mich an und versuche, ihn vom Büro aus zu erreichen.«

Sie schickte sich an, aufzustehen, doch Piero schlang ihr einen Arm um die Taille. »Alles in Ordnung bei dir?« Er rieb die Nase an ihrem Hals.

»Ich komme klar.« Die Berührung fühlte sich genau nach der richtigen Art von Kontakt zu ihm an: intim, ohne sexuell zu sein. Trotz ihrer Sorge um Lucia legte sie wie von selbst die Arme um ihn und schmiegte sich an.

Sein Atem strich ihr warm über die Haut. »Das fühlt sich fantastisch an, aber du lenkst mich vollkommen von dem ab, was ich zu tun habe.«

Sie ließ die Hände hinabgleiten und umfasste seine Poba-

cken. Seine Haut zu berühren, raubte ihr den Ate
änderte ihre Haltung so, dass sie sich mit dem ganze
an ihn pressen konnte, und seine harte Männlichkeit t
mit, wohin genau seine Gedanken schweiften. »Aber vie
haben wir ja noch ein paar Minuten Zeit …?«, murmelte

Er ließ den Mund zu ihren Brüsten wandern, sodass
keuchte und sich ihm voller Sehnsucht entgegenbog. »E
paar Minuten reichen?«, raunte er.

Sie stöhnte. »Manchmal ist das genau das Richtige.«

Er gab ihr, was sie wollte – tief, hart und heftig, aber genau richtig. Dann stand sie wieder unter der kühlen Dusche und erschauerte unter Nachbeben der eben erlebten Lust, während sie versuchte, ihre Gedanken zu ordnen. Piero gab ihr einen letzten langen Kuss, versprach ihr, sich später bei ihr zu melden und ging, um eine Reisetasche für Durante zu packen. Die Furcht einflößenden Ereignisse des gestrigen Tages hatten bei beiden die alten Vorbehalte weggespült, die sie bislang davon abgehalten hatten, vollkommen entspannt miteinander umzugehen. Heute Nacht hatte sich Pieros Umarmung wie der sicherste Ort auf der Welt angefühlt, und heute Morgen hatte das Begehren sie so heftig überfallen, dass sie ihm ohne nachzudenken nachgegeben hatte.

Jetzt war es Zeit, sich zu stärken, indem sie Frühstücksflocken löffelte und Kaffee trank. Dann streifte sie Shorts und ein T-Shirt über, flocht sich das Haar und eilte über die Terrasse. Als sie in den Flur trat, der zum Büro führte, tauschte sie die helle Morgensonne gegen kühles Dämmerlicht ein. Sie schaltete den Computer ein und rief dann von ihrem Handy aus Durante auf FaceTime an. Er erschien in einem eigenartigen Winkel auf ihrem Display auf und wirkte zerknittert und erschöpft. Seine Tränensäcke schienen sein ganzes Gesicht nach unten zu ziehen.

»Ich bin gerade auf dem Weg ins Krankenhaus«, erklärte er und redete offenbar im Gehen, denn im Hintergrund waren

n Parkplatz und Gebäude zu sehen. »Liebe Zia, ich bitte dich, dich um alles zu kümmern. Es tut mir so leid.« Er musste lauter sprechen, um die Stimmen von Passanten zu übertönen.

»Ich helfe gern. Sag mir nur, was ich tun soll«, sagte sie tröstend. Dann folgten geschäftige zehn Minuten, in denen Durante ihr das Computerpasswort gab, und dann brachte er ihr mithilfe der Kamera, die sie auf den Computer richtete, bei, wo sich die Reservierungen und die Kontaktdaten der Gäste befanden.

Er hatte jetzt das Portal des Krankenhauses erreicht und hatte es sichtlich eilig, sich zu verabschieden. »Fiorella kommt um zehn, und sie weiß, was alles für die neuen Gäste getan werden muss.«

Zia spürte einen Anflug von Besorgnis. »Ein bisschen kenne ich mich ja auch aus, aber weiß sie von Lucias Krankheit? Oder muss ich ihr das beibringen?«

Durante nickte. Sein Finger, mit dem er gleich den Anruf beenden würde, wirkte riesig, wie er über dem Display schwebte. »*Sì*, sie weiß. Ich gehe jetzt. *Ciao*.« Sein Bild war schon verschwunden, als Zia ihm gerade noch auftragen wollte, Lucia zu grüßen. Sie blinzelte Tränen weg und überlegte, dass Lucia, falls sie noch Schmerzen hatte, vielleicht gar keinen Sinn für ihre Grüße hatte.

Zia besuchte die Gäste in Villino Il Pino, um sie zu bitten, Durante nicht zu belästigen, wenn sie etwas brauchten, sondern sie auf Lucias Handy anzurufen. Die abreisenden Gäste aus Villino Il Tasso und Villino La Quercia warfen mit der freudlosen Miene von Menschen, deren Urlaub zu Ende ist, ihr Gepäck ins Auto, und Fiorella traf ein. Ausnahmsweise fehlte ihr zahnlückiges Lächeln, und ihre Gesichtsfalten wirkten tiefer, als sie besorgt über Lucias Zustand redete. Zia musste sich stark konzentrieren, um ihrem Italienisch zu folgen, als sie erklärte, es sei Furcht einflößend, dass ein

bisher gesunder Mensch plötzlich geheimnisvolle Schmerzen bekam. »Wo kommt so etwas her?«, fragte Fiorella und rang die Hände. »Warum ausgerechnet Lucia?«

Zia pflichtete ihr bei. Ihre Augen brannten beim Gedanken an die arme Lucia, die in einem Krankenhausbett lag … aber auch angesichts von Fiorellas kummervoller Miene. Ein winziger Keim einer Verbindung begann sich zu regen, doch sie kappte ihn schonungslos. Es war viel sicherer, solche Gefühle gar nicht erst entstehen zu lassen.

Als die Gäste aus Villino La Quercia hupend abfuhren, suchte Fiorella frische Bezüge und Handtücher zusammen, und Zia begann die Betten abzuziehen. Dann putzte Zia im Ferienhaus weiter, während Fiorella im Haupthaus arbeitete.

Sie machten Mittagspause und aßen Bruschetta – hauptsächlich, weil das einzige Brot, das sich noch im Haus finden ließ, altbacken war – und bereiteten dann auch Villino Il Tasso für die neuen Gäste vor. Bei der Arbeit gerieten sie ins Schwitzen, aber als sie fertig waren, duftete das Ferienhaus angenehm nach frischer Wäsche und Putzmitteln.

Fiorella wischte sich den Schweiß an ihrem Overall ab. »Was ist mit Ihrer Wohnung?«

»Dafür bin ich verantwortlich«, versicherte Zia ihr. »Die Gäste in Villino Il Pino bleiben nur drei Tage, also haben wir am Samstag wieder ein Ferienhaus zu putzen.«

Fiorella schaute zweifelnd drein. »An dem Tag findet in meiner Familie eine Hochzeit statt.«

Ein unwiderstehlicher Durst nach Informationen stieg in Zia auf. »Wie wunderbar! Enge Verwandte?«

Die Ältere ließ ihr zahnlückiges Lächeln aufblitzen. »Die Tochter von Robertos Nichte. Sie heiraten in der kleinen Kirche in unserer Nähe. Ich habe mir kein neues Kleid gekauft, weil ich mehrere habe. In meiner Familie wird oft geheiratet.«

Zia lächelte und fragte sich, wie viele der Gäste der Hochzeit wohl mit ihr, Zia, verwandt sein würden. Viele, so wie es

klang. »Dann übernehme ich den Wäschewechsel in Villino Il Pino am Samstag. Können Sie am Donnerstag wiederkommen, heute in einer Woche?«

Fiorella erklärte sich einverstanden und suchte ihre Sachen zusammen. »Der Garten wird wachsen«, fügte sie jedoch geheimnisvoll hinzu.

Zia brauchte einen Moment, um zu begreifen, dass dies mehr als eine philosophische Bemerkung war, die keiner Antwort bedurfte. Sie sah auf den Blumengarten hinaus, der das Haus umgab, und erkannte, dass Fiorella recht hatte. Schon jetzt siedelte das Unkraut sich frech im Kies an, und an den Rosenbüschen waren verschrumpelte Blüten zu entdecken; wahrscheinlich, weil Durante in der letzten Woche anderes im Kopf gehabt hatte. Sie stöhnte auf. »Ich sollte besser mein Gedächtnis auffrischen, was Gartenarbeit anbetrifft.« Als Kind hatte Zia Vicky geholfen, Möhren auszudünnen oder Kletterpflanzen zu beschneiden, aber Joyce und Alf hatten einen Gärtner gehabt, sodass Zias Ausbildung im Gartenbau mit dem Umzug zu ihnen beendet gewesen war.

Fiorella fuhr, und Zia wartete auf die neuen Gäste. Das Paar für Villino Il Tasso traf bald darauf ein, aber die anderen, eine französische Familie, waren spät dran. Zia hatte ihr Schulfranzösisch seit ihrem Abitur kaum noch gebraucht, sodass sie sich mit dem Google-Übersetzer abmühte, während sie die Gäste in Villino La Quercia herumführte und ihre begeisterten Fragen über die Region beantwortete. Zumindest konnte sie ihnen ein wenig über das Weingut erzählen, das sich unter ihnen erstreckte, was ihr Interesse zu befriedigen schien.

Schließlich flüchtete sie in den Supermarkt, wo sie jede Menge Salat kaufte, weil der einfach zuzubereiten war und man die Arbeit kurz liegen lassen konnte, falls sie unterbrochen würde. Langsam wurde ihr klar, dass es anstrengend werden könnte, allein für Bella Vista verantwortlich zu sein.

Den ganzen Tag wartete sie gespannt auf Neuigkeiten von Lucia, wollte Durante jedoch nicht mit Anrufen behelligen. Sie stellte sich vor, wie belastend es für ihn sein musste, wenn Lucias ganze Großfamilie – zu der Zia, genau genommen, auch gehörte – ihn ständig mit Fragen nach Lucias Zustand löcherte.

Piero tauchte früher auf, als sie erwartet hatte. Er war frisch geduscht und brachte ein Picknick mit. Plötzlich spürte Zia, wie erschöpft sie war, und sie ließ sich auf einen Liegestuhl fallen, der auf der Terrasse im Schatten stand. »Du bist großartig.«

Er quetschte sich zu ihr auf die Liege, was ihm gelang, indem er sie auf seinen Schoß zog und sie mit beiden Armen umschlang. »Wie wahr.« Er scherzte, doch sein Lächeln wirkte matt.

»Was ist?« Sie zog sich so weit zurück, dass sie ihm ins Gesicht sehen konnte, und nahm ihm die Sonnenbrille von der Nase, damit sie in seinen dunklen Augen lesen konnte.

Er seufzte. »Durante hat angerufen. Die Untersuchungen haben ergeben, dass Lucia ein Magengeschwür hat, daher ihre Schmerzen. Dann hat sich ihr Zustand heute Nachmittag plötzlich verschlechtert, und sie wurde eilig in den OP gebracht. Er wartet auf Neuigkeiten, aber natürlich ist er außer sich vor Angst.«

Auch in Zia stieg jetzt Furcht auf. »Ist sie in Gefahr?« Sie kämpfte darum, ihre Stimme ruhig zu halten.

Er zögerte kurz, und ihr wurde klar, dass sie nicht viel Beruhigendes hören würde. »Noch wissen wir eigentlich nichts«, erklärte er. Doch er umarmte sie fester. Obwohl es früher Abend war, wurde einem beim Kuscheln unangenehm warm, doch Zia wollte sich nicht von seinem beruhigenden Herzschlag lösen.

Um sich von der Sorge um die arme Lucia abzulenken, erkundigte sie sich nach dem Stand der Dinge auf Tenuta Domenicali.

»Graziella geht mir fürchterlich auf die Nerven«, beklagte er sich und strich mit einer Fingerspitze über Zias Hand. »Sie ist absolut penetrant und fängt immer wieder davon an, dass ›wir‹ das Angebot von Binotto annehmen sollten. Papà und ich haben uns heute ihretwegen beinahe gestritten. Ich habe vorgeschlagen, dass er einfach in den Ruhestand geht und mir Graziella aus den Augen schafft. Ich habe mich sofort entschuldigt, aber wir waren trotzdem noch sauer aufeinander, worüber Graziella süffisant gegrinst hat.«

Zias Gewissen regte sich. »Wenn es bezüglich des Weinguts einen anderen Weg gäbe, über den es sich lohnte, nachzudenken, würdest du dir das anhören wollen?«

Stöhnend schloss er die Augen. »Um ehrlich zu sein, bin ich die ganze Sache leid. Inzwischen müssen wir alle Möglichkeiten ausgeschöpft haben. Meine Familie scheint an nichts anderes mehr zu denken und von nichts sonst mehr zu reden.«

Er klang so gereizt, dass Zia das als Nein interpretierte. Es ging sie schließlich nichts an.

Es dauerte eine Weile, bis ihnen danach war, das Picknick zu essen. Anschließend zogen sie sich in Zias Apartment zurück, um den Massen von Motten zu entkommen, die auf der Terrasse um die Lampen flatterten. Dort waren sie hinter Fliegengittern sicher vor dem Getier. Piero liebte sie so zärtlich, dass sie keine Ahnung hatte, warum sie je geglaubt hatte, es wäre ein Fehler, ihn an sich heranzulassen. In dieser Nacht schliefen sie unruhig; beide wachten oft auf, um auf ihren Handys nach Neuigkeiten von Lucia zu sehen.

Als sie bis zum Morgen nichts gehört hatten, verabschiedete Piero sich, um den Freitag in seiner Werkstatt zu verbringen, und Zia begann im Garten von Bella Vista zu arbeiten. Sie versuchte, sich schattige Ecken auszusuchen, in denen sie jäten konnte, und trank viel Wasser, weil die Sonne erbarmungslos auf sie herunterbrannte. Alle paar Minuten schaute sie auf ihr Handy, ob eine Nachricht eingegangen war.

Kurz nach zehn kam die ersehnte SMS von Durante. *Ich rufe Piero jetzt an. Okay*, schrieb sie zurück, warf dann ihre Pflanzkelle beiseite und rannte durch die Hitze nach Il Rifugio, ohne auf das verdorrte Gras zu achten, das ihr die nackten Knöchel aufkratzte.

Sie traf Piero in dem sonnengefleckten Schatten vor seiner Werkstatt an, wo er mit seinem Handy am Ohr dasaß. Er blickte ihr ernst entgegen. Rasch rutschte er ein Stück, damit sie sich zu ihm auf die Bank setzen und seinem Teil des Gesprächs zuhören konnte, doch da Durante den größten Teil der Unterhaltung bestritt, war das nicht besonders erhellend. Schließlich beendete Piero den Anruf und runzelte die Stirn. »Verdammt. Das Magengeschwür ist durchgebrochen, bevor sie es entfernen konnten, was zu einer Bauchfellentzündung geführt hat. Sie hat die Operation gut überstanden, aber ihr Zustand ist kritisch. Es wird ihr noch eine oder zwei Wochen schlecht gehen, während die Ärzte versuchen, die Infektion in den Griff zu bekommen.«

Zia hatte das Gefühl, die Welt hätte sich einmal zusätzlich gedreht, und sie musste tief Luft holen, dabei stieg ihr der Duft von frischem Holz in die Nase. »Arme, arme Lucia. Das klingt grauenhaft.« Sie schluckte. »Und natürlich auch armer Durante«, fügte sie dann kleinlaut hinzu. »Ich bin egoistisch, aber ich habe sie gerade erst gefunden, und jetzt … Also, manchmal wird einem erst klar, wie gern man jemanden hat, wenn man Angst hat, ihn zu verlieren.«

»Ich weiß.« Er lehnte sich zurück, zog sie an sich und küsste ihr Haar. »Es ist nicht dasselbe … aber als du in England warst …« – mit seiner freien Hand machte er eine ausholende Geste –, »da hatte ich das Gefühl, dass du weit, weit fort warst.«

Sein Geständnis durchlief sie prickelnd. »Es waren ja auch ungefähr elfhundert Meilen.«

»Ich meine nicht geografisch. Emotional. Du warst zurück in deinem alten Leben.« Er legte auch den anderen Arm um

sie, und vor dem Hintergrund des Vogelgezwitschers, das aus einem Busch in der Nähe zu ihnen drang, klang seine Stimme leise und heiser. »Als du in England warst, habe ich Trübsal geblasen wie ein Teenager. Ich hatte Bauchschmerzen. Das habe ich schon eine Ewigkeit nicht mehr erlebt.«

Zias Herz machte einen Sprung. »Das ist ein ziemlich großes Geständnis.«

Er verzog ironisch die Lippen. »Und du hast nichts Ähnliches zu gestehen?«

Sie versuchte, vollkommen ehrlich zu sein. »Bei mir war viel los. Ich habe die Lücken in meiner Lebensgeschichte erkundet. Ich hatte einen Streit mit meinem Ex. Ich war bei einem Vorstellungsgespräch.« Sie lächelte, als sie seinen bekümmerten Blick wahrnahm. »Aber ich habe an hier als ›zu Hause‹ gedacht. Ich wollte hier sein. Und ich habe oft an dich gedacht.« Sie lächelte. »Keine Ahnung, was die beiden letzten Aussagen miteinander zu tun haben.«

Er zupfte behutsam an ihrem Zopf. »Aber sie *könnten* etwas miteinander zu tun haben?« Jetzt war sein Blick neckend.

»Kann schon sein«, räumte sie ein. In der heißen Brise wehte sein dunkles Haar, und sie strich es ihm aus den Augen, wobei ihr klar wurde, dass dies eine besitzergreifende Geste wie von einer Freundin war.

Ihm schien das nichts auszumachen; er küsste sie nur auf die Nasenspitze. »Wie wär's heute mit Abendessen? Ich nehme dich mit zu einem meiner Lieblingsorte in Montelibertà, und du kannst mir von dem Streit mit deinem Ex erzählen.«

»Es ist aber kein Restaurant, in dem wir damit rechnen müssen, dass Nicoletta plötzlich auftaucht und mich anschreit, oder?« Sie ließ die Augenbrauen in die Höhe schnellen.

Er lachte. »In dem unwahrscheinlichen Fall, dass unsere Wege sich kreuzen, weiß sie inzwischen, glaube ich, was los ist.«

»Dann sehr gern. Obwohl es über Brendon nicht viel zu erzählen gibt. Ich musste nur noch einmal erklären – und dieses Mal sehr lautstark –, dass es zwischen uns endgültig aus ist.«

»Mir war nicht klar, dass du ihn treffen würdest.« Piero bewegte den Mund auf ihren zu.

Zia schloss die Augen. Wartete. Als der Kuss ausblieb, schlug sie die Augen wieder auf. »Wir haben nur telefoniert«, erklärte sie. Dann zog sie seinen Kopf näher heran und gönnte sich den unglaublichen Genuss, jemanden zu küssen, der genau wusste, wie das richtig ging. Als sich seine weichen, warmen Lippen auf ihren bewegten, wurde ihr klar, dass sie begann, Piero und seinen Gefühlen für sie zu vertrauen. Er war ein guter Mann, er war Lucia und Durante ein treuer Freund und ein guter Sohn, obwohl die Freundin seines Vaters ihm das Leben schwermachte.

Und als er die Hand unter ihr T-Shirt wandern ließ und sie sanft und behutsam streichelte – es war, als gleite ihr Seide über die Haut –, hatte sie das Gefühl, aufzuleuchten wie die italienische Sonne.

20

Mit diesem Freitagabend begann eine Woche, wie Zia sie inzwischen als ihren neuen Normalzustand betrachtete. Das Restaurant, in das Piero sie führte, lag in einem Keller und war von köstlichen Düften erfüllt und voll mit antiken Möbeln. Der Geschäftsführer, den Piero gut kannte, trank ein Glas Wein mit ihnen und fragte Zia nach England und Piero nach dem Weingut.

Am Samstag übergab Zia Villino Il Pino allein an die neuen Gäste und dachte an die Hochzeit in der Verwandtschaft, die Fiorella erwähnt hatte. Ob Gerardo auch dort sein würde? Wenn die Braut die Tochter von Robertos Nichte war, dann wäre sie, so meinte Zia, Gerardos Cousine zweiten Grades. Keine enge Verwandtschaft, aber in einer Kleinstadt wahrscheinlich ausreichend. Außerdem war er ihr vorgekommen wie der Typ, der gern an Veranstaltungen teilnimmt, bei denen der Alkohol umsonst ist. Sie hatte noch keine italienische Hochzeit miterlebt, aber in Sorrento hatte sie einmal zugesehen, wie eine junge Braut und ihr Gefolge über einen Platz zur Kirche gegangen waren, und alle hatten dem Zug schöner junger Weiblichkeit applaudiert. Sie fragte sich, ob sich das in Montelibertà heute auch so abspielen würde.

Dann verblasste das Bild vor ihrem inneren Auge, da die neuen Gäste aus England eintrafen, um in Villino Il Pino einzuziehen, und hundert Fragen stellten, deren Antworten Zia für ziemlich selbstverständlich gehalten hätte.

Am Sonntag besuchte sie mit Piero Emiliano in seinem Haus auf der anderen Seite von Montelibertà. Dort gab es einen Pool, und die Terrasse war mit Töpfen voll weißer Geranien eingefasst. Passionsblumen kletterten an einem Spalier in die Höhe, und Bienen schwebten müßig über den wachsartigen Blüten, deren Staubfäden so purpurrot waren wie kaiserliche Roben. Emilianos Frau Jemma hatte ein sonniges, entspanntes Gemüt, und die Kinder Cristian und Camilla umschwärmten Piero wie Welpen. Innerhalb von Minuten hatte sich Piero bis auf die Badehose ausgezogen, warf die kreischenden Kinder in den Pool und stürzte sich hinter ihnen ins Wasser.

Zia lachte, als er sich von Cristian und Camilla untertauchen und sie auf seine Schultern klettern ließ. Sein schwarzes Haar klebte ihm nass am Kopf. Emiliano gesellte sich genauso ausgelassen und laut zu ihnen, und Jemma setzte sich zu Zia, um den Männern zuzuschauen, während von dem Grill in der Nähe der köstliche Duft nach gebratenem Fleisch und Gemüse heranzog. »Männer bleiben im Herzen immer Kinder«, meinte Jemma nachsichtig. Sie warf Zia einen neugierigen Blick zu. »Haben Sie Kinder?«

Zia fand es nachvollziehbar, dass Pieros Schwägerin neugierig auf Pieros Begleiterin war. »Nein«, erklärte sie unbefangen. »Ich hatte nie das Bedürfnis, und im Moment habe ich nicht einmal einen Job, um für mich selbst zu sorgen.«

Jemma begann sich danach zu erkundigen, doch dann unterbrach sie sich, als ein untersetzter Mann mit beigefarbenem Hut und dickem Schnurrbart in den Garten trat. Eine Frau in den Fünfzigern mit üppigen Locken und säuerlicher Miene hielt besitzergreifend seine Hand. »Salvatore!«, rief

Jemma und sprang auf, um dem älteren Herrn die Wangen zu küssen.

Salvatore strahlte zuerst sie an und dann die Kinder, die aus dem Pool kletterten, um ihren Großvater zu begrüßen. »*Nonno, nonno!*«, riefen sie und zeigten ihm, wie sie seine Söhne nassspritzten, die im Wasser geblieben waren und ihm ihre Begrüßung zuriefen.

Zia wurde Salvatore und der berühmt-berüchtigten Graziella vorgestellt und beobachtete erstaunt, wie die mürrisch wirkende Frau sich ein Glas Wein geben ließ und sich dann abseits von allen anderen niederließ.

Salvatore dagegen entschied sich für ein eiskaltes Bier und musterte Zia dann unter dicken grauen Augenbrauen. »Piero hat von Ihnen erzählt. Sie wohnen bei Lucia und Durante? Sie kommen aus England. Sie sehen aber italienisch aus.« Wie bei seinen Söhnen hatte sein Italienisch einen amerikanischen Akzent.

Zia hielt es für das Beste, wenn so wenig Menschen wie möglich wussten, warum sie in Montelibertà war. »Meine Gran hat immer erzählt, mein Vater sei Italiener gewesen«, antwortete sie daher leichthin und ging dann dazu über, davon zu schwärmen, wie wunderschön Tenuta Domenicali war.

Salvatore warf Piero einen fragenden Blick zu, der nahelegte, er habe gar nichts davon gewusst, dass sein Sohn einer Touristin, die Zia in seinen Augen ja nur war, eine Führung gegeben hatte. »Sie wissen aber, dass Zia auf Italienisch ›Tante‹ bedeutet, oder?«, fragte er jedoch nur. »Aber ich vermute, da sind die Briten wie die Amerikaner, die ihren Kindern jeden verdammten Namen geben, wenn ihnen der Klang gefällt.«

»Genau«, pflichtete Zia ihm bei. Ihr gefiel sein knarrender Bariton mit dem gerollten R und sein gelegentliches Lächeln, bei dem sich sein Schnurrbart an den Enden hochzog, als vollführe sein Mund einen Knicks.

Nachdem sie ein paar Minuten geplaudert hatten, trat Piero zu ihnen. Seine Schwimmshorts klebten an ihm, und sein Körper schimmerte feucht. »Hey, Papà, machst du etwa mein Date an?«

»Wenn, dann hättest du keine Chance«, gab Salvatore zurück und wischte sich Wassertropfen vom Arm, die Piero aus den Haaren rannen.

Obwohl seine Bemerkung vollkommen scherzhaft dahingesagt gewesen war, fiel Zia auf, dass Graziella die Lippen zusammenpresste. Ernsthaft? Sie dachte, dass Zia es auf einen Mann abgesehen haben könnte, der ungefähr vierzig Jahre älter war als sie?

Salvatore und Graziella blieben nicht zum Essen. Zia kam sogar zu dem Schluss, dass die aufgebrezelte, geschminkte Graziella sich nicht einmal lange genug gesetzt hätte, um ein einziges Glas Wein zu trinken, wenn sie gekonnt hätte. Jemma hatte die beiden herzlich willkommen geheißen, doch bald schleppte Graziella Salvatore davon, da sie anscheinend bei Freunden erwartet wurden. Freunden von ihr.

Das war allerdings der einzige Anflug von schlechter Stimmung an einem ansonsten herrlichen Tag.

Nach dem Wochenende war Piero an seinen Schreibtisch auf Tenuta Domenicali gefesselt, und Zia beschäftigte sich mit dem Garten und machte sich Sorgen um Lucia, obwohl alle Nachrichten besagten, dass sie sich, wenn auch an Schläuchen und Infusionen hängend, tapfer hielt. Sie hatte immer noch Fieber und natürlich Wundschmerzen von der Operation. Am liebsten verschlief sie die Zeit, doch leider ließen die Schmerzen sie oft nicht schlafen. Die Ärzte empfahlen ihr, außer Durante noch keinen Besuch zu empfangen.

Das englische Paar in Villino Il Pino kam ständig zu Zia, um irgendwelche Beschwerden vorzubringen. »Dachte nur, Sie wollen wissen, dass die Badematte einen Riss hat«, erklärte der Ehemann wichtig.

»Und auf den Liegen ist Vogelkot«, fügte die Frau hinzu und rümpfte die sommersprossige Nase.

Zia machte es nichts aus, Wasser über die Liegestühle zu kippen, um die Hinterlassenschaften der gefiederten Besucher zu beseitigen, und eine fröhlich blaue Duschmatte zu kaufen, damit der Mann den zweieinhalb Zentimeter langen Riss in der alten nicht mehr zu ertragen brauchte. Doch dann, am Mittwoch, war es bewölkt. »Man kann nicht einmal die Berggipfel erkennen«, sagte die Frau seufzend. Zia fehlten die Worte. Was erwarteten die beiden denn? Dass sie einen langen Besen nahm und die Wolken wegfegte? Die Hausarbeit für die Ferienhäuser störte sie nicht, aber wie wurden Lucia und Durante bloß mit mäkligen Gästen fertig?

Dann sah sie, dass Elise eine Mail geschrieben hatte, um nachzuhaken, ob Zia Zeit gehabt habe, über ihr Jobangebot nachzudenken. Hastig schickte sie eine Entschuldigung zurück und erklärte, wie krank ihre Großtante bei Zias Rückkehr aus England vor acht Tagen gewesen sei. Dann hielt sie inne und überlegte. Das Angebot war ausgezeichnet, aber Brendon hatte es klingen lassen, als hätte Elise nichts dagegen, mit ihm über Zia zu reden.

> Gerade ist alles so unsicher, dass ich das Gefühl habe, es wäre unfair, Sie darum zu bitten, dass Sie mir die Stelle offenhalten. Ich hoffe, Sie finden noch genau die richtige Person für diese großartige Position.

Lautete daher ihre Antwort. Sie hatte schon jeden Tag genug zu tun, ohne sich noch mit endlosen Vertragsverhandlungen abzugeben.

Die Nächte … die Nächte verbrachte Zia mit Piero.

In seinem Bett. In ihrem Bett. Überall, wo sie schließlich landeten, sprühten ihre Körper Funken, wenn sie sich

berührten. Ob langsam oder zärtlich oder wie kollidierende Gewitterwolken, sie fielen übereinander her, bis sie sich, endlich gesättigt, zusammenrollten und schliefen.

Am Donnerstag kam Fiorella, um bei der Übergabe von Villino La Quercia und Villino Il Tasso zu helfen. »Mein Sohn ist auch da, um den Garten zu machen«, verkündete Fiorella. »Durante war einverstanden.«

Zia, die auf der Terrasse gestanden und dem blauen Auto der freundlichen französischen Familie nachgewinkt hatte, das sich langsam über die Auffahrt entfernte, wirbelte herum. Und da stand Gerardo Costa, erwiderte starr ihren Blick und wirkte weniger schäbig als bei ihrer ersten Begegnung. Sein Haar war gewaschen und glatt zu seinem kurzen, von grauen Strähnen durchzogenen Pferdeschwanz zurückgekämmt. Er war relativ frisch rasiert, und sein T-Shirt und seine Shorts waren sauber. Er lächelte. »*Buongiorno.*«

»*Buongiorno*«, gab sie zurück. Es war ein Schock, ihn zu sehen, nachdem sie vor zwei Wochen nach ihrem Besuch bei Harry die Entscheidung getroffen hatte, sich ihm nicht zu offenbaren. Und jetzt … funkelten seine Augen etwa bedeutungsvoll, als würde er eine Verbindung zwischen ihnen erkennen? Sie versuchte, die abwegige Vorstellung abzuschütteln, doch sie brachte nur ein aufgesetztes Lächeln zustande. *Ja, hier bin ich, Kumpel*, sagte sie ihm lautlos. *Du wolltest mich verschwinden lassen, aber ich habe es ohne dich geschafft, und mir geht es großartig.*

Sie hielt sich an Fiorella und überließ es Durante, ob Gerardo als besorgter Neffe oder bezahlter Arbeiter hier war. »Okay, dann lassen wir Ihren Sohn jäten. Fangen wir mit Villino Il Tasso an.« Sie fischte den Schlüssel zum Ferienhaus aus der Tasche und schnappte sich den Putzwagen, doch ihr Herz schlug in einem unangenehmen Rhythmus, als wüsste es nicht, was es fühlen sollte. Sie hatte eine vorsichtige Zuneigung zu Fiorella entwickelt, der Frau, die sie inzwischen

innerlich ihre »Großmutter« nannte, aber Gerardo? Für ihn empfand sie überhaupt nichts.

Als sie energisch die Betten bezog, während Fiorella in der Küche die Schränke schrubbte, konnte sie ihre Gedanken nicht von ihm losreißen. Vielleicht hatte er ja *wirklich* eine Ahnung, wer sie sein könnte. Ihre Haut und ihre Haare hatten die richtige Farbe für eine Anglo-Italienerin, und sogar ein Mann, der damals nichts mit seinem Baby zu tun haben wollte, würde sich wahrscheinlich daran erinnern, dass die Mutter es Zia genannt hatte, was für einen Italiener ziemlich bizarr war – wie man ihr schon so oft erzählt hatte. Ja und? Jetzt kam es darauf nicht mehr an. Sie war enttäuscht gewesen, als sie ihm beim Festival in Montelibertà begegnet war; Harry hatte kein gutes Haar an ihm gelassen, und sogar Lucia und Durante waren sich seiner Schwächen bewusst. Eine Dusche und frische Kleidung konnten das alles nicht wettmachen.

Zur Mittagszeit stellte sie Fleisch, Käse und *pane di Terni* auf den Tisch, ein rustikales Brot. Eine blaue Schüssel mit grünem Salat und roten Tomatenscheiben verlieh der Mahlzeit einen Farbtupfer, und Wasser und Orangensaft glitzerten in ihren Glaskannen. Sie konnte nicht behaupten, dass sie das Essen so genoss, als wären Lucia und Durante – oder Piero – ihre Tischgenossen gewesen, doch das Mahl verlief ohne größere Vorkommnisse. Inzwischen verstand sie Fiorella besser, und Gerardo wirkte aufrichtig besorgt um Lucia.

»Sie ist meine Lieblingstante«, erklärte er. »Durante und sie lebten in der Stadt, als ich klein war, und ich habe sie oft besucht. Sie haben natürlich gearbeitet, aber am Wochenende hat Lucia mir immer Kuchen gebacken, und manchmal sind die beiden mit mir zum Lago Trasimeno gefahren.«

»Aber nicht mit Ihren Geschwistern?« Zia konnte sich die Frage nicht verkneifen.

»Manchmal auch.« Er nickte. Nach der Gartenarbeit war

sein T-Shirt schmuddelig. »Wir sind eine große Familie, aber ab und zu entstehen besondere Beziehungen.«

So besonders, dass er sich an sie wenden konnte, um heimlich seine britische Freundin zu treffen, dachte Zia. »Ach? Ich hatte als Kind nicht viel Verwandtschaft.« Ihre Antwort weckte Fiorellas Neugier, und sie wollte mehr wissen. Zia zögerte. Welche Version sollte sie erzählen? Die, die sie den größten Teil ihres Lebens selbst geglaubt hatte? Oder die mit der zweiten Mutter, die sie gerade erst entdeckt hatte?

Sie war gespannt auf Gerardos Reaktion, daher entschied sie sich für die zweite, obwohl ihr die Handflächen dabei unangenehm feucht wurden. »Meine Mutter hat mich sehr jung bekommen und ist gestorben, als ich fünf Wochen alt war. Der Mann, der sie geschwängert hatte, wollte nichts von mir wissen. Meine Großmutter hat mich aufgezogen, und ich habe sie lange für meine Mutter gehalten. Sie ist gestorben, als ich zehn war, und dann haben ihre Eltern sich um mich gekümmert.«

Fiorella verzog ungläubig das Gesicht. »Keine Geschwister?«

Zia lächelte. »Jedenfalls nicht auf der Seite meiner Mutter.« Sie riskierte einen Blick zu Gerardo. Er musterte sie mit undeutbarer Miene, doch das Gespräch schien ihn weder merklich zu beunruhigen noch wirkte er nervös, nach der langen Zeit bloßgestellt werden zu können. Sie beschloss, noch eins draufzusetzen. »Fiorella, was halten Sie eigentlich von den englischen Touristen in Montelibertà?«

Die Ältere wirkte verblüfft. »Ich finde das gut. Touristen sind überall. Sie mögen die Sonne und bringen Geld in die Region. Sie schaffen Arbeitsplätze.« Sie stieß ihr schrilles Lachen aus. »Ich habe aber nie richtig Englisch gelernt. Ich habe es nie gemocht.«

Zia nickte höflich. Dann wandte sie sich an Gerardo. »Und Sie? Hatten Sie viel Kontakt zu den Touristen aus England?«

Dieses Mal flackerte etwas in seinem Blick auf. Doch er zuckte mit den Schultern. »Wie meine Mutter sagt, lebt Montelibertà von den Touristen. In meiner Generation sprechen wir alle zumindest etwas Englisch.«

Zia ließ das Thema fallen, doch ihr entging nicht, dass er sich die Handflächen an seinen Shorts abwischte und das Gespräch auf Lucias Befinden lenkte. Zia räumte den Tisch ab. Während sie darüber plauderten, dass Durante Roberto regelmäßig Bericht erstattete, genau wie bei Piero, und Roberto die Informationen dann innerhalb der Familie weiterleitete, fragte sie sich, ob die verräterischen Anzeichen, die sie aufgefangen hatte, ein Werk ihrer Fantasie waren oder ob ihr leiblicher Vater, der direkt vor ihr saß, nur so tat, als wüsste er nicht, wer sie war.

Vielleicht hatte er, genau wie sie, beschlossen, seine Identität nicht zu enthüllen.

Es war später Nachmittag, als Zias Handy den Ton von sich gab, der sie über eine FaceTime-Nachricht informierte. Sie hatte gerade geduscht, lag nackt auf dem Bett und ließ ihren noch feuchten Körper an der Luft trocknen. Als sie sah, dass der Anruf von Ursula kam, zog sie sich rasch ein T-Shirt über und ging dann ran. »Ich wollte dich auch noch anrufen. Ohh, ich liebe den Haarschnitt!«

Ursula fuhr sich grinsend mit den Fingern durchs Haar. Ihre lange Stirnlocke war abgeschnitten, und es war zu blonden Stacheln mit rot-goldenen Highlights frisiert. »Ultracool, nicht wahr? Aber drei Textnachrichten in acht Tagen, das ist großer Mist, Zia. Wie geht's Lucia?«

»Acht Tage! Dann liegt sie schon so lange im Krankenhaus. Ich hatte schrecklich viel um die Ohren.« Zia brachte sie auf den neuesten Stand über den schrecklichen Umstand, dass Lucias Genesung kaum Fortschritte machte, und über Durantes panische Ängste. »Aber es ist toll, dich so glücklich und entspannt zu sehen.«

Ursula strahlte. »Ja, es läuft ziemlich gut mit Steph. Jetzt gerade ist er bei der Arbeit. Brendon spielt übrigens die tief beleidigte Leberwurst. Er hat gesagt, du hättest ihn total mies behandelt.«

Zia entging nicht, dass Ursula sie anrief, während Stephan aus dem Haus war, doch sie hatte nichts dagegen einzuwenden. »Soll Brendon doch beleidigt sein«, meinte sie. »Er hat es zu weit getrieben, also habe ich ihm gesagt, er solle sich gefälligst aus meinem Leben heraushalten. Schade, dass er explodieren und alles noch schlimmer als nötig machen musste. Ihm sollte doch klar sein, dass er als derjenige, der sich mit heruntergelassenen Hosen hat erwischen lassen, so kein Bein auf die Erde kriegt.«

Ursula kicherte erstickt. »Soweit ich mich erinnere, stand er dabei auf beiden Beinen.« Dann wurde sie wieder ernst, und ein Schatten trat in ihren Blick. »Um ehrlich zu sein, mache ich mir Sorgen, es könnte zu Problemen zwischen Steph und mir kommen. Brendon hat schon wieder mit seinem verdammt blöden Gejammer um sich geworfen, dass mir verziehen worden ist, aber ihm nicht. Steph hat Brendon erklärt, dass beides nicht dasselbe sei, aber er war dann trotzdem irgendwie mürrisch mir gegenüber.«

Diese neue Entwicklung alarmierte Zia. Sie konnte sich vorstellen, in welche Verzweiflung Ursula womöglich stürzen würde, wenn es in ihrer Ehe wieder schieflief. »Lass nicht zu, dass Brendon eure Beziehung vergiftet.«

»Da brauchst du dir keine Sorgen zu machen«, schaltete sich eine unsichtbare Stimme ein, und dann schob sich Stephan über Ursulas Schulter ins Bild. Nach seinem Hemd und seiner Jacke zu urteilen, kam er direkt von seinem Job bei der Stadtverwaltung von Brighton und Hove.

Ursula fuhr herum. »Steph! Wo kommst du denn auf einmal her?«

Steph grinste und zauste ihr den neuen Haarschnitt. »Bin gerade von der Arbeit gekommen. Klar, dass ihr laut genug

gequasselt habt, um mich nicht zu hören. Hi, Zia!«, sagte er.

»Hi, Stephan.« Sie lächelte, aber sie fand es gruselig, wie er so einfach aus dem Nichts aufgetaucht war. Bei einem Videoanruf hörte man beide Seiten des Gesprächs. Ach, was sollte es. Sie hatte nichts gesagt, was nicht die Wahrheit gewesen wäre, auch wenn sie vielleicht einen Hauch taktvoller gewesen wäre, hätte sie gewusst, dass Stephan lauschte.

Ursula und sie unterhielten sich noch ein paar Minuten über andere Themen, dann erklärte Ursula, sie müsse Schluss machen. Zia bedauerte zwar nicht, nach Italien zurückgefahren zu sein, doch als das Lächeln ihrer besten Freundin vom Display verschwand, fühlte sie sich unwillkürlich wehmütig. Ursula war seit zwölf Jahren das Beste in ihrem Leben, aber offensichtlich hatten sich die Umstände geändert, als Zia mit dem besten Freund von Ursulas Mann Schluss gemacht hatte.

Sie vermutete, dass Stephan nichts davon halten würde, wenn Ursula und Zia sich nach deren Rückkehr nach Brighton so oft sahen.

Ein schrecklicher Gedanke.

Die Zeit floss dahin wie ein sanfter Fluss. Zia erledigte alles, was auf Bella Vista zu tun war, doch die Ferienhäuser waren als Projekt für den Ruhestand gedacht gewesen, und nachdem sie ihren Rhythmus gefunden hatte, hatte sie Freizeit, in der sie tun konnte, was sie wollte.

Die Abende und Nächte gehörten bereits Piero. Freitags und am Wochenende saß sie manchmal in der Ecke seiner Werkstatt und sah zu, wie er ein Spielhaus baute – für sie wirkte das Ergebnis wie ein Baukasten, doch er erklärte, dass die Einzelteile vor Ort zusammengebaut würden. Der Entwurf des Spielhauses und die Maße hingen an einem Brett an der Wand der Werkstatt. Lärchenholz erfüllte den Raum

mit seinem angenehm harzigen Duft, und goldenes Sägemehl hing als feiner Schleier in der Luft. Während er arbeitete, lief auf Pieros Laptop die Berichterstattung der Formel 1.

»Du bist Ferrari-Anhänger?«, fragte sie eines Sonntags, als sein Blick immer wieder von seiner Nagelpistole zu dem Rennen huschte.

Sein Blick war fröhlich. »Ich bin Italiener, also bin ich ein *tifoso* – ein Fan. Auch in meiner Zeit in den USA oder Großbritannien hat sich daran nichts geändert.«

Lucia begann endlich, auf die Behandlung anzusprechen, obwohl Durante am Telefon erklärte, die Infektion klinge nur langsam ab und Lucia habe noch zu kämpfen. Um behilflich zu sein und ihr Verständnis des hiesigen Akzents zu verbessern, hatte Zia ihn gebeten, Italienisch zu sprechen; wenn sie nicht verstand, würde sie ihn schon unterbrechen. »Sie will lesen«, fuhr er fort, »aber sie ist immer noch so schwach, dass es ihr schwerfällt, ein Buch länger zu halten.«

Zia kam eine Idee, und sie richtete sich auf. »Was ist mit ihrem E-Book-Reader? Den kann sie doch in einer Hand halten. Gib mir die Adresse deines Cousins, dann bringe ich ihn morgen vorbei. Da kann ich mich wenigstens nützlich machen.« So langsam fühlte sie sich ohne Lucia, Durante oder Ursula einsam auf Bella Vista; und Piero würde nach Süden fahren, um einen Großhändler zu treffen, der die belebten Restaurants von Rom mit Wein versorgte, und rechnete damit, spät zurückzukommen. Es würde eine nette Abwechselung darstellen, ein wenig durch die Gegend zu fahren, statt die ganze Zeit auf Bella Vista zu sein.

»*Perfetto!*«, rief Durante aus. Perfekt. Zia trug den Termin zusammen mit der Adresse des Cousins in ihren Kalender ein. Morgen war der 4. August; zwei ganze Wochen, seit Lucia mit dem Rettungswagen abgeholt worden war. Sie eilte davon, um Lucias E-Book-Reader aus deren Nachttischschublade zu holen und ans Ladegerät zu hängen.

Am nächsten Tag durchquerte sie Montelibertà und schlug die kurvenreiche Straße ein, die bergabwärts führte, bis sie die zweispurige Schnellstraße erreichte, wo sie vorbei an den Sonnenblumenfeldern rasch nach Torgiano in der Nähe von Perugia durchfahren konnte. Entzückt erreichte sie das weißgetünchte Haus des Cousins und stellte fest, dass Durante sie erwartete.

»*Ciao, ciao!*« Er brachte ein strahlendes Lächeln zustande und küsste sie auf die Wangen, obwohl er mitgenommen wirkte, sichtlich abgenommen hatte und zum Friseur gemusst hätte. »Die Ärzte glauben, dass sie vielleicht in einer Woche nach Hause darf, und dass es jetzt okay wäre, wenn sie Besuch empfängt. Willst du mitkommen?«

»Darauf kannst du wetten!«, rief Zia, und so viel Erleichterung stieg in ihr auf, dass sie ihm gleich noch einmal um den Hals fiel. Sie folgte seinem grauen Fiat zum Krankenhaus, wo er ihr den Weg zu Lucias Zimmer auf der Station zeigte, das sie mit drei anderen Frauen teilte.

Als sie Lucia sah, die genauso, wie sie sich vorgestellt hatte, gegen Kissen gelehnt in ihrem Krankenbett saß, schnürten Tränen Zia die Kehle zu. Sie war blass und erschöpft, ihr normalerweise lockiges Haar hing schlaff herunter, und neue Linien hatten sich in ihr Gesicht eingegraben. »Du hast mir gefehlt«, sagte Zia mit belegter Stimme.

Lucia streckte ihr die Hände entgegen, die wächsern und zerknittert wirkten. »Zia-Lucia«, murmelte sie. »Ich sehe grässlich aus. Schau dir diesen fürchterlichen Schlauch in meiner Nase an. Ich habe Nadeln in den Armen und Heftklammern im Bauch.«

Zia lachte. Die schwindelerregende Erleichterung darüber, dass Lucia exakt so klang wie immer, beruhigte sie. »Gott sei Dank geht es dir besser«, stieß sie erstickt hervor. »Du hast mich zu Tode erschreckt!« Dann zwang sie sich, strahlend zu lächeln, und wechselte ins Italienische. Sie behauptete, üben

zu wollen, aber eigentlich vermutete sie, dass es so weniger ermüdend für Lucia war. »Bella Vista wartet nur auf deine Heimkehr. Die Gäste benehmen sich alle. Fiorella und ich kümmern uns um die Ferienhäuser.« Besser, sie erwähnte nicht, dass Gerardo im Garten arbeitete, für den Fall, dass Lucia sich Sorgen machte, wie Zia damit fertigwurde oder ob es demnächst zu einer großen Konfrontation kommen würde. Nach zehn Minuten küsste sie Lucias weiche Wangen und verabschiedete sich von dem Paar, das sich an den Händen hielt. Der E-Book-Reader lag sicher in Lucias abschließbarem Schrank verstaut.

Auf der Rückfahrt sang sie Songs von Ava Max mit, und ihr Herz war so leicht, wie es nicht mehr gewesen war, seit der Rettungswagen Lucia abtransportiert hatte. Auf Bella Vista traf sie Gerardo an, der in der Einfahrt Unkraut besprühte, und Fiorella, die mit einem Berg sauberer Handtücher auf dem Arm unterwegs zu den Ferienhäusern war. »Ich habe Lucia besucht!«, rief sie durch das offene Autofenster, und beide kamen herbeigeeilt. Fiorella trug heute einen gestreiften Overall und Gerardo ein offenes Hemd. Zia stellte fest, dass sie in ihre gespannten Mienen strahlte. »Sie sieht nicht gut aus und hängt noch an Schläuchen und anderem, aber sie hat ihren Sinn für Humor nicht verloren, und Durante sagt, sie kommt vielleicht nächste Woche nach Hause!«

Gerardo stieß einen Jubelschrei aus. *»Grazie a Dio! Grazie a Dio!«*, rief er. Fiorella und er umarmten sich, und dann kehrte er sichtlich beschwingten Schritts zu seinem Unkraut zurück.

Zia schaute ihm nach, und Zweifel überfielen sie. Hatte sie ihn zu streng beurteilt? Trotz all seiner Fehler liebte er seine Tante und hatte im Garten schwer gearbeitet. Vielleicht überwies Durante Gerardo ja Geld, genau wie Fiorella, aber das war nur gerecht. Sie würden noch eine Weile auf Hilfe angewiesen sein. Lucias Genesung würde Zeit in Anspruch

nehmen, und Durante würde sich um sie kümmern und sich selbst von den Wochen erholen müssen, in denen er ständig im Krankenhaus gewesen war und nicht genug geschlafen hatte.

Sie setzte sich auf die Terrasse, wo Bienen um weiße Stephanotis-Blüten herumschwirrten, öffnete den Kalender auf ihrem Handy und zählte neunzig Tage ab, angefangen mit ihrer Ankunft in Italien. Damit gelangte sie zum 14. September. Wenn sie die vier vollen Tage einbezog, die sie kürzlich auf englischem Boden verbracht hatte, hieß das, dass der achtzehnte das Ende ihres erlaubten Aufenthalts in Italien bedeutete, was etwas mehr als sechs Wochen in der Zukunft lag. Dann musste sie Italien für mindestens noch einmal neunzig Tage verlassen. Die Erteilung des *Permesso di Soggiorno*, der Aufenthaltserlaubnis, dauerte drei bis sechs Monate, und ihr fiel die Entscheidung schwer, ob sie eine beantragen sollte, ohne eine klare Vorstellung davon zu haben, wie ihr nächster Schritt aussah.

Sie blickte über das Tal hinaus, wo eine Handvoll Arbeiter zwischen den Rebstöcken herumwimmelten wie Ameisen und sich von oben nach unten vorarbeiteten. Danach zu urteilen, wie die Berge unter dem pastellblauen Himmel des späten Nachmittags blaugrün schimmerten, ging ihr Arbeitstag zu Ende.

In ein paar Wochen würde sie abreisen.

Die Realität sank in sie ein wie nasser Zement und zog ihre Freude über Lucias Fortschritte auf ihrem Weg zur Genesung mit.

Piero. Auch ihn würde sie zurücklassen müssen. Genau, wie sie vor langer Zeit ihr Herz an Italien verloren hatte, hatte sie sich jetzt in Piero verliebt.

Es gab keine andere Erklärung dafür, wie ihr Herz einen Bungee-Sprung vollführte, wenn sie sich begegneten. Er hatte keine weiteren Bemerkungen mehr darüber gemacht, sich

nicht binden zu wollen. Sie verbrachten so viel Zeit wie möglich miteinander. Der Sex war überragend, je mehr sie darüber herausfanden, was dem jeweils anderen gefiel.

Wenn sie nur irgendeine Sicherheit darüber hätte, wie sie am besten planen sollte … mit einem Mal überschlug sich ihr der Magen. Ihr war eine Idee in den Kopf gekommen, eine Möglichkeit, die sie vorher nicht in Betracht gezogen hatte, die ihr aber jetzt blendend offensichtlich vorkam. Sie drehte und wendete sie und fühlte sich von tausend Zweifeln überfallen, ob das wirklich so einfach sein konnte.

Vielleicht sollte sie mit Piero darüber reden, um gemeinsam mit ihm zu prüfen, ob der Plan einen Fehler hatte, der ihr bislang entgangen war.

Weiter oben auf dem Hügel, wo Il Refugio schon fast in Sicht war, versuchte Piero, das Auto vor ihm mit purer Willenskraft dazu zu bewegen, nicht so zu schleichen. »Komm schon, ich hatte einen grauenvollen Tag.« Der Verkehr in Rom war wie üblich ein Albtraum gewesen und der Großhändler schwer zu begeistern, und dann hatte Salvatore angerufen und ihn gebeten, auf dem Heimweg beim Weingut vorbeizuschauen. Dort angekommen, hatte er erfahren, dass sein Vater aus dem Nichts heraus beschlossen hatte, ein zeitliches Limit dafür anzusetzen, wie lange sie das Weingut auf dem Markt anbieten würden, bevor sie auf Binottos Angebot zurückkamen. Die hitzige Diskussion, die darauf gefolgt war, hatte damit geendet, dass Salvatore sich aufregte und Piero jetzt den Streit wieder glattbügeln musste.

Wenigstens hatte sich Zia erboten, mit einem Essen auf ihn zu warten. Ihm gefiel der Gedanke, dass sie sich in seinem Haus aufhielt, wo das Fenster offen stand, um das Summen und Schwirren von Insekten und das Rascheln der Brise im trockenen Gras einzulassen. Bei dem Gedanken erfasste ihn pure Freude.

Es war fast halb zehn, als er endlich die Haustür aufschloss, die Treppe in die Küche hinuntereilte und unterwegs seine Laptoptasche fallen ließ. Er traf sie lesend auf einem Barhocker an. Das Haar fiel ihr über den Rücken, und sie wirkte in einem kurzen, jeansblauen Kleid cool und sexy. Lächelnd blickte sie auf, und er zog sie zu einem Kuss an sich, der sie beide atemlos machte. »So ist es besser«, murmelte er und gab ihr einen weiteren Kuss. »Es war ein langer Tag, und Graziella hat Papà auf mich gehetzt. Trotz Klimaanlage fühle ich mich, als hätte ich in einem Backofen und nicht im Auto gesessen. Wartest du auf mich, während ich schnell unter die Dusche springe?« Er setzte sie wieder auf den Hocker und streifte sich das Hemd über den Kopf, ohne es aufzuknöpfen, und er hörte sie noch lachen, als er die Treppe hinaufrannte.

Unter dem kühlen Wasserstrom überlegte er, dass er Zia hätte einladen sollen, mit ihm zu kommen, was dem »Sprung unter die Dusche« neue Bedeutung verliehen hätte. Doch sein knurrender Magen drängte ihn, rasch nach unten zurückzukehren, wo sie gerade dabei war, auf seinen weißen, klassisch schlichten Tellern eine kalte Mahlzeit anzurichten.

Aus ihren hübschen Augen sah sie ihm lächelnd entgegen, als er den Raum wieder betrat. »Was hat Graziella denn angestellt?«

Er holte sich Wasser aus dem Kühlschrank. »Papà hat mich gefragt, wie lange ich mich damit wohlfühlen würde, das Weingut auf dem Markt zu lassen, und sie hat sich eingeschaltet und gejammert, ich zöge alles in die Länge, und ich …« – verlegen rieb er sich die Nase – »habe zu ihr gesagt, sie solle sich zusammen mit ihrer nächsten Gucci-Handtasche verdammt noch mal etwas Geduld besorgen. Papà war nicht gerade glücklich.«

Zia setzte sich und nahm sich feuchtschimmernde Mozzarella-Kugeln und mit Kräutern bestreutes Focaccia-Brot. »Ich weiß, ich sollte keine ungebetenen, aber gut gemeinten

Ratschläge bezüglich des Weinguts mehr machen, aber …«, begann sie langsam.

Er stöhnte auf und drückte einen Kuss auf ihre Schulter, die bis auf den Träger ihres Kleids nackt war. »Macht es dir etwas aus, wenn wir für heute Abend das Weingut vergessen? Ich will einfach nur deine Gesellschaft genießen und hören, wie dein Ausflug heute war. Durante hat mich gar nicht angerufen.«

Zia strahlte übers ganze Gesicht. »Ich habe Lucia besucht! Sie wirkt erschöpft, aber sie ist wieder ganz sie selbst.« Er aß Reissalat und Käsegebäck, während sie ihm jede Einzelheit über Lucias Zustand, die Station und alles, was sie erzählt hatte, berichtete. Dabei spiegelten ihre Augen abwechselnd all ihre Emotionen: Freude, Sorge und Mitgefühl.

Als sie endete, nahm er ihre Hand. »Ich wünschte, ich hätte dich begleiten können. Lucia und Durante fehlen mir – auch wenn wir durch ihr Fortsein so viel Zeit miteinander verbringen können.«

»Geht mir genauso.« Kurz huschte ein Lächeln über ihr Gesicht, doch sie schien bereits mit etwas anderem beschäftigt zu sein. Vorsichtig legte sie ihre Gabel weg und sah ihm in die Augen. »Ich hatte übrigens eine verrückte Idee, was Gerardo angeht.«

»Ach?« Er biss von der Focaccia ab und wartete darauf, dass sie weitersprach.

Sie stützte ihr Kinn in die Handfläche. »Heute habe ich ausgerechnet, wie lange ich noch hierbleiben könnte, und bin auf den 18. September gekommen.«

Er schluckte, und vor Schreck zog sich ihm der Magen zusammen. In den letzten paar Wochen hatte er fast vergessen können, dass Zia nicht ewig in Italien bleiben konnte. »So bald?«

Langsam nickte sie. »Du weißt ja, dass ich beschlossen habe, meine Identität nicht zu enthüllen, um Lucia und Gerardos Frau und Kindern keinen Kummer zu bereiten?«

»Eine selbstlose Haltung, die bestimmt nicht jeder in deiner Lage einnehmen würde«, meinte er trocken.

»Es ist irgendwie unglücklich, dass ich mir ihretwegen Gedanken mache, aber ich kann nicht anders«, pflichtete sie ihm ein wenig betrübt bei. »Du kennst ja die Optionen. Ich könnte einfach wieder nach England zurückkehren und dort leben. Oder ich könnte, wozu ich neige, eine vorläufige Aufenthaltserlaubnis beantragen, damit ich mich nach zwei Jahren um eine unbeschränkte bewerben kann.«

Eine Vorahnung ließ die Härchen auf seinen Armen hochstehen. »Und …?«

Sie nickte langsam. »Wenn ich die zweite Option richtig in Betracht ziehe, stehe ich wieder an meinem Ausgangspunkt – Personen mit einem italienischen Eltern- oder Großelternteil haben eine viel größere Chance, die Staatsbürgerschaft zu bekommen.« Sie atmete langsam ein, und ein Leuchten trat ihr in die Augen. »Doch heute ist mir klar geworden, dass ich vom schlimmsten Fall ausgegangen bin … dass unvermeidlich andere hineingezogen und verletzt werden würden, wenn ich auf Gerardo zugehe. Aber was, wenn ich Gerardo überreden könnte, die Vaterschaft nur vor den Behörden zu bekennen, bei denen das nötig ist, *und nur dort*? Seine Familie braucht nie davon zu erfahren.«

Er hörte auf zu essen, als ihm aufging, wie einfach der Plan war. »Das hatte ich auch schon überlegt.«

Ihre Mundwinkel zuckten. »Wenn ich bis jetzt ein Geheimnis war, warum nicht eines bleiben? Das würde familiäre Probleme bei den Costas verhindern, was ich auf jeden Fall verhindern will.« Ihr Lächeln wurde matter. »Es wäre vielleicht nicht ganz fair, ihn so zu benutzen, aber wenn ich recht habe und er inzwischen weiß, wer ich bin, kommt es darauf an? Siehst du einen Nachteil? Ist die Idee verrückt? Wie Ursula sagt, hat er sonst nichts für mich getan.«

Unwillkürlich griff er nach ihrer Hand. »Wenn es heißt, dass du hierbleibst, ist es nicht verrückt.«

Schüchtern lächelte sie ein wenig offener. »Tja … ich bin mit der Absicht hergekommen, festzustellen, ob das möglich ist …«

Er nahm auch ihre andere Hand. »Das könnte wirklich klappen, Zia.«

Sie sah auf ihre ineinander verschlungenen Hände hinunter und runzelte unsicher die Stirn. »Das Gespräch selbst würde knifflig werden. Ich müsste darüber nachdenken, wie ich das am besten angehe.«

Er sprang auf, umrundete den Tisch, zog sie hoch und umarmte sie. Sie fühlte sich warm und weich an. »Tu es, Zia!«

Sie schmiegte sich an ihn. »Danke, dass du mir Mut zusprichst«, sagte sie mit zitternder Stimme. »Aber wenn ich ehrlich bin … der Gedanke, ihn zu fragen, macht mir riesige Angst.«

»Mach es«, wiederholte er, leiser jetzt. »Wenn nötig helfe ich dir. Ich tue alles.«

21

Es war der erste Samstag im August, und die Landschaft schien unter Hitzeschleiern zu vibrieren. Das Gras war so trocken, dass es wie gesponnenes Gold wirkte. Es war zu heiß für erholsamen Schlaf, und letzte Nacht hatte Piero gegrummelt, als Zia sich von ihm weggewälzt hatte, um sich eine kühle Stelle auf den Laken zu suchen, denn seine kleine Klimaanlage kam nicht gegen die drückende Luft an.

Der Tag versprach hektisch zu werden, da für alle drei Ferienhäuser neue Gäste erwartet wurden; das junge Paar, das Villino La Quercia verließ, hatte um eine spätere Abreise gebeten und die Neuankömmlinge in Villino Il Pino um eine frühe Anreise. Zia und Fiorella hatten bei der Arbeit in Villino Il Pino Vorder- und Hintertür geöffnet, doch Fiorellas graues Haar war schweißnass. Zia hatte ihr das Bad überlassen, da einem beim Herumspritzen mit Wasser nicht so warm wurde wie beim Überziehen der Betten, doch die Ältere bewegte sich langsam. »*Fa troppo caldo*«, jammerte sie. *Es ist zu heiß.*

Zia blieb in der Badezimmertür stehen. »Wollen Sie nach Hause gehen? Villino Il Pino ist fast fertig.« Sie würde lieber trotz der Backofenhitze einspringen und zuerst Tasso und dann Quercia fertig machen, als Fiorellas Gesundheit zu

riskieren. Oder … Gerardo war dabei, die letzten Aprikosen von einem Baum auf der anderen Seite des Hauses zu ernten, bevor die Wespen alle Früchte verderben konnten. Ob er vielleicht bereit sein würde, Badezimmer zu putzen, um seiner alten Mutter eine Pause zu gönnen? Zia hatte heute nur ein paar Worte mit ihm gewechselt. Sie war noch dabei, den Mut zusammenzukratzen, um ihn anzusprechen. In ihrer Fantasie war sie immer wieder verschiedene Szenarien durchgegangen, aber sie wusste immer noch nicht, wie sie es ihm sagen sollte. *Ich bin deine Tochter. Vermutlich hast du das schon erraten. Würdest du die Vaterschaft anerkennen, um mir den Papierkram zu erleichtern? Wir brauchen auch niemandem davon zu erzählen.*

Fiorella richtete sich stöhnend auf, wich Zias Blick aber aus. »*Sto bene.*« *Mir geht es gut.*

Zia war alarmiert. Sie wusste, dass Fiorella sich auf das Geld aus ihrem Putzjob verließ, um was immer sie als Rente bekam aufzubessern. Und es würde nicht einfach sein, ihr zu vermitteln, dass sie, Zia, dafür sorgen würde, dass sie trotzdem bezahlt würde, auch wenn sie bei diesen Temperaturen nicht weiterarbeitete. Stattdessen wischte sie sich demonstrativ die Stirn ab, nachdem sie in Villino Il Pino die Oberflächen abgewischt und die Böden gefegt hatten. »Puhh. Ich brauche etwas Kaltes zu trinken. Setzen wir uns zehn Minuten in den Schatten.«

Erleichterung leuchtete in Fiorellas Blick auf, und sie folgte Zia auf die Terrasse und ließ sich auf eine Art in einen Stuhl fallen, die Zia verriet, dass sie das Richtige getan hatte. Sie holte kaltes Wasser und setzte sich neben sie. Automatisch wandten sich beide der Aussicht zu. Auf dem Weinberg war es ruhig und still, und die Berge wirkten dunstig. In der drückenden Hitze schien sich nichts zu rühren außer den summenden Bienen, die von den weißen Geranien und dem blauen Bleiwurz angezogen wurden.

Dann hallte eine Männerstimme durch die Luft, die wutentbrannt auf Italienisch schimpfte.

Zia fuhr herum und sah gerade noch, wie Gerardo praktisch aus der Tür ihres Apartments fiel »*Merda!*«, knurrte er und schlug nach einer Wespe, die bedrohlich um seinen Kopf kreiste. Verblüfft sprang sie auf. »Gerardo?«

Er verharrte mitten im Schritt und war offensichtlich genauso verblüfft darüber, sie zu sehen, wie umgekehrt. Eine Haarsträhne hatte sich aus seinem Pferdeschwanz gelöst. Er lächelte verlegen. »Ah, Zia. Ähm … meine Hände sind voller Aprikosensaft, und das lockt die Wespen an. Ich bin hineingegangen, um mich zu waschen.«

»In mein Apartment?«, stieß sie fassungslos hervor. In ihrem Zorn stürzte sie auf ihn zu, doch dann kam sie ihm nahe genug, um den säuerlichen Geruch von Alkohol, der von ihm ausging, wahrzunehmen. Sie blieb stehen. »Hast du dich etwa an Durantes Getränkevorrat vergriffen?«

Gerardo setzte eine empörte Miene auf. »Das Haus gehört meiner Tante und meinem Onkel. Hier darf ich mir immer eine Erfrischung gönnen.«

Das musste Zia akzeptieren. »Aber niemand hat dir erlaubt, mein Apartment zu betreten«, beharrte sie trotzdem.

Dann wechselte Gerardo vollkommen die Taktik. Er schenkte ihr ein verschwörerisches Lächeln und verfiel in einen klebrigen, schmachtenden Ton. *»Lo sapevo. Volevo essere sicuro.«* Sie starrte ihn an und konnte nicht glauben, dass sie ihn richtig verstanden hatte, daher wiederholte er seine Worte auf Englisch. »Ich wusste es. Ich wollte nur sicher sein. Also habe ich die Briefe angesehen.«

Mit einem Mal fühlte sich ihre Kehle staubtrocken an. »Du hast …?«, krächzte sie.

Kampflustig trat er einen Schritt auf sie zu. »Ich verstehe. Du willst *passaporto Italiano*. Ich unterschreibe die Formulare, und du kriegst ihn.«

Blinzelnd sah sie ihn an. »Du hilfst mir, einen italienischen Pass zu bekommen?«, fragte sie, um sich zu vergewissern, dass es kein Missverständnis war.

»*Sì.* Ich weiß, dass du einen willst. Ich helfe dir.« Weit ausholend breitete er die Arme aus und verfiel wieder ins Italienische. »Hast du tausend Euro? Ich weiß, dass du das Geld hast.«

»Tausend Euro?« Sie hatte das Gefühl, ihre Lungen hätten sich mit Sand gefüllt. Nicht, dass sie die Worte nicht verstanden hätte, aber es verschlug ihr die Sprache, dass er kein einziges Wort auf persönlicher oder emotionaler Ebene verlor. Er redete von einem *Geschäft*. Er sprach mit *seiner Tochter*, aber in seinen Augen standen nur Eurozeichen. Übelkeit stieg in ihr auf, und ihr brach Schweiß auf der Stirn aus. Angewidert starrte sie ihn an, diesen schmierigen Menschen, diesen Samenspender wider Willen, *diesen kleinen Mistkerl*. Sie erinnerte sich daran, wie angenehm überrascht sie gewesen war, als er auf Bella Vista aufgetaucht war, um auszuhelfen. War das alles nur Show gewesen? Eine Gelegenheit, sich bei Zia in ein günstiges Licht zu setzen, bevor er seinen Schachzug machte? »Wie …« Sie befeuchtete sich die Lippen. »Woher weißt du, wer ich bin? Und was ist mit den Briefen?« Nur drei Menschen in Italien kannten ihre Geschichte, und davon hielten sich aktuell zwei in Perugia auf.

»Dein Freund«, erklärte er schlicht. »Dein Freund hat es mir erzählt. Ich habe Frau und Kinder, und er hat gesagt …«

»Du Bastard«, unterbrach sie ihn wütend. »Du bist kein Vater. Du bist eine Schande. Du hast mich nie gewollt. Du hast Tori nicht geholfen, als sie krank und verzweifelt war. Und jetzt soll ich dich dafür bezahlen, dass du deine Vaterschaft anerkennst? – Verpiss dich«, fügte sie auf Englisch hinzu.

Sein Gesicht nahm einen geradezu lächerlich bestürzten Ausdruck an. »Aber Zia …« Er hielt inne.

Vor Wut zitternd und krank vor Enttäuschung schloss sie das Apartment ab und ignorierte, dass Gerardo sie immer noch begriffsstutzig anstierte. Dann verharrte sie in der Bewegung.

Fiorella saß nicht mehr auf ihrem Stuhl am anderen Ende der Terrasse, sondern war aufgestanden und sah aus aufgerissenen Augen und wie vom Donner gerührt von Zia zu Gerardo. Beschämt wurde Zia klar, dass sie ganz vergessen hatte, dass die Ältere sich in der Nähe befand. Sie konnte sich nicht erinnern, was auf Italienisch und was auf Englisch gesagt worden war, und daher nicht einschätzen, wie viel Fiorella verstanden haben mochte. Zia marschierte über die Terrasse und ließ Gerardo und Fiorella stehen, die wie zu Stein erstarrt wirkten. Sie achtete nicht darauf, wie das Gestrüpp an ihren nackten Knöcheln kratzte, überquerte die Auffahrt und stürmte durch die Lücke zwischen den Zypressen nach Il Rifugio.

Dein Freund hat es mir erzählt.

Wenn nötig helfe ich dir. Ich tue alles.

Zorn kochte in ihr hoch. Wenn sie gewusst hätte, dass Piero meinte, *er* werde entscheiden, ob sie Hilfe brauchte, und Gerardo hinter ihrem Rücken verraten würde, wer sie war und ihm sogar von Vickys Sammlung rührender Briefe erzählen würde, dann hätte sie ihm klargemacht, dass das auf gar keinen Fall infrage käme. Wie konnte er es wagen? Wie konnte er es *wagen*? Indem er glaubte, das Recht zu haben, die Kontrolle zu übernehmen, hatte er sie gezwungen, sich der Erkenntnis zu stellen, was für ein Mistkerl ihr Vater wirklich war.

Halbblind vor Tränen folgte sie dem Kreischen von Pieros Holzbearbeitungsmaschinen. Hinter der Tür zu seiner Werkstatt blieb sie stehen. Er stand mit nacktem Oberkörper da, und obwohl die Türen offen waren, glänzte seine Haut vor Schweiß.

Er musste sie gesehen haben, denn er nahm das Stück Holz aus der Maschine, an dem er gerade arbeitete, und schaltete sie dann ab, sodass aus ihrem Kreischen ein Seufzen wurde, bevor sie ganz verstummte. »Ich bin froh, dich zu sehen. Papà und Emiliano …« Er brach ab und runzelte dann die Stirn. »Was ist los?« Mit fünf Schritten stand er vor ihr. »Es ist doch nichts mit Lucia?«

Sie schüttelte den Kopf. »Wie konntest du nur?« Ihre Stimme klang so rau, dass ihr der Hals davon wehtat. »Wie konntest du Gerardo erzählen, dass ich Geld habe und will, dass er mir einen italienischen Pass besorgt? Jetzt hat er eins und eins zusammengezählt und verlangt Geld von mir.«

»*Wie bitte?*« Er zog so heftig die Augenbrauen zusammen, dass sie sich über seinem Nasenrücken trafen.

»Das wäre meine Entscheidung gewesen!«, schrie sie und ballte in ohnmächtiger Wut die Hände zu Fäusten. »Ich hätte darüber entscheiden wollen, wann ich mit ihm rede, oder ob überhaupt. Was glaubst du, wie ich mich gefühlt habe, als mein eigener Vater Geld von mir gefordert hat, um ein oder zwei Formulare zu unterscheiben? Oder war dir das egal, solange du kriegst, was du willst?«

Pieros dunkle Augen wirkten beinahe schwarz, doch er wurde blass und trat einen Schritt zurück. »Woher willst du wissen, ob ich mit Gerardo geredet habe?«

»Er hat es mir *erzählt*!«, fauchte sie. »Schade nur, dass du nicht damit gerechnet hast, dass er eine Handvoll Euro verlangen würde, sonst hättest du dir im Vorfeld sein Schweigen erkaufen können. Dann hätte ich nie zu erfahren brauchen, dass Gier das einzige Gefühl ist, das ich in meinem Vater wecke.« Ihre Unterlippe zitterte. »Und dass du mich hintergehst.«

Schweigen. Piero trat einen Schritt von ihr weg, riss sein T-Shirt von einem Haken an der Wand und zog es an, als brauchte er die Schicht Baumwollstoff als Schutz vor Zia.

Dass er sich weigerte, etwas zu seiner Verteidigung vorzubringen, goss bei ihr noch Öl ins Feuer. »Ich weiß, du willst, dass ich auf Dauer herziehe, aber das ist meine Sache, nicht deine.«

Der Blick, den er auf sie richtete, wirkte wie der eines Fremden. »Ich weiß nicht einmal, ob ich hier selbst ein Zuhause habe«, erklärte er emotionslos. »Die anderen haben mich gerade gebeten, Binottos Angebot anzunehmen, wenn innerhalb von drei Monaten niemand Interesse an dem Weingut anmeldet. Drei Monate!«

Zia hörte seine Worte. Sie sah, dass er niedergeschlagen war. Aber die letzten paar Monate, in denen sie herausgefunden hatte, dass jeder Mensch, den sie liebte, sie ihr ganzes Leben lang angelogen hatte, ballten sich zu einem Zorn zusammen, der ihr jeden rationalen Gedanken raubte. Sie schob seine Sorge beiseite, als sperrte sie einen lästigen Hund im Nebenzimmer ein. »Heiliger Scheiß, kapierst du das Offensichtliche *immer noch nicht*?« Sie hörte die verächtlichen Worte, als kämen sie aus dem Mund von jemand anderem.

Er kniff die Augen zusammen, und seine Stimme klang mit einem Mal genauso gepresst wie ihre. »Das Offensichtliche?«

»Rückverpachtung!«, stieß sie hervor. »Ich habe vor euch allen davon geredet, bis ich blau im Gesicht war, und ihr habt es nie begriffen. Wendet euch an eine Finanzierungsfirma, um eine Rückverpachtung für Tenuta Domenicali auszuhandeln, um Himmels willen! Ihr kriegt alle eure Moneten, Salvatore kann in den Ruhestand gehen, Emiliano kann das Geschäft übernehmen und du kannst ausscheiden. Alles klar. Il Rifugio steht dabei nicht mal zur Debatte.«

Die Wut wischte jeden anderen Ausdruck von seinem Gesicht. »Da bin ich wohl zu langsam«, gab er mit eiskaltem Sarkasmus zurück. »Ich bin nicht nur nicht darauf gekommen, sondern ich bin davon ausgegangen, dass du weißt, dass

ich wissen will, wie ich mein Zuhause und die Beziehung zu meinem Vater und meinem Bruder retten soll.«

Sein scharfer Zorn war so untypisch für ihn, dass Zia wieder zu sich kam.

Sie leckte sich über die Lippen und zitterte nach ihrem ungewohnten Kontrollverlust. Plötzlich fühlte sie sich schuldbewusst und spulte im Kopf noch einmal ab, was sie ihm schreiend vorgeworfen hatte. Vor Scham lief es ihr kalt über den Rücken, und das Gefühl ließ ihre bebende Stimme ruhiger klingen. »Als ich mich schon einmal eingemischt habe, ist es schlecht ausgegangen. Da habe ich mir gesagt, ich würde dir nicht mehr hineinreden. Aber ich habe dich jetzt zweimal gefragt, ob du bereit wärest, dir einen Vorschlag zur Rettung deines Hauses anzuhören, und du hast immer Nein gesagt.«

»Okay, ich konnte das Thema einfach nicht mehr hören«, entgegnete er. »Aber wie soll ich aus ein paar verdammt versteckten Andeutungen meiner Freundin darauf kommen, dass sie bedeutende Informationen zurückhält, die mein Zuhause retten könnten?«

Zia zuckte zusammen. Schuldgefühle stiegen in ihr auf. »Du hast recht. Ich hätte beharrlicher sein sollen. Ich hätte einen guten Kontakt für dich …«

»Etwa Brendon?«, unterbrach er sie ungläubig.

»Ich hatte an Elise gedacht«, gab sie gleichmütig zurück. »Aber wenn ich noch einmal darüber nachdenke, solltest du dir vielleicht selbst die richtige Firma suchen für den Fall, dass ich doch noch dort anfange.«

»Ja, weil ich nämlich definitiv auf mich gestellt bin«, fauchte er. Dann klingelte sein Handy, und er schnappte es sich von der Werkbank. Nachdem er tief durchgeatmet hatte, um sich zu beruhigen, sprach er mit jemandem über eine Gartenlaube. Als er Zia, statt das Gespräch schnell zum Ende zu bringen, den Rücken zudrehte und sich nach der Frau und der Familie

des Anrufers erkundigte, fasste Zia das als Aufforderung zum Gehen auf. Ihr Herz fühlte sich bleischwer an.

Wie ausgehöhlt und vollkommen niedergeschmettert schleppte sie sich zurück nach Bella Vista. Sie stellte fest, dass Fiorella und Gerardo verschwunden waren, was hieß, dass sie knapp eine Stunde Zeit hatte, um die Übergabe von zwei Ferienhäusern vorzubereiten. Die Gäste für Villino Il Pino waren schon eingetroffen, doch sie hatte keine Zeit, sich vorzustellen und mit ihnen durchzugehen, was sie wissen mussten. Sie bewaffnete sich mit Wäsche und Putzzeug und versuchte, sich mit hektischer Arbeit von ihrem Elend abzulenken.

Die Gäste trafen ein und hatten jede Menge Fragen, und sie musste ein falsches Lächeln aufsetzen, während sie Informationen über den Supermarkt abspulte, und dann ging sie, um für die Gäste zu recherchieren, ob es in Montelibertà eine Synagoge gab.

Mit der Absicht, Piero – aber dieses Mal im ruhigem Ton – um eine Erklärung dafür zu bitten, warum er bei Gerardo geplaudert hatte, ging sie ein paar Stunden später zurück nach Il Rifugio … nur um festzustellen, dass der Alfa Romeo fort und Haus und Werkstatt abgeschlossen waren. Sie schickte ihm eine Textnachricht und fragte, ob sie reden könnten. Als sie an diesem Abend ins Bett fiel, hatte sie das Gefühl, jemand hätte Eis in ihre Adern gefüllt.

Keine Antwort von Piero.

Es war seltsam, allein im Bett zu liegen. Heute Abend hatte sie zum ersten Mal die Tür des Apartments abgeschlossen; wahrscheinlich eine Reaktion darauf, dass Gerardo ganz gelassen hereinspaziert war und ihre Sachen durchsucht hatte. Sie konnte nicht schlafen, Hitze und Dunkelheit schienen auf ihr zu lasten, und das einzige Geräusch war das Zirpen der Zikaden draußen. Zum ersten Mal ärgerte es sie mehr, als es sie beruhigte, und setzte sich in ihrem Kopf fest, ein ständiges Scharren, das sie nicht abstellen konnte.

Sie sah auf ihr Handy, das mit seinem Display kurz eine Lichtoase schuf. Nichts von Piero. Sie ließ sich wieder in die Kissen sinken, und ihre Gedanken schwollen so unaufhörlich auf und ab wie der Gesang der Zikaden.

Scham war eine kalte Bettgenossin. Sie war verletzt worden und hatte es an Piero ausgelassen, ohne auch nur anzuerkennen, wie groß sein Wunsch sein musste, dass sie blieb. Und dass er sie aus diesem Grund hintergangen hatte. Sie hätte sich seine Erklärung anhören sollen. Ihm ruhig und klar zu verstehen geben, warum seine selbstherrliche Einmischung genauso übel gewesen war wie Brendons schlimmste Aktionen. Dass sie sich abgestoßen und enttäuscht gefühlt hatte, war unvermeidlich gewesen, ihre unbeherrschten Anschuldigungen aber nicht.

Sie wälzte sich auf eine kühle Stelle auf dem Laken und dachte an ihre Auseinandersetzung mit Gerardo zurück.

Ich habe Frau und Kinder … »Ja, dessen bin ich mir bewusst«, hätte sie antworten sollen. »Die Ironie, dass du das zu mir, deinem ältesten Kind, sagst, scheint dir nicht in deinen kleinen, habgierigen Kopf gekommen zu sein.« Sie hätte sich allerdings unterbrechen müssen, um nachzuschlagen, was »habgierig« auf Italienisch hieß; daher hätte sie sich wahrscheinlich mit »gierig« abfinden müssen.

Unruhig warf sie sich hin und her. Sie musste Rücksicht auf Lucia nehmen und sichergehen, dass keine Feindschaft entstand, die Lucia daran hindern würde, die Zügel ihres Familienlebens wieder in die Hand zu nehmen, sobald sie gesund war. Heute in sechs Wochen musste Zia Italien ohnehin verlassen.

Inzwischen war sie sich nicht einmal mehr sicher, ob das so übel war.

22

Emotionale Achterbahnen hatten keine Sicherheitsbügel, und Piero wurde auf einer herumgeworfen, seit Zia heute Morgen in seine Werkstatt gestürmt war, ihn mit ihren Anschuldigungen überzogen und ihm dann beiläufig eine Du-kommst-aus-dem-Gefängnis-frei-Karte namens »Rückverpachtung« zugeworfen hatte.

Oder vielleicht sollte er das die Du-kannst-in-deinem-Zuhause-bleiben-Karte nennen.

Er war zu verletzt, um zu entscheiden, was er mit ihrem Zorn anfangen sollte. Doch er schnappte sich seinen Laptop und fuhr zu Emilianos wunderschönem Haus. »Wir müssen reden«, erklärte er und trat, nachdem sein Bruder auf sein Klopfen hin geöffnet hatte, ein, ohne auf eine Aufforderung zu warten.

»Ja, komm doch herein«, sagte Emiliano ironisch und schloss die schwere Holztür hinter Piero. Doch als er hörte, was die Höhepunkte von Zias Enthüllung waren – Piero hatte keine Lust, noch Salz in seine Wunden zu streuen, indem er ihm von ihren Vorwürfen erzählte –, strahlte er. »Das hat enormes Potenzial! Warum hat unser Makler das nicht vorgeschlagen?«

»Weil für ihn dabei nichts herausspringen würde?«, vermutete Piero.

Jemma, die begriff, welche Tragweite das Ganze hatte, nahm Camilla und Cristian mit, damit sie mit ihren Cousins und Cousinen spielten, und die Brüder machten sich daran, über Rückverpachtungen zu recherchieren – oder Rückmietkauf, wie, wie sie bald herausfanden, der vollständige Begriff lautete. »Ich will alles wissen, was es darüber zu wissen gibt, bevor wir mit Papà reden«, erklärte Piero finster.

Emiliano hatte kaltes Bier und die amerikanischen Cookies geholt, die er gern zur Entspannung backte. Er fuhr seinen Laptop hoch und stellte ihn Piero gegenüber auf den Tisch. »Graziella kann auch keine Ahnung von Rückverpachtung haben, sonst hätte sie das inzwischen vorgeschlagen.«

Piero nickte. »Wie wäre es, wenn du nach möglichen Investoren recherchierst, und ich suche nach Nachteilen und Beispielfällen?« Er begann eine Internetsuche, und die Brüder arbeiteten in freundschaftlichem Schweigen.

Als Jemma mit den Kindern wieder nach Hause kam, machten Piero und Emiliano lange genug Pause, um Pizza zu essen und sich an der Unterhaltung zu beteiligen. Cristian und Camilla waren nach oben ins Bett gegangen, und Jemma entspannte sich vor dem Fernseher, als Piero sich schließlich von seinem Laptop zurücklehnte. Vom langen Sitzen vor dem Bildschirm brannten ihm die Augen. »Ich bin überzeugt davon, dass eine Rückverpachtung eine Möglichkeit für Tenuta Domenicali wäre«, verkündete er sein Urteil.

Emiliano nickte. »Alle denkbaren Nachteile, die ich ausfindig gemacht habe, gelten für die andere Partei. Leute, die in einen Besitz investiert haben, dessen Pächter sich dann davongemacht hat; die Käufer sind Bankrott gegangen, oder es gab eine hässliche juristische Auseinandersetzung. Ich denke, es kommt ganz auf die Details an, die wir aushandeln können.«

Freudige Erwartung prickelte in Pieros Bauch wie Zitronenlimonade. »Dann reden wir mit Papà? Am Montagmorgen ist er im Büro.«

Emiliano strahlte. »Verdammt richtig. Das hier könnte die Erfüllung unserer Gebete sein. Ich frage mich, warum Zia nicht eher etwas gesagt hat. Das hätte uns eine Menge Ärger erspart.«

Piero nickte und klappte seinen Laptop zu. »Gute Frage.«

Obwohl er vollkommen erschöpft war, schlief er in dieser Nacht nicht gut. Er hatte sich an Zias üppigen nackten Körper gewöhnt, mit dem sie sich an ihn schmiegte, und die Art, wie sie sich im Schlaf bewegte. Er ließ die Fensterläden offen, um die Sterne sehen zu können, doch er fand keine Spur seiner üblichen Freude an ihnen.

Wie konnte Zia glauben, dass er in der Lage war, die hinterlistige Nummer abzuziehen, die sie geschildert hatte? Wie konnte sie nur? Wie konnte sie es wagen? Er wusste, dass ihr Ex versucht hatte, sie zu kontrollieren – er selbst hatte diese Einstellung, Frauen als Eigentum zu betrachten, nie verstanden –, aber das war ihr Ex. Piero hatte nichts getan, um das zu verdienen. Sein Herz fühlte sich tonnenschwer an.

Am Sonntagmorgen fühlte er sich kraftlos, war schlecht gelaunt und verkroch sich in seiner Werkstatt. Während er auf der Drehbank eine Zierspitze für das Spielhaus fertigte, stieg ihm der frische, harzige Holzgeruch in die Nase. Zur Mittagszeit aß er mit wenig Appetit und schaute auf die herrliche Aussicht über das Weingut hinaus, das Schuld an all seinen Problemen war. Obwohl er keinen großen Antrieb verspürte, verbrachte er den Nachmittag damit, eine Präsentation für seinen Vater über einen Rückmietkauf von Tenuta Domenicali vorzubereiten. Er war zwar wütend auf Zia, weil sie seine Integrität in Zweifel zog, doch sie hatte ihn – letzten Endes – auf eine potenzielle Lösung hingewiesen.

So lauteten in der Tat seine einleitenden Worte, mit denen er am Montagmorgen seine Präsentation eröffnete. »Dies könnte die Lösung sein, nach der wir gesucht haben.«

Salvatore wirkte interessiert. Graziella strahlte Gleichgültigkeit aus.

Eine Stunde später fühlte sich Piero optimistisch. Salvatore hatte sich immer stärker eingebracht und eine Frage nach der anderen gestellt, ohne ein einziges Gegenargument anzuführen. Emiliano redete schon von Neueinstellungen, um Pieros und Salvatores Posten zu besetzen, falls sie einen Rückmietkauf abschließen konnten.

Piero legte den Stift weg, den er gebraucht hatte, um auf einzelne Punkte seiner Präsentation zu zeigen. »Es scheint ein Weg zu sein, uns allen zu verschaffen, was wir wollen.« *Einschließlich des von Papà finanzierten Luxuslebens für Graziella,* dachte er, sprach die Worte jedoch nicht laut aus.

Die zog allerdings noch immer eine Gewittermiene. »Ich stimme trotzdem für den Deal mit Binotto«, erklärte sie schlicht.

Piero starrte in ihr perfekt geschminktes Gesicht. »Gut zu wissen, wie du dich entscheiden würdest, wenn du denn ein Mitspracherecht hättest.«

Etwas blitzte in ihren Augen auf und ließ Piero innehalten, bevor er antwortete. War das etwa … Angst gewesen?

»Papà?«, fragte er und musterte Graziella weiter mit dem unangenehmen Gefühl, dass ihm etwas Entscheidendes entging.

Auch Salvatore sah in Graziellas Richtung, und seine Miene wirkte leicht missbilligend. »Natürlich müssen wir diese Option erkunden.«

Graziellas Knöchel traten an ihren zu Fäusten geballten Händen weiß hervor.

Jetzt musterte auch Emiliano sie. »Ich finde, wir sollten direkt an die Vermögensverwaltungen herantreten. Mit Maklern scheinen wir nicht viel Glück zu haben.«

Graziella schlug die Augen nieder. Piero sah von ihr zu seinem Vater.

Salvatore wirkte verblüfft und ein wenig düster. »Großartige Arbeit, Piero«, sagte er dennoch. Er stand auf; ein Zeichen dafür, dass das Meeting vorbei war, und nach kurzem Zögern tat Graziella es ihm nach.

Piero sah Salvatore hinterher, der ihre Hand nahm, während die beiden das Büro verließen. Er lächelte, zog jedoch fragend die Augenbrauen hoch. Dann entschwanden die beiden Pieros Blick.

Wie eigenartig. Doch dann zuckte er nur mit den Schultern und widmete sich seinen täglichen Aufgaben.

Es war schon später Nachmittag, als Salvatore wieder auftauchte. Emiliano begleitete ihn. Letzterer trug die finstere Miene, die er normalerweise nur aufsetzte, wenn man ihm beim Mischen einer Cuvée störte.

Auch Salvatore zeigte keine Spur seiner guten Laune von heute Morgen mehr. Er schloss die Tür und setzte sich mit steifen Bewegungen. Emiliano lehnte sich mit einer Schulter an die Wand.

»Alberto Gubbiotti hat mich gerade angerufen«, erklärte Salvatore düster.

Piero sank das Herz, als er den Namen des Mannes hörte, den er inzwischen als Erzfeind betrachtete. »Ach?«

Salvatore rieb sich mit einer Hand über den Mund, sodass sein Schnurrbart knisterte. »Er hat mir mehr Geld für meinen Anteil angeboten, wenn ich sein Angebot jetzt annehme. Also sofort.«

Schweigen.

Pieros Puls begann schneller zu schlagen. Er betete darum, dass sein Vater nicht entschieden hatte, das wäre eine der Gelegenheiten im Leben, die man ergreifen musste. »Also als … Anreiz, weil du der Mehrheitseigner bist und er glaubt, du könntest den Verkauf bei uns durchdrücken?«

Salvatore neigte den Kopf, und seine tiefen Mundfalten ließen seine Miene grimmig wirken. »Es gibt hässlichere Wör-

ter dafür, aber ›Anreiz‹ trifft es ganz gut.« Sein Blick huschte zwischen seinen Söhnen hin und her.

Piero schluckte. »Was hast du ihm geantwortet?« Obwohl die Klimaanlage lief, rann ihm der Schweiß zwischen den Schulterblättern hinunter.

»Dass ich Zeit zum Überlegen brauche.« Salvatore sog geräuschvoll Luft ein und stieß sie wieder aus, als hätte er plötzlich Asthma entwickelt. »Er hat mich zum Handeln gedrängt. Sagte, er könne das Angebot nicht lange halten.«

»Harte Bandagen«, murmelte Piero.

»Ich habe dabei kein gutes Gefühl«, murmelte Emiliano unglücklich.

Draußen knatterte der Traktor über den Hof.

Piero konnte sich das nur auf eine einzige Art erklären. Damit würde er in ein Wespennest stechen, aber er war bereit, sich aus dem Fenster zu lehnen, falls das sein Zuhause retten konnte. »Das klingt exakt so, als wüsste Gubbiotti, dass wir uns mit einer anderen Lösung beschäftigen, und wollte dem einen Riegel vorschieben.«

Emiliano riss die Augen auf und ließ die Augenbrauen in die Höhe schnellen. *Oh, verstehe …!*

Bedächtig nickte Salvatore. »Ich glaube auch.« In seine Augen trat ein feuchter Glanz. »Jemand hat Informationen an Gubbiotti weitergegeben. Gubbiotti, und wahrscheinlich dieser ›Jemand‹, sehen mich als denjenigen, der am leichtesten zu beeinflussen ist.« Dann lief sein Gesicht vor Wut rot an. »Mich!«, brüllte er, sodass Piero und Emiliano zusammenzuckten. »Sie halten mich für einen dummen alten Mann, den man manipulieren kann«, fügte er dann leise und niedergeschmettert hinzu. Jetzt lief ihm eine Träne über die faltige Wange.

»Ich hole dir etwas zu trinken.« Im Vorbeigehen legte Piero seinem Vater tröstend eine Hand auf die Schulter und spürte dabei, dass sein Vater zwar gealtert, aber immer noch

kräftig war. Seine Gedanken überschlugen sich, während er zum Kühlschrank eilte, und seine Hoffnung wuchs – solange Salvatores Zorn sich nicht als trügerischer Lichtblick erwies.

Als er zurückkam, nippte Salvatore an dem Wasser und sah mit leerem Blick auf Pieros Schreibtisch, bis das Glas halb leer war. Dann hob er eine Hand, und Piero dachte schon, er wollte gegen die Wand schlagen …

Doch er hielt inne.

Sein Bick wurde starr, beinahe, als sähe er etwas, das Piero und Emiliano nicht wahrnahmen. Dann ließ er langsam den Arm sinken. Und stöhnte auf.

»Papà?« Piero hatte sich wieder gesetzt, doch jetzt sprang er wieder auf.

Salvatore schlug sich die sehnigen, mit Altersflecken überzogenen Hände vors Gesicht. »Ich kann es nicht mehr verbergen. Es gibt einen Grund dafür, dass wir Pieros Idee mit der Rückverpachtung nicht weiterverfolgen können.«

»Was?« Piero konnte einen bestürzten Ausruf nicht unterdrücken, obwohl er sah, dass mit seinem Vater etwas ganz und gar nicht stimmte.

Salvatore schüttelte heftig den Kopf, als müsste er etwas Widerwärtiges loswerden. »Ich habe euch etwas verschwiegen. Schlechte Nachrichten über meinen Gesundheitszustand.«

»*Merda*«, stieß Emiliano hervor. Langsam ließ er sich auf einen Stuhl sinken und sah seinen Vater aus weit aufgerissenen Augen an.

Salvatore fuhr in demselben ernsten, kummervollen Ton fort: »Ich kann meinen linken Arm kaum noch gebrauchen. Die Ärzte sagen, ich hätte eine Krankheit, die das Gehirn schädigt. Nach und nach wird mein Körper seine Funktion verlieren, und meine Muskeln werden krampfen. Ich werde Probleme damit bekommen, andere zu erkennen und mit der Sprache.« Er stöhnte. »Eine sehr unangenehme Erkrankung. Aber wenigstens habe ich Graziella, die sich um mich küm-

mert. Sie wird mich pflegen. Und …« – er holte tief Luft – »ich habe nicht mehr viel Zeit.«

»Papà«, stieß Piero schockiert hervor. Er hatte ein Gefühl, als hätte jemand mit einer Riesenpranke seine Welt in unkontrollierte Drehung versetzt.

Salvatore streckte die Hände aus und umfasste die Arme seiner Söhne. »Ich wollte es mir nicht eingestehen, aber es ist Zeit, mich den Tatsachen zu stellen. Wir sollten Tenuta Domenicali vom Markt nehmen. Wenn ich sterbe, bevor der Verkauf abgeschlossen ist, wird das schrecklich kompliziert für euch. Wartet … bis ich nicht mehr bin.« Er seufzte und schluckte schwer. »Wenn ihr meinen Teil des Besitzes erbt, gehört er euch jeweils zur Hälfte, und dann könnt ihr euch für den besten Weg entscheiden.«

Piero war speiübel. Die warme Hand, die fest um seinen Unterarm lag, war die, die sein ganzes Leben lang für ihn gesorgt hatte. Sie hatte ihn auf seinem ersten Fahrrad gestützt, ihm das Angeln beigebracht. Sie fühlte sich so stark und vital an wie immer. Es konnte doch nicht wahr sein, dass man seinem Vater sein Todesurteil verkündet hatte, oder? Doch hier stand er, direkt vor ihnen, hatte es ihnen selbst gesagt und klang heiser und nicht wie er selbst.

Dann flog die Tür des Büros auf, und Graziella stand auf der Schwelle. Ihre Haut wirkte wächsern, und ihr Gesichtsausdruck war vollkommen entsetzt.

Vielleicht liebt sie ihn ja wirklich, konnte Piero gerade noch denken, während sich ihre Züge vor Schock, wie Piero annahm, verzerrten.

Doch ihre nächsten Worte machten das schöne Märchen zunichte. »Wie bitte? Du hinterlässt den beiden alles, aber ich soll dich *pflegen*?«, kreischte sie. »Deine *Krankenschwester* spielen? Während sie *alles* erben?«

Salvatore wirkte verblüfft. »Graziella … es tut mir leid. Ich hatte ja keine Ahnung, dass du in der Nähe warst. Ich

wollte dir das viel schonender beibringen, *cara.*« Noch einmal stieß er einen langen, bekümmerten Seufzer aus. »Wenigstens können wir uns medizinisches Personal leisten, das dich unterstützt. Ich weiß, dass es nicht einfach ist, einen unheilbar kranken Patienten zu pflegen …«

Ein freudloses Auflachen kam über Graziellas Lippen. »Ich pflege niemanden. Vor allem nicht, wenn es nichts zu …« Sie unterbrach sich.

Schweigen.

»Wenn es für dich nichts zu erben gibt?«, meinte Salvatore leise. Dann stand er auf, richtete sich zu seiner vollen Körpergröße auf und schien nur noch wenig mit dem betrübten alten Mann zu tun zu haben, der er noch vor Sekunden gewesen war. »Emiliano. Piero«, sagte er. »Entschuldigt, dass ich euch einen Schreck eingejagt habe. Ich bin nicht krank, nur vielleicht ein wenig enttäuscht. Und jetzt muss ich mit Graziella reden.«

»Was?« Graziellas Locken flogen, als sie sich hektisch zwischen den drei Männern umblickte.

»Was?«, wiederholten Piero und Emiliano. »Du bist nicht krank?«

Salvatore schob sie bereits unerbittlich aus der Tür. »Ich bin es bloß leid, mich anlügen zu lassen. Komm, Graziella.«

Während die Schritte der beiden sich über den Gang entfernten, blieben Piero und Emiliano zurück und starrten einander wie vom Donner gerührt an.

Piero schluckte. »Der alte Bastard. Er muss sie hier gehört oder aus dem Augenwinkel gesehen haben. Seinetwegen ist mir fast das Herz stehen geblieben. Ich hasse es, wenn er sein eigenes Ding macht und wir anderen zusehen können, wie wir hinterherkommen.«

Emiliano, der genauso entgeistert aussah wie er, holte eine Flasche Orvieto Classico und zwei Gläser aus seinem Büro und schenkte ihnen beiden ein. »Krasse Nummer.« Aus-

nahmsweise kippte er seinen geheiligten Wein hinunter wie ein Teenager, der billige Plörre aus dem Supermarkt trinkt. »Er hat das erzählt, um sie in die Falle zu locken, oder? Er ist wirklich nicht krank, oder?« Flehend sah er Piero an.

Piero leerte sein Glas und wischte sich den Schweiß von der Stirn. »Er hat gesagt, er ist es nicht. Er ist ein grauenhafter Schmierenkomödiant, aber was soll's. Ich bin ihm auf den Leim gegangen.«

Emiliano füllte ihre Gläser noch einmal. »Dieser alte Fuchs.«

Nach ein paar Gläsern Wein gingen sie zu Kaffee über und warteten, bis Salvatore gefühlte Stunden später wieder auftauchte. Sein Gesicht war grau, und er wirkte erschöpft. Sie sprangen auf, und er legte die Arme um sie, als wären sie noch kleine Jungen. »Es tut mir leid, es war mies von mir, euch das anzutun. Ich bedaure, dass ihr das durchmachen musstet«, erklärte er heiser. »Aber ich habe sie durch den Türspalt gesehen, wie sie davor herumlungerte, und die Chance ergriffen, sie ihr wahres Gesicht zeigen zu lassen.« Er räusperte sich. »Sie packt.«

Piero wurden die Knie weich, doch er brauchte immer noch endgültige Gewissheit. »Und du bist nicht krank?«

Salvatore drückte die beiden noch ein letztes Mal, dann ließ er sie los und sank auf einen Stuhl. »Nein. Ich habe jedes Wort erfunden.« Er legte den Kopf zurück und schloss die Augen. »Ich musste sie so schockieren, dass sie mit der Wahrheit herausgerückt ist. Sie hätte eine hohe Provision von Binotto eingestrichen.« Vor Abscheu klang Salvatores Stimme gepresst. »Gieriges Miststück. Als ihr klar wurde, dass meine ›Krankheit‹ bedeutete, dass ich das Weingut nicht verkaufen und sie auch keinen Anteil erben würde …« Er zögerte und schien ihnen nicht richtig in die Augen sehen zu können. »Als sie mit ihrem Ex-Mann zusammenkam, hatte er das ganze Geld, und trotzdem hat sie es geschafft, das Scheidungsgericht mit

der Hälfte des Verkaufserlöses von drei Hotels zu verlassen. Daran hätte ich denken sollen.«

Emiliano stieß einen unartikulierten Zorneslaut aus.

»Solltest du nicht die Polizei holen?«, zischte Piero. »Sie hat eine Strafe verdient.«

Salvatore verzog entschuldigend das Gesicht. »Ich bin mir nicht sicher, ob es ein Verbrechen ist, einen alten Mann hinters Licht zu führen. Zumal es ja nur bei dem Versuch geblieben ist.« Er lachte bitter auf. In dem stillen Büro klang es gefährlich nach einem Schluchzen. »Ich dachte, sie macht mich glücklich. Aber sie wollte nur an mein Geld, als sie mich glauben machte, dass sie mich liebt. Es tut mir leid.« Er legte eine Hand auf die von Piero. »Ich war ein schlechter Vater. Ich habe mir von ihr einreden lassen, es wäre ein akzeptables Opfer, wenn du dein Zuhause verlierst.«

»Nein«, protestierte Piero, sprang auf und umarmte seinen zerknirschten Vater. »Du bist ein guter Vater. Von einer Frau geblendet zu werden passiert den Besten unter uns.« Er selbst schien auch so ein Kandidat zu sein. Zuerst Nicoletta und dann Zia.

Salvatore klopfte ihm auf die Schultern. »Danke.« Behutsam machte er sich los. »Ich sollte nachsehen, damit sie nicht das Familiensilber stiehlt.«

Wieder blieben Piero und Emiliano zurück und sahen einander an. Der Schmerz ihres Vaters machte sie sprachlos.

Doch Piero war sich auch seiner Erleichterung bewusst. Graziella und ihre Manipulationen waren im Begriff, Geschichte zu werden. Il Rifugio fühlte sich mit jeder Sekunde sicherer an.

23

Am Mittwoch, gerade als Bella Vista unter den nachmittäglichen Dunstschleiern einladend schimmerte, kam Lucia nach Hause.

Beim ersten Blick auf Durantes Auto rannte Zia über die Terrasse, um ihnen die Tür aufzuhalten, während Durante seiner Frau aus dem Wagen half. Zia schnürte sich die Kehle zu, als sie sah, dass Lucia immer noch bleich war und ausgemergelt wirkte und sich schützend den Bauch hielt. Zia fehlten die Worte, daher schenkte sie ihr nur ein strahlendes Lächeln. Sie hatte Tränen in den Augen.

»*Ciao*, Zia-Lucia«, flüsterte Lucia. Ihr Lächeln war schmerzerfüllt, doch wenigstens war es da. »Ich habe jedes Schlagloch gespürt. Und es waren viele.«

»Du siehst aus, als müsstest du dich ausruhen«, meinte Zia mitfühlend. Durante und sie nahm sie je an einem Arm, um ihr die Terrassentreppe hinauf und ins Haus, aufs Sofa zu helfen. Als sie sich mit extrem vorsichtigen Bewegungen hinlegte und die Augen schloss, küsste Zia sie auf die Stirn und stieß innerlich einen Seufzer der Erleichterung aus.

Zia wartete auf der Terrasse, bis Durante wieder herauskam und sie in eine Umarmung zog. »Sie wird sich erholen, aber es wird dauern, hat der Arzt gesagt. Sie ist wieder eingeschlafen.«

»Du bist aber auch erledigt«, meinte sie liebevoll. »Hast du Hunger?«

»Etwas essen könnte ich schon«, gab er unbestimmt zurück.

Sie drückte ihn. »Du hast abgenommen. Soll ich dir schnell Pasta kochen? Wir essen zusammen, und dann kannst du dich entspannen.«

Er zögerte. »Macht es dir etwas aus, wenn ich mich zum Essen zu ihr setze? Ich habe das Gefühl, auf sie aufpassen zu müssen. Jetzt haben wir keine Ärzte mehr um uns herum.«

Nach so einer schweren Krankheit hatte Zia Verständnis für seine Besorgnis. »Natürlich.« Sie kochte schnell die Nudeln, vermischte sie anschließend mit Pinienkernen und Tomaten und musste Durante wecken, der sich im Salon schon auf einem Sessel mit Fußschemel niedergelassen hatte.

»*Mi dispiace*«, entschuldigte er sich und rieb sich das Gesicht in dem offensichtlichen Bemühen, munter zu werden, bevor er nach Gabel und Teller griff.

Zia ließ die beiden allein und dachte wehmütig an vergangene Mahlzeiten auf der Terrasse mit Lucia und Durante, wenn Piero vorbeigeschaut hatte … was er in den letzten vier Tagen seit ihrem Streit auffällig vermieden hatte. Bilder seines markanten Gesichts tauchten vor ihrem inneren Auge auf und verdarben ihr den Appetit – verständnislos und verblüfft, wahrscheinlich darüber, dass Gerardo geplaudert hatte, und dann finster vor Zorn. Anschließend ging sie, um an etwas anderes als ihren Ausbruch zu denken, ins Büro und sah nach, wann die nächsten Gäste erwartet wurden.

Morgen, am Donnerstag, würden die Gäste, die momentan Villino Il Pino bewohnten, abreisen. Die neuen würden erst am Freitag eintreffen, sodass Zia reichlich Zeit blieb, um das Ferienhaus zu reinigen. Sie schrieb eine Einkaufsliste für den Supermarkt, schlenderte dann wieder nach draußen und sah durch das Fenster zum Salon, dass Lucia und Durante an-

scheinend beide schliefen. Sie fühlte sich einsam und ging in ihr Apartment, schaltete die Klimaanlage ein, die sie für das Schlafzimmer gekauft hatte, und versuchte, Ursula in deren Mittagspause zu erreichen. Sie machte einen normalen Anruf, da in dem Tattoostudio, in dem Ursula arbeitete, Videoanrufe verboten waren für den Fall, dass eine Tür geöffnet wurde und der Anrufer einen Blick auf den Kunden erhaschte, der gerade tätowiert wurde.

»Hey, du!« Ursula klang sowohl froh, von Zia zu hören, als auch gespannt, alles über Lucias Heimkehr zu erfahren.

Allein schon die Stimme ihrer besten Freundin war Balsam für Zias Seele. »Die arme Lucia sieht nach ihrer Operation ziemlich mitgenommen aus, und Durante weicht ihr nicht von der Seite. Jetzt sind sie beide eingeschlafen, die Lieben. Ich gehe gleich in den Supermarkt, während sie ihr Nickerchen halten.«

Ursula gab einen mitfühlenden Laut von sich. »Kein Piero, um Lucia zu Hause zu begrüßen?«, erkundigte sie sich dann beiläufig.

»Hat wahrscheinlich viel zu tun«, entgegnete Zia vage. Innerlich seufzte sie, als ihr klar wurde, dass sie instinktiv vermieden hatte, sich Ursula anzuvertrauen. Sie hatte ihr weder von Gerardos miesem Verhalten nach Pieros selbstherrlicher Einmischung erzählt noch davon, wie sie zu ihm gestürmt war und ihm ihre Vorwürfe ins Gesicht geschrien hatte. Dass der verfluchte Stephan alles an den verdammten Brendon ausplauderte, hatte Auswirkungen darauf, was sie ihrer besten Freundin erzählen konnte. Doch stattdessen lenkte sie den Rest des Gesprächs auf Ursulas Leben in Brighton.

Am Donnerstag wachte Zia früh auf und fühlte sich verkrampft und angespannt, weil Fiorella heute zum Putzen kommen würde; sie würden sich zum ersten Mal seit der Szene mit Gerardo wiedersehen. War das Geheimnis, das Gerardo so lange bewahrt hatte, keines mehr? Hatte Fiorella,

die Zia zunehmend lieb gewann, genug von dem lauten Streit verstanden, der in einer Mischung aus Englisch und Italienisch geführt worden war? Und wenn ja, was würde jetzt passieren?

War sie, Zia, emotional stabil genug, um damit umzugehen, wenn Fiorella und Roberto nun kalt und abweisend auf sie reagierten? Zusammen mit ihrer Sorge um Lucia und dem Verlust Pieros war sie sich da nicht sicher.

Da die Tür ihres Apartments offen stand, hörte sie Fiorella kurz vor zehn Uhr morgens ankommen, und ihre Nerven spannten sich erst recht zum Zerreißen an, als sie auch Robertos Stimme hörte, der Durante fragte, ob Lucia schon Besuch empfangen könne. Durante antwortete, Lucia habe noch Schmerzen und ermüde leicht. Roberto erklärte sich bereit, den Besuch kurz zu halten. Dann verhallten ihre Stimmen, und Zia hörte eine Tür zufallen.

Bis auf das Flüstern der Brise und dem Summen der Insekten wurde es wieder still.

Zia stieß die Luft aus, von der ihr nicht klar gewesen war, dass sie sie angehalten hatte.

Da die Engländer, die Villino Il Pino bewohnt hatten, bereits ihre Fahrt nach Norden angetreten hatten, beschloss sie, loszuziehen und mit dem Putzen anzufangen, solange Fiorella noch im Haus bei Lucia war. Sie straffte die Schultern, wischte sich die feuchten Hände an ihrer Shorts ab, und trat auf die Terrasse hinaus.

Draußen saß Fiorella, den Blick fest auf Zias Tür gerichtet.

Zia blieb stehen. Ihr Herz dröhnte so heftig wie der Bass in einer Metalband. Fiorella stand langsam auf, strich mit ihren Handflächen über ihr geblümtes Kleid, ganz ähnlich wie Zia gerade eben. »Gerardo hat es mir gesagt«, erklärte sie einfach.

Zia nickte. Wenn Fiorella ihr jetzt erklärte, dass sie sie nicht als ihre Enkeltochter anerkennen könne, würde sie wahrscheinlich zusammenbrechen und weinen. Zia war keine

»Heulsuse«, wie Pap das genannt hätte, die sich durchs Leben weinte und klagte, aber die Tränen schnürten ihr schon jetzt den Hals zu. Jetzt kannte sie ihre Großmutter und hatte während Lucias Abwesenheit Seite an Seite mit ihr gearbeitet. Sie hatte sich in Fiorellas schnelles Italienisch eingehört, das durch ihre Zahnlücke noch vernuschelter klang, begierig die Neuigkeiten von ihrer unbekannten Verwandtschaft aufgesogen und über die zweite Ehe einer Tante oder die Prüfungsergebnisse einer jüngeren Cousine gelächelt. Sie schluckte. »Ich habe erst vor Kurzem erfahren, wer mein Vater ist.«

»Ach, ach, ach«, sagte Fiorella tief seufzend. Eine Träne quoll ihr aus einem Auge. »Du bist meine Enkeltochter.« Sie machte eine kleine, unsichere Bewegung mit den Armen.

Zia tat einen Schritt, dann noch einen. Ihre Großmutter streckte die Arme nach ihr aus, und Zia schloss die Augen, als sie sie sanft umschlangen.

»Zia-Lucia«, flüsterte Fiorella. »Du besitzt ein gutes Herz und hast Durante und Lucia geholfen. Allein deshalb mochten Roberto und ich dich. Wir hatten ja keine Ahnung, wer du bist.«

Heiße Tränen liefen Zia über die Wangen, als sie zum ersten Mal seit Jahren wieder von einer Großmutter umarmt wurde. Sie konnte einfach nicht loslassen. Fiorella schniefte und tätschelte Zia den Rücken. Zehn, vielleicht zwanzig Sekunden vergingen, und dann tauchte eine zweite, größere und breitere Gestalt neben ihnen auf. Zia rieb sich die Augen, drehte sich um und sah Roberto, der vor ihnen von einem Fuß auf den anderen trat. Sanft zog er sie aus Fiorellas Armen und küsste sie auf beide Wangen.

»Als Gerardo es uns erzählt hat, wollten wir sofort kommen«, sagte er leise. »Doch wir wollten warten, da wir wussten, dass meine Schwester und Durante bald nach Hause kommen würden. Unser Englisch …« Er lachte knarrend.

»Wir wollten jemanden zum Übersetzen in der Nähe haben, wenn nötig.«

Zia wischte sich die Wangen mit den Handrücken ab und lachte ebenfalls. »Ich wäre wahrscheinlich zurechtgekommen. Seit ich hier bin, hat sich mein Italienisch verbessert.«

Unter Tränen stieß Fiorella ihr helles Lachen aus. »Ich habe es dir doch gesagt. Sie versteht mich jetzt fast immer.«

Durante kam aus dem Haus, wo er auf den richtigen Moment gewartet haben musste. Er strahlte und küsste Zia auf die Wangen. »Lasst uns reden. Gemeinsam können wir die ganze Geschichte zusammensetzen.«

Sie unterhielten sich den Rest des Vormittags und sprachen auch beim Mittagessen weiter, obwohl Durante seins mit nach oben nahm, um bei Lucia in ihrem gemeinsamen Schlafzimmer zu essen. Zia arbeitete sich durch Ereignisse, so gut sie konnte, und fügte alles zusammen, was sie über ihre Geschichte erfahren hatte.

Während Fiorella und Roberto lauschten, schüttelten sie die Köpfe, oder sie zuckten zusammen und wechselten schmerzlich berührte Blicke. »Vielleicht waren wir zu streng«, meinte Fiorella seufzend. »Zu konservativ. Gerardo neigte dazu, sich die Freiheit eines Erwachsenen zu wünschen, aber ohne die Verantwortung. Wir hatten Angst, er könnte sich in … *Schwierigkeiten* bringen.«

»Wie die, seine Freundin zu schwängern?«, fragte Zia trocken.

Fiorella wirkte bestürzt. »Das wäre damals ein großer Skandal gewesen.«

Roberto räusperte sich. »Und wenn er sich in seine englische Freundin verliebt hätte und nach England gegangen wäre, hätten wir nicht gewusst, wie wir ihn wiedersehen sollten. Wir hatten nicht viel Geld. Er auch nicht.«

Zia lächelte, obwohl sie ein Seufzen nicht unterdrücken konnte. »Wie es aussieht, hättet ihr euch keine Sorgen zu ma-

chen brauchen, Gerardo könnte sich in Tori verlieben.« Dann fuhr sie fort und erzählte ihnen, was sie über Toris und später Vickys Tod wusste. Fiorella gingen mehr als einmal die Augen über. »Dann hasst du uns nicht?«, fragte sie Zia mit heiserer Stimme.

Zia schüttelte energisch den Kopf. »Natürlich nicht. Aber ihr versteht jetzt sicher, warum ich euch nicht gesagt habe, wer ich bin. Ich hatte keine Ahnung, wie ihr auf mich reagieren würdet oder ob ich Probleme zwischen Gerardo und seiner Frau und seinen Kindern verursachen würde.«

Roberto und Fiorella seufzten wie aus einem Munde. Roberto hob die Hände. »Möglich ist das. Ich hoffe, dass du auch der Ansicht bist«, fügte er hinzu, »dass es Gerardos Sache ist, ob er es ihnen sagt oder nicht.«

Zia verzog das Gesicht. »Ich glaube, darüber brauchen wir uns auch keine Gedanken zu machen. Er wird es nicht tun.«

Sie redeten noch ein wenig weiter, und dann, nachdem Zia schüchtern Abschiedsküsse mit ihren Großeltern ausgetauscht hatte, fuhren Roberto und Fiorella nach Hause. Fiorella hatte heute nicht mitgeholfen – sie hatte von den Neuigkeiten vollkommen erschöpft gewirkt, und Zia hatte die Arbeit gar nicht erwähnt. Sie brauchte nur ein Ferienhaus zu putzen, und das konnte sie sehr gut allein schnell erledigen.

Wie in einem Traum gefangen machte sie sich daran, in Villino Il Pino die Betten abzuziehen. Langsam verdaute sie die Gewissheit, dass Fiorella und Roberto sich *freuten*, eine neue Enkeltochter bekommen zu haben, und sie hatte das Gefühl, ihr Herz wäre wie ein trockener Schwamm, der nun die ganze Freude aufsaugte.

Sobald das Ferienhaus geputzt war und nach frischer Wäsche duftete, trocknete sie sich ein letztes Mal die Augen und schleppte dann den Wäschesack mit den Bettbezügen der

letzten Woche zum Haus hinauf. In der Augusthitze bewegte sie sich langsam. Als sie den Olivenhain umrundete, sah sie Durante in der staubigen Auffahrt stehen. Er redete mit einem größeren Mann.

Piero, mit verkniffenem Mund und gerunzelter Stirn.

Beide Männer blickten auf, als sie ihre Schritte auf dem Kies hörten. Durante hob eine Hand und strahlte, sodass ihr nichts anderes übrig blieb, als zurückzuwinken. Auch Piero hob eine Hand. Mechanisch. Ohne ein Lächeln. Eine Sonnenbrille verbarg seine Augen.

Zias Puls ging schneller, und sie lief zum Hauswirtschaftsraum, der hinter der Küche lag. Sie fühlte sich von Neuem beschämt, weil sie Piero am Samstag mit diesem unangemessenen Wutausbruch überfallen hatte. Mit klammen Händen ließ sie sich Zeit dabei, die weißen Baumwolllaken in die Waschmaschine zu stopfen, und sagte sich, es sei das Beste, ihm klarzumachen, dass sie sich nicht manipulieren ließ. *Verdammt* sollte er sein, weil er es versucht hatte, genau wie Brendon früher; das war ein Fehler, den sie nicht hinnehmen konnte.

Wieder draußen angekommen, traf sie Lucia und Durante auf Liegestühlen im Schatten der Terrasse an. Lucia wirkte um einiges munterer als noch gestern. Gegenüber dem Paar hatte Zia ihren Zusammenstoß mit Gerardo heruntergespielt, um ihnen keine Sorgen zu bereiten, und hatte die Geldforderung gar nicht erwähnt. Ihnen war wahrscheinlich klar, dass Gerardo zu so etwas in der Lage war, aber sie sollten nicht erfahren, dass Piero daran mitgewirkt hatte. Dumm, ihn zu schützen, obwohl er sie so schwer enttäuscht hatte.

Zia vertrieb diese Gedanken, setzte einen neutralen Gesichtsausdruck auf und küsste Lucia auf den Scheitel. »Ich freue mich, dass du aufgestanden bist.«

Die Ältere schnitt eine Grimasse und brachte ein zaghaftes Lachen zustande, obwohl sie sich dabei schützend eine Hand

auf den Bauch legte. »Ich bin herausgekommen, um Piero zu sehen, und geblieben, um frische Luft zu schnappen.«

»Ist Piero wieder fort?«, fragte Zia beiläufig. Genau in dieser Hoffnung hatte sie sich im Haushaltsraum aufgehalten.

Lucia nickte. »Er hat viel zu tun. Er sagt, Graziella hätte Tenuta Domenicali verlassen.«

Zia sah sie verblüfft an. »Ach? Endgültig?«

Durante nickte. »Sie hat mit Binotto unter einer Decke gesteckt, also hat Salvatore sie in die Wüste geschickt. Und ich glaube, sie haben auch ohne dieses Geschäft eine Lösung gefunden. Er ist nicht ins Detail gegangen, aber er hofft, dass er Il Rifugio behalten kann.«

»Das ist fantastisch«, meinte Zia. »Das mit Graziella ist allerdings ein ziemlicher Schock.« Sie fragte sich, ob die »Lösung« die war, die sie Piero voller Wut und Verachtung an den Kopf geworfen hatte. Trotz allem war sie froh, dass sich seine Lage verbessert hatte. Wenn sie zurück in Brightons prächtiger Seebadkulisse und der drückende italienische Sommer dem englischen Herbst gewichen war, würde es ein tröstlicher Gedanke sein, dass er in seinem geliebten Heim oberhalb des Tals sicher war. Il Rifugio – die Zuflucht.

Der Freitag, Samstag und Sonntag vergingen ruhig. Zia trug immer noch Lucias Handy in der Tasche, damit sie sich weiter um die Gäste kümmern konnte. Trotz der wachsamen Beobachtung ihres Mannes und dessen Fürsorge schoss Lucias Temperatur plötzlich abrupt in die Höhe. Durante rief den Arzt, und dann warteten Zia und er, starr vor neu erwachter Angst. Ein neues Antibiotikum brachte Lucia bald wieder auf den langsamen Weg der Genesung, doch Durante war fast so erschöpft wie sie und bat die Familie, auf Besuche zu verzichten. Eine Ausnahme bildete Fiorella, die kam, um beim Bettenwechsel am Samstag mitzuhelfen.

Insgeheim gestand sich Zia ein, dass sie erleichtert war. Sie wollte nicht, dass ihre letzten Wochen auf Bella Vista zu einem Strudel aus Angst wurden, wenn sie Verwandten begegnete, die wussten, wer sie war, oder vielleicht auch nicht … und die vielleicht gar nichts von ihr wissen wollten.

Das Leben auf Bella Vista verlief ruhig. Schwester Paola und Schwester Priscilla brachten einen Korb Pfirsiche aus dem Klostergarten, ließen sie jedoch bei Zia, als sie erklärte, Lucia brauche Ruhe. »Wir beten für sie«, erklärte Schwester Priscilla lächelnd, und dann knatterten die beiden in ihrem kleinen Auto davon.

Piero kam am Samstag wieder vorbei und unterhielt sich mit Durante. Zia erhaschte einen Blick auf seinen Rücken, als er in Richtung Il Rifugio verschwand. Ein Knäuel von Gefühlen stieg in ihr auf – Kummer, Enttäuschung, Bedauern –, doch sie rief ihm nicht hinterher.

Am Montagnachmittag genoss sie die Kühle im Büro, als sie hörte, wie ein Auto knirschend auf der Einfahrt nach Bella Vista zum Halten kam. Da sie hörte, wie Durante an die Haustür ging, ignorierte sie es und prüfte weiter die zukünftigen Reservierungen, die bis nach den Herbstferien im Oktober ohne Pause aufeinanderfolgten. Sie kaute auf ihrer Unterlippe. Sie sollte Durante vorschlagen, noch jemanden einzustellen, der Fiorella beim Reinigen und beim Wäschewechsel in den Ferienhäusern half, nachdem sie Mitte September abgereist sein würde. Lucia und er würden noch eine Weile nicht dazu in der Lage sein. Sie hörte ihn draußen immer noch reden, daher notierte sie es auf der Liste der Dinge, die sie mit ihm besprechen musste.

Einige Minuten später tauchte Durante an der Bürotür auf. Zia wollte ihn mit einem Lächeln begrüßen, doch es verblasste, als sie seine sorgenvolle Miene bemerkte. »Alles in Ordnung?«

Durantes Blick wirkte vorsichtig. »Gerardo bittet um ein Gespräch mit dir.«

Zia überschlug sich der Magen. Gerardo musste der Besucher sein, mit dem Durante gesprochen hatte. »Ach. Hast du eine Ahnung, warum?«

»Er sagt, um sich zu entschuldigen.« Durante zuckte unbeholfen mit den Schultern, als hätte er das Gefühl, zwischen zwei Stühlen zu stehen.

»Oh.« Sie rutschte nervös herum. Damit hatte sie nicht gerechnet. Gerardo hatte so unverfroren versucht, sie zu erpressen, dass sie davon ausgegangen war, dass er keine Gewissensbisse haben würde. Innerlich hatte sie ihn schon abgeschrieben und war sich sicher gewesen, dass er die Botschaft verstanden hatte, nicht in ihre Nähe zu kommen. Um Durantes willen hatte sie gehofft, dass er noch eine Weile weiter im Garten arbeiten würde, doch das Gelände von Bella Vista war so groß, dass sie ihm aus dem Weg gehen konnte. Jetzt trat Durante von einem Fuß auf den anderen und riss besorgt die Augen auf, als befürchtete er, sie könnte explodieren. Sie seufzte. Explodiert war sie schon genug. »Wahrscheinlich ist es einfacher für alle, wenn wir reinen Tisch machen.«

»Soll ich ihn holen?« Als Zia nickte, drehte Durante sich um und verschwand, und Zia stand auf und beschloss, Gerardo aufrecht entgegenzutreten.

Dann stand er im Türrahmen, nüchtern und herausgeputzt. Er sah ihr in die Augen und räusperte sich. »Es tut mir leid«, sagte er auf Englisch.

»Was genau?« Sie hatte nicht vor, es ihm leicht zu machen.

»Alles«, antwortete er und wechselte dann ins Italienische. »Es tut mir leid, dass ich nicht gut zu deiner Mutter war. Dass ich das Geld von dir verlangt habe. Es war falsch von mir, daran zu denken.« Er holte tief Luft. »Ich unterschreibe die Formulare, um dich als meine Tochter anzuerkennen.« Er zögerte. »*Non so perché a volte mi comporto male*«, fügte

er dann ernüchtert hinzu. *Keine Ahnung, warum ich mich manchmal schlecht benehme.*

Zia zuckte mit den Schultern. »Alkohol?«

Er schlug die Augen nieder. »Vielleicht.«

Kurz dachte sie wehmütig, wie großartig es wäre, einen Vater zu haben, der sie unterstützte und für sie da wäre, so wie es manche Glücklichen hatten. Pap war dem am nächsten gekommen, ein freundlicher und liebevoller Mensch, aber durch Generationen von Zia getrennt. Doch sie konnte sich ebenso gut den Tatsachen stellen. Der Mann, der fünfzig Prozent zu ihrer DNA beigetragen hatte, war schwach und interessierte sich nur für sich selbst. Instinktiv mochte sie sich in keiner Hinsicht auf ihn verlassen. »Lass uns wieder so tun, als wüsstest du nicht, wer ich bin«, sagte sie.

Gerardo schaute verblüfft und vielleicht erleichtert drein. »Okay«, murmelte er. Kurz darauf hörte Zia, wie die Haustür hinter ihm zufiel.

Durante steckte den Kopf ins Büro und zog fragend die Augenbrauen hoch. Sie lächelte ihm schwach zu und ließ sich wieder auf den Stuhl sinken. »Wir werden in Zukunft nichts mehr miteinander zu tun haben. Ich habe keine Ahnung, wie ich mich fühlen soll.«

Sein altes Lächeln flackerte auf und vertrieb die verhärmte, düstere Miene, die er an den Tag legte, seit Lucia krank geworden war. »Deine Gefühle werden sich schon beruhigen, oder? Möchtest du Eiskaffee?«

Sie lächelte über diese Geste, mit der er ihre Stimmung verbessern wollte. »Auf jeden Fall! Machen wir ihn mit Haselnussmilch, das ist besonders lecker.«

Zu dritt ließen sie sich – sie, Lucia und Durante – draußen im Schatten nieder, um das kühlende Getränk zu genießen. Zia erzählte den beiden von Gerardos unerwartetem Auftauchen. Endlich erlaubte sie sich, die beiden als Großtante und -onkel zu betrachten.

Lucia wünschte offensichtlich, Zia könnte Gerardo ein wenig mehr so sehen wie sie selbst. »Er neigt dazu, immer den einfachen Weg zu wählen, und kann egoistisch sein … aber er kann auch freundlich zu denen sein, die er liebt«, meinte sie vorsichtig. »Er denkt nicht immer darüber nach, wie es sich auf andere auswirkt, wenn er einfach macht, was er will. Wenn er dir gesagt hat, es tut ihm leid, dann ist es so. Er hat eingesehen, dass er im Unrecht war.«

Oder jemand hat ihn dazu überredet, sich zu entschuldigen, damit ich mich besser fühle, dachte Zia bei sich. Vielleicht Fiorella oder Roberto.

Oder Piero war wieder am Werk gewesen, möglicherweise, um Wiedergutmachung zu leisten. Seit mehreren Tagen spürte Zia ein wachsendes Bedürfnis, das schreckliche kalte Schweigen zwischen ihnen zu beenden. Das hier könnte ein guter Aufhänger sein. Der Schaden zwischen ihnen war angerichtet, aber wenn sie ihm einen Olivenzweig reichte – sie hatte eine skurrile Vision davon, wie sie im Olivenhain im Vorbeigehen einen abbrach –, würde das seine Nähe für sie erträglicher machen. An diesem Abend machte sie sich, ohne allzu sehr darüber nachzudenken, warum sie geduscht und ihr rotgeblümtes Kleid angezogen hatte, langsam zwischen den Bäumen hindurch auf den Weg nach Il Rifugio.

Glühwürmchen flackerten wie defekte Lichterketten. Nach einem weiteren glühend heißen Augusttag bewegte kein Windhauch die nach Rosmarin duftende Luft. Als sie sich dem Haus näherte, nahm sie das auf- und abschwellende Jaulen der Holzbearbeitungsmaschinen wahr. Während ihr vor Aufregung das Herz in der Brust raste, ging sie am Haus vorbei über den gepflasterten Weg zur Werkstatt. Unter ihren Flipflops fühlte das Moos sich federnd an. Unten im Tal war wenig zu erkennen, nur die Lichter von Tenuta Domenicali und eine dunklere Dämmerung dort, wo die Berge auf den

nächsten Tag warteten, um einmal mehr ihre Majestät zu enthüllen.

Die Türen zur Werkstatt waren zurückgerollt, und sie trat mit klopfendem Herzen zögernd ins Licht. Piero, der seine Schutzausrüstung aus roten Kopfhörern und einer weißen Staubmaske trug, führte Holz durch die Hobelmaschine, und ein Strom von Sägemehl schien auf dem Weg zum Sauglüfter in der Luft zu hängen. *Niii-auuu.* Er neigte sich über seine Arbeit. *Niii-auuu.* Dann wandte er sich ab, um das bearbeitete Stück auf einen Stapel zu legen, und erstarrte, als er sie sah. Mehrere Sekunden lang schaute er sie unverwandt an. Dann betätigte er einen Schalter, und die Maschine verstummte rumpelnd. Er nahm die Maske ab und hängte sich die Ohrenschützer um den Hals. »Ist etwas passiert?«

Sie trat ein paar Schritte weiter in den Raum hinein und blieb dann erneut stehen. »Lucia geht es gut, falls das deine Frage war.« Sie beobachtete, wie seine Schultern sich ein wenig entspannten. »Ich bin gekommen, um dir etwas zu sagen.«

Er wartete. Die Maske hatte rechts und links von seinem Mund Abdrücke in seinen mit Bartstoppeln übersäten Wangen hinterlassen.

Sie befeuchtete sich die plötzlich trockenen Lippen. »Gerardo hat sein Angebot wiederholt, die Vaterschaft bei den Behörden anzuerkennen, aber dieses Mal ohne finanzielle Entschädigung.«

Er gab keine Antwort.

»Also«, fuhr sie hartnäckig fort und war sich bewusst, dass er es ihr absichtlich schwermachte, indem er schwieg. »Ich dachte, du solltest das erfahren. Falls du ihn dazu angestiftet hast, danke ich dir, aber ich werde sein Angebot nicht annehmen. Ich will ihm nichts schuldig sein. Früher oder später fordert er vielleicht eine Gegenleistung ein.«

Piero sagte immer noch nichts.

Sie trat so nahe an ihn heran, dass ihr sein männlicher Duft in die Nase stieg. »Tut mir leid, dass ich so wütend war. Ich habe gelernt, es zu hassen, wenn Männer mich zu kontrollieren versuchen, und ich habe deinen Versuch, mir zu helfen, in diesem Licht betrachtet. Ich habe überreagiert.« Sie verstummte.

Nach ein paar Sekunden nickte er. »Okay. Aber jetzt entschuldige mich bitte. Ich habe einen Zeitplan einzuhalten. Ich wünsche dir, dass du glücklich wirst, Zia«, fügte er noch hinzu. Dann setzte er Maske und Ohrenschützer wieder auf und schaltete die Maschine wieder ein.

Verletzt drehte sie sich um, marschierte zurück nach Bella Vista und leuchtete sich mit ihrem Handy den Weg, da es inzwischen stockdunkel geworden war. Ihre Wangen glühten. Warum zum Teufel benahm sich Piero, als wäre er moralisch im Recht? Sie hätte ebenso gut mit dem Holz reden können, mit dem er arbeitete. Gehörte er zu den Menschen, die, wenn sie im Unrecht waren, einfach dichtmachten, um sich den eigenen Taten nicht stellen zu müssen? Doch sie erinnerte sich an die vielen Gelegenheiten, bei denen sie ihm seine Gefühle von den Augen hatte ablesen können, wenn sie zusammen im Bett gewesen waren oder bei einer Mahlzeit miteinander gelacht hatten.

Es fühlte sich an, als wäre er verbittert. Nachtragend. Als glaubte er, man werfe ihm etwas vor, das er nicht getan hatte.

Sie blieb stehen, als versperrte ihr ein unsichtbares Hindernis den Weg. Aber Gerardo hatte doch eindeutig *dein Freund* gesagt …

Aber seit wann konnte man sich auf Gerardo verlassen?

Mit zitternden Knien eilte sie in ihr Apartment am Ende des Hauses und durchsuchte die Kontakte auf Lucias Handy, das sie immer noch in Verwahrung hatte. Sie übertrug den Kontakt für *Gerardo Costa* auf ihr eigenes Telefon. Dann

nahm sie es und ließ sich keine Zeit zum Kneifen, sondern drückte auf *Anruf*.

Als er ranging, klang er vorsichtig. »*Pronto.*« Im Hintergrund war lautes Stimmengewirr zu hören. Offenbar war er in einer Bar.

»Hier ist Zia. Kann ich noch einmal mit dir reden?« Sie wollte schon morgen vorschlagen, zögerte aber. Wenn er ein paar Bier intus hatte, würde er weniger auf der Hut sein. »Bist du in der Stadt? Ich komme vorbei.«

»Okay.« Er hörte sich überrumpelt an. Er sagte ihr den Namen der Bar – Antiche Mura –, was übersetzt »Alte Mauern« bedeutete.

Das Antiche Mura lag nicht in der Stadtmitte, wie sie herausfand, als sie es googelte, sondern war eher eine kleine Bar in einem Wohnviertel. Sie nahm ihre Autoschlüssel, folgte ihrem Navi zu der angegebenen Adresse am Corso Mescolini und hielt vor einer Taverne, die aus altem, grob behauenem Stein erbaut war. Sie schloss den Wagen ab, hielt ihre Schlüssel und ihr Telefon fest und steckte die Hände in die Taschen. Nach den verfallenen Häusern und verbeulten Autos zu urteilen, war das kein besonders gutes Viertel.

An einem der Tische, die auf dem breiten Gehweg verstreut standen, entdeckte sie Gerardo inmitten einer Gruppe von Männern. Er hielt eine Bierflasche in der einen und eine Zigarette in der anderen Hand. Als sie die schlecht beleuchtete, staubige Straße überquerte, sah er sie und winkte mit der Flasche, die leer zu sein schien. »Du kannst dir drinnen einen Drink kaufen!«, rief er leutselig.

Sie fragte sich, ob er hoffte, sie würde ihm einen ausgeben, wenn sie sich selbst etwas zu trinken holte. »Ich habe kein Geld dabei«, erklärte sie wahrheitsgemäß und blieb ein paar Meter vor ihm auf dem Gehweg stehen. »Ich will nur mit dir reden.«

All seine Tischgenossen waren Männer ungefähr in seinem Alter und nachlässig gekleidet wie Gerardo. Sie drehten

sich um, um sie anzustarren, doch er stellte sie nicht vor, sondern hievte sich nur hoch und trat zu ihr. Die Flasche ließ er auf dem Tisch stehen, doch die Zigarette nahm er mit.

Zia wahrte ein leises Lächeln und sprach Italientisch, um ihn nicht zu verschrecken, schließlich wollte sie etwas Bestimmtes von ihm erfahren. »Ich vermute, Piero hat dir Geld gegeben, damit du dich bereit erklärst, mir bei den Behörden behilflich zu sein. Da ich es nicht annehmen werde, wirst du es ihm leider zurückgeben müssen.«

Er kniff die Augen zusammen und zog nachdenklich an seiner Zigarette. »Niemand hat mir Geld gegeben.« Er blies den Rauch wieder aus und ließ dann ein jungenhaftes Lächeln aufblitzen, das Zia eine Ahnung davon vermittelte, was Tori damals vielleicht in ihm gesehen hatte. »Meine Eltern haben mit mir geredet.«

»Deine Eltern haben vorgeschlagen, dass du mir hilfst, ohne Geld zu verlangen?«, fragte sie, um das zu klären. Ein kalter Schauer lief ihr den Rücken hinunter.

»Ja.« Er wirkte verletzt, weil sie so schroff gewesen war, und warf einen sehnsüchtigen Blick zurück zu dem Tisch, an dem seine Kumpane saßen und gerade mit einer Runde neuer Bierflaschen anstießen.

Rasch sprach sie weiter, um seine Aufmerksamkeit noch ein paar Sekunden zu halten. »Aber ursprünglich hatte Piero vorgeschlagen, mich um Geld zu bitten. Ja?«

Gerardo drehte sich wieder zu ihr um. »Was für ein Piero?« Verwirrt zog er eine Augenbraue hoch, und sie bekam einen Schreck, als sie in diesem fragenden Ausdruck eine Geste wiedererkannte, die ihr von sich selbst wohlvertraut war.

Der Schauer, der ihr über den Rücken lief, verwandelte sich in kalten Schweiß. »Du hast gesagt, mein Freund habe vorgeschlagen, von mir zu verlangen, dich dafür zu bezahlen, dass du mich anerkennst.«

Seine Miene hellte sich auf. »Ja, dein englischer Freund. Brendon. Er hat am Telefon gesagt, er will dir den Wunsch nach einem italienischen Pass erfüllen. Er hat auch erklärt, mich entschädigen zu wollen, weil ich vielleicht eines Tages sein Schwiegervater sein würde, und wenn du die italienische Staatsbürgerschaft hättest, könnte er auch nach Italien ziehen. Er wollte mir tausend Euro über Postepay schicken, aber dann hat er gesagt, Postepay würde nicht funktionieren, da er in England lebt und deswegen kein Konto bei der italienischen Post eröffnen kann. Er hat gesagt, du würdest mir das Geld geben, wenn ich dich darum bitte.«

Schockiert starrte Zia ihn an und wollte ihren Ohren nicht trauen. »*Brendon* hat Kontakt zu dir aufgenommen? Woher hatte er deine Nummer? Und er hat dir gesagt, du sollst mich um tausend Euro bitten? Warum sollte er so etwas Verrücktes tun?« Herrgott, Brendon und Gerardo hatten beide keinen Begriff von Moral.

»Es sollte dich glücklich machen«, entgegnete Gerardo verdrossen.

»Das bezweifle ich«, erwiderte sie finster. Von allen weiteren Fragen, die ihr vielleicht noch eingefallen wären, wurde sie von dem Auftauchen eines jungen Mannes von Anfang zwanzig mit lockigem Haar über dunklen Augen abgelenkt, der die Straße heraufgeschlendert kam. Er warf ihr ein flüchtiges, verlegenes Lächeln zu und nahm dann Gerardos Arm. »*È ora di cena*, Papà.« *Zeit zum Abendessen*, Papà.

»Riccardo!« Gerardo versuchte, ihn abzuschütteln, doch der junge Mann drehte ihn herum und begann, ihn die Straße entlangzuziehen. »*È ora di cena*, Papà«, sagte er noch einmal.

Gerardos Kumpel lachten und schlugen auf die Tischplatte. »*È ora di cena*, Papà«, äfften sie spöttisch die Worte von Gerardos Sohn nach.

Zia stand wie erstarrt da und sah ihnen nach. Riccardo hielt Gerardo fest im Griff. Nachdem sie um eine Ecke gebogen

und nicht mehr zu sehen waren, hörte sie immer noch, wie Gerardo verdrossen protestierte und Riccardo ihn resigniert weiterlockte.

Sie hatte gerade miterlebt, wie ihr Halbbruder ihren Vater aus der Kneipe abholte.

Ihr wurden die Knie weich. Sie hatte gerade ihren *Bruder* gesehen. Ihren Bruder! Er war ungefähr zweiundzwanzig und ein wenig größer und stämmiger als Gerardo. Er sah aus, als wäre er ein guter Junge, der gutmütig mit seinem schwierigen Vater umging und auch in einer peinlichen Lage den Kopf hochhielt.

Auf unsicheren Beinen wandte sie sich ab und kehrte zu ihrem Auto zurück. Drinnen saß sie lange da und starrte die gelblichen Straßenlaternen und die abblätternde Farbe an den umliegenden Gebäuden an. Mit pochendem Herzen versuchte sie zu verarbeiten, dass sie gerade ihrem jüngeren Bruder begegnet war. Riccardo.

Dann ging ihr langsam die enorme Tragweite dessen auf, was Gerardo ihr über Brendon erzählt hatte.

Sie zwang sich, der Wahrheit ins Gesicht zu sehen. Sie, und sie allein war der Grund für das Zerwürfnis mit Piero. Sie hatte ihm Vorwürfe gemacht, ohne vorher genauer geprüft zu haben, was es mit Gerardos Behauptungen auf sich hatte. Sie war einfach wutentbrannt über ihn hergefallen. Kein Wunder, dass er sie so verständnislos angestarrt hatte. Er hatte sich geweigert, sich so weit herabzulassen und auf einen solchen Angriff auf seine Integrität zu reagieren.

Sie war eine Idiotin. Sie musste sich entschuldigen, und zwar nicht mit einer lauwarmen, halbherzigen Abbitte wie heute Abend, sondern sich rückhaltlos und von ganzem Herzen zu ihrem Fehler bekennen.

Aber etwas hatte sie noch vorher zu erledigen. Sie zog ihr Handy hervor und wählte.

»Hey«, meldete sich Brendon in einem selbstzufriedenen Ton. *Diesen Anruf habe ich erwartet.*

»Was zur Hölle sollte das?«, fragte sie ausdruckslos.

»Auch dir einen guten Abend«, säuselte er sarkastisch.

»Wie hast du meinen leiblichen Vater gefunden? Woher weißt du, wer er ist? Und warum hast du ihn dazu angestiftet, Geld von mir zu verlangen?« Sie glaubte, zumindest einige der Antworten zu kennen, hatte aber das Bedürfnis, es aus seinem eigenen Mund zu hören.

Brendon lachte, offensichtlich zufrieden mit sich selbst. »Es war interessant, dein kleines Abenteuer aus zweiter Hand zu verfolgen. Besonders die Sache mit dem Privatdetektiv. Wer hätte gedacht, dass es so einfach und wirkungsvoll sein würde? Ein paar Pfund, und ich hatte die Adresse deines Vaters. Ich habe ihm geschrieben, ihm meine Kontaktdaten geschickt und eine Belohnung angeboten, und er hat so schnell angerufen wie jemand, der im Lotto die richtigen Zahlen getippt hat.«

Vor Enttäuschung wurde ihr ein wenig übel. »Du meinst, du hast über Stephan Informationen über mich abgegriffen, die er von Ursula hatte? Also … Stalking.«

Dieses Mal klang sein Lachen entrüstet. »Das ist kein Stalking.«

»Vielleicht auch nur Belästigung«, verbesserte sie sich. »Mit hinterhältigen Methoden sich Informationen über jemanden zu ergattern und sie dann zu benutzen, um diese Person in Bedrängnis zu bringen. In diesem Fall, mir jede Chance auf eine gute Beziehung zu meinem Vater zu verderben, indem du ihn dazu bringst, sich als Schuft zu outen. Ich glaube, es zählt als Täuschung, plötzlich zu ›entdecken‹, dass Postepay außerhalb von Italien nicht funktioniert und ihm dann zu sagen, er soll mich um die ›Belohnung‹ bitten, die du ihm versprochen hast. Ich könnte mich bei der Polizei danach erkundigen«, fügte sie nachdenklich hinzu. Sie wusste, auf welche Knöpfe sie bei ihm drücken musste. Genau wie er nicht akzeptieren konnte, dass sie die Beziehung beendet hatte, um nicht schlecht dazu-

stehen, würde es ihn zurückschrecken lassen, wenn sie drohte, seine neueste miese Aktion ans Licht zu bringen.

»Das ist keine Täuschung und auch keine Belästigung«, fauchte er, doch ihr entging der Hauch von Unsicherheit in seiner Stimme nicht. »Ich habe dir doch gesagt, es würde dir noch leidtun, dich mir gegenüber wie ein Miststück benommen zu haben. Und als Ursula erzählt hat, du hättest beschlossen, deinem alten Herrn nicht zu sagen, wer du bist …« Er klang nicht überzeugend und merkte es offenbar auch selbst, da er verstummte.

»Du hast es ihm an meiner Stelle gesagt und gehofft, mich damit zu verletzen. Du jämmerlicher kleiner Bastard.«

»Du hättest eben vor Stephan nicht sagen sollen, ich wäre toxisch«, platzte er trotzig heraus. »Das hat mich geärgert.«

Sofort stand ihr wieder der Video-Anruf mit Ursula vor Augen. Stephan musste tatsächlich gelauscht haben, wie sie schon geahnt hatte – und dann sofort zu Brendon gelaufen sein. »Ich glaube, in Wirklichkeit habe ich zu Ursula gesagt, sie solle nicht zulassen, dass du ihre Beziehung vergiftest. Aber mit so viel Aufwand nach meinem Vater zu suchen, um mich zu verletzen, *ist* toxisch, Bren. Oder?«, sagte sie. »Da bin ich ja um Haaresbreite entkommen«, fügte sie hinzu, ohne ihm die Chance zu geben, sich zu äußern. »Ich bin enttäuscht von mir selbst, weil ich dir erlaubt habe, mich zum Narren zu halten, damit ich glaube, du wärest ein netter Kerl. Alles, was du getan hast, seit ich dich beim Betrügen erwischt habe, hat mir gezeigt, wer du wirklich bist. Wenigstens weiß ich jetzt, was wahre Liebe ist und dass ich für dich nie so empfunden habe.« Wie von selbst sprach sie immer schneller und sprach aus, was sie dachte. »Warum stellst du nicht der Frau von der Party nach? Zwischen euch beiden sind die Funken geflogen … so wie zwischen Piero und mir. Wir beide hatten das nie«, erklärte sie resolut.

Er schwieg, und sie beendete den Anruf.

Dann saß sie allein im Auto, starrte in die Nacht hinaus und lauschte dem immer lauteren Gegröle der betrunkenen Gäste des Antiche Mura. Es war fast elf. Zia wusste, dass ihr unvermeidliches Gespräch mit Ursula schwierig werden würde, daher würde sie heute Abend nichts überstürzen.

Das galt vor allem für Piero. In ihrem Kopf hallten die Worte wider, die sie gerade zu Brendon gesagt hatte, und ihr brach der Schweiß aus.

Jetzt weiß ich, was wahre Liebe ist.

24

Erst am Mittag des nächsten Tages raffte Zia sich auf, Kontakt zu Ursula aufzunehmen. Ihr Herz schlug schneller vor Aufregung. »Ich habe keine Ahnung, wie dieses Gespräch laufen wird«, sagte sie, bevor Ursula mehr als einen Gruß von sich geben konnte.

Ursula kicherte unsicher. »Das klingt, als würdest du erwarten, dass es schlecht ausgeht. Ist das so?«, fügte sie zunehmend beunruhigt hinzu.

Zia lehnte sich gegen das Terrassengeländer. Unter ihr hatten Büschel von Montbretien ihre Blütenblätter abgeworfen, die wie kleine Flammen wirkten. Sie versuchte, ehrlich zu sein. »Das ist eine dieser Situationen, in denen schwierig ist, offen zu reden, zu schweigen aber zu weiteren Problemen führen würde.«

»Warte mal.« Sie hörte, wie eine Tür geschlossen wurde. »Weiter«, sagte Ursula. Jetzt klang sie regelrecht besorgt.

Zia hatte diesen Anruf die halbe Nacht geprobt, doch trotzdem hatte sie das Gefühl, über eine Felsspalte zu springen, ohne zu wissen, ob sie es auf die andere Seite schaffen würde. »Brendon hat Gerardo angestiftet, Geld von mir zu verlangen, um mich anzuerkennen«, erklärte sie rundheraus. Kurz umriss sie die Abfolge von Ereignissen, die

dazu geführt hatte, dass sie gestern Abend zuerst Gerardo und dann Brendon zur Rede gestellt hatte. Dass sie Riccardo gesehen hatte, ließ sie aus. Wahrscheinlich musste sie dieses Erlebnis erst noch eine Weile verdauen. Wie bei einer Online-Transaktion war ihr »Teilen«-Button noch nicht verfügbar, weil die Information noch nicht vollständig verarbeitet war.

Ursula quietschte vor Entsetzen. »Mist! Bevor du mich gebeten hattest, es nicht zu tun, habe ich Stephan von Gerardo erzählt, und dass du mithilfe eines Privatdetektivs den Freund deiner Mutter aufgespürt hast.«

»Ich weiß.« Zia seufzte und war froh, weil Ursula den Zusammenhang zwischen Brendons Aktion und der Art, wie er zu seinem Hintergrundwissen gekommen war, herstellte, ohne dass sie ihr auf die Sprünge helfen musste. »Und dann hat Stephan unseren Anruf auf FaceTime mitgehört.« Die glühende Mittagssonne hatte alle Wolken vom Himmel gebrannt, und Wespenbussarde breiteten die Flügel aus, um langsam vor dem tiefen Blau zu kreisen und wahrscheinlich Bienenstöcke auszuspähen, die sie überfallen konnten.

»Tut mir leid«, sagte Ursula unglücklich. »Stephan hat mich gefragt, worüber wir sonst noch geredet hätten, und ist komisch geworden, als ich ihm ausgewichen bin, also habe ich es ihm erzählt. Er hat versprochen, es Brendon nicht weiterzusagen. Er hat es *versprochen*.«

»Ich kann mir vorstellen, wie das passiert ist!« Das konnte Zia tatsächlich, obwohl es ihr nicht gefiel. »Er war beleidigt, weil du ihm meine Geheimnisse vorenthalten hast. Seine Loyalität gilt leider Brendon. Daher …«

»Das ist keine Entschuldigung«, unterbrach Ursula sie scharf. »Er hat *versprochen*, es nicht weiterzuerzählen. Ich bin seine Frau. Ein Versprechen mir gegenüber sollte wichtiger sein als sein Bro-Code.« Sie klang, als stünde sie kurz davor, in Tränen auszubrechen.

»Ach, Ursula«, sagte Zia betrübt. »Ich will dich nicht in Schwierigkeiten bringen.«

»Das tust du nicht, keine Sorge. Es ist richtig von dir, mir von dem Vertrauensbruch meines Mannes zu erzählen. Ich muss das doch wissen«, gab Ursula bitter zurück.

Zia stöhnte auf. »Ich will dich nicht in einen Loyalitätskonflikt stürzen, und ich verstehe ja, dass du mit Stephan verheiratet bist und nicht mit mir. Aber du hast recht ... wie hätte ich dich in dem Glauben lassen können, dass dein Mann respektiert, was du ihm im Vertrauen mitteilst, obwohl er es nicht tut?«

Ursula neigte manchmal dazu, klein beizugeben, statt sich einer Sache zu stellen, daher war ihre Antwort eine immense Erleichterung. »Du bist hier nicht das Problem, Zia«, entgegnete sie leise. »Ich rede einfach ganz ruhig mit Stephan, und dann kommt so etwas nicht wieder vor.«

Ihre gelassene Aussage munterte Zia auf, und sie spürte, wie die Anspannung in ihren Schultern nachließ. »Es passiert uns allen ab und zu, dass wir Dinge sagen, die wir nicht sagen sollten. Ich hoffe nur, das hinterlässt keinen schlechten Nachgeschmack.« Sie meinte zwischen Ursula und ihr, doch es hätte sich auch auf Ursula und Stephan beziehen können. Sie sah von den Wespenbussarden zu dem Weg zwischen den Zypressen, der zu Pieros Haus führte. Ihr war nur zu schmerzhaft bewusst, dass sie ihr Verhältnis zu Piero schon belastet hatte. Doch von diesem speziellen Kummer erzählte sie ihrer Freundin nichts ... denn wenn Brendon davon hören würde, wäre er außer sich vor Freude.

Und falls Brendon *wirklich* davon hörte, würde das heißen, dass Ursula Stephan wieder zu viel erzählt hatte und Stephan gleich zu Brendon gelaufen war, um zu petzen. Zia hatte nicht vor, diese Art von Schmerz zu riskieren.

Piero war klar, dass er sich wie ein Trottel benommen hatte, als Zia gestern Abend bei ihm gewesen war. Er hatte Trost in

seiner Werkstatt gesucht und war zu verletzt gewesen, um ihre Entschuldigung gut aufzunehmen. Die Einsicht, dass er sie praktisch ignoriert hatte, hatte ihm den heutigen Tag verdorben, der eigentlich auf Tenuta Domenicali ein guter hätte sein sollen.

Sobald er nach der Arbeit wieder zu Hause war, ging er sofort hinüber nach Bella Vista, denn er wollte unbedingt reinen Tisch machen. Obwohl er eigentlich nach Zia suchte, wurde es ihm leichter ums Herz, als er die Baumreihe hinter sich ließ und Lucia erblickte, die an Durantes Arm auf die Einfahrt einbog.

»Piero! Es muss Zeit für den Nachmittagskaffee sein.« Sie lächelte und wirkte weniger ausgezehrt als unmittelbar nach ihrer Heimkehr. Trotzdem warf die gerade überstandene Krankheit noch einen Schatten über sie.

Sanft umfasste er ihre Schultern und küsste sie auf die Wangen. »Es ist fantastisch, dich auf den Beinen und unterwegs zu sehen.«

Durante tat, als müsste er sich Schweiß von der Stirn wischen, und grinste. »Endlich!«

Gemeinsam schlenderten sie zu einer schattigen Stelle auf der Terrasse. Piero erzählte den beiden von ihren Fortschritten mit dem Käufer, den sie gefunden hatten, und sie berichteten ihm, dass zwei von Lucias Schwestern sie heute besucht hätten und Lucia nicht allzu ermüdet gewesen sei. »Ist Zia in ihrem Apartment?«, fragte er beiläufig, nachdem er seine Tasse geleert hatte.

Lucia zuckte lächelnd mit den Schultern. »Klopf doch an ihre Tür und finde es heraus.«

Er war sich der Blicke seiner Freunde bewusst, als er langsam über die Terrasse ging und an Zias Tür klopfte. Als sich nichts rührte, blieb ihm nichts anderes übrig, als sich umzudrehen und den ganzen Weg zurück zu Lucia und Durante zu gehen, die sich nicht von der Stelle gerührt hatten. »Ich

treffe sie sicher ein andermal. *Ciao.*« Besser, er schrieb ihr eine Textnachricht und bat sie um ein Treffen. Er musste sich entschuldigen. Wenigstens konnte sie unkontrollierbarer Wut die Schuld an ihren verletzenden Worten geben, während er nur behaupten konnte, zu gekränkt gewesen zu sein, um ihr auf halben Weg entgegenzukommen, als sie versucht hatte, die Situation zwischen ihnen zu klären.

Niedergeschlagen ging er durch die Zypressen, wo Bienen summten und Zikaden zirpten, nach Hause und knöpfte sich im Gehen das Hemd auf. Bei diesem Wetter konnte man sich dreimal täglich umziehen und fühlte sich immer noch verschwitzt.

Dann sah er sie auf der Schwelle seiner Hintertür sitzen. Sie blickte ihm entgegen.

Mit den Fingern am letzten Hemdknopf erstarrte er wie ein Stripper bei seinem ersten Auftritt.

Shorts spannten sich um ihre Hüften, und ihr Oberteil war hochgerutscht und gewährte einen kurzen Blick auf ihren glatten Bauch, als sie von ihrem Platz aufstand. »Ich bin gekommen, um mich zu entschuldigen!«, rief sie, als er noch drei Meter entfernt war. Sie nahm ihre Sonnenbrille ab, sodass er ihre Augen sehen konnte.

Er ließ seine Brille auf der Nase. Als sich gestern Abend ihre Blicke getroffen hatten, war es gewesen, als könnte sie ihm bis in die Seele sehen, und er hatte erkannt, wie verletzlich er war, wenn es um sie ging. »Du hast dich gestern Abend entschuldigt, aber ich … habe nicht gerade höflich reagiert.«

Ihr Lächeln verrutschte ein wenig. »Aber du wusstest etwas, was ich nicht wusste – dass du nichts Unrechtes getan hattest, als ich beim ersten Mal über dich hergefallen bin. Natürlich bist du sauer auf mich.«

»Sauer« beschrieb nicht einmal annähernd das, was er empfunden hatte, oder die Nächte, in denen er keinen Schlaf gefunden hatte. Jedes Mal, wenn er an Zia dachte, hatte es

ihn furchtbar schmerzhaft durchzuckt. Mit dem Hemdsärmel wischte er sich Schweiß vom Gesicht. »Lass uns hineingehen. Ich schalte die Klimaanlage in der Küche ein, und dann kannst du mir erzählen, was du auf dem Herzen hast.« Sie folgte ihm ins Haus, und er nahm hohe Gläser aus dem Küchenregal, füllte sie mit Eis, goss Wasser hinein und reichte ihr eins. Sie hatte sich auf einem der Barhocker niedergelassen, und er setzte sich auf einen anderen auf der gegenüberliegenden Seite des Küchentresens, sodass er sie sehen konnte, aber nicht in Versuchung geraten würde, sie zu berühren. Dann wartete er.

Sie trank, bevor sie etwas sagte, als müsste sie ihre Kehle ölen. »Brendon war derjenige, der Kontakt zu Gerardo aufgenommen hat. Er hat ihm gesagt, er sei mein englischer Freund, aber Gerardo hat das nicht so genau genommen und mir gegenüber von *meinem Freund* gesprochen. Ich dachte, du würdest versuchen, dich einzumischen, mein Leben zu kontrollieren, so wie Brendon das immer gemacht hat. Seitdem hatte ich reichlich Zeit zum Nachdenken, und um zu erkennen, dass ich dich hätte fragen sollen, ob du damit zu tun hast, und nicht einfach das Schlimmste von dir annehmen.« Sie zog eine glatte, gebräunte Schulter hoch. »Nachdem ich jetzt wieder klar denken kann, bezweifle ich, dass Gerardo überhaupt wusste, dass wir zusammen waren.« Ein verwirrter Ausdruck trat in ihren Blick. »Wieso hast du mir nicht gesagt, dass du es nicht warst?«

Er mochte ihr nicht verraten, dass ihm die Kehle vor Entsetzen wie zugeschnürt gewesen war, weil sie geglaubt hatte, er wäre in der Lage dazu, so etwas Hinterhältiges zu tun. Die Demütigung darüber, dass sie ihm Vorwürfe gemacht hatte, ohne sie zu hinterfragen, hatte in ihm die instinktive Reaktion hervorgerufen, sich nicht zu verteidigen – und das hatte sich als genauso schlimm erwiesen wie ihr Zorn. »Warum sollte Brendon so etwas Mieses tun?«

Sie hob die verschränkten Arme und ließ sie wieder sinken. »Ich habe dir ja erzählt, dass wir uns heftig gestritten haben. Er hat mir gedroht, es würde mir noch leidtun, und ich habe ihn ausgelacht. Das hat ihn aufgestachelt.« Sie richtete sich auf und seufzte. »Als Brendon von Ursulas Mann gehört hat, wie leicht ein Privatdetektiv Harry aufgespürt hat, hat er einen engagiert, um Kontakt zu Gerardo aufzunehmen. Er hat Gerardo vorgemacht, er würde eine tolle Überraschung für mich vorbereiten und ihn dafür brauchen. Es ging um die Aufenthaltsgenehmigung und darum, dass Gerardo die Formulare unterschreiben sollte. Er hat sogar so getan, als betrachtete er Gerardo als seinen zukünftigen Schwiegervater und wollte ihm über Postepay Geld schicken … aber wenn das nicht funktioniere, solle er mich darum bitten. Tausend Euro.« Ihr Lächeln war so schmerzverzerrt, dass Piero an sich halten musste, um sie nicht in die Arme zu ziehen. Sie stieß einen Laut aus, der halb ein Schluchzen und halb ein Lachen war. »Das war genial durchtrieben. Brendon weiß genau, dass ich meinen Vater unbedingt finden wollte. Und deswegen sollte Gerardo als gieriger Idiot rüberkommen. Um mich zu enttäuschen.«

Diese so kaltschnäuzig eingefädelte Intrige machte Piero fassungslos. »Brendon hat das alles nicht einmal getan, weil er dachte, dann würdest du Italien verlassen und zu ihm zurückkommen?«

Sie schniefte und schüttelte den Kopf. »Nein. Das war schlichte, widerliche Bosheit.«

»Wow.« Piero verdaute ihre Worte. »Was für ein Mistkerl.«

»Ja.« Sie stützte den Kopf in die Hand, als ginge darin so viel um, dass ihr Hals ihn allein nicht länger tragen könnte. »Gerardo hat sein freundliches Angebot, mich ohne finanzielle Gegenleistung offiziell anzuerkennen, nur gemacht, weil seine Mum es ihm gesagt hat und nicht, weil er plötzlich einen Anfall von Großmut gehabt hätte.« Sie unterbrach sich,

um einen großen Schluck Wasser zu trinken. »Er hat weder von Tori gesprochen oder mich auch nur gefragt, wer sich nach ihrem Tod um mich gekümmert hat. Es ist ihm egal. Vollkommen.«

Dann richtete sie sich auf und verzog den Mund zu einem Lächeln, das ihre Augen jedoch nicht erreichte. »Jedenfalls habe ich noch bis Mitte September Zeit, und heute haben wir erst den 17. August.«

Er versuchte, sie sich im regnerischen England vorzustellen. Er war schon in Brighton gewesen, aber das war ein Junggesellenabschied gewesen, daher waren seine Erinnerungen verschwommen. Ein Pier, ein Kiesstrand und zahlreiche Clubs kamen darin vor. »Dann gibst du deine Hoffnung auf, hier zu leben?« Bei dem Gedanken hatte er das Gefühl, dass ihm etwas Kostbares aus den Händen glitt.

»Vielleicht soll es einfach nicht sein«, gab sie zurück, und er meinte, ihre Lippen zittern zu sehen. »Ich kann meinen Vater nicht besonders gut leiden. Gestern Abend hatte ich das zweifelhafte Vergnügen, zuzusehen, wie mein Halbbruder ihn aus einer Bar abgeholt hat … ein Halbbruder, der mich keines Blicks gewürdigt hat. Fiorella, Roberto, Lucia und Durante haben mich akzeptiert, aber sie wissen auch, dass ich Unruhe ihre Familie bringen würde.« Wieder dieses trostlose Lächeln. »Ich bin wie eine schwarze Katze, die Unglück bringt. Die meisten Verbindungen, die ich hier habe, sind oberflächlicher Natur, und es ist Zeit, mich damit abzufinden. Ich werde im September nach Hause fahren und auch dort ein gutes Leben führen können.«

Obwohl ihre Worte tapfer klangen, wirkte sie so verletzt und zutiefst desillusioniert, dass er die nächsten Worte aussprach, ohne darüber nachzudenken. »Wenn du einen Italiener heiraten würdest, könntest du bleiben.« Dann hielt er, schockiert darüber, was er gesagt hatte, inne und versuchte angestrengt herauszufinden, was er eigentlich damit gemeint hatte.

Sie wurde blass und zögerte mehrere Sekunden, um dann kurz aufzulachen. »Das ist in Wahrheit ein Trugschluss. Eine Heirat würde mir nicht automatisch das Recht geben, hierzubleiben. Ich wäre in einer besseren Position, wenn ich eine Aufenthaltsgenehmigung und später die Staatsbürgerschaft beantragen würde, nichts weiter.« Sie lächelte betrübt. »Aber ›per Abstammung‹ ist ein genauso guter Grund, wenn kein besserer, und ich bin mir ziemlich sicher, dass Fiorella und Roberto mich als Enkelkind anerkennen werden, wenn ich sie frage, wenn Gerardo die Vaterschaft nicht einräumt. Vielleicht bitte ich die beiden eines Tages darum, lasse mich dann aber in einem anderen Teil Italiens nieder. Ich bezweifle, dass ich in Montelibertà leben könnte.«

»Verstehe«. Mehr brachte er als Antwort nicht heraus. Seine Gefühle waren so hoffnungslos verworren, dass er keinen klaren Gedanken zu fassen und sich kein Urteil zu bilden vermochte, nicht wusste, was er wollte. Ihm drehte sich noch der Kopf, nachdem er die Worte übers Heiraten wie ohne sein eigenes Zutun ausgesprochen hatte. Wo war *das* bloß hergekommen?

Wortlos sah er zu, wie sie die Füße auf den Boden gleiten ließ, und suchte verzweifelt nach einer Möglichkeit, sie noch ein paar Augenblicke bei sich zu behalten. »Wenn wir schon Entschuldigungen austauschen, tut es mir leid, dass ich die Möglichkeit einer Rückverpachtung nicht eher in Betracht gezogen habe. Es lag nicht in deiner Verantwortung, mir aus der Patsche zu helfen. Ich bin schon ein großer Junge und hätte meine Hausaufgaben machen sollen, statt auf ein Wunder zu hoffen und verärgert zu sein, als ich einen deiner Vorschläge befolgt habe und es nicht gut gelaufen ist. Das tut mir leid.«

Sie zögerte, doch dann trat unter ihren langen Wimpern ein interessierter Ausdruck in ihre Augen. »Dann könnte das mit der Rückverpachtung funktionieren?«

»Wir hatten heute ein wirklich vielversprechendes Meeting. Die Verhandlungspartner haben sich jetzt zurückgezogen, um alles durchzurechnen. Ich kann dir gar nicht sagen, was für eine Erleichterung es ist, ein gemeinsames Ziel mit Papà und Emiliano zu haben.« Er nahm die goldenen Flecken in ihren Augen wahr. Das Licht des frühen Abends, das schräg durchs Fenster einfiel, hob sie hervor. »Graziella ist ausgezogen. Wie sich herausgestellt hat, hat sie versucht, bei Binotto eine Provision herauszuschlagen.«

Auch ihr Haar schimmerte im Abendlicht. Einzelne Härchen tanzten an ihren Wangenknochen. »Durante hat es mir erzählt. Ich war entsetzt. Bist du jetzt erleichtert?«

Er versuchte zu lächeln. »Es ist, als wäre ich eine Hornisse aus meiner Unterhose losgeworden. Die Sache ist nur die, dass Papà traurig ist. Er war lange allein und dann schwer in Graziella verliebt. Sie hat ihn ausgenutzt, aber ihn auch glücklich gemacht.«

»Ein Jammer für ihn.« Sie senkte die Stimme und klang weicher. »Wie geht es dir damit? Du musst doch erleichtert darüber sein, dein Zuhause behalten zu können.«

Er lächelte matt. »Darüber freue ich mich erst, wenn die Tinte unter dem Vertrag getrocknet ist.«

Sie machte einen Schritt in Richtung Tür. »Ich glaube, dass alles gut wird. Du kriegst, was du willst – kannst Tenuta Domenicali verlassen und hier auf Il Rifugio in Zukunft wunderschöne Gartenkunstwerke erschaffen.«

Er atmete so scharf die Luft ein, als hätte ihm jemand den Ellbogen in die Magengrube gerammt. Diese bezaubernde, intelligente Frau freute sich für ihn, weil sich seine Zukunft wahrscheinlich so gestalten würde, wie er es sich wünschte, obwohl sie selbst nicht wusste, wie ihr nächster Schritt aussah. Er war sich nicht sicher, ob er sich in ihrer Lage auch so gut schlagen würde. »Danach habe ich mich gesehnt«, sagte er langsam und legte dabei innerlich jedes Wort auf die Goldwaage.

»Dann hoffe ich, dass du es bekommst.« Sie lächelte. »Ich bin froh, dass wir reinen Tisch gemacht haben. Ich vermute, wir sehen uns noch auf Bella Vista, wenn du Lucia und Durante besuchst, denn ich will bis zum allerletzten Tag bleiben. Dann fahre ich nach Hause, zurück zu meinem eigenen Leben.« Kurz erreichte ihr Lächeln auch ihre Augen. »Ich wünsche dir Glück, Piero.«

Lange, nachdem sie gegangen war, starrte er noch die offene Tür an und fragte sich, ob sie auch dieses schale Gefühl empfunden hatte, als er gestern Abend »Ich wünsche dir Glück« zu ihr gesagt hatte.

»Ich wünsche dir Glück« war leicht zu sagen. Glücklich zu sein war schwieriger. Die Straße zum Glück war mit Hindernissen und Fallen gepflastert, mit Zweifeln und Problemen, Entscheidungen, Konflikten und Opfern, und er hatte das Gefühl, als wäre er gerade mitten in einem Sommergewitter in eine große Überschwemmung auf der Straße gefahren – gut möglich, dass das Aquaplaning ihn geradewegs in die Landschaft hinaustrug.

Er brauchte Zeit zum Nachdenken.

25

Zia beschloss, ihren letzten paar Wochen in Italien so viel Genuss wie möglich abzuringen.

Lucia wuselte inzwischen wieder herum. Durante hatte wieder Zeit für die Gartenarbeit auf Bella Vista. Zia erledigte immer noch zusammen mit Fiorella den Wäschewechsel in den Ferienhäusern, doch das nahm nicht ihre gesamte Zeit in Anspruch. Sie wanderte durch den Landschaftspark, wo sie steile Felsvorsprünge entdeckte, von denen man über die Stadt und auf die Berge hinaussah, was eine andere Perspektive als die gewohnte bot. Manchmal fuhr sie ins Zentrum von Montelibertà, um in einer Trattoria zu essen, und einmal rief sie von dort aus Harry über FaceTime an und zeigte ihm die Piazza. Bei einer anderen Gelegenheit nahm sie den Zug nach Rom, schlenderte durch die Straßen und sprang Motorrädern aus dem Weg.

Doch die Enttäuschung war ihre ständige Begleiterin und lag ihr wie ein Stein im Magen. Ihr Vater war eine Enttäuschung. Die Annäherung an ihre Familie war ins Stocken geraten. Ihre Entschuldigung bei Piero hatte ihr wenig mehr als eine Gegenentschuldigung eingebracht.

Sie sah ihn alle paar Tage, wenn er Durante bei einer schweren Arbeit half oder auf einen Kaffee und eine Plauderei vor-

beischaute. Er lud sie alle zum Essen nach Il Rifugio ein, eine Einladung, die Zia ausschlug. Das hätte zu viele Erinnerungen daran aufgerührt, wie sie sich auf der oberen Terrasse unter den Sternen geliebt hatten … oder in seinem Bett, in seiner Küche, auf seiner Treppe. An seine sanften, gemächlichen, verführerischen Küsse. Seine Bemerkung, sie könnte ja einen Italiener heiraten, hatte sie so oft innerlich abgespult, dass es sie verrückt machte. Vor allem, da sie einen Moment lang – *ja, wir finden schon einen Weg* – geglaubt hatte, er machte ihr einen Antrag. Ihr Herz hatte solch einen Satz gemacht, dass es ihr fast aus der Brust gesprungen wäre.

Fast genauso schnell hatte sie seinen Gesichtsausdruck bemerkt. *Was habe ich da gerade bloß gesagt?* Dieser Mann, der nicht in der Lage gewesen war, eine Frau zu heiraten, mit der er eine zwei Jahre lange Beziehung gehabt hatte, sollte jemandem einen Antrag machen, den er erst seit Juni kannte? Der Mann, der seine ganze Energie darauf verwendet hatte, zu bleiben, wo er war, sollte einer Frau einen Antrag machen, die kurz vor ihrer Abreise stand?

Ähm, nein.

Jeden Tag musste sie gegen die Versuchung ankämpfen, Piero vorzuschlagen, sie sollten ihre Affäre wieder aufnehmen, wenn auch nur für den Rest ihrer Zeit hier.

Doch sie hatte Piero schon einmal aufgegeben. Sie konnte sich nur vorstellen, dass es noch schwerer werden würde, sich ein weiteres Mal von ihm zu trennen.

Der August ging zu Ende. Der September brachte keinen merkbaren Temperaturrückgang. »Wir brauchen Gewitter«, meinte Lucia. Sie legte sich immer noch täglich nach dem Mittagessen eine Weile hin, aber ansonsten war sie ständig aktiv. Ihre Wunde war verheilt, schmerzte aber noch, und ihr Appetit war schwankend. Es ging ihr so gut, dass sie begann, Werbung für die Keramikkurse im nächsten Jahr zu machen, und Zia hatte sie auf ihren Accounts in den sozialen

Medien geteilt und Ursula ebenfalls darum gebeten. Lucia fühlte sich sogar gut genug, um sich für ein paar Minuten zu Zia und Fiorella zu gesellen, wenn sie die Ferienhäuser für neue Gäste vorbereiteten, obwohl sie nur ab und zu irgendetwas abwischte, hauptsächlich aber einfach mit ihnen plauderte. Tenuta Domenicali schien eine akzeptable Rückverpachtungs-Vereinbarung geschlossen zu haben. In ein paar Monaten würde Piero frei sein, und Zia würde die tröstliche Gewissheit haben, dass er, genau wie Lucia und Durante, auf dem Felsplateau über dem Tal sicher sein würde.

Das Leben in Italien würde ohne sie weitergehen. Brightons pastellfarbene Gebäude und sein Kieselstrand würden sie wieder willkommen heißen, und die Stadt würde im September – mit gerade so vielen Touristen, um belebt, aber nicht überlaufen zu sein – entzückend sein. Der Winter an der englischen Südküste, der sich anschließen würde, würde regnerisch genug sein, um jeden Liebeskummer wegzuspülen. Sie würde sich bei einer Personalvermittlungsagentur anmelden und ihr LinkedIn-Profil aktualisieren.

Am 11. September erledigte Zia den letzten Wäschewechsel in den Ferienhäusern.

Am späten Nachmittag waren Lucia und Durante im Haus, Fiorella war heimgefahren, und Zia lag auf der Terrasse in einem Liegestuhl. Sie hielt ihren E-Book-Reader in den Händen, doch sie schaute auf den Weinberg hinunter und fragte sich, wie groß die Trauben inzwischen sein mochten, als sie am Rand ihres Blickfelds eine Bewegung wahrnahm. Eine Frau von ungefähr fünfzig, die schicke Caprihosen trug und das glänzende Haar mit einer Spange hochgesteckt hatte, kam die Terrassentreppe hinauf und spähte zuerst in die Küche und dann durch die großen Terrassentüren.

Zia kannte die Frau nicht. »*Buongiorno!*«, rief sie.

Die Frau blickte sich um und beschattete ihre Augen. »*Buongiorno.*« Eine kaum wahrnehmbare Pause. »*Sono*

Ilaria«, fügte sie dann hinzu. »*Sono la moglie di* Gerardo.« *Ich bin Gerardos Frau.*

Zia starrte sie schockiert an. Ilaria war die Frau von Lucias Neffen, daher war es gut möglich, dass sie einen Familienbesuch machte. Oder … vielleicht war sie auch gekommen, um Zia auf den Zahn zu fühlen. »Oh«, sagte sie.

Freundlich lächelnd trat Ilaria näher. »Zia-Lucia?«

»Ja, ich bin Zia.« Sie bot Ilaria einen Platz an, was ihr die Chance gab, sich zu fassen. »Ich dachte nicht, dass ich Sie je kennenlernen würde.«

Ilaria verschränkte die Finger ineinander, sodass ihre Ringe in der Sonne funkelten. »Ich bezweifle, dass Gerardo vorhatte, uns miteinander bekannt zu machen.« Mehrere Sekunden lang betrachtete sie die Aussicht. Dann drehte sie sich betreten lächelnd zu Zia um. »Wenn ein Ehemann Briefe bekommt, die er einem zu verheimlichen versucht, und seine Telefonlisten Anrufe nach England aufweisen, dann gerät eine Frau ins Grübeln.«

»Oh!«, flüsterte Zia. »Sie dachten …«

Ilaria zuckte mit den Schultern. »Vielleicht.«

Zia lachte beinahe bei der Vorstellung, dass man sie für Gerardos »andere Frau« gehalten hatte. »In England hat er mit jemandem telefoniert, der mir einen Streich spielen wollte. Ich habe versucht, mich nicht in Ihre Familienangelegenheiten einzumischen, aber gleichzeitig wollte ich die Wahrheit über mich selbst erfahren.«

Ilaria nickte, wobei ihre langen Ohrringe im Takt wippten. »Er hat mir davon erzählt. Ich weiß, dass er früher einmal eine englische Freundin hatte. Gerardo und ich kennen uns seit unserer Schulzeit, verstehen Sie? Die Freundin ist fortgegangen, und später haben wir geheiratet. Gerardo hat keinen starken Charakter. Aber ich habe Kraft genug für uns beide, und wir lieben uns. – Man kann nichts dafür, wen man liebt«, ergänzte sie leise.

Zia dachte an Piero. »Nein.« Wahrscheinlich war das die Frau, die Riccardo zur Taverne geschickt hatte, um Gerardo abzuholen. Vermutlich lässt er sich gern wie ein Kind umsorgen, dachte Zia.

Das Schweigen zog sich in die Länge. »Ich bin nicht böse darüber, dass es Sie gibt«, sagte Ilaria schließlich, »aber glücklich macht mich das auch nicht.«

Mit ihren Worten löschte sie einen winzigen Lichtpunkt am Ende des Tunnels – von dem Zia nicht einmal klar gewesen war, dass sie darauf gehofft hatte. Sie ließ zu, dass sich Verbitterung in ihre Stimme schlich. »Man kann nichts dafür, wen man liebt, aber ich kann auch nichts dafür, wer ich bin. Es muss überwältigend sein, wenn man entdeckt, dass der eigene Mann vor der Ehe schon ein Kind hatte. Ich verstehe, warum Sie nicht den Wunsch hegen, Ihren Kindern meine Existenz zu erklären oder sich den Klatsch anzuhören.« Zusammen mit ihrer Tasche voller Briefe aus der Vergangenheit hatte sie auch Träume mit nach Italien genommen. Doch jetzt verabschiedete sie sich mit einem einzigen, ruhigen, aber resignierten Satz von ihnen. »Machen Sie sich keine Sorgen. In einer Woche fahre ich nach Hause.«

Ilarias verkniffene Miene entspannte sich. »Danke«, sagte sie einfach.

Dann kam Piero die Terrassentreppe heraufgestürmt. Als er Ilaria sah, zögerte er. »*Buongiorno.*«

Die Ältere nickte. »*Buongiorno.* Ich gehe dann jetzt«, fügte sie an Zia gerichtet hinzu und war schon auf dem Weg, die Terrasse zu verlassen. Eine Minute später hörten sie ihre Autoreifen über die Ausfahrt knirschen.

Er runzelte die Stirn, als Zia nach dem Abgang ihrer unerwarteten Besucherin die Luft ausstieß. »Das war Gerardos Frau, nicht wahr? Geht's dir gut?«

Eine Sekunde lang ließ sie den Gedanken zu, wie es sich wohl angefühlt hätte, wenn Ilaria sie, statt ihr dafür zu dan-

ken, dass sie abreiste, gefragt hätte, ob sie ihre Geschwister kennenlernen wolle. Ungeduldig schüttelte sie diese sinnlose Fantasie ab. »Mir geht's gut«, erklärte sie munter.

Dann tauchten Lucia und Durante auf, bestanden darauf, dass Piero zum Abendessen blieb, und verfielen in ihren vertrauten, ungezwungenen Umgang miteinander. Zia flüchtete in die Küche und nahm Fisch aus dem Kühlschrank, um ihn zu grillen und zusammen mit sautierten Kartoffeln zu servieren.

Ilaria war nicht glücklich über ihre Existenz. Sie schien – abgesehen davon, dass sie Gerardo geheiratet hatte – ein vernünftiger Mensch zu sein, und Zia konnte ihren Standpunkt nachvollziehen. Trotzdem konnte sie sich einer kleinen Träne nicht erwehren.

Gerade als sie sie abwischte, kam Piero in die Küche. »Zia«, sagte er, und Mitgefühl schwang in seiner tiefen Stimme.

Doch Durante platzte hinter ihm herein. »*Birra o vino?*«

Zia lächelte gezwungen, denn wenn sie jetzt über die Begegnung mit Ilaria hätte reden sollen, hätte sie geschrien. »*Vino, grazie*«, sagte sie so fröhlich, wie sie es zustande brachte. Ein großes Glas Wein wäre jetzt herrlich.

Sie trank sogar mehrere zum Essen, während sie dem Geplauder um sich herum lauschte, ohne viel beizutragen. Sie war sich Pieros Anwesenheit bewusst, sah ihn aber nicht an. Zweimal klingelte ihr Handy, doch das Display teilte ihr »Anonym« mit, und es kam keine Verbindung zustande. Sie vermutete hinter den Anrufen lästige Werbung, und schließlich entschuldigte sie sich, um schlafen zu gehen. »Ich habe noch nie viel Alkohol vertragen und eindeutig zu viel getrunken.«

Später, nachdem sie zu Bett gegangen war und versuchte, sich mit einem Buch abzulenken, klingelte ihr Handy wieder, und dieses Mal wurde die Verbindung hergestellt. Ein Mann war am anderen Ende, und da Zia mit einer Tonbandstimme

gerechnet hatte, die ihr irgendetwas aufschwatzen wollte, war sie verblüfft, als er sie mit ihrem Namen ansprach. »Wer ist da?«, fragte sie verschlafen und angetrunken, da sie die Stimme nicht einordnen konnte.

»Hier ist Ursulas Chef. Wir haben uns mal im Studio kennengelernt«, rief ihr eine knurrende Stimme ins Gedächtnis. Dann berichtete er ihr düster, dass das »ruhige Gespräch«, das Ursula mit Stephan darüber hatte führen wollen, dass er Informationen an Brendon weitergab, zu einem lauten, verheerenden Streit ausgewachsen war.

»Oh nein!«, rief sie. Entsetzt hörte sie was Ursula daraufhin getan hatte, und Panik und Reue erstickten sie beinahe.

Sie sollte nicht in Italien sein.

Ursula brauchte sie.

Am Samstagabend war Piero mit dem Plan nach Hause gegangen, am Sonntag allein mit Zia zu reden. In den letzten paar Wochen hatte sie sich verhalten, als wäre sie emotional schon fort. Er musste diese unsichtbare und doch existente Barriere durchbrechen. Sie mussten reden. Als er am Sonntagmorgen aufwachte und eine Textnachricht von Zia vorfand, machte sein Herz einen hoffungsvollen Satz.

Doch dann las er die Nachricht.

> Piero, ich muss früher fahren, aber ich werde diesen Sommer nie vergessen. Viel Wunderbares ist passiert, und auch manches, das weniger schön war. Ich hatte eigentlich nicht abreisen wollen, ohne mich zu verabschieden, aber vielleicht ist es so das Beste. Was wir zusammen hatten, war wie ein Fallschirmsprung. Wir sind geflogen, wir sind geschwebt; fast so hoch wie deine »italienischen Sterne«. Es war berauschend, aufregend, herrlich, suchterzeugend, freudvoll … doch dann kam uns der Boden entgegen, und wir wussten nicht, wie wir landen sollten. Es ist doch das Beste für alle, dass ich beschlossen habe, keinen Versuch zu

unternehmen, in Montelibertà zu leben, oder? Ich bin so, so glücklich, dass es aussieht, als könntest du Il Rifugio behalten. Vielleicht besuche ich nächstes Jahr Lucia, Durante und meine Großeltern. Wenn, dann lass uns einander begegnen wie alte Freunde. xx

Ihm war, als hätten sich seine Muskeln in gekochte Spaghetti verwandelt. Unbeholfen zog er sich an und stolperte aus dem Haus. Im weichen Morgenlicht hießen ihn Vögel zwitschernd willkommen, als er über den unebenen Grund zwischen den Zypressen hastete. Hinter dem Pavillon parkte kein rotes Auto.

Er traf Lucia allein auf der Terrasse an. Sie wirkte bedrückt.

»Zia ist schon fort?«, fragte er ungläubig, als wäre es Lucias Schuld.

Sie nickte. »Sie ist in aller Frühe gefahren. Ursulas Chef hat Zia gestern Abend angerufen, um ihr mitzuteilen, dass Ursula im Krankenhaus liegt. Ihr Mann hat sie aus dem gemeinsamen Haus geworfen.« Sie riss die Augen auf. »Sie hat Tabletten genommen.«

»Oh nein«, murmelte er und versuchte sich vorzustellen, wie die gertenschlanke, kecke Ursula so eine Verzweiflungstat begehen konnte.

Lucia traten die Tränen in die Augen. »›Ich habe sowieso nur noch ein paar Tage hier‹, hat sie gesagt, Zia-Lucia, und …« – Lucia musste sich unterbrechen, um sich die Nase zu putzen –, »›und in meinem echten Leben ist Ursula alles, was ich habe‹.« Ein Schluchzen schnürte Lucia die Kehle zu. Sie schlug sich die Hände vors Gesicht, und ihre Schultern bebten. »Und wir haben sie praktisch versteckt gehalten, um die Familie nicht aufzuregen.«

Seine Beine versagten ihm den Dienst, und er ließ sich schwer auf einen der Stühle sinken, als ihm mit übelkeiterregender Klarheit die Erkenntnis kam, dass er ebenfalls dazu beigetragen hatte, Zia dieses Gefühl zu vermitteln. »Ich habe

sie glauben lassen, dass mein Zuhause das Wichtigste für mich ist«, sagte er.

Sie alle hatten Anteil daran gehabt, ihr das Gefühl zu geben, dass Ursula alles war, was sie hatte.

Noch nie hatte sich etwas so endgültig angefühlt. Und sie hatte sich nicht einmal richtig verabschiedet.

26

Zia war jetzt seit einem Monat wieder zu Hause. Ihr Gästezimmer war wieder »Ursulas Zimmer«, was das Mindeste war, was sie tun konnte. Stephan hatte Ursula aus ihrem eigenen Haus geworfen, weil sie ihm zornig vorgehalten hatte, Details aus Zias Leben an Brendon ausgeplaudert zu haben. Stephan hatte daraufhin verbittert die Ehe für beendet erklärt und Ursula in die tiefe Verzweiflung gestürzt, die sie zu der Packung Paracetamol hatte greifen lassen.

Nachdem Ursula ohne bleibende Organschäden, aber mit einem Termin beim Psychiater aus dem Krankenhaus entlassen worden war, hatte sie eine Woche Kräfte gesammelt, und dann hatte Zia sie zu einem Anwalt begleitet. Jetzt würde Stephan sehr bald feststellen, dass man im 21. Jahrhundert nicht einfach die Schlösser auswechseln konnte, um seine Frau auszusperren, um dann noch die Hälfte des Hauses zu beanspruchen. Zwei von Ursulas muskelbepackten tätowierten Kollegen hatten sie bereits in das einstige eheliche Heim begleitet, um ihre persönlichen Besitztümer zu holen. Sie hatten zwischen Stephan und ihr Stellung bezogen und ihn mit warnenden Blicken bedacht. Ursula erzählte in einem kurzen Aufflackern ihres alten Ichs, sie hätten »den Mistkerl ganz schön in den Boden gestampft«.

Ihr Bestreben, ihrer Freundin das Leben erträglich zu machen, hatte Zia von der Unerträglichkeit ihres eigenen Lebens abgelenkt – insbesondere davon, dass Piero nie auf ihre Abschiedsnachricht geantwortet hatte.

Kein Wort von ihm.

Zwanghaft überprüfte sie ihr Handy, obwohl sie sich nicht sicher war, was sie erwartete. *Hey, das ist eine ganz miese Art, sich zu verabschieden!* Oder *Verstehe. Wenigstens können wir Freunde bleiben.* Oder das, worauf sie insgeheim hoffte. *Ich lasse nicht zu, dass es zwischen uns so endet. Wir müssen doch etwas dagegen tun können. Beantrage eine temporäre Aufenthaltsgenehmigung. Drei Monate sind schnell vorbei …* Ja, bestimmt. »Ich kann nicht ohne dich leben« klang ein wenig zu sehr nach Hollywood. Zia hatte ihm keine solche Nachricht geschickt, obwohl es in ihrem Herzen geschrieben stand. Denn sie war ja hier und lebte ohne ihn. Ihre Traurigkeit fühlte sich an, als wäre ihr Inneres mit Blei ausgekleidet, aber sie atmete und sie aß, also lebte sie ohne ihn.

Sie war sogar zu einem zweiten Vorstellungsgespräch für einen Job bei einer Investmentfirma gegangen, der ihr ganz gut gefiel, und war sich sicher, dass die schrecklichen Verlustgefühle irgendwann verschwinden würden, wenn sie ausgelastet genug war.

Lucia hatte angerufen, um zu sagen, dass die ersten Keramikkurse im nächsten Sommer, im Juni, stattfinden würden. Sie habe Villino Il Pino für Zia und Ursula freigehalten und hoffe, dass sie kommen würden. Die Vorstellung erfüllte Zia mit einer Mischung aus Sehnsucht und Grauen.

Ursula und sie waren nach Chichester gefahren, um Harry abzuholen, und dann hatten sie alle in Sandy Bay in Devon Rosenblütenblätter für Vicky und Tori ins Meer geworfen. Alle drei hatten Tränen vergossen – Zia und Harry um Vicky und Tori, und Ursula, weil alles sie aus der Fassung brachte. Es war schwer für sie, ihre Identität als Single wiederzufinden,

nachdem sie so lange mit Stephan verheiratet gewesen war. Anschließend waren sie nach Exmouth gefahren und hatten sich mit Karen getroffen, Harrys Schwester und eine alte Freundin von Vicky. Es war ihr auch noch gelungen, drei weitere von Toris Schulfreundinnen aufzutreiben, darunter eine, die mit ihr in Italien gewesen war. Harrys Kinder Mandy und Leon waren zu der Gruppe gestoßen, die zusammengekommen war, um Toris zu gedenken, und gemeinsam hatten sie dazu beigetragen, Zia ein Gefühl dafür zu vermitteln, wer Tori gewesen war.

Eine Freundin, Steffi, hatte es sogar fertiggebracht, auf YouTube ein altes Video von der Party zu ihrem achtzehnten Geburtstag zu finden. »Ich hatte mir für meinen Geburtstag die Videokamera meiner Eltern geliehen, kurz bevor wir nach Europa gefahren sind«, erklärte sie. »Meine Eltern haben versucht, uns einen Tanz aus ihrer Jugend zu zeigen, der ›Bump‹ hieß, und Tori hat Tränen gelacht.« Sie hatte Zia den Link gegeben, und diese hatte über dem körnigen alten Filmmaterial gebrütet und zugesehen, wie ihre rosige, sommersprossige Mutter hustete und hickste und Lachtränen ihre Wimperntusche verlaufen ließen. Immer wieder hatte sie das Video angeschaut und mit Tori Chalmers gelacht und geweint. Selten war sie für etwas dankbarer gewesen als für diesen YouTube-Link.

Glücklich und tieftraurig zugleich, aber innerlich gefasster war sie in ihre Wohnung in New Steine zurückgekehrt.

An einem Sonntagmorgen in der Mitte eines grauen Oktobers klingelte es an der Wohnungstür, und Ursula machte auf. »Wow! Überraschung!«, hörte Zia sie sagen, und sie klang so argwöhnisch, dass sie schon annahm, es müsste der verdammte Stephan sein. Doch dann rief Ursula nach ihr. »Zia? Besuch für dich.«

Zia trat aus dem Wohnzimmer und sah Piero im Türrahmen stehen. Er hatte sich tief in seinen Mantel verkrochen, und von dem horizontal wehenden Wind in Brighton standen

ihm die Haare zu Berge. Er richtete die dunklen Augen auf sie, und sie leuchteten auf.

Sie konnte seinen Blick nur starr erwidern. »Piero? In England?«

Ursula sah zwischen den beiden hin und her und griff nach ihrem Mantel. »Mir ist gerade eingefallen, dass ich etwas zu erledigen habe«, erklärte sie augenzwinkernd, doch Zia registrierte ihren taktvollen Abgang kaum.

»Was machst du denn hier?«, fragte sie ihn begriffsstutzig.

Ein Lächeln spielte um seine Mundwinkel. »Du bist gefahren, ohne deinen Wein mitzunehmen. Ich habe dir je drei Flaschen Orvieto Classico und Sangiovese mitgebracht.« Er zog einen geräumigen Rucksack von seinen Schultern, in dem es klirrte, als er ihn auf dem Boden abstellte.

»Du bist nach England gekommen, um mir Wein von Tenuta Domenicali zu bringen?«

»Nein.« Er steckte die Hände in die Taschen. »Ich bin hier, um mein Leben in Ordnung zu bringen.«

Vorsichtig drehte und wendete sie diese Vorstellung und kam sich vor wie auf einem der Karussells am Pier – eine falsche Bewegung, und sie würde womöglich davonfliegen. »Und was beinhaltet das?«

Nachdenklich zog er die Augenbrauen hoch. »Zuerst frage ich, ob ich hereinkommen kann.«

Sie errötete, als ihr klar wurde, dass sie ihn auf dem grauen Laminat des Flurs ihres Wohnhauses stehen gelassen hatte. »Tut mir leid.« Sie lachte zittrig und führte ihn in das luftige Wohnzimmer mit der Aussicht auf den New-Steine-Park, der bis auf einen Mann mit einem schwarzen Pudel verlassen war.

Piero zog seinen Mantel aus. »Die Rückverpachtungs-Vereinbarung ist abgeschlossen. Papà redet davon, Cousins in Amerika zu besuchen, und Emiliano führt Vorstellungsgespräche, um einen Nachfolger für mich zu finden. Es hat ein paar Wochen gedauert, bis ich so weit war, dass ich das

Gefühl hatte, herkommen zu können. Meine Werkstatt einzumotten ist kein Problem, da ich immer noch ein Viertel des Gewinns aus der Weinproduktion bekomme. Wir verkaufen nur das Grundstück und die Anlagen.« Er setzte sich auf ihr Sofa.

Sie befeuchtete sich die Lippen, setzte sich ebenfalls und sog zusammen mit den Neuigkeiten aus Montelibertà seinen Anblick auf. »Ich habe eine ungefähre Ahnung, wie Rückverpachtung funktioniert.«

Mit einem Mal lächelte er aufrichtig und rieb sich über den Kiefer, der frisch rasiert aussah. »Natürlich. Sorry.« Er unterbrach sich kurz. »Also, ich habe eine Wohnung hier in Brighton gemietet.«

Sie war schockiert. »Wo?«, fragte sie ausdruckslos.

»St. James Street. Grauenhafte Parksituation.«

»Hier um die Ecke?« Sie wäre fast aufgestanden und hätte aus dem Fenster gespäht, um sich davon zu überzeugen, dass die St. James Street immer noch am anderen Ende des New-Steine-Parks verlief.

»Jepp. Falls du froh warst, mich loszuwerden, würde ich mir ziemlich blöd vorkommen.« Er sprang auf und begann hin- und herzulaufen. Die Sätze sprudelten so schnell aus ihm heraus, als könnte er vergessen, was er sagen wollte, wenn er nicht schnell genug sprach. »Lucia hat mich auf dem Laufenden gehalten, daher wusste ich, dass es euch beiden gut geht, dir und Ursula. Aber deine Abschiedsnachricht … Na ja, du hast geklungen, als wärest du nicht glücklich damit, wie alles zu Ende gegangen ist. Ich bin es jedenfalls nicht, also habe ich mich informiert und herausgefunden, dass ich sechs Monate hierbleiben kann.« Er unterbrach sich für einen Moment, bevor er weitersprach. »Anschließend kann ich eine Aufenthaltsgenehmigung beantragen.« Noch eine Pause. »Obwohl ich mir dazu wohl einen Job besorgen muss.« Als sie ihn weiter anstarrte, so überrumpelt, dass sie nicht alles, was er sagte,

verarbeiten konnte, trat er vorsichtig einen Schritt auf sie zu. »Wenn du glaubst, dass wir eine Chance haben, zusammen zu sein, können wir das alles regeln. Wenn du nicht in Montelibertà leben kannst, dann eben hier oder in einem anderen Teil von Italien. Wenn wir nur zusammen sein können.«

»Aber du hast meine Nachricht nicht einmal beantwortet«, wandte sie ein.

Er schüttelte den Kopf. »Ich habe mich nicht getraut. Ich hatte Angst, das Falsche zu sagen. Ich wollte dir in die Augen sehen und persönlich mit dir reden. Zu Hause hatte ich versucht, dich allein zu erwischen, aber das war, als würde man sich mit einem Netz an einen Vogel anschleichen. Du bist immer davongeflattert. Dann habe ich diese Textnachricht bekommen, und mir ist fast das Herz gebrochen. Mir wurde klar, dass ich verdammt viel entschlossener vorgehen musste.«

In Zias Innerem begann ein kleiner Hoffnungsschimmer zu keimen. »Um hier eine Mietwohnung zu finden, musst du das auch.« Sie machte einen Schritt auf ihn zu, und ihr Herz schlug so schnell, dass es sich anfühlte, als wollte es sie vom Teppich heben. Sie sah, wie er sich entspannte und zu lächeln begann, und der Hoffnungskeim schoss hoch wie die Bohnenranke aus dem Märchen, als sie die letzten Zentimeter zu ihm zurücklegte.

Er schlang die Arme um sie, drückte die Lippen auf ihre Wangen, ihre Augenlider und ihren Mund und schmiegte sich so fest an sie, dass sie seinen schnellen Herzschlag spüren konnte. »Werde meine Frau, Zia. Ich werde überall leben, wo du am glücklichsten bist.«

Sie lehnte sich zurück, um ihm ins Gesicht zu sehen, denn es fiel ihr schwer, seine Worte zu begreifen. »Du willst doch gar nicht heiraten.«

Er lächelte. »Ich wollte Nicoletta nicht heiraten. Dich will ich zur Frau.«

»Du hast doch mit Zähnen und Klauen um Il Rifugio gekämpft.«

»Ich liebe es dort«, räumte er ein und strich ihr Haar beiseite, um die Nase an ihrem Hals reiben zu können. »Aber dich liebe ich mehr. Du bist wichtiger als ein Haus, sogar eins mit einer Weltklasseaussicht. Du bist ganz allein schon ein Weltklasse-Anblick.« Er ließ den Mund zu der empfindlichen Stelle unter ihrem Ohr gleiten, was ihre Haut in Flammen zu setzen schien.

»A…aber …«, stotterte sie, legte den Kopf in den Nacken und schloss die Augen, »wenn du in England lebst, frierst du dir den Hintern ab.« Doch in ihrem Inneren drehte die Bohnenranke der Hoffnung durch und blühte vor Erleichterung und Hoffnung auf.

Er seufzte, als schaffte sie bloß künstliche Hindernisse. »Dann trage ich eben Thermo-Boxershorts.«

Dann begann ihr Handy zu klingeln, und sie zerrte es aus der Tasche, um es stumm zu stellen … bis sie den Namen auf dem Display sah. Langsam zeigte sie ihn Piero. *Gerardo Costa.*

Er hob die Hände. »Ich habe damit nichts zu tun.«

»Ist mir klar.« Um zu betonen, dass sie ihm vertraute, legte sie ihm den freien Arm um seine Mitte, damit er bei ihr blieb, während sie telefonierte. Sie stellte das Handy auf laut, damit er mithören konnte. »*Pronto.*« Sie spürte, wie sie die Schultern hochzog, als wollte sie etwas Unangenehmes abwehren.

»*Gliel'ho dovuto dire*«, sagte Gerardo ohne Vorrede.

Zia zögerte. »Du musstest es ihnen sagen? Wem? Was?«

»Ach, ach, ach«, brummelte Gerardo wenig informativ. »Riccardo, er hat sich beklagt, weil ich im Moment immer schlechte Laune hatte. Caterina und Laura haben sich auch beschwert. Also habe ich ihnen von dir erzählt.«

Zia stockte der Atem. »*Du hast ihnen von mir erzählt?*« Das kam so unerwartet, dass sie ihn unverblümt fragte: »Hast du getrunken?«

Er lachte. »Du musst das Schimpfen von meiner Frau gelernt haben! Nein. – Jedenfalls nicht viel«, räumte er ein. »Mein ganzes Leben habe ich nichts für dich empfunden, aber als du gefahren bist? Mir war ganz schlecht.«

»Wow«, sagte sie ratlos und war vollkommen durcheinander, hatte keine Ahnung, wie sie reagieren sollte.

Er räusperte sich. »Sie wollen dich kennenlernen, wenn du zurückkommst.«

Das kam so unerwartet, dass Zia aufkeuchte, und Pieros Arme schlossen sich fester um sie wie Mauern, die sie vor allem Unheil dieser Welt beschützen würden. »Ernsthaft?«, stieß sie erstickt hervor. »Aber hassen sie mich denn nicht?«, fragte sie dann aus einem unguten Gefühl heraus.

Gerardos Stimme klang beinahe belegt. »Nein, Zia-Lucia. Sie wollen wissen, wer du bist. – Sie sind nette Menschen«, fügte er dann hinzu, als wollte er sie unbedingt überzeugen zu kommen. »Anders als ich, eher wie Ilaria.«

Sie lachte. »Und was ist mit Ilaria?«, erkundigte sie sich dann vorsichtig. »Was hält sie davon?« Sie hatte nicht vergessen, wie seine Frau sich bei ihr dafür bedankt hatte, dass sie beschlossen hatte, sich von ihrer Familie fernzuhalten.

»Wenn es für die Kinder gut ist, dann ist es auch für Ilaria in Ordnung.« In diesem Punkt klang er nicht ganz so positiv, doch Zia entschied, dass sie damit arbeiten konnte.

Sie sah zu Piero und fühlte sich plötzlich schüchtern. »Ich glaube, ich komme wieder nach Italien, später.« Ein leises Lächeln breitete sich über Pieros Gesicht aus, und er zog die Augenbrauen hoch, als wollte er »Wirklich?« fragen. Sie küsste seine Halsbeuge. »Sag Riccardo, Caterina und Laura, dass ich mich darauf freue, sie kennenzulernen. Sehr.«

»Gut«, sagte er nur. »Bis bald«, verabschiedete er sich dann.

Zia stand mit dem Handy da und kicherte verblüfft. »Wer hätte gedacht, dass ausgerechnet *Gerardo* das große Hindernis aus dem Weg räumen würde?«

Pieros Augen leuchteten. »Jetzt haben wir nur noch zwei Probleme«, sagte er, obwohl er lächelte.

Sie ließ die Schultern sacken. »Welche?« Wenn etwas zu schön zu sein schien, um wahr zu sein, war es das meist.

»Du hast mir noch nicht gesagt, dass du mich liebst«, erklärte Piero mit kummervoller Stimme. »Und du hast noch nicht gesagt, ob du mich heiratest.«

Sie brach in lautes Gelächter aus; ein sprudelnder, freudiger Ausbruch, wie sie ihn lange nicht mehr erlebt hatte. Dann beruhigte sie sich wieder, denn das war wirklich todernst. Sie umfasste sein Gesicht mit beiden Händen. »Natürlich liebe ich dich. Und ich werde deine Frau, wann immer und wo immer du willst.«

Dann fanden ihre Lippen zueinander. Sie keuchten auf, als ihre Zungen sich berührten, und der Kuss nahm kein Ende, verband sie immer fester miteinander, wurde tiefer und leidenschaftlicher. »*Ti amo, caro*«, sagte Zia an seinem Mund.

»*Ti amo anch'io*«, gab er zurück.

Ich liebe dich, mein Schatz.

Ich liebe dich auch.

Epilog

Zia und Piero leisteten Ursula während der ersten Monate nach der Trennung von Stephan Gesellschaft, und dann fuhren sie nach Montelibertà, nachdem sie sie zu einem Frühlingsurlaub in Irland verabschiedet hatten. In ein paar Wochen, nachdem das gemeinsame Haus verkauft war, würde sie wieder in Zias Wohnung zurückkehren. Stephan hatte nicht besonders erfreut reagiert, als sie die Scheidung eingereicht hatte, und war Ursula gegenüber recht unangenehm geworden, aber mit der Unterstützung von Zia und ihrem Therapeuten hatte sie sich geweigert, sich von »so einem Schlappschwanz« aus Brighton vertreiben zu lassen.

Zia fuhr mit ihrem Auto vor Pieros Wagen her, und das Erste, was sie sah, als die beiden Fahrzeuge auf die Einfahrt nach Il Rifugio einbogen, waren Lucia und Durante, die strahlend mit den Armen wedelten. Mit einem Jubelschrei hielt sie an, sprang hinaus und stürzte sich in ihre Arme. »Ich bin wieder da!«

Die nächsten Minuten verbrachten alle damit, sich Freudentränen abzuwischen, breit zu grinsen und einander auf die Wangen zu küssen. Schließlich drückte Lucia sie ein letztes Mal. »Ich muss nach Hause und das Abendessen vorbereiten. Du kommst doch?« Sie bedachte Zia mit einem strengen Blick.

Zia legte sich eine Hand aufs Herz. »Ja. Aber es macht mir Angst.«

»Nein, nein.« Durante tat ihre Besorgnis ab. »Es ist doch alles Familie.«

»Das kann dasselbe sein«, warf Piero trocken ein, während er die Tür seines Hauses so ungeduldig aufschloss, dass Zia klar war, dass, so sehr er sie auch an die erste Stelle setzte, ein großes Stück seines Herzens diesem Haus hoch oben über dem Tal gehörte.

Es dauerte ein paar Stunden, bis sie ihre Sachen ausgepackt und sich eingerichtet hatten. Nach der langen Fahrt hielt Piero ein Nickerchen, doch obwohl Zia sich hinlegte und an seinen warmen, vertrauten Körper schmiegte, ließen die Schmetterlinge in ihrem Bauch sie nicht schlafen. Stattdessen schaute sie zu, wie die Frühlingssonne durch die Fenster fiel, und fragte sich, ob an den Weinstöcken im Tal wohl schon die Knospen austrieben.

Als die Sonne unterging, war es Zeit zu duschen, sich das Haar aufzustecken und ein Kleid anzuziehen. Piero umarmte sie fest. »Schau nicht so besorgt drein. Es ist bloß ein Abendessen.«

Sie wussten beide, dass es nicht »nur« ein Abendessen war, und Zia war froh, seine Hand zu spüren, als sie zwischen den lieben, vertrauten Zypressen hindurchgingen. Das Gras war frühlingshaft grün und hatte nicht die goldene Strohfarbe des Sommers. Weiter oben an der Auffahrt parkten mehrere Autos, doch sie nahmen ihren üblichen Weg die Treppe hinauf und über die Terrasse.

Schweigend gingen sie durch die Diele und traten ins Esszimmer, wo auf dem Tisch ein Büffet hergerichtet worden war und alle Stühle aus dem Salon im Raum verstreut standen. Zia umklammerte Pieros Hand fester. »*Mamma mia*«, stieß sie hervor; der italienische Allzweck-Ausruf für alle Lebenslagen.

Als Erstes richtete sich ihre Aufmerksamkeit auf Gerardo. Unsicher kam er auf sie zu. Ilaria hielt seine Hand, doch er lächelte. Ebenso unsicher küsste er sie auf die Wangen, und Zia stellte fest, dass sie die Augen schloss. Sie war sich ihrer Gefühle nicht ganz sicher, aber bei der Geste rauschte ihr das Blut in den Ohren. Ilaria nickte nur und lächelte Zia zu, dann trat sie zurück und machte Fiorella und Roberto Platz, die sie weit überschwänglicher und mit lauter Umarmungen und Küssen begrüßten. »Du bist zurück, Zia-Lucia!«

Dann räusperte sich Gerardo. »Und hier sind Caterina, Laura und Riccardo, die dich kennenlernen wollen. *Le tue sorelle e tuo fratello.*« *Deine Schwestern und dein Bruder.*

Zia schluckte und wandte sich den drei Personen zu, die sich im Hintergrund gehalten hatten. Alle drei waren jünger als sie und lächelten zaghaft. Fast wie in Trance musterte sie sie und erkannte Riccardo wieder, der sein kurzes Haar zu Stacheln frisiert hatte. Von den beiden jungen Frauen hatte eine langes und die andere kurzes Haar.

Sie erwiderten ihren Blick.

Das älteste Mädchen, das eine ähnliche Figur wie Zia hatte, kam zu ihr. »Ich bin Caterina. Das ist Laura, und das ist Riccardo.«

»Ich bin Zia«, brachte sie heiser heraus und spürte, wie ihre Wangen sich spannten, als sie so breit lächelte wie nie zuvor. »Zia-Lucia Costa Chalmers.« Ein zittriges Lachen stieg in ihr auf. »Der Name muss euch eigenartig vorkommen, aber ich glaube, meine Mutter hat versucht, mir alle Optionen offenzuhalten.«

Sie fielen in ihr Lachen ein, und sie betrachteten sie neugierig. Mehrere Sekunden lang wusste keiner von ihnen, was sie sagen oder wie sie aufeinander reagieren sollten.

Dann breitete Zia instinktiv die Arme aus. Caterina trat als Erste in ihre Umarmung und küsste sie auf die Wangen, dann

folgte Laura und schließlich Riccardo. Zia räusperte sich, um ihre von Tränen zugeschnürte Kehle freizubekommen, und trat zurück, um Piero vorzustellen. »Ich weiß nicht genau, ob ihr meinen Verlobten kennt.« Dann, als sie miteinander lachten und redeten, brach um sie herum Hektik aus. Allgemein wurde aufgeatmet, Flaschen wurden geöffnet und Gläser klirrten. Gerardo umarmte nacheinander alle seine Kinder – Zia eingeschlossen.

Piero schenkte Champagner ein und hob sein Glas zu einem Trinkspruch. »*Alla famiglia! Salute!*« Plötzlich war sie zu Tränen gerührt.

»Mädchen!«, murrte Riccardo angewidert, und Zia musste lachen.

»Das sind Freudentränen. *Alla famiglia!*«, rief sie und tupfte sich das Gesicht mit einer Serviette ab. Daraufhin wirkte sogar Riccardo so, als bekäme er feuchte Augen. Alle redeten auf einmal, stellten Zias Italienisch auf die Probe oder gaben mit ihrem mehr als passablen Englisch an.

Dann kam ein surrealer Moment, als Laura Zia ihr Handy reichte. »Bitte ... deine Nummer?«, fragte sie schüchtern, als rechne sie halb damit, zurückgewiesen zu werden.

Sie tauschten ihre Kontaktdaten aus, und dann streckten ihr Riccardo und Caterina auch ihre Handys entgegen, und Zia tauschte Nummern mit allen aus und fing wieder an zu schniefen. »Das ist der seltsamste Moment in meinem Leben. Aber auch einer der glücklichsten.«

Dann flüsterte Piero ihr etwas ins Ohr. »Ach ja. Kommt ihr alle zu unserer Hochzeit im Sommer?«

»Natürlich, natürlich!«, riefen Caterina und Laura wie aus einem Mund. »Eine Hochzeit!«

Riccardo verzog das Gesicht. »Muss ich dann eine Krawatte tragen?«

Piero klopfte ihm auf die Schulter. »Ein Mann nach meinem Herzen. Ich ziehe eine an, also trägst du auch eine.«

Zia lachte und umarmte Piero, weil sie einfach so vor Freude überschäumte, dass sie jedes Atom davon mit ihm teilen wollte. »Die Hochzeit soll in der Santa-Lucia-Kirche stattfinden … natürlich.«

»Natürlich!«, schrie Lucia, die wieder gesund und ganz die Alte zu sein schien.

Als der Abend zu Ende ging, hatten alle so oft angestoßen, dass sogar Gerardo erklärte, genug zu haben. Unter den wachsamen Blicken seiner Frau, der Eltern, seiner Tante, seines Onkels und seiner Kinder behauptete er das jedenfalls.

Erst spät waren Zia und Piero wieder zu Hause in Il Rifugio. Zia wusste nicht, ob sie vom Champagner oder vor Freude so ausgelassen war. »Laura, Caterina und Riccardo scheinen Gerardo sehr gernzuhaben, genau wie Lucia und Durante«, plapperte sie, während sie Hand in Hand die Treppe zu Pieros Schlafzimmer hinaufgingen – das jetzt auch ihres war.

Piero küsste sie aufs Haar. »Das dachte ich auch. Vielleicht ist er gar nicht ganz so übel.«

»Ich bezweifle allerdings, dass er von Grund auf gut ist.« Zia seufzte. »Hoffentlich kann ich irgendwann aufhören, ihm zu misstrauen.«

Sie hatten jetzt das Schlafzimmer erreicht, wo das Bett nach ihrer Siesta noch zerknüllt war. Zia drehte sich zu Piero um und öffnete seinen obersten Hemdknopf, um die Haut an seinem Halsansatz zu küssen. »Vielleicht bauen wir ja eine Beziehung auf, oder er enttäuscht mich wieder von Neuem. Wer weiß? Wenigstens hat die Suche …« – noch ein Knopf, noch ein Kuss – »nach ihm …« – noch ein Knopf, ein weiterer Kuss – »mich zu dir geführt.« Ein weiterer Knopf, und dann ein sehr langer, ganz gemächlicher Kuss.

Piero wies auf den nächsten Knopf. »Hör bloß nicht auf, *cara*. Mir gefällt, wie sich das gerade entwickelt.«

Liebe Leserinnen, liebe Leser,

danke, dass ihr »Sonnenzauberstunden« gelesen habt. Ich habe es zu einer Zeit geschrieben, als ich meine Liebe zum Reisen nicht ausleben konnte und die Chancen, Italien zu besuchen, zwischen unwahrscheinlich und unmöglich rangierten. Glücklicherweise konnte ich auf Erinnerungen an sieben Sommer voller Rechercheriesen und Schreibwerkstätten in der herrlichen Region Umbrien zurückgreifen, dem »grünen Herz Italiens«.

Ich bin in meine Fotobibliothek abgetaucht und habe mir alle Bilder angesehen, die ich in diesen glücklichen Wochen aufgenommen hatte. Die Bilder zeigen nicht nur die verwilderte »tenuta«, das Landgut, auf dem sich die Schreibwerkstatt von Arte Umbria befindet, sondern auch die fantastischen, wunderschönen historischen Städte Orvieto und Perugia. Fotos von mit Terrakotta-Schindeln gedeckten Dächern und mit Stuck geschmückten Kirchen haben mich in die perfekte Kulisse entführt, vor der Zia den Geheimnissen ihres Lebens nachspürt. Körperlich saß ich an meinem Schreibtisch in Northamptonshire, doch jeden Tag flüchtete ich mich in meiner Fantasie in sonnige Täler und herrliche Berge.

Ich »kannte« Montelibertà schon aus einem früheren Buch, *One Summer in Italy*, doch das Weingut Tenuta Domenicali ist in »Sonnenzauberstunden« neu. Jetzt kann ich meine vielen Besuche auf umbrischen Weingütern als Recherche verbuchen! Erinnerungen an kühle Kellereien, an große Tanks und verstaubte Flaschen stellten sich leicht ein. Ich konnte den erdigen Duft eines sonnendurchfluteten Weinbergs geradezu riechen und die Rosenbüsche, die das Ende jeder Reihe von Weinstöcken markieren wie ein Ansteckstäußchen ein Kostüm, vor mir sehen. Da meine Besuche auf Weingütern mich zu einem großen Fan von Umbriens Weincuvée Orvieto Classico gemacht hatten, der hauptsächlich aus Procanico- (in der Region auch als Trebbiano bezeichnet) und Grechetto-

Trauben besteht, habe ich mir die Freude gemacht, auch Tenuta Domenicali einen Orvieto Classico produzieren zu lassen. Weil ich mich daran erinnerte, wie ein Winzer mir einmal vorwurfsvoll eingeschärft hatte, Weißwein bei Raumtemperatur zu trinken, habe ich dafür gesorgt, dass der Winzer in meiner Geschichte den Ratschlag befolgt. Ich selbst trinke meinen allerdings immer noch gekühlt, wie es die Götter Umbriens ganz sicher vorherbestimmt haben.

Falls es etwas Schöneres gibt als den Sonnenuntergang über den umbrischen Apenninen, habe ich es noch nie gesehen. Es ist ein lebensbejahendes, seelenerfrischendes, herzerwärmendes Erlebnis, auf einer Terrasse, auf der es bis auf den auf- und abschwellenden Gesang der Zikaden still ist, zu sitzen, Wein zu trinken und zuzusehen, wie die Berge in lavendelblaues Licht getaucht werden, während der Himmel aprikosenfarben leuchtet. Sehr gern nehme ich euch mit zu Sonnenuntergängen auf einem Felsplateau über einem Tal voller weit ausladender Reihen von Reben. Die aus grob behauenem, goldenem Stein erbauten Häuser Il Rifugio und Bella Vista und das entzückende kleine Villino Il Pino erwarten euch, ebenso wie die hügelabwärts führende Fahrt in die Stadt Montelibertà. Wer könnte schon einem Mittagessen am Markt auf der Piazza Romana oder der hübschen, zitronengelben und weißen Kirche Santa Lucia mit ihrem weichen Glockenläuten widerstehen?

Ein Ausflug in die Berge Umbriens war genau das, was ich brauchte, zum exakt richtigen Zeitpunkt. Ich hoffe, »Sonnenzauberstunden« schenkt auch euch eine so wundervolle Weltflucht.

Sue Moorcroft

Dank

Die Idee, über eine Person zu schreiben, die auf der Suche nach ihrer Vergangenheit auf jemanden stößt, der genau wie sie heißt, kam mir wie aus dem Nichts heraus. Diese Eingebung führte mich auf eine fesselnde und emotionale Reise nach Italien, und das zu einer Zeit, als Fantasiereisen besonders wertvoll waren. Wie immer habe ich schamlos andere um Hilfe gebeten und möchte jedem einzelnen der im Folgenden genannten wunderbaren Menschen meinen Dank aussprechen:

Maureen Duckworth und ich sind in Northamptonshire, England, zusammen zur Schule gegangen. Fasziniert habe ich mir von ihrer Suche nach ihren leiblichen Eltern, Halbgeschwistern und Tanten erzählen lassen, von den Enttäuschungen und unerwarteten Folgen. Ich bin ihr tief verpflichtet für ihre Offenheit und dafür, dass sie mich auf die richtige Spur für so viele Aspekte von Zias Geschichte gebracht hat.

Im Verlauf meiner Recherchen habe ich den rührenden, bewegenden Films *Irene's Ghost* von Iain Cunningham von forwardslash-films.com gesehen, in dem er die Suche nach der Wahrheit über seine früh verstorbene Mum dokumentiert. Ich habe ihn auf Twitter kontaktiert, um ihm mitzuteilen, wie gut mir der Film gefallen hat und dass ich über dasselbe

Thema schreibe. Er hat mir großzügig angeboten, mit mir zu chatten, und hat viele Aspekte angesprochen, an die ich nicht gedacht hatte, um Zia vielschichtiger zu machen und ihre Person nuancierter zu gestalten. Iain hat mich auch auf »Action on Postpartum Psychosis« hingewiesen, eine unschätzbare Quelle von Informationen und persönlichen Erfahrungen.

Isabella Tartaruga hat mir so großzügig und freundlich ihre Zeit geschenkt, als ich weder meine Schreibwerkstatt bei Arte Umbria in den Apenninen erreichen noch einen neuen Besuch auf den Weingütern machen konnte. Sie hat viele, viele Fragen über Italien via E-Mail beantwortet und meinen ersten Entwurf gegengelesen. Ihr Wissen hat unermesslich zur Authentizität des Buchs beigetraten.

Mein Bruder Trevor Moorcroft unterstützt mich in weiten Teilen meiner Recherchen – beim Aufspüren und Überprüfen von Fakten und beim Sammeln der richtigen Informationen. An ihn habe ich mich gewandt, um Details über Brighton zu erfahren, über Aufenthaltsgenehmigungen und die Staatsbürgerschaft für Engländer in Italien, Weingüter, Weinproduktion und eine Unzahl anderer Einzelheiten. Mein Dank gilt auch Lisa Verroken, die uns mit Informationen über Tattoo-Künstler versorgt hat, sowie den Freunden aus den sozialen Medien, die Fragen beantwortet haben, die mit »Wie würdest du dich fühlen, wenn …?« oder »Hat jemand eine Ahnung …?« begannen.

Ich habe auch viel über alleinerziehende Mütter und den Umgang mit ihnen in Großbritannien während des 20. Jahrhunderts nachgelesen. Ein Teil dieser Informationen ist in den Hintergrund von Vickys und Toris Geschichten eingegangen und hat in mir große Bewunderung für Frauen geweckt, die in weniger toleranten Zeiten ihr Leben bewältigen mussten.

Mark West war Testleser bei fast allen meinen Büchern, und »Sonnenzauberstunden« stellt da keine Ausnahme dar. Ich habe immer Freude an seinen scharfsinnigen und weiter-

führenden Anmerkungen, und für gewöhnlich entdeckt er etwas, das niemand anderem auffällt.

Die Mitglieder von Team Sue Moorcroft sind mir eine stetige Freude und Unterstützung und tragen häufig Namen von Nebenfiguren oder Ortsbezeichnungen bei. Ich habe das große Glück, ein so tolles Team zu haben.

Buchblogger: Ich liebe euch! Bitte macht genauso weiter wie bisher!

Ich habe überrascht festgestellt, dass dies schon mein zehntes Buch bei Avon HarperCollins ist. Sie würden euch nicht erreichen ohne das wundervolle Team bei Avon, meine großartige Agentin Juliet Pickering, die gelassen jede Herausforderung annimmt, und alle Mitarbeiter bei der Literaturagentur Blake Friedmann. Einen großen Dank an all meine Verlage auf der ganzen Welt.

Und ich danke euch dafür, dass ihr »Sonnenzauberstunden« und meine anderen Bücher lest. Euretwegen ist mein Job mir eine Freude.

Zitat aus dem Buch:

Vor ihr lag eine Geburtsurkunde und ein Totenschein von Victoria Chalmers, die nicht mit den anderen Dokumenten übereinstimmten. Mit zitternden Fingern zog sie die Dokumente hervor, die sie vorhin in Händen gehalten hatte, und legte sie nebeneinander. Ursula rückte ihren Stuhl näher heran, um die Papiere ebenfalls vergleichen zu können. In der Küche schrillte die Zeitschaltuhr des Ofens, aber keine der Frauen reagierte darauf.
Zia befeuchtete sich die trockenen Lippen. „Ich kann nicht glauben, was ich sehe. Es hat zwei Victoria Chalmers gegeben, beide in Devon geboren. Mum ist 2001 in Cambridgeshire gestorben, mit fünfundvierzig. Die andere ist 1991 in Exmouth gestorben, als sie achtzehn war." Sie kramte nach den Mappen mit den Schulzeugnissen und Urkunden und betrachtete sie mit frischem Blick. „Das ist mir vorher nicht aufgefallen, aber die stammen aus verschiedenen Zeiten! Was zum Teufel?"

Zur Autorin:

Die SPIEGEL-Bestsellerautorin Sue Moorcroft schreibt warmherzige Frauenunterhaltung mit manchmal überraschenden Themen. Als Kind lebte sie lange auf Malta und Zypern. Wenn sie nicht selbst schreibt, unterrichtet sie Kreatives Schreiben, liest gern, schaut Formel 1, macht Yoga oder Zumba.

Lieferbare Titel:

Sommernachtsglück
Sommerinselträume